KB057671

잘
표현된

불행

황 현 산
평 론 집

잘
불 표
행 현
된

ㄴㄴ> <ㄷㄴ

책머리에

첫번째 비평집『말과 시간의 깊이』를 상재했던 것이 2002년의 일이다. 그 이후 10년에 걸쳐 썼던 글 가운데 시와 관련된 평문을 따로 모아 이 책을 편집했다. 그동안 내가 비평에만 전념했던 것은 아니다. 나는 내가 할 수 있는 일 가운데 가장 잘할 수 있는 일이 프랑스의 상징주의부터 초현실주의까지의 중요 문헌들을 번역하고 주해하는 작업이라고 생각해왔고, 그래서 그 일을 비평 활동과 병행하다보니 어느 쪽에도 마음을 집중하기 어려웠다. 그러나 돌이켜보면, 시가 제 살아 있는 힘을 조용하거나 거침없이 뿜내는 현장의 비평 활동은 수의를 마름질하는 것과도 같은 저 팍팍한 번역·주해작업에 구체성과 생기를 부여주었고, 거꾸로 이 작업은 저 활동에 숙고의 기회를 마련하고 시에 대한 신뢰를 유지하게 해준 것이 또한 사실이다.

이 비평집은 한국 현대시 발상기의 시인들에서부터 최근의 젊은 시인들에 이르기까지 수십 인의 시인에 대해 때로는 길게 때로는 짧게 말하고 있지만, 그 역사적 조감도를 펼친 것은 아니며, 그 주력 선을 그어낸 것도 아니다. 몇 차례의 기획에 따라 쓴 글이 없는 것은 아니지만, 반수 이상의 글이 눈앞에 떨어진 요청(그 주체가 좀 복잡하긴 하지만)에 따라 급하게 쓰였다. 내가 이 비평집의 통일성을 주장하려 한다면 그것은 다른 데서, 말하자면 시와 끊임없이 교섭하였던 내 사고에서 찾아야 할 것이다. 내 생각이 시에서 벗어난 적은 없으며, 내 삶과 크고 작게 연결된 제반 문제를 시와 연결지어 생각하지 않은 적이 없다. 나는 늘 시에 대해서 말하고, 시와 말을 하면서, 일상에 쫓기고 있는 한 마음의 평범한 상태가 어떻게 시적 상태로 바뀌는가를 알려고 애썼다. 어떤 사람은 기억 저편으로 사라진 기억을 기억 속으로 다시 불러오는 기술이 시라고 말했지만, 나에게 시는 말 저편에 있는 말을 지금 이 시간의 말속으로 끌어당기는 계기이다.

시는 모든 것에 대해 온갖 수단을 동원하여 끝까지 말하려 한다. 말의 이치가 부족하면 말의 박자만 가지고도 뜻을 전하고, 때로는 이치도 박자도 부족한 말이 그 부족함을 드러내어 사람의 마음을 움직인다. 능변의 재능을 지닌 사람이 시를 잘 쓰는 것은 그럴 만도 한 일이겠지만, 어눌하게 말을 잇다가 자주 입을 다무는 사람들도 좋은 시를 쓴다. 물을 떠낸 자리에 다시 샘물이 고이듯 시가 수시로 찾아오는 사람도 있지만, 유장한 말이 되기에는 너무 기막힌 생각이나 너무 복잡한 생각을 가진 사람은 마음의 특별한 상태에서 그 생각이 돌처럼 단단한 것이 되거나 공기처럼 숨쉴 수 있는 것이 되기를 기다린다. 시는 사람들이 보았다고 믿는 것을 명백하게 볼 수 있을 때까지 저를 지우고 다시 돋아나기를 반복하며, 진실한 것이건 아름다운 것이건 인간의 척도로 파악하기 어려운 것에까지 닿으려고 정진하는 시의 용기와 훈련은 우리가 상상했던 것이 이 세상의 것이 될 수 있다는 믿음을, 지극히 절망적인 순간에 그 절망을 말하면서까지도, 포기하지 않는다. 시는 포기하지 않음의 윤리이며 그 기술이다. 이 비평집에 어떤 통일성이 있다면, 그것은 저 시적 상태의 계기와 그 상태의 은총으로만 얻게 되는 정진의 용기를 어느 시에서나 발견하려고 애써온 도정에 있다고 해야 할 것이다.

제1부에는 시론詩論에 해당하는 글들을 모았지만, 현장의 구체성에서 떠나본 적이 없는 사람의 글이라서 원론보다는 시론時論의 성격이 더 강하다. 시적 상태의 특별함이 일상의 범속함과 어떤 관계를 맺고 있으며, 문학이 어떻게, 무엇을 위해 존재하는가를 알려고 노력한 가운데 쓴 글들이다. 제2부는 작고한 시인들에 관해 쓴 글들을 모았다. 그 가운데 많은 시인들은 벌써 문학사에서 특별한 자리를 차지하고 있다. 이 평문들은 그들의 작품과 생애 전체를 평설하는 일보다는 새로운 관점을 모색

하는 데 초점을 모았다. 제3부는 지금 이 땅에서 쓰이는 시들을 따라가며 쓴 글이다. 말 그대로 현장비평이다. 많은 글들이 시집에 따라붙는 해설의 형식으로 쓰였지만, 중요한 시집이나 시편이 발표되었을 때 자청해서 쓴 글들도 있다. 현장에서 약동하는 재능의 박력을 중시하면서도 일정한 비평적 거리가 유지될 수 있기를 바랐다. 한편 여기서 다룬 시인들 가운데 타계한 시인이 없는 것은 아니지만, 해당되는 평문은 그의 생전에 쓴 것이기에 여기 넣어두었다. 제4부는 한 잡지사의 기획에 따라, 작고한 시인들의 작품을 중심으로 난삽하거나 논의가 엇갈리는 시들을 골라 내가 독서한 바를 기술한 글들이다. 해당 시편들에 대한 '독서'라기보다는 '하나의 독서'에 해당한다고 해야겠으나, 때로는 제1부에서 말한 문학 존재론의 탐구와도, 제2부에서 말한 새로운 관점의 모색과도 연결되는 점이 없지 않다.

나는 시를 강의하면서 가끔 엉뚱한 질문을 받는다. 그런 질문은 대체로 '시를 잘 모르는 학생'에게서 나온다. 그러나 나는 그 질문에 응해 재차 삼차 설명을 하다보면 내 설명체계에 약점이 있다고도 느끼게 되고, 그 약점이 내가 물려받아 사용하고 있는 '코드'에서 기인한다고도 생각하게 된다. 시를 잘 안다는 것이 시에 대한 설명의 '코드'에 익숙하다는 것에 지나지 않을 때가 많다. 내가 '코드'에서 해방될 수 있었다면 그것은 시가 본래 지닌 힘에 의해서일 뿐이다. 어느 일에서나 마찬가지로 시를 읽는 일에서도 마음을 비우는 연습이 중요하다는 점을 지난 10년 동안 여기 실린 평문들을 쓰면서도 다시 확인하게 된 것이 또하나의 수확이겠다.

문예중앙과 그 편집진들에게 감사드린다. 이 비평집의 편집을 도와준 권혁웅 교수와 조재룡 교수에게도 뜨거운 마음을 전한다.

2012년 1월 황현산

# 차례

## 제2부 현대시의 길목

제1부

시와 말과 세상

# 시 쓰는 몸과 시의 말

## 내적 체험 또는 시적 체험

바타유는 잘 알려진 그의 저서 『에로티즘』에서 에로티즘이 야기하는 존재론적 효과에 관해 이렇게 쓴다. "이 내적 체험은 내가 추측으로는 느낄 수도, 상상할 수도 없는 것이지만, 원칙적으로 이 체험은 그 밑바닥에서 어떤 종류의 '자아감自我感'과 연계되어 있다는 점을 나는 모르지 않는다. 이 기본 감정은 '자의식'이 아니다. 자의식은 사물에 대한 의식의 결과로, 명백하게 인간에게만 주어진다. 그러나 자아감은 필연적으로 그 감정을 느끼는 자가 불연속성 속에 갇혀 고립을 느끼는 정도에 따라 달라진다. 이 고립은 객관적 불연속성이 용이한 정도에 비례하고, 연속성이 가능한 정도에 반비례하여, 커지기도 하고 작아지기도 한다. 상상할 수 있는 한계의 견고성과 고정성이 문제되는 것이지만, 자아감은 고립의 정도에 따라 달라진다. 성행위는 이

고립이 위기를 맞는 순간이다. 성행위는 우리에게 외부적인 것으로 인지되지만, 우리는 이 행위가 자아감을 약화시키고, 문제로 삼는다는 것을 알고 있다. 우리는 지금 위기라는 말을 쓰고 있는데, 그것은 객관적으로 인지된 사건의 내적 효과이다. 위기는 객관적으로 인지되지만 그럼에도 불구하고 근본적으로 내적인 요소를 개입시키는 것이다."[1] 성행위가 우리의 고립감을 위기로 몰아붙여, 우리에게서 자기가 자기 자신이라는 느낌을 약화시킨다는 정도의 말인데, 바타유는 왜 이렇게 복잡하고 서투르게 써야 했을까. 문제는 내적 체험이라는 말에 특별한 주목을 요구하는 데 있지 않았을까. 내적 체험은 체험하는 자가 체험하는 자신을 대상화하지 않는다는 점에서 과학적 해명이나 심리학적 분석 효과와 같은 이성적 인식과 다르다. 이런 종류의 체험은, 죽음의 체험이 그렇듯이, 과학적 진실과는 달리 한 사람의 체험과 다른 사람의 체험이 동일한 것이라 하더라도 서로 교체될 수 없다. 또한 내적 체험은 외부적 자극을 요구하면서도 그 원인과 효과가 사실상 한 자아 안에서 작동한다는 점에서 강력한 외부 존재와 예외적 계기를 상정하는 신비적 체험과 다르다. 그리고 그것은 무엇보다도 주관적 체험과도 다르다. 그 효과는 한 자아의 특별한 관점에 의해 파악되는 것이 아니기 때문

---

1) Georges Bataille, *L'Érotisme*, Les Éditions de Minuit, 1957, p. 110. 번역 필자.

이다. 자아는 자기 안에서 일어나는 효과를 통해 객관적 사건에 참여한다.

랭보는 이와 거의 동일한 내적 체험의 가능성을 시에 대해서 말한다. 널리 알려진 일이지만 그는 열일곱 살 되던 해 5월에 드므니에게 보내는 편지, 이른바 '투시자의 편지' 가운데 하나에서 이렇게 썼다. "시인은 '모든 감각'의 길고 엄청나고 이치에 맞는 '착란'을 통해 '투시자'가 되는 것입니다. 온갖 형식의 사랑, 괴로움, 광기. 그는 스스로를 찾고, 자기 자신 속의 모든 독을 다 써서 그 정수만을 간직하는 것입니다. 그가 신념을 다하고, 초인적인 능력을 다해야 하는, 그가 무엇보다도 위대한 병자, 위대한 범죄자, 위대한 저주받은 자,─그리고 지고한 '학자'로 되는 형언할 수 없는 고통!─그는 '미지'에 도달하는 것이니까요!" 그리고 또 이렇게 썼다. "나는 타자이니까요. 구리가 나팔이 되어 깨어난다면, 전혀 구리의 잘못이 아닙니다. 나한테는 분명합니다. 나는 내 사색의 개화를 참관하고 있습니다. 나는 바라보고, 듣습니다. 나는 활을 한번 튕깁니다. 교향악이 저 깊은 곳에서 꿈틀거리거나, 한달음에 무대로 올라갑니다." 랭보에게 투시자의 기획은 '객관적 시'를 쓰겠다는 야망의 표현이었다. 투시자, 곧 시인이 되는 것은 모든 육체적 감각의 전면적이고 장기적인 착란을 통해서 가능한 일인데, 이 착란은 "이치에 맞"아야 한다. 다시 말해서 객관적이어야 한다. 주체는 중요하게 여겨지지 않지만, 그 자신이 다른 것으로 변화하게 될 하나의 장소로서 의미가 있다. 감각의 착란, "온갖 형식의 사랑, 괴로움, 광기"는 자아의 고립에 위기를 초래하여 주체를 비우는 수단이다. "자기 자신 속의 모든 독을 다 써서 그 정수만을 간직"한다고 말하지만, 그 정수는 주체가 무화된 상태 이외의 다른 것이 아니다. "위대한 병자"인 그는 육체적 감각을 극한으로 활용하는 자일 뿐만 아니라, 불교식으로 말하자면 수자壽者의 아상을, 기독교적으로는 신을 본떠 만들어진 인간 형상을, 포기한 자이며, "위대한 범죄자"인 그는 사회적 주체에서 유기된 자, 혹은 거기에 편입되기를 거부하는 자이며, "저주받은 자"인 그는 종교적으로도 정치적으로도 타자로 규정된 자이다. 그러나 그는 "지고한 학자"이다. 지식을 습득한 자로서의 학자가 아니라, 주체가 다른 것으로 바뀌는 이 내적 체험을 수시로 가능하게 하는 한편 그 과정과 결과를 객관적으로 참관하는 자로서의 학자이다. 말할 필요도 없는 일이지만, 이런 종류의 학자는 일체의 주관성 내지 주체성에서 해방된 자라는 점에서 그 자체가 타자이다. 랭보가 "나는 타자"라고 말할 때의 프랑스어 "Je est un autre"에서 'Je나'와 'un autre타자'를 연결하는 계사 'est'는 3인칭 단수 동사이다. 주체가 소멸한 자리라기보다는 주체와 대상이 분리되지 않았던 최초의 상태가 복원된 자리, 내적이면서 동시에 객관적인 육체의 "저 깊은 곳에서"만 무대 위에 솟아오를 "교향악"이 준비되는 것이다.

바타유에게서도, 랭보에게서도, 이 내적 체험을 위해 우선 중요한 것은 육체이다. 그러나 바타유에게서는 자아의 고립감을 깨뜨리는 성적 환상의 관점에서나 생식을 통한 지속성 유지의 관점에서나 고찰해야 할 것은 오직 육체에 국한되지만, 시인인 랭보에게서는 육체적·감각적 "착란"의 밑바탕에 말이 있다. "사색의 개화"는 줄곧 말의 이치에 의지하고, 그 결과인 "미지"는 말에 의해 표현된다. 말은 육체의 연장일 뿐만 아니라 다른 육체, 생각하는 자가 아니라 '생각되는 자'의 육체이다. 서정의 주체에 관해 말하기 위해서는 이 육체와 말에 대해 말해야 한다.

### 상호 육체성

물론 랭보가 육체의 끝에서 언어를 붙잡을 때까지 자신의 육체를 누리고 있는 것은 아니다. 오히려 그 반대일 것 같다. 그에게 육체는 우선 "온갖 형식의 사랑, 괴로움, 광기"로 고문해야 할 것에 해당한다. 시인 이상에게서도 육체는 그가 가장 먼저 불편하게 여겼던 것이다. 그는 『오감도』의 「시제5호」에서 오장육부라는 것이 "침수된 축사와 구별될 수 있을까" 묻는다. 「시제15호」의 이상은 거울 속에 비친 자기를 두려워하고, 그것을 자신의 위조라고 생각하여 자살을 권하기로 결심하기까지 한다. 그가 평생 가슴에 품고 있었다는 젊은 시절의 사진 속의 자기 모습과 거울에 비친 현실의 자기 모습 간에는 화해가 불가능했다. 그에게서 육체에 대한 이 극도의 혐오감은 자신의 의식 주체에 복속되어야 할 주변 주체들이 자치권을 얻고 독립하여, 마침내 의식 주체의 권력을 파괴하게 될지 모른다는 공포감에서 비롯한다. 의식 주체에게 육체는 우연히 깃들게 된 허술한 집이며, 종기나 혹 같은 존재의 잉여이다. 아무리 잘 훈련된 육체도 의식 주체의 완전한 식민지는 아니다. 육체는 제 욕망과 고통을 따로 지닌다. 반란하는 육체는 이를테면 무협소설에 자주 등장하는 주화입마走火入魔된 무술인의 육체에서 뛰어난 알레고리를 얻는다. 그 육체를 이상이 말하는 거울의 상으로 친다면 존재의 본디 모습이 난반사된 상이다. 예측할 수 없는 상들이 사진으로 고정시켰던 최초의 상을 삼켜버린다. 저 무술인의 육체가 어떤 힘을 얻었다 하더라도, 시간적 깊이가 없는, 다시 말해서 반성적 조절기능이 없는 이 존재-몸은 동물적 직접성·공격성으로 환원될 뿐이다. 이 괴물은 그 주변가치적인 모든 부속물들이 최고도의 힘을 얻었다는 데서 초인 또는 초존재이지만, 그 의식 주체의 충만도가 바닥에 떨어졌다는 점에서 아무것도 아니다. 몸의 주변적 동일성들이 의식 주체로부터 주어진 텍스트의 복사이기를 그치는 순간이 그렇게 표현된다. 몸은 주체가 자신에게 새겨 넣거나 자신에게서 읽으려는 이성적 텍스트가 아니다. 몸의 괴물화는 시인 이상의 비극이 아니며, 인간의 비극도 아니다. 그것은 단지 몸을 주체의 식민지로 만들려는 이성의 비극이다.

반란하는 몸은 없다. 의식 주체가 몸에서 읽으려는 텍스트와 몸의 실제 텍스트가 다를 뿐이다. 몸의 텍스트가 주체의 텍스트와 다른 것일 수 없다고 믿는 주체의 환상이 있을 뿐이다. 랭보가 고문하려던 것은 사실 몸이 아니다. 감각을 착란하면서 그가 원하는 것은 의식 주체가 몸에서 읽으려는, 읽은, 또는 읽었다고 믿는 텍스트를 거부하고 파괴하려는 것이다. 주체는 세계라고 부르는 거대한 몸에 둘러싸여 있으며, 한편으로는 제 시선으로 그 거대한 육체를 끌어안는다. 주체가 이 세계의 육체와 소통하는 것은 그에게 부속된 육체를 통해서이다. 내가 자판을 두들겨 글을 쓸 때, 내 주체는 손가락 끝으로 세계와 만난다. 오래된 자판은 내 손가락을 알아본다. 글을 쓸 때 내 주체는 이 손가락이며 자판이고, 자판이 놓여 있는 책상이다. 책상까지 연결된 나의 몸은 또다른 몸과 만난다. 보는 자이며 보이는 자인 주체는 자기 시선의 주체이면서, 타자의 시선에 주제가 된다. 게다가 나와 손가락과 자판과 책상의 관계에서처럼 주체와 주제의 경계는 모호하다. 몸은 이 복잡한 상호 육체성에 간여하여, 한 자아의 몸이면서 동시에 자아의 몸 이상의 것이 된다. 주체는 주체 이상의 것이 된다. 말은 이 상호 육체성의 약도와 같다. 말은 자판이나 책상처럼 한 육체의 연장이지만, 주체의 생각에 육체를 주기만 하는 것이 아니라 주체를 떠나는 순간 벌써 다른 육체를 형성하고 다른 육체에 간여한다. 상호 육체성이 말을 통해 전개될 때 주체는 상호 주체성에 복속하는 주체가 된다.

육체가 온전하게 주체에 속하지 않는 것처럼, 그 육체로 존재하는 주체 역시 온전하게 자기에게 속하지 않는다. 명증한 의식을 주체의 정점으로 여기는 방식의 자기 지향적 성찰은 주체에게 세계를 열어주지 않는다. 내적 체험은 자기 지향적 성찰이 아니다. 그것은 주체가 자기이자 타자인 제 몸의 내부에서 상호 육체성을, 따라서 상호 주관성을 만나는 계기이다. 육체의 하부에는 장기가 있다. 장기는 장기와 소통한다. 의식 주체가 장기와 소통할 수 있다면 그는 모든 동물의 장기와 소통하는 것이 된다. 장기의 하부에는 세포가 있다. 의식 주체가 세포들의 소통에 참여할 수 있다면 그는 모든 생물의 세포 소통에도 참여한다. 세포를 구성하기 위해서는 물질들의 소통이 있어야 한다. 그 물질들의 소통에 참여하는 내적 체험이 있다면, 그것이야말로 진정한 의미에서의 객관적 인식이다. 주체가 세계를 향해, 다른 존재를 향해 열린다는 것은 그 주체를 자기 안에 있으면서 자기 밖에 있는 낯선 자로—동일자이면서 타자로—만든다는 것과 같다. 주체는 가장 깊은 진실, 따라서 가장 객관적인 진실을 제 몸이 세계의 몸과 맺는 관계에서 발견할 수 있다. 세계와의 접촉에서 몸은 알았으나 주체가 알지 못했던 관계를 통해 주체가 표현될 때, 주체는 벌써 다른 것이 되어 있다. 구리가 나팔이 되어 깨어난다. 동일한 체험을 진은영은 그의 「물속에서」
(『우리는 매일매일』, 문학과지성사, 2008) 시에서 이렇게 썼다.


    모르는 일들이 흘러와서 조금씩 젖어드는 일
    내 안의 딱딱한 활자들이 젖어가며 점점 부드러워지게
    점점 부풀어오르게
    잠이 잠처럼 풀리고
    집이 집만큼 커지고 바다가 바다처럼 깊어지는 일
    내가 모르는 일들이 흘러와서
    내 안의 붉은 물감 풀어놓고 흘러가는 일
    그 물빛에 나도 잠시 따스해지는


    그런 상상 속에서 물속에 있는 걸 잠시 잊어버리는 일


  철학자이기도 한 이 시인에게서 "내 안의 딱딱한 활자들"은
책에서 얻은 지식만을 뜻하지는 않는다. 그것은 시인이 제 몸
을 규정하는 방식이거나 그 내용이기만 한 것도 아니다. 시인에
게 그것은 아직 말로 풀려나지 않은 말의 소질이다. 그것은 시
인도 아직 읽어내지 못한 말들이다. 닫힌 말의 형식인 활자들은
스스로 닫혀 있을 뿐만 아니라 몸을 닫으려 한다. 물의 부드러
움은 이 딱딱함과 대비되는 물성만을 뜻하지는 않는다. 그것은

모든 방향에서 몸을 둘러싼 바깥 세계가 몸–주체와 지극히 섬세한 관계를 실천하는 힘이다. "모르는 일들"이 주체가 알지 못하는 이 관계를 타고 흘러와서 주체로 하여금 스스로를 잊게 한다. 이때 주체는 벌써 다른 것이 된다. 그가 자신의 말이면서 타자의 말인 낯선 말을 하게 되는 것은 말할 필요도 없다.

### 낯선 말

말이 낯선 것은 그것이 주체의 예견을 벗어나 있고, 주체에 의해 완전히 제어되지 않는다는 뜻이지만, 그 말이 지닌 특별한 효과를 이르기도 한다. 그 말은 공기나 햇빛처럼 의식하지 않고 이용할 수 있는 말이 벌써 아니다. 말은 혀끝에 걸리고 귀를 자극하며, 말하는 사람이 '내가 이런 말을 다 하다니'라고 생각하게 한다. 그것은 이성이 예견했던 말이 아니다. 좋은 비유는 관계가 먼 사물을 끌어다붙여 대질시킬 때 얻어진다는 말을 우리는 교과서에서 배웠지만, 그 비법의 연원이 되는 것은 앙드레 브르통이 그의 『초현실주의 선언』에서 소개한 르베르디의 다음과 같은 말이다.

이미지는 정신의 순수한 창조물이다.

그것은 다소간 서로 멀리 떨어져 있는 두 현실의 비교가 아니라 근접병치에서 탄생할 수 있다.

병치된 두 현실의 관계가 멀고 적절할수록, 이미지는 그만큼 더 강해질 것이며―감동적인 힘과 시적 현실성을 그만큼 더 많이 얻을 것이다.[2]

여기서 "정신"은 이성이 아니다. 그것은 제가 접촉하는 물질들을 닮아가는 지각들의, 생각되는 주체와 생각되는 주제의, 주체의 의지로서의 말과 벌써 타자의 육체가 되는 말의, 한마디로 의식 주체와 육체의, 상호 주관성이다. 이성은 "다소간 서로 멀리 떨어져 있는 두 현실"이야 어렵지 않게 찾아낼 수 있지만, 관계가 멀 뿐만 아니라 "적절"한 두 현실을 발견하기는 어렵다. 그것들의 병치에서 얻어질 강력한 이미지는 이성의 계산을 벗어난다. 이 점을 간파한 앙드레 브르통은 자신이 이 방법을 원용했으나 실패한 이유에 대해, 르베르디의 '완전히 귀납적'인 미학을 연역적으로 접근한 나머지 결과를 원인으로 잘못 보았기 때문이라고 고백한다. 그러나 초현실주의자들은 이 잘못된 결과를 이용할 줄 알았으며, 그 방법을 개발했다. 예를 들자면 브르통이 같은 글에서 쓰고 있는 바의 "실수를, 이를테면, 부주의에서 오는 실수를 한 번만 범해도 침묵이 자리잡을 우려가 있으면, 서슴지 말고 너무 명료한 문장을 버리고, 어디서 나

---

2) André Breton, *Manifestes du surréalisme*, Jean-Jacques Pauver, 1962, p. 34. 번역 필자.

왔는지 의심스럽다 싶은 낱말 다음에는, 어떤 글자건 글자 하나를, 이를테면 *l*자를, 항상 *l*자를 쓰고, 뒤에 올 낱말이 이 글자를 첫 글자로 삼게 하여 자의성을 회복하라"[3]는 식의 창작 방법이다. '정신이 메마를 때는 아무 말이나 써놓고 곧장 앞으로 나가라'는 아폴리네르의 말에서 착상을 얻었을 이 '자의적인' 말들의 수집이 수미 없는 조각 말 잇기와 같은 '우아한 시체cadavre exquis' 식의 공동 창작과 연결되어 있다는 것은 우리가 이미 아는 사실이다. 이런 방법으로 얻어진 말에는 사실상 말하는 사람이 없다. 이 말들은 그 자체만으로는 어떤 체험의 표현이라고 할 수도 없다. 말의 주체와 체험은 사후에야 온다. 기압이 낮은 곳으로 공기가 몰려드는 것처럼 관계가 없는 말들 사이에 관계들이 모인다. '우아한 시체'와 '새로운 포도주' 사이의 벌어진 틈이 의식을 유인하고, 의식은 그 사이를 메우며 거기 있어야 할 관계들을 꿈꾸고 마침내 체험한다. 이 체험은 환상이나 자기기만이 아니다. 모든 낱말들 사이에는, 모든 사물들 사이에는, 모든 낱말과 사물들 사이에는, 관계가 이미 있었다는 깨우침이 뒤늦게 왔을 뿐이고, 뒤늦게 그 관계 속에서 꿈꾸는 또하나의 주체가 일어섰을 뿐이라고 초현실주의자들은 대답할 것이다. 우리가 이 대답을 곧이곧대로 신뢰하지는 않는다고 하더라도, 낱

---

3) André Breton, ibid, p. 45. 번역 필자.

말들이 일체의 문맥에서,—사회적 문맥에서, 학술적 문맥에서, 익숙한 미학적 문맥에서,—떨어져나와 그 고립으로 얻게 되는 생생함이 거기 들어서야 할 관계를 미리 그리고 충분히 증명한다는 점만은 부인하기 어렵다. 이 낱말들을 발음하게 되는 사람은 이미 배웠던 말을 다시 배우는 사람처럼 발음기관에 닿는 그 물질성을 의식하고, 말 한마디에 사물 하나가 솟아오르는 현장을 참관한다. 구리라는 말은 구리가 된다. 구리라는 말이 벌써 나팔소리를 낸다. 나무라는 말은 나무가 되고, 때로는 바다가 된다. 나의 주체이면서 나무의 주체인 나는 또한 바다의 주체이기 때문이다. 나는 나와 무관하였던 일체의 사물과 사건에 꿰뚫린다.

나의 주체가 바다의 주체로 확장되는 체험을 우리는 이를테면 번역의 언어에서 찾아보는 편이 편할 수도 있겠다. 김정환은 1만 2,000행이 넘는 그 거대한 시, 시인 자신도 "이 화상을 뭐라 부를꼬?"라고 묻게 되는 시 『거룩한 줄넘기』(강, 2008)에서 이렇게 썼다.

마오리족 숫처녀 아니더라도
사랑의 언어는 늘 파도를 타고
다른 섬으로 전달된다. 연인은 늘 다른 섬이다.
번역을 하면 뜻이 통하는 순간

단어는 문화를 벗고 감각의 날것이
행위한다, 생각해보면 차가울수록 달콤한
열대과일보다 그것은 기분좋고
소름끼치는 일이다.

　마오리족 처녀가 물을 건너오는 제 연인의 피리소리를 들을
때도, 제 몸에 표주박을 달고 파도를 건널 때도, 바다는 사랑이
라는 무한히 높고 무한히 넓은, 따라서 비어 있는, 말의 내용이
된다. 바다는 사랑의 안타까움이 되고, 사랑의 용기가 되고, 순
결한 처녀의 목숨을 노리는 사랑의 위험이 된다. 바다는 이렇
게 그 깊이와 넓이로, 그 험난한 파도로 사랑이라는 말을 번역
한다. 사랑이 이렇게 아득해진 적이 없으며, 사랑이라는 말이
이렇게 날카로워진 적이 없다. 여기서 번역이라는 말은 비유
적으로 쓰였지만, 실제의 번역에서도 말이 지니는 힘의 변화는
이와 다른 것이 아니다. 마오리족의 말 '아로하aroha'를 우리말
로 번역하려면 저 군도에 사는 사람들의 인정과 옷차림을, 그
만남의 환희와 이별의 슬픔을, 못 견디게 그리워하는 그들 남
녀의 모험을, 그 초조한 용기를, 그 말속에 한데 모아, 그것들을
다시 우리의 '사랑' 속에 끌어들여야 할 터인데, 이 영접은 우리
가 이제까지 그 '사랑'으로 꿈꾸고 기대하고 실천했던 모든 것
의 힘을 통해서만 가능하다. 이 모험이 성공할 때 우리를 스쳐

지나가기만 하던 '사랑'이 갑자기 다른 문맥 속에 나타난다. 이른바 번역투가 생산된다. 한용운의, 김수영의 힘찬 말 뒤에는 얼마나 많은 번역투가 숨어 있는가. 말은 낯설어지고 낯선 만큼 날카로워진다. 그것은 새로운 체조를 배우는 사람이 안 쓰던 근육에 한동안 통증을 앓지만 제 몸에 숨어 있던 다른 힘을 발견하며 놀라게 되는 것과 같다. '사랑'은 변함없이 '사랑'으로 여기 남아 있지만, '아로하'를 번역하는 '사랑'은 벌써 그 용적을 넓히고 다른 힘을 발휘한다. 공식적 이성 혹은 주체적 이성이 마치 책임회피에 급급한 공무원처럼 제 편의를 위해 없는 것으로 치부했던 것을 이제 '사랑'이 들어올린다. 김정환이 그 효과를 "소름 끼치는 일"이라고 규정하는 것은 낱말 하나하나가 새롭게 얻은 힘만큼 이미 기호로 전락한 주체의 상투어를 괴롭히기 때문이다.

벤야민은 「번역가의 과제」에서 이렇게 쓴다. "구문론에 따른 자구대로의 번역은 모든 의미의 재현을 완전히 뒤집어엎고, 의미가 곧장 무의미에 이르도록 위협한다. 19세기에 횔덜린의 소포클레스 번역은 그러한 직역의 기괴한 예로 여겨졌다. 결국 형식을 재현하려는 성실성이 의미의 재현을 얼마나 어렵게 만드는가는 따질 필요조차 없다. 결국 직역에 대한 요구는 의미를 보전하려는 관심에서 기인하는 것이 아니다. 나쁜 번역가의 거침없는 자유는 이러한 의미 보전에 훨씬 더 많이—그러나 문학과 언어에는 훨씬 더 적게—기여한다."[4] 벤야민은 여기서 유창한 자유 번역보다 생경한 축자역이 문학과 언어의 발전에 더 많이 기여한다고 말함으로써 번역의 의의 가운데 하나가 언어의 일상적 용법을 파괴하는 데 있다고 암암리에 주장하고 있다. 외국어 원문의 구문 형식을 그대로 유지하려고 애쓰며 자구대로 번역하여 얻어진 결과는 자국어의 통사법을 그 한계에 이르기까지 비틀고 낱말 하나하나와 관련하여 그 의미 선택의 폭을 그 의미 자체가 기화될 지경까지 확장시킨 언어이다. 그러나 우리가 이 언어를 탄핵할 수 없는 것은 본질적으로 시어의 성질이 거기 있기 때문이다. 시는 낱말들이 저마다 동일한 힘을 발휘하게 한다. 극단적으로 말한다면 시에서는 목적어가 주어에도 동사에도 지배되지 않는다. 어느 시인이 '하얀 새가 산을 벤다'고 말하더라도 산을 베는 새가 없으며, 베어지는 산이 없다. 거기에는 오직 허공을 비껴 가르는 힘 하나가 있으며, 아래쪽에서 위쪽으로 재빠르게 비껴 그어질 금 하나를 제 안에 품고 있을 것처럼 그렇게 팽팽하고 투명한 푸름이 있다. 하얀 새가 푸른 산을 배경으로 재빠르게 날아오르는 풍경의 맞은편 거울에 흰색과 푸른색과 베는 행위의 물질성이 있다. '하얀 새가 푸른 산을 배경으로 재빠르게 날아오른다'고 말하는 사람의 맞은편

---

4) 발터 벤야민, 「번역가의 과제」, 황현산-김영옥 옮김, 『번역비평』 2007년 가을 창간호, 194~195쪽.

에 '하얀 새가 산을 벤다'고 말하는 사람이 있다. 풍경과 물질성의 거울상은 같은 정황이면서 다른 정황이며, 말하는 두 사람은 같은 사람이면서 다른 사람이다. 시인은 이성적으로 숙고된 의미와 재현을 양보하고, 글쓰기의 상호 활동 속에 자기 밖 맞은편의 사람을 받아들임으로써, 다시 말해서 말과 사물의 물질성에 자기를 던짐으로써, 자신과 다른 사람들에게 자신을 드러낸다. 김정환은 같은 시에서 또 이렇게 썼다.

> 너는 흐리게 웃고, 너는 흐리게 운다. 명료한
> 발음은 음악의 육인 투명을
> 찢어발긴다는 듯이. 너의 육과 나의 육은
> 섞여 있을 뿐 구분이 되지 않고
> 그것을 나의 육이 알아차린다. 그것은
> 너의 영혼이다.
>
> 형상은 몸을 흐리며 전모에 달하려 한다.
> 그러나 그것은 전모에 달하기 전에 이미
> 소리다.

내가 "맞은편의 사람"이라고 부르는 존재와 김정환이 "너"라고 부르는 사람은 나의 주체를 벗어날뿐더러 누구의 주체도 아니다. 그것은 1인칭과 2인칭을 넘나들고 마침내 3인칭으로 지시된다. 그것을 아우를 수 있는 것은 '우리'밖에 없다. 그러니 이 '우리'를 어떤 사회적 공동체라고 말하기는 어렵다. 문화적 관점에서건 이해의 관점에서건 복제한 나를 여러 개 모아놓은 것과 다를 것이 없는 이런 공동체는 나를 강화하고 자주 나의 반성을 가로막는다. 어쩌면 종교적 지혜를 빌려 이 '우리'를 범아라고 부를 수도 있을 터인데, 그것은 사실상 말해주는 것이 아무것도 없다. 외부가 없기에 내부가 없는 그것에는 나와 너와 그의 넘나듦이 실천될 자리 또한 없다. 범아는 일체의 "육"을 섞으면서 동시에 지울 것이기에, "육"과 "육"의 섞임을 "나의 육이 알아차"리는 어리석음을 용납하지 않으며, 몸이 "전모에" 달하기를 바라며 "소리"로 바뀌는 드라마를 알지 못한다. '우리'의 정체가 어떤 것이건 그것의 삶은 이 어리석음과 이 드라마를 떠나서는 영위되지 않는다. 그래서 시대의 관습에 따라 서정적 주체라거나 시쓰기의 타자라고 불러야 할 이 '우리'는 그것이 우리로 되기 위해 최소한으로만 간직해야 할 소질이라고 해야 할지 모르겠다. 김정환은 그 긴 시에서 또 이렇게 썼다.

> 그대는 내 마음의 닻이니 떠나지 말고 다만 떠남을
> 예견케 하라. 그대는 내 몸의 각도니 방향을 거두고
> 다만 다닥다닥 정다운 산동네 품듯 그대 품게 하라.

그대는 내 영혼의 소리니 울리지 말고 다만 영혼을 소리의 몸으로 변케 해다오. 그대는 내 몸의 날개니 날지 말고 다만 마음보다 가벼워지게 하라. 그대는 가벼움의 활이니 다만 잡아당겨다오. 파르르 떨게 해다오. 그대는 떨림의 빈병이니 깨지지 말고 다시 떨림의, 소리의, 몸으로 변케 해다오. 그대는 몸의 지도니 펼치지 말고 다만 변함없이 손금으로 새겨 다오. 그대는 손금의 절벽이니 다만 위태로워다오.

그 존재는, 시인의 마음에 "닻"의 소질이지만 부동의 정박지에 시인을 묶지 않으며, 시인의 실천에 "각도"의 소질이지만 그 실천을 단 하나의 방향으로 치닫게 하지 않으며, 시인의 영혼에 "소리"의 소질이지만, 주어진 정황을 모면하기 위한 임시변통의 기호로 타락하지 않는다. 그 소질이 제시하는 지도는 제 운명을 딛고 항상 실현됨과 실현되지 않음의 위태로운 경계에 서려는 시인의 노력으로 다시 그려진다. 이 존재는 한 자아가 자신을 비울 때만 얻게 될 소질, 진정한 의미에서의 객관적 소질이다.

### 비어 있는 주체

그러나 내가 나에 관해서, 내 육체의 연장인 사물에 관해서, 우리에 관해서, 더는 알 것이 없다면 나를 비울 필요가 있을까.

우리는 우리인 것에 관해 공동의 무지를 공유하고 있다. 시의 소질은 이 무지가 인식되고 소통되는 객관적 순간에 작동한다. 믿었던 방향에 의문을 삼고, 지금 이 자리의 말이 내내 옳은 말일지를 묻는 무지가 바로 소질이라고 말해야겠다. 한번 썼던 말을 다시 쓴다면 공식적 이성, 혹은 주체적 이성이 마치 책임회피에 급급한 공무원처럼 제 편의를 위해 없는 것으로 치부하는 유토피아 하나가 이 무지의 소질 속에서 그려진다. 고립된 몸은 그 무지의 빈자리에서 다른 몸을 만난다. 나에게 부재했던 타인들이 나에게 내가 서 있는 자리와 내 모습을 그려준다. 나는 그들과의 관계에서 보는 사람이 되고 보이는 사람이 된다. 초현실주의자들이 우연한 만남에 매혹될 때, 그 예기치 못함의 빈자리에는 우리가 알지 못했던, 어쩌면 영원히 알지 못할, 관계들이 있다. 삼세의 인연이란 빈말이 아니다. 그러나 이렇게 말하고 보면 그 관계들이 항상 행복한 것은 아닌 것 같다. 삼세의 인연이란 벌써 두 번의 죽음을 말하지 않는가. "나"가 객관적으로 체험되는 "자아"로 되고, "나"가 비어 있음의 공동소유자인 "우리"로 되려면, 자신을 단순히 대상화하는 것이 아니라 그 삶을 바꾸고 확장시키려면, 우선 "너"로 되어야 한다. 이 이상한 매개자가 "너"가 되는 일은 소질을 실천으로 옮기는 일일 텐데, 어떤 실천으로도 그 소질이 파편화·왜소화하지 않아야 한다. 그러나 부동의 정박지가 아닌 "닻"을, 방향이 아닌 "각도"를 어떻게 상상할 수 있겠는가. 김정환은 이 이상한 매개자인 "너"에게 죽음을 결부시킨다. "그대는 죽음의 호주머니니 입술 조이지/않고서 물어다오. 더 부드럽게 깨물어다오. 죽음의/입술이니 그대는 마지막 심판의 그 참혹한 이름을/부르지 않고, 입술의 몸이니 그대는 무게도 주재도/없는 심판을 벗고 그 혀로 내 온몸을 감쌀 수 있다." 죽음은 비어 있음 가운데 가장 큰 비어 있음이다. 그것은 가장 큰 무지의 다른 이름이면서 동시에 가장 넓은 소통의 자리이다. 죽음은 지극히 막심한 고립이면서 지극히 두터운 관계를 불러들이는 자리이다. 바타유의 성행위가 그렇고, 랭보의 착란이 그렇듯이, 이 시적 죽음은 이 삶이 가장 희박해지는 지점에서 이제까지 삶이 보여주지 않았던, 그리고 끝내 우리가 볼 수 없을지도 모르는, 모든 관계 속에 또하나의 삶을 투사하는 일이다. 입구가 완전히 조이는 것은 아닌 "죽음의 호주머니"에 들어간다는 것은 새로운 세상이 이루어질 어떤 객관적 조건도 마련되지 않은 곳에서 새로운 세계를 내다보는 일이다. 그것은 존재론적 관점에서건 사회적 관점에서건 거대한 변화의 알레고리이다. 내 삶이 희박해진 자리에 벌써 그 세계를 살고 있는 사람이 들어온다. 죽음은 타자를 영접하는 자리, 아니 더 정확하게 말한다면, 타자를 내적으로 체험하는 자리이기 때문이다. 그러나 나를 대신해서 말하는 타자는 아직 존재하지 않는 시간 속에 미리 가 있는 나의 지성과 다른 것이 아니다. 아직 존재하지 않는 시간 속으로의 데페이즈망, 그것은 현실을 포기하거나 왜곡하고 미래의 환상에 젖어 살기 위해서가 아니라, 현실 속에서 내가 보면서 인식하지 못했던 것들이 내 인식 앞에 최초의 기억처럼 열리게 될 어떤 계기가 있을 것을 확신하고 그 인식으로 현실을 보기 위함이다. 실천의 확장이 거기 있고, 현실의 논리를 넘어서 사상의 자유를 확보하는 언어적 영감이 거기 있다. 시가 이성을 비껴간다는 것은 미래의 어느 시점에서 현실을 바라보는 방식으로 현실에서 그 언어적 실천을 통해 현실을 바라본다는 것이다. 그것은 시간이 증명할 것을 미리 증명하는 객관적 체험이며, 현실 조망의 높이를 확보하고 그것을 잃지 않으려는 감정적 확신을 위한 다짐이다.

시에 관해서라면, 시쓰기가 타자의 작업이라는 말보다 더 정치적인 말은 없다. 자크 랑시에르는 문학 언어—지극히 문학적인 언어—에 내재하는 정치성에 관해 이렇게 쓴다.

삶보다 행동을 우위에 두는 대의정치 체제에서 그에 부응하는 실생활어의 우위에 맞서, 문학이 내세우는 것은 삶에 말을 시키는 기계장치처럼 보이는 글쓰기, 민주주의적 말보다 더 침묵하면서 동시에 더 많이 말하는 글쓰기, 다시 말해서 사물들의 신체에 쓰인 말, 통속적인 젊은이들의 욕구에서 벗어난 말이다. 그러나 또한 어느 누구에 의해서도 발설되지 않는 말, 어떤 의미 행위의 의지이건 그런 의지에 응하는 것이 아닌 말, 화석들 또는 홈 파인 돌들이 그 역사를 새겨 담고 있는 방식으로 사물들의 진리를 표현하는 말이다. 이것이 바로 문학적 "화석화"의 두번째 의미이다. 발자크나 플로베르의 문장들은 필경 말 없는 돌들이었다. 그러나 이렇게 판단을 내렸던 사람들은 고고학, 화석학, 문헌학 시대에는 돌들 역시 말을 한다는 사실을 알고 있었다. 돌들은 권력자들, 장군들, 웅변가들처럼 목소리를 지닌 것은 아니다. 그러나 그들보다 말을 더 잘한다. 돌들은 자신들의 신체에 그들 역사의 증언을 담고 있다. 그리고 이 증언은 인간의 입으로 발설된 어느 담화보다 더 믿을 만하다. 이 증언은 웅변가들의 수다와 허언에 대립되는 사물들의 진실이다.[5]

"화석화"의 글쓰기란 애초에 사르트르가 플로베르의 문체를 비난하기 위해 썼던 개념이다. 글쓰기의 내적 필요성에 따라, 사물에서 인간적 가치 위계를 배제하고, 인간적 의미 행위를 염두에 두지 않은 채 그 사소한 특성들 하나하나에 동일한 힘을 느끼는, 그것을 기술하는 말에서도 낱말 하나하나에 동일한 힘과 평등한 가치를 부여하는 그런 종류의 절대적 문체에서, 사르트르는 부르주아 계급의 허무주의적 전략을 볼 뿐이다. 랑시에

---

5) Jacques Rancière, *Politique de la littérature*, Galilée, 2007, p. 23. 번역 필자.

르는 글 쓰는 주체와 읽는 주체가 특정되지 않는, 따라서 글과 말이 지배권을 누리며 한정된 발신자와 수신자를 벗어나 작동하는 이 무감동의 글쓰기에서 언술 주체와 소통 주체의 새로운 체계를 발견한다. 그것은 보지 못했던 것을 보는 일이며, 말하지 못했던 것을 말하는 일이다. 더 정확하게는, 볼 필요도 말할 필요도 없는 것과 보고 말할 필요가 있는 것의 경계를 되풀이해서 바꾸는 일이다. 돌들의 소통능력, 또는 인간과 인간의, 인간과 사물의 상호 육체성이 거기 있다. 사물이 저마다 그 자리에서 우뚝 서게 하고 낱말이 제가끔 그 문맥을 넘나들며 생생하게 빛을 뿜게 하는 이 기획은 그 자체가 문학의 원리이다. 어떤 정치적 문학도 그것이 문학인 한에서는 많게건 적게건 이 기획에 참여한다. 운동의 차원에서건 해석의 차원에서건 삶을 바꾸는 일이 이 기획에서 벗어날 수 없기 때문이다. 그러나 말의 타자가 신비한 존재가 아니듯이, 상호 육체성이 감각을 착란하고 이성을 고문해서만 얻어진다고 말할 일은 아니다. 나는 40년 전의 나를 바라본다. 젊은 날의 미숙한 열정과 갈피 없는 방황 속에서 그―그는 3인칭이며 1인칭이며 2인칭이다―가 보려고 하지 않았던 것을 지금 나는 본다. 그의 육체였던 것을 나는 지금 더 넓고 더 두껍게 본다. 지금의 나는 젊었던 나의 타자이다. 나는 그에게로 돌아갈 수 없으니 그가 아니다. 나는 한 번 이상 죽음을 건너온 그이다.

마지막으로 최승자의 시 한 편을 읽는다.

　　회색 근로복을 입은

　　노동자 아저씨들이

　　토요일 오후 늦게

　　퇴근을 하지 않고서

　　볼차기 놀이를 하고 있다


　　(세월이 볼을 텅텅 굴리면서 지나간다)

　　불행했던 사나이 행복했던 예수가

　　아직도 행복한 꿈속에서 졸면서

　　세월이 볼을 텅텅 굴리면서 지나가는 것을

　　지켜보고 있다


　　최근의 시집 『쓸쓸해서 머나먼』(문학과지성사, 2010) 속의 「어느 토요일」이다. '졸고 있는 예수'는 산상에서 설교하는 예수도, 십자가에서 피를 흘리는 예수도 아니다. 마음도 몸도 가난한 노동자들이 그들이 받을 복을 잠시 누린다. 그 긴 세월이 변하게 한 것은 아무것도 없는 것 같다. 그럴 필요가 있었을까, 예수는 자신에게 묻는 것 같다. 그러나, 적어도 최승자의 쓸쓸한 마음속에서는, 저 거룩한 열정으로 피 흘리는 예수가 없다면

'졸고 있는 예수'도 없을 것 같다. 그 역도 마찬가지다. 벌써 타
자를 영접한 상호 육체성의 속에는 미래의 육체도 포함된다. 그
역도 마찬가지다.

# 문학의 정치성과 자율성

지난 세기에 한국문학에 매우 강력하고 빈번하게 제기된 주제는 문학과 정치의 관계에 대한 질문이었다. 카프의 결성과 해체가 가장 큰 문학적 사건에 해당하는 일제강점기에 관해서라면, 제국주의의 압제에 항거하며 건강하고 자주적인 사회 건설에 적극적인 입장을 표명한 문학은 말할 것도 없고, 반동적이라고 불러야 할 작품들까지도 사멸의 운명에 처한 모국어에 활력과 깊이를 주는 데 일조하였다는 점에서 일정한 정치적 의의를 지닌 것으로 평가된다. 민족분단과 전쟁으로 끝나게 되는 해방 공간에서는 한국인의 희망과 비극이 이 땅에서 실현되는 문학의 운명으로 곧바로 이어졌다. 문학의 정치적 역할이 성찰되기도 전에 정치가 문학을 지배하는 형국이 거기 있었다. 그후 폭압적 정치권력에 맞서 끈질긴 투쟁을 전개하며 민주적 국가 토대와 사회를 건설하려는 노력에 깊숙이 참여해온 한국문학이 그 과정에서 정치적 역량을 고양하고 심화시킨 것은 우리가 두루 아는 바와 같다. 정치는 문학의 가장 중요한 화두였으며, 정치적 실천의 문학과 방관의 문학이 모두 그 미학적 감수성에 적지 않은 변화를 겪었다. 그러나 이 땅에서 형식적인 선에서나마 독재권력이 퇴조하는 한편, 현실 사회주의의 몰락이 확실해지고 전 지구의 자본주의화가 진행된 2000년대에 들어서서, 문학의 정치적 실천과 그에 관한 논의도 변화를 겪을 수밖에 없었다. 간략하게 말하자면, 문학의 정치적 진정성과 효과에 대한 질문이 문학의 내재적 정치성에 관한 성찰로 바뀐 것이다. 이 짧은 논고는 애초에 최근 두 해 동안 젊은 시인들과 비평가들 사이에서 문학의 감성과 정치성에 관련하여 야기되었던 일단의 논의에 대한 소회를 간접적으로 전하는 동시에 원론적인 관점에서 하나의 방향을 제시하려는 의도로 작성되었다.

타르코프스키의 후기 영화에는 심각한 해석을 요청하는 알레고리들이 자주 끼어들어 영화 전체에 대한 이해를 어렵게 하는 것이 사실이지만, 그 알레고리적 삽화 하나하나를 독립된 단편으로 여길 때 그 완결된 구조에 새삼 놀라게도 된다. 이를테면 〈희생〉에 이런 장면이 있다. 주인공 알렉산더와 말을 못하는 그의 어린 아들 고센이 바닷가에 죽은 나무를 심고 돌아가려던 길에 우체부 오토가 자전거를 타고 온다. 알렉산더에게 생일축하 전보를 전하려는 것이다. 오토는 알렉산더와 고센의 주위를 바장거리다가 마침내 자전거를 버리고 풀밭에 앉아 '철학적'인 이야기를 시작한다. 니체의 영원회귀설을 빌려 변화와 희망이 없는 삶에 관해 말한다. 그가 다시 자전거를 타고 10미터도 가기 전에 그의 자전거가 크게 충격을 받는다. 한끝이 자전거에, 다른 끝이 관목에 묶여 있던 밧줄이 팽팽히 당겨졌다가 끊어졌기 때문인데, 벙어리 소년 고센이 장난을 친 것이다. 오토는 이 장난 때문에 건조한 그 삶에서 작은 변화 하나를 경험하게 된다. 그러나 더욱 중요한 것은 오토가 니체를 말하고 있을 때 거의 모든 관객들이 고센의 장난을 눈여겨보지 않는다는 것이다. 진지한 관객들은 극장을 나와서 비디오를 다시 돌려보고 나서야 철학자 오토 뒤에서 또하나의 사건이 예비되고 있음을 알아차린다. 보고 말해야 할 것은 오토의 철학적 담론이 아니라 고센의 장난이다. 사람들이 눈길을 보내지 않는 사이에 역사하는 '숨은 힘' 하나가 거기 있기 때문이다. 사람들은 사후에야 비로소, 비디오를 다시 돌려 보고 나서야 비로소, 볼 필요도 말할 필요도 없는 것과 보고 말할 필요가 있는 것의 경계와 그 체계를 다시 점검하게 된다. 랑시에르식으로 말한다면, 관람자들 내부에서 감성체계의 개편이 이렇게 시작된다.

랑시에르가 감성계의 분배나 감성체계의 개편을 이야기할 때는 늘 플로베르의 '화석화 문체'나 말라르메의 절대순수시에서 그 뛰어난 예를 발견하지만, 문학과 예술이 감성체계의 전복을 수단과 목표로 삼는 것은 반드시 모더니즘의 예술적 기획 이후의 일이라고만 말하기는 어렵다. 우리는 춘향이 옥중에서 꾸었던 꿈을 기억한다. 춘향은 장님 점쟁이에게 '단장하던 체경이 깨져 보이고, 창 앞의 앵두꽃이 떨어져 보이고, 문 위에 허수아비가 달려 보이고, 태산이 무너지고 바닷물이 말라 보이니 나 죽을 꿈 아니냐'고 묻는다. 그러나 점쟁이는 생각 끝에 '능히 열매가 열려야 꽃이 떨어지고 거울이 깨어질 때 소리가 없을쏜가, 문 위에 허수아비 달렸으면 사람마다 우러러볼 것이요, 바다가 마르면 용의 얼굴을 능히 볼 것이요, 산이 무너지면 평지가 될 것이라'고 꿈을 해석한다. 이것은 말장난이 아니다. 꿈에 대한 춘향의 해석에도, 장님의 해석에도 일정한 체계가 있다. 자신의 꿈에서 죽음을 보는 춘향은 그 해석에 은유체계를 적용한 것이지만, 거울의 깨어짐에서 소리를 듣고, 앵두꽃의 낙화를 결실에 연결하고, 문 위에 달린 허수아비에 대해 우러러보는 시선의 방향을 느끼고, 태산의 무너짐에서 평지를 보고, 바닷물이 마른 자리에서 거기 드러날 것이 무엇인지를 알아내는 장님의 해석은 환유체계를 기반으로 삼는다. 춘향은 하나의 현상에서 감추어진 뜻을 찾으려 하지만, 이 직업적 점쟁이는 하나의 물질 뒤에 전도되어 있는 또하나의 물질을 본다. 춘향에게 중요한 것은 시니피에지만, 장님은 시니피앙이 지니고 있는 물질적·감성적 효과를 존중한다.

사실 춘향전에서 춘향의 개성이 압도적인 것은 그녀가 뜻의 인간이기 때문이다. 춘향의 이야기 또는 노래에 '열녀춘향수절가'라는 이름을 붙인 사람도 그녀가 뜻과 의지의 인간이라는 점에 우선 주목한 것이다. 춘향이 생각하는 자신의 운명은 그 뜻을 죽음으로 관철하는 길밖에 없다. 그러나 장님 점쟁이는 한 시대의 한 제도에서 그 주체의 혼란과 변화를 자기도 모르는 사이에 감지하고 있다. 춘향이 그 제도의 타자인 것은 그녀의 신분이 불완전하기 때문만은 아니다. 완전한 신분의 양반들이 열녀불경이부烈女不更二夫의 절개를 도덕적 의무로 여기는 데 반해, 춘향은 그 절개를 자신의 권리로 주장해야 하고 주장하기 때문에 타자가 된다. 춘향은 한 원리를 죽음에 이르기까지 주장함으로써 그 원리에 담긴 모순을 한편으로는 고발하고 다른 한편으로는 보충하게 되는 원리의 인간이지만, 그 죽음의 의지와 은유에서 감성의 변화를 보는 장님은 벌써 역사적 인간이다. 춘향전에서 이 감성의 변화가 수절의 원리를 마침내 사랑의 원리로 바꾸기에 이르렀다는 점을 생각한다면, 이 꿈의 해석은 어사 이몽룡이 변학도의 생일잔치에서 읊는 정치시金樽美酒千人血, 玉盤佳肴萬姓膏, 燭淚落時民淚落, 歌聲高處怨聲高보다 훨씬 더 정치적이다. 이몽룡의 시는 사실상 점쟁이로 대표되는 민중적 감성의 변화 위에 내린 행정적 결론일 뿐이기 때문이다.

춘향전은 정치적 의도가 분명한 소설이고, 춘향의 의지와 점쟁이의 감성이 긴밀하게 공조하고 있기 때문에, 문학과 정치가 순탄하게 화해를 이루고 있는 좋은 예를 거기서 발견할 수 있다. 그러나 정치와 문학이, 의도와 감성이 늘 행복한 관계를 유지하는 것은 아니다. 정치는 늘 최대치에 이르는 직접적인 힘의 동원을 목표로 삼는데, 감성에는 오직 그 감성을 목표로 삼는 감성이 있고, 문학에는 오직 저 자신만을 들여다보고 있는 것 같은 문학이 있기 때문이다. 이른바 문학 또는 예술의 자율성이 문제된다. 이 자율성의 예술에서 그 개성은, 춘향의 경우처럼 자신의 의지에서가 아니라, 오히려 운명에 의해서, 처음부터 타자의 자리에 서 있다고 생각하며, 그를 타자 되게 한 어떤 특별한 배려는 이 세상의 척도로는 가늠할 수 없는 가치와 연결되어 있다고 믿는다. 우리는 그 훌륭한 예를 토마스 만의 소설 『토니오 크뢰거』에서 본다. 이 소설은 주인공인 시인 토니오가 화가이며 그의 애인인 리자베타 이바노브나에게, 예술가로서 또는 실패한 시인으로서의 자신의 처지를 적어 보내는 편지로 끝을 맺는다. 다음은 그 편지의 마지막 대목이다.

그래서 나는 눈을 감습니다. 그러면 아직 태어나지 않은, 그림자처럼 어른거리고 있는 한 세계가 들여다보입니다. 그 세계는 나한테서 질서와 형상을 부여받고 싶어서 안달입니다. 또한,

나는 인간의 형상을 하고 있는 허깨비들이 우글거리고 있는 광경을 바라보게 됩니다. 그들은 부디 마법을 걸어 자기들을 풀어달라고 나에게 손짓하고 있습니다. 비극적인 허깨비들과 우스꽝스러운 허깨비들, 그리고 비극적인 동시에 우스꽝스러운 허깨비들인데, 나는 이것들에게 큰 애정을 갖고 있습니다. 그러나 마음속 아주 깊은 곳에 있는 아무도 모르는 나 혼자만의 사랑은 금발과 파란 눈을 하고 있는 사람들, 생동하는 밝은 사람들, 행복하고 사랑스럽고 일상적인 사람들에게 바쳐진 것입니다.[1]

토니오가 눈을 감고 만나게 되는 허깨비들은 "행복하고 사랑스럽고 일상적인 사람들"의 시인적 주체성을 성립시키기 위해 억압되어 있는, 그래서 타자가 되어 있는 그 자아의 일부일 것이다. 시인 토니오는 이들 타자들에 대한 특별한 시선 때문에 자신이 큰 애정을 지니고 있는 시인사회에 온전하게 편입되지 못한다. 시인은 행복한 시인이 되기를 바라면서도, 스스로 낯선 자가 됨으로써 타자들과 교통할 수 있을 뿐이다. 그는 자신의 소망에서도 소외되지만 우리의 정치적 기대에서도 외톨이가 된다. 이 외톨이를 그 자체로서 변호하기는 어렵다. 그러나 우리는 시인이 저 허깨비들에게 "질서와 형상을 부여"하여 그것들

---

1) 토마스 만, 『토니오 크뢰거』, 안삼환 옮김, 민음사, 1998, 107~108쪽.

의 말을 만들기 위해서는 스스로 외톨이가 되는 것으로는 부족하며, 어떤 정치적 투쟁 못지않은 노력이 거기 뒤따라야 한다는 점만은 말할 수 있다. 전혀 다른 문맥에서 모파상은 다음과 같이 쓴다.

중요한 것은 표현하고 싶은 것이면 어느 것이건 충분히 오랫동안 주의를 기울여 살핌으로써 이제까지 아무도 본 적도 말한 적도 없는 어떤 모습을 거기서 발견해내는 것이다. 어느 것에나 아직 탐구되지 않은 것이 있을 수밖에 없는 것이, 우리는 우리가 응시하고 있는 것에 대해 우리 이전에 누군가가 이미 생각했던 바의 추억에 의지해서만 우리의 시선을 사용하는 데에 습관이 되어 있기 때문이다. 아무리 하찮은 물건도 많게건 적게건 미지의 것을 담고 있다. 그것을 발견하자. 타오르는 불꽃 하나와 벌판의 나무 한 그루를 묘사하려면, 그 불꽃과 나무가 우리에게 다른 어떤 나무, 다른 어떤 불꽃과 더이상 닮지 않을 때까지 그것들 앞에서 떠나지 말자.
우리는 이렇게 해서 독창적이 된다.
더 나아가서, 온 세상에 완전히 똑같은 두 알의 모래나, 두 마리 파리나, 두 개의 손이나, 두 개의 코가 없다는 진실을 말하고 나서, 그는 나에게, 어떤 인물이나 어떤 사물을 단 몇 줄의 문장으로 뚜렷이 개별화하고, 같은 종족의 다른 모든 인물이나

같은 종류의 다른 모든 사물과 구별될 수 있도록 표현하라고 촉구했다.[2]

문학의 사실주의를 설명할 때 어김없이 등장하게 되는 이 글에서, 플로베르가 모파상에게 가르치는 것은 작가가 그 자신의 시각에 질적 변화가 올 때까지 사물을 지켜보는 방법이다. 이 글은 문학의 자율성 개념이 성립되던 시기에 그 원칙을 천명하고 있다는 점에서 중요하다. 여기서 모파상이 자기 선생 플로베르를 대신하여 전하는 바의, 대상을 정확하게 드러낼 수 있도록 마침내 발견되는 한마디 새로운 말은 이제까지 그 대상을 말하기 위해 사용되었던 말에 다시 첨가되는 말이 아니라 기존의 말들의 질을 바꾸어 그 대상에 대한 인식을 전적으로 전복하는 말이 된다. 관념의 시선은 진실의 시선으로 바뀐다. 낯익은 것은 낯선 것이 된다. 한 불꽃이 다른 불꽃과 닮지 않고, 한 나무가 다른 나무와 더이상 닮지 않을 때, 그 불꽃과 나무는 자신을 포함한 모든 불꽃들과 나무들의 타자성을—또는 그 진실을—드러내면서 동시에 하나의 시가 되어 제 언어를 얻어낸다. 토마스 만이 토니오 크뢰거의 입을 통해 말하는 허깨비들이 그 마법에서 풀려나 질서와 형상을 얻는 것은 바로 이때이다. 감성이

---

2) Guy de Maupassant, "Le Roman", *Pierre et Jean*, Offendorff, 1888. 번역 필자.

재분배됨과 아울러 글쓰기는 하나의 진실을 소유하게 된다.

　문학적 글쓰기를 다른 정신 작업, 이를테면 과학적 분석과 구별 짓는 일체의 것 가운데 가장 특징적인 것은 문학적 글쓰기가 지니고 있는 고유한 역량, 다시 말해서 과학적 분석이 계산에 계산을 거듭하여 힘겹게 펼치고 전개해야만 하는 하나의 구조와 그 그물망에 담긴 복잡한 내용 전체를 집결하고 압축하여, 그것을 다시 은유로 기능하면서 동시에 환유로 기능하는 감각적 형상으로 처리하고, 개인적 모험의 구체적 개별성 속에 담아낼 수 있는 역량이다. 그러나 이 말로는 부족하다. 문학적 글쓰기는 그 구체적 개별성을 통해 복잡한 사회적 구조를 압축하고 있을 뿐만 아니라, 플로베르 또는 모파상의 경우가 그렇듯, 그 구조를 새롭게 바라보는 법과 새로운 구조를 발견하는 법을 제시하기도 한다. 중요한 것은 감각적 형상과 모험의 구체적 개별성이 '동시에' 지니고 있는 은유의 기능과 환유의 기능일 텐데, 이때 환유는 그 기능의 관점에서만 본다면 은유와 구별되는 다른 기능이 아니다. 그 동시적 기능 속에서 은유는 환유의 확장된 외연이며 환유는 은유의 구체적 실현이다. 전통적으로 보편적 아날로지의 상징체계에 종속되어 거기서 원관념을 빌려와야 했던 은유는 이제 환유의 개별적 모험의 도움으로 천상의 일을 인간세계로 끌어내리고, 환유는 그 고립에서 벗어나 제 안에 묶여 있던 은유의 힘을 발휘하여 한 세상사의 보편적 구조에 접근한다. 문학적 글쓰기에서 주체와 타자가 역전하는 것도 이때이다. 은유와 환유의 동시적 기능화는 보편적 표상으로서의 주체와 구체적으로 운동하는 타자의 대질이며 그 상호 간섭이자 자리바꿈이기 때문이다. 그리고 이 대질과 간섭, 이 자리바꿈보다 더 정치적인 것은 없다. 그것이야말로 '삶을 바꾸는' 일이며, 문학적 자율성의 원칙이 거기 있다.

그러나 논의를 여기서 끝내기는 어렵다. 원칙으로서의 자율성과 실제의 자율성이 늘 같은 것은 아니기 때문이다. 불꽃과 나무의 관념을 넘어서 불꽃과 나무의 현실을 보는 시선은 그 현실보다 그것을 발견하는 자신의 '비범한' 능력에 더 가치를 두기 쉽다. 순수예술 주창자들은 예술적 기능이 다른 기능으로 대체될 수 없다고 주장할 뿐만 아니라, 다른 기능이 봉사하는 자리라면 어느 자리에도 봉사하지 않아야 한다고 믿기까지 한다. 그들은 세상이 헤어날 수 없는 낡은 관념의 그물이라고 생각할 뿐만 아니라, 자신들까지도 그 그물 속에 끌어들이려는 음모를 두려워한다. 거기에는 물론 철저한 비관주의가 있다. 플로베르와 모파상이 비관주의자였고, 말라르메가 그렇다. 말라르메는 보들레르가 "꿈의 누이가 아닌 이 세계"라는 구절을 시 속에 썼다는 점에 분개하며, '꿈이 세계와 같은 것이 된다면 희망이 어디에 남아 있을 것인가'라고 묻는다. 염세철학자 쇼펜하우어가 『의지와 표상으로서의 세계』에서 모파상과 거의 같은 말로 예술을 규정하는 것은 우연이 아니다. "사실 모든 예술작품은 현실에 있는 그대로의 삶과 사물을, 그러나 누구도 객관적·주관적 사건이라는 장막을 통해야 하기 때문에 직접적으로 파악할 수 없는 있는 그대로의 삶과 사물을 우리에게 보여주려는 경향이 있다. 예술은 이 장막을 찢는다." 한쪽이 다른 한쪽을 찢는다는 말은 성과 위에 또 성과를 쌓는 노동보다 판을 갈고 늘 원점에서 다시 시작하는 도박을 생각나게 할 수도 있다. 도박에는 역사가 없다. 이상한 예를 하나 들겠다. 미술학원의 대입속성반에 가면 낯선 풍경을 보게 된다. 갑자기 화가가 되어야 할 학생에게 선생은 그림 하나를 주고 그대로 그리게 하는데, 학생의 재능이 의심스러우면 그림을 거꾸로 놓고 그리게 하는 방식으로 데생을 가르친다. 무엇에 대한 그림이라는 관념이 학습자의 주관에 미칠 영향을 배제하고, 그림이 아니라 그림의 선을 하나의 물질로만 보게 하려는 것이다. 그림 그리기의 자율성이 학생에게 그렇게 강제된다. 학생의 눈을 가린 장막을 제 손으로 찢는 이 속성반의 미술선생은 학생에게 성장의 역사 대신 충격 체험을 안겨주는 셈이다. 문제는 재능 없는 학생을 가르치는 선생이 그 학생에 대한 증오를 세상에 대한 증오로 확대한다는 것일 텐데, 그때 자율성은 폐쇄된 형식으로 나타날 수밖에 없다.

우리가 역사를 믿는다면, 아니 최소한의 변화라도 변화의 가능성을 믿는다면, 저 폐쇄된 자율성이 문학의 목표일 수는 없다. 자율성은 목표의 원칙이 아니라 방법의 원칙이다. 최초의 의도에 따른 문학의 자율성은 낡고 억압적인 관념을 전도하는 방법이며, 세속과 타협하지 않는 방법이며, 우리 존재의 집인 언어에 대해 가장 거룩한 개념을 돌출하려는 방법이다. 그리고 무엇보다도 진실을 말하기 위한 비범한 방법이다. 내가 어떤 것을 진실이라고 말한다는 것은 그렇게 말하기로 결정하는 이유에 대해 내가 자유로워야 한다. 무엇에 대한 진실은 무엇에 대한 자유이다. 문학은 자율성으로 그 자유를 확보한다. 그래서 문학의 자율성은 그 이름으로가 아니라 그 실천으로 평가되어야 한다. 실천한 것에 의해서뿐만 아니라 실천하려는 것에 의해서도, 실천하려 했으나 실패한 것에 의해서도 평가되어야 한다. 다시 말해서 그 고립과 증오에 의해서가 아니라 그 긍지에서 평가되어야 한다.

이 긍지라는 말과 관련하여, 끝으로 영화 이야기 하나를 더 하겠다. 홍상수 감독의 영화 〈하하하〉에는 세 사나이가 등장한다. 영화감독과 영화평론가와 시인이 그들인데, 실은 두 사람이라고 말해야 한다. 통영에 사는 자기 어머니를 찾아갔던 영화감독과 같은 기간에 같은 도시 통영에서 내연관계의 애인과 함께 휴가를 즐겼던 영화평론가가 술자리에서 서로 여행담을 전하는 형식으로 진행되는 이 영화에서, 시인은 그들의 이야기를 통해서만 등장할 뿐이기 때문이다. 전형적인 뒷공론에 해당하는 그들의 이야기에서 시인은 윤리적으로 수상쩍고 정신적으로 심각한 장애를 안고 있는 인간으로 그려진다. 특히 자신의 후배이기도 한 이 시인에게서 속물이라고 지탄을 받았던 영화평론가는 시인을 동정하는 척하면서, 그가 우울하고 염세적이며 헛된 자만심으로 주변 사람들을 무시하는 인간이라는 인상을 빚어내려 한다. 영화평론가가 전하는 바에 따르면, 시인은 자기 애인이 화분을 선물해도 '왜 꽃을 내게 자꾸 주느냐, 꽃에 대해 잘 알지도 못하면서 어색하지 않으냐'는 식으로 따지고, 선창가에 앉아 있는 거지를 보고도 '너희들이 저 사람에 대해 아는 것이 무어냐, 그저 거지라고만 생각할 것이 아니라 자신의 눈으로 보아야 한다'는 식으로 말해 동석한 사람들을 무색하게 하는 인간이다. 하는 일도 해놓은 일도 없으며 아무런 야심도 없는 그들과는 달리 시인은 적어도 시 쓰는 일에 열심이지만 이 점도 영화평론가에게는 비난의 대상이 된다. 영화에서 세 사나이는 모두 시를 한 편씩 쓰는데, 관객에게는 영화감독과 영화평론가 이 두 사람의 시만 알려진다. 그들의 시는 듣고 있기가 민망한 시, 서울의 지하철에도 없는 그런 시이다. 관객들은 시인이 쓴 시도 알고 싶은데, 평론가는 그 시에 대한 자신의 가혹한 비평만 소개할 뿐 정작 시의 내용은 한 줄도 알려주지 않는다. 그 시는 필경 우리가 알고 있는 두 사람의 시와는 품질이 다를 것이다. 시인이 자기 애인이나 다른 사람들에게 내던졌다는 말도 따지고 보면 자신의 시쓰기와 관련된 고뇌를 담고 있을 것 같다. 그러나 그 말을 전하는 평론가는 그 모두를 심술궂은 우울증환자의 궤변으로 바꿔놓는다. 영화평론가가 쓴 시의 수준으로 볼 때, 오늘 이 자리에서 우리가 하게 되는 말도 그의 입을 통하게 되면 시인이 했다는 말과 같은 말로 변질되기 십상일 것이다. 술자리에서 뒷공론하는 두 사람은 오직 자신들이 보고 싶어하는 것과 말하고 싶어하는 것만을, 그것도 필경 왜곡해서, 말하고 있다. 영화는 술자리의 뒷공론이 그 대화자들을 교묘한 방법으로 서로 부추겨 한 인간에 대해 인격살인을 저지르는 과정을 보여주고 있다. 이런 뒷공론의 피해자에게는 자신을 변호할 기회가 결코 주어지지 않는다. 그런데 더욱 놀라운 일이 있다. 내가 지면과 인터넷에서 읽을 수 있었던 이 영화에 대한 비평의 대부분은 영화감독이 비열하고 성숙하지 못한 인간이며, 영화평론가가 무책임하고 자기기만적인 인간임을 짚어내는 데서 멈추지 않고, 시인에 대해서도 허세 가득한 인간이라는 영화평론가의 의견을 그대로 따르고 있다. 이는 뒷공론이 뒷공론으로 끝나는 것이 아니라 정식적인 여론으로 둔갑할 수 있다는 점을 실증한다. 뒷공론의 위험이 그렇게 크다.

홍상수 감독의 영화에서 뒷공론의 피해자가 시인으로 설정된 것이 나로서는 우연이 아니라고 생각한다. 문학과 예술을 포함한 문화 활동 전반이 소통이라는 이름을 내걸고 소비 위주로 치닫고 있는 근래의 문화계 판세에서, 새로운 구조, 새로운 이미지, 새로운 담론을 생산해내려고 애쓰는 사람들은 그 노력의 가치를 인정받지 못할 뿐만 아니라, 세속과 타협하지 않는다는 점에서는 낙원의 악마로까지 치부되어 뒷공론의 피해를 입게 마련이다. 문화의 생산자가 자기 일에 치열할수록 자신을 변호하는 일이 그만큼 더 어려워지며, 아예 변호의 기회가 봉쇄된다. 그러나 기회는 누가 만들어주는 것이 아닐 것이다. 자기변호가 어려운 사람일수록 자기변호에 적극적이어야 한다. 이 말은 생산자로서의 글 쓰는 사람이 자신의 목표와 방법을 반드시 세속적으로 설명해야 한다는 뜻이 아니다. 그의 피나는 노력이 삶의 가치를 앙양하고 진실에 봉사하며 그 자유를 확보하는 것이 사실이라면, 문학을 떠나서 정치·문화·교육·생태환경에 대한 그의 의견도 그런 성질을 띨 것이다. 글 쓰는 사람들은 이 모든 환경을 외면하지 않고 창조적인 의견을 개진하려고 노력함으로써 자신과 문학의 존재감을 높여야 한다. 문학이 정치를 넘어선다고 하더라도 문학하는 사람은 정치적이어야 한다는 뜻이다. 순결한 글쓰기가 누릴 수 있는 진정한 긍지도 거기 있을 것이다.

# 잘 표현된 불행

　말의 깊이를 정의하기는 어렵지 않다. 말이 넓은 범위와 여러 층위에 걸쳐 복잡하게 얽혀 있는 생각을 섬세하고 경제적으로 표현할 뿐만 아니라 듣는 사람을 그 생각 속으로 이끌어 들일 수 있을 때 일반적으로 그 말을 가리켜 깊이가 있다고 한다. 감각의 깊이를 정의하기는 쉽지 않다. 그 깊이라는 말이 시의 깊이를 대신해서 쓰는 말일 경우에는 더욱 그렇다. 어쩌면 깊은 감각이란 정의해야 할 감각이 아니라 결과적으로 판단되어야 할 감각일지 모르겠다. 보들레르 같은 사람은 그 깊이를 우선 공감각현상에서 발견한다. 「저녁의 해조Harmonie du Soir」에서 시인은 하늘이 붉게 물든 저녁에 바람에 흔들리며 피어오르는 꽃을 본다. 꽃은 향기를 뿜어올리고, 바람결에 바이올린의 "우울한 왈츠"가 들려온다. 향과 색과 소리, 그리고 피부에 스치는 바람이 한덩어리로 어울려 분별할 수 없는 어떤 감각을 형성하는 가운데 시인은 현기증을 느낀다. 그 순간 "하늘은 거대한 제단처럼 슬프고 아름답고" 가녀린 그의 마음이 "막막하고 어두운 허무" 속에 들어가는 것이다. 그러나 삶과 허무의 접경에서 한 존재의 기억이 성체를 간직한 "성광聖光"처럼 솟아오른다. 문제가 되는 것은 이 기억이다. 이 기억의 빛남이 없다면 감각의 공조는 정신에 몽롱하고 혼란된 지각을 야기하는 감각의 장애에 불과하다고 해야 할 것이다. 그러나 저 기억이 감각의 경계가 허물어진 자리에서 현기증과 함께 왔다는 사실은 여전히 중요하다. 일상의 기억에 가로막혀 있는 기억, 암흑 속에서 빛난다고 말할 수 있는 기억은 삶의 어렴풋한 폐기와 함께 온다. 사물이 육체에 새겨놓은 모든 흔적을 되살리며, 있음과 없음의 경계에까지 자아를 끌고 가는 이 기억은 자아의 생명감과 무한에 대한 감각을 맞교환하는 지점이다. 어떤 무한한 시간에 대한 기억은 이 삶과 외부 사물에 깊이를 주어 무한한 생명감을 느끼게 하면서, 동시에 이 순간의 확장과 더불어 이 현실의 삶을 희박하게 만들고, 이 순간에서 자아를 지우기도 한다. 자아는 그 깊이와 함께 폐기된다. 진정한 의미에서의 평화를 말할 수 있는 것도 그 순간이다. 물론 평화는 오지 않는다.

미셸 우엘벡의 이상한 SF소설 『소립자』에서, 주인공은 풍속과 윤리를 초월한 완전한 자유와 극도로 세련된 문화에도 불구하고 생명의 불안정감에서 ─ 다른 말로 하자면, 생명의 어떤 시도도, 어떤 혁명적 몸부림도 원죄에서 벗어나게 해주지는 않는 다는 생각에서—주인공은 물리학의 가상적 성과를 이용하여 이 평화에 진입한다.

마지막으로 그는 공간의 정신적 결집체를 보았고, 그것과 반대되는 정신의 공간적 결집체도 보았다. 또한 공간을 구조화하는 정신의 갈등을 보았고, 두 개의 구球를 나누고 있는 아주 가느다란 선 같은 공간을 보았다. 첫번째 구에는 존재와 구별이 있었다. 두번째 구에는 무無와 개인의 소멸이 있었다. 그는 주저 없이 몸을 돌려 두번째 구를 향해 평온한 마음으로 걸어갔다.[1]

존재가 무로 소멸되는 두번째 구는, 불교식으로 말한다면, 윤회의 업을 벗어난 세계이고, 해탈의 세계이다. 그러나 우엘벡이 말하는 저 평온한 걸음걸이 자체를 깊이 있는 것이라고 말하기는 어렵다. 주인공은 주저 없이 걸어들어가지만 이 "주저 없이"는 우리에게 주저해야 할 이유가 끝없이 많다는 것을 반증하는 말이 아닌가. 주저 없음의 투명한 막 위에는 생명의 미진한 욕망이 얼마나 오랫동안 어른거리는가. 주인공의 거침없는 선

1) 미셸 우엘벡, 『소립자』, 이세욱 옮김, 열린책들, 2009, 254쪽.

택은 독자들의 안타까움 위에 되비칠 때만 아름답다. 김춘수 시인이 시의 말에서 의미를 폐지하고 이미지만을 남기려 애쓰고, 끝내는 그 이미지마저 지우려고 시도할 때도 그의 노력은 존재의 성립과 의식의 분별이 없는 저 두번째 구를 발명하려는 것이나 같다. 다른 편에서 보면 말년의 시인은 그 언어의 투명한 막을 배경으로 삼고, 책 속에서 솟아나온 나신의 뮤즈들에게 얼마나 많은 욕망을 투사하였던가. 감각은, 그것이 더구나 깊은 감각이라면, 우엘벡의 소설에서처럼 공간을 구조화하는 정신적 갈등의 세계와 분별없는 세계를 가르는 "가느다란 선" 같은 것을 보지 않는다. 만해 선사의 표현을 원용하자면, 현기증의 감각이 희박해진 자아를 사물 위에 펼칠 때, 삶은 죽음의 "침묵을 휩싸고" 돌고, 죽음은 삶의 "정수박이"를 습격하여 생명이 생명인 것을 내내 의식하게 한다. 사실 우엘벡의 두 구는 인간성 구원의 어떤 전망과는 다른 관점에서 특별한 관심을 끈다. 그 양세계 자체가 예술의 두 목표점을 우의하고 있기 때문이다. 한쪽에는 흠집 없는 건축을 구성하려는 정신의 집중이 있고, 다른쪽에는 생명이 티끌에 이를 때까지 모든 조직을 해체하는 존재의 이완이 있다. 이쪽에는 경계를 무너뜨리고 희박해지는 감각의 어지러움이 있고 저쪽에는 먼 기억이 솟아올라 불을 밝히는 응집의 자리가 있다. 물리학자들의 표현을 빌리자면, 공간의 구조화는 엔트로피가 지극히 감소된 상태를, 무와 존재의 소멸은 엔트로피가 극도로 증가된 상태를 지향한다. 그 둘은 극단에서 서로 통한다. 양쪽이 모두 지향하는 것은 균형이기 때문이다. 우엘벡의 두 구가 우의하는 것은 이 양극단의 균형이다. 그러나 균형은 예술의 목표점이 될 수는 있어도 예술이 실천되는 자리는 아니다. 궁핍한 시대의 주눅든 예술은 목표점과 실천의 자리를 자주 혼동한다. 목표의 몽롱한 인식과 그에 대한 주춤거리는 제시가 실천을 대신하는 것이다.

예술적 실천이건 다른 실천이건, 실천의 자리는 언제나 현실이다. 현실은 주어진 조건에서 늘 간편한 구조를 지향하면서도, 수많은 층위에서 그 복잡한 저항을 드러내어, 벌써 이룩되려는 구조를 뒤엎는다. 비단 사회적인 관점에서만 말하는 것은 아니다. 보들레르의 「저녁의 해조」에서만 해도 존재의 분별을 지우는 현기증에 이르기까지 얼마나 많은 현실 요소들이 감각기관을 혼란스럽게 습격하는가. 안정되었다고 말할 수 있는 현실에서도 이 점은 마찬가지이다. 안정된 현실은 저울대가 그렇듯 외부의 힘에 가장 민감한 사물의 상태이며, 크고 작은 균형의 원활한 재편을 쉬지 않고 촉진하는 내부 세력들의 맞섬이다. 민감하면서도 씩씩한 시선은 그 힘의 곡절을 근면하게 끌어안는다. 김수영의 「폭포」에서는 "규정할 수 없는 물결"이 "곧은 소리" 하나를 만들기 위해 "안정과 나태를 뒤집어놓은 듯이/폭도 깊이도 없이" 쉬지 않고 떨어져내린다. 시인은 그 부단한 낙하 앞에서 귀를 막지도, 시선을 거두지도 않으며, 정신에 불안을 느끼지 않는다. 오히려 시인은 제 언어가 지향해야 할 형식과 온축하고 펼쳐내야 할 힘의 비밀을 거기서 발견한다. 자신감을 지닌 시선 앞에서는 어떤 둔중한 물건도 그 껍질 속에 생기를 감추고 하나 이상의 서사를 어떤 기억으로 간직하고 있다. 수많은 사물들의 수많은 서사는 서로 충돌하여 서로 진전을 저지하기도 하고 부추기기도 하면서, 민감한 인간의 정신을 자극하여 보들레르의 저 현기증 못지않은 마음의 깊이를 형성한다.

우리의 현대시, 특히 2000년대 이후 시의 발전에 관해 말한다면, 어떤 혼란한, 또는 메마른, 현실에 대면해서도 감각과 정신을 시적 상태로 옮겨놓을 수 있다는 자신감에서 비롯하는 활달하고 용맹한 언어의 용솟음일 것이다. 길들임을 거부하고 어지럽게 날뛰는 것처럼 보이는 시어들에 대해서만 말하는 것은 아니다. 나는 지금 고영민의 시 「입춘」을 눈앞에 두고 있다. 시집 『공손한 손』(창비, 2009)에서 옮긴다.


봄은 오네
강가에는 한 무리의 철새가 모여 있네


모여 있는 곳으로 봄은 오네

강물은 반짝이고
흐름은 졸리네

한 구의 시신屍身을 끌고 오네

나는 열두 살
오후 세시

　시는 짧고 단순해서 아무것도 말하지 않는 것처럼 보인다. 그러나 시가 야기하는 의문은 많다. 왜 '봄이 오네'가 아닌 "봄은 오네"일까. 단순한 사실의 표현이 아니라, '지구는 태양의 둘레를 돈다'에서처럼 불변하는 진리의 표현이기 때문일까. 그렇다고 단정하기 어려운 것은 어미 '네' 때문이다. '네'는 발견 내지 찬탄의 어미이다. 그렇다면 '은'은 '꿈은 이루어지고야 마네'에서처럼, 진리와는 조금 다른 당위의 표현, 기필코 달성될, 또는 달성해야 할 결과에 대한 다짐 내지 확인의 표현일까. 이 해석이 그럴듯한 것은 "모여 있는 곳으로 봄은 오네"라는 시구 때문이다. 이 구절은 여러 뜻 가운데서도 강가에 모여 있는 생명의 희구에 의해 봄이 오지 않을 수 없다는 뜻으로도 읽힌다. 김수영의 "바람보다 먼저" 일어나는 풀들처럼 새들은 '봄보다 먼저' 모여 있다. 그러나 이 해석에 미진한 느낌이 남는 것은 같은

'네' 어미로 단순히 사실을 진술하는 뒤의 시구들 때문이다. 그래서 "봄은 오네"라는 첫 시구는 한편으로는 다짐과 확인을, 다른 편으로는 사실을 겹쳐서 표현하는 것으로, 이를테면 '봄은 오고야 만다는 생령들의 믿음을 배반하지 않고 봄이 과연 저렇게 오고 있네'로 읽을 수는 없을까. 시에서 가장 오래 눈길을 붙잡는 시구는 "한 구의 시신屍身을 끌고 오네"이다. 끌고 오는 주체는 물론 봄이다. 얼음 풀린 강물에 시신이 떠내려오고 있었다는 식으로 이해한다면 사실의 진술이고, 봄의 뒤에는 주검이 하나 있는 것만 같다는 뜻으로 이해한다면 환상의 표현이거나 은유이다. 어느 쪽이건 시인은 그에 대한 설명도, 자신의 소회도 말하지 않은 채, 그것이 오래전 기억 속의 일이라는 것만 밝혀두고 시를 끝맺는다. 사람들은 주검을 흔히 끔찍하고 불길한 것으로 여긴다. 그래서 이 시도 봄의 도래가 실망을 안겨주었다는 뜻으로 이해되어야 할까. 만물이 새로운 기운을 맞이하는 봄에 그 기운을 누리지 못하고 죽은 사람이 있다는 말이라면, 그래서 상여 한 채가 지나가는 것을 보았다는 말이라면, 거기에는 확실히 "열두 살" 아이의 안타까움과 실망이 있다. 시신이 봄과 함께 맞이하게 되는 단순한 춘궁기의 표현이라고 하더라도 마찬가지이다. 그러나 주검이 항상 나쁜 뜻으로 이해되어야 하는 것은 아니다. 얼음 속에 갇혀 있던 주검이 이제 비로소 해빙의 봄을 맞아 제가 갈 곳으로 떠내려가고 있다고 생각한다면, 그것은 묵은 문제의 해결이 되는 셈이다. 꿈에서 주검을 보면 좋은 일이 생긴다고 하지 않던가. 몸에 종양을 지니고 있던 사람이 그 암덩어리를 성공리에 분리해낼 때도, 환자나 그 가족들은 아마도 비슷한 꿈을 꿀 것이다. 봄은 오기만 하는 것이 아니라 봄이 아니었던 것을 청산하면서 온다. 내친걸음에, 어떤 존재의 목숨을 건 희생이 있었기에 봄의 도래가 가능한 것이라고 본다면 시는 갑자기 정치적인 색조를 띠게 된다. 이 색조를 더 거칠게 산문으로 표현할 수도 있다. 가령 강가에 모인 새들은 횃불이나 촛불을 든 사람들로, 봄이 이끌고 오는 시신은 그 촛불과 관련하여 추모해야 할 어떤 인물의 주검으로 이해될 수도 있다. 지난 1960년의 봄도 그렇게 김주열의 시체를 이끌고 왔었다. 자연순환론적으로건 역사적으로건 새로운 생성은 늘 죽음의 힘을 발판으로 삼는다.

　우리가 짚어내는 이 모든 추측은 고영민의 의도와는 동떨어진 것이기 쉽다. 그렇더라도 상관없는 일이다. 중요한 것은 그가 기억하는 어떤 정경이, 그리고 그 기억을 말하는 길지 않은 말이 이 모든 추측의 가능성을 담고 있다는 것이다. 시인은 실제적이건 심리적이건 기억 속에 있는 한 정경을 말했을 뿐인데, 그 기억 하나가 아무리 말해도 다 말하지 못할 서사를 끌어안고 우리 앞을 지나간다. 사실 고영민의 이 시는 몽환적이다. "강물은 반짝이고/흐름은 졸리네." 나른하고 몽롱한 봄날 오후에, 달라진 햇빛과 바람이 그의 육체를 적시는데, 가볍게 출렁이는 그 감각을 타고 시체 한 구가 흐른다. 그것은 춥고 견디기 어려웠던 지난 세월의 시체와도 같고, 지금 이 시간의 현실을 현실과 조금 다른 것으로 바꾸는 마법의 화학물질과도 같다. 그것은 기화되고 소멸되는 한 존재 안에 남아 있는 응어리와 같다. 이 시체를 현실의 깊이라고 말하지 않을 수 없다. 이 깊이가 고영민의 단순한 말을 잔잔하게, 그러나 끝없이 흔든다.

젊은 시인들의 시에서 현실의 깊이와 말이 이렇듯 행복하게 만나는 것만은 아니다. 자주 메마른 현실에 돌진하는 언어가 그 철벽에 깨어진 뇌의 뇌수를 바르기도 한다. 김이듬은 언어가 소란하고 생각이 정리되지 않았다고 비난받는 젊은 시인들 가운데 한 사람이다. '천방지축 김이듬'은 잘 알려져 있지만, 그가 안 읽은 책이 없다고 말할 수 있을 정도의 독서광이며 부단하고 투쟁적인 사색가라는 점을 아는 사람은 드물다. 『명랑하라 팜 파탈』(문학과지성사, 2007)에서 「일요일의 세이렌」을 그대로 옮겨 적는다.


다독여 모셔놓았던 눈사람을 냉동실에서 꺼냈습니다. 그땐 왜 그랬을까요? 모든 독신자와 모든 걸인들과 모든 저녁의 개들에게 묻습니다. 가르쳐주시겠어요? 이 허기는 살아 있는 동안 끝날까요? 늦봄, 양손에 쥔 한 덩이씩의 눈을 주먹밥처럼 깨물며 이상한 사이렌소리를 듣습니다. 댐이 방류를 시작합니다. 강가의 사람들은 신속히 밖으로 나가주십시오. 진양호 댐 관리소에서 알려드립니다. 사람들은 들었을까요? 내 방은 강에서 멀리 있는데 물 빠진 청바지 같은 하늘엔 유령들이 득실거립니다. 가르쳐주세요. 눈사람처럼 내 다리는 하나로 붙어 광채를 띤 채 꿈틀댑니다. 나는 어느 바다로 흘러갈까요? 혼자 그곳에 갈까요? 손바닥에서 입에서 흘러내리는 이것이 한때 머리였는지 몸통이었는지 아무것도 아니었는지 나는 왜 지금 막 사라진 것들에만 쏠릴까요? 부르면 혼자 오시겠어요?

시의 내용은 '냉동실에 넣어두었던 눈사람을 꺼내 먹었다'는 정도로 줄일 수 있을 것 같지만, 뛰놀다 쓰러지고 쓰러지다 다시 일어서는 말은 줄일 수 없어 인용이 장황하다. 눈사람을 먹다니, 왜? 그래서? 냉동실에 넣어두었다는 눈사람은 실망스러운 세상과 거리를 두고 냉정해지기로 다짐했던 그녀의 (김이듬이 아니라 어떤 여자의) 마음이다. 그런데 어느 무료한 일요일에 "모든 독신자와 모든 걸인들과 모든 저녁의 개들"처럼 그 마음이 갈망과 허기로 가득차서 더이상 냉동실에 고이 보전해놓을 수 없게 되었다. (이렇게 쓰고 보니 주객관계가 이상하다. 무엇이 무엇을? 마음이 마음을이라고 이해하자.) 각오와 다짐을 깨뜨리고 그녀는 눈사람이 아닌 무엇이 되기로 했다. 냉동실의 다른 식재료들처럼 하다못해 먹을거리라도 되기로 했다. 아니 눈사람이라도 먹기로 했다. (주객관계는 이제 신경쓰지 말자.) 그녀는 이 모험이 가져올 위험을 모르지 않는다. 이 위기의식은 진양호 댐 관리소의 사이렌소리와 경고방송으로 바뀌어 그녀를 위협한다. 그러나 경고방송은 나쁜 효과를 거두었을 뿐이다. 사이렌은 그 어원을 따라 내려가 "세이렌"의 마력을 획득하고, 주의를 촉구하는 말은 사건사고로 가득한 하늘 하나를 보여주고 만다. 그녀의 "방은 강에서 멀리 있는데 물 빠진 청바지 같은 하늘엔 유령들이 득실거"린다. 그녀는 벌써 두 다리가 "하나로 붙어 광채를 띤 채 꿈틀"대는 세이렌이 되었다. 세상사에 그녀를 유혹할 일이 없다면, 그녀가 이제 세상을 유혹해야 한다. 모험할 일이 없다면, 사이렌을 세이렌의 노래로라도 바꾸어야 한다. 그렇게 인어가 되긴 했으나 그녀는 이제 가야 할 바다를 알지 못한다. 냉정하게 간직하려 했던 마음만 변변한 먹을거리도 되지 못하고 추레하게 녹아 두서없이 흘러내린다. "나는 왜 지금 막 사라진 것들에만 쏠릴까요?" 왜 실패한 다음에만, 그것도 바로 그 자리에서 반성하게 되는지를 묻는 시인은 이 시를 실패담으로 규정한다. 그러나 시는 연서의 형식으로 끝난다. 실패담을 이해시키기 위해서는 저처럼 똑같이 냉정할 줄도, 실패할 줄도 아는 사람이 하나 필요하다는 것이다. 다른 말로 하자면, 그 모험이 실패의 이력 위에서 실패의 형식으로 시작한다는 뜻이다.

실패담은 봉인된 세계 따위를 꿈꾸는 신화적 언설과 다르고,
실패담의 시는 '행동이 꿈의 누이일 수 없다'고 믿는 도피의 시
와 다르다. 실패담의 시는 전향서와 다르고 사직서와 다르다.
한 시인이 한 번만 쓰는 실패담의 시는 없다. 실패담의 시는 역
사적이다. 김이듬의 시에서 "모든 독신자와 모든 걸인들과 모든
저녁의 개들"이라는 표현에는 김수영의 시 「가옥찬가」의 한 구
절이, 사이렌과 세이렌의 유희에는 기욤 아폴리네르의 시 「랜
더로드의 이민 L'Emigrant de Lander Road」의 한 구절이 오랜 기억의
잔영처럼 떠돌고 있다. 김이듬이 김수영과 아폴리네르를 훔쳤
다는 말도 아니고, 끌어다 썼다는 말까지도 아니다. 오래된 실
패의 말들이 그에게는 늘 살아 있어서, 그때마다 긴 전쟁의 군
령처럼 또하나의 장정을 촉구한다. 그래서 개인적 파롤의 특징
이 강한 김이듬의 언어는 긴 싸움의 전통 위에서 랑그의 효력을
발휘한다. 그의 시에서 어떤 기획도 어떤 실패도 가능하다고 느
끼는 사람들은 '말의 이런 쓰임도 가능하구나'라고 동시에 말하
게 된다. 실패할 것을 알고 덤비는 사람이 하지 못할 말은 없다.
낱말들은 게릴라처럼 방향을 짐작할 수 없는 자리에서 동시에
솟아올라, 방향을 알 수 없는 곳으로 흩어진다. 김이듬의 언어
를 혼란스럽다고 말한다면, 그것은 그가 말들 속에 마련해두는
크고 작은 기폭장치들을 이해하지 못했기 때문이다. 위의 시에
서 그가 "이상한 사이렌소리"라고 말할 때는 유혹적일 수 없는

유혹의 노래라는 뜻으로, 세이렌의 등장에 복선을 간다. 그가 "사람들은 들었을까요?"라고 물을 때는 경고방송과 관련된 말이지만 제 거사의 계획이 누설된 것 같다는 말이기도 하다. 그가 "물 빠진 청바지 같은"이라고 하늘의 빛깔을 정의할 때는 또다시 시작해야 할 낡고 지루한 전투가 요구하는 짜증 어린 용기를 암시한다. "부르면 혼자 오시겠어요?" 이 마지막 질문은 질문하는 사람 자신이 위험한 여자인 것을 드러내면서, 당신의 용기 없음이 그 위험의 근원이라고도 넌지시 말한다. 김이듬의 언어는 서랍 속에 정리해둔 언어가 아니라 온갖 낱말이 동시에 작업대 위에 올라와 제자리를 찾아 스스로 정돈되었다 싶으면 즉시 자리를 다시 바꾸는 언어이다. 가능한 한 가장 많은 낱말들이 동시에 동원된다고 해서 그 언어를 깊이가 없다고 말할 수는 없다. 그에게 깊이는 서랍 속이 아니라 작업대 위에 있다.

시를 비평하는 말 가운데 '진정성'이란 말만큼 의심해야 할 말은 없다. 적어도 우리의 비평언어에서는 그렇다. 그것은 이론의 여지없는 실재성과 정확성에, 또는 거기에 이르는 통찰력에 붙이는 말이 아니라 벌써 습관이 되었기에 편안하고 편안하기에 사실인 것처럼 보이는 나태한 감정의 너울을 서로 용서해주기 위해 사용되는 말일 경우가 너무 많기 때문이다. 나태한 정신 앞에서 풍자적 성격을 지닌 언어는 매우 애매한 평가를 받는다. 풍자는 결국 누군가를 비난하는 말인데, 진정성을 가진 사람이 남을 욕할 수 없다고 생각하기 때문이다. 그것은 풍자시가 할 일이지 '시'가 할 일이 아니라고 생각하기 때문이다. 이영광에게 물어보자. 시집 『아픈 천국』(창비, 2010)에서 「전생」을 옮겨 적는다.

내게 전생이 있었다면

권세와
영광과
축복

내 전생은 나를 사랑하고
지상을 근심하고
뜯어고치고

공사다망했으리라
승승장구했으리라
만화방창했으리라

나는 다만, 골짜기와 들판과 저잣거리의
음유 무위도식배들,

야위고 행복한 인간들을 괴롭혔으리라


신만이 아는 미친 분노가 있어,
시인이라 불리는 골똘한 자들을
괴롭고 감미로운 노래들을
잡아가두고 매질하고 추방했으리라
조롱하고 굶기고 태워죽였으리라


시인을 핍박하는 자가 왜 하필 전생의 시인일까. 세속적 윤회설이 그렇게 말한다. 이 세상에서 내가 겪는 고통은 내가 전생에 쌓은 죄업의 결과라고 말한다. 전생의 내가 저질렀던 악행에 대해 금생의 내가 그 죗값을 치러야 한다. 권세와 영광과 축복을 누리던 전생의 나는 "나를 사랑"하였기에, 자신이 살 만한 세상을 만들기 위해 세상을 개혁하며, 또는 제 이기적 욕망의 기획들을 대의명분으로 덧칠하며, "승승장구"했다. 전생의 나는 자신의 죄를 모른다. 죄가 있다면 그것은 "야위고 행복한 인간들"을 괴롭혔다는 것뿐이다. 전생의 나는 누구도 설명할 수 없는 분노를 지니고 있었기 때문에 시인들과 그들의 시를 온갖 잔학한 방법으로 핍박하였다. 이제 시인이 된 그가 그 죗값을 고스란히 치르고 있다. 이영광은 이 윤회설을 믿는가. 그렇기도 하고 아니기도 하다. 그는 전생을 반성하는가. 그렇기도 하고 아니기도 하다. 윤회설을 믿지 않는 자라도, 선업이건 악업이건 개개의 인간이 쌓은 행업의 영향이 이 세상에 남아 모든 인간의 삶을 구속한다는 사실만은 부정할 수 없다. 악행은 원한과 증오를 부르고 그 불길한 마음이 또하나의 악행으로 연결될 것이기에, 박해자가 품고 있는 "신만이 아는 미친 분노"는 핍박받는 자의 그것이 될 수도 있다. 한 인간의 악행은 모든 인간의 죄업이다. 그래서 이영광은 이 죄업 앞에서 수도승의 자세를 취하는가. 역시 그렇기도 하고 아니기도 하다. 핍박받는 "음유 무위도식배들", 곧 시인들은 최소한 업을 쌓지 않는다는 점에서 악행과 증오의 윤회 틀에서 가능한 한 가장 멀리 벗어나 있다. 그것은 적어도 윤회의 악순환에 그 고리를 끊는 일에 해당한다. 그런데 문제는 시인들과 그들의 "괴롭고 감미로운 노래들"에 대한 박해가 그 분노의 고리를 끊는 일에 대한 치명적인 공격이라는 점이다. 시인이 "신만이 아는 미친 분노"가 아니라 "골똘한" 정신, 곧 '신성한 정신으로만 이해될 분노'를 품는 것은 바로 그 때문이다. 이 분노의 표현은 벤야민 같은 사람이 '성스러운 폭력'이라고 부르는 것에서 멀지 않다. 이 분노의 근거는 이론적으로 명확하며, 윤리적으로 건전하다. 진정성을 요구하는 사람들이 무엇을 더 바랄 수 있겠는가.

　이영광의 언어를 불편하게 여기는 사람들이 있을 것이다. 그의 언어와 수사법은 적확하다. 그의 언어는 특히 그 불편한 감정을 어떤 미학적 명분으로 위장하고 있는 사람들에 대한 풍자의 성격도 지닌다. 한 구절만 지적하자. 마지막 낱말 "태워죽였으리라"는 권력자의 죄행만이 아니라, 마녀사냥꾼들의 횡포도 염두에 둔 말이다. 시인은 저 불편한 감정의 토로가 늘 그늘 속에 숨은 무리의 힘에 의지해 뒷공론으로만 이루어진다는 것을 잘 알고 있다. "신만이 아는 미친 분노"는 제 인습에 절망하는 자들의 분노일 때가 많다.

고영민의 「입춘」, 김이듬의 「일요일의 세이렌」, 이영광의 「전생」, 이 세 편의 시는 우리 시대의 시적 동력이 이룩한 가장 훌륭한 과실도 아니고, 그 동력을 대표하는 것도 아니다. 그러나 이들 시는 우리 시대의 시적 직관이 짚어낸 현실의 깊이와 내적 공력에서 비롯한 언어의 활달함과 미학적·윤리적 자신감에서 솟아나는 고양된 감정을 어김없이 드러낸다. 우리의 젊은 시인들이 현실을 창조적 실천의 자리로 삼을 수 있는 것은 그 발 디딘 자리가 삶의 중심이며 문화의 중심이라고 믿기 때문이다. 이 일이 쉽지 않았다는 것은 우리의 현대시사가 말해준다. 젊은 시인들이 변방의식에서 벗어나게 된 것은 이 땅이 행복하고 풍요로워졌기 때문이 아니다. 오히려 이 불행이 우리의 불행이 아니라, 이 다국적 자본의 시대에 어떤 사람도 피할 수 없는 불행임을 알아차렸기 때문이며, 그 불행을 훌륭하게 표현하려는 용기를 지녔기 때문이다. '무분별한 서구편향' 따위의 말은 이제 통용될 수 없으며, 해체니 일탈이니 하는 무의미한 말로 그들의 작업이 환원될 수도 없다. 좋은 시는 어느 땅 어느 곳에서나 쓰이고 있지만, 이 풍성한 동력을 편향되게 휩쓸어갈 물결은 어디에도 없다. 아니 어떤 물결도 벌써 우리의 물결이다. 젊은 시인들이 두려워하기보다는 안타까워해야 할 것은 어두운 안갯속에서 정처 없이 쏠리는 뒷공론들뿐이다. 잘 알지도 못하고 내뱉는 말들은 얼마나 위험한가. 내가 시 세 편을 거의 췌언에 가깝게 분석한 것도 그 때문이다.

# 불모의 현실과 너그러운 말

　우리 시가 어느 길로 나아가야 하느냐고 묻는 사람을 종종 만난다. 나는 이런 질문을 별로 진지하게 대하지 않는데, 이는 무엇보다도 그 질문의 진지성을 의심하기 때문이다. 대개의 경우 질문자는 머릿속에 그 대답을 미리 마련해놓고 상대방의 찬반을 확인하려 할 뿐이다. 그는 우리 시가 쌍갈랫길 앞에 서 있다고 생각한다. 한쪽에는 자연의 본질과 삶의 원형에, 더 정확하게는 그렇다고 생각되는 것에, 인간의 희로애락을 연결시켜 감동적으로 노래하는 이른바 전통적인 서정시가 있고, 다른 쪽에는 이미 확립된 가치와 정식화된 표현법 일체를 고발하는 가운데, 최소한 아랑곳하지 않는 가운데, 개인의 특수한 생각과 감정을 생경하게 드러내는 이른바 해체시가 있다. 질문자는 보통 첫번째 길의 지지자이기에, 이 질문에는 두번째 길로 몰려가는 '철없는' 사람들에 대한 책망이 담겨 있으며, 때로는 그 철없음의 기세에 자신의 길이 막혀버리거나 과소평가되리라는 우려도 숨어 있다. 대답이 반드시 필요한 경우라면 나는 이렇게 대답한다. "모르겠다. 길을 찾느라고 시를 쓰는 것이 아니겠는가." 내 대답은 대답의 회피가 아니라, 대답이다. 나는 이 대답 속에 중요한 것은 길이 아니라, 어느 길이건 그 길에 대한 성실성이라는 뜻을 담으려 하기 때문이다. 적어도, 길은 두 갈래로만 뻗어 있는 것이 아니란 것을 이 대답으로 말하고 싶은 것이다.

그 자신이 모더니스트였던 김수영이 다른 모더니스트에게 '히야까시'하듯 내던졌다는 시 「공자의 생활난」에는 "이제 나는 바로 보마/사물과 사물의 생리와/사물의 수량과 한도와/사물의 우매와 사물의 명석성을"이라는 시구가 있다. "사물의 우매"는 필경 사물의 "생리"와 "수량"과 "한도"를 뭉뚱그리는 말일 것이다. 현실 속의 사물은 우리에게 인색하다. 그것은 무겁고 둔탁하여 움직이지 않으며, 움직일 기미조차 보여주지 않기에, 거기서는 어떤 희망도 고양된 감정도 기대하기 어렵다. 거기에는 특별하게 가치 있는 말이 없으며, 시가 없다. 반면에 "사물의 명석성"은 사물의 날카로움이며, 그 움직임의 예외 없는 법칙이며, 현실의 칙칙함과 인색함 속에 감춰져 있는 맑고 너그러운 언어이며, 한마디로 시이다. 그러나 애석하게도 이 사물의 둔탁함은 지금 이 자리의 현실이지만 명석함은 거의 언제나 뒤늦게 깨달음의 형식으로만 발견된다. 그래서 김수영은 또다른 시 「절망」에서 "풍경"과 "곰팡이"와 "여름"과 "속도"가, "졸렬과 수치"가, 그리고 "절망"이 "끝까지 그 자신을 반성하지 않"지만, "바람은 딴 데서 오고/구원은 예기치 않은 순간에" 온다고 쓴다. 시의 길은 끝내 반성하지 않을 것 같은 현실과 저 예기치 않은 순간에 발견되는 명석성 사이에 있다. 그러나 이 말은 현실의 우둔함에 갇혀 사후의 명석함이 발견될 때까지 시가 기다려야 한다는 뜻은 물론 아니다. 바람이 "딴 데서" 온다고 하지만, 그 딴 데도 결국은 현실의 한 모퉁이일 뿐이며, "예기치 않은 순간" 도, 어떤 명석한 정신에 의해서만 감지될 수 있다 하더라도, 현실 속의 한 시간일 뿐이다. 현실의 명석함이 그 우둔함 속에 있고, 예기할 수 없는 구원이 실은 결코 반성하지 않는 그 절망 속에 있다.

문학은 언어를 도구로 사용할 뿐만 아니라 언어에 모든 기대를 걸고 자주 언어를 목표로 삼기까지 하기에 어떤 예술 장르보다도 더 이성적이다. 문학은 가진 바 수단을 다하여 미지의 것을 파헤쳐 그 현상 하나하나를 말로 표현하려고 애쓰며, 혼란을 정리하고 분석하여 거기에 언어적 질서를 부여한다. 그러나 동시에 안다고 생각해왔던 것이 실제로는 모르는 것임을 폭로하고, 그래서 질서를 혼란으로 전복하는 것도 문학의 일이다. 오만한 앎과 성급한 질서가 반성하지 않는 현실의 우둔함을 더욱 두텁게 할 때, 자각된 모름과 품 넓은 혼란이 명석성에 이르는 길을 더욱 넓힐 수 있음을 알기 때문이다. 이 점에서 문학의 가장 효과적인 무기인 이미지도 그 가치는 양면적이다. 이미지는 한편으로 혼란과 미지에 언어의 초벌 그림을 그려주어 우리를 안심시키지만, 다른 한편으로는 친근한 얼굴을 낯선 얼굴로 바꿔놓아 우리를 놀라게 한다. 이미지가 가장 아름다운 것도 그때이다. 우리가 문학의 어떤 비유체계를 가리켜 알레고리라고 부르며, 그것을 문학의 현대적 기획과 결부시킬 때, 그것은 저 두번째 기능이 격화된 이미지와 다른 것이 아니다. 널리 알려진 이야기이지만, 알레고리는 본질 자연에 내재된 것으로 생각되어온 상징과 다르다. 알레고리는 외적이고 임의적이다. 상징은 초역사적이고 통합적이지만, 알레고리는 시대적이고 파편적이다. 상징은 인류학적이지만 알레고리는 문화적이고 사적이다. (여기까지만 본다면, 본질주의 시와 '미래파 시'의 갈등은 상징과 알레고리의 싸움이라고 부를 만도 하다.) 그러나 알레고리는 바로 이 약점에 의지하여, 본질적이고 튼튼하다고 믿었던 삶의 토대가 얼마나 허망하며, 그래서 존재가 얼마나 부박하고 비극적인가를 알게 한다. 알레고리는 질서 속에 혼란을 창조한다. 문제는 이 혼란인데, 삶의 비극성뿐만 아니라 새로운 가능성도 이 혼란 속에 있기 때문이다. 알레고리는 그 파편적 성질을 이용하여 현실의 고리가 거의 끊어진 자리에서 미래의 한 점을 향해 정신을 투기하고, 논리적으로 현실의 조건이 아직 성숙하지 않은 자리에서 그 현실의 질적 변화를 전망한다. 굳어진 현실이 한 치의 빈틈도 내보이지 않고, 말이 바닥나고, 논리가 같은 자리를 맴돌아 모든 토론이 무위로 돌아갈 때, 신비주의자들은 어떤 신화적 세계의 안갯속으로 걸어들어가겠지만, 현실을 잊어버리지 않는 사람들에게는 이 초라한 현실이 그 조건을 그대로 간직한 채 더 큰 현실로 연결되는 한 고리가 죽음 뒤에나 볼 수 있을 것 같은 낯선 얼굴로 나타난다. 현대시는 그 얼굴을 알레고리라고 부른다. 그러나 시인은 제가 쓰는 것이 알레고리인 것을 알지 못한다. 그는 현실의 한 면모를, 그것도 찌그러지고 조각난 형식으로 그렸을 뿐이기 때문이다. 그것을 시의 신비라고 불러도 무방한데, 여기에는 전통적인 영감론과는 완전히 다른 의미에서 어떤 '대필 현상'이 있기 때문이다. 젊은 시인 김경주는 「대필代筆」(『시차의 눈을 달랜다』, 민음사, 2009)이라는 제목으로 다음과 같은 짧은 시를 썼다.

일기를 대신 써준 적이 있고
군대를 대신 가준 적도 있다

주인이 떠난 폐가의 마루 냄새를 맡고 밤이면 이름이 없는 먼 별에서 흘러내리는 모래를 혀에 굴리다가 죽은 바람은 자신의 장례를 단 한 줄의 밀사라고 불렀다

소식을 전해줄 "밀사"가 "자신의 장례"라고 해서, 바람이 (또는 시인이) 그 소식을 듣지 못한다는 뜻은 아니겠다. 소식은 "폐가의 마루 냄새"에도, 메마른 영감의 "모래"에도 벌써 들어 있었지만, 그 소식을 깊이 뜯어 읽기 위해서는 정신이 죽음을 걸고 모험해야 한다는 뜻이겠다. 시인은 어떤 초월적인 존재의 말이 아니라, 이 현실에 발을 디디고도 벌써 다른 현실을 "살고 있는" 저 자신의 말을 대필한다.

산사와 외진 늪을, 강마을과 겨울 바다를, 티베트와 인도를 찾는 시인들이 많다. 아마도 시인들은 거기서 창조된 자연 너머에 있는 창조자로서의 자연을 보려 할 것이다. 사실 시는 현실보다 더 큰 현실이 있고, 자아를 넘어서는 또하나의 자아가 있다는 것을 잊은 적이 없다. 현실에 '붙잡혀' 있는 시일수록 더욱 그렇다. 더 큰 나를 무의식이라고 부를 때, 그 무의식을 집단 무의식으로, 역사적 무의식으로 경계를 넓힐 때, 거기에는 다른 여러 의도 가운데 이 작은 삶과 큰 삶을 연결시키려는 의도도 들어 있다. 물질의 신비도, 역사의 신비도 결국은 현실의 신비이다. 말이 한 자아에서 다른 자아를 보게 하여 두 개의 삶을 연결하는, 논리가 제 장례를 치르면서 논리 너머를 끌어안는 시의 신비도 그와 다르지 않다. 산사와 강마을이, 티베트와 인도가 중요하다면, 그것은 영원히 변하지 않을 삶의 원형과 미래의 평화가 거기 있어서가 아니라, 오히려 삶의 극단을 나타내고, 상상력의 한계를 점찍는 이미지들이 거기 있기 때문이다. 이 극단과 한계를 하나의 알레고리로 체험하지 않는다면, 어디에서나 마찬가지로 그 '근본의 땅'에도 지금 초라하고 영원히 초라할 삶과 개인들이 있을 뿐이다. 여기 없는 것은 어디에도 없다. 애석하게도 현실 밖에는 다른 현실이 없지만, 다행스럽게도 현실 속에는 또다른 현실이 있다.

시가 순수한 언어를 지향하고 그것을 그 미의 근간으로 삼는다는 말도 우리는 같은 방향에서 이해한다. 역시 누구나 아는 이야기지만, 말은 사물을 이미 알려진 속성으로 한계 짓는다. 게으른 정신의 안이한 경험은 그것이 아무리 두텁게 쌓인다 하더라도 말과의 관계에서 사물의 한계를 넓히기보다는 그 한계에 더께를 입힐 뿐이다. 출구 없는 시간처럼 요지부동한 것이 되고, 마침내 제도가 되기에 이르는 이 더께는 당연히 주체의 말과 타자의 말을 가른다. 인정된, 따라서 더이상의 반성이 필요 없는 주체의 말로 제도가 현실을 은폐하고 가둘 때, 사물의 현실이 지닌 다른 가능성의 조각난 얼굴이자 알레고리인 타자의 말이 억압될 것은 더 말할 나위도 없다. 시가 지향하는 바의 순수언어는 흔히 생각하는 것처럼 억압된 말이 아니라, 현실 속에서 또하나의 현실에 닿기 위해 어떤 길도 가로막지 않은 언어이다. 사실, 말이 사물을 유연하면서도 명확하고 깨끗하게 지시하는 일에서 늘 실패한다는 것을 전제로 하는 순수언어에 대한 시의 소망은 저 자신을 포함하여 모든 것을 부정하는 언어에 이른다. 그러나 이 부정은 사물의 깊은 속내를 말로 다 드러낼 수 있을 때까지, 현실 속에 '숨은 신들'이 (다시 말해서 타자들이) 저마다 제 말로 말할 수 있을 때까지, 고쳐 말하고 다시 고쳐 말하려는 노력과 그 희망의 다른 이름이다. 부정의 언어, 곧 시의 언어는 늘 다시 말하는 언어이며, 따라서 끝나지 않는 언어이다. 모든 주체가 타자가 되고, 그 모든 타자가 또다시 주체가 된다고 믿는 희망이 이 언어의 기획 속에 들어 있다. 시는 꿈과 현실이, 상상할 수 있는 것과 상상할 수 없는 것이, 작은 나와 큰 나가, 비루한 사물과 너그러운 말이, 불모의 현실과 생산하는 현실이 갈등하기를 그치는 자리가 우리의 정신 속에 있다고 믿는다. 시의 길이 거기 있다기보다는 시가 그 길을 믿는다고 말해야 할 것 같다.

# 시는 포기하지 않는다

보들레르는 너무 자주 설명된 나머지 결국 아무 말도 아닌 말이 되는 말을 많이 했다. 이를테면, 그는 "두 가지 청원을, 하나는 신에게, 하나는 사탄에게, 동시에" 바쳤다고 말한다. 이 말은 물론 충분하게 설명되었다. 전문가들은 이 청원들을 『악의 꽃 *Les Fleurs du Mal*』의 부제이기도 한 *우울과 이상*에 대비시키면서, 시인의 뿌리깊은 이중성과 그 징후들을 낱낱이 지적하였다. 그러나 이런 대비와 지적으로 이 말의 설명이 끝날 수 있을까. 설명해야 할 두 낱말을 다른 낱말로, 그 역시 설명을 요구하는 두 낱말로, 대체했다고 해서 더 나아지는 것은 무엇일까. 게다가 이 이중성은 특별한 것일까. 그의 이중성을 강조하는 것이 그는 인간이었다고 말하는 것과 어떻게 다른 것이 될 수 있을까.

보들레르의 말에 특별한 것이 있다면, 그것은 "동시에"일 터인데, 그러고 보면 문제와 해답은 두 청원의 관계를 떠나서 찾기는 어려울 것 같다. 청원은 나뉘지 않는다. 두 가지 청원을 동시에 올렸다면 그것은 결국 하나의 청원일 것이기 때문이다. 청원하는 보들레르는 자신이 살고 있는 삶보다 더 나은 삶을 원한다. 그러나 어떤 동력과 어떤 수단으로 그 삶을 발명하고 확보할 것인가. 한편에는 끝없는 상승에의 의지가 있지만, 다른 한편에는 가장 거대한 고통, 따라서 가장 거대한 악인 죽음에 대한 의식이 있다. 죽음과 함께, 또는 죽음 앞에서, 모든 것이 끝난다. 의지가 무엇을 지향해도 죽음의 의식은 그것이 무가치함을 발견한다. 죽음은 현실의 극점이다. 찬탄해야 할 어떤 비전도, 순결할 뿐인 어떤 선의도 이 죽음의 의식에 검열되고 분석된다. 의지가 강렬하고 장엄할수록 의식의 분석은 끝없이 그 견고하지 못한 토대를 지적하고, 그 한계를 증명한다. 이 분석은 악마적이지만, 그것은 또한 현실이 그 상승의 의지 속에 끝없이 자신을 출석시키는 방식이다. 분석은 의지를 내내 부정하면서 거기 출석한다. 그러나 한편에서 의지는 이 출석을 통해 현실의 첨단을 가늠하며, 당연히 그것은 새로운 의지의 출발점이 된다. 의지는 제가 넘어서야 하는 것이 바로 그것임을 안다. 이렇게 의지는 이 *끝없음*에서 자신의 신성한 동력을, 또는 시적 동력을 알아본다. 악마적이면서 동시에 신성한 이 동력은 현실과 삶에 내재하는 초극의 힘이다. 상반되는 두 청원이 동시*에* 만나는 자리, 더 정확하게는 하나가 되는 자리는 시의 시적인 것이 현실과 만나는 자리이다.

시의 말이 어떤 교훈을 설파할 수 없는 이유도, 더 나아가서는 어떤 체계에 갇힐 수 없는 이유도 아마 여기에 있겠다. 설파될 수 있는 진리는 현실의 조롱을 받고 벌써 죽음 속에 떨어진 속설에 불과하다. 시의 말은 확실한 외관을 뽐내는 모든 것들의 불확실함에 대한 확인이며, 끝없이 꼬리를 무는 질문의 연출이다. 따라서 시의 말은 현장의 도덕과 갈등할 수 있으며, 바로 이 갈등을 통해, 바로 저 청원의 두 가지 성질을 통해 제 불확실한 탐구의 고리를 팽팽하게 이어간다. 시가 현실에 대해 말을 아끼려 할 때도, 아니 거기서 그치지 않고 현실을 적극적으로 추방하려 할 때도, 이 점은 마찬가지다. 어떤 순수의 의지 속에서도 그 순수를 지시하는 말은 남는다. 그뿐만 아니라, 저 분석의 지의 맨 마지막에 자리잡는 이 말들은 시가 현실과 만나는 가장 첨예한 지점을 나타낸다. 상승의 의지가 아무리 날렵하게 분석된 현실을 차례로 넘어선다 해도 그 구체적 실천의 말은 또다른 현실의 한 자락을 시 속에 끌고 들어오기 때문이다.

때로는 이 마지막 현실이 시적 상승의지의 목표인 것처럼 여겨지기도 한다. 김현승은 그의 시 「눈물」에서 "나의 가장 나중 지니인 것"이라는 말을 썼다. "눈물"이라는 말로 표현되는, 정화의 마지막 순간까지 그 기능이 요구되는 이 육체적 현실은 유한한 현세의 기획 속에서는 어쩔 수 없는 잔존물이라고 해야겠지만, 그것은 또한 시의 문맥에서 순수세계를 지향하여 삶의 경계에 이르기까지 자신을 헌신하는 자가 최후의 순간에 얻게 되는 필연적인 결실의 형식으로 나타난다. 시인 자신의 고백에 의하면, 이 눈물은 한 인간이 이 지상에서 "오직 썩지 않은 것"으로—우리의 표현을 덧붙이자면, 그 앞에서는 의식의 어떤 날카로운 분석도 멈춰 서야 하는 것으로—유일하게 골라 신 앞에 바칠 수 있는 봉헌물이다. 한편으로 보면, 이 눈물은 그것을 흘리는 지순한 심정에 의해, 그리고 그 자체의 투명성에 의해 순수의 표상이 될 수 있지만, 시인이 "가장 나중 지니인 것"인 그것은 여전히 육체에서 비롯하여 육체를 넘어서는 육체의 잉여물이다. 물론 이 육체적 현실의 잉여물은 거기에 순수관념 그 자체는 아니라 하더라도 적어도 순수관념을 지향하는 의지와 오랜 사색이 응결되어 있기에, 웃음의 꽃 뒤에 거두는 열매의 가치를 얻고 때로는 "옥토에 떨어지는 작은 생명"의 씨앗이 될 수 있다. 그러나 마지막 판단을 담당할 신은 누구에게나 있는 것이 아니다. 봉헌을 받아들이고 판단을 대신해줄 신을 가진 사람이라고 하더라도, 자신의 판단이 중지되어야 할 시간을 어떻게 결정할 수 있을 것인가. 질문의 연출은 계속되고 마지막 한 겹의 현실이 여전히 남는다.

어쩌면 순수시 이론가들이 이야기하는 바의 언어를 무로 돌리는 침묵도 따지고 보면 "나의 가장 나중 지니인 것"과 같은 것일지 모른다. '눈물'이 궁극의 진정을 대신하듯이, 여기서는 말하지 않음이 말해야 할 것을 대신하기 때문이다. 모리스 블랑쇼는 말라르메가 꿈꾸는 침묵의 기획에 관해 그 유명한 『문학의 공간 *L'espace littéraire*』에서 이렇게 말한다. "……문학은 존재하지 않거나, 혹은 문학이 탄생한다 하더라도, '존재하는 어떤 사물로 탄생하는 것은 아닌' 어떤 것으로만 탄생한다. 분명히, 언어는 거기 현재現在하고, 거기에 '명백하게 전시되어' 있으며, 인간 행위의 다른 어떤 형식에서보다 거기에서 더욱 위엄 있게 확인되지만, 그러나 언어는 총체적으로 실현된다. 이 말은 언어가 거기에서 오직 총체로서의 현실만을 감당한다는 뜻이다. 언어는 전체이며─다른 아무것도 아닌 그것은 늘 전체에서 무로 이동할 준비가 되어 있다. 본질적인 이 이동은 언어의 본질에 속한다. 왜냐하면 언어에서 작용하는 것은 무이기 때문이다. 우리가 알다시피, 낱말들은 사물들을 사라지게 하는 힘을 지닌다. 낱말들은 사물들에서 그 외관과 그 현재現在를 지운다. 외관은 사라짐의 외관일 뿐이며, 현재는 현재대로 낱말들의 넋이자 생명인 침식과 파손의 운동에 의해 부재의 상태로 되돌아가며, 낱말들이 공기 속에 꺼져버리는 현상에 의해 낱말들로부터 빛을, 어둠으로 광채를 끌어낸다. 그러나, 사물들을 그 부재의 한가운데에 일으켜세울 힘을 지닌, 이 부재의 지배자, 낱말들은 또한 스스로 사라질 수 있는 힘을, 저희들이 실현하는 모든 것의 한가운데서 부재가 되어버리는 힘을 지니고 있다. 낱말들은 그 모든 것들을 선포하면서 스스로 무화되며, 그것들을 무한하게 성취하면서 끝없이 스스로 파괴된다. 기이한 자살사건과 똑닮은 이 자기 파괴 행위는 정확하게 자신의 모든 진실을 저 지고한 순간에 바친다."[1] 길고 복잡한 글이지만 내용은 간단할 수 있다. 언어는 발음되는 순간 공기 속에 음파로 사라지면서 사물을 우리의 상념 속에 불러일으켜세운다. 이때 상념에 떠오르는 사물은 그 현재의 모습을 부재로 돌린 사물의 절대적 개념이 되며, 이 순간에 비로소 사물은 그것이 놓여 있는 현실 속의 비루한 모습에서 해방되어 그 총체적 실체가 된다. 말라르메 자신이 말했듯이 "꽃!"이라고 말하면, 지금이나 과거의 어느 때, 어느 꽃다발에 속한 현실의 꽃이 아니라, 꽃 그 자체인 꽃, 꽃의 관념 그 자체인 꽃이 부재 속에서 솟아오르는 것이다. 말이 발음되면서, 다시 말해서 말이 사라지면서, 꽃을 출현시킴과 동시에 현실의 꽃이 사라진다. 그래서 블랑쇼는, 끝없이 자기를 지우는 문학의 본질은 현실을 그 총체적 관념에 무한하게 복귀시키면서 끝없이 자기를 지우는 언어의 본질과 일치한다고 말하게 된다. 그가 주장하는바 이 문학 언어가 들어올리려는 것은, 언어 그 자체에서건 사물의 현상태에서건, 지워진 다음에 남는 것이

---

1) Maurice Blanchot, *L'espace littéraire*, "Folio/essais", gallimard, 2002, pp. 44~45. 번역 필자.

라는 점에서 김현승의 "가장 나중 지니인 것"과 유사하지만, 그
역시 *끝없음*의 연출 속에서 지워져야 할 것이라는 점에서 어떤
구체적 봉헌물과도 다르다. 그러나 과장되었다고 말하지 않을
수 없는 이 진술 속에서 언어에 대한 성찰은 진정한 것일까. 그
것은 언어의 의미론적·화용론적 진실을 언어의 물질적 현상과
암암리에 뒤바꿔놓은 것은 아닐까. 사실상 말하는 사람의 현실
을 지워야 하는 이 말, 현실 속에서 말하는 사람이 없는 이 말이
말이기나 한 것일까. 저 관념은 총체적 현실이라기보다는 사실
상 현실의 결여, 또는 결여된 현실이 아닐까. 그것은 현실을 비
유로 증명하고 그 비유를 다시 현실로 증명하려는 속임수의 일
종이라는 비난을 완전히 면하기 어렵다. 그렇더라도 이 솟아오
름과 사라짐이 벌써 완수된 행위나 그 결과에 대한 이름이 아
니라, 반복해서 다시 기획되고 시작되는 끝없는 실천의 과정이
라는 점에서, 그 역시 현실에 대한 끝없는 분석과 그와 함께 수
행되는 질문의 연출이라는 점은 남는다. 어떤 점에서는 이 순수
시의 이론이 현실 분석과 질문하기의 악마적 의식에 대한 가장
극적인 정의가 된다. 그래서 어떻게 말해도 중요한 것은 현실에
내재하는 현실초극의 힘이다.

　　레이스가 한 겹 사라진다
　　드높은 유희의 의혹 속에서,

침대의 영원한 부재만을

신성모독이나 저지르듯 설핏 열어 보이고.


꽃무늬 장식 하나가 같은 것과 벌이는

이 한결같은 하얀 갈등은

희부연 창에 부딪혀 꺼지나

제가 가려 감추는 것보다 더 많이 떠오른다.


그러나 그 꿈이 금빛으로 무르익는 자에게선

음악가 그 텅 빈 허무의

만돌린이 서럽게도 잠들어 있다


어떤 窓을 향하여

어느 배도 아닌 제 자신의 배에서

아들로 태어날 수도 있었을 그런.[2]


　　말라르메의 제목 없는 소네트이다. 순수시 이론과 그 실천은
그 극적인 표현이 말해주듯이 선한 것과 아름다운 것의 이상과
조우할 저 "지고한 순간" 가까이, 그것을 가린 한 겹 베일 앞으

---

　　2) 스테판 말라르메, 『시집』, 황현산 옮김, 문학과지성사, 2005, 120쪽.

로 우리를 데려간다. 그 철저한 현실 배제의 원리에도 불구하고 여기에서도 여전히 인간의 실천이 중요하다. 한 겹 레이스의 베일은 항상 물질적 찌꺼기를 남기는 언어의 현실이고, 따라서 인간의 현실이고, 언제나 마지막 한 장의 베일이 남을지라도, 그 베일을 차례차례 벗겨가는 것은, 그것이 "가려 감추"게 하기보다는 "떠오"르게 하는 것은 인간의 능력이다. 반복해서 떠오르는 그 레이스 뒤에 어떤 언어의 찌꺼기도 없이 순결하게 태어날 음악이 비록 몽상의 형태로나마 존재한다고 믿게 하는 것도, 어떤 초월적인 힘의 은총이나 개입이 아니라, 역시 인간의 실천이다. 순수시가 지향하는 침묵은 도달할 수 없는 것을 괄호 속에 묶어두고 관상하려는 조치가 아니라, 인간의 힘으로 도달할 수 없는 바로 그것이 거기에 도달하려는 인간의 극진한 노력과 항상 연결되어 있음을 끝없이 확인하는 언어적 노력이다. 이 점에서, 순수시가 시의 이상일 수는 없어도, 순수시의 이상이 시의 이상이자 모든 윤리적 기획의 이상인 것은 확실하다.

시는 포기하지 않는 법을 가르치고 시범한다. 탈출과 해방의 상승의지와 그 강도에 비례하여 더욱 강화되는 현실 분석의 악마적 의식이 현실에 내재하는 초극의 가능성에서 서로 만날 때, 아직 걷히지 않은 저 베일이 존재하는 것의 시적 알레고리를 형성한다. 현실이 또하나의 현실과 겹쳐 나타나는 이 알레고리의 공간을 어떤 방식으로든 포함하지 않는 시는 없다.

모든 장면은 아다지오보다 더디다 저 남녀 배우의 몸짓은 서로 애무하는 것으로 보이지만 실은 싸우고 있는 중이다 간혹 짧은 대사가 있긴 했지만 물속에서의 옹알이로 끝났다 구경하던 사람들이 하나둘 사라진다 이것이 이 연극의 목적인지도 모른다 거품 뿜는 트럼펫⋯⋯ 녹슨 기타⋯⋯ 유일하게 들리는 북소리⋯⋯ 이 순간을 위해 배경음악 연주자들이 계속 물속에 있는 건 고통이다 수중에서 들려오는 음악⋯⋯ 이 연주는 언제쯤 벽을 뚫고 나올 것인가 이곳은 저곳은 너무 춥다 무덤에서 광대가 튀어나올 시간, 어릿광대 하나 무대에 나오지 않고 요요를 하고 있었다

정재학의 시 「수중 극단」(『광대 소녀의 거꾸로 도는 지구』, 민음사, 2008)의 전문이다. 자궁의 양수 속에서 발길질만 하는 아이처럼, 수중에서 싸움과 애무가 혼동되는 행위와 옹알이로만 끝나는 말들은 벌써 대본이 작성되었으나 현실의 검열 때문에―저 악마적 분석의식 때문에―상연되지 못하는 연극과 같다. 그러나 벌써 상연되는 연극이다. 연극의 진정한 목적은 검열의 가혹함에도 불구하고 그 태동을 멈추지 않는 데 있으며, 섣부른 타협으로 그 진실한 태동을 망쳐버리지 않는 데 있다. 자궁의 양수에서 끝없이 태동하고 있는 배우들은 사실상 자기

들의 생식세포인 상처들과 애무하듯이 싸우고 있다. 이 느린 싸움에서 점검되지 않는 상처는 없을 것이나, 그 점검 행위가 새록새록 또 상처를 늘려갈 것이다. 벽을 넘어서 연출될 상연의 시간은 끝없이 지연되면서 끝없이 가까워진다. 죽음의 공허 속에서 튀어나온 배우가 아니라면 이 벽을 깨뜨릴 수 없을 것 같다. 그러나 아직 무대에 서지 않은 배우가 굴리는 "요요"는 이 터질 듯한 긴장의 리듬만을 말하지는 않는다. 그것은 이 사막의 시간을 반복해서 걸어갈 수 있는 여유이며, 그 용기의 리듬이다. 연극은 상연될 것이다, 되지 않을 것이다, 되지 않음으로 될 것이다. 시는 불확실한 것들의 연출로 확실한 것의 존재를 짐작한다. 현실과 애무하듯이 싸움하는 시는 제가 부정하는 것들을 싸움하듯이 끌어안는다.

김성규는 그의 시 「난파선」(『너는 잘못 날아왔다』, 창비, 2008)의 첫머리를 이렇게 쓴다.

> 그러나,로 시작되는 문장을 쓰지 않기 위해
> 새벽마다 달력의 날짜를 지웠다
> 길은 온몸을 꼬며 하늘로 기어가고
> 벌판을 지우는 눈보라
> 빈집의 창문에서 불빛이 새어나온다
> 뿌리에 창을 감추지 않고 어떻게 잠들 수 있겠는가

"그러나"는 물론 글쓰기에서 반전의 자리이다. 시인은 그의 불행에 반전이 있을 수 없다고 믿고 있다. 그는 밤을 새우고 지난 하루를 점검하며 제 글 속에 "그러나"가 없음을 확인하고 나서야 잠이 든다. 그가 어느 날 문득 '그러나'로 문장을 시작하게 된다면 그것은 그의 근기가 약해진 까닭일 것이 분명하다. 그는 벌써 "온몸을 꼬며 하늘로 기어가"는 길에서, "벌판을 지우는 눈보라"에서, "빈집의 창문에서" 새어나오는 불빛에서, 제 믿음의 증거를 본다. 그가 세상을 내다보는 진정한 "창"은 하늘을 향한 잎사귀나 꽃에 있지 않다. 흑암을 향해 뻗어내리는 "뿌리"에 날마다 새롭게 감춰두어야 할 창은 또 하루치 불행의 양식을 발견할 자리이다. 빈 '그러나'의 마약이 그 양식을 대신할 수는 없음을 아는 자에게 진정한 반전의 '그러나'는 뿌리에 감춰진 "창"에 있을 수밖에 없다. 현실을 그 깊은 자리에서 점검하는 이 뿌리는 낮은 자리의 가장 깊은 어둠을 한 번도 잊어버린 적이 없기에 가장 단단한 전망의 자리가 된다. 이 창으로 어떤 빛을 받아들일 수 있을지는 알 수 없지만, 시의 단정하면서도 유연한 리듬은 불행한 현실이 어떤 진실까지 삼켜버린 것이 아님을 알게 한다. 현실을 확인하고 불행을 점검하는 의식은 시적 상승의 의지와 다른 것이 아니다.

　시는 모든 것을 할 수 있다. 시는 승인하고 구성하고 조직할 수 있으며, 거부하고 파괴하고 해체할 수 있다. 그러나 거부는 승인의 마지막 패를 함부로 사용하지 않기 위해서다. 시는 제가 부르는 노래를 비웃을 수도 있다. 그러나 이 비웃음으로 다시 확인되는 것은 노래의 존재다. 분석의식에서 떠날 수 없는 시는 제가 완전하고 절대적인 세계를 실현할 수 있다고는 믿지 않는다. 그러나 시는(만) 그 세계의 전문가다. 시는 순진하면서도 순진하지 않아서, 자유와 평등을 완전하게 누리고 생명이 모욕받지 않는, 풍요로운 세계가 실현된다고는 믿지 않는다. 그러나 그 풍요로운 세계가 존재할 수 없다고도 믿지 않는다. 불행의 끝까지 가게 하는, 어떤 불행의 말이라도 그 말을 시 되게 하는, 고양된 감정을 그 세계가 아니라면 어디서 얻어올 것인가. 시는 현실에 내재하는 *현실 아닌 것*의 알레고리다. 그 점에서 시는 진보주의자다. 제가 옳다고 믿는 것을 끝까지 포기하지 않으려는 의지 외에 다른 어떤 말로 진보주의를 정의할 것인가. 사물을, 말을, 사람을 시적으로 만든다는 것은 옳은 것을 포기하지 않을 수 있는 높이로 정신을 들어올린다는 뜻이다. 시는 포기하지 않는다. 그것이 시의 윤리다.

# 상징과 알레고리

골목에 연탄재가 쌓여 있다. 타야 할 것은 모두 타버리고 하얗게 바랜 빈 몸만 거기 놓여 있다. 뜨거운 기운도 독한 기운도 거기에는 남아 있지 않다. 그것은 마치 늙은 어머니처럼 보인다. 작아져버린 어머니의 육체 속에는 그 치솟던 열정도 그악스러운 사랑도 남아 있지 않다. 핏기 없이 줄어든 얼굴과 빠지다 남은 센 머리칼과 힘을 잃은 동공이 한구석에 앉아 있다. 타버리고 남은 어머니의 재만 거기 있다. 이것은 어떤 시의 전문을 산문으로 풀어 써본 것이다. 나는 이런 시를 좋아하지 않는다. 무엇보다도 그 알레고리의 구조가 마음에 들지 않는다. 대상과 대상을, 또는 관념과 관념을 교묘하게 얽어맬 수 있는 말을 찾아냈다고 해서 그것이 어머니에 대해 우리가 이미 알고 있는 것보다 더 많은 것을 알게 해주는 것도 아니고 그 자식인 우리의 심정을 더 깊게 해주는 것도 아니다. 어쩌면 대상과 관념이 너무나 그럴듯하게 맞아떨어지기에 늙은 어머니를 참 편안하게도 처리하고 있는 한 아들을 거기서 보게 되는 것인지도 모르겠다.

알레고리는 늘 그런 것이고 늘 그렇게 편안한 것이다. 이것은 내 말이 아니라 낭만주의 이래 시가 오랫동안 지녀온 믿음을 되풀이한 것일 뿐이다. 이 전통적인 믿음에 따르자면, 알레고리는 비유되거나 비교되는 것들 간의 우연하고 비본질적이고, 따라서 밀도가 낮을 수밖에 없는 결합이라는 점에서 상징과 구별된다. 누구나 알다시피 상징은 감각적 대상과 관념적 대상의 절대적인 결합체이며, 현상과 본질 간의 직접적이고 내적이고 모순 없는 관계가 드러나는 자리이다. 게다가 이 믿음은 상징에 윤리적 가치마저 부여한다. 그 자체가 완전한 결합체이자 순수미인 상징은 개인의 정신 속에 파고들어 윤리적 완덕의 한 형식을 제시하여 아름다운 마음의 상태를 개화시킨다. 알레고리 속의 두 대상 사이에는 직접적인 관계도 내적인 관계도 없다. 타버린 연탄과 늙은 어머니의 관계는 필연적인 것도 본질적인 것도 아니다. 그 둘 사이에는 진정한 관계가 사실 부재하기에 연탄재는 제가 있을 자리에 있고, 늙은 어머니는 자기 자리에 앉아 더이상 시인을 괴롭히지 않는다.

그렇다면 다음과 같은 시에 대해서는 어떻게 이야기해야 할까.

그대 알맹이의 과잉에 못 이겨

반쯤 벌어진 단단한 석류들이여,

제가 발견한 것들의 힘에 겨워 파열된

고매한 이마를 보는 것만 같구나.


그대들이 받아들인 햇빛은,

오 반쯤 입을 벌린 석류들이여,

긍지에 시달리는 그대들더러

홍옥의 장벽을 깨부시라 하고,


껍질의 마른 황금이

어떤 힘의 욕구에 밀려

과즙의 붉은 보석 되어 터질 때,


이 빛나는 파열은

내가 지녔던 어떤 영혼더러

제 은밀한 구조를 몽상하라 한다.


　　발레리의 소네트 「석류들Les grenade」인데 우리에게도 낯설지
않은 시이다. 여기서 보는바 석류알들의 힘에 밀려 파열하는 석
류와 제가 생각해낸 것들의 힘에 밀려 더 높은 정신세계로 개

화하는 고매한 두뇌의 관계는 앞에서 이야기했던바 타버린 연
탄이 늙은 어머니와 맺는 관계보다 미학적으로 훨씬 더 우월한
것일까. 물론 그 둘 사이에 다른 점이 없는 것은 아니다. 한쪽에
음울한 무채색이 있다면 다른 한쪽에는 석류알이나 붉은 보석
이 뿜어내는 빛나는 색조가 있다. 그렇다고 그것으로 우열을 말
할 수는 없다. 한쪽이 눈부신 색조를 선택할 때 다른 한쪽은 무
채색의 우울함을 의도했을 뿐이다. 결정적인 차이라고 부를 것
도 없지는 않다. 연탄재와 어머니의 결합이 우연하고 잠정적인
것인 반면, 석류의 파열과 두뇌의 개화 사이에는 생명을 실현하
려는 자연의 욕구와 그 생명을 이해하려는 진리의 욕구가 겹쳐
지는 유추적 관계가 있고, 이 관계는 내적이고 본질적인 것으
로 이해된다. 그래서 우리는 상징이라고 불러야 할 것을 여기서
발견한다. 그런데 이 관계가 진정으로 내적이고 직접적인 것일
까. 생명의 구조를 생각하는 작업의 결과는 그 자체가 또하나의
생명이라기보다는 그 생명을 관념적으로 형식화한다는 점에서
오히려 반생명이라고 불러야 하는 것이 아닐까. 거기에 직접적
이거나 내적인 관계가 있다는 믿음은 아마도 시인이 은근하면
서도 강압적으로 사용하는 두 형용사 "고매한"과 "은밀한"에 독
자가 지레 겁을 먹은 결과일 가능성이 크다. 그것들은 "이마"가
차지하게 될 자리에 높이와 깊이를 미리 보장해준다. 모든 종류
의 정신적 작업이 그 이름만으로 얻게 되는 이 높이와 깊이가

인습적 사고의 산물일 뿐인 것처럼, 석류와 이마 사이에 존재할 것으로 믿어지는 내적 관계 역시 문화적 습관에서 비롯되는 오해일 뿐이다. 그래서 석류·이마의 상징은 연탄재와 늙은 어머니의 알레고리가 편안한 것 못지않게 안일하다.

알레고리에 새로운 가치와 의미를 부여하려 했던 벤야민 같은 사람이 그래서 역사적 관점에서 볼 때 예술작품은 존재하지 않는다고 말하게 되는 것은 당연하다. 존재하는 것은 한번 높은 평가를 맡은 작품을 둘러싸고 모여든 군중들이 그 습관적인 믿음으로 불 밝히는 마술환등뿐이며, 상징하는 것과 상징되는 것의 내적 관계는 이 환등의 효과에 대한 다른 이름에 지나지 않는다. 상징이 그 절대적 결합 관계를 뽐낼 때 알레고리는 그 우연하고 어긋나는 관계로 상징을 '비평'한다. 말하자면, 벤야민이 생각하는 알레고리는 마술환등의 불이 꺼지는 그 순간에 드러나는 환상의 폐허와 미학의 형해 속에서 일어선다. 알레고리는 감각적 대상과 관념적 대상 사이에 껄끄럽게 끼어 있는 폐허이며 해골이다. 해골은 말하지 않으며 알레고리는 무엇을 표현하지 않는다.

그러나 이렇게 말해놓고 보아도 벤야민류의 알레고리, 곧 현대시의 알레고리에 대해 확연하게 감이 잡히는 것은 아니다. 이솝 우화에도, 라퐁텐의 우화시에도, 말라르메의 영롱한 우화적 소네트들에도, 황지우의 사막을 걸어가는 낙타에서도 벤야민이 말하는 것과 같은 종류의 알레고리를 발견할 수는 없다. 그래서 벤야민은 우리가 이해하는 것과는 다른 종류의 진술법을 그 이름으로 부른다고 이해하는 편이 더 쉬우며, 그것이 또한 사실이다. 이를테면 벤야민은 보들레르가 그의 산문시 「군중Les Foules」의 첫대목을 다음과 같이 썼을 때 거기서 뛰어난 알레고리를 발견한다. "多衆으로 미역을 감는다는 것은 아무에게나 주어지는 일이 아니다. 군중을 즐긴다는 것은 하나의 예술이다. 요람에 누워 있을 때 요정이 가장과 가면의 취미, 붙박이 삶에 대한 증오와 여행의 정열을 불어넣어준 사람만이 인류의 희생 아래 진탕만탕 생명력의 잔치를 벌일 수 있다." 보들레르가 진술하는 것은 군중 속에서 누리는 야릇한 열정과 특별한 흥분 상태에 대한 단순한 고백일 뿐이기에 여기에 알레고리적 의도가 있다고 믿기는 어렵다. 그러나 시인이 「저녁의 어스름Le Crépuscule de Soir」 같은 시에서 표현하듯 이 흥분을 애써 가라앉힐 때,

> 이 장엄한 시간에, 내 넋이여, 생각에 잠기라,
> 이 아우성에 네 귀를 닫으라.
> 병자들의 고통이 더욱 혹독해질 시간이다!
> 음침한 밤이 목을 움켜쥐니,
> 그들은 저희 운명을 끝내고 한 구렁텅이로 들어간다

알레고리 비평가인 벤야민의 시선에 저 다중에의 열광이 드러내는 것은 저 자신을 대중 앞에 상품으로 전시하는 시인의 초조감이며, 상업경제와 대중정치 사회의 군중 환상이며, 한마디로 자본주의적 진보신앙의 열정이다. 물론 그것이 보들레르의 의도는 아니다. 시인은 단지 현대 도시 속에 흥분의 자리 하나를 펼치고 제 내면을 단순하게 성찰할 뿐이다. 그러나 보들레르는 오직 자신과 세상을 단순하고 정직하게 바라보는 눈으로 자신의 의도를 넘어서서 한 시대의 역사와 인간 타락의 공간 하나를 제시하는 일에 성공한다는 점에서 알레고리 시인이다. 아니 제시할 뿐만 아니라 그 마술환등이 꺼진 공간에서 깨어진 환상의 조각들을 그러모아 억압되었거나 부풀려 왜곡되었던 최초의 희망을 그 자리에 간직한다. 알레고리적 시인, 또는 알레고리적 비평가는 역사적 환상의 연쇄가 끊어지는 예외적인 순간에 과거의 마술환등을 변증법적 이미지로 바꾸는 사람이다.

표현하지 않음으로써 그 최초의 의도를 넘어서는 알레고리로부터 김춘수의 무의미 시론을 연상하는 것이 헛된 일은 아니다. 두 시론은 본질적으로 동일한 것이다. 김춘수는 세상사의 이치와 삶의 이념을 드러내기 위해 사용되는 '비유적 이미지'보다 이미지 그 자체로 독립된 이미지, 다시 말해서 이미지를 위한 이미지인 '서술적 이미지'를 더 좋아한다. 그러나 그가 목표로 삼았던 것은 그 어느 쪽도 아닌, 염불을 외우는 것과 같은 시, 이미지로부터 해방된 "탈이미지이고 초이미지"인 무의미의 시이다. 이 이미지 넘어서기 속에 구원이 있다.

이미지를 지워버릴 것. 이미지의 소멸—이미지와 이미지의 연결이 아니라(연결은 통일을 뜻한다), 한 이미지가 다른 한 이미지를 뭉개버리는 일. 그러니까 한 이미지를 다른 한 이미지로 하여금 소멸해가게 하는 동시에 그 스스로도 다음의 제3의 그것에 의하여 꺼져가야 한다. 그것의 되풀이는 리듬을 낳는다.

김춘수의 시론집 『의미와 무의미』에서 뽑은 한 구절이다.[1] 김춘수가 지우고 싶은 것은 무엇보다도 관념이며, 깨뜨리고 싶은 것은 무엇보다도 이미지이다. 관념은 그의 생각을 과거에 묶어두는 족쇄가 될 것이며, 이미지는 그를 현실에 가둬놓는 감옥이 될 것이기 때문이다. 그가 얻으려는 것은 그 자신이 규정할 수 없는, 의도하지 않았던 어떤 것이다. 규정은 관념을 불러오고 의도는 이미지를 구성하기 마련이다. 마지막으로 얻게 되는 '리듬'은 관념과 이미지가 허물어진 자리이며, 그가 알지 못하는 것이 알레고리로 펼쳐지는 자리이다. 그래서 그는 이런 시를 쓰게 된다.

---

1) 김춘수, 『김춘수 시론전집 1』, 현대문학, 2004, 546쪽.

남자와 여자의 아랫도리가

젖어 있다.

밤에 보는 오갈피나무,

오갈피나무의 아랫도리가 젖어 있다.

맨발로 바다를 밟고 간 사람은

새가 되었다고 한다.

발바닥만 젖어 있었다고 한다.


「눈물」(『처용』, 민음사, 1974)의 전문이다. 관념은 최대한으로 억압되었고 이미지는 이미지들의 상호 간섭으로 깨졌다. 그렇다고 '리듬'만 남았다고 말하기도 어렵다. 남자와 여자가 지녔을 육체성은 오갈피나무를 거쳐 새에 이르러 한결 약화되었다. 아랫도리는 발바닥으로 변조되어 그 물질성의 대부분을 기화시켰다. 이렇게 분석하고 보면, 시인은 관념과 이미지를 깨뜨렸다기보다 물질과 정신의 해묵은 이원론적 관념 하나를 리듬만이 남아 있을 자리에 앉혀놓았다. 이 인습적인 관념이 규정과 의도를 넘어서서 새로운 것을 불러오기는 어렵다. 어쩌면 그 원인은 시인이 이미지를 '뭉개기' 위해 사용하는 이미지의 단자들에서 찾아야 할지도 모르겠다. 아랫도리가 젖은 남녀는 이런저런 애정 소설에서도, 클림트의 그림에서도 자주 만나게 되는 인물들이다. 다른 나무가 아닌 오갈피나무는 서정주의 어떤 시와 관련된다. 맨발로 바다를 밟고 간 사람은 물론 예수다. 새에 관해서는 논의가 불필요하다. 그것들은 어느 것도 현실에서 온 것이 아니다. 그것들은 모두 미학적 전거가 있다. 관념과 이미지를 깨뜨릴 때 먼저 깨뜨려야 할 것은 '작품'인데 시인은 오히려 '예술'을 현실 위에 모시고 있다. 예술은 알레고리가 되지 않는다. 다시 말해서 규정과 의도를 넘어선 새로운 것을 불러오지 않는다. 어쩌면 김춘수 시인이 진정으로 원했던 것은, 예를 들어, 진은영 같은 젊은 시인이 쓴 다음과 같은 구절일지도 모르겠다.

흰 고래에게 한쪽 귀를 선물했다.
너는 오늘도 마셔야 했다. 하늘의 물렁한 바닥이 다 드러나도록.
진흙 구름에 반쯤 묻힌 소라고둥, 잃어버린 귀걸이를 찾아야 했다.

「어느 날」(『우리는 매일매일』, 문학과지성사, 2008)이라는 시의 중간 대목이다. 김춘수 시인은 자신이 원했던 것이 바로 이런 시구라고 인정할까. 그렇지 않을 것이다. 그는 오히려 안색이 변해 크게 놀랄 것이다. 알레고리가 알레고리 하는 것은, 다시 말해서 규정과 의도를 넘어서는 것은 그것을 원했던 사람, 그것을 만든 사람까지 놀라게 한다.

# 번역과 시

번역된 시도 시라고 할 수 있는가? 이런 질문을 한 해에 한 번꼴로 받게 된다. 공연한 자격지심일지 모르지만 두어 권의 프랑스 시집을 번역한 나로서는 이 질문에 힐난의 의도도 감춰져 있는 것으로 생각된다. 사실 시는 시인의 모국어로 쓰이는 것이 원칙이다. 시는 언어적 직관에 많은 것을 의지하기 마련인데, 그 직관은 거의 언제나 모국어의 직관에 터를 둔다. 더구나 시의 말은 문법을 넘나들지만, 외국어로는 문법에서 탈출하기 어렵다. 토박이에게 토박이말의 어법은 그가 이용할 수 있는 편리한 도구이자 권리이지만, 외국 사람에게 그 어법은 반드시 지켜야 할 규제이고 의무일 뿐이다. 한국 사람이 한국말을 할 때, 말이 문법을 아슬아슬하게 벗어난다면 그것은 그의 언어적 재능을 말하는 것이지만, 똑같은 말을 미국 사람이 하게 되면 그것은 언어적 오류일 뿐이다. 이 때문에 외국어로는 시의 말을 어떤 비범한 자리로 몰고 가기 어렵다. 그러나 이런 사정은 모국어가 아닌 언어로 시를 쓰기 어려운 이유가 될 수는 있지만, 번역된 시를 불신하거나 폄하해야 할 이유는 될 수 없다. 번역도 원칙적으로는 자기 모국어로 글을 쓰는 작업이다. 게다가 시의 번역은 자기 언어를 그 표현의 한계에까지 몰고 가는 작업이다. 이제 원고의 뒷부분에서는 프랑스 시 한 편을 원문 그대로 인용해야 할 터인데, 시를 이해하는 사람들에게는 그 부분을 무시하고 읽어도 글의 이해에 지장이 없을 것이다.

벤야민은 번역어에 시어의 성격이 있다는 점을 강조한다. 그는 「번역가의 과제」에서 번역가의 과제를 "외국어 속에 마법으로 묶여 있는 저 순수언어를 자기 언어를 통해 풀어내고, 작품 속에 갇혀 있는 저 순수언어를 작품의 재창조를 통해 해방한다는 것"이라고 정의하면서, 말라르메의 다음과 같은 말을 인용한다.

복수이며, 최상의 언어가 없다는 점에서 불완전한 언어들. 생각한다는 것은 부수적인 도구들도 속삭거림도 없이 쓴다는 것이기에, 그러나 불후의 언어가 아직도 침묵하고 있기에, 지상에서 관용慣用의 다양함은, 그렇지 않았더라면, 단 한 번의 발음에 의해 물질적으로 진리 그 자체로 될 낱말들을 아무도 말할 수 없도록 방해한다.

말라르메는 어느 나라 언어이건 그 나라의 '국어'를 하나의 방언으로 본다. 존재하지 않는 어떤 "최상의 언어" 혹은 보편적 언어와 달리, 영어는 영미인들의 사투리이며, 중국어는 중국인들의 사투리이다. 모든 '국어'는 그 나라 사람들끼리만 쓰는 "관용"이다. 진정한 의미에서 글을 쓴다는 것은 "불완전한 언어"이자 수많은 "관용" 가운데 하나일 뿐인 모국어를 넘어서서 영원하고 보편적인, 그러나 아직은 침묵의 상태에 있을 뿐인 "불후의 언어"를 목표로 한다는 말라르메의 이 말은 번역을 겨냥한 것이라기보다는 시쓰기를 겨냥한 것이 사실이다. 그러나 말라르메가 이를테면 「에드거 포의 무덤 Le Tombeau D'Edgar Poe」에서,

> 그자들은, 히드라의 비열한 소스라침처럼, 옛날 종족의
> 말에 더욱 순수한 의미를 주는 천사의 목소리 들으며
> 이 마술이 어떤 검은 혼합의 영광 없는 물결에
> 취했다고 소리 높여 주장하였다

라고 말하여, 영어권에서 대접받지 못한 포의 시가 프랑스어 번역을 통해서 영어라고 하는 종족의 언어에 "더욱 순수한 의미를 주는 천사의 목소리"로 재발견되었음을 암시적으로 역설할 때, 그가 꿈꾸는바 종족의 언어를 넘어서는 "불후의 언어"는 시인으로서뿐만 아니라 번역가로서도 그의 희망이다. 벤야민은 번역

가가 번역으로서 도달하려는 보편적 언어의 전망을 말라르메 같은 시인의 언어관에서 발견하며, 말라르메는 종족의 언어에 "더욱 순수한 의미를" 주어야 할 시인의 임무를 벤야민이 생각하는 번역가의 과제와 동일시한다. 말라르메와 벤야민의 언어관에 극단적인 성격이 있는 것이 사실이지만, 일상 언어를 해체하고 재구축하여 한계적 상상력에 도달하려는 현대의 다양한 시적 실험과 이 언어관이 맥을 같이하고 있는 것이 또한 사실이다. 벤야민이 말하는 '모국어를 통해 또다른 모국어 속에 마법으로 묶여 있는 순수언어 풀어내기', 말라르메가 말하는 '종족 언어에 더욱 순수한 의미 주기', 현대의 다양한 시적 실험이 지향하는 '일상어의 해체와 재구축'은, 시쓰기의 실천적 차원에서라면, 시어의 이론가들이 흔히 '모국어로부터 외국어성 찾아내기'라고 하는 말로 필경 뭉뚱그려 요약될 수 있을 터인데, 대개의 경우 말이 생성의 차원에서나 해석의 차원에서 그 물질감과 존재감을 예외적으로 드러내면서 시적 서정을 높일 때 그 실천에 접근한 것으로 파악된다. 이문재의 한 시편을 그 예로 들어 설명할 수 있다. 다음은 시 「탁발托鉢」의 전문이다.

공중에 박혀 있던

매 한 마리

수직으로 내리 꽂힌다

순간 시속 3백km!

하늘이 매를 놓친 것이다


날개를 최대한 접고

뼈 속을 죄다 비우고

오직 두 눈과 부리가 이루는

날카로운 삼각형으로

중력을 추월한 자리!

깜짝 놀란 공기들이

찰과상을 심하게 입었다

찢겨져나간 데도 있다


팔랑팔랑

꼬리 깃털 두어 개

닭 한 마리 사라진

마당 어귀로 떨어진다


백두대간이 와불처럼

오른쪽 턱을 괴고 있는

하늘 아래 첫 동네

배가 불룩한 황소 한 마리

꼬리로 자기 잔등을 친다
산맥과 골짜기가 아까보다
조금 더 부풀어 있다

오월 한낮
자기 몸을 바랑에 넣은
탁발승이 고개를 넘는다

이 시는 백두대간의 한 고지에 자리잡은 산간 마을에서 늦봄 어느 날에 하늘의 매 한 마리가 지상의 닭 한 마리를 후려 채간 과정과 그 직후의 정적을 묘사하는 풍경시이다. 마지막 연은 말이 조금 수상하지만 일차적으로는 여전히 풍경묘사를 벗어나지 않는다. 탁발에 나선 불승이 자기 등에 멘 바랑을 확대해 놓은 것과 같은 구름 속을 걸어가고 있거나, 불승도 없이 바랑과 같은 모습의 구름이 고개 위에 걸려 있는 풍경을 거기서 발견할 수 있기 때문이다. 그러나 "자기 몸을 바랑에 넣은/탁발승이 고개를 넘는다"는 말이 풍경에 대한 묘사라는 생각을 일단 접어둔다면, 이 말은 풀기 어려운 의문을 불러오고, 그 의문들과 함께 명상의 자리 하나가 펼쳐진다. 탁발승의 빈 마음은 제 바랑보다 더 큰 바랑이 되었는가. 탁발하여 진리에 공양하려는 탁발승은 마침내 제 육신을 공양하려 하는가. 불도를 깊이 아는 사람이라면 우리의 이런 질문을 넘어서서 훨씬 더 훌륭한 설명을 끌어낼 수 있을 것이다. 그러나 시인이 이 마지막 연에 쓴 말은 어떤 탁월한 설명을 만난다 하더라도 그 설명으로 환원되지는 않으며, 또한 어떤 탁월한 설명도 이 말이 그리는 고요한 풍경을 벗어나서까지 탁월할 수는 없다. 이 시의 마지막 연은 소통을 끝내고 사라지는 일상어 속에 해석을 거쳐서 이해되는 외국어처럼 남아 또다시 우리의 정신을 집중시키고 또다른 정신의 모험을 촉구하게 마련이다. 시어가 일상어와 달리 의미를 벗어버리는 것은 결코 아니지만 하나의 의미로 환원되지 않으려할 때 자주 특별한 성공을 거둔다.

그런데, 시에 외국어처럼 낯설게 꽂혀 앙금을 남기는 언어가 자주 범상치 않은 힘을 발휘한다는 말을 역으로 이해한다면, 모국어를 외국어처럼 읽을 때 시를 더 잘 이해할 수 있다는 말이 될 수도 있다. 기형도의 시 「빈집」(『입속의 검은 잎』, 문학과지성사, 1989)을 예로 든다.

사랑을 잃고 나는 쓰네
잘 있거라, 짧았던 밤들아
창밖을 떠돌던 겨울 안개들아
아무것도 모르던 촛불들아, 잘 있거라
공포를 기다리던 흰 종이들아

망설임을 대신하던 눈물들아

잘 있거라, 더이상 내 것이 아닌 열망들아


장님처럼 나 이제 더듬거리며 문을 잠그네

가엾은 내 사랑 빈집에 갇혔네


기형도의 시 「빈집」은 슬프다. 리듬은 낯익고 순탄하며 거기
실린 말들이 애절해서 읽는 사람의 마음에 상처를 주면서 동시
에 그 고통을 마비시킨다. 그 점에서 이 시는 감상적이다. 이 시
를 어쭙잖다고 평가하는 사람들에게 문제가 되는 것도 역시, 저
통속적인 사랑의 주제와 함께, 이 감상적인 어조이다. 그러나
낯익은 리듬을 걷어내면 몇 가지 의문이 감춰져 있고, 그것이
감지되는 순간, 시의 애절함은 불안으로 변한다.

우선 첫 줄의 잃어버린 사랑과 마지막 줄의 빈집에 갇혀 있
는 사랑은 같은 사랑일까. 앞의 사랑은 '사랑했던 대상'이고 뒤
의 사랑은 그 무정한 사랑을 포기하고도 여전히 '정리하지 못한
미련'이라고 생각하면 이 시는 슬프다. 반면에 앞의 사랑도 뒤의
사랑도 모두 '사랑하는 마음'이자 그 마음이 변질된 상태라고 본
다면 이 시는 불안하다. 그런데 이렇게 의문을 제기하고 대답을
선택하려다보면 다시 이 시의 주제를 뭉뚱그리고 있는 첫 줄,

사랑을 잃고 나는 쓰네

에 대한 이해에 다른 깊이를 준다. 사실 이 첫 시구는 "사랑을 잃고 나는 우네" 같은 유행가요의 한 구절을 변조한 것이고, 그 낯익은 가요의 음조는 이 시구를 '한 여자의 사랑을 얻는 일이 이제 가망 없음을 확인하고 그 슬픈 감정을 기술한다'는 뜻으로 읽히도록 유도한다. 이때 '……하고 ……하네'라는 구문은 순차적 인과관계를 나타낸다. 그러나 시의 내용을 다시 살펴보면, 대부분의 시구가 사랑을 잃기 전의 글쓰기를 회상하는 서술에 바쳐져 있어서 '사랑을 잃음'과 '글쓰기'라는 두 사건의 순서가 오히려 역전되어 있다는 인상을 준다. 과거에 시의 화자는 매우 진지한 태도로 글을 썼고 자주 밤을 새웠으며, 거기에 특별한 열망을 바쳤고 울기도 했다. 게다가 이 글쓰기에 대한 회상의 저술에,

> 아무것도, 눈에 비친 옛 정원도
> 이 바다에 젖은 마음을 억누르지는 못하리라,
> 오 밤이여! 백색이 방어해주는 텅 빈 종이 위의
> 내 쓸쓸한 램프의 빛도,
>
> —「바다의 미풍Brise Marine」 부분[1]

---

1) 이 시구를 '민희식, 이재호 역편, 『牛獸神의 午後』, 범한서적, 1970'에서 인용한 것은, 기형도가 말라르메의 시 몇 편을 이 번역시집에서 읽었을 가능성이 크

같은 말라르메 시구의 잔영이 어려 있다는 점을 상기한다면, 화자가 자신의 글쓰기를 문학사적 사건의 한 연장선에 자리매 김한다고도 말할 수 있다. 이 점에서 이 시는 애절하고 감성적 인 연애시로만 이해될 수 없다.

만일 "사랑을 잃고 나는 쓰네"라는 첫 시구를 영어나 프랑스 어 같은 서양어로 번역한다면, 역자는 아마도 "사랑을 잃고"라 는 어절을 과거분사구문으로 번역하게 될 가능성이 크다. 그런 데 일단 그렇게 번역된 이 구절을, 원문을 무시한 상태에서, 외 국어 그대로 다시 읽는다면, 독자는 분사구문이 감당할 수 있는 문법적·의미적 기능을 모두 감안하여, 인과·동시·양보·대립·서 술의 상황 등 다양한 시각과 층위에서 의미 파악을 시도하지 않 을 수 없다.[2] 이때, 우리의 언어 감각에 충격을 주기도 할 이 외 국어적 개입은 저 유행가적 리듬의 억압적 영향 아래 '사랑을 잃음'과 '글쓰기'라는 두 사실 사이에서 단 하나의 맥락만을 보 고 있던 우리의 이해력을 해방시켜 새롭고 다양한 맥락의 설정 을 촉구하게 될 것이다. "사랑을 잃고 나는 쓰네"라는 말은 '사랑 을 잃고 슬픔 속에 이 글을 쓴다'는 말이 되기도 하겠지만, '사랑

---

기 때문이다.

2) 한국어에서도 다음의 예문에서 볼 수 있듯이 "……하고 ……한다" 구문 의 문법적 기능은 단일하지 않다.—소 잃고 외양간 고친다.—돈 놓고 돈 먹는 다.—가재 잡고 도랑 친다.—갓 쓰고 자전거 탄다.

을 잃은 상태에서 나는 글을 쓰고 있다' 또는 '내 글쓰기는 사랑이 없이 이루어진 것이라는 사실을 이제 자각했다'는 말로도 그 의미가 확장될 수 있다. 마찬가지로 시인이 운위하는 '사랑'에서도, 한 여자에 대한 한 남자의 사랑을 넘어서서, 낭만파나 상징파 문인들에게서 모든 문학적 글쓰기의 근본적 동력으로 가정되는 우주적 생명의 에로스를 발견할 수도 있을 것이다.

한 언어가 다른 언어와 대면할 때 그 말의 결을 깨뜨리는 균열을 경험하게 되지만, 다양한 해석의 가능성도 함께 만나게 된다. 우리의 짧은 논의로 감당할 수 있는 범위에서 '모국어 속의 외국어성'을 정의한다면, 그것은 말이 그 일상성에서 벗어나려는 내재적 성격이라고 할 수 있으며, 모국어로부터 외국어성을 풀어낼 수 있는 능력이란 것은 말이 제시하는 사실들 사이의 관계맥락을 다양하고 새롭게 해석해낼 수 있는 능력이라고 하겠다. 이 성격과 능력이 두 언어 사이의 번역을 가능하게 하고, 번역에 시적 성격을 부여한다. 그런데 이렇게 말하고 보면, 우리의 심층의식과 외부 사물이 깊이 조응하는 자리에 모국어가 있다는 점을 염두에 둔다면, 그 조응에 의문을 제기하는 일탈과 흠결에 크게 의지하는 번역은 기형도의 사랑 없는 글쓰기와 닮은 점이 있다는 점도 덧붙여 말해야겠다.

같은 등식이 외국시를 모국어로 번역할 때도 성립된다. 다음은 보들레르의 1861년판 『악의 꽃 *Les Fleurs du Mal*』에 82번 시로 실린 소네트 「Horreur sympathique」의 전문과 이에 대한 윤영애의 한국어 번역 「공감이 가는 공포」 전문이다.


De ce ciel bizarre et livide,

Tourmenté comme ton destin,

Quels pensers dans ton âme vide

Descendent? réponds, libertin.


—Insatiablement avide

De l'obscur et de l'incertain,

Je ne geindrai pas comme Ovide

Chassé du paradis latin.


Cieux déchirés comme des grèves

En vous se mire mon orgueil;

Vos vastes nuages en deuil


Sont les corbillards de mes rêves,

Et vos lueurs sont le reflet

De l'Enfer où mon coeur se plaît.[3)]

네 운명처럼 파란 많은

납빛의 기이한 하늘 아래서

어떤 생각이 네 텅 빈 마음으로 내려오는가?

대답하라, 바람둥이여.


─모호함과 확실치 않은 것을

끝없이 탐내는 나는

---

3) 이 시의 원문은 1975년 플레이아드판 전집에서 인용한 것이다. 이 시에 대해
필자가 제시할 수 있는 한국어 번역은 다음과 같다.

감응 공포

네 운명처럼 파란만장한
저 납빛 변덕스런 하늘에서
네 빈 마음속으로 어떤 생각이
내려오는가? 대답하라, 자유사상가여!

─모호한 것 불확실한 것을
억제할 길 없이 갈망하는 나는
로마의 낙원에서 쫓겨난 오비디우스처럼
푸념에 빠지진 않으리라.

모래밭처럼 찢어진 하늘이여,
그대 안에 내 오만함을 비추니,
상복을 두른 저 막막한 먹구름은
내 꿈을 실어가는 영구차,
그대의 어슴푸레한 빛은
내 마음 기꺼이 거하는 지옥의 반사광.

로마의 낙원에서 쫓겨난

오비드처럼 신음하진 않으리.


모래밭처럼 긁힌 하늘,

그 속에 내 오만함을 비추고,

검은 거대한 네 먹구름은


내 꿈을 실어가는 영구차,

네 희미한 빛은

내 마음이 즐기는 「지옥」의 그림자.[4]


　이 번역을 높이 평가하기는 어렵다. 원문을 알지 못하는 상태에서 이 역문만을 읽는 독자가 난해시도 아닌 이 시에서 어떤 종류의 분위기 이상의 것을 파악한다는 것은 거의 불가능한 일일 것이다. '공감이 가는 공포'라는 제목이 시의 내용 전체를 적절하게 안아내는 것으로 보이지는 않을 것이며, 무엇보다도 질문하는 사람의 질문과 대답하는 사람의 대답으로 되어 있는 이 시에서 대답하는 자의 주체적 자질로서의 "바람둥이"와 그의 대답 사이에서 깊거나 긴밀한 관계를 명확하게 찾아내기도 어려

---

4) 샤를 보들레르, 『악의 꽃』, 윤영애 옮김, 문학과지성사, 2003, 169쪽.

울 것이다.

먼저 "바람둥이"에 관해서 말한다면, 시의 원문에서 이에 해당하는 낱말은 "libertin 리베르탱"이다. 원래 이 낱말은 로마 시대에 노예 신분에서 해방된 자유민을 부르는 말이었지만, 보들레르의 시대를 포함한 근대 세계에서 통용될 수 있는 뜻은 크게 두 가지로 집약된다. 1) 신앙에서나 실제 생활에서 종교의 준칙을 따르지 않는 사람, 2) 육체적 쾌락에 방만하지만 어느 정도 세련된 태도를 지니고 탐닉하는 사람. 한국에서 발간된 몇 종의 불한사전들은 이 두 뜻을 짚어 '무종교인' '자유사상가' '방탕한 사람'을 이 단어의 역어로 올리고 있다. 물론 '바람둥이'라는 역어도 두번째 뜻에 근거를 둔 것으로 보이나 여기에는 그 나름대로 작은 역사가 있다.

박남수가 『악의 꽃』 전체를 우리말로 최초로 번역하여 『惡의 꽃들』(신생문화사)을 발간한 것은 1956년의 일이다. 이 역시집에서 「同情받을 恐怖」라는 제목을 지닌 이 시의 첫 연은 다음과 같다.

너의 運命인 양 변덕스러운,

이 얄궂은 납빛 하늘에서,

무슨 생각이 네 텅 빈 마음속에

내려오는가? 답하라, 蕩兒여.

이 역자가 "탕아"라는 역어를 용감하게 선택할 수 있었던 것은, 시대의 악에 민감하였으며 창가에 자주 출입하였고 아편 음용자이기도 했던 보들레르의 생애가 그의 염두에 있었기 때문일 것이다. 그러나 자신의 제반 행위를 심미적 혹은 정치적 동기에 결부시킬 줄 알았으며, 그 시대의 뛰어난 댄디 가운데 한 사람으로 일거수일투족을 의식의 통제 아래 두려 했던 보들레르가 자신을 "탕아"라고 부를 수 있었을까. 아무튼 이 번역어 "탕아"는 10년 남짓의 세월을 누렸다.

"탕아"가 "바람둥이"로 바뀐 것은 정기수가 『악의 꽃』과 보들레르의 몇몇 다른 텍스트들을 한데 묶어 같은 제목으로 정음사 판 세계문학전집에 끼워넣은 1968년의 일이다.

> 그대의 운명처럼 파란 많은
>
> 저 얄궂은 납빛 하늘에서,
>
> 무슨 생각이 그대의 빈 마음속에
>
> 내려오는가? 대답하라, 바람둥이여.

"탕아"가 "바람둥이"로 바뀌면서 그 내포는 분명히 줄어들었지만, 뒤에 나온 그만큼 훨씬 산뜻해 보이는 이 역어의 세력은 자못 컸다. 1970년대와 1980년대에 출판사를 달리하여 거듭 발간된 김인환의 『악의 꽃』이 정기수의 역어 "바람둥이"를 그대로 가져다 썼으며, 심지어 예의 박남수까지 민음사에서 『보들레르 시전집』(1995)을 발간할 때 자신의 역어를 버리고 이 "바람둥이"를 취했다. 그다음에 윤영애의 번역이 온다.

내용의 폭이야 어떻든 "탕아"에서 "바람둥이"로의 전환에는 '순수한 우리말' 또는 '자연스러운 우리말'에 대한 시적 취향이 있을 터이지만, 거기에는 또다른 것도 있다. 정기수가 번역의 대본으로 사용하였던 앙투안 아당 판의 『악의 꽃』이 문제된다. 앙투안 아당은 이 시를 설명하면서, 보들레르가 들라크루아의 그림 〈스키타이인들의 나라에 간 오비디우스〉에서 착상을 얻어 이 시를 썼으며, 첫 연의 "납빛 변덕스런 하늘"이 그 그림 속에 그려진 하늘이라고 말하는 선을 넘어서서, 정기수 등이 "바람둥이"로, 우리가 "자유사상가"로 번역한 'libertin'이 오비디우스를 가리킨다고까지 단언한다. 이 설명을 받아들일 때, 오비디우스가 아우구스티누스황제의 분노를 사 스키타이의 세계로 쫓겨났던 원인 중에 하나로 그의 저서 『사랑의 기술Ars Amatoria』이 꼽히는 만큼 그를 '바람둥이'로 지칭하는 것은 일견 당연하기도 하다. 그러나 아당의 해석에는 명백한 모순이 있다. 첫 연에서 질문 받는 'libertin'이 오비디우스라면, 제2연에서 오비디우스 그 자신이 "오비디우스처럼"이라는 말을 넣어 대답할 수는 없을 것이기 때문이다.

이 시를 이해하기 위해 염두에 두어야 할 것은 들라크루아의 그림만은 아니다. "하늘"과 "공포"와 "libertin"이라는 낱말이 함께 쓰인 이 시를 읽으며 우리는 파스칼의『팡세*Pensées*』에 나오는 다음과 같은 유명한 말을 떠올리지 않을 수 없다.

저 영원한 공간의 무한한 침묵이 나를 두렵게 한다.

파스칼은 독실한 신앙인으로서 자기 시대의 'libertin'들과 대척점에 서서, 제한된 인간의 이성으로 무한한 우주에 깃들어 있는 신의 의도를 파악할 수 없는 자의 공포를 말하고 있다. 보들레르도 역시 하늘에서 공포만을 느낄 수 있을 뿐이지만, 그는 파스칼과 달리 'libertin'의 처지에 서 있다. 바로 그 때문에 이 공포는 그에게 한 인간으로서 벗어날 수 없는 숙명이기도 하지만, 스스로 선택한 운명이기도 한 것이다. 세 개의 연에 걸치는 대답을 통해 'libertin'은 그 선택의 의지를 강조하고 그 의지의 비극적 성격을 자각한다. 그는 단순한 '탕아'나 '바람둥이'가 아니다. 그는 '자유사상가'이다.

보들레르는 이 선택의 의지와 운명의 자각을 통해 현대 시인의 처지를 드러낸다. 시인은 더이상 하늘의 계시나 은총 어린 영감을 받아 적는 자가 아니라, 한 인간으로서 자신의 제한된 정신적·물질적 조건들을 한계에까지 밀어붙여 자신의 운명을 스스로 설계하고 책임지며, 하늘을 비롯한 삼라만상과 정신적 유대가 심각하게 의혹을 받는 "지옥"의 삶을 자신의 창조적 공간으로 받아들임으로써 인간의 긍지를 확보하려는 반항인이다. 보들레르에게서 반항인은 그가 선택한 운명이기도 하지만, 다른 측면에서는 그가 경험하고 확인한 현대 시인의 처지이기도 하다. 하늘과 인간 사이에 모든 조응관계correspondances는 끊어지고, 시인으로서 보들레르가 그 하늘 아래서 경험하는 감정은 "공포horreur"뿐이다. 그는 들라크루아의 "모래밭처럼 찢어진" 하늘에서, 또는 자기 시대의 음울한 하늘에서, 이 공포가 그의 마음속에 그려놓은 형상을 다시 보며, 이 공포를 통해서만 유일하게 하늘과 '감응'한다.[5] 그리고 한 세기 후에, 한국의 한 시인이 "장님처럼 (……) 더듬거리며 문을 잠그"고 자기와 자연만물과의 조응관계가 "빈집에" 갇혀 있음을 확인하며 공포 속에서 시를 쓴다.

번역은 사물과 자연만물 사이에 깊은 조응관계를 담보해주는 매체로서의 모국어의 힘을 의심하는 가운데 결행되는 언어 운용의 작업이다. 정기수 이후, 보들레르의 한국어 번역자들이 시의 내용을 왜곡하고 그 힘을 약화시키면서까지 '자연스러운

---

5) 리트레 사전은 이 시의 제목에 나오는 형용사 sympathique를 파생시킨 명사 sympathie에 대한 여러 설명 가운데 하나로 "옛날 사람들이 가정하였던 바의 서로 다른 육체 간에 서로 결합할 수 있는, 서로 삼투할 수 있는 능력"이라는 설명을 제시하며, 이휘영의 『엣센스 佛韓辭典』은 이에 해당하는 역어로 "감응"을 제시하고 있다.

우리말'에 집착했던 점에 관해 말한다면, 번역자들이 말의 조응력이 끊어진 상태에서 오는 공포감을 그 토착적 표현으로 무마하고 위로를 얻으려 한 데서 그 원인을 찾을 수도 있을 것 같다. 그러나 번역은 그 메마른 언어 운용으로, 초월적 계시를 기대할 수 없는 상태에서 모험의 형식으로 감행되는 현대의 시적 시도들을 다시 체험하는 과정을 재연할 수 있으며, 시인의 입장에서는 말의 언령言靈을 최소한으로만 기대해야 하는 이 번역작업에서 자신의 창작방법을 재확인하는 계기가 될 수도 있다.

보들레르 이후 현대시의 미학적 효과는 '낯설게 하기 dépaysement'의 그것으로 자주 설명된다. 이는 일반적으로 시가 언어의 물질감과 존재감을 예외적으로 드러내는 방식으로 운용하고 있기 때문이기도 하지만, 다른 한편으로는 현대시가 전통적으로 자연과 인간 사이에서 감지되었던 조응관계의 파괴를 알레고리화하기 때문이기도 하다. 시는 언어에서 그 친숙함을 박탈하여 사물과 언어 사이의 거짓된 관계를 고발하고, '레디메이드'의 말들, 인습적인 말들을 자연스러운 말과 혼동하는 의식에 충격을 준다. 외국어 시를 자국어로 옮기는 번역자는 이 중의 낯섦과 대면하게 된다. 번역은 사물과 자연만물 사이에 깊은 조응관계를 담보해주는 매체로서의 모국어의 힘을 의심하는 가운데 결행될 수밖에 없으며, 이 점에서 번역의 기획은 현대시의 언어적 모험과 상통한다.

# 누가 말을 하는가

　　번역이론가들이 가끔 쓰는 말 중에 '하이퍼텍스트적 번역'이라는 것이 있다. 자민족중심주의 번역의 한 양상을 지적하는 말로, 번역자가 번역해야 할 텍스트에 쓰인 말을 쓰인 그대로 번역하는 것이 아니라 그 말의 개략적인 의미를 파악하여 자국어에서 그에 상응할 것처럼 생각되는 여러 상투어구 가운데 (비록 상투어구가 아니라 하더라도 벌써 유명해진 표현 가운데) 하나를 골라 옮겨놓는 방식을 일컫는다. 외국 작가에게서 그 외국어로도 낯설었던 언어를 자국어민들에게 친숙하고 그 입맛에 맞는 말로, 혹은 교양 있는 말로 대체하는, 그래서 최초에 언어적 모험이었던 것을 언어적 안주安住로 바꾸는 이런 번역은 우리가 짐작하는 것보다 훨씬 많으며, '유창한' 번역으로 유명해진 번역가들의 번역이 대개의 경우 이에 해당한다. 나는 앞에서 개략적인 의미를 파악하여 상투어로 옮긴다고 말했으나 처음부터 상투적 사고를 통해 원문을 읽는다고 말하는 편이 더 정확할지 모르겠다. 외국 작가가 처음부터 한국어로 쓴 것처럼 번역해야 한다고 흔히 주장하는 하이퍼텍스트적 번역에서 꽃은 항상 '함 초롬히 피고' 달은 언제나 '휘영청 떠오른다'. 꽃과 달이 여전히 거기 그대로 있다고 안심해야 할까. 이를 교양 있는 사람들의 편에서 벌이는 문체반정의 일종으로 여겨야 할까.

이런 상투적이거나 교양 있는 번역의 폐해는 무엇보다도 타 자의 말을 억압한다는 데 있다. 이 경우에 타자라는 말을 외국 어와 모국어의 관계에서만, 또는 외국 작가와 모국 독자의 관계 에서만 좁게 이해할 수 없는 것이, 타자는 바로 당신과 나이며, 적어도 한 번은 진심으로 말하고 싶은 모든 사람들이기 때문이 다. 유창한 번역 속에서 '함초롬히 꽃이 필' 때 '꽃이 일그러진 얼굴을 들고 있다'고 말하고 싶은 사람, 또는 단순히 '꽃이 핀 다'고만 말하고 싶은 사람의 마음은 배척되고 억눌린다. 그 마 음은 언어의 타자가 된다. 보들레르의 시 「넝마주이의 술Les Vin des Chiffonniers」은 원래 프랑스어이기 전에 보들레르의 말이며, 보들레르의 말이기 전에 한 넝마주이의 말이며, 보들레르가 자 아라고 믿는 것 아래 숨어 있는 또다른 존재의 말이다. 자민족 중심주의에서 출발한 하이퍼텍스트적 번역에서 이중으로 지워 지는 것은 바로 이 타자로서의 넝마주이의 언어이다. 프랑스 문 학이나 보들레르의 권위가 이 억압을 물리치는 데에 크게 도움이 되는 것은 아니다. 오히려 그 권위 때문에 그 텍스트는 '말이 되는' 언어로, 곧 교양 있는 주체의 언어로 옮겨져야 한다. 권위는 늘 자아의 언어에 대한 권위이기 때문이다. 그래서 넝마주이의 말은 함초롬히 꽃이 피는 언어가 되고 만다.

그런데 나는 왜 번역에 대해 이렇듯 길게 이야기하는가. 번역은 낯선 것과 교섭하는 방식의 한 전형이지만, 모든 앎을 기호가 대신하는 이 정보의 시대에 시의 운명 역시 낯선 자로서의 타자와 관계하는 태도 여하에 달려 있는 것이 아닐까. 우리의 시대인 이 정보의 시대보다 타자가 더 억압받는 시대는 없었다. 누구나 다 말을 하는 시대, 누구나 말의 주체로 되는 시대가 왔으니 실은 타자가 없다. 그러나 누가 말을 하는가를 물어본 적은 거의 없다. 나는 수많은 정보를 만나지만 또한 늘 그것을 비껴간다. 나는 정보를 체험하지 않으며, 그것은 내 말이 되지 않는다. 하이데거는 『언어로 가는 도중에 *Unterwegs zur Sprache*』에서 이런 말을 했다. "무엇이 되었건, 한 사물이건, 한 인간이건, 한 신이건, 어떤 것을 체험*한다*는 것은 그것을 우리에게 오게 해서, 그것이 우리와 맞닥뜨리고, 우리를 거꾸러뜨리고 넘어뜨려 우리를 타자로 만들게 한다는 뜻이다. 이 표현에서, '한다'는 것은 체험의 장본인이 바로 우리들이라는 것을 의미하지는 않는다. 여기서 *한다*는 말은, '괴로워한다'는 표현에서처럼, 우리와 맞닥뜨려 우리를 자신에게 복종하게 하는 그것을 가로질러가

고, 끝에서 끝까지 참고, 견디고, 맞아들인다는 뜻이다." 내 안에
파고들지 않는 정보는 앎이 아니며, 낡은 나를 넘어뜨리고 다른
나, 타자로서의 나로 변화시키지 않는 만남은 체험이 아니다.
타자를 받아들인다는 것은, 그래서 타자가 말을 하게 한다는 것
은 주체가 타자로 다시 일어선다는 것이다. 실은 타자로 다시
일어서지 않는 주체는 주체조차도 아니다. 그것은 주체라는 환
상의 공허한 메아리이며 그 그림자일 뿐이다. 그러나 이 그림자
뒤에는 국가적, 정치적, 문화적 이데올로기가 있다. 모든 이데
올로기는 수사학을 관리하며, 수사학을 통해 주체와 타자를 결
정한다. 그래서 하이퍼텍스트적 글쓰기는 번역가나 시인의 무
능한 사고의 결과이기 이전에 주어진 이데올로기에 대한 봉사
가 된다. 시가 언어적으로 모험한다는 것은 주체를 결정하는 이
데올로기의 그물을 벗어나 타자의 자리에서 말을 한다는 것과
다르지 않다. 주체로 일어서는 타자가 늘 시를 만드는 것은 아
니지만, 좋은 시에는 늘 그것이 있으며, 한 시대에서도, 한 시인
에게서도 시의 운명을 결정하는 것이 그것이다.

　　김록은 이상의 『오감도』 「시제2호」에 대한 매우 탁월한 해
석을 담고 있는 시 「아버지」(『총체성』, 랜덤하우스코리아, 2007)
를 이렇게 쓴다.


　　모든 얘기를

같은 얘기지만 다른 얘기로

다른 얘기지만 같은 얘기로

알게 되었다

아버지들만이 내리는 정거장에서

나의 아버지는 아버지가 아니라 왜 할아버지일까

모든 아버지를

같은 아버지이지만 다른 아버지로

다른 아버지이지만 같은 아버지로


이 짧은 시에서 시인은 단순한 문법으로 속삭이듯이 말하지만 결연한 의지와 깊은 연민을 다 감추지는 않는다. "같은 얘기"를 "다른 얘기"로 들을 때, 시인은 표현되는 것에 억눌려 표현되지 않는 것의 내막을 이해한다. "다른 얘기"를 "같은 얘기"로 이해할 때, 시인은 주체의 조각난 얼굴들 뒤에 가려진 타자의 큰 얼굴을 체험한다. 더이상 길을 가려 하지 않고 정거장에서 내리는 아버지들, 다시 말해서 더이상 타자를 만나지도 성장하지도 못하는 아버지들이 주체의 강압적인 할아버지가 되는 것은 안타까운 일이다. 그러나 시인은 "같은 얘기"와 "다른 얘기"를 듣는 방식으로, "같은 아버지"와 "다른 아버지"를 안아들이고 주체들의 상처 뒤에서 타자를 체험함으로써 정거장에서 내리는 할아버지의 운명을 결연히 면한다. 시는 사랑이며, 시의 운명은 사랑의 운명이다. (식민지의 시인인 이상에게는 이 사랑이 불가능했다.)

다음은 김중일의 산문시 「공주는 잠 못 이루고」(『국경꽃집』, 창비, 2007)에서 짧은 첫 연은 남겨두고 긴 두번째 연만 적은 것이다.

공주가 잠들지 못하는, 공주가 뜬눈으로 높은 잠의 성을 쌓는 밤엔, 이미 얼마간의 잠을 도둑맞은 마을의 몽유병자들이 하나둘, 아직 잃어버리지 않는 잠 한 포대씩 지고 성으로 집결하고, 공주는 잠 못 이루고, 백성들은 저마다 어깨에 메고 온 포대를 성문 앞에 부려놓고, 포대는 묵직하고 둔탁한 소리를 내며 쌓여가고, 포대 안에는 수수께끼를 풀지 못해, 꿈속에서 참수당한 남자들의 시체 토막이 담겨 있고, 그 누구도 정답을 모르는 밤, 허공에는 공주의 헝클어진 머리카락을 빗기며 길고 검은 비 날리고, 테라스에서는 밀랍인형이 된 공주의 드레스를 바람은 자꾸 쥐어뜯고 흔들고, 어느새 성문보다 높고, 깊게 쌓인 잠더미를, 아직도 구름 저편에서 누군가 환한 삽으로 새도록 퍼나르고, 수천수만 근의 잠들이 순간 기우뚱하고, 그러나 성문을 열어젖히고, 반란군처럼 우우우 쏟아져내리는데, 공주는 여전히 잠 못 이루고, 그 누구의 사랑으로도 풀지 못하는 수수께끼만 남고, 내게도 그것을 풀 말 한 토막 없고 백성들이 지고 와 쌓아놓는 잠이 공주의 잠으로 되지는 않는다. 하늘에서 거대한 잠의 바람이 불어와 성문을 열고 쳐들어오더라도 그것으로 공주가 잠들지는 않는다. 자신의 안에서 솟아난 잠만이 공주를 잠들게 할 수 있다. 그렇듯 작은 조언도 큰 이론도 자신의 몸으로 영접하지 않는 한 자신의 앎이 되지 않는다. 공주는 풀어내야 할 수수께끼의 말은 한 번의 체험을 요구할 것이나 그 체험을 거부함으로써 공주의 잠은 솟아오르지 않는다. 시인은 "내게도 그것을 풀 말 한 토막 없고"라고 말하지만, 투란도트를 알고 있는 우리는 그 말이 '사랑'이라는 것을 안다. 물론 시인도 안다. 그의 반어법은 '내가 체험해야 할 사랑'을 강조할 뿐이다. 어느 경우에나 "풀 말 한 토막" 얻어내야 하는 시의 운명은 내가 체험해야 할 사랑에 걸려 있다. 실제로는 시에서 공주도 시인도 이 사랑을 절반은 체험한다. 공주는 제 불면을 에워싸는 잠의 포대와 그 위태로운 탑들이 만들어내는 몽환 속에서 복수심에 불타는 여자로서의 제 민족 이데올로기의 "드레스를" 쥐어뜯기고, 자아 표징의 "머리카락"이 바람에 헝클어지고 빗물에 젖어, 끝내는 깊은 잠으로 이어질 또하나의 심경을 체험한다. 공주는 사랑에 습격당하고 전복되는 여자로서 민족의 타자가 된다. 더 정확하게 말하면 복수의 민족은 공주의 몽환을 가로질러 사랑의 민족 속에 통합되며, 바로 이때 제 시에 끝내 사랑이라는 말을 써놓지 않는 시인은 제 언어를 가로질러가며 그 이름을 알지 못하는 (또는 알지 못하는 체하는) 사랑을 벌써 타자로서 체험한다.

여기서 '구체적'이라는 말과 '추상적'이라는 말이 함께 들어 있는 시가 필요한데, 김정환의 시집 『드러남과 드러냄』(강, 2007)을 뒤져 제2부 「3학년 8반」에서 그것을 찾아냈다. 이 정처 없이 긴 시의 앞머리만 적는다.

가난의 시절 뚱뚱함은 생뚱맞지만
오래간만이라 비만은 아니듯
언어는 오래간만이라 구체적이고
늘 곁에 있으면 추상적이다. 그렇게
졸업앨범은 '건강'과 '노력'이라는 급훈의
구체적인 언어에 달한다. 그것은
오늘의 그 단어와 다르고,
사뭇 구체적이고,
다이어트와 본질적으로
눈물겹게 다르다. 말하자면 다이어트에
묻어날 수 없는 죽음의
진정성을 이 단어들은
품고 있다.

시인이 중학교를 다니던 시절, 가난과 굶주림 속에 죽음이 늘 가까이 있던 그때에 '건강'과 '노력'은 매우 절박한 내용을 담은 구체적인 훈령이었으나, 한 중학생에게 그것은 근엄한 주체의 말일 뿐이기에 추상적이다. 그 구체성은 미구에 국민교육헌장으로 집결될, 주체 만들기의 정치적 이데올로기 속으로 실종되었을 것이 당연하다. 시인은 오십이 넘은 나이에 그 말의 구체성에 눈물겨워 한다. 시인은 이제 몰락한 그 시대의 근엄한 주체들로부터 이 낱말들을 '탈환'하였고, 그 낱말들을 순결하게 누렸어야 할 타자들을, 그 시절에는 "비만"하지 않았던 급우들을 다시 만난다. '건강'과 '노력'은 비로소 구체적이다. 이는 주제와 양식 양면에서 모두 상투적일 뿐인 민화들이 한 시대를 지나 그 주체들의 속된 욕망을 헤치고 질서와 행복과 풍요와 신기의 소박하고 순결한 소망만을 고졸하게 남겨두어 아름답게 보이는 이치와 같다. 오래된 것에는 타자의 오래된 소망이 있다. 시에서 순결하다고 평가되는 말들이 근원적인 말들로 치부되는 이유도 아마 여기 있을 것이다. 신비주의적 경향의 언어철학자들이 흔히 '아담의 말'이라거나 '바벨탑 이전의 말', 또는 '봉인된 시간의 언어'라고 부르는 근원 언어는 사실 김정환이 다시 읽는 급훈처럼 시대의 주체적 이데올로기와 나날의 왜곡된 욕구에 아직 물들지 않았거나 이미 그것들을 벗어버렸기에 순결한 말들이며, 그것은 시어가 지향하는 언어에 대한 은유적 표현이기도 하다.

김정환이 순결하게 다시 읽는 급훈은 그 두 시대의 편차에 의해서 어느 정도는 번역어와 동일하다. 번역어도 역시 두 언어의 편차를 가로지르며 다시 읽히는 말이기 때문이다. 외국어로 되어 있는 하나의 텍스트를 다른 언어로, 대개의 경우는 자국어로, 쓰인 그대로 번역한다는 것은 우선 한 주체의 말을 타자의 자리에 옮겨놓고, 이어서 자신의 주체적 언어가 타자의 언어로 재배열될 가능성을 그 밑바닥에서 타진한다는 두 개의 과정을 거친다. 그 작업이 성공할 때 언어는 순수해진다. 순수시의 개념 발전에 큰 축을 이루는 보들레르 같은, 말라르메 같은, 파울 첼란 같은 시인이 모두 뛰어난 번역가들이었다는 점이 시사하는 바도 그것이다. 알랭은 한 강론에서 말라르메의 작업방식을 다음과 같은 말로 설명한다.

영어 시인이건, 라틴어 시인이건, 그리스어 시인이건, 한 시인을, 정확하게 낱말 대 낱말로, 아무것도 덧붙이지 않고, 그 어순까지 그대로 간직하여, 결국 그 음보와 각운까지 그대로 남아 있게 번역할 수 있다는 것이 내 생각이다. 내가 이 시도를 거기까지 밀고 나간 적은 별로 없다. 시간이, 그러니까 몇 달이 필요하고, 여간 아닌 인내력이 필요하다. 처음에는 일종의 조야한 모자이크에 도달한다. 조각들이 잘 연결되지 않아, 시멘트로 그것들을 끌어모아도 잘 붙지 않는다. 힘이, 광채가, 어떤 폭력까지. 그것도 어쩌면 필요 이상으로 남는다. 그것은 영어보다 더 영어이고, 그리스어보다 더 그리스어이고, 라틴어보다 더 라틴어이다. 영어를 아주 잘 아는 두 친구밖에 다른 사전도 없이, 이 벽돌공의 방법을 셸리에게 적용하여, 나는 초고 상태의 서투르게 다듬어진 말라르메에 도달했다. 이런 작업장의 경험은 노동자의 업적이 아니라 수집가의 업적인 여러 권의 문학사 책보다 더 훌륭한 깨우침을 준다.

말라르메의 직업이 영어 교사인 것은 알려진 사실이다. 그의 작업은 번역할 수 없는 시인들을 번역하는 것이었다. 그가 어떻게 이를 악물고 번역을 터득하였을지는 충분히 짐작이 간다. 이 과정을 통해, 프랑스어가 그에게, 모든 통사법이 거세되고 낱말들이 직접적으로 연결되는 새로운 얼굴을 들고 나타났다. (……) 자연이 보여주는 그대로, '왜'도, '어떻게'도 전혀 없는, 존재의 순수한 관계. 이 작업에 정신을 집중하라. 정신은 완전히 새롭게 생각할 것이다. 정신은 완전히 새롭게 볼 것이다.[1]

자국어를 강제하여 영어의, 라틴어의, 그리스어의 몸과 얼굴을 갖게 할 때, 자국어가 깨어지는 자리에 내 주체가 아닌 다른

---

1) Alain, *Propos de littérature*, gonthier, 1934, pp. 56~57. 번역 필자.

것이 말할 자리가 만들어진다. 이 노동을 통해서 낱말들은 낡은 습관과 기억들을 벗어버리고 서로 "직접적으로 연결되는 새로운 얼굴을 들고" 나타나며, 그 주체의 "정신은 완전히 새롭게 생각"한다. 입과 귀에 익은 말들을 순열조합하는 하이퍼텍스트적 글쓰기에서 저를 해방시킨 주체는 이제 그 외국어로 된 모국어와 함께 벌써 다른 것이 되어 일어서는 것이다. 그런데 제발! 시를 잘 쓰기 위해서는 한국어가 영어나 그리스어가 되어야 한다거나, 모든 시인이 순수시를 써야 한다는 말로 내 말을 이해하지 말기 바란다. 여기서 영어나 라틴어나 그리스어는 타자의 말에 대한 환유이자 우리말의 새롭고 강렬한 전망에 대한 암시일 뿐이며, 순수의 자리는 주체가 그 마음을 비워 타자가 들어서게 하는 자리일 뿐이다. 김록이, 김중일이, 김정환이 모두 영어로, 라틴어로 그리스어로 말한다. 마음을 비워 영접한 타자가 말을 한다.

타자는 어떤 성찰과 사랑의 힘으로 저 자신을 전복하는 주체이다. 어떤 둔중한 말도 전복되는 주체에게는 날카로운 구체성을 지닌다. 말의 운명은, 곧 시의 운명은 구체적인 사랑의 체험에 걸려 있다. 시의 말은 그것이 민족어이건 외국어이건 미래의 말이다. 그것은 현재의 말속에 잠복해 있는 미래적 쓰임의 가능성이며, 미래를 촉발시켜 걸어 당기는 말이며, 미래에 그 진실성이 밝혀질 말이다. 그래서 시의 말이 타자의 말이라는 것은 미래의 주체가 하게 될 말이라는 것밖에 다른 것이 아니다. 교양 있는 사람들은 우리 시가 난잡해졌다고 말한다. 그러나 난잡함을 금하고 교양을 만드는 것은 하이퍼텍스트적 글쓰기밖에 없다. 시는 교양이 아니며, 교양 있는 인간을 만들지 않는다. 다만 교양은, 그것이 지극히 총명할 때, 시에, 곧 타자의 말에 전복될 하나의 소질에 불과하다.

# 끝나지 않는 이야기

한 아이가 잃어버린 제 이름을 찾기 위해 길을 떠난다. 강을 건너고 산을 넘고 숲을 가로지르던 끝에 이런저런 길목에서 앞뒤로 얼굴을 둘 가진 원숭이와 날개가 빛나는 새를 만난다. 아이에게 원숭이는 그의 이름이 적힌 책에 관해서 말하고 새는 그 책이 감춰진 동굴을 암시한다. 아이는 온갖 유혹을 물리치고 온갖 시련을 극복하고 마침내 새가 암시한 동굴에 도착하여 원숭이가 일러준 책을 발견한다. 아이는 책을 열었으며, 그 책에는 한 아이가 잃어버린 제 이름을 찾기 위해 길을 떠난다는 말로 시작하는 이야기 하나가 적혀 있다. 그 책 속의 아이가 같은 내력이 쓰인 또하나의 책을 발견하게 되는 것은 말할 것도 없다. 우리는 이런 종류의 이야기에 낯설지 않으며 그에 관해 수많은 해설도 들었다. 문장학자들은 제 꼬리를 물고 도는 뱀을 말하고, 신화학자들은 이 이야기에 빗대어 계절의 순환과 우주의 근본적인 전변에 대해 이야기한다. 그것이 말라르메에게서는 「저 자신을 우의하는 소네트」가 되고, 프루스트에게서는 저 방대한 『잃어버린 시간을 찾아서』의 기본 골격이 된다. 미셸 푸코가 『말과 사물』에서 그렇게 열심히 설명하는 벨라스케스의 〈시녀들〉을 잘 이해하기 위해서도 제 머리를 제 꼬리로 삼는 이 순환 구조를 염두에 두어야 한다. 그런데 이렇듯 의미심장한 구조를 빌려 만든 이야기나 시들은 늘 재미있는가. 물론 그렇지 않으며 그 이유를 짐작하기도 어렵지 않다. 심정세계의 심층을 드러내는 이야기의 구조에 우리가 매혹되기는 쉽지만 그것으로 새로운 것을 만들기는 그만큼 어렵다. 말라르메의 그것과 같이 거의 초인적인 정력을 요구하는 까다로운 사색은 누구에게나 허락되는 것이 아니며, 프루스트처럼 제 기억의 모든 층위를 한꺼번에 움직이기 위해서는 한 천재의 일생을 바쳐야 한다. 벨라스케스가 되기 위해서는 뛰어난 상상력 하나와 세계를 달리 보기 시작하는 시대적 전망이 맞아떨어져야 한다. 그 위에 또하나의 이유, 아주 중대한 이유가 있다. 그것은 다른 것이 아니라, 우리 시대에 깊이 감지된 아날로지의 위기이다. 인간의 상상력이 만들어내는 이야기, 더 나아가서는 인간세계에서 일어나는 일체의 일들이 또다른 세계의 비의와 연결되어 있다는 생각을 우리는 벌써 믿지 않는다. 생사를 건 모험 끝에 그 모험담을 담은 이야기책을 발견하는 이야기의 구성은 희한하나 그것은 이야기가 끝나는 것에 대한 두려움을 가리는 속임수에 불과할 수 있다. 제 꼬리를 물고 도는 뱀은 좋은 구경거리이나 매정한 시선 앞에서는 굶주린 뱀이거나 미친 뱀에 불과하다.

사실 아날로지의 위기는 어제오늘의 일이 아니다. 아날로지라는 말과 깊이 관련된 사고체계와 세계관은 이 말이 우리에게 알려지기도 훨씬 전부터 벌써 심각한 의혹을 사고 있었다. 「만물조응-Correspondances」같은 시로 이 말을 유명하게 만든 보들레르의 시집 『악의 꽃』에는 아날로지를 상찬하기보다는 오히려 자본주의적 경제의 도시생활 속에서 자연과 인간의 유대가 무너지고, 삶과 우주의 기맥이 끊긴 가운데 하늘에서는 공포밖에 내려오는 것이 없음을 말하는 시들이 더 많다. 아날로지의 시법을 현대의 가장 강력한 시법으로 이해하고 보들레르를 그 포범으로 삼았던 한국의 시인들에게도 이 위기는 그들의 의도와는 무관하게 거의 무의식적으로 나타나 있다. 서정주의 「꽃밭의 獨白—娑蘇 斷章」을 읽어보자.

> 노래가 낫기는 그중 나아도
> 구름까지 갔다간 되돌아오고,
> 네 발굽을 쳐 달려간 말은
> 바닷가에 가 멎어버렸다.
> 활로 잡은 山돼지, 매[鷹]로 잡은 山새들에도

이제는 벌써 입맛을 잃었다.

꽃아. 아침마다 開闢하는 꽃아

네가 좋기는 제일 좋아도,

물낯바닥에 얼굴이나 비취는

헤엄도 모르는 아이와 같이

나는 네 닫힌 문에 기대 섰을 뿐이다.

門 열어라 꽃아. 門 열어라 꽃아.

벼락과 海溢만이 길일지라도

門 열어라 꽃아. 門 열어라 꽃아.[1]


그림이 수려하고 노래에 높은 선율이 있지만, 이 시가 불러오는 여러 가지 의문에 그것들만으로 대답이 마련되지는 않는다. 노래 부르기나 말달리기나 사냥하기도 자연과의 일정한 교섭 속에 이루어질 터인데, 왜 이 행위들은 저 꽃의 개화처럼 "개벽"의 가치를 지니지 못하고 화자의 불신을 사야 하는 것일까. "아침마다" 꽃의 "개벽"을 이미 참관한 화자가 왜 꽃 앞에서 그 문이 다시 열리기를 소리치며 갈망하는 것일까. "개벽"은 그 자체로 절대적인 변화인데 열려야 할 문이 어디에 더 남아 있다는 것일까. 열리고 개화해야 할 것은 시인의 존재이자 저 개벽의

---

1) 서정주, 『미당 시전집 1』, 민음사, 1994, 134쪽.

비의라고 일단 대답할 수는 있다. 그러나 이 대답은 꽃의 개벽과 마음의 개벽 사이에 가로놓인 두터운 격벽을 설명해주지는 못한다. 또 한편으로는 "벼락과 해일"에 관해서도 이야기해야 한다. 이 시의 음조와 상징체계 속에서, 벼락은 한 인간을 변화시키는 특별한 영감의 극적인 성질일 것이며 해일은 그 충만함일 터인데, "만이 길일지라도"가 말하는 것처럼 왜 그 길이 모험과 자기희생의 도정으로만 파악되는가. 이들 질문에 대답은, 자연과 인간이, 천상과 지상이, 소우주와 대우주가 합일하게 되는 어떤 경지를, 그 경지를 가능하게 하는 아날로지를 자신도 모르는 사이에 불신하게 된 사람의 초조감에서밖에는 찾을 길이 없다. 인간은 벌써 자연 속에 있지 않다. 자연과 인간은 돌이킬 수 없이 분열되어 있다. 꽃은 "아침마다 개벽"하나 닫힌 문 뒤에서만 개벽한다. 어떤 극적인 순간에 인간 존재가 그 개벽을 잠시 자신의 것으로 만들 수는 있으나, 그것은 떳떳한 빛과 속도 속에서가 아니라 "벼락과 해일"이라고 하는 극적 충격과 과도한 충만을 통해서만, 다시 말해서 자연스러운 균형이 깨어지는 자리에서만 가능하다. 그래서 시는 자연이 깨어지는 자리에서만 자연을 만난다. 그러나 그 깨어지는 자연을 의식하지는 못했다. 그를 농경사회의 모더니스트라고 부르게 되는 이유도 여기 있다. 젊은 날의 미당이 보들레르의 제자였다면, 그것은 아시시나 화사 같은 문화적 기호에 의해서가 아니라, 생경한 원죄론이나 이해되기 어려운 인신론에 의해서가 아니라, 현대시가 경험하는 보편적 아날로지의 위기에 대한 그의 무의식적인 직관에 의해서이다.

시에서 아날로지의 위기는 당연히 그 깊이의 위기로 연결된다. 인간의 심정을 일상이 따라잡을 수 없는 높이로 솟구쳐올려 무한하고 영원한 것을 상념하고 경험하게 할 배경이 무너졌기 때문이다. 그 위기를 모호하게 대면했던 서정주는 그 나름의 '끝없는 글쓰기'를, 그래서 무한을 흉내낼 수도 있는 글쓰기를 창안했다. 벌써 도달해버린 것 같은 자리와 영원히 도달할 수 없는 자리를 이상하게 겹쳐놓는 시쓰기가 바로 그것이다. 한때 서정주와 함께 한국시단의 쌍벽을 이루었던 김춘수는 다른 방식을 선택했다. 그는 도달할 수 없는 목표를 설정하고 그 목표를 향한 끝없는 진행을 연출하며, 거기에 무의미시라는 이름을 붙였다. 김춘수는 표현하지 않음을 표현으로 삼으려 했다. 그는 우선 '비유적 이미지'를 지웠다. 초월 세계와의 교섭이 난망한 정황에서 모든 종류의 비유는 세상사의 잡다한 이치와 삶의 이념을 빗대는 일밖에 다른 일을 할 수 없다. 그래서 시인은 이미지 그 자체로 독립된 이미지, 다시 말해서 이미지를 위한 이미지인 '서술적 이미지'를 더 좋아한다. 그러나 나는 이미 다른 글에서 그가 어떻게 '탈이미지와 초이미지'라는 이름으로 과거에 묶인 관념을 깨뜨리고 '리듬'만을 남기려는 시도 끝에 '예술적

잔재들'을 현실 위에 올려놓았는지를 이야기하였다.[2]

그의 시 어디에서나 우리가 발견하게 되는 것은 한때 서정적인 것이었던 것들의 잔재들이다. 그는 도달할 수 없는 목표를 세웠을 뿐만 아니라 그 실행에 철저하지 않았기 때문에 역설적으로 그의 시는 끝나지 않는 글쓰기의 한 모형이 되었다. 또다른 것도 있다. 그는 끝내 벗어버리지 못한 '서정의 함정'에도 불구하고 비유와 이미지의 파괴를 시도하는 가운데 자연을 문화로 대체함으로써 아날로지 없는 시를 쓸 수 있었다.

사실을 따진다면, 아날로지는 우리가 타자라고 부르는 것이 우리와 연통하는 한 방식이었다. 그것은 우리의 삶이면서 동시에 우리가 확보하지 못한 삶에 관해 이야기하며, 고립된 인간과 인간이, 고립된 인간과 사물이 하나로 통일되는 어떤 계제를 전망하고 촉구하여 우리의 마음을 고양한다. 김수영은 그의 잘 알려진 시 「절망」에서, "풍경이 풍경을 반성하지" 않고, "곰팡이 곰팡을 반성하지" 않고, 여름도, 속도도, "졸렬과 수치"도 "그들 자신을 반성하지 않는"다고 말했다. 하나의 전망을 통해 연결되지 못하는 주체들은 늘 완강하여 그 주체됨을 반성하지 않는다. 아날로지가 무너진 자리에서 주체는 그 반성하지 않음을 자신의 권리이자 의무처럼 여길 뿐만 아니라, 저 자신을 공상 속에 확

---

2) 이 책의 103~106쪽 참조.

대 과장하여 하나의 관념으로 만들고 그 관념의 아날로지로 행세한다. 그러나 "바람은 딴 데에서 오고" "구원은 예기치 않는 순간에" 온다고 말할 때, 그 "딴 데"가 타자의 자리이며, "예기치 않은 순간"이 타자의 시간인 것은 말할 것도 없다. 마침내 김수영이 "절망은 끝까지 그 자신을 반성하지 않는다"고 말할 때의 이 "절망"은 아날로지의 위기와 함께 주체와 타자의 단절에서 오는 절망이다. 이 단절에 대한 깊은 의식으로 김수영은 자기 시대의 전위가 되었다.

인간 존재의 가치와 그 생명의 비의를 담지하여 주체와 타자의 연통을 보증하던 아날로지의 기맥이 끊어졌다고 해도, 김수영이 늘 주장하던 것처럼, 인간 현실의 깊이와 그 역사의 무한한 전망은 여전히 남는다. 그러나 시는 그것을 어떻게 정의하더라도 현실의 단순한 보고서일 수도 없고 역사의 장황한 서술일 수도 없다. 문화사회학자 피에르 부르디외는 『예술의 규칙』에서, 지극히 현대적인 관점으로, 문학, 다시 말해서 우리 시대의 시와 과학의 차이를 이렇게 정리한다.

문학적 글쓰기를 과학적 분석과 구별 짓는 일체의 것 가운데 가장 두드러진 것은 문학적 글쓰기가 지니고 있는 고유한 역량, 즉 과학적 분석이 고생스럽게 펼치고 전개해야만 하는 하나의 구조와 하나의 이야기의 복잡한 내용 전체를 집결하고 압축하여, 은유로 기능하면서 동시에 환유로 기능하는 감각적 형상과 개인적 모험의 구체적 개별성 속에 담아낼 수 있는 역량이다.[3]

부르디외는 여기서 문학적 글쓰기와 과학적 분석의 차이를 매우 훌륭하게 서술하고 있지만, 완전하게 말하고 있는 것은 아니다. 문학적 글쓰기는 그 구체적 개별성을 통해 복잡한 사회적 구조를 압축하고 있을 뿐만 아니라 그 구조를 새롭게 바라보는 법과 새로운 구조를 발견하는 법을 제시하기도 한다. 중요한 것은 감각적 형상과 모험의 구체적 개별성이 '동시에' 지니고 있는 은유의 기능과 환유의 기능일 텐데, 이때 환유는 은유와 구별되는 다른 기능이 아니다. 그 동시적 기능 속에서 은유는 환유의 확장된 외연이며 환유는 은유의 구체적 실현이다. 전통적으로 보편적 아날로지의 상징체계에 종속되어 거기서 원관념을 빌려와야 했던 은유는 이제 환유의 개별적 모험의 도움으로 천상의 일을 인간세계로 끌어내리고, 환유는 그 고립에서 벗어나 제 안에 묶여 있던 은유의 힘을 발휘하여 한 세상사의 보편적 구조에 접근한다. 시쓰기에서 주체와 타자가 역전하는 것도 이때이다. 은유와 환유의 동시적 기능화는 보편적 표상으로서

---

3) Pierre Bourdieu, *Les règles de l'art*, Seuil, 1992, p. 48. 번역 필자.

의 주체와 구체적으로 운동하는 타자의 대질이며 그 상호 간섭이자 자리바꿈이기 때문이다.

세대를 조금 건너뛰어 김혜순의 시 한 편을 살피자. 시집 『한 잔의 붉은 거울』(문학과지성사, 2004)에 들어 있는 시, 제목이 「Detective Poem」이니 '탐정 시' 정도로 번역될 수 있겠다. 시는 1, 2, 3, 4 번호를 따라 네 부분으로 나뉘어 있다. 시는 정체를 파악하기 어려운 어떤 것에 대해 보고한다. 첫 부분의 첫머리에서 시인은 "처음에 나는 그것이 나뭇잎 한 닢인 줄 알았다"고 말한다. 그러고는 그 "한 닢"을 더 잘 설명하기 위해, 벼랑에 붙은 갈잎 한 닢, 등불에 타다 남은 더러운 나방 하나, 독에 찌든 간 한 닢, 산 채로 말린 물고기 한 마리, 입 밖으로 토해낼 자신의 허파를 차례로 언급한다. 시의 둘째 부분 첫머리에서 시인은 "다음에 나는 그것이 독수리 한 마리인가 했다"고 말한다. 그리고 또 고통스럽고 어지럽고도 선명한 그림들. 셋째 부분 첫머리에서 시인은 "그다음에 나는 그것이 껴안은 연인들인 줄 알았다"고 말한다. 그러고는 그 연인들이 죽어서도 여전히 정념에 시달리는 두 사람인 것을 말하는, 선율이 높은 그만큼 현기증 나는 서술. 시의 넷째 부분은 구성을 달리한다. "그것"에 관해 서정적으로, 그러나 모질게 서술하고, 마지막 몇 줄을 이렇게 쓴다.

한순간도 쉬지 않고 내 안에서

나를 초침보다 더 빨리 뛰게 하는

눈뜨자 그때부터 쉬지 않고 헐떡거리게 하는


**살아 있다는 것!**


그래서 나는 또 그것이 심해에서 쫓겨난 물고기인 줄 알았
어요


그것의 정체는 "살아 있다는 것!"이다. 시인은 제 살아 있음
의 열망과 고통 속에서 다른 모든 생명의 열망과 고통을 확인한
다. 생명과 생명 이후에까지 걸쳐 있는 이 살아 있음의 숨가쁨
은 분열된 생명들의 그것이기도 하다. 주체의 열망은 타자적 생
명의 고통을 모아들여, **생명**이 한 마리 한 마리 물고기로, 한 닢
한 닢 나뭇잎으로, 한 마리 새와 한 개의 내장으로 분열되어 쫓
겨나기 이전의 바다, **생명**의 심해를 다시 확보하고, 그 앞에서
마침내 분열되고 살아 있던 세월의 고독감과 고통을 경어체로
고백한다. 그러나 고통받는 생명에게 저 심해는 과거가 아니다.
그것은 조각난 주체들, 제 조각남의 처지를 알지 못하기에 스스
로를 주체로 망상하는 존재들이 그 분열에서 벗어나게 될 미래
의 세계, 거대하고 진정한 타자의 세계이다. 이 조각난 생명 현

실의 아날로지가 어떤 우주적 율려 못지않게 장엄한 것은 한 시인이 제 몸과 그 의식으로 한 개의 아날로지를 생산하였기 때문이다. 그리고 이 아날로지는 벌써 끝나지 않는 이야기의 원형이 되려 한다.

시의 모든 전위에는 주체가 타자를, 타자가 주체를 아우르는 특별한 현재가 있으며, 아직은 형태도 색깔도 없는 미래, 어떤 주체의 망상도 아직 침범하지 못한 미래, 곧 타자의 미래가 있다. 타자를 영접하는 주체만이 오직 그 미래에 들어간다. 타자가 되는 주체만이 미래로 쏟아지는 특별한 현재를 경험한다. 형태 없는 미래와 연결되어 있기에 끝나지 않는 이 현재를 우리는 시적 시간이라고 부른다. 전위는 시의 형이상학이다.

# 실패담으로서의 시

  토목공사 현장에서 페이로더가 땅을 파는 모습을 오랫동안 지켜본 적이 있다. 하나밖에 없는 팔을 내뻗어, 그 끝에 붙어 있는 삽날을 흙에 박는다. 삼태기 같은 그 삽에 가득 담긴 흙이 쏟아지지 않게 하려고 기계는 삽을 본체 쪽으로, 말하자면 팔꿈치 쪽으로 접어 그 바닥이 위쪽을 보게 한다. 그 상태로 팔을 왼쪽으로 돌리면서 들어올려 옆에 있는 덤프트럭에 흙을 퍼붓는다. 적재함에 흙이 가득찼다. 이제 트럭이 떠나야 하는데, 진흙에 박힌 바퀴가 쉽게 움직이려 하지 않는다. 페이로더가 그럴 줄 알았다는 듯이 재빨리 삽의 등으로 트럭을 밀어준다. 트럭이 빠져나가고 또다른 트럭이 들어온다. 이 과정 하나를 치르는 동안, 페이로더의 움직임이 하도 섬세하여 그 쇳덩이가 마치 생명이라도 가진 것처럼 보인다. 바나나를 따서 입으로 가져가는 코끼리의 코가 필경 저렇지 않을까. 물론 페이로더의 유리창을 들여다보면 눈매 단단한 기사가 조종간을 잡고 앉아 그 동작 하나하나를 제어하고 있지만, 기계 자체가 어쭙잖게 설계되었더라면, 아무리 노련한 기사라도 별도리가 없을 것이다.

인간이란 참으로 이상하다. 기계는 저렇듯 인간처럼 움직이게 하려고 온갖 지혜를 다 짜내면서, 정작 인간은 기계처럼 동작하려고 애쓸 때가 많다. 연병장의 군인들이 그렇고, 매스게임을 하는 학생들이 그렇다. 아니 연병장이나 운동장까지 찾아갈 필요는 없다. 사람들은 세월이 흐르는 물과 같다고 말하면서도, 그 시간을 균등하게 쪼개어 달을 만들고 날을 만들고 시간을 만든다. 물 같은 시간에 기계 같은 마디가 있기를 바라는 것이다. 땅은 어디에고 네모반듯한 땅이 없건만, 사람이 들어서는 곳에는 늘 사각형도 함께 들어선다. 밑자리가 두루뭉술한 집보다는 사각형 집이 더 많고, 그 안에 들어 있는 방은 말할 것도 없다.

시는 노래라고 흔히 말하지만, 시가 글자와 불가분의 관계를 맺기 훨씬 전부터, 그러니까 시가 그저 노래일 때부터, 시 짓는 일이 말에 매듭을 지어 붙이려는 기이한 생각에서 벗어난 적이 없었던 것 같다. '詩'라는 한자만 해도 그렇다. 왼쪽의 '말씀 언言'은 예나 지금이나 말이라는 뜻이지만, 오른쪽의 '절 사寺'는 원래 관청을 가리키는 글자였다고 한다. 이 글자를 다시 분해하면 '선비 사士'와 '마디 촌寸'으로 구성되어 있으니, 글을 아는 사람들이 어떤 규칙에 따라 일을 하는 곳이 관청이라고 해석해야 할까. '詩'는 여기에 말씀 언ᇋ이 하나 더 붙었으니, 글을 아는 사람들이 말에 매듭을 붙이는 것이 바로 시라는 말이 될 법하다. 이런 옹색한 글자풀이를 하지 않더라도 노래에는 원래 부터 가락과 장단이 있으니, 그 노랫말에 매듭을 붙인다는 것이 놀라운 일일 수 없다.

시는 원래 노래이고, 결국 노래이지만, 그리고 그 가락과 장단은 자연과 생명의 리듬을 어떤 상상력에 따라 다시 재현한 것이라고 하지만, 자연이나 생명에는 우리가 노래에서 감지하는 것과 같은 그런 확실한 매듭이 없다. 말하자면 노래의, 또는 시의 매듭은 자연과 생명 그대로의 매듭이 아니라, 거기에서 추상된 매듭이다. 추상은 물론 인간이 세계를 파악하는 방법이다. 우리는 해에 관해 아는 것이 없지만, 태양이라고 하는 하나의 총체에서 그 둥근 형태, 지상을 향해 끝없이 쏟아지는 그 밝은 빛과 뜨거운 열기, 그 밝은 빛 속에 들어 있는 흑점 등등 이런 성질들을 추상해내고는, 해에 대해 어느 정도 알고 있다고 생각한다. 우리의 온갖 지식들이 그렇게 구성된다. 문명은 그 자체가 매듭이다. 한 섬의 보리를 얻기 위해 우리는 얼마나 많은 직선의 밭고랑을 파야 하는가. 페이로더의 그 유연한 운동 뒤에는 얼마나 많은 마디와 매듭이 있는가. 철이 든다는 것은 철을 안다는 것이고, 철은 시간의 매듭이다. 그래서 철이 든다는 것은 시간과 공간을 매듭으로 이해한다는 것이다. 우리는 어디에나

이 추상의 매듭을 만들고 가정한다. 소리에 매듭을 주어 악樂이라고 일컫고, 인간의 행동에 절도를 가정하며 예禮를 강요한다. 이 매듭들의 그물망 위에서 질서 잡히고 평화로운 세계 하나가 성립한다. 하늘은 그 매듭에 따라 비를 내리고 바람을 불어준다. 하늘은 만물을 생장시키고, 인간도 거기 함께 울력하여 제 삶을 도모한다. 세상은 얼마나 완벽한가. 노래는 얼마나 조화로운가.

그러나 비는 항상 그 매듭에 맞춰 내리는 것이 아니고, 바람이 항상 그 매듭과 조화를 이루며 부는 것이 아니다. 가뭄과 홍수가 번갈아 찾아오고, 태풍은 삶의 뿌리를 뒤엎는다. 때로는 강이 마르고 땅이 갈라진다. 인간세계도 다르지 않다. 가뭄의 뒤끝은 물론 풍년에도 굶주리는 사람들이 있다. 어떤 예로도 다스릴 수 없는 무뢰배가 있으며, 전란은 어쩌다 일어나는 일이 아니다. 어쩌면 매듭은 환상에 불과한 것인지 모른다. 그 매듭이 교란될 때마다, 저 무정한 침묵의 세계와 한순간도 쉬지 않고 부딪치고 살아야 하는 생명의 본디 모습이 드러난다. 석굴암에 들어서면, 온화한 자태와 사려 깊은 얼굴로 의연하게 앉아 있는 대불을 먼저 볼 수 있지만, 그 좌대에는 사지를 비틀고 얼굴을 일그러뜨린 존재들이 새겨져 있다. 세상의 지혜 하나를 들어올리는 일이 그렇게 처절하다는 말일까. 고통의 바다는 깊고 넓어서 고요하게 앉아 있는 부처가 마치 조각배처럼 보인다. 위로 지혜를 구하고 밑으로 중생을 제도하는 그 위의가 아무리 장엄해도 그것이 풍랑 치는 바다 위에 뜬 일엽편주의 사유에 불과하다고 하면 불경한 말이 되겠지만, 몸의 욕구가 맑은 지혜가 되기보다는 불투명한 파도가 되는 우리에게는 그것이 또한 사실이다. 인간이 만든 매듭의 그물이 아무리 넓고 촘촘하다 한들 내 몸도 세상도 그 매듭으로는 무엇 하나 감당할 수는 없는 것처럼 보인다.

그렇다고 매듭이 포기되지는 않는다. 매듭이 자기를 반성하는 일은 드물다. 매듭은 매듭을 부른다. 실패한 매듭일수록 저 자신을 존속시키기 위해 더 많은 매듭을 부르고, 다른 매듭과 끊어지지 않는 연결 고리를 찾아내려고 애쓴다. 결국은 자연도 생명도 사람도 다 없어지고 매듭만 남는 것은 아닐까. 애초에 매듭은 자연과 사물을 간명하게 보려는 방법이었는데, 거꾸로 매듭이 모든 것을 가리는 형국이다. 그래서 사람들은 매듭을 이겨내기 위한답시고 더 촘촘한 매듭을 만든다. 옛날 태권브이 같은 로봇 영화에서 로봇의 횡포를 막기 위해 더 큰 로봇을 만드는 어리석음과 다를 것이 없다.

쾌적한 장식으로서의 말을 넘어서는 **시**, 노래를 넘어서는 **음악**은 매듭 밖에서 매듭을 바라본다. 말과 소리의 매듭이 아무리 아름다운 비단을 짜더라도 **시**와 **음악**은 그 비단 자락을 흔드는 바람처럼 지나간다. 말과 노래의 매듭이 낭랑하게 울릴 때, 그 영롱한 음조는 시인이 꿈꾸던 것을 단지 암시할 뿐이다. 인간의 매듭이 애초에 기획했으나 끝내 이루지 못할 세계, 그 음조의 순간에 얼핏 본 세계는 육체와 함께 지상의 모든 제약을 벗어버리릴 때만, 이를테면 죽음 뒤에서만 보게 될 어떤 빛과 같다. 아름다운 유리구슬에 잠시 정신을 빼앗겼으나 그것이 제 꿈의 빛과 같은 것이 아님을 알고 이내 싫증을 내며 구슬을 댓돌에 내던지는 아이처럼 시인은 매듭을 만드는 순간 그 매듭을 쓸어버린다. 시인이 쓰는 시는 그가 얼핏 보았던 저 빛에 대한 한차례의 기념일 뿐이다. 그는 매듭을 만들면서 매듭을 파괴한다. 그는 매듭을 딛고 매듭 밖으로 나가려 한다. 그러나 그에게 가능한 것은 또하나의 매듭을 만드는 일에 불과하지 않은가. 그래서 시는, 좋은 시일수록, 실패담의 형식을 지닐 수밖에 없을 것이다.

나는 위에서 인간적 매듭의 기획과 부처의 지혜가 같은 것인 것처럼 (혹은 그렇게 오해하도록) 말하였지만, 그것은 사실 옳은 이야기가 아니다. 부처의 가르침을 비롯한 모든 고대의 지혜는 인간의 매듭이 얼마나 헛된 것인가를 강조하지 않은 적이 없다. 시도 인간의 기획인지라 매듭을 벗어날 수 없지만, 매듭이 허깨비와 다르지 않다는 것은 늘 알고 있었다. 시는 매듭에 늘 발목이 잡히면서도, 그물 밖에 나가 있는 저 지혜의 경지를 어떤 수단으로든 암시하려고 애써왔다. 시의 거듭되는 실패담은 그 경지에 사실성을 부여하는 한 방식이다. 시는 저 완전한 매듭의 자리, 그래서 천의무봉이라는 말처럼 이미 매듭이 없어진 자리를, 적어도 그것이 쓰이는 동안에는 항상 새롭게 구현하려 애쓰면서 항상 새롭게 실패한다. 나는 이렇게 실패했다고 시인은 늘 말한다.

# 비평의 언저리
## ―시와 비평에 관한 두 편의 짧은 글

**시와 비평**

김수영은 어느 평문에서 "시인을 발견하는 것은 시인"이라고 말했다. 그러나 이 말은 시인을 특별히 치켜세우는 말도 아니고 비평가를 폄하하는 말도 아니다. 현실이 아무리 지리멸렬해도 그 속에서 새로운 것을 발견할 수 있다고 굳게 믿고 지극히 사소한 움직임에서도 변화의 모든 기미를 알아내기 위해 지금 이 자리에서 노력하고 있는 사람만이 그와 동일한 노력에 대한 감수성을 가질 수 있다는 뜻이다. 시인은 이 현실 속에 다른 현실을 언어로 만들어낼 뿐 아니라 그 현실을 스스로 체험한다. 비평이 진정으로 해야 할 일도 그것이다.

비유, 은유, 상징, 이미지, 운율, 선율, 시는 이런 것으로 이루어진다. 그러나 은유나 선율이 곧 시를 만들지는 않는다. 비유를 비유라고 말하고 이미지를 이미지라고 말할 수 있는 것은 시가 이미 만들어진 다음의 일, 어쩌면 그 힘을 거의 잃었을 때의 일이다. 시인이 시를 쓸 때 그는 자기 언어를 은유나 상징으로 보지 않는다. 그가 보는 것은 현실이며 그는 그 현실을 산다. 이를테면 이성복은 「남해금산」의 첫대목에서 "한 여자 돌 속에 묻혀 있었네/그 여자 사랑에 나도 돌 속에 들어갔네"라고 읊는다. 이 시구를 다음과 같은 말로 풀어놓으면 아마 이해하기 쉬울지 모르겠다. '사랑하던 한 여자를 잃고 내 마음은 돌처럼 굳어졌다. 그 여자는 돌이 된 내 가슴속에 박혀 있었다.' 이 두 말은 같은 말처럼 들리지만, 그 질이 다르고 기운이 다르다. 풀어놓은 글에서 '돌처럼 굳어졌다'거나 '그 여자가 굳어진 내 가슴에 박혀 있었다'는 말은 절망과 불모의 상처를 표현하는 수사적 비유에 지나지 않는다. 반면에 이성복의 돌은 현실의 돌이다. 그는 이 시를 쓰면서 정말로 돌 속에 묻혀 있는 여자를 보고 있으며, 자신이 그 돌 속에 진정으로 들어갔다고 생각한다. 풀어놓은 말은 절망과 불모에 대한 낡은 수사법 하나를 제시하지만, 이성복의 시는 절망과 불모 그 자체인 바윗덩이 하나를 우리 앞에 세워놓는다.

비평가의 말도 마찬가지다. 풀어놓은 말의 수준에서 이 시를 이해하는 비평가의 말과 시의 수준에서 이 시를 이해하는 비평가의 말은 다를 것이다. 전자는 이 시의 시상을 일반적 감정의 하나로 환원시킬 것이며 그 수사에 이미 알려진 이름을 붙일 것이다. 반면에 후자는 돌이 하나의 감정으로 되는, 또는 감정이 하나의 돌로 되는 특별한 순간을 여러 일반적 감정 위로 들어올릴 것이며 현실을 창조하는 말의 힘을 자신의 언어체험으로 이해하려고 애쓸 것이다.

시가 비평에 영합할 때 대중에 영합하는 것 못지않게 위험하다. 시인이 시를 쓰면서 비평가가 자기 시에 대해 하게 될 말을 미리 계산하는 방식의 시쓰기를 두고 하는 말이다. 거기에는 유행하는 주제가 있으며, 쉽게 알아볼 수 있는 은유와 상징이 있다. 앞뒤를 분란하게 꿰맞추는 지적 구조가 있고, 한쪽 눈을 깜빡거리며 언어를 약간 비틀어놓는 득의의 순간이 있다. 이때 시 속의 사물들은, 허영쟁이 까마귀와 간교한 여우가 등장하는 이솝 우화처럼, 제각기 어떤 관념을 떠맡고 있다. 그 관념은 우주를 끌어안을 만큼 큰 것일수록 더 좋다. 또한 거기에는 미시령 꼭대기에서 그넷줄을 놓아버리고 동해 푸른 물에 빠져든다는 식의 유아적 상상력이 있다. 시인은 항상 순진무구하다. 그는 모든 사물에서 생의 이치를 보며, 그 이치를 경구로 다듬는다. 그에게는 자연과 생명의 이치를 말하는 사물이 있을 뿐 정작 사물은 없다. 따라서 자연도 생명도 없다. 시가 비평에 영합하는 이유는 시인의 타락에 있기보다 비평의 무능에 있다고 말해야 할 것이다. 비평가가 어디선가 보고 외워둔 말들을 풀어놓기 좋은 시, 자신의 명민함을 스스로 확인하기 좋을 것처럼 보이는 시, 그래서 결국은 어떤 시론으로 환언하기에 편안한 시만을 주목할 때, 시가 알려진 주제와 어법, 벌써 질서 잡힌 형식의 상징과 은유, 낯익은 이미지의 순열조합에 갇히게 되는 것은 당연한 일이다. 비평가에게 적절한 미끼를 주는 시와 그 미끼를 물고 거창한 시론을 설파하는 비평의 관계는 짜고 치는 고스톱과 다를 바가 없다.

시가 모험이라면 비평도 모험이다. 비평은 시와 더불어 안온하지만 비열한 이 삶 밖으로 한 걸음이라도 내디디려고 애써야 한다. 김수영은 「절망」이라고 이름 붙인 수 편의 시 가운데 하나에서 "풍경이 풍경을 반성하지 않는 것처럼/곰팡이 곰팡을 반성하지 않는 것처럼"이라고 썼다. 이 시구는 아름답다. 낱말과 선율이 아름다운 그림을 그리고 있기 때문이 아니라, 분석하기 좋게 짜맞출 지적 구조가 있기 때문이 아니라, 현실의 암담함을 말하면서 암담한 현실을 충전된 언어로 들어올리고 있기 때문이다. 이 충전된 언어에서 발휘되는 힘이 바로 현실 위에 떠오르는 또하나의 현실이며, "바람은 딴 데에서 오고"라고 말할 때의 그 딴 곳의 바람에 해당한다. 비평은 시와 더불어 그 힘의 언어가 되어야 한다.

## 세상의 계약과 문학의 계약

파스칼의 글을 읽을 때는 늘 기이한 느낌이 든다. 그는 열여섯 살에 원추곡선시론을 쓴 천재였지만, 수학에 바친 열정보다 더 큰 열정을 다른 데에, 인간의 이성과 자유의지가 믿을 것이 못 된다는 것을 증명하는 데에 쏟았다. 그는 자유사상가들에 대항해서 신을 떠나 자기 행동의 근거가 자기에게 있다고 믿는 사람들의 비참함을 말하였고, 선하고 심신 깊은 행동으로 인간이 자기 스스로를 구원할 수 있다고 주장하는 예수회파에 대항해서 인간은 원죄를 안고 태어났기에 어떠한 자기성찰로도 완전한 선에 이를 수 없다고, 따라서 신의 개입이 없이는 자기 스스로 자기를 구원할 순 없다는 얀선파의 사상을 대변하여 말하였다. 어떤 것에도 영이 아닌 것을 곱해서 영을 얻을 수 없듯이, 원죄의 악에서 출발하는 인간의 의지가 인간의 원죄를 없앨수는 없다. 얀선파는 이후 교황청과 결탁한 궁정의 탄압을 받아 일종의 민간신앙으로 전락하였고, 수학적 순수성을 세상사에 대입하여 인간의 자유의지와 진보를 부정한다는 점에서 한때 고루한 원리주의로 치부되기도 했던 파스칼의 사상은 19세기에 들어서야 제 갈피를 잡아 이해되었다. 이는 그의 열렬하고 독실한 기독교 호교론과 원죄론이 종교적 범주를 벗어나서야 비로소 이해되었다는 말이 된다. 계몽주의 시대를 거치면서 예수회파와 얀선파의 다툼이나 종교적 구원의 문제는 지성계의 핵심쟁점에서 물러나, 말 그대로 낡은 문제가 되었지만, 파스칼이 원죄라고 부르던 것은 다른 이름을 둘러쓰고 다시 나타나 여전히 인간을 억압하면서 동시에 인간을 매혹하였다.

내가 여기서 파스칼의 이야기를 끄집어내는 것은 그 사상의 운명이 어떤 종류의 문학 앞에 놓여 있는 운명의 뛰어난 알레고리라고 보기 때문이다. 한 사람에게 진정으로 절실했던 문제는 길고 짧은 세월이 흐른 뒤 다른 형식으로 만인에게도 절실한 문제가 된다고 그 알레고리는 말한다. 문학의 미래에서 최초에 나타났던 문제는 그것이 다른 형식으로 다시 나타날 때까지 일종의 걸림돌처럼 보인다. 그러나 새로운 형식의 거대한 문제 앞에서 최초의 걸림돌은 종종 디딤돌이 되며, 그것이 문학의 신비이기도 하다.

만일 파스칼의 시대인 17세기에 우리 시대처럼 비평가들의 집단이 있었다면, 그 가운데 고전주의의 인간관과 문학관을 넘어서서 사태를 바라보는 비평가가 있었다면, 이를테면 피에르 바야르가 『예상 표절』(여름언덕, 2010)에서 말하는 방식으로 상징주의와 초현실주의 문학을 미리 표절하는 비평가가 있었다면, 그는 파스칼이 원죄라고 부르는 것을 인간 심성의 어둠이면서 동시에 깊이라고 설명하였을 것이다. 그것은 주체 속에 도사린 타자이며, 내가 제어할 수 없는 나라고 말했을 것이다. 그는 인간 개개인의 사고와 순수이성의 관계, 자연과 초자연의 관계에 새로운 질문을 던졌을 것이다. 그는 보들레르를 표절하여 육체의 감옥을 말하였겠지만 동시에 감각의 깊이에 대해서도 말했을 것이다. 그는 랭보를 표절하여 구원은 이 삶이 아닌 다른 삶에 있다고 썼을 것이다. 그리고 아마도 프로이트를 읽은 것처럼 파스칼의 원죄에 잠재의식이나 쾌락원칙이라는 이름을 붙여주기도 했을 것이다.

비평은 흔히 두 가지 기능을 동시에 수행한다고 말한다. 작품에 대한 이해를 꾀하고 그 역사적 맥락을 정리하는 해석의 기능과 미학적이거나 윤리적인 관점에서의 그 적절성 여부와 한계를 지적하는 기능이 그것이겠다. 한쪽이 작품에 대한 지식으로서의 비평이라면 다른 한쪽은 평가로서의 비평이다. 두 기능은 당연히 상보적 관계에 있지만, 한쪽이 다른 한쪽을 옥죄기도 한다. 작가가 비평가에게 엉뚱한 소리를 하고 있다고 화를 낸다면 대개 앞의 기능이 뒤의 기능을 옥쥔 경우이고, 칭찬을 받았는데 왜 받았는지 모르겠다고 허탈하게 여긴다면 대개 그 반대의 경우이다. 물론 어떤 경우에건 작가의 말이 항상 옳은 것은 아니다. 내가 무엇을 어떻게 이야기하고 있는지 내가 가장 잘 안다는 말은 내 병은 내가 가장 잘 안다는 말만큼이나 위험하다. 그러나 비평가가 늘 잊기 쉬운 것은 그가 자기 동시대 작가의 작품을 지식으로 정리할 때도, 그 한계를 지적할 때도, 그가 작가보다 우월하거나 앞선 자리에 있기 때문에 그 일을 하는 것이 아니라는 점이다. 그는 작가와 같은 지적 풍토에 살며 작가와 똑같이 자기 시대의 주관성에 갇혀 있으며, 작가가 문제와 해답을 만날 때, 그도 문제와 해답을 만난다. 파스칼 시대의 어떤 지식인이 프로이트식으로 문제에 접근할 수 있었다면 그것은 지극히 특별한 경우에 속한다. 작가와 비평가가 다르다면 그것은 문제와 해답을 만나는 방식과 제기하는 방식이 다만 다를 뿐이다.

비평가는 작가의 말이 늘 지식으로 환원되기를 바라지만, 작가는 자신과 마주선 문제가 이제까지 알려진 경험이나 지식으로 충분히 설명되지 않을 뿐만 아니라 오히려 그것들로 덮어 가려져 있다고 생각하기에, 또는 그 지식이나 경험으로 내내 문제 삼았던 것이 다른 방식으로 벌써 해결될 수도 있다고 생각하기에 시를 쓰고 소설을 쓴다. 비평가는 작가가 제기하는 문제와 해답이 진정할 뿐만 아니라 그것들이 마땅히 제기되어야 한다고 가장 먼저 공적으로 확인해주는 사람이다.

세계에는 어떤 질서가 있겠지만, 그 질서 전체를 처음부터 끝까지 완전하게 파지할 수 있는 인간의 지성은 없기에, 인간과의 관계에서 세계의 질서는 무질서와 다르지 않다. 지식의 체계란 이 무질서한 세계를 분별하고 정리하여 효과적으로 설명하는 방식일 터인데, '지식으로 분별 되는 세계'는 '분별하는 지식' 만큼 확실한 것이 아니다. 분별은 진리 그 자체가 아니라 진리와 인간의 관계일 뿐이기에 분별의 뒤에는 희생되는 어떤 것들이 항상 남아 있다. 지식과 말이 권력이 되는 이유도 본질적으로 거기 있다. 지식과 말이, '세계'가 아니라 '세상'과 관계될 때는 더욱 그러하다. 그래서 통용되는 지식의 체계에는 어떤 사실을 그렇게 분별하기로 하는 정식계약과 그렇게 분별하기로 '양보하는' 이면계약이 있다. 두 계약의 틈새에서 제도와 풍속이 갈리고, 법과 윤리가 갈린다. 그것들은 각기 그 나름의 말을 만들어내고 권력을 창출한다. 그러나 정식계약이건 이면계약이건 계약 속에 들어가지 못한 것들, 희생된 줄도 모르고 희생된 것들이 있다. 그것은 지식체계의 원죄와도 같고, 정신적 자유의 본질적인 구속과도 같다. 아름다운 것이건, 슬픈 것이건, 놀라운 것이건, 경이로운 것이건, 어떤 것 앞에서 누군가가 '이루 형언할 수 없다'고 말을 하게 될 때, 그리고 그가 성실한 사람일 때, 그는 그 희생된 것들 앞에 서 있는 것이 분명하다. 그가 그 '이루 형언할 수 없음'을 문제로 발견하고, 계약의 파기까지는 아니더라도 계약을 재조정하여 인간을 헛된 계약에서 해방해야 한다고 생각한다면, 아마도 그는 시인이거나 소설가일 것이다. 문학의 미학도 윤리도 형언할 수 없는 것과 한 인간의 관계에서 비롯하기 때문이다.

이렇게 말하고 보면, 벌써 역사 속에 편입된 텍스트도 아닌 문학 현장에서 생산되는 작품을 이미 정리된 이론체계 속에 구겨넣으려는 비평가의 시도가 자못 끔찍한 일로 여겨지기도 한다. 그것은 계약을 잘 읽어보라고 보험회사 직원처럼 말하는 것이고, 계약은 벌써 빈틈이 없다고 법관처럼 말하는 것이며, '그러니까 네 말은 이 말이지' 하는 식으로 경찰처럼 윽박지르는 것이기 때문이다. 혼종이니 다성적이니 하는 말을 내세워 작가의 말을 갈피 잡아 들으려 하지 않는 어떤 종류의 비평 습관도 마찬가지이다. 그런 시도는 많은 경우 텍스트에 대한 비평가 자신의 무능을 빠져나갈 수 없는 계약에서 빠져나가려는 작가의 잔꾀의 탓으로 돌리는 일이 되기도 한다. 비평이 그 시대의 텍스트들과 마찬가지로 주어진 한계 안에 갇혀 그 밖을 어렴사리 내다보면서, 형언할 수 없는 것이 형언되려는 그 계기의 성실성과 진정성을 확인하고, 그 터전 위에서 자기에게도 정신의 구속인 계약의 그물망을 넓히거나 그 체계를 변혁하기 위해, 세상과 작가 사이에 이론적 매개의 역할을 하지 않는다면, 그 자체가 또다른 권력이 되거나 주어진 권력의 울타리가 될 뿐이다.

다른 글에서도 한번 인용한 적이 있지만, 문화사회학자 피에르 부르디외는 『예술의 규칙』에서, 지극히 현대적인 관점으로, 문학과 과학의 차이를 이렇게 정리한다.

문학적 글쓰기를 과학적 분석과 구별 짓는 일체의 것 가운데 가장 두드러진 것은 문학적 글쓰기가 지니고 있는 고유한 역량,

즉 과학적 분석이 고생스럽게 펼치고 전개해야만 하는 하나의 구조와 하나의 이야기의 복잡한 내용 전체를 집결하고 압축하여, 은유로 기능하면서 동시에 환유로 기능하는 감각적 형상과 개인적 모험의 구체적 개별성 속에 담아낼 수 있는 역량이다.[1]

부르디외는 여기서 문학적 글쓰기와 과학적 분석의 차이를 매우 훌륭하게 서술하고 있지만, 완전하게 말하고 있는 것은 아니다. 문학적 글쓰기는 그 구체적 개별성을 통해 복잡한 사회적 구조를 압축하고 있을 뿐만 아니라 그 구조를 새롭게 바라보는 법과 새로운 구조를 발견하는 법을 제시하기도 한다. 문학적 글쓰기에서 가장 중요한 것이 그것이기도 하며, 문학이 주어진 이론으로 환원될 수 없는 이유가 거기 있기도 하다. 비평도 과학적 분석처럼 "하나의 구조와 하나의 이야기"를 고생스럽게 펼치고 전개하지만, 저 자신이 허물어질 지점에서 그렇게 한다.

비평의 위상을 묻는 질문은 종종 비평이 그 권력과 지도력을 회복해야 한다는 대답을 듣고 싶어한다. 비평은 지도적일 수 있다. 그러나 그 지도는 비평가가 작가에게 '당신이라면 저 형언할 수 없는 것' 앞에 설 수 있다고 말하는 데서 그쳐야 할 것 같다.

---

1) Pierre Bourdieu, *Les règles de l'art*, Seuil, 1992, p. 48. 번역 필자.

# 얼굴 없는 것들

보들레르의 산문시집 『파리의 우울 *Le Spleen de Paris*』의 첫번째 시는 제목이 「이방인 *L'étranger*」이다. 이 서시는 짧고 소박해서 보들레르라는 이름에 색다른 기대를 품고 책을 펼쳤던 독자를 당황하게 할 가능성이 없지 않다. 여섯 차례의 문답이 그 전체의 내용인데, 한 사람이 또 한 사람에게 반말로 누구를 사랑하느냐고 묻는다. 아버지, 어머니, 누나, 형? 질문을 받은 사람은 반듯한 경어체로 부모도, 형제도, 누이도 없다고 대답한다. 친구는? 그 말이 무슨 뜻인지 모르겠다고 대답한다. 조국도, 황금도, 이 세상의 미녀도, 그는 사랑하지 않는다고 말한다. 묻는 사람의 계속되는 다그침에 이 '별난 이방인'은 마지막으로 대답한다. "구름을 사랑하지요…… 흘러가는 구름을…… 저기…… 저…… 신기한 구름을!"

이렇게 대답하는 사람을 허무주의자라고 생각할 수도 있겠다. 그는 붙잡을 수 없는 헛것을 사랑한다지 않는가. 그런데 "신기한 구름"의 "신기한"이란 말이 걸린다. 허무주의자에게 아직도 신기한 것이 남아 있다는 게 가당하지 않을 것 같기 때문이다. 그는 세상의 명리에 초탈한 사람인가. 이 시 한 편만을 두고 말한다면 그럴 법도 하지만, 시집에 실린 50편의 시를 다 읽은 사람에게는 이 역시 납득할 만한 결론이 아니다. 시집의 화자는 제 육체의 관능으로 얻을 수 있는 쾌락에 끝까지 몰입하고, 그 쾌락의 짧음을 똑같은 정도로 한탄하고, 세상에서 받은 모욕에 어떤 방식으로건 복수를 꿈꾸고, 무한한 것들의 칼끝에 베이는 제 감각을 자랑스러워하며, 명예와 권력과 재부의 유혹을 어렵사리 물리치지만 제 행위가 경솔했다고 금방 후회한다. 때로는 고독한 삶을 예찬하지만 때로는 군중 속에 들어가 세상 만민과 교혼하기를 꿈꾼다. 그의 시선은 가난하고 핍박받는 사람들에게도 자주 머물지만 그들을 위한 어떤 구제책도 믿지 않는다. 오히려 그들을 괴롭히고 그들의 공격을 유도하여 피투성이 싸움을 벌이는 방식으로 그들에 대한 사랑을 증명하려고 한다. 그는 이 세상에서 떠나려 하지 않으며, 어쩌다 한줄기 빛이 스며들었다가 금방 사라지고 마는 무명 속을 대책 없이 헤맨다. 그는 인간사에 초연하지 않으며, 차라리 초연하게 될 것을 두려워한다.

그에게서나 우리에게서나 마찬가지로 "구름"은 그 자체로 특별한 가치를 지니지 못한다. 그것은 무엇이 아니다. 그것은 불확정적인 것이며, 그 신기한 성격도 거기 있다. 아무것도 아니면서 때로는 모든 것이 될 수 있는 이 구름은 세상 사람들이 형상과 이름을 주어 실체라고 믿고 있는 것 일체를 차례차례 또는 한꺼번에 부정하는 성격을 지닌다. 이방인은 이 구름을 가리킴으로써 그가 사랑하는 것은 질문하는 사람이 이름 붙여 부르는 것과 이름 붙여 부르게 될 것이 아닌 것으로 존재한다고 말하는 셈이 된다. 그것을 설명할 말이 없다. 그것은 얼굴이 없다.

아폴리네르는 이 얼굴 없는 것을 제 시의 서사에 주인공으로 삼기도 했다. 그의 『상형시집 *Calligrammes*』에 실린 「생메리의 악사 Le Musicien de Saint-Merry」는 짧은 시가 아니다. 시인은 자기 나이 서른세 살 나던 해 오월 어느 날에 파리의 생메리가에서 이상한 사내 하나를 본다. 거리의 모퉁이에서 피리를 부는 이 사내는 "눈도 코도 귀도 없었다". 그러나 그가 발걸음을 옮기자 거리의 모든 여자들이 그 피리소리에 반하여 그의 뒤를 따라갔다. 여자들은 이 유혹자를 향해 손을 뻗으며 안타깝게 뒤따라갔지만, 사내는 "제 곡을 불며" "무심하게" 그리고 "무섭게" 걸어갈 뿐이었다. "빵이 없는 날" 빵집 앞에서 줄을 선 것처럼 긴 여자들의 행렬은 이 거리에서 저 거리로 옮겨갈수록 점점 더 불어났다. 행렬은 밤이 올 때까지 계속되었다.

미지의 사내는 팔려고 내놓은 집 앞에 잠시 멈춰 섰다

버려진 집

유리창이 깨진

16세기의 주택이다

마당은 화물배달마차의 주차장으로 사용된다

樂士가 들어간 곳은 그 집

멀어지던 그의 음악도 기세가 잦아들었다

여자들은 버려진 집으로 그를 따라 들어갔다

모든 여자들이 떼를 지어 섞여 들어갔다

모든 여자들이 모든 여자들이 들어갔다 뒤돌아보지 않고

남겨두고 온 것들

버려두고 온 것들을 아쉬워하지 않고

빛과 삶과 추억을 아쉬워하지 않고

이윽고 라베르리路에는 사람 하나 남지 않았다

나와 생메리의 사제뿐

우리는 그 낡은 집으로 들어갔다

그러나 아무도 보이지 않았다


예민한 정신들을 호려 다른 세상으로 끌고 가버린 이 얼굴 없는 사내가 곧 시라고 말할 수는 없지만 시가 애써 찾아가고 규명하려 하는 것이라고 말할 수는 있다. 아폴리네르가 그랬던 것처럼, 모든 시인들이 이 지지부진한 삶 속에 눈부신 것이 숨어 있음을 믿으며 제가 생각한 모든 말의 내용과 껍데기로 닫힌 문에 곁쇠질을 하며 그 얼굴을 확인하려 하는 것이 그것이다. 좋은 시는 대개 그 얼굴에 대한 그림이 아니라, 다가가는 그만큼 멀어지는 그것을 정지시켜 붙잡기에 실패한 기록이다.

말라르메는 그 실패의 내력을 한 제목 없는 소네트의 앞 대목에서 이렇게 쓴다.

> 레이스가 한 겹 사라진다
> 드높은 유희의 의혹 속에서,
> 침대의 영원한 부재만을
> 신성모독이나 저지르듯 설핏 열어 보이고.
>
> 꽃무늬 장식 하나가 같은 것과 벌이는
> 이 한결같은 하얀 갈등은
> 희부연 창에 부딪혀 꺼지나
> 제가 가려 감추는 것보다 더 많이 떠오른다.[1]

시인은 창문 앞에 서 있다. 바람이 불어 레이스 커튼이 펄럭

---

1) 스테판 말라르메, 『시집』, 황현산 옮김, 문학과지성사, 2005, 120쪽.

일 때마다 그는 창문 너머로 저 미지의 얼굴이 태어나는 침대를 보려고 하나 레이스는 다시 내려와 창을 가린다. 마치 사라진 레이스 커튼 뒤에서 또하나의 레이스가 돋아나듯이. 사라진 레이스와 새로 돋아나는 레이스가 싸움을 벌이듯이. 그래서 전체 레이스는 사라진 레이스보다 하나 더 많다. 레이스가 끝없이 한 겹씩 사라져도 시인이 보는 레이스는 항상 마지막에서 두번째 레이스다. 그래서 시인은 미지의 침대도, 거기서 태어나는 얼굴도 볼 수 없다.

이 얼굴은 미래의 어느 날 우리에게 벌써 익숙해진 것들 사이에 그 역시 낯익은 모습으로, 전혀 예기치 않았던 형식으로, 나타나 있을 터이지만, 시는 그 순간을 선취하려 하기에 실패의 경험으로만 그 역사를 기록한다. 역사를 선취하여 미래의 얼굴을 낯익은 세계 속에 미리 끌어내린다면 친숙한 세계 자체가 낯선 것이 되고, 이미 자리잡았던 질서와 가치들이 크게 요동할 것이 분명하다. 시인들이 그 언어의 겉쇠질로 그 복면을 벗기려는 얼굴은 그래서 위험하다. 그래서 그 얼굴은 정치적이다. 그 생애의 중요한 시기를 모두 정치 반란의 지도자로 살며 19세기 유럽의 질서를 바꾸려 했던 오귀스트 블랑키는 『혁명에 관한 문집』에서 이렇게 쓴다.

죽음과 재생의 순간까지, 미래 사회의 기초인 교의들은 막연한 동경의 상태로, 멀리 안갯속에 한순간 엿보인 모습으로 머물러 있다. 그것은 불확실하고 지평선에 유동하는 실루엣과 같은 것이며, 인간 생애의 노력으로는 그것을 정지시킬 수도 그 윤곽을 파악할 수도 없다. 또한 개혁의 시대에, 바닥을 드러낸 토론이 앞날을 향해 한 걸음도 더 나아갈 수 없는 어떤 시간이 온다…… 그것이 미래의 삶의 신비이며, 살아남은 자들에게는 헤아릴 길이 없는 그 장막이 죽음 앞에서 스스로 떨어져내린다.[2]

말라르메의 순수시와 블랑키의 혁명적 웅변 사이에 다른 것은 없다. 그러나 시인은 제가 쓰는 말의 처량하고 협착한 논리를 분석하고 해체하여 낯선 얼굴이 거기 있다고 내내 반복해서 확인하는 자에 그치지만, 혁명전사는 저 "헤아릴 길 없는 장막"이 떨어져내리게 할 죽음에 제 몸을 던져, 모든 인간적 논리가 바닥을 드러내어 "앞날을 향해 한 걸음도 더 나아갈 수 없는" 지경에서도 "막연한 동경"의 상태에 있는 "지평선에 유동하는 실루엣과 같은 것"을 지금 이 자리에서 손에 쥘 수 있다고 믿는 자들이다. 시인에게는 무명 속에 짧게 한번 비치고 사라지는 낯선 빛이 전사에게는 어떤 삶보다도 더 낯익은 삶이다.

시인은 저 죽음 앞에서까지 훨씬 더, 무한하다 할 정도로 훨

---

2) Louis Auguste Blanqui, *Écrits sur la révolution*, Éditions golilée, 1977, p. 308. 번역 필자.

씬 더 겸손하다. 2006년 48세를 일기로 다른 세상을 만나게 되는 박영근은 「인제를 지나며」(『별자리에 누워 흘러가다』, 창비, 2007)라는 제목으로 이런 시를 남겼다.

인제 산촌山村 어디쯤인가 지나는데
눈보라가
외딴집 한 채를 비켜가네

거기서 나는 보느니
눈 맞으며
눈 맞으며
마당가 빈 나무 밑을 서성대는
누렁이 한 마리
훗날
먼 데
내 모양일레

지게문 열고
머릿수건 쓴 늙은 어머니
흰빛만 쌓여가는 마당을 물끄러미 내다보네

눈보라가 비켜가는 외딴집은 얼굴 아닌 얼굴이 벌써 비쳐 있는 자리이다. 죽음 뒤에 남은 기운 같은, 무너져버린 집의 그림자 같은, 외딴 그 집은 물질의 무심한 힘도 눈감고 지나간다. "훗날"의 "먼 데"는 말할 것도 없이 저 생에서 시인이 다시 헤매게 될 자리이다. 시인은 이승에서 다 해결하지 못한 업이 남아 저 생에서도 누렁개로 처량한 생명에 시달릴 것이라고 생각한다. 그러나 저 얼굴 없는 것들의 얼굴을 내내 찾았던 덕이 있어 눈보라도 비켜가는 특별한 자리에서 그나마 "빈" 나무 밑을 서성인다. 누렁개의 삶은 그래서 인간으로 살았던 삶보다 더 나쁜 삶이 아니다. 그만큼 시인은 다른 생에서 저 얼굴 없는 것에 더 가까이 가 있다. "머릿수건 쓴 늙은 어머니"가 지게문을 열고 무심하게, 눈 쌓이는 마당에서 자신이 보는 줄도 모르고 바라보는 것은 신비할 것도 없는 삶의 이 신비이다.

시인은 혁명전사가 아니지만, 그러나 또한 이 무심한 어머니도 아니다. 박영근이 병든 몸으로 그랬던 것처럼, 저 얼굴 없는 무심함의 얼굴을 그리려고 애써야 할 업이 시인에게는 남아 있다. 말로 치러야 할 업을 말하지 않음으로 갚을 수는 없다. 그 갚음이 없이는 무심함이란 말이 없을 것이며, 그 무심함조차 없을 것이기 때문이다. 말하지 않는 곳에서는 얼굴 없는 것들의 없음조차도 없다. 얼굴 없는 것들은 그렇게 무심하다.

# 형해로 남은 것들

〈아리조나 카우보이〉라는 노래를 부르던 시절이 있다. 카우보이 아리조나 카우보이, 광야를 달려가는 아리조나 카우보이, 말채찍을 말아 들고…… 가사를 계속해서 더 적기가 조금 민망하다. 명국환씨가 이 노래를 처음 부른 것이 1953년이라고 하니 나로서는 초등학교 2학년 때의 일이다. 당시에도 왜 한국의 유행가 속에 카우보이가 들어와야 하는지, 왜 그 노래를 한국 사람이 목청껏 불러야 하는지 의문으로 삼은 사람은 적지 않았을 것이다. 그러나 낙도에서 초등학교를 다녔던 내가 그 노래를 처음 들은 것이 중학교 때이니 노래의 생명은 상당히 길었던 것 같다. 노래가 귀하던 시절이다. 중학교 시절의 국어 선생님이 권일송 시인이셨다. 어느 봄소풍의 노래자랑에서 한 학생이 온몸을 흔들어젖히면서 이 노래를 부르자 권시인이 옆에 앉아 있던 내 어깨를 두드리면서 말씀하셨다. "너는 저런 노래 부르지 말아라."

내가 문예반 학생이어서 특별히 나에게 하신 말씀인지, 단순히 내가 옆에 있었기 때문에 그 말씀을 들어야 했던 것인지는 모르겠다. 노래의 곡조야 당시의 내가 평가할 수 있는 것은 아니었지만, 가사가 어딘지 저열하다는 느낌은 나에게도 없지 않았다. 하지만 내가 그 노래를 들으면서 마음이 제법 흔들렸던 것도 사실이다. 그전에도 초저녁이 조금 지난 시간에 한 떼의 고등학생들이 동네가 무너져라 카우보이를 불러대며 우리집 창문 앞으로 지나가는 것을 본 적이 있었다. 그 모습이 조금 불량스럽게 보였지만 한편으로는 내가 그 속에 끼어 있지 못한 것이 안타깝기도 했다. 지금 돌이켜보면 그 무렵 의기가 넘치는 청년 시인이었던 선생이 그 말을 하지 않고는 지나칠 수는 없었던 것도 입에 담을 수도 없는 그 노래가 당신에게 불 지를 수 있었던 흥분 상태를 두려워했기 때문이었을 것 같기도 하다. 선생은 현대시인협회 회장을 역임하기도 했으나, 지금은 고인이 되셨다.

최근에 어떤 모임 끝에 억지로 끌려간 노래방에서 내 나이 또래의 한 사람이 이 노래를 불렀다. 워낙에 노래를 잘 부르는 사람이었지만 그가 이 노래를 그날 진지하게 불렀던 것은 아니다. 일부러 청승을 떨기 위한 것이었고, 그 마음 자세는 유명한 시를 패러디해서 쓰는 사람의 그것이나 다를 바 없었다. 그러나 효과는 대단했다. 노래가 한 소절을 넘어서자 모든 사람이 따라 부르기 시작했고, 좁은 노래방은 갑자기 열기로 가득찼다. 노래의 생명은 참 길기도 하구나, 나는 그렇게 생각했다. 아니 그런 것은 아니다. 노래가 살아 있는 것은 아니다. 그 노래는 이미 옛날에 죽었다. 카우보이를 외치던 저 고등학생들의 흥분이나, 내 은사 권일송 시인이 두려워했던 흥분은 이 노래방의 흥분과 같은 것은 아니다. 저 옛날의 흥분은 전후의 극심한 가난 속에서 살 만한 땅을 열망하는 마음과 이 폐허에서는 이룰 수 없는 영웅주의(그것이 비록 싸구려라고 하더라도)가 그 노래와 함께 격화된 것이었지만, 그날 저녁 노래방의 흥분에는 열망도 영웅주의도 없다. 남은 것이 있다면 그것은 저 흥분의 기억이 가져다주는 흥분, 저 흥분을 벌써 분석하는 흥분이 있을 뿐이다. 그래서 이 흥분을 흥분의 시체라고 부를 수 있다. 그러나 우리의 감수성을 더욱 깊게 자극하는 것은 저 살아 있던 흥분보다는 이 시체에서 얻는 흥분이라고 해야 하지 않을까. 사실 이 분석되는 흥분, 그래서 결국 뇌관이 제거된 이 흥분은 현대 예술의 한 기법이 되기도 했다.

초현실주의 화가 르네 마그리트의 유화가 하나 있다. 거대한 동굴 입구에, 시골집의 벽지에나 그려져 있을 것 같은 큰 장미가 한 송이 피어 있다. 그 동굴 입구에서 바라보는 푸른 하늘에는 목화송이 같은 흰 구름이 여러 장 떠 있다. 그 하늘 밑, 동굴 입구 가까이 검은 중절모를 쓰고 검은 정장을 입은 한 여자가 발걸음을 멈추지 않은 말 위에서 그 장미를 내려다보고 있다. 말의 시선도 장미를 향하고 있다. 제목은 '상아탑'이다. 낭만주의 문학에 관심을 가졌던 사람이라면 이 그림에서 친숙한 주제들을 여럿 발견할 것이다. 말을 탄 여자는 순례자를 뜻한다. 그리고 그 연원은 중세 기사도 로망의 방랑 기사에 있다. 방랑 기사는 어떤 귀중한 것을, 이를테면 성배를 찾아 여행을 떠난다. 하늘의 구름, 보들레르 같은 사람이 산문시 「이방인」에서 쓴 표현을 빌리자면, "저기…… 저…… 신기한 구름"은 방랑자의 발걸음이 정처 없음을, 그 행로가 어떤 기적의 땅으로도 이어질 수 있을 것임을 뜻한다. 방랑 기사는 천신만고 끝에 제가 찾는 성배를 얼핏 보기는 하지만 그것을 손에 넣는 데까지는 이르지 못한다. 그러나 다른 것을 그는 얻게 된다. 그는 성배를 얻어 세상을 구제하지는 못하나 고달팠던 순례의 길에서 자신을 수련하고 성배를 놓친 회한을 통해 한층 완전한 인격체로 성장한다. 근대의 낭만주의에서 노발리스 같은 시인을 통해 '푸른 꽃'으로 변주되기도 했던 성배는 이제 이 그림에서 거대한 장미가 되어 동굴 입구에 피어 있다. 말을 탄 여자는 이 꽃을 내려다보긴 하지만 거대한 그 꽃을 정작 꺾을 수 있을지는 아직 모른다. 입구에 장미가 피어 있는 동굴도 이 맥락에 주제 하나를 바친다. 그것은 순례자의 무의식이다. 그는 어머니의 자궁 속에 들어가듯이 동굴 속으로 들어가 최초의 자아를 회복하고, 자신에게 내재해 있으나 알지 못했던 힘을 발견하고, 자신의 진정한 운명을 확인하여 그것을 실현시킬 수 있는 역량을 획득한다. 이 발견된 무의식에서, 이 자궁에서 그는 다시 태어난다.

그런데 말을 탄 자가 여자라는 것도, 그녀가 말쑥한 검은 정장을 입었다는 것도 조금 의외다. 여자는 낭만주의 문학에서 보게 되는 남자 주인공의 창백한 연인 역에서 벗어나 자신의 일과 권력을 지닌 근대 도시의 여자를 생각나게도 하고, 서부의 대평원에서 이상한 인연으로 호전적인 인디언들과 열차강도들 한복판에 내던져져 그 나름의 모험을 감행하는 양가의 규수를 떠올리게도 한다. 아무튼 이 여자의 성적 정체성은 해묵은 낭만주의의 이미지와 이 그림 사이에 균열을 만들고 심각한 불균형을 초래한다. 사실 마그리트가 이 그림을 그린 것은 낭만주의의 신화와 그 환상 속으로 우리를 끌고 들어가기 위한 것이 아니다. 그가 자신의 조롱을 다 감추지 못한 채 재현하는 이 낭만주의적 환상은 그가 보기에 '상아탑'이라는 땅굴 속에 영원히 감금해두어야 할 폐기된 신화에 불과하다. 낭만주의는 조롱받고 분석된다. 그러나 이 그림의 매혹적인 힘은 작가의 의도를 넘어선다. 그림에 입구로만 나타나 화면 전체의 불규칙한 틀처럼 보이는 동굴은 그 내면에 여전히 어떤 몽상을 간직한 듯하고, 장미는 우스꽝스럽지만 여전히 신비로우며, 여자와 말은 여전히 수수께끼를 품고 있다. 그래서 우리는 이 조롱받는 낭만주의를 바라보면서, 그 순례의 모험에 대해서, 어떤 신비의 탐구에 대해서, 어떤 통과의례의 수업에 대해서, 자기 탈피와 재생에 대해서, 한마디로 낭만주의의 저 찬란했던 약속에 대해서 다시 한번 생각하고 몸을 떨게 된다. 그리고 이 이상한 감동은 낭만주의의 신화가 폐기된 이 시간에 어느 진지한 낭만주의적 작품으로도 거둘 수 없는 효과를 얻어낸다. 그것을 기능이 제거되고 허물어져 뼈대만 남은 것의 효과라고 말할 수 있겠다.

우리가 익히 아는 저 가출 소년 랭보에게 영감을 준 것도 이와 다른 것이 아니었다. 그는 산문시집 『지옥에서 보낸 한 철』의 「언어연금술Alchimie du Verbe」 편에서 이렇게 썼다. "나는 치졸한 그림으로, 문 위의 장식, 연극의 배경화, 곡마단의 천막, 간판, 채색한 민속판화를, 시대에 뒤떨어진 문학으로, 교회의 라틴어, 철자 없는 외설서, 우리 조상들이 읽었던 소설, 마녀 이야기, 어린이들의 작은 책, 낡아빠진 오페라, 바보 같은 유행가, 소박한 노래를 좋아했다. 나는 십자군을, 기록이 남아 있지 않은 탐험여행을, 역사가 일실된 공화국을, 짓눌려버린 종교전쟁을, 풍속의 변혁을, 민족과 대륙의 이동을 꿈꾸었다. 나는 모든 마법을 믿었다." 지난 시절 우리의 이발소에 걸렸던, 이제는 민화라고 불러도 좋을 이상한 풍경화, 짙푸른 숲과 깊은 강이 있고, 지붕에 박넝쿨을 올린 초가와 물레방아가 있고, 하늘에 구름과 갈매기가 떠 있는 그런 그림 앞에 서 있는 랭보를 연상해볼 수 있다. 랭보는 그것이 치졸하다는 것을 알지만 서푼짜리 예술가가 애초에 거기 담으려 했던 꿈과 소박한 사람들이 그것을 바라보며 잠기게 될 몽상을 다시 느끼지 않을 수는 없다. 야담과 전설로만 남은 원정과 탐험과 낙원의 건설과 민족의 유랑은 근거가 없거나 빈약할 것이 분명하지만, 그런 허구를 만들던 사람들과 그 일을 부추긴 사람들이 거기 바쳤던 정열은 낡고 닳아져서, 먼지를 뒤집어쓴 목판과 책장 위에, 문법에도 안 맞는 민요의 가사 속에 남아 있다. 인간이 삶을 영위해온 이래 이제까지 아직 찾지 못한 유현한 공간과 아직 도달하지 못한 미지의 시간에, 비록 치졸한 솜씨로나마, 바쳐온 희망이 그와 같다. 명석한 랭보 앞에 이미 그 비밀을 드러내버린 민중예술품들은 날카로운 기운을 잃고 더는 누구도 매혹시킬 수 없을 것처럼 보이나, 그것들을 낡게 한 시간과 함께 그 치졸함도 사라졌기에, 말하자면 그 치졸함이 고졸함으로 바뀌었기에, 뜻밖에 얻게 된 또하나의 아련한 얼굴로 젊은 감수성을 매혹한다. 이 낡고 순진한 것들은 그 자체가 어떤 유토피아가 되고, 목숨이 남아 있는 한 거기 도달해야 한다는 어떤 모험의 지령서가 된다. 랭보는 이 지령을 실천했다. 그는 가정과 학교와, 그리고 마침내 국가를 버리고 떠났으며, 유럽 천지와 근동을 떠돌며 제가 찾는 것이 무엇인지 알려고 했으며, 어느 순간, 시를 버리고 북아프리카에서 무기와 상아 매매업에 종사하던 끝에 골수암이 말기에 이른 몸으로 마르세유로 돌아와 다리를 자르고, 37세의 나이로 쓸쓸하게 죽는다. 그전 스무 살 안팎의 나이에 원고로만 남겼던 또하나의 산문시집 『일뤼미나시옹 *Les Illuminations*』에서, 그가 모든 물리 법칙에서 벗어난 것 같은 전대미문의 도시와 건축을 설계하고, 지극히 비장한 방법으로 눈물겹도록 낯선 세계를 향해 자신을 송두리째 바치는 어떤 정신을 말하게 되는 이면에는 저 치졸한 것들, 그러나 분석된 치졸한 것들의 매혹이 있었음은 말할 것도 없다.

동일한 매혹이 『사슴』의 시인 백석에게도 있었다. 다음은 그의 시「모닥불」의 전문이다.

새끼오리도 헌신짝도 소똥도 갓신창도 개니빠디도 너울쪽도 짚검불도 가랑잎도 머리카락도 헌겊조각도 막대꼬치도 기와장도 닭의 짗도 개터럭도 타는 모닥불

재당도 초시도 門長늙은이도 더부살이 아이도 새사위도 갓사둔도 나그네도 주인도 할아버지도 손자도 붓장사도 땜쟁이도 큰개도 강아지도 모두 모닥불을 쪼인다

모닥불은 어려서 우리 할아버지가 어미아비 없는 서러운 아이로 불상하니도 몽둥발이가 된 슬픈 역사가 있다[1]

---

1) 李東洵 編,『白石詩全集』, 창비, 1987, 25쪽.

이 모닥불에 타고 있는 것들 속에 좋건 나쁘건 인간의 노작이라고 불러야 할 것은 "갓신창"을 제외하고는 거의 아무것도 없다. 그러나 그것들은 모두 한 삶의 맨 밑바닥을 떠받치고 있던 것들이다. 온갖 신분으로 온갖 관계를 맺고 있던 인간들이 국권을 잃어버린 식민지의 어느 장터에서 그 모닥불에 언 손을 내밀고, 그 삶과 그 삶의 관계들이 이제 얼마나 오래 지속될 수 있을지를 걱정하면서, "몽둥발이가 된 슬픈 역사"의 마지막 잔재들이 만들어주는 온기를 겨우 누리고 있다. 한 삶의 밑바닥이 이제 제 모습을 잃고 불타고 있기에 그 삶을 뒤돌아보는 마을은 그만큼 곡진하다. 그러나 백석에게서 이 가녀린 온기의 매혹은 랭보의 경우처럼 전대미문의 한 세계를 설계하게 하는 데까지는 이르지 못한다. 그것은 백석의 무능함 때문이 아니다. 제 삶을 자기 손으로 설계할 수 없는 식민지의 구렁에서는 어떤 뛰어난 상상력도 제 기세를 끝까지 펼칠 수 없었다고 말해야 한다. 형편이 좀더 나아졌을 때, 적어도 제 나라를 제 나라라고 부를 수 있게 되었을 때, 김수영은 「거대한 뿌리」의 한 대목을 이렇게 쓴다.

비숍여사와 연애를 하고 있는 동안에는 진보주의자와
사회주의자는 네에미 씹이다 통일도 중립도 개좆이다
은밀도 심오도 학구도 체면도 인습도 치안국

으로 가라 동양척식회사, 일본영사관, 대한민국관리,

아이스크림은 미국놈 좆대강이나 빨아라 그러나

요강, 망건, 장죽, 종묘상, 장전, 구리개 약방, 신전,

피혁점, 곰보, 애꾸, 애 못 낳는 여자, 무식쟁이,

이 모든 무수한 반동이 좋다[2]

시인이 이 시를 쓴 것이 1964년이다. 그가 숨 가쁘게 열거하
는 요강, 망건, 장죽, 종묘상, 장전, 구리개 약방, 신전, 피혁점 가
운데 종묘상을 제외한 나머지는 그때에도 벌써 긴 생명을 점칠
수 없는 것들이었다. 시인은 "거대한 뿌리"를 보는 곳에서 사라
지는 삶을 보고 있다. 아니 더 정확하게 말한다면, 흔적도 없이
사라지려는 삶에서만 역사의 깊은 뿌리를 느낀다. 그가 내뱉는
가감 없는 욕설 속에는 후기 식민지주의에 대한 저주뿐만 아니
라, 내내 무관심하게 바라보았던 풍경이 이제 그 삶을 해체하면
서 드러내는 깊은 정에 대한 시인의 안타까운 응답이 들어 있
다. 그저 그렇게 무심한 모습으로 한 시대를 누리던 삶이, 인연
이 없는 것들, 새롭다고 이름 지어진 것들의 침입을 받아, 수명
을 다하고 꺼지려는 촛불처럼, 문득 낯선 빛을 뿌릴 때, 그것들
은 시인의 마음을 비범한 시적 상태로 바꾸어 발악하는 시어들

2) 金洙暎, 『金洙暎 全集 1詩』, 민음사, 1981, 226쪽. 한자를 한글로 바꿔 쓰기 필
자.

을 솟구쳐올린다. 덤덤한 현실의 외관에 감정의 홈을 파고, 어수선하던 사물들에 윤곽을 그려주며, 어떤 그리운 세계를 육체의 감각 속에 펼쳐놓는 김수영의 정치시 하나가 이렇게 읊어진다. 저 사라지는 삶이 진실로 낙원이었던 적은 한 번도 없지만, 그것은 사라지면서 이렇듯 낙원의 한 형식으로 기억된다.

보들레르도 돌이킬 수 없이 무너지는 사물을 자주 특별한 시선으로 바라보았다. 시집 『악의 꽃』에는 그를 퇴폐파라고도, '시체의 왕자'라고도 불리게 했던 시 「시체Une Charogne」가 들어 있다. 화창한 여름날 연인과 함께 들길을 산보하던 시인은 어느 오솔길 모퉁이에서 썩은 짐승의 시체를 보게 된다. 시체는 햇볕을 받아 문드러지고 그 내장은 "한 송이 꽃이 피어나듯", 들끓는 오물이 되고 풍성한 냄새가 되어, 자연 속에 펼쳐졌으며, 그 해체되는 몸뚱이 위로 구더기의 대열이 "그 살아 있는 누더기 타고 끈끈한 액체처럼" 흘러내렸다. "형체는 지워져 한 자락 꿈에 지나지" 않았으니, "화가가 잊힌 캔버스에 오직 추억으로만 완성하는 초벌그림"으로만 남는다. 시인은 "내 눈의 별이며 내 마음의 태양인 당신도" 머지않아 "자 끔찍한 부패물과 같을 것"이라는 말로, 싱그러운 얼굴을 도도하게 뽐내는 자기 연인을 위협한다. 그렇다고 해서 보들레르가 여자에게 이 청춘을 함께 즐기자고 말하려는 것은 아니다. 그의 시는 위협으로 끝나지 않는다.

그때, 오 나의 미녀여! 입맞춤으로 그대를 파먹게 될

저 구더기에게 말하라,

무너져 흩어지는 내 사랑의 형식과 거룩한 본질을

내가 간직하였노라고![3]


　자연 사물은 무상하고 덧없어서 인간이 피하는 온갖 작업이나 마찬가지로 그 모습을 오래 간직하지 못한다. 그러나 사물이 제 모습을 잃고 흩어져도 그에 대한 기억은 남는다. 게다가 기억은 사라진 현실을 간직하기만 하는 것은 아니다. 김수영에게서 저 초라하고 범상하던 삶이 몰락의 시간에 임박하여 어떤 낙원의 유적이 되어 그의 뇌리에 사무치듯이, 기억 속의 사물은, 현실을 넘어서서, 현실의 결여와 덧없음이 보충된 절대적인 형식을 누릴 수 있다. 현실의 사랑은 어느 것도 그 개념의 완전함에 이르지 못하지만, 한 남자가 사랑을 시도하면서 마음에 품었던 사랑의 "거룩한 본질"은 기억 속에 간직된다. 그리고 한 사랑이 그 절대적 본질로 기억에 간직되는 것은 거의 언제나 불완전한 현실의 사랑이 저 짐승의 시체처럼 해체된 다음의 일이다. 현실의 불완전한 사랑은 이제 더이상 저 완전한 사랑을 가로막고 왜곡시키지 못한다. 그것이 기억의 신비다. 어디에도 천년 전의 소

---

3) Baudelaire, *Œuvres complètes I*, Gallimard, 1975, p. 30. 번역 필자.

나무, 만년 전의 소나무는 없다. 신라시대 금오산의 소나무와 '남산 위의 저 소나무'는 같은 소나무가 아니다. 그러나 금오산의 옛 소나무와 남산에 현재하는 소나무는 그 형식에서 동일하다. 현실이었거나 현실인 두 소나무, 따라서 불완전한 두 소나무 사이에는 그것들을 이어주는 기억이 하나 있다. 그리고 이 기억 속에 있는 소나무의 형식은 그 현실적인 제약을 벗어났기에 완전하다. 소나무의 "거룩한 본질"은 오직 기억 속에 있다. "가을바람에 온몸이 본디 그대로 드러난다 體露金風"는 운문 선사의 말을 여기 끌어와도 무방하겠다. 여름날의 무성한 나뭇잎은 나무의 몸체를 가리지만, 그 들떠 있던 이파리들의 흥분이 가을바람에 흩어질 때, 나무의 윤곽이 여실하게 나타나, 도의 본디 모습이 거기 있음을 알려준다. 뼈대로만 남은 것들의 힘이 그렇다.

사실을 말한다면, 보들레르는 무너지는 것들을 목도하면서만 그 본질을 보았던 것은 아니다. 그는 여전히 매혹적인 것들, 그 힘을 찬란하게 자랑하는 것들 앞에서도 그 덧없을 것들이 어떻게 "거룩한 본질"을 이 지상에서 구현하는 방법으로 구실하는가에 대해서도 생각했다. 그가 예술의 현대성을 정의하여 "현대성이란, 일시적인 것, 사라지기 쉬운 것, 우발적인 것으로, 이것이 예술의 절반을 차지하며, 예술의 나머지 반은 영원한 것과 불변의 것으로 되어 있다"고 말할 때, 그의 의도는 예술의 구성요소를 현대적인 것과 고대적인 것으로 이분하기보다는 오히려 일시적이고 우연한 현실 요소가 어떻게 영원과 불후의 표현이 될 수 있으며, 역으로 영구불변의 개념이 어떻게 현실의 사물을 통해 드러날 수 있는가를 말하려는 데 주안점이 있다. 물론 그 사이에는,—일시적으로 찬란한 것들과 묵묵하게 영원한 것들 사이에는—우리가 내내 말했던 저 무너짐과 사라짐의 계기가 있다. 보들레르에게서 이 무너짐과 사라짐의 실감은 대도시의 포도에서 발을 헛디디는 것과 같은 충격 체험으로 자주 나타난다. 서정주 시인이 「부활」에서 연이어 엇갈려가는 소녀들의 눈동자에서 고향의 죽은 처녀 '유나'를, 곧 '순간의 여자'를 보는 그런 체험이 여기 해당한다. 보들레르에 대해 여러 편의 이론적인 글을 썼던 벤야민은 랭보의 저 '치졸한 것'과 보들레르의 저 일시적인 것을 모두 아울러 알레고리라고 부른다. 무너지거나 무너질 것들의 찬란했던 거짓 모습과 그 신화는 진정한 신화의 유비이며, 진정한 유토피아의 알레고리라는 것이다. 본격적인 의미에서건 대중적인 의미에서건 예술품은 나뭇잎이 우거진 나무처럼 유기적 총체로만 남아 있을 때 근본적으로 불행한 세계를 행복한 세계로 왜곡하고, 인간을 짓누르는 신화적 힘을 부지불식간에 강화하는 한편, 신화와 억압받는 인간 사이에 거짓된 그만큼 변할 줄 모르는 조화를 끌어들인다. 우리가 「시체」에서 보는 것처럼 보들레르의 알레고리는 파괴적이다. 가지가지 신발명품들과 유행들, 과학적 진보의 온갖 약속들을 찢어발겨 고발하며, 시쓰기의 행위를 통해 자신을 괴롭힐 때(벤야민의 표현을 빌리자면 알레고리적으로 고행할 때), 잊어버렸던 전사前史의 기억이 확보되고, 거짓 신화 속에 내포된 진정한 신화의 약속이 드러난다고 주장한다. 헛된 잎사귀들 아래서 본디 몸체가 그렇게 현현하는 것이다.

같은 관점에서 오규원의 시 한 편을 읽는다. 어느 유명한 문학상의 수상자를 선정하는 자리에서 심사위원으로 참석한 원로 비평가 한 사람이 오규원의 시편 하나를 뽑아 읽으며 "이것을 시라고 할 수 있는가"라고 물었다는 이야기가 있다. 그 시편이 정확하게 어느 것인지는 알 수 없지만, 우리가 읽으려는 「칸나」도 그 비평가의 시 개념을 만족시키지 못했을 것이 분명하다.


칸나가 처음 꽃이 핀 날은

신문이 오지 않았다

대신 한 마리 잠자리가 날아와

꽃 위를 맴돌았다

칸나가 꽃대를 더 위로

뽑아올리고 다시

꽃이 핀 날은 아무 일도

일어나지 않고

다음날 오후 소나기가

한동안 퍼부었다[4]

나로서는 훌륭한 시라고 생각한다. 무너지고 해체된 다음에 드러나는 사물의 본디 모습이 이와 같을 것이다. 시는 간략하게 쓴 전원일기의 한 대목처럼 보이지만, 이 간략함 뒤에는 어떤 고행이 있다. 시인은 칸나꽃이 처음 핀 날 신문이 오지 않은 "대신" 잠자리 한 마리가 날아왔다고 쓴다. 물론 두 사실 사이에 직접적인 연관은 없을 것이다. 그러나 신문이 오지 않았기 때문에 잠자리를 눈여겨볼 수 있었다는 점에서 "대신"이라는 말은 합당하다. 신문이 오지 않음은, 더 정확하게 말해서 신문을 보지 않음은 나와 사물 사이에 관여하여 사물에 대한 나의 직관을 왜곡시키는, 사물을 내 시야에서 가리는 저 헛된 것들에 대한 마지막 파괴에 해당한다. 다시 꽃이 핀 날 이후 하루를 더 기다려야하는 것도 알레고리의 고행이다. 시인은 이 고행의 힘으로 한차례의 변혁처럼 찾아오는 소나기를 인간의 감성으로 온전하게 느끼게 된다. 사물 위에 인간의 문명이 들씌웠던 온갖 관념과 수식이 사라지고 이제 사물이 그 존재의 뼈대로만 나타난다. 그래서 「칸나」는 구상으로 그린 추상화가 된다. 그러나 다른 어떤 시인이 오규원을 흉내내어 비슷한 시를 썼다면 그것은 예의 원

---

4) 오규원, 『오규원 시전집 2』, 문학과지성사, 2002, 240쪽.

로 비평가가 주장했던 것처럼 시가 아니다. 오규원의 시는 시의 엑스레이 사진이기 때문이다. 우리가 일반사진기로 얼굴 사진을 찍는다면, 정면에서도 찍고 뒷면에서도 찍고, 찡그린 얼굴과 웃는 얼굴, 모자 쓴 얼굴과 화장한 얼굴, 두 손으로 가린 얼굴도 찍겠지만, 엑스레이 사진은 같은 시기에 두 번 찍을 필요가 없다. 사물의 본디 모습도, 진정한 신화의 약속도 단 하나가 있을 뿐이다.

# 절망의 시간 또는 집중의 시간

엘파소의 한 교회에서 결혼식 리허설을 하던 신랑과 신부가 총에 맞아 죽었다. 현장은 끔찍했다. 주례를 서려던 목사와 그 부인을 비롯한 하객 전원이 그들과 함께 다섯 명의 전문 킬러들에게 무참하게 살해되어, 희생자가 모두 열 사람에 이르렀으니 가히 집단학살이라고 부를 만했다. 그러나 실낱같은 목숨이 남아 있던 신부는 4년여의 코마 상태에서 깨어 일어나 그 살인자 다섯 사람을 차례차례 찾아내어, 피의 보복을 완수한다. 쿠엔틴 타란티노 감독이 2003년과 2004년에 출시한 영화 〈킬빌〉 전후 두 편의 대체적인 줄거리이다. 거의 모든 장면이 만화적 상상력에 의지하고 있고, 실제로 어떤 장면은 만화로 처리되기도 한 영화인만큼 비평적인 시선으로 그 현실성을 따진다는 것이 오히려 우둔한 일이 된다. 그러나 이런 유의 영화는 흔히 전체적으로는 비현실적이면서도 개별 장면은 극사실적으로 전개되어, 비평의식에서 해제된 관객을 의식의 뿌리까지 사로잡는다. 이를테면, 주인공 신부 역을 맡은 우마 서먼이 마비가 아직 풀리지 않은 몸으로 탈출하여, 절체절명의 시간에 엄지발가락을 움직이기에 성공하는 장면에서 관객은 그 결과를 뻔히 알면서도 숨길이 끊어지는 듯한 긴박감을 느낀다. 그와 비슷한 영화가 또하나 있다. 브루스 맬머스 감독이 1990년에 내놓은 영화 〈복수무정〉은 결투 장면의 현란함이나 잔인함에는 〈킬빌〉에 못 미치지만, 서사의 구조만 따진다면 그 원판이라고 평가할 만도 하다. 여기에서도 주인공은 오랜 코마 상태에서 기적적으로 벗어나 복수에 성공한다. 고위 정치가와 마피아의 살인음모 장면을 녹화한 후 관련자들을 검거하려던 주인공 경찰이 도리어 부패한 경찰과 범죄 집단의 습격을 받아 가족과 함께 살해된다. 그러나 이 영화의 주인공 역시 마지막 숨결을 놓지 않고, 7년간을 식물인간으로 버티다 마침내 의식을 회복한 다음 범죄자들을 차례차례 처단한다. 스티븐 시걸이 주역을 맡았다.

복수의 성공을 위해 두 영화의 주인공이 각기 몰입하는 교육과 훈련의 과정에도 비슷한 점이 많다. 〈킬빌〉의 우마 서먼은 쿵후의 대가인 파이메이에게서 이미 '신비로운' 동양무술을 전수받은 바 있으며, 죽음에서 깨어나 몸과 마음을 추스른 후에는 은퇴한 일본의 도검 제작자에게서 칼을 얻고 그의 도움으로 또다시 검술의 오의를 터득한다. 불사신의 경지에 오른 그녀는 수

십 명의 야쿠자 검객을 단신으로 대적하여 그들 모두에게 치명상을 입히기도 하고, 산 채로 땅속에 파묻혀서는 놀라운 완력을 발휘하여 관과 무덤을 뚫고 나오기도 한다. 〈복수무정〉의 스티븐 시걸이 의지하는 것도 동양의 '신비로운' 힘이다. 그는 죽음의 병상에서 탈출한 후 중국식과 일본식이 반반으로 섞인 대저택을 은신처로 삼아, 참선으로 마음을 다지고, 동양의 의서와 병서를 기반으로 괴력을 연마한 후 복수의 길에 나선다.

그들의 이야기는 매우 기이하지만, 사실 복수의 서사에서 죽음의 체험에 관통된 삶이라는 주제는 결코 새로운 것이 아니다. 소설에서, 그리고 영화에서, 수많은 표절작을 거느리고 있는 알렉상드르 뒤마의 『몽테크리스토 백작』은 산 자의 억울함과 죽은 자의 복수라는 주제의 원형처럼 보인다. 주인공 에드몽 당테스는 음모자들의 무고를 받아 억울한 죄를 둘러쓰고 외딴섬의 감옥에 갇힌다. 그는 이미 11년간 그 감옥에 갇혀 있던 파리아 신부에게서 막대한 보물인 은닉된 해저동굴의 지도를 얻었을 뿐만 아니라, 또한 그에게서 종교와 근대과학과 무술에 걸쳐 그 당시로서는 가장 완벽하다고 해야 할 교육과정을 이수한다. 복수를 결행하기 전에 그의 생애도 역시 죽음이 한번 가르고 지나간다. 그는 죽은 신부의 주검을 담게 될 관에 대신 들어가는 방식으로, 제 산 몸을 주검으로 만드는 방식으로 섬을 탈출한다. 이 죽음이 상징적일 뿐이라고 말하기 어려운 것은 그가 관

밖으로 나와서도 주검으로 살기 때문이다. 막대한 재물과 육체적·정신적 힘을 소유하고 엄밀하게 계획된 복수를 진행하는 과정에서 그는 수많은 파티를 열지만 그가 식사하는 모습을 본 사람은 아무도 없다. 그의 얼굴에는 표정이 없다. 그의 심복들은 그가 숨도 쉬지 않는 것 같다고 생각한다. 그는 유령과 같다. 그는 벌써 유령이기에 두 번 다시 죽을 수 없는 무적의 존재가 된 것처럼 일말의 실수도 없이 복수의 예봉을 적들의 심장에 들이민다.

그는 유령이면서 동시에 산 자이기에 제 손으로 복수를 감행하지만, 유령은 원칙적으로 물리적 수단이 결여된 탓에 다른 사람의 손을 빌리는 것이 서사의 전통이다. 셰익스피어의 『햄릿』이야말로 유령 복수담의 전형이다. 이 비극을 복수의 서사라는 관점에서만 본다면 악인들의 음모에 비명횡사한 왕이 죽음 뒤에 원수를 처단하는 이야기로 환원된다. 〈킬빌〉과 『햄릿』의 차이는 구조적으로만 본다면 흔히 생각하는 것만큼 크지 않다. 영화와 소설에서는 억울하게 희생된 주인공과 죽음의 역경 뒤에 복수를 결행하는 주인공이 동일한 인물인 반면에 셰익스피어의 비극에서는 복수의 주체가 살해당한 아버지와 복수하는 아들로 분리되어 있을 뿐이다. 이 점은 우리의 고대소설 『장화홍련전』에서도 마찬가지다. 억울한 누명을 쓰고 연못에 몸을 던지게 되는 장화와 홍련 자매는 귀신이 되어 나타나 고을 원에게 청원하여 복수를 의뢰한다. 『햄릿』에서 햄릿의 역할을 여기서는 고을 원이 대신하는 셈이다. 이렇게 〈킬빌〉에서 『장화홍련전』까지, ─귀신만이 가능한 현란한 무술에서부터 슬픈 귀신의 절망적인 청원에 이르기까지─복수의 주체는 어김없이 귀신이다. 그래서 이 이야기들의 주제는 우리에게 낯설지 않은 단 하나의 문장으로 환원된다. "내 죽어 귀신이 되어서라도 이 원한을 갚고야 말리라."

그러나 복수는 성공하는가. 희생자들은 복수를 실천하기 위해 죽음 뒤로 삶을 연장하려 하지만, 그러나 죽음과 삶을 연결한다는 것은 얼마나 어려운 일인가. 장화와 홍련이 귀신이 되어 나타났을 때 고을 원들은 이 초현실적인 존재들을 쉽게 영접하지 못한다. 어둠을 뚫고 찾아온 혼령을 보고 그들은 혼이 나가 차례로 죽는다. 죽음과 삶의 거리가 그렇게 멀다. 비통한 자매의 귀신은 마침내 용감한 원님을 만나 소원을 성취하고 다른 몸으로 다시 태어나기까지 하지만 그것이 사실일 수 없다는 것은 누구나 알고 있다. 햄릿은 아버지의 유령을 어렵지 않게 만나지만 복수를 결행하기 전까지 오랫동안 회의하고 주저할 뿐만 아니라 자신에게 가장 귀중한 사람을 잃고, 끝내 자기 목숨까지 내놓는다. 복수는 그의 죽음으로만 완성된다. 몽테크리스토 백작과 저 두 영화의 주인공들도 다르지 않다. 그들은 형식상 죽음 이전의 삶을 죽음 이후의 삶에 연결하고 있지만, 실상은 그 동일성에 심각한 변화를 겪는다. 백작은 재산이라기보다는 차라리 재산의 유령을 이용하여, 원한이라기보다는 차라리 원한의 유령을 품고, 기계처럼 치밀하게 복수의 계획을 진행하는 인간, 시체 인간이 되며, 〈킬빌〉의 우마 서먼과 〈복수무정〉의 스티븐 시걸은 제가 살던 땅에서 다른 땅의 인간으로 산다. 이들 두 주인공은 실제의 동양과는 거리가 먼 '신비로운 동양'의 무술 달인이 되어서만, 사무라이가 되고 닌자가 되어서만, 사람이 아닌 사람이 되어서만, 환상적인 복수에, 아니 더 정확하게 말한다면 복수의 환상에 성공한다. 그래서 장화·홍련에게서와 마찬가지로 우마 서먼과 스티븐 시걸에게도 복수는 불가능한 것이었다고 말해야 한다.

심리학자들이라면, 이 복수의 환상을 두고, 원한으로 제 창자를 끊으며 한 생애를 살아야 하는 사람들의 보상심리에 대해 말할 것이다. 상상적 위안이 정신의 균형에 어떻게 도움이 되는지 말할 것이다. 역사학자들이라면 오늘의 개인적 패배와 희망하는 미래의 역사적 승리에 대해 말할 것이다. 개인은 지금 이 시간에 저주의 비명을 지르며 죽어가지만 역사는 그 개인들에게 또하나의 삶을 만들어주며 '천고의 뒤에' 승리한다고 말할 것이다. 그러나 시인은 그렇게 말하지 않는다. 시의 목표는 위안과 보상이 아니라 새로운 삶의 창조와 개척이라고 말할 것이다. 지금 이미지라도 그려놓지 못한 길은 미래의 역사도 밟을 수 없다고 말할 것이다. 시는 포기하지 않는다. 사람들은 우리의 생명과 그 생명의 극치인 정신이 온갖 시도로 이 세상의 물리적 법칙을 극복하려 하지만 그것이 진정으로 극복되는 순간은 생명도 정신도 무화되는 허무의 지점이라고 말한다. 죽음 뒤로 넘어가는 삶은 없다고 사람들은 말한다. 그러나 말할 수 없는 것을 말할 수 있게 되는 순간이 있으며, 그 전망 속에 시가 있다고 주장하는 사람들은 생명과 정신을 지배하는 물리적 법칙이 거꾸로 생명과 정신에 지배되는 순간이 있다고 믿는다. 시가 그 순간을 실제로 누리는 것이 아니라고 하더라도, 시의 말이 어떤 경계의 시간에 솟아오르는 것은 사실이다.

불교의 지혜가 한 소식의 시간이라고 말하고, 기독교인들이라면 은총의 시간이라고 말할 이 특별한 시간을, 앞에서 말했던 영화들은 지극히 통속적이지만 그 코마 상태로 알레고리 하고 있는 것은 아닐까. 머리에 총을 맞은 인간이 4년 또는 7년의 코마 상태에서 다시 깨어난다든지, 그 이전과 이후에 백지 한 장의 간극도 없이 정신과 감정에 일관성을 유지한다는 것은 불가능한 일에 가깝다. 코마 상태는 서사 구조에서 죽음과 삶을 잇는 평계에 불과하지만, 그들의 소생이 그만큼 기적에 가까운 것이 되기도 하기에, 그들이 가까스로 죽음을 모면했다기보다는 차라리 죽음이 한번 그들의 삶을 가르고 지나갔다고 말해야 할 것이다. 칼에 베인 물처럼 죽음으로 갈라진 삶이 다시 이어진다. 조르주 바타유가 『에로티즘』에서 말하는 단세포생물의 무성생식 과정이 이와 같다. 단세포생물은 더이상 삶을 지속할 수 없을 만큼 충만한 상태에 이르러 하나가 둘로 갈라진다. 새로 탄생한 두 세포는 저마다 최초의 세포와는 다른 세포이면서 저마다 그 최초 세포의 삶을 잇는다. 그 사이에 죽음의 관통이 있다. 죽음은 다시 이어지는 삶의 한 과정일 뿐이다.

초현실주의자들은 죽음이 일종의 잘못된 가정일 뿐이라고까지 생각한다. "죽음이라 불리는 허수아비, 저세상이라 불리는 음악 카페, 잠 속으로 무너지는 지극히 아름다운 이성의 난파, 미래라는 이름을 짓누르는 커튼, 바벨탑, 단단하지 못한 거울, 뇌수를 뒤집어쓴 뛰어넘을 수 없는 은벽銀壁, 이들 인간적 재난의 너무나 강렬한 이미지는 필경 이미지일 뿐이다. 삶과 죽음이, 현실계와 상상계가, 과거와 미래가, 소통 가능한 것과 소통 불가능한 것이, 높은 것과 낮은 것이 모순적으로 감지되기를 그치는 정신의 어떤 한 점이 존재한다고 모든 것이 믿게 한다." 앙드레 브르통이 『초현실주의 선언 Manifeste du Surréalisme』에 쓴 말이다. 죽음 뒤에 삶이 있다면 그것은 영검 없는 "허수아비"의 삶일 뿐이라고 세상 사람들은 생각한다. 잠 속에서 꾸는 꿈이 아무리 아름다워도 그것은 이성이 약화된 결과일 뿐이라고도 말한다. 현실계와 상상계의 장벽에 무모하게 뛰어든 자는 제 깨뜨려진 뇌수를 그 단단한 "은벽"에 칠할 수 있을 뿐이라고 사람들은 경고한다. 그러나 초현실주의자들이 보기에 이런 섣부른 단정은 나태한 정신의 알리바이에 불과하다. 초현실주의자들이 죽음과 삶이 합치하는 "정신의 어떤 한 점"을 말할 수 있었던 것은 무엇보다도 우리 정신의 밑자리이면서도 우리의 의식에 의해 통제되지 않는, 따라서 우리의 자아이면서 타자인 무의식을 뒷배로 삼고 있기 때문이다. 중요한 것은 모순된 것들이 지양되는 정신의 어떤 한 점을 발견하기 전에 정신을 먼저 한 점에 모으는 특별한 종류의 집중이다.

또다시 복수 테마의 현대적 소설과 영화에 관해 이야기한다면, 물론 통속적인 수준에서이지만 이 집중의 시간에 대한 개념이 거기에도 없지 않다. 사실 이들 소설과 영화에서 독자와 관객의 마음을 사로잡는 것은 아슬아슬하고 마술에 가까운 혈전보다도 그들 주인공에게 초인적인 능력을 확보해준 어떤 인연에 있을지 모른다. 그들은 저마다 특수 교육을 받는다. 이야기의 전통에서 이 교육은 연원이 깊다. 무협소설의 협사가, 또는 무훈담의 방랑 기사가 역경 속에서 외롭게 헤매는 숲은 그가 모험을 벌이는 자리이기 이전에 전대미문의 초인적인 힘을 만나 그것을 제 몸속에 끌어들이는 자리이다. 그들은 그 힘을 통해, 낭비하였던 지난날의 시간을 회복하고 위기에 몰린 제 삶을 구원한다. 『몽테크리스토 백작』의 에드몽 당테스의 이야기는 저 '신비로운 교육'의 성질을 우리에게 잘 설명해준다. 주인공은 그 막대한 보물의 지도를 획득하는 시간과 집중적으로 최상의 교육을 받는 시간은 같은 시간이다. 그가 억울하게 파괴된 과거의 삶을 일거에 회복하는 순간이다. 그에게 교육은 그 환상의 보물과 마찬가지로 횡재에 속한다. 그러나 그의 행운은 파리아 신부를 만났다는 것이 아니라, 극도의 역경 속에서 만났다는 것이며, 그래서 축지하듯 시간을 거머잡을 수 있었다는 것이다. 〈복수무정〉의 주인공이 만난 행운은 그가 동양풍의 신비로운 집에 인도되었다는 것이 아니라 그 은신처를 자기 집중의 장소로 이용할 수 있었다는 것이다. 〈킬빌〉의 우마 서먼에게 찾아온 행운은 그녀가 파이메이의 제자라는 것이 아니라, 스승에게서 완전히 전수하지 못한 내공을 처절한 고난 속에서 자기 집중에 의해 완성할 수 있었다는 것이다. 그러나 어떻게 집중하는가. 역경은 모두 죽음과 삶을 가로지르는 결사의 집중으로 통하는가. 따지고 보면 집중이 신비로운 힘을 얻어준다기보다 집중할 수 있는 계기 자체가 신비에 속한다. 시는 모순되는 것들의 경계를 뚫는 집중의 기술이다.

초현실주의자들이 모순의 지양과 합류를 말하기 반세기 전에 벌써 보들레르는 당대의 사회에 대한 지극히 사실적인 진술로 죽음을 삶에 포함하고 그것을 생명력으로 살아가는 사람들에 대해 이야기했다.

우리를 위로하고 살게 해주는 것은, 슬픈지고! 죽음이다.

죽음은 삶의 목적이자, 유일한 희망,

선약처럼 우리에게 원기를 주고, 우리를 취하게 하여,

우리에게 저녁때까지 걸어갈 용기를 준다.


폭풍을, 눈을, 서리를 가로질러,

그것은 우리의 캄캄한 지평선에 깜박거리는 불빛.

그것은 책에 적혀 있는 그 이름난 여인숙,

거기서는 먹고 자고 앉을 수 있으리.


그것은 자력을 띤 손가락 속에

잠과 황홀한 꿈의 선물을 쥐고 있는 천사,

가난하고 헐벗은 사람들의 잠자리를 다시 살펴준다.


그것은 신들의 영광, 신비의 다락방,

그것은 가난뱅이의 돈지갑이자 그의 옛 고향

그것은 미지의 하늘나라를 향해 열리는 회랑.

　　　—「가난뱅이들의 죽음La Mort des Pauvres」 전문[1]

---

1) Baudelaire, *Œuvres complètes I*, Gallimard, pp. 126~127. 번역 필자.

보들레르가 말하는 가난뱅이들의 죽음은 삶의 포기가 아니다. 초극되기는커녕 도리어 그 정점에 이른 이 세상의 욕망이, 육체를 벗어버리고 저 무덤 뒤에서나 보게 될 찬란한 빛을, 이세계와 저 세계의 접경에 끌어모으는 순간이다. 그것은 대도시의 일상생활 속에서 상처 입은 그 주민이 세계와 자아의 "어떤 어둡고 그윽한 통일"(보들레르의 시 「만물조응」)을, 무의식적인 경험과 기억의 온축에 의해서가 아니라, 물질화되는 시간의 조바심 속에서 선취하는 순간이다. 그들의 삶에는 저 죽음으로 갈라진 두 삶이 하나로 겹쳐 있다. 삶이 곧 죽음을 걸어놓은 절망적이면서 영웅적인 투쟁일 수밖에 없는 프롤레타리아적 삶의 정황에 대한 이 깊은 인식은 육체적 감각의 절망적이고 영웅적인 소모에 의해서만 한 줄의 시라도 쓰게 될 자본주의 사회의 시인에게 특이한 감수성 하나를 얻어준다. 그것을 집중력의 감수성이라고 불러도 무방하다. 보들레르를 비롯한 근대 시인들에게서 당대의 생활을 그린 사실적 기술이 은유와 상징의 깊이를 얻게 되는 힘이 바로 이 감수성을 통해 확보된다.

윤동주 시인의 유작에는 한 편의 처연한 동요가 들어 있다.

태양을 사모하는 아이들아
별을 사랑하는 아이들아

밤이 어두웠는데
눈감고 가거라.


가진 바 씨앗을
뿌리면서 가거라.


발부리에 돌이 채이거든
감았던 눈을 와짝 떠라.

—「눈감고 간다」 전문[2]


　식민지 백성의 삶이 그렇듯이, 어떤 날카로운 기획도 결국
은 궁지에 봉착하고, 앞을 향해 한 걸음 발길을 떼는 일이 어렵
다면, 주어진 세계를 부정하고 다른 세계를 열 수 있는 방법을
상상해야 한다. 벌써 그 세계에 들어가 있는 사람이 있다면, 그
두 세계를 연결했던 길이 환하게 보이겠지만 협소한 세계에 길
든 정신으로 더 넓은 세계를 전망한다는 것은 쉬운 일이 아니
다. 시적 상상력은 어떤 특별한 감수성의 시간에 저 경계 밖의
세계, 이를테면 미래 세계에서 이 세계를 바라보듯이 이 세계를
바라본다. "발부리에 돌이 채"일 때 "감았던 눈을 와짝" 뜨는 아

　2) 윤동주, 『윤동주 자필 시고전집—사진판』, 민음사, 1999, 328쪽.

이는 집중의 힘에 의지하여 어둠 속에서 벌써 다른 세계의 빛으로 이 세계를 보는 아이이다. 그가 내디딜 어둠 속의 발걸음은, 불교식으로 말한다면, 백 척 장대 꼭대기에 서 있는 자가 앞을 향해 한 걸음을 떼어놓는 그 발걸음과 같다. 이 세상의 어둠은 저 세상의 빛이며, 이 세상의 허공은 저 세상의 길이다. 저 복수의 대중물들이 코마 상태로밖에는 표현할 수 없었던 어떤 계기가 바로 거기 있다.

한때 비상한 상상력과 낯선 어법으로 시단을 놀라게 했으나 이제는 동면 상태에 들어가 있는 박서원이 같은 감수성으로 더 극적인 시 한 편을 썼다. 다음은 그의 시집 『난간 위의 고양이』(세계사, 1995)에 수록된 시 「門으로 가는 길」의 전문이다.

적막,


모든 육신의 뚜껑을 열고
모든 소리를 들어야 하리
나뭇잎 세포가 시들어가는
떨림까지라도
말갈퀴는 고요히 눈보라치고
마부는 눈이 멀어
마을로 가는 입구는 넓다

이 모두를 잿더미로 끌어안고

적막,
모든 목소리를 들어야 하리

시인은 인간의 힘으로는 쉽게 접근할 수 없는 어떤 문 안으로 들어가려 하며, 그 도정을 서술한다. 그 문은 특별한 깨달음을 위한 진리의 문일 수도 있고 종교적 구원의 문일 수도 있다. 시인은 인간이 가청할 수 있는 모든 소리를 물리쳐 "적막"의 상태로 돌린 다음 "육신의 뚜껑을 열고" 다른 감각을 가동하여 "나뭇잎 세포가 시들어가는 떨림" 같은 들을 수 없는 소리를 들음으로써 그 문을 열 수 있을 것으로 생각한다. 이 시는 "문 열어라 꽃아. 문 열어라 꽃아"라고 읊는 서정주의 「꽃밭의 獨白—娑蘇 斷章」을 생각나게 하는 점이 많다. 두 시는 모두 절대적 진리, 절대적 구원의 문과 대면하고 있는 화자를 보여준다. 박서원의 시는 인간적 지각능력의 한계 밖에 그 세계를 두고 있고, 서정주의 시는 세속적 관심사를 넘어선 곳에 그 세계를 위치시킨다. 그러나 그 문에 대한 두 시인의 태도는 사뭇 다르다. 서정주의 화자는 그 세계 앞에서,

물낯 바닥에 얼굴이나 비취는

헤엄도 모르는 아이와 같이

나는 네 닫힌 문에 기대 섰을 뿐이다.


　화자는 단지 문에 기대설 수 있는 처지로 자신의 한계를 설
정함으로써 두 세계의 경계를 분명히 한다. 시의 말미에서 시인
은 "벼락과 海溢만이 길일지라도"라는 말을 쓰지만, 이 벼락과
해일은 문이 열린 다음의 일이다. 이 문은 열리지 않는다. 그러
나 문이 열리지 않음으로써 문 뒤의 세계는 더욱 거룩하고 깊은
세계가 되며, 그 세계의 깊이가 문밖에 서 있는 시인의 깊이를
보장해준다. 시인은 이 세계에 머물러 있지만 삶에 대한 명상과
침잠, 사물에 대한 관조의 깊이로 문 뒤의 세계에 대한 신앙을
고백한다. 반면에 박서원의 시는 그 세계에 대한 진입을 시도하
며, 문 뒤의 세계에 대한 깊이를 말하는 대신 그 세계에 접근하
는 자의 감각의 깊이에 대해 말함으로써—적막 속에서 가청권
밖의 소리를 듣고 장님이 되어 비가시적 세계를 봄으로써—그
세계의 절대성과 깊이를 짐작하게 한다. 명상적 거리 두기와 감
각적 실천이 대비된다고 말해야겠다. 감각의 시인은 "마부는 눈
이 멀어/마을로 가는 입구는 넓다"고 자신감을 표현하지만, 그
문 안으로 정말로 진입할 수 있을지는 알 수 없다. 마지막 시구
가 "모든 목소리를 들어야 하리"라는 다짐으로 끝나고 있기 때
문이다. 여기에 감각의 불안이 있고 비극감이 있다. 그러나 시

인은 그 불안이 잊힐 때까지 제 감각에 상처를 낼 것이다. 사물을 관조함으로써 얻는 명상의 깊이와 육체적 실천에 뒤따를 비극감의 깊이 가운데 어느 쪽을 선택하느냐가 현대시를 바라보는 관점을 결정짓는다고 말할 수도 있겠다. 그 차이는 용서하는 자와 절치부심하는 자의 차이라고 할 수도 있겠다.

이 '절치부심'이라는 말과 관련하여, 랭보의 산문시 한 편을 더 읽기로 한다. 『일뤼미나시옹』의 산문시 「야만인Barbare」의 전문이다.


나날과 계절들이, 인간들과 나라들이 멀리 사라진 뒤에,

피 흘리는 고깃덩이의 깃발, 북극의 바다와 꽃들로 짠 비단 위로 펼쳐지고; (바다와 꽃, 그런 것은 실재하지 않는다.)

영웅심을 고취하는 해묵은 팡파르에서 풀려나―그 곡조가 아직도 우리의 가슴과 머리를 공격하는구나―옛날의 암살자들에게서 멀리 떨어져―

오! 북극의 바다와 꽃들로 짠 비단 위에 피 흘리는 고깃덩이의 깃발; (바다와 꽃, 그런 것은 실재하지 않는다.)

감미로움이여!

서리의 돌풍 속에 타오르는 숯불들,―감미로움이여!―우리를 위해 영원히 탄화하는 地心이 내던지는 다이아몬드의 비바람 속에 쏟아지는 불길.―오 세계여!―

(들을 수도, 느낄 수도 있는, 해묵은 은둔지와 해묵은 불길에서 멀리 떨어져,)

타오르는 숯불과 거품. 음악은, 심연의 소용돌이이며 얼음덩이와 별의 충돌.

오 감미로움이여, 오 세계여, 오 음악이여! 그리고 거기, 형태와 땀과 머리카락과 눈동자들, 떠돌고, ─오 감미로움이여!─ 그리고 극지의 화산과 동굴의 밑바닥에 날아든 여자의 음성.

깃발은……


한 세계가 멸망한 뒤에, 그래서 마치 태고처럼 다른 세계가 시작하는 시점에서 "야만인"은 제 가죽으로 깃발을 만들어 저 푸른 바다를 향해 내건다. 한 문명이 끝난 자리에서 여전히 그 문명의 잔영에 간섭받는 자기 자신을 처단하는 것이다. 이 자기처단은 한 세계에서 다른 세계로의 진입을 가로막기 위해 두 세계 사이에 온갖 이미지의 울타리를 만들었던, 그래서 그의 정신을 이 세계에 묶어두었던 저 낡은 세상에 대한 복수와 같다. 산문은 이 세계를 모시고 저 세계로 간다. 시는 이를 갈고 이 세계를 깨뜨려 저 세계를 본다. 복수는 무정하다.

# 젊은 세대의 시와 두 개의 감옥

현금의 한국 시단에서는 두 개의 이데올로기가 날카로운 싸움을 벌이고 있다. 그 갈등의 한편에는 전통적 서정에 뿌리를 두고 인간과 세계 사이의 조화로운 음조를 발견하려는 시가 있으며, 다른 한편에는 혼란스럽고 이른바 '해체적'인 언어 형식으로 시적 성상들을 파괴하고 새롭고 낯선 서정을 돌출시키려 하는 시가 있다. 이 갈등은 형식과 방법상의 차이를 넘어서서 시의 본질 자체를 문제삼는 성격을 지니고 있기에, 우리가 어느 편을 들든지 간에, 우선 그에 대한 이해를 얻어내려는 노력에 한국시의 미래가 걸려 있다고 해도 지나친 말이 아닐 것이다.

그러나 이 갈등은 한국의 시에만 해당되는 것도 아니고 우리 시대에만 국한된 것도 아니다. 이미 150년 전에 보들레르가 산문시집 『파리의 우울』을 기획할 때, 그것은 이 논쟁의 시발점을 마련하는 것이나 같았다. 그는 산문시집의 서문에 해당하는 글에서 "리듬도 각운도 없이 음악적이며, 혼의 서정적 약동에, 몽상의 파동에, 의식의 경련에 적응할 수 있을 만큼 충분히 유연하고 충분히 거친, 어떤 시적 산문의 기적을" 말했다. 보들레르가 꿈꾸었던 "리듬도 각운도 없이 음악적이며 시적인 어떤 산문"은 바로 시의 틀을 벗어나서 시를 실천하는 그런 종류의 언어체계이다. 이 산문의 시적 성격이라는 것은 현대적 의식의 특수성 내지는 그 시적 상태를 직관할 수 있는 자질과 다른 것이 아니기 때문이다. 그것이 유연하다는 것은 그 직관의 적용과 표현을 섬세하게 실천하는 능력이 그렇다는 것이며, 그것이 거칠다는 것은 그 특수성을 부질없는 문학적 장치로 감싸거나 가리지 않고 거기에 직접 대결하려는 용기가 그렇다는 것이다. 그런데 보들레르는 산문시가 또한 음악적이어야 한다고 말한다. "리듬도 각운도 없이" 얻어지는 음악은 수상쩍고도 무의미한 무슨 '내재율' 같은 말로 설명될 수 있는 것이 아니라, 선율과 화음을 넘어서는 어떤 새로운 음악, 노래가 아닌 음악, 그 음악적 정신으로만 남은 음악의 개념을 차라리 문제삼는다. 시의 본원이 음악에 있다는 점을 상기한다면, 시의 음악성에 대한 이 새로운 개념은 시어의 개념을 문제삼고, 더 나아가서는 시의 개념 자체를 문제삼는 결과가 된다.

이 개념에 따른다면 "시"는 일정한 형식을 지닌 언어체계 이전에 존재할 뿐만 아니라, 극단적인 표현을 빌린다면 "언어 이

전"에 자리를 잡는다. 이때 시는 어떤 사상과 감정이 언어로 표현된 결과가 아니라, 그 표현을 가능하게 하고 그 추동력이 되는 "시적 상태"에 강조점이 주어지기 때문이다. 보들레르 이후 "현대시는 언어의 국경을 넘어선다"는 말을 자주 듣게 되는데, 이 역시 시와 언어의 전도된 관계에 대한 새로운 성찰을 요구한다. 재래의 시가 의지해온바 말의 음영, 섬세한 음조, 박자와 압운의 체계 등의 시적 장치는 모국어적 직관에 의하지 않으면 파악될 수 없고, 따라서 외국어로 번역되기 어렵지만, 언어 이전에 인간적 직관에 의존하는(특정한 언어집단 밖의 타자의 목소리에 의존하는) 마음의 시적 상태는 번역된 텍스트에서도 충분히 감지될 수 있다는 뜻으로 풀이될 수 있는 말이다.

한국의 현대시사에서 시적 서정의 개념을 둘러싼 여러 갈등의 중심에 서 있었고, 여전히 그 논의의 중심에서 벗어나지 않는 김수영이 "모국어 속에 들어 있는 외국어성"이라는 표현을 사용하며, 이 외국어성을 들어올릴 수 있을 때 하나의 새로운 서정이 성립된다는 뜻의 말을 할 때도, 그것은 위의 내용과 같은 맥락을 지닌다. 김수영은 덤덤하거나 주눅들어 있던 감정이 갑자기 특별한 성질을 띠고 확장 심화되거나 고양되는 순간, 낯익고 때로는 구질구질하게 느껴지던 일상어가 외국어와도 같은 낯선 물질감을 띠며 떠오를 때 한 편의 서정시가 성공한다고 보았다. 말의 형식 속에 내용이 담기는 것이 아니라, 마음의 특별한 시적 상태가 말에 새로운 시적 가치와 새로운 형식을 주며 일어서는 것이다.

김수영의 여러 면모 가운데서도 모더니스트로서의 김수영은 그의 시작활동과 이론투쟁을 통해 시적인 말과 비시적인 말 사이의 차이를 없애고 시의 형식을 개방하는 데에 크게 영향을 미쳤다. 실제로 이후 한국시에는 결코 시가 될 수 없을 것처럼 판단되던 말들이 시작에 끼어들어와 시의 형식을 돌이킬 수 없을 정도로 깨뜨렸다. 1980년대에 한국시에 적잖은 파장을 일으킨 최승자의 시에서 일단의 예를 볼 수 있을 것이다. 다음은 그의 시집 『즐거운 日記』(문학과지성사, 1984)에 수록된 시 「Y를 위하여」의 마지막 대목이다.

올챙이꼬리 같은 지느러미를 달고.
　나쁜 놈, 난 널 죽여버리고 말 거야
　널 내 속에서 다시 낳고야 말 거야
내 아이는 드센 바람에 불려 지상에 떨어지면
내 무덤 속에서 몇 달간 따스하게 지내다
또다시 떠나가지 저 차가운 하늘 바다로,
올챙이꼬리 같은 지느러미를 달고.
오 개새끼
못 잊어!

발표 당시 이 시는 사랑에 실패한 한 처녀의 낙태를 주제로 삼고 그것을 시인이 자기 목소리로 이야기하고 있다는 점에서 충격적이었지만, 시 전체가 흔히 시적 장치라고 부를 수 있는 것들을 외면하고 벌거벗은 언어의 상태로 놓여 있다는 점에서도 충격을 주었다. 마치 육체라는 이름의 활시위에 걸린 화살처럼 말이 이렇게, 상징이나 비유 같은 특별한 문채文彩에 의지함이 없이, 도발적으로 솟구쳐나오는 예를 이전의 시에서는 쉽게 발견할 수 없다. 시인의 지성은 언어를 조직하고 검열하는 데에 사용되는 것이 아니라 오히려 언어를 밀어올리는 힘이 되고 있다. 물론 이 시에 상징에 해당하는 것이 전혀 없는 것은 아니다. "내 무덤"의 무덤은 낙태시킨 아이가 잠시 머물렀던 자궁이기도 하지만, 품에 안지 못한 아이를 추억하는 시인의 기억 능력이며, 그 아이와 함께 지내지 못할 화자의 삶이다. 그러나 이 상징은 지적으로 조작된 것이라기보다 무덤 같은 기억의 체험, 무덤 같은 삶의 체험에서 곧바로 뛰어나온 것이기에, 무덤 속의 죽음을 언어의 활력으로 바꿔놓는다는 점에서 특이한 인상을 남긴다.

최승자의 언어가 지닌 이 특징은 1990년대 이후에 등단하였거나 활동하였던 시인들에게서 변주되었거나 변모된 모습으로 다시 발견된다. 무엇보다도 그들의 시어가 마음의 특별한 상태에서 곧바로 일어선 언어라는 점에서, 비유나 상징 같은 시적 장치들을 지적 조작에 의해서 얻기보다, 그것들을 만든다는 생각도 없이 그것들을 하나의 삶으로 살고 있다는 점에서 그렇다. 그들에게 비유나 상징은 그런 언어 장치나 언어 코드가 아니라 그 자체로서 현실이다. 이 점을 전통적 서정시와 대비하여—특히 전통적 서정의 구현에 뛰어난 성공을 거두었던 서정주의 시와 대비하여—살펴보기로 한다.

두 언어는, 한쪽이 명상적 세계에 대한 신앙고백이라면, 다른 한쪽은 감각의 깊이에 의지한 다른 삶의 전망이라는 점에서 우선 대비된다.

다음은 진은영의 시집 『일곱 개의 단어로 된 사전』(문학과지성사, 2003)의 첫번째 시 「모두 사라졌다」의 전문이다.

위대한 악을 상속 받았던 도둑들은 모두 사라졌다
밤[夜] 속에 가득하던 전갈들도

혼자 바닷가를 걷다가
바위와 바위 사이 구멍에 끼인 발

부어올라 빠지지 않는,
밀물이 들어오는 시간

검은 비닐봉지조차 가끔은
주황 지느러미가 빛나는 금붕어를 쏟아낸다

어떤 표정을 지어야 할까? 이런 예언을 듣고,
모든 표정이 사라지는 한밤중에

이 시는 패배를 모르는 악과 고통이 갑자기 사라지고, 목숨
이 걸려 있는 절체절명의 시간에도 "검은 비닐봉지조차 가끔
은/주황 지느러미가 빛나는 금붕어를 쏟아"내듯 황홀한 희망과
만날 수 있다는 예언을 전한다. 서정주에게도 음울한 시간을 헤
치고 희망을 전망하는 시가 많다. 「密語」(『미당 시전집 1』, 민음
사, 1994)도 그 가운데 하나다.

순이야. 영이야. 또 돌아간 남아.

굳이 잠긴 잿빛의 문을 열고 나와서
하늘가에 머무른 꽃봉오릴 보아라.

한없는 누에실의 올과 날로 짜 늘인
채일을 두른 듯, 아늑한 하늘가에
뺨 부비며 열려 있는 꽃봉오릴 보아라.

순이야. 영이야. 또 돌아간 남아.

저,
가슴같이 따뜻한 삼월의 하늘가에
인제 바로 숨쉬는 꽃봉오릴 보아라.

이 시는 죽음과도 같은 음울함 속에 갇혀 있는 아이들에게 봄하늘을 배경으로 피어 있는 꽃을 가리키며 부활의 은밀한 희망을 전하고 있다. "순이야. 영이야. 또 돌아간 남아."—음산한 겨울 하늘을 차례차례 깨뜨리듯 음성모음에서 양성모음으로 옮겨가는 이 호격들, 봄하늘과 꽃봉오리가 어울려 이루는 정경을 비단 폭처럼 아름답고 선을 있게 짜인 언어들이 자연에 대한 지혜로운 시선을 만들어내고 생명의 희망에 대한 비밀스러운 주술을 만들어낸다. 요컨대 잘 만들어진 말이 희망을 조직한다. 반면에 진은영의 시에서 희망은 말과 함께 조직된다기보다 하나의 이미지와 함께 불쑥 내던져지듯 튀어나온다. 게다가 진술과 진술 사이의 생략이 심해서 이 돌출성이 더욱 두드러진다. 말이 희망의 서정을 창출하는 것이 아니라, 오히려 문득 희망을 돌출해내는 마음의 시적 상태가 "검은 비닐봉지" 같은 말에 시적 자질과 깊이를 부여한다. 절망 속에서 희망 만나기는 문학의 영원한 주제에 해당한다. 서정주가 이 영원한 주제를, 시대를 초월하는 언어로 읊었다면, 진은영은 시대성을 직접 반영하는 언어로 대응하고 있다. 한쪽에는 모든 시대를 위한 은은한 언어가 있고, 다른 쪽에는 자기 시대를 위한 강력한 언어가 있다.

그러나 시어나 시적 서정에 대한 개념의 차이가 반드시 세대별로 경계를 짓는 것도 아니고, 젊은 시인들이라고 해서 시작에 대해 같은 견해와 같은 방법을 가진 것도 아니다. 전통과 시대의 갈등은 젊은 세대 내에서 더욱 극심한 바가 있다. 이 양상을 살펴보는 것도 우리의 논의에 도움이 될 것이다.

다음은 한 일간지의 2001년 신춘문예에서 시 부문 당선작으로 뽑힌 길상호 시인의 「그 노인이 지은 집」이다.

> 그는 황량했던 마음을 다져 그 속에 집을 짓기 시작했다
> 먼저 집 크기에 맞춰 단단한 바탕의 주춧돌 심고
> 세월에 알맞은 나이테의 소나무 기둥을 세웠다
> 기둥과 기둥 사이엔 휘파람으로 울던 가지들 엮어 채우고
> 붉게 잘 익은 황토와 잘게 썬 볏짚을 섞어 벽을 발랐다
> 벽이 마르면서 갈라진 틈새마다 스스스, 풀벌레 소리
> 곱게 대패질한 참나무로 마루를 깔고도 그 소리 그치지 않아
> 잠시 앉아서 쉴 때 바람은 나무의 결을 따라 불어가고
> 이마에 땀을 닦으며 그는 이제 지붕으로 올라갔다

비 올 때마다 빗소리 듣고자 양철 지붕을 떠올렸다가

늙으면 찾아갈 길 꿈길뿐인데 밤마다 그 길 젖을 것 같아

새가 뜨지 않도록 촘촘히 기왓장을 올렸다

그렇게 지붕이 완성되자 그 집, 집다운 모습이 드러나고

그는 이제 사람과 바람의 출입구마다 준비해둔 문을 달았다

가로세로의 문살이 슬픔과 기쁨의 지점에서 만나 틀을 이루고

하얀 창호지가 팽팽하게 서로를 당기고 있는,

불 켜질 때마다 다시 피어나라고 봉숭아 마른 꽃잎도 넣어둔,

문까지 달고 그는 집 한 바퀴를 둘러보았다

못 없이 흙과 나무, 세월이 맞물려진 집이었기에

망치를 들고 구석구석 아귀를 맞춰나갔다

토닥토닥 망치 소리가 맥박처럼 온 집에 박혀들었다

소리가 닿는 곳마다 숨소리로 그 집 다시 살아나

하얗게 바랜 노인 그 안으로 편안히 들어서는 것이 보였다.


이 시는 전체적으로 언어의 운용에 무리가 없으며 상당히 공들인 흔적이 있다. 흔히 아름답다고 여길 수 있는 시적 요소를 두루 갖추었다. 그런데 이 시는 또다른 젊은 시인 조인선이 『문학과창작』1999년 10월호에 발표했던 한 시「집」을 생각나게 한다. 역시 전문을 적는다.

마음의 오랜 감옥을 빠져나와

천상에 집을 지으려 한다

푸른 하늘 꾹꾹 누르고 다져 만든 무상의 터에

먼저 기둥을 세운다

한 치도 없는 하늘과 땅 사이

그 틈 사이로

버텨내야 할 존재의 무거움으로

텅 빈 벽을 바른다

피로 뭉친 욕정을 무념으로 구웠으니

수고도 없다

그리곤 살아온 만큼 굵은 서까래를 얹는다

자유만한 고독이 어디 있을까

문을 만들고 창을 만들고

어두운 산으로 지붕을 씌운다

그리곤 내 작아진 머리와 돋아난 날개로

그렇게 사나흘 바람 따라

이렇게 사나흘 구름 따라

그러다 그것도 시시해 사람이 그리워져

정든 마음의 감옥으로 들어오니

나를 닮아 뿔도 없는 발정난 수캐가

제 집도 없이 어딜 헤매었는지

반가웁게 반긴다.


  이들 두 시는 소재가 비슷하고 구성에도 어느 정도 닮은 점
이 있어, 이 때문에 인터넷상에서 잠시 표절 시비가 일기도 했
다. 길상호가 조인선의 시를 참조하고 거기서 착상을 얻는 일이
실제로 있었다고 하더라도 표절이란 분명 지나친 말이다. 두 시
는 각기 나름대로 특색을 지니고 있으며, 닮은 점 못지않게 차
이점도 크기 때문이다. 조인선의 시에서 자아는 분열되어 있다.
그는 천상에 자유의 집을 지었는데, 실제로 이 건축 행위는 '개
뿔도 없는 것'이 발정을 못 이겨 정처 없이 방황한 꼴에 불과했
다. 그러나 이 시인은 천상에 집 짓기를 다시 반복하지 않을 수
없을 것이다. 그가 유일하게 정붙일 수 있는 자리는 "마음의 감
옥"이며, 그는 어떻게 해서든지 거기서 빠져나오려고 할 것이기
때문이다. 그에게 집 짓기-시쓰기는 소용없고 그래서 "시시한"
해결책이지만 또한 다른 선택의 여지가 없는 해결책이다. 길상
호의 시는 이 갈등을 극복한 것처럼 보인다. 그는 집 짓는 주체
를 노인으로 설정함으로써 천상의 집 짓기와 현실의 집 짓기를
병합하였다. 노인은 이 현실세계에서 다른 세계로, 이를테면 천
상의 세계로, 진입하려는 시점에 있다. 노인은 현실에서 집을
지었지만 살기는 천상에서 살게 될 것이다. 이 해결이 진정한

것일까. 이 노인을 두고 현실이 아니라고 말할 수는 없지만, 이제 시단에 첫발을 딛는 젊은 시인 길상호 자신에게도 현실일 수 있을까. 조인선은 "마음의 감옥"에서 몸부림치고 있다. 그러나 길상호가 현실에서 피신하기 위해 의지하는 이 노인은 더 위험한 불모의 감옥이 될 수도 있다.

시인이 제가 뚫고 나가야 할 감옥을 어떤 방식으로, 어떤 강도로 인식하느냐에 한국시의 미래가 걸려 있다고도 말할 수 있을 것이다.

# 위반으로서의 모국어 그리고 세계화

미국의 작가 에드거 앨런 포에 대한 평가는 불어권의 그것
과 영어권의 그것이 일치하지 않는다. 프랑스에서 포의 성가는
매우 높다. 보들레르나 말라르메 같은 대시인들이 그를 번역했
으며, 발레리는 그를 일컬어 "일종의 수학과 일종의 신비가 결
합되는, 매우 매혹적이고 매우 엄정한 이론을 가르친"(「보들레
르의 위치」) 사람이라고 말한다. 포는 사실상 프랑스 상징주의
의 성립에 거의 결정적인 기여를 했다. 이 미국 문학가는 보들
레르에게 문학의 도시적 감수성에 확신을 갖게 하고 인간의 내
면에 대한 분석적 시선의 모범을 보여준 예외적 재능으로 여겨
졌으며, '감각의 조직적인 착란'으로 투시자가 되기를 희망했던
19세기 프랑스의 '현대파 시인들'에게는 '저주받은 시인들'의
선두 주자였다. 20세기에 들어서도 문학의 온갖 전위적인 운동
들은 착상의 한 근원을 그에게서 발견한다. 초현실주의자들은

그를 자신들의 조상의 한 사람으로 등록시켰다. 그러나 정작 영어권의 독자들은 포에 대한 프랑스의 이 열광을 이해하려 하지 않는다. 거기에는 무언가 변태적이고 설명할 수 없는 것이 들어 있다. 포와 관련하여 프랑스인들에게 숭고한 은유적 암시라고 평가되는 것이 영국에서는 단지 괴이한 것일 뿐이며, 프랑스인들이 시의 현대성과 완벽하게 화음을 이룬다고 찬양하는 것에서 미국인들은 틀린 음을 들을 뿐이다. 시와 수학을 결합시킨 탁월한 심리학자, 신화와 과학에 다리를 놓은 이 엄정한 분석가 포는 영어권의 눈으로 볼 때 '에드거 포 메이드 인 프랑스'에 불과하다. 사실 프랑스가 예찬하는 포 안에는 보들레르와 말라르메의 뛰어난 번역에 의해, 그들이 꿈꾼 새로운 문학관의 투사에 의해 가공된 포가 들어 있음을 부인할 수 없다.

그러나 달리 보면 프랑스는 영어권이 보지 못한 것을 보았다고 할 수 있다. 말라르메는 포를 추모하는 한 소네트에서 그를 "종족의 말에 더욱 순수한 의미를 주는 천사"(「에드거 포의 무덤」)라고 불렀다. 이 말은 포가 미국인이면서 미국인들처럼 말하지 않았다는 뜻을 담는다. 말라르메에게 중요한 것은 포가 영어에 저지른 탈선이었으며, 영어를 모국어로 쓰는 사람들이 시적인 것이라고 믿는 것에 대한 위반이었다. 프랑스인들은 이 언어적 위반의 가치를 붙잡아내고, 그에 대한 번역을 통해 자신들의 모국어 속에 자신들이 저지른 위반으로 그 가치를 다시 증폭시킬 수 있었다. 한 언어의 가능성을 다른 언어의 가능성으로 끌어안는 번역은 본질적으로 말에 대한 위반이다. 시 역시 사람들이 말하는 방식으로 말하지 않는다는 점에서 본질적으로 위반의 언어이다. 포에 대한 명성의 엇갈림은 번역의 문제가 곧 시의 문제라는 점을 가장 선명하게 드러내는 한 사건이다. 이 위반의 성격을 살피기 위해서는 말라르메의 말을 좀더 따라가볼 필요가 있다. 그는 같은 시에서 포의 동시대인들이 자기들의 언어에 순수성을 부여한 이 "천사의 목소리를 들으며/이 마술이 어떤 검은 혼합의 영광 없는 물결에/취했다고 소리 높여 주장하였다"고 쓴다. 이 구절은 포의 동족들이 그를 마약이나 알코올의 효과에 의해 쓸모없는 헛소리를 한 사람이라고 비난한다는 말로 풀이된다. 따라서 시의 순수효과이기도 한 시어의 위반이란 곧 이런저런 분별 있는 생각들에 대한 위반이며, 이성에 대한 위반이라는 뜻을 담는다. 말라르메는 역시 같은 시에서 포를 "마침내 영원이 그를 그 자신으로 바꿔놓는 그런" 시인이라고도 말한다. 이 세상의 시간이 아닌 '영원'의 시간에서 시인이 제 본색을 되찾는다는 이 말은 비천한 삶의 우여곡절 속에 내던져진 시인적 이상이 '영원'한 시간의 삶인 죽음으로만 오직 이 세속적·물질적 조건으로부터 벗어난다는 뜻을 포함한다. 포는 죽음으로 판가름나는 위반의 놀이에서 죽음을 걸고 삶을 해석했다. 언어에 대한 위반은 곧 죽음의 위반이다. 이렇게 말하고 보면 우리는 시의 이 언어적 위반이 바타유가 말하는바 존재의 한계들에 대한 절대적 체험으로서의 '위반transgression'의 개념에서 결코 먼 것이 아님을 알게 된다.

바타유에게서 위반은 무엇보다도 이성의 한계에서 '말discours'이 외침으로 소멸되는 내적 체험이다.

> 최악의, 용납할 수 없는 행복의 한계에서. 바로 이 현기증 나는 높이의 정점에서 나는 당신이 들을 수 있는 것으로는 가장 순수한, 가장 고통스러운 알렐루야!를 부른다.(「알렐루야」)[1]

이 정황에서는 아마 어떤 언어적 선택도, 어떤 이성적 결정도 불가능할 것이다. 위반은 한계에 대한 체험이자 넘쳐남에 대한 체험이며, 항상 임박해 있는 죽음이자 죽음의 끝없는 연기이며, 말해야 할 필연성이자 끝 모를 침묵이다. 이는 포를 빗댄 말라르메의 말에서처럼, 이곳에 대한 일이자 다른 곳에 대한 실천인, 한계에까지 동원되는 말의 힘이면서 동시에 말의 질서에 대한 끝없는 의혹인, 죽음을 담보로 내건 삶의 확보인 시의 체험과 다르지 않다. 그러나 시적 순간에 대한 체험이 한계 체험과 겹쳐진다는 생각은 특별한 시대의 특별한 종류의 시에만 해당

---

1) Georges Bataille, *Œuvres complètes V*, Gallimard, 1973, p. 400. 번역 필자.

하는 것은 아니다. 그것은 문학의 근대적 기획에만 연루된 것이
아니며, 온갖 질서에 대한 과격한 이의제기의 문학에만 적용되
는 것이 아니다. 이를테면 고려시대의 한 사람이 「정석가」 같은
노래를 자기 목소리로 부를 때도 그 마음의 태도는 이 특별한
체험에서 멀리 벗어나지 않는다.

> 삭삭기 셰몰애 별혜 나는
> 삭삭기 셰몰애 별혜 나는
> 구은 밤 닷 되를 심고이다
> 그 바미 우미 도다 삭나거시아
> 그 바미 우미 도다 삭나거시아
> 有德ㅎ신 님믈 여희ㅇ와지어다
>
> 玉으로 蓮ㅅ 고즐 사교이다
> 玉으로 蓮ㅅ 고즐 사교이다
> 바회 우희 接柱ㅎ요이다
> 그 고지 三同이 퓌거시아
> 그 고지 三同이 퓌거시아
> 有德ㅎ신 님믈 여희ㅇ와지이다
>
> 므쇠로 텰릭을 물아 나는

므쇠로 텰릭을 몰아 나는

鐵絲로 주롬 바고이다

그 오시 다 헐어시아

그 오시 다 헐어시아

有德ᄒ신 님믈 여히ᄋ와지이다


므쇠로 한쇼를 디여다가

므쇠로 한쇼를 디여다가

鐵樹山애 노호이다

그 쇼 鐵草를 머거사

그 쇼 鐵草를 머거사

有德ᄒ신 님믈 여히ᄋ와지이다

―「정석가」부분[2]


  노랫말은 임과 나의 이별을 비는 기원인데, 결코 이루어질
수 없는 기원이다. 사각거리는 모래밭에 심은 구운 밤 닷 되에
서 싹이 돋고, 옥으로 새긴 연꽃이 바위에 뿌리박아 꽃이 피고,
무쇠로 지은 철릭이 완전히 닳아 없어지고, 무쇠 소가 무쇠 풀
을 다 뜯어먹어야 한다는, 이런 불가능한 일들을 그 기원의 성

---

  2) 박재민·최철, 『석주 고려가요』, 이회문화사, 2003, 143쪽.

사를 위한 조건으로 내세우고 있기 때문이다. 노래하는 사람은 임과의 이별을 기원함으로써 임과 영원히 이별하지 않기를 기원한다. 그래서 이 기원은 흔히 학자들이 그 논리를 따져 지적하는 것처럼 역설적인 기원이다. 그러나 이렇게만 말한다면 아직 이해의 표면에 머물러 있을 뿐이다. 역설의 구성이 아무리 완벽하다 한들 그것으로 임과 나의 이별이 저지될 것인가. 네가 내세우는 역설의 논리가 명확한 그만큼 임의 떠남에도 필연적이며 돌이킬 수 없는 이유가 있다고 세상의 이치는 말할 것이다. 논리로 논리를 거역할 수는 없다. 노래하는 사람의 희망은 오히려 그 역설의 논리가 허물어지고 세상의 이치가 소멸되는 지점에 자리잡을 수밖에 없다. 구운 밤 닷 되에서 싹이 필 수 없기 때문에 임을 여의지 않을 수 있는 것이 아니라, 그 밤에 불가능한 싹이 돋고 바위에 심은 옥돌 연꽃이 개화하고, 무쇠 갑옷이 사라지고, 험악한 풀들이 자취를 감춘 세상에서만 비로소 임과 나의 이별도 사라질 것이다. 그 세상에는 처음부터 이별 같은 것이 없을 것이다. 이 옛 노래는 세상과 말의 논리가 막강하고 절대적인 것으로 확인되는 한계점에 그 논리적 제약들이 해소된 한 세계의 전망을 겹쳐놓는다. 이별을 철저하게 설득하고 철저하게 설득되는 이성과 바닥을 드러내는 그 이성의 '낭비'를 함께 받아들이는 이 체험, 생각할 수 없도록 금지된 것에 대한 생각이며 또한 생각하지 않음인 이것을 우리는 위반이라는 말밖에 다른 이름으로 부를 수 없다.

바타유는 위반이 금지의 경계에서 이루어지는 사치이며 순전한 소비라고 말한다. 잉여된 힘들, 세상의 차별을 만드는 잉여된 자본들, 주체를 강화함으로써 고립시키는 모든 이성들을 바닥이 드러날 때까지 비경제적으로 소비한다는 것은 금지의 경계를 철폐하는 것이 아니라, 그 경계가 설정되던 최초의 순간에 다시 서는 것이며, 그에 대한 재설정의 기회를 얻는 것이다. 위반은 이 점에서 금지를 보충하고 완성한다. 그것이 위반의 사회적 유용성일 것이다. 시가, 또는 문학이 말을 순결하게 한다는 것은 문법의 한계에까지 나아가 말의 잉여적 의미, 따라서 불결한 의미를 소비하고, 그 기호적 특성들을 제거하여, 그 말들 하나하나를 그것들이 최초에 만들어지고 발음되던 순간으로 되돌린다는 것이다. 문학은 말의 논리적 한계를 보충하고 완성한다. 그것이 시와 문학의 유용성 가운데 하나일 것인데, 어쩌면 가장 중요한 하나일 것이다.

우리가 이렇게 위반에 대해 긴말을 늘어놓는 것은 문학에서 모국어가 차지하는 가치가 무엇인가를 말하기 위해서이다. 모국어는 바로 위반의 자리이다. 우리는 한 외국어를 그 외국인보다 더 정확하게 말할 수는 있어도 더 잘 말할 수는 없다. 우리는 한 외국어를 그 외국인보다 더 잘 분석해서 들을 수는 있어도 더 잘 종합해서 들을 수는 없다. 우리는 외국어에 아무리 능통해도 그 문법의 한계 '안'에서 그 언어를 이해하며, 항상 그 한계를 의식하지만, 그 한계를 체험하지는 못한다. 이때 우리가 의식하는 한계는 그 언어의 한계가 아니라 우리가 지닌 외국어 실력의 한계이기 때문이다. 우리에게 외국어는 그 문법의 논리성이며, 그 논리의 보편성이다. 그래서 외국어로 말한다는 것은 한 언어의 논리성을 통해서 언어 일반의 논리성으로 말한다는 것이다. 이 언어는 여러 점에서 컴퓨터 언어와 같다. 반면에 우리는 모국어로 말할 때 같은 방식으로 말하지 않는다. 일상어로 한국어를 말하는 나는 그 문법의 한계 '위'에서 말하며, 그 한계를 의식하지 않기에 문법을 넘나들면서 말한다. 내 말이 가끔씩 문법을 벗어난다면 그것은 모국어에 대한 나의 직관을 드러내는 것이며, 더 나아가서는 한국어에 대한 나의 재능을 말하는 것이다. 나는 문법을 넘나들면서 의식하지 않는 사이에 그 한계를 체험한다. 다시 말해서 말의 질서 밖으로 넘쳐나가며 말의 질서를 위반한다. 그러나 한 외국인이, 그가 한국어에 정통한 지식을 지니고 있다고 하더라도, 문법에 벗어나는 말을 한다면 그는 단지 실수를 저지른 것일 뿐이다. 그는 한국어를 말할 때, 문법의 논리와 언어의 보편성으로 말하고 있는데, 보편성을 벗어나는 것은 오류이지 재능이 아니기 때문이다. 그는 말의 한계 안에서 옆길로 벗어나는 것이지 한계 밖으로 넘쳐나는 것이 아니다. 그의 한국어는 그 특수성을 통해서도 말할 수 있는 나의 한국어와 같지 않다. 그에게 한국어는 오류의 자리일 수는 있어도 위반의 자리일 수는 없다.

한 인간에게 논리의 위반을 허락하는 모국어적 특수성은 문학적 상상력의 내적 추동력과 같다. 이 특수성 속에는 본질적으로 무질서한 세계가 질서인 말과 맺어온 관계의 역사가 집약되어 있다. 말은 어떤 것을 산이라 부르고 어떤 것을 들이라 부르고, 어떤 것을 사랑이라 부르고 어떤 것을 증오라고 부르는데, 이렇게 말로 분별 되는 세계는 그것을 분별하는 말만큼 확실한 것이 아니다. 말에는 항상 꼭 그런 것은 아닌 것을 그렇게 말하기로 했던 내력이 있다. 거기에는 그것을 그렇게 부르기로 하는 정식계약과 그렇게 부르기로 양보하는 이면계약이 있다. 이 이면계약은 우리를 편안하게 하는데, 거기에 자아와 세계의 진정한 관계가 있기 때문이다. 모국어적 직관이란 바로 이 이면계약에 대한 직관이다. 말할 것도 없이 이 직관은 인간에게 생물학적 유전에 의해, 문화적 전통과 사회적 관행에 의해, 혈연과 지연의 유대에 의해 이루어진다. 한 인간에게 그 체세포의 형성과도 같은 이 과정의 체험은 다른 어떤 체험으로 대체되거나 모방될 수 없으며, 어떤 인위적인 기획에 완전히 복속될 수도 없는 절대적 체험이다. 언어는 이 이면계약과 그 내력의 기억을 직관하는 의식에 의해 생명을 얻는다. 이면계약은 정식계약에 그 당위성을 인정해준다는 점에서 그것을 보충하는 한편, 그 계약의 불충분한 성질을 항상 파지하고 있다는 점에서 그에 대한 이의 제기의 기회가 된다. 말의 논리를 넘나들면서 두 계약 사이를 왕래하는 언어적 직관은 사물과 말의 관계에서 그 기만성을 꿰뚫고, 말의 한 개념이 형성되기 위해 세상에 없는 것인 양 무시되어야 했던 것들, 주변적인 것들, 곧 말의 타자가 된 것들의 존재를 눈치챈다. 그래서 내가 모국어적 재능을 통해 말을 위반하는 순간은 내가 그 언어의 주체로서 말하면서 동시에 그 언어의 타자로서 말하는 순간이다.

언어의 주체와 타자의 관계로 그려지는 이 도식은 문화현상 일반을 설명하는 틀이 될 수도 있다. 이를테면 중국에서 이입된 한국 유교는 이 사상체계가 발생하여 형식을 갖출 때까지의 과정, 곧 원시 유교의 시대를 경험하지 못했다. 이 경험의 결여와 함께, 질서체계의 수립을 위해 희생된 타자적 현상들에 대한 깊은 체득을 얻지 못한 순수이론체계로서의 한국 유교는 유례없이 엄격한 규범철학이 되었다. 그래서 한국 유학자들에게는 유교의 경전에 대한 그 근본적 정신의 규명이나 그에 대한 재해석 내지 확대 해석은 가능해도, 때로는 그것을 폐지하는 일까지 가능하다 해도, 그에 대한 위반은 불가능했다. 현재의 한국에서 유교의 폐해에 관해 말한다면, 그것은 공자가 살아 있기 때문이 아니라, 한 사상체계의 이면계약을 파지하고 있는 자로서의 공자가 벌써 죽었기 때문일 것이다.

주체와 타자가 교환되는 모든 문학적 또는 문화적 상상력은 존재와 비존재가 갈리는 질서와 지성의 저 비극적인 한계에 대한 철저한 인식과 그 경계 위에서 실천되는 위반에서 그 원동력을 얻는다. 그리고 그 위반의 자리는 바로 모국어이다.

벌써 오래전에 세계화는 우리 사회의 구호가 되었다. 문학이 모국어적 직관을 통해 주체와 타자의 관계에서 특별하게 생산되는 위반의 언어라고 정의될 때, 이 세계화는 우선 문학이 직면한 거대 위기이다. 그것은 무엇보다도 세계화의 주체와 개념이 불분명하기 때문이다. 이 두 요소가 불분명하면서 그 자체로서 거대한 것은 사상이나 운동이 아니라 경향이며, 자신감 없는 거대 군중의 당혹감에서 그 토대와 기회를 얻는 이 경향은 모든 존재와 문화의 비밀스러운 영역인 저 이면계약을 포기하고 거기 깃든 타자들에 등돌릴 것을 요구한다. 사람들이 남북통일에 관해서는 그 어려움을 말하면서 세계화에 관해서는 다른 태도를 취하는 것은 이 세계화가 순리이기 때문이 아니라 오히려 모든 순리를 구성하는 복잡한 요소들이 (다른 말로 타자들이) 사상捨象된 한 체계를 벌써 전제하고 있기 때문이다. 누구는 세계화의 다원성에 관해서 말할지 모르겠다. 그러나 이 다원성의 거의 유일하면서도 모범적인 예시인 인터넷의 거대망을 살펴본 사람이면 이 다원성이 획일성의 다른 이름임을 금방 알게 될 것이다. 거기서는 모든 다원들이 하나의 기술과 그 파시즘으로 일원화되어 있으며, 다양하면서도 그러나 결국은 하나인 프로그램의 한계 안에서만 발언하게 되어 있다. 컴퓨터 언어에는 실수가 있을 뿐 결코 위반이 없다. 따라서 그 언어 밖에만 타자가 있다.

그러나 세계화가 운명이라면(그렇다고 생각해야 한다), 이때도 역시 저 언어 밖의 타자에서 기회를 구할 수밖에 없다. 다른 많은 일에서처럼 세계화에서도 우리는 주체가 되어야 하는데, 이 주체는 이제까지 우리가 주체라고 믿었던 것, 나의 이성이며, 민족 이성이며, 국민 이성이었던 것이 아닐 것이다. 세계문학 속에 한국문학을 한국문학으로 되게 하는 것은 이 민족의 유전적 조건 속에서, 이 풍토의 조건 속에서, 이 역사의 특수한 조건 속에서, 현실의 논리 위로, 주체의 권력인 말의 논리 위로, 낯을 들고 일어설 수 없었던 어두운 희망일 것이다. 그리고 이 희망은 세계적이다. 우리는 세계 속에서 이 조건들을 떠맡아 반만년의 세월을 거쳐 인간의 행복을, 그 인간적 위엄을 실험해온 것과 같으며, 이 실험은 세계적 자산이기 때문이다. 우리가 세계문학을, 구체적으로 외국 문학작품을 읽는다는 것도 거기서 벌써 권력인 말 그래서 우리에게도 권력이 될 말을 발견한다는 것이 아니라 그 말이 성립되는 과정을 읽고 거기 묻혀 있는 어두운 타자의 얼굴을 발견한다는 것이리라.

우리는 프랑스어로 번역된 에드거 앨런 포로부터 이야기를 시작했는데, 어쩌면 문학작품을 번역한다는 이 특수한 행위와 그 결과가 무엇인가에 대한 짧은 설명에서 하나의 암시를 얻을지도 모르겠다. 문학작품은 그 언어가 무엇이건 간에 그 언어의 총체적 역량, 다시 말해서 정식계약과 이면계약의 총합을 바탕으로 그 작품이라고 하는 표현의 현재적 상태로 결정된 것이다. 이 현재적 상태에는 당연히 잠재적 총체 상태에 대한 그 모국어적 직관이 숨어 있다. 물론 외국인에게 그 현재적 상태는 분석될 수 있지만 총체적 상태에 대한 직관은 분석되지 않는다. 그러나 그 작품이 우리말로 번역 가능한 것은 그 표현의 현재적 상태에 대한 분석을 바탕으로 우리말에 대한 우리의 직관을 통해 그 총체적 가능성을 다시 소생시킬 수 있기 때문이며, 우리말로 번역된 외국작품을 정보를 넘어선 작품으로 읽을 수 있는 것은 한 언어에서 총체적 가능성이었던 것이 우리말의 현재적 상태를 전복하고 우리말의 총체적 가능성을 들쑤셔내는 힘 때문이다. 그래서 한 언어와 다른 언어 사이에서 서로 번역하고 번역될 수 있는 가능성, 곧 개개의 국어가 지닌 외국어성은 문학이 그 언어 논리의 한계에서 실천하는 위반의 성격과 다른 것이 아니다. 우리는 이렇게 언어적 논리의 한계에 있는 것, 그래서 가장 모국어적이라고 말할 수 있는 것으로 가장 외국어적인 것을 이해한다.

모국어의 위반은 외국어의 위반이며, 모국어의 타자는 외국적의 타자이다. 그래서 적어도 문학의 관점에서 세계화는 바로이 타자들의 세계화이다. 문학적 세계화의 주체는 바로 이 어두운 희망들의 몫이다. 문학이 어떤 진보의 도구라면 이 진보성은 오히려 진보라고 헛되게 이름 붙여진 것들의 맹목적 속도를 저지체하는 타자들의 발목 잡기로 제어하는 데 있다. 세계화 시대에도 문학은 늘 하던 일을 계속할 것인데, 다만 내향적 행복이고 절망이었던 것, 외로운 자아들의 편안함이었던 것을 다른 세상의 낯섦과 교환하는 일에 좀더 역점이 주어질 것이다.

# 정치 대중화 시대에 문학은 가능한가?

돌이켜보면 1980년대는 문학의 입장에서 매우 행복한 시대였다. 한 작가가 쓰는 한 줄의 글은 그를 감옥에 들어가게 할 수도 있었고 그의 손톱을 뽑게 할 수도 있었으며, 때로는 그의 목숨을 위협했다. 이 정황은 물론 처참한 것이었지만, 작가는 자신의 글이 그가 내내 희망하던 세계의 건설에 직접적이고 강력하게 이바지하고 있으며, 인간의 미래를 위한 기획에 벌써 깊숙이 개입하고 있음을 거기서 확인할 수 있었다. 그의 말은 빈말이 아니었고 그는 헛일을 하는 것이 아니었다. 그는 놀고 있는 것이 아니었다. 이는 비단 민중과 민족의 기치 아래 전선을 형성했던 작가들에게만 해당되는 말은 아니다. 순수주의자라고 지칭되었건 모더니스트라고 분류되었건 간에 문학 그 자체의 가치를 받들었던 작가들도 역사에 대해서뿐만 아니라 역사를 초월한 근본적이고 가장 과격한 반항자들이라고 자신들을 규정할 때, 자신들의 글쓰기에 대한 이 가치부여의 원기를 바로 이 거친 현실이 아닌 다른 곳에서 발견할 수는 없었기 때문이다. 또한 이는 작가들과 시인들에게만 해당되는 이야기가 아니다. 모든 사람들이 잠재적인 감시자이고 또한 모든 사람이 그 감시의 잠재적인 희생자인 정황에서, 한 시인이 소설 한 권을 사고 시집 한 권을 읽는다는 것 자체가 아직 이르지 못한 사회와 경험하지 못한 행복에 대한 신조의 표명이었으며, 누군가 제 손톱을 뽑으려 할 때 그것을 견뎌낼 수 있을지 스스로에게 물어보는 일이기도 했다. 작가와 독자의 유대는 강했고, 글쓰기와 독서 상호 간의 기대지평은 그만큼 넓었다.

오늘 내게 주어진 주제는 "정치 대중화 시대에 문학은 가능한가?"라는 한 문장의 질문으로 이루어져 있는데, 이 의문문은 벌써 문학의 미래에 대한 비관적인 전망을 암시할 뿐만 아니라, 그 원인을 대중의 변화, 더 정확하게는 독서 대중의 변화에 두고 있다. 이러한 진단이 내려진 저간의 사정을 우리는 누구나 잘 알고 있기에 저 '행복했던 시절'을 상기하는 것으로 그에 대한 거론을 대신할 수 있을 것 같다. 다만 이 주제가 문학의 존립을 문제삼고 있는 이상, 문학과 그 독자와의 관계를 원론의 수준에서부터 다시 짚어둘 필요는 있다.

순수문학, 또는 단지 문학이라고 불리는 문학은 원칙적으로 특정한 독자를 상정하지 않는다. 그 독자는 매우 추상적이어서,

어떤 구체적인 인간이라기보다는 오히려 그 글을 이해할 수 있는 지성이며 그것을 받아들일 수 있는 감수성이다. 이 추상적 독자는 글쓰기의 주체로서의 저자 자신의 모습이기도 하다. 스탕달은 자신의 독자가 '행복한 소수'의 형식으로 미래에 있다고 여겼으며, 보들레르는 글쓰기와 그 독서의 지점을 세속이 초월된 곳에 두었다. 이들 역시 자신들의 글의 교환가치를 확보하는 일에 등한하지 않았지만 이 일도 타협의 형식보다는 도전의 형식을 띠었다. 그러나 작가의 생존은 미래의 허공에 떠 있을 수도 없고 세속을 초월할 수도 없다. 여러 가지 의미에서 글은 수용되어야 하는데, 문학이 그 자체로 자율적 구조를 지니고 '자연'을 형성하고 있듯이 그 수용의 과정도 자연의 순환과 같은 것이라고 아직은 여길 수 있었다. 물론 이 수용을 보장해주는 것은 문단, 출판계, 언론, 학교와 같은 제도들이지만, 문화적 제도는 그 제도성을 겉에 드러내지 않는 것을 조건으로 삼기에, 그것은 자연의 일종으로 기능할 수 있었다.

　현실적 실천을 문제삼는 문학은 이와 같은 방식으로 독자를 상정할 수는 없다. 행동으로서의 문학은, 사르트르의 말을 빌리지 않더라도, 하나의 세계상을 선택하고, 이 선택으로 독자가 결정되며, 이 결정으로 다시 작가의 주체가 확보된다. 이상적으로 말해서, 글쓰기가 곧 실천인 작가는 자신의 글쓰기가 설정하는 독자관을 통해 자기 기획의 목적과 주제와 방법에 대한 지표를 얻어내고 자신의 작품을 사회적 정치적 이데올로기적으로 자리매김한다. 작가가 자신의 목표에 도달할 어떤 문학을 생산하는 일과 그 문학이 겨냥하는 독자 대중을 발견하는 일은 결코 분리되지 않는다. 작가와 독자 사이에는 완벽한 삼투현상 같은 것이 성립되며, 그들 간의 모든 소통의 거리가 해소된다. 그러나 글쓰기의 실천 내지는 현실에서, 이론이 말하는 이 단순성과 투명성이 항상 확보되는 것은 물론 아니다. 무엇보다도 독자의 역할이 문제된다. 선택은 작가만 하는 것이 아니라 독자도 한다. 물론 작가가 독자를 선택한다고 할 때, 거기에는 독자의 능동성을 일깨운다는 뜻도 포함되지만, 어떤 경우에도 작가의 독자 선택과 독자의 작가 선택이 똑같은 기대지평을 가질 수는 없다. 정치 대중화란 문학의 입장에서 본다면 그 기대지평의 다양화일 뿐만 아니라 그 변덕이다.

시기적으로 저 '문학'의 소통을 보장하던 '자연'이 자연이 아니라 제도임을 더이상 감출 수 없게 된 그 순간에, 문학-실천의 토대가 되는 독서 대중 선택의 기대지평에도 돌이킬 수 없는 균형 상실이 일어났다. 두 문학은 같은 운명을 맞게 되는데, 문제는 문학적 권위의 실추이며, 세계 기획으로서의 문학의 능동성 상실이다.

지난 몇십 년간 문학과 연루된 인문학적 담론들은 이 독자 대중론에도 중요한 암시를 준다. (거칠고 도식적으로 말하는 편이 진실을 더 잘 드러낼지 모르겠다.) 정신분석학은 모든 문학 텍스트에서 작가의 의도를 제쳐두고 무의식의 목소리를 추출했다. 그에 따르면 의도하지 않는 곳에 그 의도를 지배했던 의도의 메타가 있다. 언어학은, 특히 기호학은 시니피에와 맞바꿀 수 없는 시니피앙으로 문학성을 환원했다. 그에 따르면 진실은 의미하지 않은 곳에, 또는 의미가 부재하는 곳에 있다. 구조주의자들이 보기에 우리가 역사라고 부르는 것은 원형적이고 신화적인 요소들의 반복과 변주를 크게 넘어서지 못한다. 어떤 문화사회학자들에게 문화는 습관의 상징적 권력화이다. 지식고고학자들에게 모든 진리담론은 우연히 권력을 얻은 말들의 체계이다. 문학사회학도 다른 말을 하지 않았다. 문학작품의 진정한 생산력은 그 작가가 속한 계급의 세계관이며 그것은 늘 작가의 기획을 넘어서는 곳에 투영된다. 역사는 역사가 아닌 곳에 있다. 인간의 역사기획에 직접적으로 가담하지 않은 문학이라고 해서 이 정황이 달라지는 것은 아니다. 그 글쓰기의 주체이자, 그 문학이 상정하는 바의 추상적 독자인 순수지성과 감수성은, 이들 담론의 분석에 따를 때, 오도된 주체의 확신에 불과하고 자기만족의 환상에 불과한 것이기 때문이다. 글쓰기의 주체는 무의식 속에, 시니피앙의 관행 속에, 권력 욕망 속에, 문화와 제도의 습관 속에, 계급의 집단 무의식 속에 소멸된다. 글쓰기의 주체인 저자는 없다. 글쓰기를 지배하는 것은 인간의 의지를 넘어서는 저것들이다.

이 여러 담론들을 (역시 거칠게) 종합하여 글쓰기와 독서와의 관계에 비추어볼 때, 작가의 작업이 역사에 대한 하나의 기획에 해당한다면, 독자가 그것을 선택하고 읽는 일은 그 역사적 기획 밖에 있는 역사, 역사적 기획이 결코 짐작하지 못하는 역사가 된다. 정치 대중화건 문화적 대중화건, 대중화 시대의 독서 대중이란 글쓰기의 주체를 소멸시키며 글쓰기를 지배하는 저 숙명적 요소들이 사회적·문화적으로 거대하게 외현된 모습이다. 게다가 이 도저한 상품경제 시대, 이 신자유주의 시대의 대중은 단지 구조적 요소로만 남아 있는 것이 아니라 시대가 제시하는 이미지-환상에 따라 왜곡된 욕망의 거대한 덩어리로 부풀려 있다. 대중화 시대의 모든 문학적 기획은 주체적 대화가 불가능한 대중 앞에, 우상 앞에, 대중-무의식 앞에, 욕망-이미지 앞에, 저 자신이 소멸될 위기 앞에 서 있다.

이 위기 앞에서 문학이 무엇일 수 있을까를 가늠한다는 것은 너무나 어려운 일이기에, 우리는 그 대신 문학이 무엇이었던가를, 말하자면 문학개론서 같은 데나 써야 할 그런 원론을 다시 상기하는 것으로 만족해야 할지 모르겠다.

우리는 운명이라는 말을 벌써 사용했는데, 역사적으로 문학은 인간과 그 운명의 관계에 대한 성찰로부터 그 문학적 형식을 개발하였다. 소포클레스의 『오이디푸스왕』은 숙명에 붙잡혀 있는 인간에 관해 이야기한다. 오이디푸스는 인간을 넘어서는 신의 의지에 의해 나쁜 운명을 타고 태어났으며, 그 예정된 운명을 피해보려던 노력이 결국은 그 운명을 앞당기는 결과를 초래하고 만다. 이것이 신화의 내용이다. 소포클레스도 그의 『오이디푸스왕』에서 같은 이야기를 하고 있지만, 같은 방식으로 말하지 않는다. 그는 비극이라고 하는 문학적 형식에 따라 말한다. 연극은 제 아버지를 살해하고 제 어머니와 잠자리를 같이한범인을 색출 처단하여 나라를 역병에서 구해달라는 백성들의탄원으로부터 시작하여, 오이디푸스왕이 자기 자신을 그 범인으로 밝혀내는 수사과정을 거쳐, 왕이 범죄자인 자기 자신을 처단하는 형의 집행으로 끝난다. 연극에서도 여전히 오이디푸스왕은 운명의 희생자이다. 그러나 다른 것이 있다. 오이디푸스는내내 운명의 장난감 노릇을 하고 있었지만, 그 자신이 그 흉악한 범죄의 범인임을 알면서도 끝내 수사를 진행하는 앎의 의지와, 그리고 특히 자기도 모르고 저지른 그 범죄를 자기 책임으로 감당하는 그 도덕적 의지는 신의 예정에 없던 것이었다. 그것은 운명이라고 하는 신의 몫에서 구해낸 인간의 작은 몫이며, 어떤 광고의 표현을 빌리자면 이 '감춰진 1인치'의 몫으로 오이디푸스는 인간으로서의 제 위엄을 지켜낸다. 비극이라고 하는형식의 개발과 이 숨겨진 1인치의 발견은 같은 것이었다. 그리고 내내 문학은 이 1인치를 가지고 살았다. 그것은 현상 속에 감취진 진실이었고, 현실 속에 감춰진 또하나의 현실이었다.

그런데 나는 무슨 말을 하려는 것인가. '정치 대중화의 시대에 문학은 가능한가?'라는 어두운 질문 앞에 이 1인치를 들이댐으로써 그것으로 대답을 끝내려는가. 인간의 힘을 넘어서는 숙명에 대한 공포로부터 문학의 성립이 가능했듯이, 대중화 시대에 문학 앞에는 독서 대중이라고 하는 공포의 운명이 가로질러 있기에 오히려 문학은 가능할 것이라고 대답하려는가. 물론 아니다. 그런 말은 대답이 될 수 없다. 『오이디푸스왕』의 경우에 운명은 문학 밖에 있었고, 문학은 그것과 대결하는 방법이었다. 반면에 우리 시대의 문학은 운명을 그 내부에 두고 있으며 거기에는 대결의 주체와 객체가 쉽게 구분되지 않는다. 그래서 운명은 고대의 비극에서 '알기만 했더라면'의 형식으로 주어졌지만, 우리에게는 '안다 한들'의 형식으로 나타난다. 이 정황에서 저 옛날의 '감춰진 1인치'는 사실상 '비어 있는 1인치'가 되고 만다. 위에서 짧게 열거했던바 주체의 해체를 시도하는 여러 작업들이 밝혀내고 증명하려는 것도 바로 이것이다.

그러나 (마지막으로 그러나라고 말하자) 감춰진 것이건 비어 있는 것이건, 인간 의식이 책임져야 할 몫인 1인치는 여전히 남아 있는 것이 사실이다. 해체론자들의 전망에 따르면 주체가 소멸됨으로써 비어 있는 이 자리는 타자의 자리이며, 무의식의 자리이며, 기호 대신 말의 자리이며, 제도 대신 자연의 자리이며,

문화적으로 주변인의 자리이며, 정치경제적으로 프롤레타리아의 자리이다. 물론 이것은 그 논자들의 주장일 뿐 실제상황은 아니다. 실제로 그 자리를 차지하고 있는 주체를 해체한다고 말하는 그 해체의 주체들이다. 이 해체 작업이 벌써 어떻게 거대한 장치가 되고, 얼마나 견고한 제도의 성이 되어 있는가를 우리는 잘 알고 있다. 그것은 벌써 관행태가 되어 있다. (문학이 허위라는 말을 쓸 때 그것은 바로 이 관행태들을 두고 하는 말이다.) 문제는 바르트가 아니라 바르트 이후의 바르트들이며, 푸코가 아니라 푸코 이후의 푸코들이며, 데리다가 아니라 데리다 이후의 데리다들이다. 이 '이후의 들'들은 인간의 분별력에 대한 신뢰를 비웃는 신자유주의적 기술파시즘과 공고하게 결속되어, 날마다 이미지-환상을 생산하고, 모든 인간적 시간을 토막냄으로써 과거에 대한 우리의 기억을 끊어놓는다.

우리는 바로 이 지점에서 어떤 반해체의 작업을 상상할 수 있다. 그것은 아마도 저 해체의 작업과 제도 속에서 그 최초의 의도와 이후의 장치들을 구분해내는 일로부터 우선 시작할 것이다. 관행의 피안을 상정한다는 것, 그것은 문학이 늘 하던 일이다. 이 일은 매우 느리게 진행될 것이고, 독서 대중의 시선을 끌기도 어려울 것이다. 문학은 말의 온전한 의미에서 타자가 될 것이다. 그 성찰과 반성의 노력으로 모든 속도와 맹목의 제동장치로 기능한다는 것, 그것은 문학이 늘 하던 일이다. 이 기술파시즘의 시대에, 이 이미지-환상의 시대에, 문학은 늘 하던 일을 영예 없이 그렇게 계속함으로써 자기 존립을 가능하게 할 것이다.

# 어머니의 환유

　말라르메는 1895년 「운문의 위기Crise de Vers」에 다음과 같은
한 구절을 써넣었다. 한 세기가 지났고 또 열일곱 해가 지난 글
이지만, 생각할 거리는 남아 있다.

　순수한 작품이란 필연적으로 시인 화자의 소멸을 의미하는
것이며, 사라지는 시인은 낱말들에 주도권을 양도한다. 하나하
나가 다르기 때문에 서로 충돌함으로써 같은 자리에 모이게 되
는 낱말들은 마치 보석들 위에 길게 뻗어 있는 허상의 불빛처
럼 그들 상호 간의 반영으로 점화되어, 감지될 수 있는 호흡을
고대의 서정적 숨결로, 혹은 개성적 문장의 열정적 방향으로 대
체한다.[1]

---

1) Baudelaire, *Œuvres complètes II*, Gallimard, 2003, p. 211. 번역 필자.

"화자의 소멸"이라는 말을 어렵게 생각할 것은 없다. 가깝게는 '마음을 비운다'는 표현을 생각할 만도 한데, 더 구체적으로는 문제를 푸는 수학자를 떠올리는 것이 좋겠다. 그가 술을 마셨건, 그의 아들이 교통사고로 죽었건, 그가 푸는 방정식의 답은 같다. 해결해야 할 문제 앞에서 술 취한 수학자, 슬픈 수학자는 사라지고 오직 엄밀하게 전개되는 수학적 논리의 필연성이 그를 대신한다. 시인인 말라르메는 이 필연성에 해당하는 것을 다른 글에서 "정신적인 우주"라고 표현한다. 그 자신은 이 우주가 "스스로를 보고 스스로를 전개해가는 하나의 대응 능력"이자 그 정신이 발휘되는 하나의 마당일 뿐이며, 그 점에서 '비인칭'이다. 그러나 말라르메만큼 형이상학적 세계관을 신봉하지 않기에 결코 비인칭이 될 수 없는 우리들은 이 '정신적인 우주'의 자리에 훨씬 더 인간적인 말인 '타자'를 대입할 수도 있다. 시인은 자기라고 믿었던 것을 비우고 타자를 영접하는 자이다. 그런데 이 대입은 온당한 것인가. 말라르메는 순수하고 절대적인 어떤 것, 사실상 영접할 수 없는 것을 영접하기 위해 오히려 모든 영접을 포기한 사람이라고 해야 옳지 않을까. 어쩌면 말라르메는 우리의 생각을 벌써 짐작하고 있었던 것이 아닌가 싶기도 하다. 인용한 글의 끝에서 그는 서로가 서로의 힘으로 타오르는 불꽃들이 "감지될 수 있는 호흡" 곧 인간 생명의 호흡을 "고대의 서정적 숨결"이나 "개성적 문장의 열정적 방향"으로 바꾸어준다고 말한다. 주석자들은 앞의 것을 고전주의, 뒤의 것을 낭만주의라고 토를 달지만 이것은 설명이 아니라 설명의 회피다. 시인은 그가 영접하려는 것을 신화적 형식의 오래된 유토피아에 남겨두고 속절없는 제 호흡을 잠시 잊으려 하지만, 그것으로 만족할 수 없는 사람들도 있다. 제가 그리워하는 것을 단 한순간이라도 제 손으로 붙잡으려는 사람들, 그것이 사태를 돌이킬 수 없는 파멸로 몰아가는 일이라 할지라도, 신화의 장막을 찢고 한 번의 빛에 눈이 멀어버리려는 젊은이들이 있다. 말라르메는 이 한 움큼의 체험, 이 한 번의 빛 보기가 인간의 능력으로 저 정신적인 우주와 드잡이할 수 있는 유일한 방법임을 모르지 않았다.

말라르메의 제자들은, 특히 발레리는 이 마지막 구절을 못 들은 체했다. 그는 저 정신적인 우주를 괄호로 삼고 그 안에 들어올 것에 관해서는 입을 다물었다. 소멸해야 할 시인은 오히려 지성의 불꽃을 지키며 항상 깨어 있는 정신으로 낱말들을 계산해야 할 사람으로만 이해됨으로써 그 화자로서의 주체성이 더욱 강조되었다. 거기서 시적 주지주의 하나가 성립하였으며, 그것이 우리의 시에까지 쉽게 무너지지 않는 울타리 하나를 만들었다. 무엇보다도, 내 나이 이상의 글 쓰는 사람들이라면 누구나 한 번쯤은 손에 쥐었을 송욱의 『시학평전』에 대해 말해야 한다. 이 근면한 주지주의자는 이 책에서 현대시의 기초로 프랑스의 상징주의를 대대적으로 소개하면서, 보들레르와 말라르메와 발레리의 시와 시학을 이야기하였을 뿐 랭보에 관해서는 그 이름조차 언급하지 않았다. 발레리의 말을 빌리자면 "무엇인지 모르나 상징적인 계산법을 창안해내는 자"인 말라르메의 대척점에서 "무엇인지 모르나 전대미문의 방사선을 발견한 자"인 랭보는 그 지성의 검열을 통과할 수 없었던 것이다. 그것은 반세기 전의 일이지만, 아직도 한국의 랭보들은 제가 본 전대미문의 방사선을 저쪽 강변에서만 숨죽여 말한다. 그 미학적 가치는 의심스러운 것이 되고, 그 정치적 역량은 실제만큼 높이 평가되지 않는다.

사실을 말한다면 '상징적 계산법'은 '전대미문의 방사선'의 전설을 온건하게 간직하는 방법이기에 중요하고, 그 위험한 모험을 만류하는 척 격려하는 조건이기에 가치가 있다. 우리들의 삶과 엮여 있는 또하나의 삶이 없다면, 낱말들이 충돌하면서 상호 간에 점화하는 불꽃으로 암시되는 그 웅성거림은 어디서 기인할 것인가. 그 웅성거림이 없다면 순수한 타자가 어느 문으로 올 것인가. 『시학평전』이 여전히 성가를 떨치고 있던 시절에 김구용 시인이 썼던 시 한 편을 읽는다.

나는
시들어 떨어진 꽃에서

어느 아기 어머니를 보았다.

그 꺼칠한 길에

이상한 해무리가 떠 있었다.


몸은 괴로움을

영양화하는 공장이었으나

분명한 생각의 경치이며

실은 비를 맞고 있었다.

책임 없는 아름다움을

누구나 감상하듯이.


힘드는 목숨일 바에야

흠 없는 말씀은

자동기自動機가 낳은 상품 정도라고나 할까.

다리 밑에서 더러운

사람들은 정을 나눈다.


가을 나무는

어느 아버지,

나는 감동을 받았다,

나라 없는 포로의 행렬이

다시 떠난 뒤에도……2)

「어느 날」이라는 시의 전문이다. 품위 있는 말과 자연스러운 리듬, 잘 만들어진 은유와 지혜로운 결구는 아무리 고통스러운 삶이라도 하나의 풍경으로 보이게 하겠지만, 이 "흠 없는 말씀"이 "다리 밑에서" 나누는 "더러운 사람들의 정"만 하겠는가. "나라 없는 포로의 행렬"은 바람에 불려가는 낙엽들이겠지만, 또한 만물의 아버지인 시인이 안아 들여 합당한 표현을 만들어주어야 할 타자들이기도 하다. 주지주의와는 관계없이, 선비였던 구용 시인은 시라고 말하기 어려울 정도로 긴 산문시들을 빌려 언어적 측면에서건 사상적 측면에서건 온갖 모색을 다 하면서도, 정작 운문의 형태를 갖춘 시에서는 가능한 한 온건하게 말하려고 애쓴다. 식민지 시대에 뒤이어 전란을 겪었던 나라에서 아버지 되기의 책임이 그렇게 막중했던 것이다.

구용 시인이 이 시를 쓴 것은 1966년이자 내 나이 스물한 살 때의 일이다. 나는 아버지가 아니었으며, 언젠가는 아버지가 되리라는 생각조차 하지 않았다. 그 시절 어느 날 바느질을 하던 어머니가 하릴없이 누워 있는 나에게 말했다. "남섭아, 바늘에 실 좀 끼워다오." 남섭은 내 이름이 아니다. 당시의 내 나이가

---

2) 김구용, 『김구용 문학 전집 1』, 솔출판사, 2000, 47~48쪽.

되기 전에 비참한 정황에서 죽었던, 어머니의 동생이자 내 외삼촌의 이름이다. 깊은 슬픔을 밑에 깔고 어머니가 누리는 잔잔한 평화 속에서 죽은 삼촌과 내가 뒤섞이는 이 인접성, 나는 그것을 어머니의 환유라고 부른다. 어머니는 어느 날 아버지 대신 나를 부르기도 할 것이다. 나는 순수하고 완벽해서 아버지가 되는 것이 아니다. 환유는 결여된 은유다. 어머니의 결여와 세상의 결여가 내 결여 속에 들어옴으로써 나는 아버지가 된다. 어디엔가 정신적인 우주가 있다면 그것이 발휘될 수 있는 터전은 나의 결여 이외의 다른 것이 아니다.

제2부

현대시의 길목

# 한용운

## —이별의 괄호

한용운이 『님의 침묵』[1]을 쓸 때, 그에게는 분명히 조국 광복에 대한 염원이 있었으며 높은 지혜의 체득을 향한 한 선사의 희구가 있었다. 시집에서 줄곧 님을 그리워하는 한 여자의 목소리를 빌리고 있던 그에게는 또한 한 연인의 열정이 없었다고 말하기 어렵다. 『님의 침묵』의 '작가적 의도'에 관해 말하려 한다면 이 염원과 희구와 열정의 어느 한쪽도 제쳐놓을 수 없다. 시인이 애국시를 쓰려 했을 때도 그는 여전히 연인이었으며, 오도시를 쓰는 선사로서도 민족의 암담한 현실에서 초탈할 수 없었으며, 연애시의 어조로 사랑을 갈구하면서도 그는 무애의 정신

---

1) 이 글에서 인용하는 시편들은 韓龍雲의 『님의 沈默』(滙東書館, 1926)의 해당 텍스트를 현대의 정서법에 따라 바꿔 쓴 것이지만, 이 바꿔 쓰기는 논리적이 아니라 감각적이어서, 철저하다고 할 수 없다. 이를테면 '님'을 '임'으로 바꾸지 않았다. 한자는 한글로 바꾸었다. '전문'이라고 밝히지 않은 시는 부분만 인용한 것이다.

적 경지를 구하는 수도자로 남아 있었다. 시인이 무엇을 의도했건, 이 마음속의 다른 힘들이 끼어들어와 『님의 침묵』을 그 의도 이상의 것으로 만들었다.

그것뿐만이 아니다. 이 시집에는 타고르의 독서에서 얻은 새로운 시에 대한 개념이 있고, 불경의 강설을 통해 익숙해진 문체가 있으며, 근대문물에 대한 시인 나름의 이해가 있으며, 당시의 우리말이 놓인 형편이 있고, 시인이 염두에 둔 독자들의 정신상태가 있다. 이 모든 사정은, 저 염원과 희구와 열망과 함께, 시인의 의도가 『님의 침묵』이라는 또하나의 의도로 '생산'되는 조건이었다. 어떤 냉정한 작가도 이 사정과 힘들이 자기 작품에 개입하는 양과 방법과 계기를 완전히 결정하거나 조절할수 없다. 마찬가지로 어떤 근면한 연구자도 이 조건들이 작품의 여러 층위에서 맺고 있는 관계를 밑바닥까지 파헤치기는 어렵다. 그것은 온갖 종류의 복잡성 이론들이 나타나기 전에 이미 문학으로 실천된 복잡성이다.

『님의 침묵』은 우리 문학에 가르쳐주는 것이 많다. 식민지 치하에서 주눅든 우리말의 정서적 역량을 높인 이 시집은 음울하기 짝이 없는 현실에서도 준동하는 정신의 한 활기를 늘 다시 증명한다. 그뿐만 아니라, 이 작품을 기획한 최초의 의도에 방향이 다른 여러 의지와 힘들이 개입하여 그 의도 이상의 의도를 만들어낸 과정 자체가 우리 문학으로서는 어디에 비할 데 없이 중요한 경험이다. 『님의 침묵』은 여러 관점에서 늘 새롭게 해석되고 있지만, 그 해석들은 따로 놀지 않고 서로 엇물리거나 감싼다. 이 점은 만해가 독립운동가로도 선사로도 연인으로도 한 인간의 성의를 다함으로써, 자기 자신을 그 의지와 힘들이 서로 북돋우며 성장할 수 있는 장소로 만들었음을 또한 증명한다.

그러나 한 인간으로서의 이 성의는 그가 자신의 작품에 최초에 부여하려 했던 의도의 성의와 다른 것이 아니다. 작품이 항상 그 최초의 의도로 환원되는 것은 아니라고 하더라도, 작품이 발휘하는 힘은 그 최초의 성의로 환원된다. 어떤 변주에 따라, 높은 지혜에의 희구가 되고 좋은 세상을 향한 비원이 되고 순결한 사랑의 열정이 되는 이 절대적인 성의의 기운은 『님의 침묵』의 페이지 하나하나를 꿰뚫는다. 성의는 끊이지 않으나 그것이 어디에 닿을지는 알기 어렵다. 거기에 닿는 길은 멀고도 멀지만, 거기서 만나려 했던 것을 이름 짓고 그려내는 일이 또 어렵다. 마음은 그 어려움만큼 깊어진다. 그 존재를 "구태여 잊으라면/잊을 수 없는 것은 아니지만/잠과 죽음뿐이기로"(「나는 잊고저」) 마음의 포기는 불가능하다. 어려움이 절대적인 만큼 마음의 깊음도 "죽음"처럼 절대적이다. 만해의 시집은 이렇듯 그 절대적인 성의의 힘으로 어떤 절대적 존재를 형상하려 하고, 그 존재 앞에서 지녀야 할 마음의 자세를 성찰하고, 그 존재를 인간의 육체로 감지하는 희귀한 경험 하나를 한국문학에 끌어들였다. 『님의 침묵』의 시편들은 우리의 몸을 체험한 한 절대의 드라마를 현대시의 형식으로 기록한 최초의 한국어 텍스트에 해당한다.

만해에게서 절대의 표현은 흔히 선시에서 보는 것과 같은 황홀경의 묘사나 초월적 경지에 대한 암시가 아니다. 말할 수 없는 것을 두고 암묵하는 대신에 내뱉는 방편적인 언사가 아니며, 알아듣는 사람만 알아듣기에 사실 말할 필요가 없는 것을 말하는 척하는 핑계의 말이 아니다. 만해의 "님"은 인격적이고 구체적일 때만 님이다. 님은 시 「예술가」에서 말하는 것처럼, 그 얼굴에 "언제든지 작은 웃음이" 떠돌며, 시인에게 노래를 가르쳐준 적이 있으며, 그 집에는 "침대와 꽃밭"이 있고 그 꽃밭에는 "작은 돌"이 있다. 시인이 "그대로 쓰고" 싶어하나 늘 실패하는 것도 그런 것들이다. 그렇다고 만해가 서구의 오랜 형이상학적 전통이나 근대의 순수시가 내세우는 끝없는 부정의 방법에 의지하는 것도 아니다. 가령 신플라톤주의의 철학자라면, '이것도 아니다, 이것도 아니다'라고 반복해서 말함으로써만 전달할 수 있는 어떤 것의 이름 위에, 만해는 "수직의 파문을 내며 떨어지는 오동잎"과 "무서운 구름이 터진 틈으로 언뜻언뜻 보이는 푸른 하늘"(「알 수 없어요」)과 그리고 더 많은 것들을 차례차례 쌓아올린다. 형이상학자의 일자一者는 결여의 겉껍데기들을 하나씩 벗어버리면서 나타나지만, 실은 그 허물들 속으로 사라지지만, 만해의 님에서는 그 결함 있는 흔적과 파편들이 서로서로 그 결함을 보충함으로써 그 거대한 몸을 드러내는 것처럼 보인다. 그래서 이 작은 요소들의 부단한 협력 관계가 님의 절대적인 속성을 상대적인 너울들로 가리기도 한다.

그러나 만해에게서도, 님과 시인 사이에 해소되기 어려운 긴장관계가 없는 것이며, 이 간극은 저 부정의 형이상학에서 파악하게 되는 그것에 못지않게 치명적이다. 시집에서 내내 시인은 님을 한 번도 온전하게 누리지 못하며, 그 얼굴과 목소리마저 제대로 감지할 수 없다. 그는 "향기로운 님의 말소리에 귀먹고 꽃다운 님의 얼굴에 눈멀"(「님의 침묵」)고 말기 때문이다. 시인은 님에게 몸과 마음을 다 바치려 하면서도 님의 길을 따라가지 못할 뿐만 아니라, 그 발걸음을 만류하려고까지 한다.

> 그 나라에는 허공이 없습니다
> 그 나라에는 그림자 없는 사람들이 전쟁을 하고 있습니다
> 그 나라에는 우주만상의 모든 생명의 쇳대를 가지고 척도를 초월한 삼엄한 궤율로 진행하는 위대한 시간이 정지되었습니다
> 아아 님이여 죽음을 방향이라고 하는 나의 님이여 걸음을 돌리셔요 거기를 가지 마셔요 나는 싫어요
> —「가지 마셔요」 부분

님이 세상에 어떤 흔적을 남겼더라도, 님이 인간의 시간에 어떤 모습으로 나타나더라도, 님의 정처는 인간을 넘어선 곳에 있다. "그 나라"는 온 공간이 실질로 가득차 있기에 허공이 없으며, "그림자 없는 사람들", 곧 그 자체가 빛인 사람들이 더 많은 빛을 다투는 곳이며, 생명의 원리는 말할 것도 없고 우주를 지배하는 물리적 법칙까지도 초월된 무시간의 자리이다. 시인이 말하는 것처럼 그 나라가 죽음의 세계는 아니라고 하더라도, 육체적 생명의 지배를 받는 인간으로서는 죽음 뒤에나 만나게 되는 세계인 것은 틀림없다.

님의 나라와 님의 존재가 인간의 육체적 감각을 벗어난다는 상상은 일자를 규명하기 위한 저 형이상학론자들의 부정과 다를 것이 없지만, 한용운에게는 그 절대적인 부정에 인간사의 한 곡절을 개입시키는 또하나의 개념이 있다. 무한한 것과 유한한 것의 뛰어넘을 수 없는 필연적 간극은 만해에게서 사람의 일일 뿐인 '이별'로 바뀐다. 이별도 님과 나의 만남을 가로막지만, 그것은 원칙적으로 그리운 것과 그리워하는 정신 사이에 하나의 기억을 전제한다.

황금의 꽃 같이 굳고 빛나던 옛 맹세는 차디찬 티끌이 되어서 한숨의 미풍에 날아갔습니다
날카로운 첫 키스의 추억은 나의 운명의 지침을 돌려놓고

뒷걸음 쳐서 사라졌습니다

―「님의 침묵」부분

님과 나 사이에 "황금의 꽃 같이 굳고 빛나던 옛 맹세"가 실재했는가는 따질 필요가 없다. 이별이라는 생각은 님에게 육체를 주고, 님과 나의 관계를 구성하여, 현실의 "차디찬 티끌"을 저 찬란한 빛의 흔적으로 끌어올리게 될 하나의 기억을 거기서 창출한다. 시인에게서 이전과 이후의 삶을 칼날처럼 분명하게 가른다는 점에서 "날카로운" 첫 키스에 대한 기억도 이별이라는 말이 떠오르게 되는 순간에 대한 운명적인 기억과 다른 것이 아니다. 이별은 과거를 만들고, 비록 만난 적이 없는 님이라고 하더라도 그 님과 나 사이에 인연을 상기시킨다. 정신은 있었던 일뿐만 아니라 있어야 할 일도 기억한다. 억제할 수 없는 욕망에 휩쓸리는 사람들이 자신의 소망을 실제의 기억이라고 여기는 경우에서도 볼 수 있듯이 기억은 아직 없었던 시간의 기억, 곧 전사前史의 기억이 되고 미래의 기억이 된다. 그래서 님의 거대한 넓이가 이별을 말하는 사람의 기억 속에 들어올 수 있다. 이별은 전사의 면면한 기억과 미래의 유유한 기억 사이의 경계를 허문다.

시 「사랑의 측량」은 이 이별의 개념에 대한 논리적 성찰이다.

즐겁고 아름다운 일은 양이 많을수록 좋은 것입니다

그런데 당신의 사랑은 양이 적을수록 좋은가 봐요

당신의 사랑은 당신과 나와 두 사람의 사이에 있는 것입니다

사랑의 양을 알려면 당신과 나의 거리를 측량할 수밖에 없습니다

그래서 당신과 나의 거리가 멀면 사랑의 양이 많고 거리가 가까우면 사랑의 양이 적을 것입니다

그런데 적은 사랑은 나를 웃기더니 많은 사랑은 나를 울립니다


뉘라서 사람이 멀어지면 사랑도 멀어진다고 하여요

당신이 가신 뒤로 사랑이 멀어졌으면 날마다 날마다 나를 울리는 것은 사랑이 아니고 무엇이어요

—「사랑의 측량」 전문


이 역설의 시는 님과 나의 거리가 멀어질수록 그리움이 그만큼 커진다는 뜻으로만 읽힐 수 있는 것이 아니다. 님과 나의 거리는 나의 비천함과 님의 고결함 사이를 벌리는 격차이기도 하다. 이별은 범접할 수 없는 님과 그리워하는 나를 가장 깊은 인연으로 맺어놓는 동시에 순결한 님과 범용한 나를 갈라놓는다. 님을 향한 나의 사모와 존경이 이 거리를 메우며 펼쳐지

기에 님의 비범함이 또한 이 거리에 의해 규정된다. 육체를 해탈하고서야 만날 수 있는 님의 존재가 이별의 개념으로부터 나왔다고는 말할 수 없다 하더라도, 님의 순결하고 무한한 넓이가 님과 나의 이별에 의해 인식되고 확장되고 보존되는 것만은 분명하다. 님은, 적어도 인간인 나의 마음속에서는, 이별이라는 인연의 장치에 의해서 그 확고한 존재를 얻는다. 그 특별한 존재와 그 속성이 한 인간의 슬픔과 울음에 의해 측량된다는 것은 신비에 속한다고 해야 할 것이다.

시 「이별은 미의 창조」는 이 신비에 대한 미학적 고찰이다.

이별은 미의 창조입니다

이별의 미는 아침의 바탕[質] 없는 황금과 밤의 올[系] 없는 검은 비단과 죽음 없는 영원의 생명과 시들지 않는 하늘의 푸른 꽃에도 없습니다

님이여 이별이 아니면 나는 눈물에서 죽었다가 웃음에서 다시 살아날 수가 없습니다 오오 이별이여

미는 이별의 창조입니다

—「이별은 미의 창조」 전문

이 시도 만해의 여러 시들처럼 논리적이면서 신비롭다. 시의 말을 일반 산문처럼 풀어놓으면 그 논리의 선이 더욱 분명하게

드러난다.―이별하는 일은 미를 창조하는 일이다. 실질이 없으면서도 황금처럼 보이는 아침햇살도, 올이 없으면서도 검은 비단처럼 보이는 밤의 어둠도, 생명의 영원한 순환인 자연도, 무한히 이어질 하늘의 푸른빛도, 그것들 자체로서는 중립적인 것이어서 인간의 마음에서 비롯되는 미추의 개념을 지니고 있지 않다. 빛과 어둠의 광막함도, 자연 조화의 숭고함과 천지의 무한함도 인간 의식의 산물인바, 이별과 같은 결여의 상태에서 그 성스러움과 위대함에의 감정은 더욱 절실해진다. 이와 같이 "이별은 미를 창조"한다. 이 내용에 이어지는 세번째 시구는 이 이별에 대한 예찬이면서 동시에 한탄이다. 이별은 위대함을 창조하는 일이며 동시에 위대함의 결여(또는 그 위대함에 대한 나의 결여된 인식)이기 때문이다. 이에 대한 결론으로 만해는 첫번째 시구를 조금 바꾸어서 마지막 시구를 쓴다. "미는 이별의 창조입니다." 앞의 풀이를 일단 존중한다면, 이 마지막 시구 역시 첫 시구와 같은 내용을 다른 통사법으로 쓴 말로, 즉 '미는 이별에 의해 창조된 것입니다'로 읽어야 할 것 같다. '정확한 논리'로 읽는다면 그렇다. 그러나 다르게도 읽을 수 있다. '미는 이별을 창조하는 것입니다'로, 아름답고 숭고한 것에 대한 동경이 이별을 이별 되게 하고 결여를 결여로 느끼게 한다고, 내가 나의 이별에 바치는 슬픔에는 저 무한하고 절대적인 것에 대한 이상이 깃들어 있다고, 그리고 무엇보다도 님의 아름다움을 아름다움으로 남겨두는 것은 미욱한 나와의 이별밖에 없다고.

님은 시간과 공간을 넘어선 곳에 있지만, 님과 나의 이별은 한 시대 한 공간의 정황이다. 님과 나 사이에 하나의 관계를, 또는 관계들을 설정하는 일은 이 이별과 거기서 오는 침묵을 통해서만 가능하다. 보들레르의 도식을 빌리자면, 만해에게서 아름다움의 반은 님의 절대적이고 영원한 비범함으로, 나머지 반은 이별과 침묵으로 이루어진다. 그러나 이 침묵을 소식의 한 형식으로 체험하려 하지 않는다면, 다시 말해서 알 수 없는 어떤 조화에 의해 이별이 한 드라마의 도식을 구성하는 단순 요소이기를 그치고 어떤 운동의 기억과 바람이 되지 않는다면, 「님의 침묵」의 마지막 시구가 말하듯 "제 곡조를 못 이기는 사랑의 노래"가 비록 부질없다 하더라도 그것이 "님의 침묵을 휩싸고" 돌지 않는다면, 한 시대의 정황은 오직 이별일 뿐 '님과 나의 이별'이 아닐 것이다.

논증가로서의 만해가 한 정황의 가장 나쁜 조건들을 주시하고 이별의 가장 비극적인 실상을 들추어낼 때, 시인 만해는 떠나보낸 님의 기억을 제 육체 속에서 끌어내어 미래에 던지기를 주저하지 않는다. 시인은 "영원한 시간에서 당신이 가신 때를 끊어내"고 다시 이어붙임으로써 "붓대를 잡고 남의 불행한 일만을 쓰려고 기다리는 사람들도 당신의 가신 때는 쓰지"(「당신이 가신 때」) 못하게 할 이상한 기획을 상상하기까지 한다. 사실 만해가 어디서 만나야 할지 모르는 님의 얼굴을 우리 눈에서 가장 가까운 자리에 그려 보여주는 것은 그가 자신의 심술궂은 논리를 잠시 잊어버렸을 때이다.

　　달 아래에서 거문고를 타기는 근심을 잊을까 함이러니 처음 곡조가 끝나기 전에 눈물이 앞을 가려서 밤은 바다가 되고 거문고 줄은 무지개가 됩니다
　　거문고 소리가 높았다가 가늘고 가늘다가 높을 때에 당신은 거문고 줄에서 그네를 뜁니다
　　마지막 소리가 바람을 따라서 느티나무 그늘로 사라질 때에 당신은 나를 힘없이 보면서 아득한 눈을 감습니다
　　아아 당신은 사라지는 거문고 소리를 따라서 아득한 눈을 감습니다

　　　　　　　　　　　　　　　　　―「거문고 탈 때」 전문

님의 일로 근심하는 사람이 그 근심을 잊기 위해 일으키는 곡조에 님의 형상이 담긴다는 것은 놀라운 일이 아니다. 님은 그 곡조와 함께 출렁이고, 그 곡조와 함께 사라진다. 그러나 거문고 소리가 사라질 때 "아득한 눈을 감"는 것은 님이라기보다는 시인 자신이 아닐까. 그는 높고 낮은 거문고의 소리 따라 상념했던 님을 이제 눈을 감고 다시 떠올려보려는 것이 아닐까.

그런데 "아득한 눈"이란 어떤 눈일까. '아득하다'는 '아련하게 멀다'는 말이며, '까마득하게 오래되다'는 말이다. 아니 어떤 이유로 혼미해진 정신은 모든 사물을 시간과 공간 저 너머에 있는 사물처럼 멀고 까마득하게만 느낀다. "아득한 눈"은 아득하게 멀어지는 눈이면서 동시에 그 아득한 눈을 아득하게 바라보는 눈이다. 그것은 님의 눈이며 나의 눈이다. 서로 아득하게 멀어지는 눈이며 서로 아득하게 바라보는 눈이다. 님도 나도 그 눈을 감는다. 그 감기는 눈 뒤에, 잡힐 듯 잡히지 않는 것을 감지하는 감각의 미묘함이 있다. 아득하게 눈을 감는 자의 감각은 깊다. 이별이 창조하는 미는 이 감각의 깊이와 다른 것이 아니다.

절대라는 말은 인간의 정신으로 온전하게 상상할 수 없으며, 인간의 인식으로 파악할 수 없고, 인간의 언어로 설명할 수 없는 어떤 현상과 존재를 단순하게 표현하기 위해 끌어 붙이는 말이지만, 그 현상이나 존재 자체는 모든 복잡성 이론의 시발점이 된다. 어느 것도 아니면서 모든 것인 어떤 것을 말하기 위해, 그 '어느 것'에 해당하는 것을 모두 열거할 수 있는 사람은 없으며, 짐작할 수 있는 사람도 없다. '어느 것들'은 '어떤 것'을 무한하게 나타내고 무한하게 가린다. 그래서 짐작할 수 없었던 '어느 것' 하나가 모든 논리를 공론으로 돌리고 모든 계산을 무위에 빠지게 한다. 바라볼 수도 들을 수도 없는 저 거룩한 님 앞에서 만해의 이별은 '어느 것들'의 조건이 다 파악되지 않는 자리에서 그리운 '어떤 것'을 말하고 내다보는 알레고리이다. 다시 말해서 '어떤 것'을 무한하게 드러내면서 가리는 '어느 것들'이 차례차례 그리고 동시에 들어오는 괄호다. 이 괄호는, 절대라는 말이 그렇듯이, 정신의 자유로움과 감정의 섬세함과 감각의 깊이를 촉구하는 명령과 다른 것이 아니다. 만해는 님과 이별의 개념으로 서투르지만 서투름을 늘 다시 원통하게 여기는 말로 끝없이 쓰이게 될—끝없이 저 괄호를 메우게 될—시를 지시한다.

# 소월의 자연

    자연에 대한 언급이 없는 소월의 시는 거의 없다. 『진달래
꽃』[1]에서는 시구 몇 개만 건너면 자연을 만나게 되고, 또 그 자
연이 시의 음조 속에 끼어들거나 젖어드는 방식은 적절하다기
보다 차라리 감쪽같아서 특별히 '자연'이라는 개념을 염두에 두
지 않는다면 늘 거기 있는 길섶의 풀잎처럼 지나쳐버릴 정도다.
그에게서 자연이 주제인지 배경인지를 따지는 일이 그만큼 부
질없기도 하다. 그의 정한은 자연과 구별되지 않으며, 하나하
나의 감정은 자연에서부터 배어나와 다시 자연 속으로 스며든
다. 「금잔디」나 「산유화」 같은 시는 말할 것도 없거니와 자연과
는 딱히 연관이 없는 것처럼 보이는 시에서도 자연에 대한 짧은
언급은 평범한 언술이 시적 정취를 얻는 데 결정적인 역할을 한

---

1) 이 글에서 인용하는 『진달래꽃』의 시편들은 김소월의 텍스트를 현대의 정서
  법에 따라 바꿔 썼으며, 한자는 한글로 바꾸었다.

다. 시 「님과 벗」에 "고초의 붉은 열매 익어가는 밤을"이 없다면, 이 짧은 진술은 범속한 술타령에 불과했을 것이며, "살기에 이러한 세상이라고"를 전체 4행에서 두 번이나 반복하는 시 「낙천樂天」이 "꽃 지고 잎 진 가지에 바람이 운다"로 끝나지 않았으면 단순한 신세 한탄에 그치고 말았을 것이다. 이런 종류의 시에서 그 주제는 이들 자연 표현을 가능하게 하기 위한 일종의 핑계처럼 보이기까지 한다.

자연에 대한 언급이 주제와 긴밀하게 연결되어 있을 때에도 이 점은 마찬가지다. 시 「부모」를 시작하는 시구 "낙엽이 우수수 떨어질 때"는 "나는 어쩌면 생겨 나와"를 묻는 시의 주제를 함축한다고도 볼 수 있다. 어머니의 "옛이야기"를 듣는 아들의 모습이 뿌리를 찾아가는 낙엽에 비유되는 것이 당연하기 때문이다. 그러나 이 시구는 '낙엽귀근落葉歸根' 같은 말을 떠올려서 시를 무겁게 하기보다는 따뜻한 방 하나를 에워싸고 모자의 대화를 한결 더 정겹게 만드는 스산한 외부세계로서의 가치가 더 크다. 그렇다고 이 외부세계가 실내의 평화를 위협하는 것은 전혀 아니다. 우수수 떨어지는 낙엽은 "겨울의 기나긴 밤"을 만들고, 그 긴 밤은 어머니와 아들을 한자리에 오래 앉게 한다. 낙엽을 날리는 겨울바람은 모자의 모습을 가운데 두고 둥글게 바림질한 사진의 아련한 외곽과 같으며, 혈육의 정은 겨울 정경의 구성요소가 되는 데 그치지 않고 겨울바람의 한 성분이 되기까지 한다. "내가 부모 되어서 알아보랴?" 듣기에 따라서는 싱겁기도 한 결론으로서의 이 의문문은 바로 그 때문에 긴 겨울밤의 끝없는 긴 이야기 속에 안온하게 묻힌다.

때로는 인간사에 아련한 바람을 만드는 이 자연이 시의 전체적인 맥락에서 벗어날 때도 있다. 시 「엄마야 누나야」에서, "뜰에는 반짝이는 금모래빛"이 있는 집, 즉 강을 내려다보는 집의 "뒷문 밖에는 갈잎의 노래"가 있다는 말을 이해하기는 쉽지 않다. 중요한 것은 "금모래빛"과 "갈잎의 노래"를 어느 자리에건 집 주위에 배치하는 것인데, "뜰"과 "뒷문 밖"을 시의 음조에 따라 선택된 것이라고 생각해야 한다. 시 「바리운 몸」의 마지막 연도 엄격한 눈에는 트집거리가 되기 쉽다.

꿈에 울고 일어나
들에
나와라.


들에는 소슬비
머구리는 울어라.
풀 그늘 어두운데


뒷짐 지고 땅 보며 머뭇거릴 때.

누가 반딧불 꾀어드는 수풀 속에서

'간다 잘 살아라' 하며, 노래 불러라.

    마지막 연은 매우 아름답지만, "소슬비" 곧 으스스하고 쓸쓸하게 내리는 빗속에서 반딧불이 날거나 어디로 꾀어든다는 것이 사실에 부합할 수 없다. 그렇더라도 이 선연한 시구가 없다면 이 시는 독자의 눈도 귀도 끌지 못했을 것이다. 게다가 설명이 불가능한 것도 아니다. "반딧불 꾀어드는 수풀"은 '늘 반딧불이 꾀어드는 그 수풀'이란 뜻으로 이해한다 해도 부당할 것이 없다. 비만 오지 않았으면 반딧불이 꾀어들었을 그 수풀에서 지금 누가 노래하는 것이다. 다른 방식으로도 이해가 가능하며, 어쩌면 이편이 더 적절할지 모르겠다. "뒷짐 지고 땅 보며 머뭇거릴 때" 다음에는 마침표가 찍혔을 뿐만 아니라 앞뒤에 연을 가르는 공백이 있다. 이 시구는 다음 연의 술어 "노래 불러라"에 걸리는 부사절이 아니라고 할 수 있다. 반딧불 날고 노랫소리 들리는 수풀은 꿈에서 본 풍경의 회상일 수 있고, "뒷짐 지고 땅 보며 머뭇거"리는 사람이 머릿속에 다른 풍경 하나를 떠올렸을 수도 있다. 더 간단한 설명도 가능하다. 소월의 시에서 자연 풍경이 공간상으로 원근이 불분명한 것처럼, 시간상으로도 그 진술의 선후가 크게 중요하지 않다고 할 수 있다. 소월은 이 근심과 비애의 시간에 그 심경의 깊이와 연결될 풍경 하나를 시의 말미에 배치한 것일 뿐이라고 말할 수도 있다. 어느 경우에건, 버려진 사람으로서의 화자 앞에서, 또하나의 버려진 사람인 가객의 노래는 저 삭막한 심정과 함께 그에 대한 초탈을 동시에 표현한다. 소슬하게 비 오고 개구리 울어대고 수풀이 어둡게만 보이는 밤의 들녘에 꿈결처럼 끼어드는 "반딧불 꾀어드는 수풀"은 고개 숙인 정신에 초현실적 분위기 하나를 또렷하게 구성한다.

시 「엄숙」도 수월한 시라고 말하기는 어렵지만 소월의 시에서 자연에게 맡겨진 기능을 잘 보여주는 시이다.

> 나는 혼자 뫼 위에 올랐어라
> 솟아 퍼지는 아침 햇볕에
> 풀잎도 번쩍이며
> 바람은 속삭여라.
> 그러나
> 아아 내 몸의 상처받은 맘이여
> 맘은 오히려 저프고 아픔에 고요히 떨려라
> 또 다시금 나는 이 한때에
> 사람에게 있는 엄숙함을 모두 느끼면서.

'저프다'는 두렵다는 뜻인데, 아침의 풍광과 "상처받은 맘"과 이 두려움의 관계, 그리고 뒤따라오는 "엄숙함"과의 관계는 미묘하다. 자연의 웅장함과 유장함 앞에서 인간을 넘어서는 어떤 힘을 느끼고, 경건하고 엄숙한 마음을 지니게 되는 것은 누구에게나 낯선 일이 아니다. 지금 시인은 그런 거대하고 광막한 자연 앞에 서 있는 것이 아니다. 그는 유현한 골짜기를 내려다보는 것도, 무변한 바다를 마주하고 있는 것도 아니다. 시인이 "뫼"라고 표현하는 산은 폭포도 절벽도 없는 마을 근처의 작은 동산에 불과할 것이다. 그러나 "내 몸의 상처받은 맘", 곧 민감한 마음은 한줌의 햇볕과 한줌의 바람, 풀잎의 싱그러운 빛만으로 "사람에게 있는 엄숙함을 모두" 느낄 수 있다. 그는 자연에 압도되지 않으면서 자연으로부터 받아야 할 것을 다 받는다. 그가 시에 어떤 특별한 장치를 하지 않아도, 자연에 대한 한 줄의 언급이 그의 심정을 고스란히 드러낸다. 자연은 그를 대신해서 생각하고, 대신해서 표현한다. 시에서 자연을 그만큼 경제적으로 사용한 사람은 없다. 아니 그는 자연을 '사용'하지 않는다. 자연은 그에게 생각의 연장延長이고, 그의 생각은 자연의 연장이다. 자연과 소월 사이에는 시공간의 거리가 없다.

소월은 자연을 탐방하지 않았으며, 자연에 특별한 경관을 구하지 않았다. 그는 백석처럼 음습하고 무기巫氣 어린 자리에 특별한 눈길을 주려 하거나, 근대의 교통기관을 이용하여 변화무

쌍한 시선으로 자연을 보려 하지 않았다. 북방정서와 같은 특이한 정서로 사물을 바라보지도 않았다. 서정주처럼 종교적이건 인생론적이건 어떤 철리에 따라 자연을 변조하지 않았다. 그는 자연으로 심경을 드러내지만 자연은 그 심경의 비유가 아니다. 소월에게서 자연은 말의 가장 정확한 의미에서의 자연이다. 자연을 말한다는 생각도 없이 자연을 말하는 그는 자연을 묘사하지 않았으며, 따라서 그의 자연 풍경에는 개인적 구도가 없다. 가령 「산유화」의

> 산에
> 산에
> 피는 꽃은
> 저만치 혼자서 피어 있네

의 "저만치"는 어디를 기준으로 '저만치'일까. 시인이 서 있는 자리로부터의 거리라면 "혼자서"라는 말이 명확하게 설명되지 않는다. 사람들은 들꽃이 피어 있어도 눈여겨보지 않는다. 가까이 다가가지도 않는다. 들꽃은 사람들이 보건 말건 저 혼자서 피어 있다. 들꽃은 바라보는 시선에서가 아니라 바라보지 않는 시선에서 "저만치 혼자서 피어 있다". 물론 시인과 무심한 사람들의 거리도 '저만치'이다. 시인이 무심한 사람들과 들꽃의 사

이에 서 있다. 아니 그보다는 사람들의 시선과 자신의 시선이 구별되지 않는 시선으로 들꽃을 바라본다. 그러나 이 시선이 흔히 말하는 무슨 절대자의 시선 같은 것은 아니다.

소월의 이 시선은 시의 음조에 있어서 자주 비교되는 베를렌의 시선과도 다르다. 베를렌의 「흰 달」을 소월도 읽었을, 그의 스승 김억의 번역으로 적는다.


　　은색銀色의 흰 달은

　　수풀에 빛나며

　　나뭇가지, 가지마다

　　스미는 소곤거림은

　　푸른 잎 아래서……

　　'아아 나의 사람아'


　　반사反射의 거울인

　　지면池面은 빛나며,

　　윤곽輪廓만 보이는

　　검은 버드나무엔

　　바람이 울어라……

　　'아아 이는 꿈꿀 때'

보드랍고도

넓은 고운 위안慰安은

홍채虹彩로 빛나는

밤의 별하늘로

내려오아라⋯⋯

'아아 이는 고운 밤'[2]


맞춤법과 띄어쓰기는 현행의 맞춤법을 따랐으나 개인적 어조는 그대로 남겨두었다. 베를렌은 이 시의 제1연에서 먼저 숲에 내리는 달빛을 받으며 바스락거리는 나뭇잎 소리를 들으며 연인을 생각하며, 이어 제2연에서는 연못에 비쳐 있는 버드나무의 검은 그림자의 몽상에 잠긴다. 마지막 연에서는 이 미묘한 분위기에 떨어져내리는 달빛을 관상하며 자신의 가라앉아 있는 마음을 들여다본다. 김억이 "아아 이는 고운 밤"으로 옮긴 마지막 시구를 우리의 번역으로 다시 바꾸면 "그윽한 시간이다 C'est l'heure exquise" 정도가 된다. 베를렌의 시선은 조직적이다. 그는 사람들에게 자신의 시선으로 자연을 보고 느끼게 한다. 소월이 이런 시선을 몰랐던 것은 아니다. 「찬 저녁」 같은 시에서는, 네 연에 걸쳐 "퍼르스레한 달"이 걸린 성황당의 풍경과 "눈

---

2) 金億 譯, 『懊惱의 舞踏』, 廣益書館, 1921, 17쪽.

녹아 황토 드러난 멧기슭의" 무덤과 냉정한 세상과, 마지막으로, 땅에 누워 달을 보는 자신의 모습을 개성적인 시선으로 그린다.

소월의 시선은 사람들의 시선과 구별되지 않는다. 자연과 사물을 대상화하지 않는 그에게는 사실상 시선이라고 불러야 할 것이 없다.

자연이 몸의 일부이고 생각의 연장인 소월에게 이렇듯 있는 듯 없는 듯 친숙한 자연이 없어졌을 때, 그는 옷을 벗고 길거리에 나선 사람처럼, 또는 갑자기 촉수를 잃은 곤충처럼 당황한다. 다음은 「서울 밤」의 세 연 가운데 두번째 연이다.


나의 가슴의 속 모를 곳의

어둡고 밝은 그 속에서도

붉은 전등이 흐득여 웁니다.

푸른 전등이 흐득여 웁니다.

푸른 전등이 흐득여 웁니다.

붉은 전등.

푸른 전등.

머나먼 밤하늘은 새카맙니다.

머나먼 밤하늘은 새카맙니다.

소월은 서울의 밤 풍경을 자신의 내면 풍경과 직접적으로 대응시키려 하는데, 이는 그가 쓰던 방식이 아니다. 비유는 졸렬하고 낱말들에는 정조를 환기하는 힘이 없다. 소월은 즐겨 쓰던 자신의 음조마저 잃어버린 것 같다. 전혀 다른 경우지만, 소월이 사람들의 시선에서 자기 시선을 거두어들여 자기 내면에 집중시킬 때도 통사법과 어조가 과도하게 개인적 성향을 띠어, 정돈되지 않은 감정의 너울을 헤어나지 못한다. 「비난수하는 맘」 같은 경우가 대표적이다. 말을 심각하게 하려다보니 문장 조직이 어지러운데, 혼란된 문법이 깊이를 만들어주지는 않는다.

소월은 늘 자연을 말했지만 자연으로 풍경을 만들지는 않았다. 어느 이론가가 말한 것처럼 현대 의식은 풍경의 발견 이후에만 있는 것은 아니다. 정신이 환경 속에 확산되면서, 또는 환경이 정신 속에 삼투하면서, 자아가 자연을 통해 생각하고, 자연이 자아를 대신해서 생각하는 것도 현대적 지각의 하나이다. 우리가 현대 예술의 가장 고양된 열정을 믿는다면 그 지각이야말로 본질적으로 현대적이다. 김소월의 자연은 민요적 자연이 아니다.

# 김기림에게 바치는 짧은 인사

　식민지의 백성으로 살아가는 삶의 진정한 비극은 부끄러운 일과 마찬가지로 영예롭게 여겨질 일까지도 자주 죄가 된다는 데 있을 것이다. 믿고 살아온 정신의 터전이 비웃음거리가 되고, 그렇다고 새로운 터전을 제 의지로 일궈낼 수도 없는 사정에서는, 순박한 삶은 몽매함의 표현이 되고, 고매한 이상의 추구조차도 도피의 혐의를 벗기 어렵다. 명랑한 활기도 제 처지를 망각한 사람의 경박함으로 치부되기 십상이지만, 저와 제 주변을 황폐하게 하는 우울한 정신으로 제 사지를 절단할 수는 없는 일이다. 시절이 불리할수록 어떤 단안이 필요하고, 어떤 방식으로건 한 걸음을 내딛는 일이 중요한데, 그것이 말처럼 쉽지 않다.

　김기림은 『태양의 풍속』(학예사, 1939)[1]의 첫머리에 "어떤 친

---

1) 이 글에서 인용하는 『태양의 풍속』의 시편들은 김기림의 텍스트를 현대의 정서법에 따라 바꿔 썼으며, 한자는 한글로 바꾸었다.

한 '시의 벗'에게" 보내는 편지, 실은 자기 자신에게 쓰는 편지를 서문으로 붙이면서, "저 동양적 적멸"이나 "무절제한 감상의 배설"과 "차라리 결별"할 것을 약속했다. 그는 이 약속을 지켰다. 그의 현대주의의 행보는 사실상 이상의 언어 전복 작업과 함께 식민지 시대의 가장 중요한 문학적 모험에 해당한다. 서문의 편지는 한껏 멋을 낸 글이지만, 그로서는 문장을 공교롭게 가다듬는 작업이 심사숙고의 흔적을 보여주는 일이기도 하고 제 마음의 깊이를 측정하는 일이기도 했을 것이다. "비만하고 노둔한 오후의 예의"를 벗어버리고 "오전의 생리"와 "명랑하고 선인장과 같이 건강한 태양의 풍속"을 배우자고 말하면서 그는 씩씩하다. 그는 같은 자리에 두 번 머물지 않을 것을 다짐한다. 그러나 편지의 마지막 몇 문장이 조금 의아하다. "어디로 가느냐고? 그것은 내 발길도 모르는 일이다. 다만 어디로든지 가고 있는 것만은 사실일 게다." '사실이다'도 아니고 '사실일 게다'다. 내딛는 발걸음에 정처가 없는 것이야 이런 성질의 모험이 늘 그런 것이라 치더라도, 시인은 제가 가고 있다는 사실까지 완전히 믿지 못하는 것처럼 말한다. 그는 모험의 대장정에 나섰지만 여전히 식민지의 감옥에서 자기검열에 붙잡혀 있다고 해야 하지 않을까.

그의 시 「북행열차」를 읽다보면 이 사정을 어느 정도 짚어낼 수 있다.

이민들을 태운 시커먼 기차가 갑자기 뛰어들었으므로 명상을 주무르고 있던 강철의 철학자인 철교가 깜짝 놀라서 투덜거립니다. 다음 역에서도 기차는 그의 수수낀 로맨티시즘인 기적을 불 테지. 그렇지만 이민들의 얼굴은 차창에서 웃지 않습니다. 기관차에서 버려진 연기가 사냥개처럼 검은 철길을 핥으며 기차의 뒤를 따라갑니다.

이 시는 구조가 복잡한 시집 『태양의 풍속』에서, '시네마 풍경' 편에 속하는 '삼월의 시네마'의 여덟 편 시 가운데 하나이다. 그들 시의 대부분이 서구의 어느 영화에서 보았을 듯한 장면을 시적으로 번안한 것이어서, 이 시도 그 범위 안에서 이해해야 할 것 같지만, 지난 세기의 유럽에 북행하는 이민열차는 없었다. 영화에서건 현실에서건 이 북행열차에는 분명 만주로 살길을 찾아가는 조선 사람들이 타고 있다. 그런데 왜 철교를 "강철의 철학자"라고 말할까. 그 대답은 『태양의 풍속』보다 먼저 출간된, 그러나 거의 같은 시기이거나 나중에 집필된 장시 『기상도』의 한 구절에서 찾을 수 있을 것 같다.

대지의 뿌리에서 지열을 마시고

떨치고 일어날 나는 불사조

예지의 날개를 등에 붙인 나의 날음은

태양처럼 우주를 덮을 게다

아름다운 행동에서 빛처럼 스스로

피어나는 법칙에 인도되어

나의 날음은 즐거운 궤도 위에

끝없이 달리는 쇠바퀴일 게다


여기서 열차의 "쇠바퀴"를 굴러가게 하는 철로는 자유의지의 발양이 우주적 법칙의 필연성과 일치되는, 그래서 모든 행동이 자기 확신 속에서 전개되는 아름답고 "즐거운 궤도"로 나타난다. 그러나 「북행열차」의 기차는 결코 웃을 수 없는 이민들의 얼굴을 싣고 그 철학자 철로 위로 달려간다. 자유의지의 확신이 명상 주무르기로 격하되는 순간, 이 강철 철학자는 이상의 상념 속에 끼어든 현실에 놀라지만, 반성하기보다는 불평한다. 자신이 자신의 현실에 눈감을 때만 얻어지는 이 확신을 자기 확신이라고 말할 수는 없다. 어쩌면 시인은 자신의 처지를 "기관차에서 버려진 연기"에서 발견하는지 모른다. 연기는 "사냥개처럼 검은 철길을 핥으며 기차의 뒤를" 쫓아간다. 연기로 표현된 어떤 의지, 모험을 뒤쫓는 모험의 의지는 기차에 몸을 실을 수 있을 때까지, 어쩌면 저 자신이 철로를 창출할 수 있을 때까지 달려가려 할 것이다. 이 슬픈 용기를 작게 평가할 수 없다.

그러나 김기림은 이 용기를 활용하기보다는 늘 거기 있다는 것을 확인하고 보존하려 하지 않았을까. 다음은 같은 시집의 '화술' 편 세번째 묶음 '오전의 생리' 가운데 첫번째 시 「깃발」의 전문이다.

파랑 모자를 기울여 쓴 불란서 영사관 꼭대기에서는
삼각형의 깃발이 붉은 금붕어처럼 꼬리를 떤다.

지중해에서 인도양에서 태평양에서
모든 바다에서 육지에서
펄 펄 펄
깃발은 바로 항해의 일 초 전을 보인다.

깃발 속에서는
내일의 얼굴이 웃는다.
내일의 웃음 속에서는
해초의 옷을 입은 나의 '희망'이 잔다.

시인이 이 시를 쓸 때, 프랑스는 아프리카와 동남아시아 식민지를 가진 열강의 하나였지만, 시인의 마음을 더 크게 끌었던 것은 필경 그 나라가 상징주의와 초현실주의의 나라로 문학적 모더니즘의 본고장이라는 점이었을 것이다. 이 시가 쓰였을

1930년대 중엽, 프랑스와 서구에서는 앙드레 브르통의 지휘 아래 초현실주의의 국제화를 진행하고 있었다. 새로운 세계로 뻗어가려는 모험가들의 깃발은 세계를 뒤덮을 하나의 의지로 쉬지 않고 펄럭이며 "바로 항해의 일 초 전을" 뽐내어 미래의 "희망"을 고지하고 있다. 식민지의 백성에게는 깃발이 없다. 영사관의 깃발은 시인 자신의 것이 아니나 한 사람의 지식인(이럴 때도 이 말은 슬프다)으로서의 그의 "희망"과 무관하다고 할 수는 없다. 그의 희망은 "해초의 옷을" 입고 아직 물속에 잠겨 있다. 시인은 영어로건 일본어로건, '초현실주의'라는 말을 처음 만들어낸 아폴리네르를 읽지 않았을까. 아폴리네르의 시 「행렬 Cortge」에는 다음과 같은 구절이 들어 있다.

해초에 덮인 거인들이
탑들만이 섬인 그들 해저의 도시를 지나가고
이 바다는 그 심연의 광채와 함께
내 혈관에 피 되어 흘러 지금 내 심장을 고동치게 한다

아폴리네르가 말하는 이 "해초에 덮인 거인들"은 인류와 종족의 역사를 구성하는 모든 요소들과 현상들, 한 개인을 다른 모든 개인들과 공시적·통시적으로 묶고 있는 거대한 총체적 그물망이다. 인간은 누구나 그 존재의 "해저"에 이 해초에 덮인

거인을 지니고 있다. 그러나 아폴리네르는 제 존재 아래서 벌써 '해초에 덮인 거인들'을 발견하지만, 김기림은 아직은 "해초의 옷을" 입고 있을 뿐인 자신의 "희망"을 제 마음속에서 발견한다. 아폴리네르에게서 한 현실의 잠재적 부분인 것과 김기림에게서 잠재 상태로만 존재하는 현실이 이렇게 만난다. 그리고 이점이 한국의 초기 모더니즘이 지녔던 성질의 상당 부분을 결정하며, 초현실주의에 대한 김기림의 평가가 또한 이 점에서 이해된다. 1930년에 한 신문에 발표했던 시 「쉬르레알리스트」에서 그는 초현실주의자를 "새벽의 땅을 울리는 발자국 소리에" 귀를 기울이는 정신의 개척자로 이해하면서도 결국은 생활이 없는 "피에로"로 규정하고 있다. 이성의 전복을 주장하는 초현실주의가 주지주의자인 그의 취향에 맞지 않았다는 데에만 이런 평가의 원인이 있지는 않을 것이다. 근대의 합리적 정신을 이제 갓 체득하고, 이성의 강철 궤도에 진입하여 이 땅의 어두운 역사를 벗어나려는 그에게 "생활"은 늘 '긴장된 생활'이다. 이성의 피안에서 어떤 세계가 그를 기다린다고 하더라도 그는 이 차안의 정신 줄을 한순간도 놓아버릴 수 없다. 그는 남은 풍속을 개탄하며 "새로운 생활"로 가려 하지만, 그 시도를 실행하기도 전에 검열하는 모더니스트가 된다. 그는 「풍속」이라는 제목을 붙인 시 가운데 하나를 이렇게 쓴다.

바다에서 쫓겨 가는 거리

바람이 빨고 간 거친 풍경 속에 늘어서는

아무 일도 생각지 않는 게으른 흰 벽.


신비로운 한대의 계명을

드디어 깨뜨리고

창들은 음분한 입을 벌리고 말았다.

오월의 바다를 향하여……


붉은 수건을 두른

백계로인의 여자의 다리가

놀란 파수병의 시야를 함부로 가로 건넌다.


바다는 끝없는 푸른 벌판

멀리 그저 멀리 떠나가려는 번뇌 때문에

진정치 못하는 기선들을 붙잡고 있는

부두의 윤리를 슬퍼하는 듯이

우뚝 솟은 흰 세관의 건물이

바다의 물결 소리에 귀를 기울인다.


거리는 바다에서 불어오는 바람을 두려워할 뿐만 아니라, 스스로를 표백하여 하얀 벽을 백기처럼 세우고 있다. 여기서도 교훈을 베푸는 것은 자연과 외국이다. 겨울이 물러가고 봄기운이 스며들자 게으르게 닫힌 창들도 관음의 호기심으로 "오월의 바다를 향하여" 열린다. 제 나라가 아닌 땅에서 살아가야 하지만 지금 몸 붙이고 있는 땅보다 자신이 더 우월하다고 생각할 수도 있는, 그래서 색다른 빛깔을 다른 땅에 옮겨올 수밖에 없는 백계 러시아 여자는 국경 따위야 안중에도 없는 듯이 행보한다. 드디어 이 겁 많고 게으른 해안의 기선들도 "끝없는 푸른 벌판" 멀리 떠나려는 "번뇌"를 다스리지 못하지만, "부두의 윤리"는 마음대로 떠나도록 그들을 내버려두지 않는다. 세관은 이 억압의 법칙 또는 풍속을 슬퍼한다. 그러나 저 슬픈 "부두의 윤리"를 관리하는 것은 바로 세관이 아닌가. "바다의 물결 소리에 귀를" 기울이고 거기에 응답하려는 의지는 이렇게 저 자신을 검열한다. 식민지의 모더니스트는 기선이면서 동시에 세관이다. 「바다와 나비」를 다시 한번 읽어보자.

아무도 그에게 수심을 일러준 일이 없기에
흰나비는 도무지 바다가 무섭지 않다.

청무우밭인가 해서 내려갔다가는
어린 날개가 물결에 절어서

공주처럼 지쳐서 돌아온다.

삼월 달 바다가 꽃이 피지 않아서 서글픈
나비 허리에 새파란 초승달이 시리다.

이 작품을 두고 '순진무구하고 철없는 지식인'이니 '냉혹한 현실'이니 하는 말은 사실 부질없다. '새로운 세계에 대한 동경과 좌절감'이란 말도 따지고 보면 부질없다. 문학적 모험이건 다른 모험이건 모험가는 순진하거나 철이 없어서 모험하는 것이다. 누가 콜럼버스에게 대서양의 넓이를 일러주었는가. 모험가에게 그가 헤쳐가려는 바다의 수심은 아무도 "일러준 일이 없"는 깊이가 아니라 아무도 알지 못하는 깊이일 뿐이다. 흰나비는 바다를 "청무우밭인가" 여겼다고 한다. 그는 새로운 세계를 찾아간 것이 아니다. 오히려 가장 낯익은 세계를 찾아갔던 것이다. 비극은 거기 있다. 식민지적 자기검열의 가장 큰 비극은 거기, 자기가 알지 못하는 해답을 다른 어떤 사람은 알고 있으리라고 생각하는 데에 있다. 물론 이야기가 여기서 끝나는 것은 아니다. 그가 "공주처럼 지쳐서 돌아온다"는 말은 그가 공주는 아니라는 말도 된다. 시인은 자신의 실패를 엄살 섞어서 말하지만, 이 엄살에는 나도 할 만큼은 했다는 속뜻이 담겨 있다. 그리고 이 엄살 위에 청백이 선명하게 대조되는 그림 하나를 보여준다. 이 아름답고 처절한 그림을 그리면서 그는 자기 뒤에 다른 어떤 사람이 이 실패를 두려워 말고 저 난바다로 나아가기를 바란다.

우리가 알려고 애쓰는 것을 다른 사람이라고 해서 벌써 알고 있는 것은 아니라는 사실을 알기까지 우리는 많은 시간을 보냈다. 김기림의 도움이 크다. 우리는 김기림에게 고개 숙여 절하며 그를 위로할 수 있다.

# 『오감도』 평범하게 읽기

최근에 들어 한국문단에 모더니즘 논의가 재개된 것과 거의 때를 같이하여 이상의 문학적 업적을 기리고 정리하는 작업이 다시 활기를 띠었지만, 이 두 개의 문학적 사건 사이에 아무런 접선이 없었다는 사실은 짚어둘 만하다. 이 점은 이해받지 못했던 이상의 짧은 생애 이후 그 두 배가 넘는 세월이 흐르는 동안에도 그에 대한 이해가 그 생전보다 더 깊어지거나 넓어지지 못했음을 우회적이면서도 강력하게 시사한다. 돌이켜보면, 그가 어쩌다 "우리 문학의 정상"에 우뚝 섰다는 찬사를 얻기도 했고, 말의 고혈을 짜내려고 했던 그의 문학이 여러 가지 새로운 생각을 촉매해온 것이 사실이지만, 그 난해하고 착종된 문장으로 빌미 잡히기 쉬운 그의 텍스트들이 항상 사실을 피해 달아나는 선부른 담론들의 아지트 구실을 해왔으며, 그래서 이상의 문학과 그의 명성이 그 담론들과 함께 공허한 울림만을 얻게 된 점을 덮어두기 어렵다. 이상이 한국현대문학의 뛰어난 모더니스트라고 운위되면서도 모더니즘과 관련된 제반 논의에 그가 크게 도움을 줄 수 없었을 뿐만 아니라 소외되기까지 한 것은 무엇보다도 그의 생애가 스캔들이 되고 그의 문학이 신화가 되어버린 저간의 사정에서 기인할 것이다.

그를 이해하고 이용하기 위해서는 그의 텍스트들을 우선 평범한 눈으로 읽어야 하며, 이로써 그 글쓰기의 성실성을 증명하는 일이 우선 급하다. 이상은 종종 자기 신화를 조작하기 위해 스스로도 알지 못하는 뜻 모를 글에 의지하였다는 혐의를 받았으며, 따라서 그의 명예를 위해서는 특별한 해명이 필요할 것처럼 여겨져왔다. 그러나 약간의 열의를 기울여 진솔하게 그의 글을 읽는다면, 그가 사개를 맞춰 일관성 있게 글을 썼다는 것을 금방 알게 된다. 예를 들어, 여러 가지 해결되지 않은 논란을 일으켰고, 그래서 정신분석이나 기호학으로 덮어두던가, 무슨 포스트모더니즘을 내세워 해체해야 할 것으로 치부된 적이 있는, 『오감도』[1]의 「시제6호」만 해도 구절구절 번호를 달아 주석하다 보면, 일관된 이야기 하나가 오롯이 떠오른다. 다음은 이 시의 본문과 철자의 주석이다.

---

1) 본고에서는 『오감도』의 텍스트를 朝鮮中央日報(1934년 7월 24일~8월 8일)에서 직접 인용한다. 지문 속에 짧게 인용할 경우에는 별기 없이 띄어쓰기를 하고 한자를 한글로 바꾸었으며, 어느 경우에나 현대의 정서법을 적용하였다.

앵무 ※  2필

　　　　　　2필

　　※  앵무는 포유류에 속하느니라.(1)

내가 2필을 아는 것은 내가 2필을 아알지 못하는 것이니라. 물론 나는 희망할 것이니라.(2)

앵무　　2필

『이 소저는 신사 이상의 부인이냐』『그렇다』

나는 거기서 앵무가 노한 것을 보았느니라. 나는 부끄러워서 얼굴이 붉어졌었겠느니라.(3)

앵무　　2필

　　　　　　2필

물론 나는 추방당하였느니라. 추방당할 것까지도 없이 자퇴하였느니라. 나의 체구는 중축中軸을 상실하고 또 상당히 창량踉蹌하여 그랬던지 나는 미미하게 체읍하였느니라.(4)

『저기가 저기지』『나』『나의―아―너와 나』

『나』

sCANDAL이라는 것은 무엇이냐.『너』『너구나』(5)

『너지』『너다』『아니다 너로구나』

나는 함뿍 젖어서 그래서 수류獸類처럼 도망하였느니라. 물론 그것을 아아는 사람 혹은 보는 사람은 없었지만 그러나 과

연 그럴는지 그것조차 그럴는지.(6)

(띄어쓰기 및 한자를 한글로 바꾸기—필자)


(1) 앵무새 두 마리가 있다. 시인은 ※표를 이용하여 그것들이 포유류에 속한다고 주를 붙인다. 포유류이면서 앵무새처럼 흉내내기의 특징을 지닌 짐승은 곧 원숭이다. 앵무-원숭이는 그 흉내내기의 부분에서 특히 언어의 영역을 담당한다. 이 두 마리 앵무새는 한마디 말을 놓고 서로 끝없이 따라 한다.

(2) 앵무새 두 마리를 알거나 모르거나 내게는 똑같은 일이다(내가 두 마리를 아는 것=두 마리를 알지 못하는 것). 다시 말해서 내게는 별 상관없는 일이다. 그러나 아는 쪽이 모르는 쪽보다는 "물론" 더 좋을 것이니 알려고 "희망"은 하겠다.

(3) 앵무새가 의문문의 문장 하나를 말했는데, 나는 거기에 "그렇다"고 대답했다. 그러자 앵무새가 화를 냈다. 내가 그의 말을 따라 하지 않고 엉뚱한 말을 하여 무한 반복 구조를 깨뜨렸기 때문이다.

(4) 나는 그들에 속하지 않았다. 그들이 추방하기 전에 자진해서 물러났다. 그러나 알게 모르게 상처를 받았던지 나는 온몸에 힘이 빠져 비틀거리며 흐느꼈다.

(5) 이렇게 해서 나에 대한 스캔들이 만들어졌는데, 그것은 "sCANDAL"이라는 글자에서 보듯이 눈덩이처럼 불어났다. 그

러나 그 내용은 역시 같은 말을 반복하는 혀 짧은 소리에 불과하다.

(6) 나는 눈물에 젖어서, 쫓기는 짐승처럼 도망하였다. 다행히 나의 이 추태를 알거나 본 사람은 없었지만, 그렇더라도 이일이 또다른 스캔들에 빌미를 제공하지 않는다는 보장은 없다.

생전에 그를 괴롭혔던 이 스캔들은 사후에도 그를 놓아주지 않았다. 이제 그를 해방하는 일에 성공할 수 있을지는 알 수 없으나, 우리는 그가 식민지의 재주 많은 젊은이였으며, 곤궁한 처지에서 폐질환을 앓았으며, 모든 희망을 예술에 걸었다는 정도의 기본적인 사항만을 고려하여, 그의 『오감도』의 시편들을 가능한 한 성실하게 읽으려 한다.

이상의 작품을 정직하게 읽는다면 거기에서 곧바로 발견할 수 있는 것은 사실 메마름뿐이다. 딱딱한 문체의 난해한 문장, 숫자나 전문용어의 빈번한 사용, 이런 따위의 미학적 또는 반미학적 조치만을 두고 하는 이야기가 아니다. 그의 전 작품을 통해 나무 이름 풀 이름 하나가 올바르게 등장하지 않는다는 것은 이미 알려진 이야기이지만, 이 황량한 불모지에서는 한 장면의 풍경도 제대로 소묘된 적이 없으며, 그것이 과거로부터 추억을 불러내거나 미래의 전망으로 이어지는 적은 더욱 없다. 과거와 미래가 없으며, 그래서 모든 현재의 기획이 그 자리에서 시작하

여 그 자리에서 중단되지 않을 수 없는 이런 종류의 글쓰기가
도대체 어디서 연유하는 것일까.

이상이 박태원이나 김기영 같은 '독지가'의 조력으로 어렵게
얻은 조선중앙일보의 문예란에 『오감도』를 연재할 때, 그 「시제
1호」부터가 그 당시의 독자들에게는 말할 것도 없고 오늘날의
독자들에게도 이런 특별한 종류의 시도 있을 수 있다는 것 이외
에 알려주는 것은 거의 없다. "십삼인의 아해가 도로로 질주"한
다. "길은 막달은 골목이 적당"하다고 시인은 거기에 주석을 단
다. 이어서 "제일의 아해가 무섭다고" 한다는 뜻의 말이 1부터
13까지 숫자와 조사만 바꾸어 열세 번 반복된다. 어떤 알 수 없
는 공포 속에서 거리를 질주하는 13인의 아이 ─ 이 미스터리는
해결되지 않은 채 끝난다. 시인은 "십삼인의 아해는 무서운 아
해와 무서워하는 아해"로만 집합되었다는 유일한 사정밖에, "다
른 사정은 없는 것이 차라리" 나으며, "뚫린 골목이라도 적당"하
고, "십삼인의 아해가 도로로 질주하지 아니하여도 좋"다는 식
으로, 스스로 설정하였거나 진술하였던 바를 거의 모두 철회하
면서 시를 끝내기 때문이다. 물론 이 13인의 아이에 관해서는
구구한 해석이 있었으나, 그 모두가 13인의 아이는 13인의 아
이라는 식의 동어반복에서 한 걸음도 밖으로 나간 것이 아니
다. 사실 13은 13일뿐이다. 그 시니컬한 이상이 이 숫자로 무엇
을 의미하려는 순진한 시도를 하였다기보다는 단지 이 숫자의

불안한 분위기를 이용하고 싶었으리라고 이해하는 편이 나을 것이다. 오직 분명한 것은 한 무리의 아이들이 "무서운 아해"와 "무서워하는 아해"로—그 수와 동일성은 불분명하지만—구성되어 있다는 것이다. 그러나 이 유일하게 분명한 것까지 결함을 포함하고 있다. 바로 시인이 사용하는 언어의 결함이다.

"제일의 아해가 무섭다고 그리오"라는 말을 어떻게 이해해야 할까. "호랑이를 본 *아이가 무섭다고 그리오*"라고 말한다면 문제의 아이는 "무서워하는 아이"이다. 그러나 "때리는 아이보다 오히려 참고 맞는 *아이가 무섭다고 그리오*"라는 말속의 아이는 "무서운 아이"이다. 이 평탄치 않은 세상에 아이들이 있고 '무섭다'는 말이 있는 한 모든 아이들의 집합은 "무서운 아이"와 "무서워하는 아이"의 그것이다. 이상은 말의 이런 결함을 지적하려 했을까. 아니면 공포의 감정이 공포의 대상을 만들어낸다는 그런 정도의 사상을 전파하려 했을까. 확실한 것은 "무서워하는 아이"가 "무서운 아이"로 될 수 있고, 또 그 역이 가능하듯, 말은 그 결함까지를 포함한 모든 성질을 통해서, 현실 변용의 중요한 수단이 되며, 변용 그 자체이기도 하다는 점이다.[2] 궁핍

---

2) 이 "무서운 아이"와 "무서워하는 아이"의 변용은 "골목길"의 변용으로 이어진다. "길은 막달은 골목이 적당하오" "길은 뚫린 길이라도 적당하오", 이 두 문장은 이상이 그의 소설 「地圖의 暗室」에서 쓰고 있는 한 구절 "活胡同是死胡同 死胡同是活胡同뚫린 골목이 곧 막힌 골목이요 막힌 골목이 곧 뚫린 골목이다"을 둘로 나누어 시의 앞뒤에 은밀하게 배치한 것이다.

했고 병고에 시달렸으며 이해받지 못했던 이상에게, 제 의지로 제어할 수 있는 현실은 말의 현실밖에 없었다. 물론 이 시에서 "무서운 아이"의 변용은 위태로울 뿐이다. 의미상으로 한 시대의 정서를 뭉뚱그릴 수 있는 "무섭다"는 낱말이 통사적으로 하나의 감정 상태를 놓고 그 객체와 주체를 엇바꿀 수 있는 낱말일 수 있다는 것은 오직 우연에 속한다. 일간지의 시 연재라고 하는 우연히 얻은 행운에 그는 이 말의 변덕스러운 행운을 겹쳐 놓고 싶어했을 것이 당연하다.

그러나 당시 한국어의 현실이 그의 기대에 부응하였다고 말하기는 어렵다. 근대적이건 전근대적이건 간에 학문과 드잡이한 경험이 짧고, 섬세하고 복잡한 사고의 표현에 훈련이 부족한 이 언어는 그 방언적 특수성을 아직 크게 떨쳐버리지 못한 상태였다. 게다가 그것은 한 국가의 공용어가 아니었다. 물론 토속적 방언이 바로 그 이유 때문에 깊이가 부족하다고 말할 수는 없다. 그것은 의식의 가장 깊은 바닥에 맞닿아, 삶의 복잡하고 깊은 내력으로 농축된 모든 정서의 육체가 됨으로써, 의식의 상층부를 대표하는 보편 언어와 대립한다. 그렇더라도 공식적인 제도의 운용과 표현에서 소외된 언어는 특수 정서와 보편적 문화 행위 사이에서 그렇게 첨예하게 대치할 뿐 그 교섭점을 찾아, 그 양쪽을 함께 변화시키는 일이 쉽지 않다. 이상에게 어떤 언어적 실험이 있다면, 그것은 사고와 언어의 보편적 관계에서

보다는 이 식민지 언어가 놓여 있는 특별한 처지에 비추어 이해되어야 할 것이다.

「시제3호」는 이와 관련하여 시사하는 바가 있다. 시는 띄어쓰기가 안 된 한 문장으로 길고 복잡하게 얽혀 있지만, 이 시 역시 담고 있는 내용은 사실 보잘것없다.

싸움하는사람은즉싸움아니하던사람이고또싸움하는사람은싸움아니하는사람이었기도하니까싸움하는사람이싸움하는구경을하고싶거든싸움아니하던사람이싸움하는것을구경하든지싸움아니하는사람이싸움하는것을구경하든지싸움아니하던사람이나싸움하지아니하는사람이싸움하지아니하는것을구경하든지하였으면그만이다.

문맥에 따라 세 부분으로 나눌 수 있는 이 문장의 첫 부분은 전체 결론의 대전제이며(싸우는 사람은 싸우지 않던 사람이다), 두번째 부분은 가정이며(싸우는 사람이 싸우는 구경을 하고 싶다), 세번째 부분은 결론인데 그것은 다시 셋으로 나뉜다. 1) 싸우는 사람이 싸우는 것을 구경하거나, 2) 싸우지 않던 사람이 싸우는 것을 구경하거나, 3) 싸우지 않던 사람 내지 싸우지 않는 사람이 싸우지 않는 것을 구경하면 충분하다.

이것을 훌륭한 논리라고 할 수는 없으며, 이상의 의도도 논증에 있는 것은 아닐 것이다. 대전제와 가정이 결론을 만족시키지 못하거나, 기껏해야 전제와 결론이 혼동되는 정도의 논증이다. 그렇더라도 무언가 옳은 말을 하고 있다는 느낌이 든다면, 그것은 논리의 타당성에서가 아니라 그 고의적인 착종에서 비롯하며, 싸우지 않는 것이 싸우는 것보다 낫다는 일반적인 통념이 한몫을 한다. 또다른 몫을 복잡하지만 정연하게 보이는 문장이 맡는다. 그러나 문장은 정연하지 않다. 우선 의미상으로, 대전제에서 "싸움 아니 하던 사람"과 "싸움 아니 하는 사람이었"던 사람이 어떻게 구분되는지 알 수 없다. 서술상의 차이만 있을 뿐 그들은 같은 종류의 사람이다. 통사적으로도, "싸움 아니 하던 사람이 싸움하는 것을 구경하든지" 같은 구절에서 "싸움 아니 하던 사람이"에 호응하는 동사가 '싸움하다'인지 '구경하다'인지 모호하다. 그 모호함이 세 차례나 거듭되면서 그때마다 긴 관형절을 만들어낸다. 이상은 어떤 깊이를 그리워하지만, 제 스스로를 물고 늘어지는 메마른 말들의 중첩과 띄어쓰기가 안 된 문장의 혼란으로만[3] 그 깊이와 비슷한 것을 만들어낼 수 있었

---

3) 이상의 붙여쓰기에서 '아버지의 문법'에 대한 저항을 읽어내려 한 논자들이 있었다. 이러한 논의는 언어의 논리와 문법이 합리주의의 철벽이 되어 있는 풍토에서 이상이 글을 썼다면 가능할 수도 있을 것이다. 이상의 시대까지 우리말의 문법이 아버지의 권력을 휘둘러본 적은 거의 없다. 게다가 우리 문학에서 이상만큼 수학식, 말의 사전적 정의, 학술용어의 사용과 같은 아버지의 말에 치중한 작가도 드물다. 여기서 이상이 붙여쓰기로 시도하는 혼란은 확립되지 않은 아버지 문법의 페인트 모션에 불과하다.

다. 반세기 후에 방송계의 개그맨들이 내용 없는 현학을 풍자할 때 사용하게 될 어투를 미리 터 잡아놓는 이 문장은 삶과 생각 이 제 결을 따라 발전할 수도 없고, 제 미래의 틀을 짤 수도, 그 내용이 될 수도 없는 정황을―이상의 표현으로는 "내가 결석한 나의 꿈"(「시제15호」)을―이렇게 제유한다.

「시제2호」에서 확인하게 되는 것도 이와 다르지 않다. 여기 서도 역시 한 식민지 청년의 삶이 동일한 말의 반복을 테두리처 럼 두르고 갇혀 있다. 화자의 아버지가 그의 곁에서 졸고 있을 때, 그는 그의 아버지가 되고, 그의 아버지의 아버지가, 또 그 아 버지의 아버지의 아버지가 된다. 그런데 그 아버지들은 그 아버 지들대로 남아 있다. 그래서 화자는 묻는다.

나는왜아버지를껑충뛰어넘어야하는지나는왜드디어나와나 의아버지와나의아버지의아버지와나의아버지의아버지의아버 지노릇을한꺼번에하면서살아야하는것이냐.

여기서 화자가 아버지를 껑충 뛰어넘는다는 것은 아버지를 극복한다는 뜻이 될 수 없다. 아버지들은 아버지들대로 남아 있 고 "나"도 그와 똑같은 아버지들로 남아 있기 때문이다. 그에게 서는 자기 삶을 사는 것이 곧 아버지의 삶을 사는 것이다. 자아 는 아버지들을 통해 확대되는 것도 아니고, 그렇다고 그 아버지

들로부터 독립되는 것도 아니다. 나와 아버지들은 뿔뿔이 흩어
져도 점이 되지만 합쳐진다 해도 여전히 "조을"고 있는 점이다.
「시제4호」에는 바로 이 점의 역사가 있다.

患者의 容態에 關한 問題

·1234567890
1·234567890
12·34567890
123·4567890
1234·567890
12345·67890
123456·7890
1234567·890
12345678·90
123456789·0
1234567890·

診斷 0:1

26·10·1931

以上 責任醫師 李　箱


　　환자는 필경 "책임의사 이상" 그 자신이다. 숫자판이 좌우로
뒤집혀 있는데, 이는 의사가 자기 자신인 환자를 거울에 비추
듯 반성적으로 검진했다는 뜻이 될 것 같다. 이 숫자판은 '전도
된 세계의 기호' 같은 무슨 거창한 것이 아니고, 보다시피 한 장
의 도표이며, 그것도 매우 간단한 도표이다. 모든 도표가 그렇

듯이 이 도표도 어떤 사태의 추이를 나타낸다. 왼쪽 상단에 있던 점이 하향 직선을 그리며 오른쪽으로 움직여 최하단에 떨어져 있다. 이 점들이 이상의 위치이다. 좌상단에서 두 "0" 사이에 긴 점은 태어나기 전의 순수 본질 자기이다. 그는 처음 "9·9"의 높은 자질과 가능성을 가졌으나, 그것들은 8 7 6……으로 줄어들어, 마침내 우하단의 "1·1"에 이르러서는 영락 직전의 상태이다. 그것이 현재의 자기이다. 이 도표는 본질 자기와 현재의 자기 사이의 거리가 어떻게 멀어졌는가도 동시에 보여준다. 진단 결과인 "0 : 1"은 순수 본질 자아와 불순해진 현실 자아의 대립을 나타내기도 하겠지만, 시인 자신이 존재하지 않는 것과 같거나, 존재하더라도 가장 낮은 정도로 미미하게만 존재한다는 뜻도 될 것이다. 「시제5호」는 거의 점의 자리만을 차지하는 이 신세를 "전후좌우를 제하는 유일의 흔적"[4]이라고 정의한다. 이 시 역시 그 전체를 제시할 필요가 있겠다.

---

4) 김정은은 이 시가 『朝鮮と建築』에 처음 일문으로 발표될 때 그 제목이 「二十二年」이었던 점에 근거하여, "前後左右를除하는唯一의痕迹"이라는 말이 이상의 당시 나이인 "二十二"에서 그 앞뒤의 二를 제한 十, 곧 십자가인 신으로 풀이했으며, 이승훈을 비롯한 다른 주석자들도 이 해석을 따르고 있다. 우리가 이 해석을 받아들일 수 없는 것은 이상이 '전후'뿐만 아니라 '좌우'도 이야기하고 있기 때문이다. 물론 좌우는 전후를 강조·중첩해서 쓴 말이라고 할 수도 있다. 그러나 이상은 원고에서도 인쇄상에서도 세로쓰기를 했다. 내려쓴 "二十二"에 좌우는 없다. 게다가 십자가인 신이 흔적일 수도 없다.

前後左右를 除하는唯一의痕迹에있어서

**翼殷不逝 目大不覩**

矮小形의神의眼前에我前落傷한故事를有함.

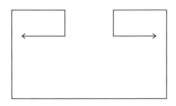

藏腑라는것은沈水된畜舍와區別될수있을는가.


자아 실천의 모든 수단이 제거되고 그 존재가 흔적으로만
남은 처지에서는 "날개가 커도 날지를 못하고 눈이 커도 볼 수
가 없다". 이상은 고함치듯 큰 글씨로 "翼殷不逝 目大不覩"[5]라
고 쓴다. "반왜소형의 신", 이 뚱뚱한 난쟁이 신은 어떤 신일까.
왜矮를 왜倭에 걸어서 그것이 일본 제국주의를 뜻한다고 말하
면 지나친 해석이 될 것 같다. 중요한 것은 신으로 인정할 수 없
는 것이 신 노릇을 하는 정황 아래 그가 넘어져 재기하기 어려
운 치명상을 입었다는 사실이다. 막다른 골목이건 뚫린 골목이
건 오도 가도 못할 통행금지의 시대 한복판에서, 날개가 부러지
고 눈이 가리어, 타고난 온갖 재주가 아무 소용이 없는 것이 그

---

5) 이상은 이 여덟 글자를 莊子의 「山木」편에서 가져왔지만, 그와는 관계없이 거
기에 자신의 문맥을 부여하고 있다.

의 처지라면, 그는 태어나지 않은 것만 같지 못하다. 그러나 차마 그렇게 쓸 수는 없어서, 이상은 상자 하나를 그리고, 거기에 그 내부로 향하는 화살표를 덧붙인다. 이어 "장부"와 "침수된 축사"라는 말을 곁들여서, 그 상자가 양수 속에 태아를 기르는 자궁임을 암시한다. 그는 자궁 속에 웅크려들고 싶으며, 가능하다면 거기서 새로운 힘을 얻어 다시 태어나고 싶다. 그런데 그럴 수 있을런가?

이상이 쓴 동화가 하나 있다. 그가 세상을 떠나기 한 달여 전인 1937년 3월 초순, 매일신보에 발표한 이 동화 「황소와 도깨비」는 『오감도』의 거의 모든 시편들과 조응한다. 새끼 도깨비 하나가 인가 근처로 놀러 나왔다가 "사냥개한테 붙들려" 꼬리가 반동강으로 잘려나가는 바람에 재주를 부릴 수 있는 능력을 모두 잃고 급기야는 생명까지 위태롭게 되었다. 다친 도깨비는 천행으로 황소를 기르는 농부를 만나 그와 계약한다. 황소의 힘을 열 배로 늘려준다는 조건으로 그 뱃속에 들어가 잘린 꼬리를 치료하고 능력을 회복하여 밖으로 나오겠다는 그의 계획은 성공한다. 이상은 서울에서도 동경에서도 이 황소를 발견하지 못한 채 죽었다. 그러나 그의 생애에는 이런 피난지적 유토피아를 구축하려는 시도가 몇 차례 있었다. 이상은 세 번 다방을 경영했다. 그는 거기에 여자를 끌어들일 수 있었으며, 잘만 하면 건달로 남으면서도 생계를 그것으로 해결할 수도 있었다. 문우를 만날 수도 있었고 자신의 미학적 취향을 만족시킬 수도 있었다. 무엇보다도 그는 그 어두운 실내의 황량한 벽에 자신의 초상화를 걸어둘 수 있었다. 젊은 날의 긍지와 포부를 한껏 쏟아넣어 그렸을, 이 동굴 속의 초상화는 바로 그의 순수 본질 자아를 비추는 거울이었다. 어쩌면 이상은 이 초상화 속으로까지 걸어들어가 밖에 있는 자기를 거꾸로 거울 속의 자기로 여겼을지도 모른다. 이 초상화야말로 그 은신처의 가장 은밀한 내부였기 때문이다. 이상의 거울 주제의 시 가운데 대표작이 되는 「시제15호」의 첫 대목은 실제로 초상화-거울 속의 그가 이쪽 현실을 내다보며 하는 말처럼 들린다. "나는 거울 없는 실내에 있다. 거울 속의 나는 역시 외출중이다. 나는 지금 거울 속의 나를 무서워하며 떨고 있다. 거울 속의 나는 어디 가서 나를 어떻게 하려는 음모를 하는 중일까." 이상에게서는 일상의 모든 행동이 순수 자아를 더럽히는 음모의 성격을 지닌 것으로 파악되었다. 소모성 질환을 앓는 환자였으며, 한 걸음을 내디딜 때마다 보이지 않는 눈의 감시를 의식해야 했던 이 식민지 청년은 본질 자아의 회복이라는 생각에 과도하게 집착했다. 『오감도』밖의 시 「이상한 가역반응」에서는 "현미경/그 밑에 있어서는 인공도 자연과 다름없이 현상되었다"고까지 쓴다. 자신을 그 세포 속으로까지 미세하게 파고들어가면 본연의 자기가 편린으로나마 남아 있으리라고 생각했던 것이다.

「시제8호 해부」는 이 본질 자아로의 "가역반응"이 가능한가를 검토하는 두 차례의 실험 기록이다. 기술은 복잡하지만 그 내용은 차라리 소박하다. 제1부 실험에서 이상은 "우선 마취" 되어 현실의 자기가 거울 속 자기의 복제인지, 또는 그 역인지 알 수 없는 상태에서, 거울의 수은을 박탈하여 반대편에 바르고 "광선 침입"을 차단함으로써, 현실 자아와 본질 자아 간에 그 거울 안팎의 위치를 바꾼다. 이어 현실 자아가 된 본질 자아의 마취를 풀어, 그에게 펜 한 자루와 종이 한 장을 지급하여, 글을 쓰게 한다. 이튿날, 거울을 두 쪽으로 얇게 쪼개고 두 차례의 수은 도말 작업을 하여, 두 자아를 본래의 위치로 복원한다. 제2부의 실험은 좀더 기괴하다. "야외의 진공"에서 "우선 마취된" 두 팔을 거울에 닿게 한 다음, 이어 "수은을 박탈"한 상태에서 "평면경을 후퇴"시켜, 거울 속의 수은에 갇혀 있던 두 팔이 유리 밖으로 빠져나오게 한다.("이때 영상된 상지는 반드시 초자유리를 무사통과하겠다는 것으로" 가정한다!) 이어 다시 거울에 수은을 바르고, 실험 상황을 급히 바꿔―"순간 공전과 자전으로부터 그 진공을 강차"시켜―유리를 "무사통과"한 그 두 팔을 현실의 팔에 접목한다. 이튿날 유리를 다시 전진시켜, 두 팔을 거울 속으로 되돌린다.

이 실험들은 각기 만족한 결과를 얻지 못하거나, 결과가 미상인 상태에서 끝난다. "2배의 평균기압"이나 "야외의 진공"이란 실험조건이 벌써 표현하는 것처럼, 훼손된 심신을 회복해줄 특별한 환경을 당시의 조선 땅에서 기대할 수는 없었으리라. 그러나 이 실험의, 특히 제2부 실험의 주석으로 기능하는 「시제 11호」와 「시제12호」를 살펴보면, 이 자아 회복의 집념이 어떻게 그 시적 실천의 근원적인 힘이 되었는가를 이해할 수 있게 한다. 먼저 「시제11호」.

그 사기컵은 내 骸骨과 흡사하다. 내가 그 컵을 손으로 꼭 쥐었을 때 내 팔에서는 난데없는 팔 하나가 接木처럼 돋히더니 그 팔에 달린 손은 그 사기컵을 번쩍 들어 마룻바닥에 메어 부딪는다. 내 팔은 그 사기컵을 死守하고 있으니 散散히 깨어진 것은 그런 그 사기컵과 흡사한 내 骸骨이다. 가지 났던 팔은 배암과 같이 내 팔로 기어들기 前에 내 팔이 或 움직였던들 洪水를 막은 白紙는 찢어졌으리라. 그러나 내 팔은 如前히 그 사기컵을 死守한다.(띄어쓰기 필자)

현실 자아의 팔이 컵-두개골을 붙들고 있는데, 실험 제2부에서 접수한 것과 같은 본질 자아의 팔이 나타나 그 컵-두개골을 깨뜨리고 사라졌다. 현실의 팔은 컵-두개골을 여전히 원상태로 지키고 있다. 그런데 시인은 이 순간 현실의 팔을 조금만 움직였던들 "홍수를 막은 백지는 찢어졌으리라"고 말한다. 홍수는 컵 속의 물이고 백지는 컵의 유리인가. 그 이상의 것이다. 홍수는 그 두개골 속의 생각들이며, 백지는 그가 글을 써야 할 원고지이다.[6] 본질 자아의 팔이 어떤 도움을 준다 한들, 즉 타고난 재주가 아무리 훌륭하다 한들, 현실의 팔이 움직여주지 않는한, 메마른 백지의 상태를 깨뜨려 머릿속의 생각을 쏟아낼 수 없다. 그의 현실 자아는 이렇게 본질 자아를 배반했다. 이 배반이 운명이라면, 이 배반을 줄일 수 있는 방법은 무엇일까. 타고난 재능을 이용할 수는 없어도, 어떤 좋은 시절을 위해 방부 처리해둘 수는 없을까. 「시제13호」에서는 "위협당하는 것처럼 새파란", 다른 자아의 두 팔을 잘라내어, 촛대처럼 방안에 모셔둔다. 촛대가 된 이 재능의 팔, 이것은 한때 화가를 꿈꾸었던 그가 다방 벽에 걸어둔 초상화의 한 형식이며, 소설 「날개」가 말하는 "박제된 천재"의 부적이다.

그렇다고 이 팔-재능의 실재를 느낄 때가 전혀 없는 것은 아니었다. 「시제9호 총구」에서는, 며칠간의 "열풍"이 불던 끝에 드디어 그의 "허리에 큼직한 손이 와닿는다". 그 황홀한 손의 "지문 골짜기로" 노력의 "땀내가 스며"들기만 하면 시인은 무언가를 발사할 수 있다. 그는 복부가 "묵직한 銃身"처럼 느껴지고 "다물은 입"이 "매끈매끈한 총구"처럼 느껴진다.

---

6) 이상이 말라르메를 읽었을까.

그리드니나는銃쏘으디키눈을감으며한방銃彈대신에나는참
나의입으로무엇을내어뱉었드냐.

우리는 그 답을 알고 있다. 이 폐결핵 환자는 객혈을 했다.
한줌의 열정을 느끼는 것도, 한 줄의 글을 쓰는 것도 이상에게
서는 그 정신과 육체의 직접적인 소모로 연결되었다. 밖에서 끊
긴 길을 안에서 다시 잇는다고 하지만, 나르시시즘의 거울이 피
폐한 얼굴만을 되돌려 보내듯, 내면에도 다른 길은 없다. 본질
자아의 회복이란 유아적 퇴행의 다른 이름일 뿐이고, 창조가 점
진적인 자살의 한 형식일 뿐인 그에게 어떤 종류의 것이건 발전
이나 성장이라고 부를 것은 없다. 변증법이 거기 있을 리 없다.
　　이상이 역사에 관해서는 어떤 생각을 가졌을까. 「시제14호」
를 인용한다.

고성 앞 풀밭이 있고 풀밭 위에 나는 내 모자를 벗어놓았다.
성 위에서 나는 내 기억에 꽤 무거운 돌을 매어 달아서는 내 힘
과 거리껏 팔매질 쳤다. 포물선을 역행하는 역사의 슬픈 울음소
리. 문득 성 밑 내 모자 곁에 한 사람의 걸인이 장승과 같이 서
있는 것을 내려다보았다. 걸인은 성 밑에서 오히려 내 위에 있
다. 혹은 종합된 역사의 망령인가. 공중을 향하여 놓인 내 모자

의 깊이는 절박한 하늘을 부른다. 별안간 걸인은 율율한 풍채를
허리 굽혀 한 개의 돌을 내 모자 속에 치뜨려 넣는다. 나는 벌써
기절하였다. 심장이 두개골 속으로 옮겨가는 지도가 보인다. 싸
늘한 손이 내 이마에 닿는다. 내 이마에는 싸늘한 손자국이 낙
인되어 언제까지 지어지지 않았다.

    (띄어쓰기 및 한자를 한글로 바꾸기 ─ 필자)


　고성은 역사가 갇혀 있는 장소이다. 시인은 자신의 두개골일
모자를 풀밭에 "공중을 향"해 뒤집어놓는데, 그것은 구걸하는
자가 모자를 사용하는 방식이다. 시인은 고성에서 제 기억-역
사에 돌로 추를 달아 힘껏 모자를 향해 던졌다. 역사는 슬픈 울
음소리를 들려주며 돌과 함께 날아갔다. 모자 곁에 홀연 나타난
사람은 바로 이렇게 던진 기억-역사의 종합이며, 따라서 기억
을 거슬러올라가 만나는 본질 자아인데, 여기서도 현실 자아가
그에게 거울처럼 반영되어 걸인의 모습이다. 그의 모자-두개골
은 어떤 역사적·정신적 자양이 들어오기를 절박하게 기다린다.
본질 자아인 걸인은 기억 투척의 수단이었던 돌을 모자 속에 넣
었고, 시인은 그 순간 기억-역사와 함께 본질 자아를 회복하고,
그 지성이 창조적 열정을 얻게 되었다고 여기며 황홀해하였다.
그러나 모자-두개골에 들어온 것은 차가운 돌멩이뿐이었다.
　이 시 속의 이상은 흔히 알려진 것처럼 역사를 파괴하려 하

기보다는 오히려 파괴할 것조차 남겨져 있지도 않는 역사로부터 어떤 방식으로든 기억을 끌어모아 그것으로 자신의 감정과 창조력을 풍요롭게 하려 한다. 그러나 한 민족이 제 현재의 삶과 미래의 운명을 제 손으로 제어하고 설계할 수 없게 되었을 때, 그 과거의 기억과 역사적 전통도 목이 졸린 자루 속에 갇힌 듯 그 삶의 성장에 자양이 되기 어려웠던 것과 마찬가지로, 이상도 거울 속에 박제해놓은 제 가능성과 포부를 제 메마른 창조력의 자양으로 삼지 못했다. 그는 예의 거울의 시 「시제15호」에서 "악수할 수조차 없는 두 사람을 봉쇄한 거대한 죄가 있다"고 말하여 『오감도』를 끝맺는다. 이 말은 두 사람을 봉쇄한 것이 거대한 죄라는 뜻이 아니라, 어떤 거대한 죄가 있기 때문에 두 사람이 봉쇄되었다는 뜻이다. 그 죄에 관해서는 더 설명할 것이 없다. 우선 그의 전설적인 게으름이 있다. 그러나 그것은 작은 죄이다. 거대한 죄는 그가 식민지의 백성으로 태어났다는 것이다.

이상의 마지막 소설로 추정되는 「종생기」는 그 자신의 문학이 어떻게 이 메마른 상태에 이르렀으며, 그 의의가 무엇인지를 알게 한다. 줄거리를 간추리면 이렇다. 젊은 나이에 벌써 늙어버린 주인공 "나"는 자기를 다스려오던 산호채찍을 잠시 버리고, "만 19세 2개월을 맞이하는" 바람기 많은 처녀 "정희"를 만나 "종생"하려 한다. 그는 처녀의 추파를 받아들여 "홍천사 으슥

한 구석방"에 들어가 그녀의 "허전한 관문을" 죽을힘을 다해 "들이친다". 그러나 여의치 않아 그는 끝내 "酒亂"의 힘을 빌려 여자의 의복에 구토를 한다. 여자는 다른 남자들에게 가고, 그는 자신이 살아 있는 인간들을 "질투할 자격도 능력도 없는" 시체와 같다고 생각한다.

> 貞姬, 간혹 貞姬의 후틋한 呼吸이 내 墓碑에 와 슬쩍 부딪는 수가 있다. 그런 때 내 屍體는 홍당무처럼 확끈 달으면서 九天을 꿰뚫어 號哭한다.[7]

이 소설을 비교적 자세히 분석한 바[8] 있는 김윤식은 그가 편집한 『李箱문학전집』 소설편에서 이를 다시 이렇게 해제한다. "이상은 그의 목표(산호채찍으로 상징되는 것)를 잠시 잊고 금홍이, 姸이, 姸이 등과 희롱하며 삶을 탕진했던 바, 이 죄목이 일시에 그를 노옹으로 만들었다. ……목적 없이 인생을 탕진하는 것, 그것이 바로 예술이 아니겠는가. 이상문학이란 바로 인간 이상이 예술을 탐구해간 전 과정이며, 그 본의를 보여주고 있는 것이 바로 「종생기」이다. ……예술이란 시체로 존재하는 것, 다만 뜻있는 자(정희라는 계집)의 후틋한 호흡이 묘비를 스치기만

---

7) 「終生記」, 김윤식 엮음, 『李箱문학전집 2 · 小說』, 문학사상사, 1991, 397쪽.
8) 김윤식, "「종생기」 주석", 『李箱硏究』, 문학사상사, 1987.

해도 시체가 '홍당무처럼 확끈 달으며 구천을 꿰뚫어 슬피 호곡'하는 것, 그러니까 예술이란 불멸의 것, 이처럼 「종생기」란 이상의 예술론이었음이 판명되는 것이다."[9] 이러한 해석은 이상의 작의를 단지 표면에서 짚은 것이며, 그의 생애를 스캔들의 수준에서만 이해한 것이다. 지면을 아껴 간단히 이야기하면, "정희"는 금홍이나 임이가 아니다. 그 자체로서 이상이 그 짧은 생애를 다 바쳐 이룩하려 하였던 예술의 메타포어이다. 그녀가 창녀로 그려지는 것은 모든 남자를, 즉 모든 예술가를 유혹하면서 어느 누구에게도 정복되지 않는 여자가 예술이기 때문이다. 이상은 자신이 온 힘을 다하여 예술을 공략하였지만, 그 겉껍데기를 잠시 오물로 더럽혔을 뿐이라고 생각한다. 그는 죽어 이름 없는 묘지에 쓸쓸하게 묻히겠지만, "정희의 후틋한 호흡이" 그 묘비에 닫기만 해도, 다시 말해서 그가 예술을 위해 몸 바쳤다는 것을 누군가 기억해주기만 해도, 생애의 회한에 복받쳐 슬피울 것이다.[10] 이상은 '목적 없는' 일을 선택한 것이 아니라 이룰

9) 위 전집, 402쪽.
10) 이상은 보들레르의 시 「불운 Le Guignon」을 알고 있었던 것이 분명하다.

이처럼 무거운 짐을 밀어올리려면
시시포스여, 너의 용기가 필요하리라!
일에 열성을 기울인다 한들,
'예술'은 길고 '시간'은 짧은 것.

수 없는 일을 선택했다.

이상은 「종생기」에서, "구십 노조모가 이팔소부로 어느 하늘에서 시집온 십대조의 고성을 내 손으로 헐었고 녹엽천년의 호도나무 아름드리 근간을" 자기 손으로 베었으며, "은행나무는 원통한 가문을 골수에 지니고 찍혀 넘어간 뒤 장장 4년 해마다 봄만 되면 독시 같은 싹이 엄돋는 것이었다"고 말한다. 그가 이런 일을 저질렀다는 것이 아니라 그의 시대에 이런 일이 일어났다는 뜻이다. 그는 덧붙인다. "한번 석류나무를 휘어잡고 나는 폐허를 나섰다."[11]

그는 이 식민지의 폐허를 근대의 폐허로 경험하였으며, 이 의식이 그의 선택을 결정했다. 그는 또한 미문과 똑같이 위험한 것이 절승絶勝인데, 그것들은 "자칫 실족하기 쉬운 웅덩이나 다

이름난 묘지를 멀리 벗어나,
외따로 떨어진 무덤을 향해,
내 마음은 보 덮인 북처럼
장송곡을 울리며 가는구나.

—수많은 보석들이
곡괭이도 측심기도 닿지 않는
어둠과 망각 속에 묻혀 잠자고,

수많은 꽃들이 깊은 고독에 잠겨,
그 달콤한 향기를 비밀처럼,
마지못해 풍기는구나. (번역 필자)

11) 위 전집, 394쪽.

름없다"고 쓴다. 폐허에서는 어떤 경치도 절승일 수 없으며 따라서 미문은 신기루의 함정이다. 그는 도스토옙스키나 고리키처럼 쓸 수도 없다. 그것은 "오직 미문은 쓸 듯 쓸 듯, 절승경개는 나올 듯 나올 듯, 해만 보이고 끝끝내 아주 활짝 꼬랑지를 내보이지" 않는 글쓰기이며, "부질없는 위무를 바라는 衆俗들"[12]에 대한 속임수이기 때문이다. 당근정책이 무엇인지 잘 알고 있었던 이 식민지 청년은 하지 않아야 할 일을 하지 않았다. 이 점에서 이상의 메마른 언어는 모든 위로의 함정을 철저하게 제거하는 방식이었으며, 비타협의 결의에 대한 표현이자 그 실천이었다. 그는 예술이 이룰 수 없는 것이라고 생각하였다기보다는 차라리 이 폐허에서 이룰 수 없는 어떤 것을 예술이라고 이름붙이고 그 안에 웅크려들었다. 이 점에서 그의 자궁 퇴행, 그의 거울 속 본질 자아의 방부 처리는 민족의 자기 보존이라고 하는 시대의 명령이 지극히 개인적으로, 절망적으로 내면화된 형식이다. 그는 산호채찍을 내려놓는다고 말할 때 산호채찍을 들었다. 그는 이렇게 한 식민지 청년이 그 생애를 '탕진'하면서 지킬 수 있는 윤리 하나를 선택했다. 그는 지조를 선택했으며, 그것을 안고 죽었다.

---

12) 위 전집, 392~393쪽.

# 지성주의의 시적 서정
## —윤동주 시의 모순구조


　　윤동주는 난해한 시인이 아니다. 그는 모국어를 늘 순탄하게 운용하고, 그때나 지금이나 이 나라 사람들을 충동하여 시를 쓰고 싶게 만드는 다정하고도 날카로운 정서를 손에 잡힐 듯이 구체적으로 노래하였다. 기독교적 주제의 시들이 전통적 한국 정서와 약간의 거리를 지닌 것으로 생각될 수 있지만, 이들 시 역시 종교적 성향이 다르고 성서적 지식이 빈약한 독자들에게도 인간과 세계에 대한 실존적 고뇌라는 보편적 측면에서 접근이 불가능한 것은 아니다. 그러나 시를 쉽게 읽을 수 있다는 것과 쉽게 이해할 수 있다는 것은 다르다. 그의 좋은 시—시집 『하늘과 바람과 별과 詩』[1]에 수록된 대부분의 시들과 다른 여러 편의 시들이 여기 해당한다—에는 거기 표현된 생각과 마음의 상태

---

1) 이 글에서 인용하는 『하늘과 바람과 별과 詩』의 시편들은 윤동주의 텍스트를 현대의 정서법에 따라 바꿔 썼으며, 한자는 한글로 바꾸었다.

를 깊이 이해하기 위해서 상당한 성찰을 요청하는 시구들이 늘 하나씩 들어 있다. 이 강연은 이들 시구를 다시 상기하고, 가능한 한 그것들을 이해해보려는 시도이다.

윤동주는 시에서 자주 하나의 모순을 돌출해내고 대개의 경우 그 모순으로 시의 결구를 삼는다. 그의 시에서 시적 서정이 예민하게 드러나는 것도 이때이다. 이 모순은 논리적 서투름이나 비약의 결과가 아니다. 그것은 한 정신이 논리의 경계에까지 철저하게 추론을 이끌어나간 끝에 더이상의 진전이 불가능한 궁지에 이르러, 그 논리체계 자체를 다시 검토하여 그 논리의 피안을 바라보는 사고의 결과이다.

윤동주는 시가 쉽게 씌이는 것을, 생각이 쉽게 풀리는 것을 두려워했다. 그가 자신에게 요구했던 이 철저하고 확고한 추론과 부단한 자기 다짐의 배면에 기독교가 있는 것은 말할 것도 없다. 윤동주 시대에 여전히 낯선 종교였던 기독교는 이성과 신앙을 구별하여 대비시키고, 신앙과 행동의 갈등, 자유와 복종과 은총의 관계, 영적 힘과 물질적인 힘의 구분과 그 상호 작용, 인간의 평등과 그 조건을 늘 문제삼는다는 점에서 매우 새로웠으며, 무엇보다도 반복되는 자기 검토를 촉구하고, 절대적인 시선 앞에 자기 정신의 밑바닥을 드러내는 부단한 자기성찰을 명령하는 성질이 있다는 점에서 특별했다. 윤동주가 "죽는 날까지 하늘을 우러러/한 점 부끄럼이 없기를/잎새에 이는 바람에도/

나는 괴로워했다"고 말할 때의 '부끄러움 없음'은 이를테면 맹자 같은 사람이 "우러러 하늘에 부끄러움이 없고 구부려 사람에게 부끄럽지 않은 것이 또하나의 즐거움"이라고 말할 때의 '부끄러움 없음'과 같으면서도 다른 것이다. 맹자에게서 그것은 '즐거움'의 한 요건이지만, 윤동주에게서 그것은 괴로운 자기 검토의 사명이었다. 한쪽은 호탕하고 한쪽은 비장하다. 이 차이는 맹자라는 성인과 윤동주라는 젊은 학생의 다른 처지에서만 기인하지는 않는다. 유교적 군자로서 맹자의 육체는 '천도'와 일체가 되는 자리이지만, 기독교인으로서 윤동주의 육체는 지상의 생물학적 조건에 얽매여 특별한 은총을 간망하며 끝없이 자신의 순결을 따져 물어야 하는 자리이다. 윤동주에게서는 이 종교적 순수성의 주관적 체험 위에 근대 학문이 요청하는 순수성의 객관적 체험이 겹친다. 주지하다시피 수학에 터전을 두고 있는 근대과학은 더이상 의심할 수 없는 명증한 공리에서 출발하여 순수하고 섬세하고 확고한 추론을 전개해나가는 사고체계이다. 윤동주의 세대가 서양 학문을 접한 첫 세대는 아니지만, 이 사고체계의 전개는 여전히 낯선 체험에 해당한다. 그러나 윤동주에게 철저하고 명증한 추론과 부단한 자기 다짐을 요구한 것은 종교적·학문적 체험만은 아니었다. 사회적으로 식민지 백성이었던 그는 자신의 재능을 발휘하여 자신을 실현하는 일에서 매우 불리한 위치에 서 있었다. 그 시대의 거의 모든 한국 사람과 마찬가지로, 자기 성장과 발전을 꾀하는 길에서 그는 늘 최악의 경우를 생각해야 했다. 아무리 단순한 과오도 용서받을 수 없는 과오가 되기 쉬운 처지에서 그는 지극히 섬세한 사안에까지, "잎새에 이는 바람에"까지 긴장하여 자신을 성찰하고 가다듬었다. 그는 해결할 수 없는 궁지에까지 제 사고를 몰고 갔으며, 거기서 깊고 고결한 서정의 힘으로 하나의 전망을 발견해냈다.

동경 유학 이전에 쓴 유작시 중의 한 편인 「팔복」은 종교적·과학적·사회적 관점에서 두루 검토되어야 할 모순구조의 시이다. 이 시는 흔히 산상수훈이라고 불리는 예수의 가르침 가운데 일부인 마태복음 5장 3절부터 12절까지를 변형하여, "슬퍼하는 자는 복이 있나니"를 여덟 번 반복한 다음, 연을 바꾸어 "저희가 영원히 슬플 것이오"로 끝을 맺는다. 그 자신이 기독교인인 송우혜는 성서를 패러디한 이 역설적 시편에서 일차적으로 신에 대한 반항을 보지만, "그가 신의 약속을 믿을 수 없음에 그토록 절망한다는 것은, 곧 그가 그토록이나 그 약속을 믿고 싶어 하고 있고, 그 약속이 이루어지기를 드러내는 것에 다름 아니기 때문"에 "그의 불신앙은 그의 신앙과 마찬가지로 신을 찬양하는 기도와" 다르지 않으며, "그렇기에 그는 불신앙이란 절망의 지옥을 가슴에 품고도 신을 향하여 조용히 무릎 꿇었던 것"[2]이라

---

2) 송우혜, 『윤동주 평전』, 푸른역사, 2004, 281쪽.

고 탁월한 설명을 제시한다. 그러나 이 역설구조는 과학적 관점에서도 우리의 눈길을 끈다. "슬퍼하는 자는 복이 있나니"를, 그 종교적·상징적 의미를 염두에 두지 않은 채, 순수한 수학적 명제로만 여긴다면 '슬퍼함'은 조건이고 '복 받음'은 결과인데, 이때 결과는 조건을 무효화하기에 이른다. 그래서 영원히 복 받기 위해서는 영원히 슬퍼해야 한다는 역설적 결론에 이르게 된다. 윤동주에게서 절망과 희망을 모두 "신을 찬양하는 기도"로 바꿀 수 있게 한 것은 신앙의 힘이지만, 절망과 희망을 동시에 표현하는 역설적 시의 구조를 발견하게 한 데는 과학적 사고가 있다. 한편으로는 이 시에 역사·사회적 조명을 비춘다면 해석의 폭을 더욱 넓힐 수 있다. 이 슬픔은, 그 주체가 윤동주를 포함한 이 민족이라는 점을 염두에 둔다면, 부정적인 감정 이상의 다른 가치를 지닌다. 이 슬픔은 민족의 운명을 단념하고 현실을 받아들이려는 자의 감정이 아니라, 자신의 처지를 자각하고 거기서 벗어나려는 자의 감정이기 때문이다. 자기 뜻에 반하여 노예가 되어 있는 처지에서는 성경이 말하는 심령의 가난함, 온유함, 화평케 함, 정의에의 갈망, 연민, 마음의 순결함 등의 모든 미덕이 자신의 처지를 자각하고 거기서 탈출하기를 간망하는 슬픔에서 비롯되고 그 슬픔으로 대체될 수 있다. "슬퍼하는 자는 복이 있나니"라고 윤동주는 여덟 번 반복해서 쓴다. 또한 이 식민지의 지식인에게는 자신의 처지를 자각하고 그것을 내내 유지할 수 있는 순결한 슬픔의 힘보다 더 큰 축복이 없으며, 다른 모든 축복이 "영원히 슬픔"을 간직할 수 있는 이 축복으로 연결되거나 대체된다. 시인은 이렇게 종교적으로, 과학적으로, 사회적으로 일체 사안의 바닥에 도달하는 철저한 성찰로, 그 성찰에서 얻어낸 모순구조의 시로, 절망의 자리에 하나의 전망을 겹쳐놓을 수 있었다.

『하늘과 바람과 별과 詩』에 수록된 「바람이 불어」도 같은 관점에서 논의가 가능한 시이다. 「서시」와 「팔복」을 합쳐놓은 것이라고 말할 수도 있는 이 시에서, 시인은 '슬픔'에 대해 「팔복」과는 다르게 말하는 것처럼 보인다. 시인은 바람이 불어오는 곳과 가는 곳을 묻고, 그 바람과 자신의 괴로운 마음을 연결시키면서, 이 "괴로움에는 이유가 없다"고 단언하기도 하고 "이유가 없을까"라고 묻기도 한다. 이유가 없다고 말해야 되는 것은 "단 한 여자를 사랑한 일도" 없고 "시대를 슬퍼한 일도" 없기 때문이다. "시대를 슬퍼한 일도 없다"는 것은 물론 반어적 표현이다. 그는 마지막 두 연을 빌려 바람이 자주 불어도 자신의 "발이 반석 위에" 서 있으며, 강물이 내내 흘러도 자신의 발이 "언덕 위에 섰다"고 쓴다. "반석"과 "언덕"은 물론 성서에서 가져온 표현이다. 시인은 시대를 슬퍼하며, 바람이 불 때마다, 물이 흐를 때마다 괴로워하지만, 그 슬픔과 괴로움에 연결된 흔들림과 흐름 자체를 반석으로 딛고 지고한 뜻에 헌신할 준비를 하고 있다.

시인은 시대를 슬퍼하지만 그것은 단순한 슬픔이 아닌 것이다.

그러나 윤동주는, 그의 좋은 시에서까지도, 이 역설적 전망 열기에 항상 성공했던 것은 아니다. 다음은 유명한 「별 헤는 밤」의 마지막 두 연이다.

딴은 밤을 새워 우는 벌레는
부끄러운 이름을 슬퍼하는 까닭입니다.

그러나 겨울이 지나고 나의 별에도 봄이 오면
무덤 위에 파란 잔디가 피어나듯
이내 이름자 묻힌 언덕 위에도
자랑처럼 풀이 무성할 게외다.

이 두 연은 '부끄러운 이름'과 '자랑스러운 이름', 어두운 현실과 희망하는 현실을 대비시킨다. 이 대비는 단순하며, 부끄러운 이름이 자랑스러운 이름으로 바뀔 다른 현실의 전망에 대해서도 오직 계절의 순환이라는 개념에 의지하고 있기에, 마지막 연 전체가 공소한 자기 위안일 뿐이라는 비난을 면키 어렵다. 여기에는 두 이름과 두 현실 사이에 진정한 긴장이 없다. 부끄러운 이름은 그것이 자랑스러운 이름으로 바뀔 힘을 갖추지 못하고 있다. 그러나 이 약점을 맨 먼저 의식했던 것도 시인 자신이었던 것 같다. 민음사에서 발간한 『윤동주 자필 시고전집』 (1999)을 보면, 다른 시에서와 마찬가지로 이 시에도 집필 일자가 기록되어 있는데, 이 시의 경우는 특이하게도 "一九四一. 十一. 伍."라는 날짜 표시가 마지막 연 앞에 적혀 있다. 이는 마지막 연이 일단 시를 끝내고 나서 나중에 첨가되었음을 말해준다. 시인은 자신의 무기력한 슬픔을 못마땅하게 여기고 보다 희망 찬 내용으로 시를 끝내고 싶었던 것으로 보인다. 그러나 시인이 이 덧붙인 마지막 연에 만족하였다면 날짜 표시를 지우고 시의 끝에 다시 적거나, 최소한 뒤로 옮겨야 한다는 표시 정도는 했어야 정상이다. 이런 조치가 이루어지지 않았다는 것은 시인 자신이 거기에 임시적 가치 이상의 가치를 부여하려 하지 않았음을 방증한다.

윤동주가 이 마지막 연에 진정으로 담고 싶어했던 것을 어쩌면 「눈 오는 지도」나 「돌아와 보는 밤」 같은 시에서 발견할 수 있을지 모르겠다. 산문시 형식의 「눈 오는 지도」에서, 시인은 어느 날 아침 "순이"가 떠난 다음 "창밖에 아득히" 눈에 덮이는 "지도"를 본다. 시인은 여러 가지 이유로 순이의 행방을 찾으려 하나 그 발자국 위에 눈이 덮여 따라갈 수가 없다. 시는 이렇게 끝맺는다.

눈이 녹으면 남은 발자국 자리마다 꽃이 피리니 꽃 사이로 발자국을 찾아 나서면 일 년 열두 달 하냥 내 마음에 눈이 나리리라.

시인은 그가 희망하는 현실이 도래하면 꽃으로 피어날 순이의 발자국을 발견하겠지만, 그때에도 여전히 눈은 그치지 않으리라고 말하고 있다. 눈은 발자국을 가리기만 하는 것이 아니라 보존하기도 한다. 현실에 대한 철저한 인식이 없이는 희망은 그 기억조차 남지 않는다. 희망하는 세상으로 안내할 어떤 지침이 현실의 고뇌 아래 감춰져 있을 뿐만 아니라 이 고뇌가 그 지침임을 시인은 명백하게 인식하고 있는 것이다. 역시 산문시 형식을 지닌 시 「돌아와 보는 밤」에서, 시인은 "세상으로부터 돌아오듯이 이제 내 좁은 방에 돌아와 불을" 켜두면 "밤이 낮의 延長"이기에 낮의 피로가 가시지 않고, 불을 끄면 방안이 세상과 똑같이 어두워지는 처지를 괴로워한다. 그래서 작은 위안도 누리지 못하는 시인은 마침내 "하루의 울분을 씻을 바 없어 가만히 눈을 감으면 마음속으로 흐르는 소리"를 듣게 되고, "사상이 능금처럼 저절로 익어"간다고 말한다. 이 시를 전체적으로 탁월하다고 말하기는 어렵지만, 시인이 하나의 궁지에서 '눈을 감아' 자신의 내면과 접함으로써, 모든 빛이 차단된 가장 어두운 상태에서 빛과 어둠이 동시에 존재하는 어떤 경지를 체험한다는 점에서 우리의 관심을 끈다. 윤동주에게서 전망과 출구는 늘 이렇게 어둠과 궁지에서 얻어질 뿐만 아니라, 어둠과 궁지 그 자체로 이루어진다. 두 항의 대립이 하나의 종합으로 지양되는 이 구조는 윤동주에게서 민족적 결의와 기개를 벗어나서도 세계를 이해하는 방법이 되고, 시쓰기의 수단과 주제가 되었음은 「태초의 아침」의 "사랑은 뱀과 함께/독은 어린 꽃과 함께"와 같은 결구를 통해서도, 죽어가는 사람과 살아가는 사람에게 각기 흰옷과 검은 옷을 입힌다는 말로 시작되는 시 「새벽이 올 때까지」의 "그리고 한 침대에/가지런히 잠을 재우시요" 같은 중심 연에서도 엿볼 수 있다.

자신의 미래를 자신이 설계할 수 없고, 자신의 개발을 다른 사람의 눈을 통해서만 확인해야만 하는 식민지 시대에 윤동주가 진정한 의미에서의 성장의 시를 최초로, 거의 유일하게 쓸 수 있었던 것도, 심정적이건 과학적이건 간에, 논리의 궁지에 이를 때까지 시적 사고를 기운차게 밀고 나갈 수 있었기 때문이다. 이 관점에서건 다른 관점에서건, 「눈감고 간다」는 짧지만 매우 탁월한 시이다.

> 태양을 사모하는 아이들아
> 별을 사랑하는 아이들아
>
> 밤이 어두웠는데

눈감고 가거라.

가진 바 씨앗을
뿌리면서 가거라.

발부리에 돌이 채이거든
감았던 눈을 와짝 떠라.

어둠이 깊은 곳에서는, 보이지 않는 것을 보려고 애쓰면서 거기 구애되기보다는 오히려 눈을 감고 모든 어둠을 길로 여기면서 전진하는 것이 더 효과적일 수 있다. 효과적이기만 한 것이 아니라, 저 자신을 검열하여 저 자신을 장애로 만들지 않으려는 자에게는 이 필사적인 방법만이 유일하게 선택할 수 있는 방법이다. "발부리에 돌이 채"였다는 것은 전진이 위기를 맞았다는 것만을 뜻하지는 않는다. 그 순간에 "감았던 눈을 와짝" 뜨는 자는 어떤 위기에도 물러서지 않을 만큼 벌써 성장한 자이기도 할 것이다. 그가 다시 뜨는 눈은 어떤 어둠 속에서도 벌써 가까이 다가온 빛을 보게 될 것이다. 정황이 어떠하건 절대적인 사명에 봉사하기로 한 자에게는 어둠보다 더 넓은 길을 보여주는 빛은 없다. 눈을 감고 모든 위험에 자신을 열어놓는 용기에서보다 더 큰 성장을 기대할 곳도 없다.

「쉽게 씨워진 시」는 우리에게 전해진 윤동주의 시 가운데, 그리고 집필일자(1942년 6월 3일)가 알려진 시 가운데 가장 나중에 쓰인 시이다. 시의 내용에서건, 그 집필의 정황에서건, 여러 가지 논의와 해석을 가능하게 하는 중요한 시이지만, 시인이 이루려 했거나 이룬 성장의 관점에서도 특기해야 할 시이다. 일본에서 느끼는 식민지인의 소외감과 대학생활, 멀어진 고향과 친구들에 대한 안타까운 마음, 시인의 "슬픈 천명"에 닿지 못한 채 "쉽게 씨워진"에 대한 부끄러움을 담담하고도 간절하게 말하고 있는 이 시에서, 우리가 특히 주목하게 되는 것은, 이번에도 역시, 마지막 두 연이다.

등불을 밝혀 어둠을 조금 내몰고,
시대처럼 올 아침을 기다리는 최후의 나,

나는 나에게 작은 손을 내밀어
눈물과 위안으로 잡는 최초의 악수.

예의 송우혜는 앞 연에서 자기성찰로 도달한 자아에 대한 새로운 정립을, 뒤 연에서 전투를 앞둔 전사의 자세를 본다. 이 해석은 매우 적절하지만, "최후의 나"라는 표현 자체에 대해서는 친절한 해석이 아니다. (시인이 이 표현으로 자신의 죽음에 대한 예감을 말하고 있다는 글을 어디선가 읽은 적이 있는데, 이는 결과와 원인을 뒤바꾸는 말이 될 것이다.) 이 "최후의 나"는 마지막 연의 "최초의 악수"와 대구를 이룬다. 이제까지 결핍 속에 부족하고 부끄럽게 살아왔다고 생각했던 '나'를 이해하고 위로하는 이 "최후의 나"는 과거를, 그것이 어떤 것이었든, 끌어안아, 거기서, 자신을 지금 이 자리에 이르게 한 어떤 힘을 발견하는 '새로운 나'이다. 이 '최후'는 자기성찰의 마지막 결론이라는 의미를 지니지만, 더 나아가서는 지금 이 자리의 희망과 결의를 '최후'까지, 영원히 간직하고 가야 할 '나'라는 의미를 덧붙여 지닌다. 이 자리의 '나'가 이제까지 살아온 삶의 총합이라면, 지금 이 자리에서 부끄러울 것이 없는 '나'만이 과거를 부끄러움이 없는 것으로 받아들일 수 있다. 그가 과거에 처음으로 내미는 손은 자기 안에서 하나의 성장을 확인하고, 끝까지 성장하기를 기약하는 자의 당당함이다. 이 당당함이 그에게 "쉽게" 시 쓰게 하겠지만, 이 엄숙한 약속 앞에 그 긴장과 경계를 풀어놓게는 하지 않는다.

윤동주는 자신의 심정에 진실하였고, 배움에 진실하였으며, 자신의 시대 앞에서 진실하였다. 이 진실의 끝에서 그는 한 세계 안에서 다른 세계가 열리는 아이러니를 발견하였으며, 그 모순의 순간을 정성스럽게 구조화하였다. 그가 시에서 넓고 깊은 지식을 나열한 것도 아니고, 시구와 시어 하나하나를 정밀하게 계산하여 쓴 것도 아니지만, 그의 시에서 뛰어난 지성을 느낄 수 있는 것은 진실의 끝에 이르려는 이 노력이 자주 생생하게 드러나기 때문이다. 진실의 끝에서 하나의 모순을 발견한다는 것은, 그리고 그 모순을 자기 사고의 터전으로 삼는다는 것은 주어진 진실을 자유롭게 비평하고, 그 진실과의 관계 속에서 자기 검토를 실천하는 사람에게만 가능한 일이다. 윤동주는 식민지 시대에 이 자유 비평과 자기 검토의 힘으로 거의 유일하게 변증법적이라고 분명하게 말할 수 있는 성장과 발전의 시를 썼다. 해방 이후 한국에서 한때 세력을 떨쳤던 지성주의 내지 주지주의의 시들이 공소함을 면할 수 없었던 것은 윤동주의 시를 충분히 이해하고 활용하지 못한 데도 그 원인이 있다고 본다.

# 김수영의 현대성 혹은 현재성

　김수영은 비범한 일을 했다. 구태여 이름을 밝힐 필요가 없는 한 '원로시인'이 몇 해 전에 현대 한국시 전반에 걸치는 시인론집을 출간하면서 거기서 김수영을 제외해야 했던 이유에 대해 "그는 시인이 아니기 때문"이라고 잘라 말했다. 이 놀라운 발언은 그러나 거기에 걸맞은 파동을 일으키지 못했다. 김수영을 깊이 존경하거나 자신의 문학적 성장을 그에게 크게 빚지고 있다고 생각하는 여러 문인들의 편에서라면, 이 말의 무력함을 자신들의 무응답으로 실증했다고 할 수도 있고, 끝내 겉돌다 끝날 지루한 논의에 힘을 낭비할 필요가 없다고 생각했을 수도 있다. 그들에게 김수영의 공적은 어떤 바람도 움직일 수 없을 만큼 단단한 것이다. 그러나 문단에 적을 걸고 있는 여러 '계층'의 인사들을 이런저런 사석에서 만나보면, 한국 현대시의 역사가 '왜곡된' 근본 원인이, 적어도 자신들이 문단생활에서 부당하게 겪어야 했던 온갖 불운의 일차적 책임이, 김수영에게 있음을, '이론이 달려서' 공론을 펼 수는 없지만, 확신하고 있다고 고백하는 사람들이 의외로 많다. 그들에게도 김수영은, 어느 누구에게서보다도, 살아 있다. 어느 편에서나 김수영의 존재는 이렇게 무겁다. 이 점은 우리에게서 시가 무엇인지, 혹은 어떤 시가 좋은 시인지 묻는 논의에서 김수영을 인사치레로라도 거론하지 않을 수 없었던 저간의 사정과 일치한다. 훌륭한 시인이냐 아니냐를 떠나서, 김수영은 그만큼 특별한 일을 한 것이다.

　이 작은 글은 그 특별함을 들춰보고, 그가 유명을 달리한 지 40년이 지난 지금까지 그 특별한 것들이 그 특별함을 유지하면서도 그 세월에 값하는 어떤 보편적 가치를 지니고 있는지, 그렇다면 그 힘은 어디서 오는지 살펴보기 위한 것이다. 그의 초상을 문학적이건 아니건 어떤 이데올로기로 환치하거나, 그의 시를 오지랖만 넓은 어떤 용어들 속에 포진해야 할 필요는 없다. "시인은 밤낮 달아나고 있어야" 한다고 말한 것은 김수영 자신이다. 그의 시들이 여전히 좋은 힘이건 나쁜 힘이건 어떤 힘을 행사하는 것은 그들 시가 여전히 어디에 가두어질 수 없기 때문이다. 이런 일에서라면 김수영 자신이 어떤 말로 어떻게 시를 썼고, 그것이 어떻게 차별되는지 살피고, 그 의의를 숙고하는 일보다 더 좋은 방법은 없을 터이나 이 글로 그 일을 다 하기는 어렵다.

김수영이 시를 거칠게 썼다는 의견에 반론을 펴는 사람은 드물며, 그 평가는 사실에 가깝다. 김수영의 시법에 대한 논의도 거기서부터 시작하는 것이 효과적이라고 보는 것은, 자명하게만 보이는 이 의견이 김수영에 대한 여러 다른 평가의 근저를 형성하면서도 그 구체적인 내용은 상술된 적이 거의 없기 때문이다.

김수영은 시를 매끄럽게 쓰지 않았다. 그는 가지런한 시행과 영탄조의 문장과 시적일 것 같은 말과 멋 부린 말을 믿지 않았으며, 말 하나하나를 생경하게 드러내는 방식으로 문법을 밀어붙이고, 무엇보다도 그럴듯하거나 비겁한 논법에 기대지 않았다. 그는 누가 울 때 '운다'고 썼지 '웁니다'나 '우옵네다'라고 쓰지 않았다. 그는 먼 것을 보고 '먼'이라고 썼지 '먼먼'이라고 쓰지 않았다. 「사치」[1] 같은 시의 "길고긴 오늘밤"이나 "어서어서 불을 끄자"처럼 입에 발린 첨어가 나타날 때는 거의 예외 없이 어떤 종류의 것이건 모멸감이 섞인 희화가 있다. 김수영은 이 시를 "불을 끄자"라는 짧은 말로 끝내면서 그 희화를 접는다. 「공자의 생활난」의 마지막 시구는 "그리고 나는 죽을 것이다"라는 말로 끝난다. '고요히'나 '흡족한 마음으로' 같은 말은 거기 없지만, 말의 리듬을 끊는 "그리고"는 대범하게 거기 있다. 모든

---

1) 이 글에서 김수영의 시편들은 『金洙暎 全集 1詩』(민음사, 1981)에서 인용하며, 한자는 한글로 바꾸었다.

언어에는 사실을 전달하는 기능장치 외에도 그 전달된 사실을 화자의 의도에 따라 일정한 방향으로 이끌고 가는 장치가 있으며, 이를 수사학에서는 논증요소라고 부른다. 한문 같은 고전어가 이 논증요소에 최소한으로만 의지하는데 비해 문어의 구속력을 적게 받으며 발전했던 한국어에서는 이 논증요소의 힘이 매우 강해서, 조사와 술사의 어미 하나하나가 모두 논증적 기능을 지닌다. '키는 크다'와 '키가 크다'가 다르고, '키가 크다'와 '키가 크더라'가 다르지만, 전달되는 사실은 모두 '키의 큼'이다. 서정주가 "이제는 돌아와 거울 앞에서 선"이라고 읊을 때, 왜 '이제'가 돌아와야 할 시간인가를 따지기는 매우 어렵다. "이제는"의 '는'의 힘은 그렇게 강하다. 정서적 논증력은 논쟁을 가로막는다. 논쟁적이지만 논증적이 아닌 김수영의 시쓰기는 "이제는"과 같은 마술적인 정서 장치의 후원이 없다. 마찬가지로 사실의 무게가 어떤 주관적 정서의 개입으로 가벼워지지도 않는다. 그래서 김수영의 시에서, 먼 것은 멀다고 느껴지는 것이 아니라 말 그대로 먼 것이며, 우는 사람은 울 것 같은 심정에 복받치는 사람이거나 제 울음을 어디에 보여주려는 사람이 아니라 정말로 그리고 단순히 우는 사람이다. 「공자의 생활난」의 죽음은 죽음에 대한 몽상이나 죽음과 유사한 것에 대한 비유가 아니라 절대적으로 죽음이다. 이 먼 거리, 이 울음, 이 죽음은 사실인 것처럼 이미 논증된 사실이 아니라, 항상 논쟁을 기다리고 야기하는 사실이다.

김수영의 시어를 그의 현실 인식과 결부시키는 일은 새삼스럽지만 그만큼 정당하기도 하다. 그러나 시인으로서 김수영이 현실에 천착하였다는 말은 부족하다. 그는 현실만 보았고, 그것도 매우 좁은 현실에만 천착했다. 그는 단 한 편의 여행시도 쓰지 않았으며, 자연경관에 관한 길고 깊은 관상보다 그에게 더 낯선 것은 없다. 그의 시는 종로를 비롯한 서울 거리와 그 외곽 동네들을 벗어난 적이 없다. 그는 양계장을 경영하였지만 그것은 가내공업이나 진배없었고, 곁들여 채마밭을 일구기도 하였지만 거기에 지속적인 정성을 바칠 처지가 아니었다. 그는 자연을 농사꾼이 바라보듯, 다시 말해서 그의 시대에 이 땅의 거의 모든 사람이 바라보듯, 바라보지 않는다. 「거대한 뿌리」가 증언하듯 그의 마음속에도 전통의 깊은 뿌리가 분명하게 존재하였지만, 자신이 체험한 현실을 그 정서의 전통에 끌어다붙이는 일은 그에게 금지된 것이나 같았다. 자연에 대한 감정은 어디서나 민족 감정과 엇물려 있기 마련인데, 그렇기에 더욱 이 감정은 「병풍」에서 말하듯 "무엇보다도 먼저 끊어야 할 것"인 "설움"이나 다를 것이 없었다. 그에게 땅에 떨어진 눈은 겨울 산촌의 아늑한 풍경과 연결되지 않았고, 봄에 돋는 새싹은 친구의 사무실이 사무실인 것만큼만 새싹이었다. 그는 눈과 새싹을 처음 보는 사람처럼 보았고, 처음으로 그 이름을 부르는 사람처럼 눈이라고, 새싹이라고 말했다.

모든 속절없는 감정에서 차단된 이 언어는 그만큼 사물에 육박할 수 있겠지만, 그 언어로 쓴 시가 어떤 서정에 닿기 위해서는 그만큼 절박한 모험을 감행하지 않을 수 없다. 육체밖에 가진 것 없는 노동자가 하루 벌어 하루 먹고 살아야 하는 것처럼, 이런 핍진한 언어는 오직 지금 그 자리에서 얻어낸 서정으로만 한 편 한 편의 시에 자양을 공급할 수 있기 때문이다. 손쉽게 도취적 마비를 일으키는 방언의 힘, 시적 아어들에 가라앉아 있는 서정의 앙금, 속설의 과장과 청승, 공기나 물처럼 아무나 뽑아 쓸 수 있는 불가적·도가적 언어의 약속된 지혜, 이런 언어적 괴력난신의 협력은, "이제 나는 광야에 드러누워도/시대에 뒤떨어지지 않는 나를 발견하였다"(「광야」)고 말하는 시인에게 바랄 만한 것이 아니었다. 시인이 드러누우려는 궁핍한 현실의 맨땅은 또한 시와 관련하여 이론을 가장한 모든 풍문들, "너무나 많은 나침반"과 함께, 안이하고 헛된 서정을 벗어버린 언어이기도 한 것이다. 그는 삶의 현재 상태와 곧은 언어에서(또는, 에서만), 풍문의 "산보다" 높은 자기 "육체의 음기"를 얻어낼 수 있다고 생각했다.

시가 현실을 발견한다는 말은 현실이 지니고 있는 시적 힘을 발견한다는 말과 다른 말이 아니다. 이는 용기의 문제이기도 하지만 이해와 감수성의 문제이기도 하다. 더할 수 없이 메마른 현실에서 어떻게 준동하는 힘을 포착할 수 있을 것인가, 그런 힘이 거기 있기나 한 것일까, 있다 한들 거기서 어떤 감동을 끌어낼 수 있을 것인가. 이것이 '현대 시인'으로서 "첨단의 노래"(「서시」)를 부르려 한 사람이 풀어야 할 숙제였다. 김수영과 같은 시대에 그림을 그렸던 박수근의 경우를 생각해보면 현실에 대한 그의 태도를 이해하는 데에 어느 정도 도움이 될지도 모르겠다. 박수근도 전후 독재치하의 가난한 현실에 밀착하여, 근근하게 살아가는 농민과 소상인들의 삶을 그렸지만, 뛰어난 재능을 지닌 이 화가의 음울하면서도 아늑한 회색 톤과 양식화된 기하학적 선은 보는 눈을 매혹시켜, 현실을 세월의 먼지 속에 가려진 먼 옛날의 풍경처럼 바라보게 한다. 현실은 예술적 기억술의 세계로 바뀐다. 같은 시대와 그 이후까지, 말에서 의미를 제거하고 시에서 이미지를 지우려 했던, 그래서 누추한 현실의 부스러기조차도 남겨두려 하지 않았던 김춘수에 관해서도, 적어도 그 효과의 면에서는, 같은 말로 설명할 수 있을 것이다. 같은 시기에 김현승이 쓴 시에서라면, 거기에 현실이 없는 것은 아니지만 그것은 늘 견고한 결정체로만 남게 되며 세상의 온갖 절규는 까마귀의 울음 같은 외마디 소리로 압축된다. 현실은 그 누추함을 잃으면서 생활력과 운동력도 함께 잃는다. 김수영은 현실을 예술로 순치하거나 다스리려 하지 않았으며, 무엇보다도 이 점에서 그는 당시 모더니즘의 영향권 안에 있었던 다른 문인·예술가들과 뚜렷이 구별된다.

그러나 확연한 대비는 같은 고뇌를 말하기도 한다. 사람들은 다른 전망을 가지고 같은 일을 할 수도 있다. 김수영을 난해 시인으로 불리게 한, 특히『달나라의 장난』시절의 '꼬인 문맥'은 최소한 그 발상법에서는 박수근의 회색 톤과 같은 것이었다. 현실을 가감 없이, 그러나 쉽게 알아들을 수 없게 말하는 이 난삽한 문형을 통해 김수영은 메마른 말들이 서로 충돌하여 얻게 될 진폭에 내기를 걸었다. 그는「풍뎅이」의 한 구절을 이렇게 썼다.

> 너의 이름과 너와 나와의 관계가 무엇인지 알아질 때까지
> 소금 같은 이 세계가 존속할 것이며
> 의심할 것인데

이 구절을 산문으로 풀어 읽는다면, 아마도 '너의 이름을 알고 너와 나의 관계가 규명될 때까지 나는 그것을 알기 위해 의심할 터인데, 그때까지 이 세계는 소금과 같은 불모의 상태로 지속될 것'이라는 말이 될 것이다. 난삽함은 진술의 순서가 바뀐 데서 우선 비롯하는데, 이 뒤바꿈은 풀어 쓴 말에서처럼 '까지' 같은 허사가 반복되는 것을 막아 말을 긴장시킬뿐더러, 소금같이 황량한 세상의 상태와 의심과 고뇌에 사로잡힌 화자의 심경을 같은 것으로 받아들이게 한다. 상태와 심경이 일치되는

이 순간이 바로 김수영에게는 불모의 현실에서 양양된 감정 하나를 추슬러올리는 순간이기도 하다. 「지구의」의 첫 연은 다음과 같다.

> 지구의의 양극을 관통하는 생활보다는
> 차라리 지구의의 남극에 생활을 박아라
> 고난이 풍선같이 바람에 불리거든
> 너의 힘을 알리는 신호인 줄 알아라

비교의 조사 '보다는'의 앞뒤에 놓인 비교의 대상이 한쪽은 명사이고 한쪽은 명령형 동사이다. 이 문장은 그 자체로서 북극축이 망가진 지구의의 허술함과 그 흔들거림을 모사하는 동시에, 현실에 천착하면서도 거기에 붙잡히지 않음으로써, 삶을 흔들어대는 고난의 막강한 힘을 오히려 시적 서정의 원기로 삼으려는 시인의 의지를 은유한다. 시인에게 황량하고 불행한 사물은 있어도 불모의 상태로 고정된 삶은 없다. 김수영의 난삽한 문장은 현실을 지우는 자리가 아니라 현실이 운동하는 비밀을 어렵게 감지하고 그 시적 힘을 선동하는 자리이다.

박수근의 회화에서 사물의 형태를 정돈하고 평면화하는 기하학적 선, 혹은 김현승의 시에서 사물을 결정화結晶化하는 이미지를 김수영에게서는 그 순결한 말이 대신한다. 김수영만큼 관념적인 시, 정확히 말해서 관념을 설파하고 관념 아래 숨는 시를 증오했던 사람도 드물다. 만들어진 관념을 사물에 들씌우는 일은 사물을 모욕하는 일이며, 현실에서 돋아나는 새로운 생각의 싹을 막아버리는 포기 행위의 일종이다. 정서의 안일한 장식이 없는 것과 마찬가지로 관념을 앞세우는 일이 없는 김수영의 언어는 그 의미를 바로 그 자리에서 손색없이 드러내는 그 성질에 의하여 벌써 어떤 사물, 어떤 현상을 절대적으로 지시하는 관념어의 가치와 자격을 얻는다. 「헬리콥터」에서 헬리콥터는 은유도 상징도 아닌 단순한 헬리콥터일 뿐이지만 수직으로 날아오르는 무쇠 덩어리라는 그 존재 자체로 어떤 누추한 삶도 가볍게 떠오르는 순간이 있으며 그것이 새삼스러울 수 없다는 깨달음을 지시한다. 『달나라의 장난』에 수록된 시 「눈」에서 "마당 위에 떨어진 눈"은 어떤 관념이기 때문에 "살아 있다"고 말하게 되는 것이 아니라, 오히려 극도로 하얗고 완전히 비생명적인 눈일 뿐이기에, 그것을 보는 시인에게 기침을 하건 가래를 뱉건 생명의 증거를 촉구할 수 있는 힘을 누린다. 그리고 이 힘은 그의 시편들이 읽는 사람에게 특별하게 깊은 인상을 심는 바로 그 힘이기도 하다.

선율이 드높고 색채가 영롱하여 귀와 눈을 즐겁게 하지만, 시집을 덮고 나면, 읽었다는 기억조차 사라지는 시들이 있다. 그것은 김수영의 경우가 아니다. 「봄밤」이나 「폭포」 같은 시,

「거대한 뿌리」나 「사랑의 변주곡」 같은 시를 진지하게 읽고 나서 잊어버리기는 어렵다. 현실을 투명하게 드러내기에 오히려 어떤 정신성을 띠는 말들은 감각에 뚜렷한 인상을 남기고 그 운동하는 힘을 이해하기 위해 바쳤던 노력은 다시 읽는 사람의 마음을 되울려 제 삶을 성찰하게 한다. 하나의 사상이 탄생한다.

이 말은 그러나 사물을 순결하게 지시하는 일에서 하나의 관념을 들어올리기까지에는 그 길이 순탄치 않았음을 말해주기도 한다. 김수영의 강렬한 시에서, 불모의 현실을 열고 사상이 하나 탄생하는 자리에는 늘 그만한 크기의 논리적 결락이 하나 있다. 이를테면, 「절망」이란 제목을 지닌 두번째 시에서, 풍경과 곰팡이와 여름과 속도와 졸렬과 수치가 모두 그 자신을 반성하지 않듯이 절망이 그 자신을 반성하지 않는다고 말하면서 "딴 데에서"에서 오는 바람과 "예기치 않는 순간"의 구원을 전망할 때, 시가 주는 감동은 '어디서' '언제' '어떻게'라는 의문과 함께 온다. 더 나아가서는 바람과 구원의 가능성이 이 질문의 능력과 구분되지 않는다.

시 「현대식 교량」은 세대의 차이에서 오는 사고의 갈등과 그 화해에 대해 이야기한다. 화자는 한강에 놓인 다리를 지나면서 그것을 세운 일제와 청산되지 못한 식민지 의식을 떠올리며 불편해하지만, 젊은 세대들에게 다리는 다리일 뿐이다. 다리는 그들이 태어나기 전부터 거기 있었기에 그것이 '부자연스러울' 까닭이 없다. 시는 이렇게 끝난다.

> 이 다리 밑에서 엇갈리는 기차처럼
> 늙음과 젊음의 분간이 서지 않는다
> 다리는 이러한 정지의 증인이다
> 젊음과 늙음이 엇갈리는 순간
> 그러한 속력과 속력의 정돈 속에서
> 다리는 사랑을 배운다
> 정말 희한한 일이다
> 나는 이제 적을 형제로 만드는 실증을
> 똑똑하게 천천히 보았으니까!

"적을 형제로 만드는 실증"은 다소 과장되고 갑작스러운데
다 그 내용이 확연하게 서술된 것도 아니다. 그렇다고 이 실증
을 조롱이나 아이러니라고 보기에는 시에 쓰인 말들이 전체적
으로 진지하다. 나이든 시인이 젊은 세대로부터 그 나이에서 오
는 자신감을 받아들인다. 그래서 역사를 모르는 젊은 세대들이
다리를 순진하게 건너갈 때 역사의 굴욕을 알고 있는 시인은 같
은 다리를 이제 그 순진한 나이의 자신감으로 건너가게 된다.
실제로 화해하는 것은 역사에 대한 회고적 쓰라림과 새로 건설
해야 할 역사에 대한 실천의지이다. 그러나 시인이 말하는 "실

증"은 이렇게 추론되는 논리에 있는 것이 아니라 차라리 이 깨달음을 얻는 순간의 감동에 있다. 그것은 "희한한" 것이며 형언할 수 없는 것에 속한다. 이 깨달음과 감동은 다른 세대에 대한 이해나 식민지 의식의 극복 정도에서 그치는 것이 아니라, 삶과 역사에 감춰진 그 비밀스러운 변전에 대한 예감을 아우른다. 다리는 이제 비로소 "최신식" 교량이 되어, 상징적이라고나 말해야 할 넓이와 높이로 그 의미를 확장한다.

'귀거래사' 연작의 여덟번째 시인 「누이의 방」에서, 시인은 모든 것이 정리되어 있는 누이의 방에 감탄한다. 시인이 '너무나'라고 말하게 되는 것은 예쁜 장식품들과 외국배우의 사진들과 과채와 꽃들이, 운동을 갈망하는 시인의 방식과는 달리, 평면을 지향하여 정돈되어 있기 때문이다. 김수영은 질문으로 시를 끝낸다.

역시 평면을 사랑하는
킴 노박의 사진과
국내소설책들……
이런 것들이 정돈될 가치가 있는 것들인가
누이야
이런 것들이 정돈될 가치가 있는 것들인가

김수영은 자기 시대의 한국소설을 폄하하고 있는가. 어조로 보아서는 그렇다. 그러나 시인은 똑같은 질문을 두 번 하는데, 이 반복에는 자신의 질문에 대한 숙고의 의미가 들어 있다. "국 내소설책들"은 '문단 사람'의 하나인 김수영이 보기에 '내가 쓴 것이나 그 녀석들이 쓴 것이나' 식의 평가를 벗어나기 어렵겠지 만, 그것들이 엄연하게 정돈되어 있다는 사실을 그도 부정할 수 는 없다. 한국소설들은 누이의 방과 그 평면에서부터 벌써 그가 등을 기대고 살아야 할 "광야"의 맨땅을 형성하고 있다. 저 무의 식적 폄하와 이 놀라운 발견 사이에 김수영식의 상징적 '귀거 래'가 있다.

이렇듯 김수영의 시는 논리가 결락된 자리에서 그 의미와 서정을 상징적으로 확장한다. 그러나 거기에는 말의 온전한 의 미에서의 상징은 없다. 시의 상징은 본원적이고 본질적인 세계 를 가정한다. 이 세계보다 김수영에게 더 낯선 것은 없다. 그 세 계에는 어떤 깊고 무한한 지혜에 의해 설계된 자연과 시간이 있 고, 자연 사물 하나하나와 인간사회의 제도와 풍습 하나하나가 서로 그 설계의 비밀을 교환한다. 자연현상과 인간의 내심에서 이 비밀의 상형문자를 발견하고 그것을 다시 언어로 표상하는 상징 기호는 우주 만물이 그 비밀과 표상의 자리를 서로 교환하 면서 조응하는 어떤 체계 안에서만 온전한 의미를 지니기 마련 이다. 근면의 개미와 나태의 베짱이, 간지의 여우와 허영의 까마귀 따위처럼 어떤 심오한 명상의 승인도 없이 임의적으로 조작된 알레고리는 그 체계에 편입될 수 없다. 그것은 기껏해야 단편적이고 찢어진 상징에 불과하다. 그러나 이 알레고리는 적어도 그 단편적 형식에서만은 김수영의 시에서 하나의 의문을 발판으로 삼아 예기치 않은 힘을 솟구쳐올리는 논리적 결락의 자리와 다르지 않다. 발터 벤야민 같은 사람이 보들레르의 시에서 발견해내는 또다른 개념의 알레고리처럼, 김수영에게서 논리가 불충분하게만 표현되는 자리는 부동한 현실의 설명할 수 없는 운동을 포착하고, 다른 삶, 그러나 오직 이 삶 속에 있는 다른 삶을 미리 바라보고 표현하는 지점이다. 그것은 이 삶 속에 벌써 존재하면서도, 그 존재를 믿게 할 수도 보여줄 수도 없을 정도로 다른 삶의 미진한 상징이며, 미래에만 확연하게 설명될 수 있는 역사적 진실의 알레고리이다. 김수영은 「사랑의 변주곡」에서 이렇게 썼다.

그렇게 먼 날까지 가기 전에 너의 가슴에
새겨둘 말을 너는 도시의 피로에서
배울 거다
이 단단한 고요함을 배울 거다
복사씨가 사랑으로 만들어진 것이 아닌가 하고
의심할 거다!

복사씨와 살구씨가

한번은 이렇게

사랑에 미쳐 날뛸 날이 올 거다!

그리고 그것은 아버지 같은 잘못된 시간의

그릇된 명상이 아닐 거다

　시간 속에 잠재해 있는 온갖 능력들이 사랑의 힘으로 폭발
할 저 미래는 아들의 눈에 설명할 필요조차도 없이 당연한 현실
일 터이지만, "잘못된 시간"의 아버지는 "복사씨와 살구씨"가 사
랑의 힘으로 개화될 아들의 시간을 '그릇되게', 논리적 결락의
형식으로밖에는 명상할 수 없다. 결락의 알레고리는 무지이면
서 동시에 그보다 더 큰 확신이자 그 확신의 용기이다. 아들은
아버지의 명상이 적확한 것이었다 말할까, 서툰 것이었다고도
말할까. 사실을 말한다면, 시인은 요령이 없는 점쟁이도 영특한
예언자도 아니다. 그가 저 찬란한 미래를 묘사할 때 그는 바로
자신의 시가 발휘하는 운동의 힘도 함께 묘사하고 있다. 그에게
서 이 삶으로부터 다른 삶을 개화시키는 "사랑"은 이것에서 저
것을 이행하는 시의 명철한 실천력과 다른 것일 수 없다.

　김수영은 시의 모험이 "자유의 서술도 자유의 주장도 아닌
자유의 이행"이라고 말했다. 그리고 "자유의 이행에는 전후좌우
의 설명이 필요 없다"(산문 「시여, 침을 뱉어라」)고 덧붙였을 때,

그는 자신의 시적 알레고리에 대해 말한 것이나 같다. 이 삶에서 알 수 없는 다른 삶을 실천하는 일에서, 온갖 구구한 설명이 그 논리의 결락을 채워줄 수도 없을뿐더러 자유를 이행하는 그 모험의 능력이 될 수도 없다. 설명은 '실증'을 기다리는 현실의 미묘한 힘을 다른 삶의 높이에서 통찰하는 것이 아니라, 이 삶에서 실증된 지식으로 이 삶을 봉쇄하기 때문이다. 필연의 맥락에 갇혀 과거로만 현재를 설명하는 모든 이론적 이해는 우리를 위로하거나 한탄하게 할 뿐 실천의 위험을 무릅쓰지 않는다. 순결한 과거를 미래에 던져, 뜻 있는 삶의 기초를 설파하는 모든 교의들도 막연한 동경의 상태를 벗어나기 어렵다. 알레고리는 저 목적론적 세계관이 장치한 본원성이나 본질성의 심연에 함몰되지 않으며, 논리적 설명이 무기로 삼는 필연성의 고리에 붙잡히지 않는다. 길든 언어의 정서적 후원도, 명쾌한 이론의 안전한 권력도 바라지 않았던 김수영은 현실의 언어로 현실을 진술하면서도 절박하게 그리는 가운데 다른 삶을 전망하고 끌어당기는 알레고리를 바로 이 삶에서 발견하였다. 그는 현실을 사는 것으로 다른 삶을 실천하였으며, 이 삶의 그림으로 현실의 밖을 그렸다. 그는 현실을 직설하였지만, 그가 맨땅에 내던진 말에는 심정의 특별한 깊이가 아닌 것이 없고, 위대한 용기가 아닌 것이 없고, 영원한 활력이 아닌 것이 없다. 진정한 초월이 거기 있으며, 김수영의 진정한 현대성이 거기 있다.

김수영은 우리 시에 용기를 주었다. 그는 시에 시적으로 된 말을 모은 것이 아니라 모든 말이 시적 힘을 지니도록 시를 썼으며, 이 점에서 그는 자유시의 이상을 실천했다. 그에게서 처음으로 시적인 말과 일반적인 말의 차별이 완전히 사라졌다. 일상의 대화와 나날의 일기, 신문기사와 술자리의 흥분된 토론에서 거두어들인 것 같은 시의 말들은 하나같이 사물의 속내를 짚어 그것과 그 속에 살아가는 인간의 감정이 맺는 관계를 예민하게 드러내고, 어떤 의문을, 어떤 욕망을, 어떤 성찰을, 어떤 전망을 거기서 솟아오르게 함으로써 유례없이 강력한 시정을 형성했다. 그에게 시는 소란한 현실 위에 걸리게 될 예쁘고 평화로운 액자도 아니었고, 삶의 전투에서 패배한 사람들이 찾아가는 망명지도 아니었다. 그것은 현실을 현실로 발견하는 일이자 그것을 정신화하는 일이었고, 현실의 확장이자 그 전복이었다. 현실을 시적으로 처리하는 것이 아니라, 현실에서 시를 추출하고, 현실을 시로 끌어올리는 이 능력은 곧바로 우리 문학에서 모더니즘과 사실주의를 연결시키는 힘이 되었다. 현대파들은 종족적 자연정서와 농경적 생활정서를 떠나서도 "도시의 피로"와 마모 속에서 비범한 시정이 앙양되는 실증을 거기서 보았으며, 사실주의자들은 한 사회를 분석·고발하고 건전한 인간관계를 갈구하고 전망하는 사람들의 절실한 감정이 시적 서정과 다른 것이 아님을 거기서 알았다. 시적 감수성과 심미감의 폭이 문득 넓어졌다. 이제 아무리 난폭하거나 실망스러운 현실도, 아무리 조야하고 생경한 언어도, 그것이 인간의 마음과 깊고 감동적인 관계를 형성할 때, 시가 되고 아름다운 것이 된다. 심미감이 확장되었다는 말은 그것이 세련되었다는 뜻도 포함한다. 배척의 원리에 기초하지 않는 이 새로운 심미감은 무정한 현실의 외관에 모험의 길을 내고, 정돈될 길 없는 사물들이 균형 있는 자리를 차지하게 될 더 큰 세계를 육체의 감각 속에 펼쳐놓는다.

김수영은 우리 시에서 지적인 것의 개념과 용도를 바꾸었다. 그는 알려진 지식체계의 진실성을 다시 한번 증명하기 위해 또 하나의 실험 데이터를 제공하는 방식으로 시를 쓰지 않았다. 한 번 사물 앞에서 놀라고, 그 놀라움을 저 지혜의 말로 위무하는 절차, 다시 말해서 발견과 정돈의 기승전결은 그의 시에 없다. 마찬가지로 평론가가 알아서 말하게 될 것을 미리 써놓는 식의 암묵적 공모의 시쓰기가 그에게 용서될 수는 없었다. 김수영이 말하는 '온몸으로 시쓰기'의 본뜻도 거기 있다. 지식체계에 복무하기를 거부하고 탈주의 모험을 감행하는 그의 시가 말끔하고 지적으로 숙련된 외관을 누릴 수 없는 것은 당연하다. 한국 현대시의 한쪽을 오랫동안 지배해온 지성주의 현대파들은 시 속에 혼란의 장소인 몸의 노출을 바라지 않았다.『달나라의 장난』이 출간될 무렵부터 한 잡지에 연재되기 시작하여 몇 년 후

책으로 묶여져나온 송욱의 『시학평전』은 보들레르 이후 프랑스의 현대 상징주의를 대거 소개하면서 이른바 '발레리의 불꽃 같은 지성'을 한국시의 나아갈 길로 추천하고 있지만, 랭보의 시에 대해서는 침묵하였으며 그 이름조차 언급하지 않았다. 그는 랭보의 반항과 모험, 그리고 그 동력이 되었던 육체적 감각의 혼란을 불편하게 여겼을 뿐만 아니라 두려워했던 것이다. 이 두려움이 여전히 한국시에 남아 있다는 것은 각종 문학상의 수상작이나 공모의 당선작을 보면 알 수 있다. 김수영은 다른 방식으로 지적이었다. 그는 쉽게 정합되지 않는 현실 속에서 기존의 체계적 지식으로 해명할 수 없는 자리를 발견하고 그것을 감당해낼 다른 삶을 육체적 감각과 마음의 감동으로 우선 실천하려 하였다. 모든 체계의 억압으로부터, 자신이 쓰고 있는 시로부터도 탈주하는 김수영의 시는 이렇게 해서 존재의 변모를 사회적 변혁과 일치시킬 수 있는 길을 열었다.

시에서 지식 개념의 혁신은 은유와 상징 개념의 쇄신으로 이어진다. 김수영은 세상을 안온하게 설명해줄 지식체계를 믿지 않았던 것처럼, 전사적이건 신화적이건 황금시대를 알지 못했으며, 현실과 유리되어 있는 역사, 이른바 '봉인된 시간'이나 오리엔탈리즘을 경멸했다. 그에게 세계는 섭리의 상징이 아니었던 만큼 시를 보증해주는 초월적 시선 같은 것은 없었다. 자연은 그에게 다정한 것이 아니었다. 그는 시가 요구하는 은유하나하나를 얻어내기 위해 그때마다 현실에 지성과 감각을 바닥까지 투자해야 했다. 그것은 사실 은유가 아니었다. 그것은 이 삶을 살면서 벌써 실천하고 있는 다른 삶의 한 모서리였으며, 마비된 현실 속에서 기필코 감지되어야 할 운동하는 현실의 기미였다. 그는 다른 삶을, "완전한 공허를 끝마치고" 피어나는 "견고한 꽃을" "바람보다 먼저 일어나는" 풀을 파편의 형식으로, 다시 말해서 알레고리로 체험했다. 그에게 현실을 핍진하게 그린다는 것은 그 변화와 운동의 알레고리를 발견하는 일이나 같았다. 그가 '자동차'라고 써도, '가옥'이라고 써도, 그것은 눈앞에 보이는 자동차이자 가옥이면서 동시에 다른 삶을 향한 고매한 정신의 알레고리였다. 현실이 제 모습을 그대로 지니고도 이렇게 영예로워진 적이 없으며, 말이 제 본뜻을 가지고 이렇게 강한 힘을 뿜낸 적이 없었다. 김수영이 후기 식민주의의 문화적 침탈에 저항할 수 있는 힘을 거기서 얻었다고도 할 수 있다. 그는 은유를 염두에 두지 않고도 현실에 은유적 힘을 부여했으며, 알레고리를 만든다는 생각도 없이 알레고리를 살았다.

김수영이 이행했던 특별한 일을 이렇게 열거하고 보면 그 자체로 한국시의 새로운 활력을 요약하는 말이 된다. 군사독재의 암울한 장막이 걷히고, 남북관계에 새로운 물꼬가 트인 이후 한국의 젊은 시인들은 현실을 기피하지 않으며, 말을 두려워하지 않는다. 그들이 혼란스럽게 보이는 것은 김수영이 그랬던 것처럼 말과 사물의 다기한 힘을 믿기 때문이다. 그들이 현실에 등을 돌린 것처럼 보이는 것은 현실에서 들어올릴 수 있는 가능성의 폭이 그만큼 넓어졌기 때문이다. 그들은 김수영이 그랬던 것처럼 사소한 것들에 주의를 흩뜨리면서도 현실이 시적 가치를 띠는 계기에 정신과 감각을 집중한다. 그들이 가볍고 변덕스럽게 보이는 것은 그들이 교양의 틀에 갇혀 있지 않기 때문이다. 그들이 무모한 모더니스트로 폄하되는 것은, 김수영이 그랬던 것처럼, 오히려 모험을 모험의 지식으로 뒤쫓는 모험가들, 저 아류 모험가들의 안전한 모험을 거부하기 때문이다. 젊은 시인들은 한때 자신들을 '미래파'라고 부르려 하였다. 미래파라는 이름은 여러 가지로 불편하지만 그 말이 빈말은 아니다. 시가 미래를 전망하는 지점은 현실이 은유적 힘을 얻는 알레고리적 계기와 다른 것이 아니다. 그들은 어쩌면, 김수영이 보기에는, "복사씨와 살구씨가" "사랑에 미쳐" 날뛰는 날에 사는 것이겠지만 여전히 "도시의 피로"에서 배운다. 그들은 현실이 가볍기를 바라는 것이 아니라 자신들의 말로 현실을 움직일 수 있다고 믿는다. 그것은 김수영의 능력이었으며, 시의 능력이다.

# 시의 몫, 몸의 몫

김수영이 남긴 산문에는 박인환을 격렬하게 욕하는 두 편
의 글이 있다. 1966년에 발간된 수필집 『고요한 기대』(창우사,
1966)에 수록된 「말리서사」(전집 2, 71쪽)[1]는 표면상으로 화가
박일영과 소설가 김이석의 고고한 예술가적 자세를 기리는 글
이지만 이를 위해 박인환을 제물로 삼고 있다. 박인환은 여기서
"곡마단의 원숭이"에 비유되며, 허영에 들뜬 전위예술가의 표본
으로 그려진다. 같은 해에 쓴 「박인환」(전집 2, 63쪽)에서는 이
비난이 더욱 거세다. 김수영은 자신이 "인환을 가장 경멸한 사
람의 한 사람이었다"고 밝히고, 그 이유를 매몰차게 열거한다.
그러고는 자신과 박인환 사이에 있었던 두 가지 사건에 관해 이
야기한다. 한번은 박인환이 초현실주의와 관련하여 무슨 경구

---

1) 이 글에서 김수영의 시와 산문은 『金洙暎 全集 1詩·2散文』(민음사, 1981)에서
인용하며, 한자는 한글로 바꾸었다.

를 늘어놓았는데 김수영은 그 말을 해석하려고 "오랫동안" 고민을 했다. 물론 그 말은 근거가 희박한 말이었다. 또 한번은 김수영이 박인환의 글에서 "말이 되지 않은 무슨 낱말인가를 지적"했고 그 결과 그가 들어야 했던 대답은 이런 것이었다. "이건 네가 수용소에 있을 때 새로 생긴 말이야." 이 역시 상대방을 기죽이기 위한 가당치도 않은 반격이었다. 한때 시화집을 같이 내기도 했던, 이제는 유명을 달리해 해명할 입이 없는 친구에게 이런 모진 말을 퍼붓는다는 것이 분명 훌륭한 일은 아닐 것이다. 게다가 1966년은 박인환의 10주기가 되는 해가 아닌가. 그러나 이 추억담을 쓸 때 김수영에게는 박인환을 폄훼하려는 의도 밖에 시인으로서의 자기 발전의 한 계기를 기념하려는 뜻이 있었을지도 모른다. 그의 산문과 시를 함께 살피다보면, 그가 박인환과의 관계에서 '젊은 날의 덫' 같은 것을 느끼고 있었다는 점을 어렵지 않게 짐작할 수 있다. 박인환의 약점은 바로 그 자신의 약점이기도 했던 것이다. 그는 이 관계에 냉정한 선을 그어둠으로써 "프로이트를 읽어보지도 않고 모더니스트들을 추종하기에 바빴던" 자신의 치기에서 빠져나올 수 있었다. 그는 '동무'에게 못지않게 자기 자신에게도 가혹했다.

가령 그는 박인환에게 던져준 '히야까시' 같은 작품이라는 「공자의 생활난」에 이런 구절을 끼워넣는다.

국수―이태리어로는 마카로니라고

먹기 쉬운 것은 나의 반란성일까

　"생활난" 때문에 어쩔 수 없이 밥 대신 먹어야 하는 국수를 마카로니라고 생각한다거나 불러본다는 것은 무위한 장난 이상의 것이 아니지만, 한편으로는 언어의 전이를 통하여 곤궁한 일상에 경쾌한 기운을 얻어주려는 시도에도 해당하기에 그 나름대로 현실을 부정하는 반란성을 지닐 수 있다. 그러나 이 의문문 뒤에 곧바로 이어지는 "동무여 이제 나는 바로 보마"라는 구절을 통해서도 알 수 있듯이 김수영은 이 반란성을 믿지 않는다. 국수를 먹는 일에까지 이국적 취향에 의지해야 하는 이 문화적 버릇은 그 비루함이 저 '전위 예술가들'의 허세 가득한 제스처에 결코 뒤지지 않는다. 김수영은 자신이 느끼는 부끄러움을 일종의 육체적 고통으로 전달하려는 듯이 이 두 시행을 매우 어눌하게 쓰고 있다. 따지고 보면 이 부끄러움은 간단한 것이 아니다. 그는 자신의 곤궁한 생활에 언어로 장난질을 했을 뿐만 아니라, 그 헛된 일에 잠시나마 시적 권위를 부여하려고까지 했기 때문이다. 사물을 정시하지 않는 한 자신이 멸시하는 사람들과 자신을 구별할 자리가 없다. 사물에는 "사물의 생리"가 있고 "수량과 한도"가 있다. 사물은 지극히 엄격하고 인색해서 어떤 문화적 태도로도 호도되지 않는다. 그러나 사물은 "우매"하지만 또한 "명석성"이 있다. 그는 「영롱한 목표」에서 "가장 심각한 나의 우둔 속에서/새로운 목표는 이미 나타나고 있었다"고 쓰기도 했지만, 무겁게 가라앉아 폐쇄된 현실에서 떠오르고 열리는 자리를 알아차리는 것이 시의 행복한 능력이다. 한국전쟁을 전후한 곤궁한 시대에 현대적 전위 시인들이 "줄넘기"의 곡예로 얻으려 했던 "발산한 형상"을 그는 엄혹하고 몰인정한 현실이 감추고 있는 명석성에 도달함으로써 얻을 수 있다고 믿고 있다. 그러나 현실의 이 명석함을 파악하는 일은 현실의 우둔함에 대한 명석한 통찰을 항상 전제하는 것이기 때문에 그 길은 매우 좁다. 김수영은 시의 이 좁은 길에 매진하는 일을 자주 '현대적'이라고 일컬었다. 그리고 시의 현대성에 대한 김수영의 이 개념이 한국의 현대시에 미친 영향은 우리가 생각하는 것보다 훨씬 크다.

시집 『달나라의 장난』에서 김수영이 사용하는 언어는 매우 힘차지만 지극히 미세하고 감각적이다. 더 정확히 말한다면 그의 언어는 미세하고 감각적이기 때문에 힘차다. 미세한 자리에서 있었기에 그는 자기가 하려는 말에 확신을 지니고 있었으며, 사물의 양태와 추이를 자신의 경험과 육체로 확인하였기에 그는 새롭게 말할 수 있었다. 전원주의자들이건 현대주의자들이건 다른 사람들이 문화적 코드를 통해 추수하고 확인하려 했던 시적인 것들을 그는 자신의 감관과 정신을 투입하여 더듬어내려 했으며, 이 점에 그의 진정한 독창성이 있다. 물론 경험이 곧바로 시가 되는 것은 아니다. 사물의 상태가 어떠하건, 그에 대한 경험이 무엇이건, 그 앞에서 이루어지는 정신과 감정의 특별한 반응이 시를 만든다. 현실이 궁핍할 때 사물의 "수량"과 "한도"는 그만큼 제한되며, 그 움직임도 그만큼 둔화된다. 정신과 감정도 그만큼 위축된다. 시를 쓰는 사람에게 이때 시라는 말은 그 자체가 위축을 집중으로 바꾸라는 명령이 된다. 시는 본질적으로 순결하고 진실한 말이기에 이 현실 밖의 다른 곳에서 그 말을 찾을 수는 없다. 시는 본질적으로 새로운 말이기에 말과 감정을 함부로 허락하지 않는 이 자리에서만 그 말을 얻을 수 있다고 믿지 않는다면, "이제 나는 광야에 드러누워도/시대에 뒤떨어지지 않는 나를 발견하였다"(「광야」)고 자신 있게 말할 수 없다. 누추한 말들을 시의 말로 바꾸어줄 정신과 감정의 특별한 반응에 관해 말한다면, 그 책임은 전적으로 현실에 있는 것이 아니라 항상 시 쓰는 사람 자신에게 있다. 『달나라의 장난』의 김수영은 「예지」에서 고통스럽게 말하고 있는 것처럼 "너의 벗들과/너의 이웃사람들의 얼굴이/바늘구녕 저쪽에 떠오"를 때까지, 시의 명령이자 시 쓰는 사람의 긍지로서, 그 집중을 연습하였다. 시는 그 집중의 결과이지만 또한 시가 그 집중을 도왔다. 그는 「비」에서 "너의 벽에 비치는 너의 머리를/사랑하라"고 쓰고 있다. 벽은 그의 상상력과 감정을 가로막고 움직이지 않는 현실이지만, 거기에 그의 사색하는 머리가 비치는 것은 그 요지부동함 앞에서 마음이 특별한 반응을 얻어 어떤 시적 상태에 도달하기 때문이다. 그러나 김수영은 이 순간의 감정을 "비애"라고 부른다.

『달나라의 장난』에서 가장 자주, 그리고 매우 인상적으로 만나게 되는 낱말은 "설움" 또는 "비애" 또는 그와 같은 뜻을 가진 말일 것이다. 그 낱말들이 실제 이상으로 더 빈번하게 나타난다고 여기게 되는 것은 시에서마다 그 낱말들로 표현되는 감정이 다르기 때문일지도 모르겠다. 「웃음」에서는 "웃음은 자기 자신이 만드는 것이라면 그것은 얼마나 서러운 것일까"라고 말한다. 이때 서러움은 허위의 쾌락을 만들어 그 속에 몸을 감추는 일에서 비롯하는 슬픔이다. 그것은 한심하고 부끄러운 감정이다. 「방안에서 익어가는 설움」에는 제목에 그 말이 들어 있다. 그것은 "비가 그친 후 어느 날" 방안에 "충만되어" 있던 일종의 분위기와도 같은 것이었다. 그는 이 몽롱한 분위기를 한사코 "역류"하여 가라앉힌 다음에야 벽에 푸른 옷이 걸려 있고 거기에 "반짝이는 별같이 흰 단추가 달려" 있는 것을 보게 되며, "이 밤이 기다리는 고요한 사상마저" 초연하게 "시간 위에" 얹어놓을 수 있게 된다. 이 슬픔은 마비된, 또는 마쳐진 정신이다. 「긍지의 날」에서도 서러움은 극복되어야 할 감정이다. 시인은 "설움과 아름다움을 대신하여 있는 나의 긍지"라고 쓴다. 설움은 그의 현실이고 아름다움은 그가 이루어내야 할 미래의 목표인데, 지금으로서는 오직 긍지가 그들을 대신하여 그 사이에 다리를 놓고 있다. 그러나 김수영은 "모든 설움이 합쳐지고 모든 것이 설움으로 돌아가"기 때문에 이 시간이 긍지의 시간이라고도 쓰고 있다. 이때 슬픔은 스스로 극복될 수 있는 힘을 자체 안에 내장하고 있을 뿐만 아니라 시인에게 결단을 촉구하는 순결한 원기이기도 하다. 「국립도서관」에서는 "죽어 있는 방대한 서책들"을 보면서 "너를 보는 설움은 피폐한 고향의 설움인지도 모른다"고 생각한다. 여기에는 중등이 꺾여 단절된 시간에 대한 슬픔이 있지만 그 안에는 얼마큼 그리움도 섞여 있다. 이 감정은 중립적이며, 시인은 그것을 떨쳐버리기보다는 오히려 누리려 한다. 「헬리콥터」에서는 "설움"이라는 말로 표현되는 감정을 짐작하기가 쉽지 않다. "헬리콥터가 풍선보다도 가벼웁게 상승하는 것을 보고" 놀랄 수 있는 사람도 "설움을 아는 사람이지만" 놀라지 않는 것도 "설움을 아는 사람일 것"이라고 말한다. 땅에 붙박여 있는 인간의 슬픔 속에서 어이없게도 경쾌하게 솟아오르는 무쇳덩이를 보며 놀라는 것은 당연한 일이지만, 그 비애감 속에서도 놀라지 않는 자들은 어떤 누추한 삶도 가볍게 떠오르는 순간이 있으며 그것이 새삼스러울 수 없다고 믿고 있는 자들일 것이다. 비애는 여기서 사람을 문득 사로잡는 감정에 그치지 않고 우리가 새겨 알아야 할 대상이며, 그 삶은 다시 다른 앎으로 연결된다. "설움"은 따라서 지혜 그 자체는 아니라 하더라도 적어도 지혜와 통찰력의 한 단초가 된다. 「비」에서 비는 "움직이는 비애"라는 표현을 얻는다. 시에서 이 비애는 "명령하고 결의하"는 일, "평범하게 되려는 일" 가운데에 눈에 보이지 않게 숨어 움직이고 있다가 비를 바라보는 순간에 문득 발견되는 감정이다. 이 감정은 의지의 밖에 있고, 의식적인 명령이나 결의의 순간에 의식되지 않는 성격을 지니고 있다. 그러나 이 투명한 감정은 모든 의식적인 활동과 구분할 수 없이 섞여 있고, 그 배경이 되고 토대가 된다고도 할 수 있다. 그것은 결의하고 명령하는 순간의 비애일 뿐만 아니라 그 자체가 "결의하는 비애"이며 "변혁하는 비애"이기 때문이다. 그것은 명령과 결의보다 앞서 있다. 사물이 요지부동일 때도 대지에 비가 내리듯 이 비애는 움직인다. 시인의 말이 사물에 가로막힐 때도 이 투명하여 보이지 않는 움직임은 "동물의 교향곡"을 지휘한다. 그것이 일상의 말을, 의식되면서 동시에 의식되지 않는 순간에, 시의 말로 바꾼다. 『달나라의 장난』을 쓸 때의 김수영에게서는 "바늘 구녕 저쪽에" 현실을 움직여 떠오를 때까지 정신을 집중하는 순간의 앞과 뒤에 어김없이 이 투명한 비애가 있다.

김수영의 "설움"이나 "비애"만큼 복잡하고 복합적인 감정도 드물다. 그것은 한편으로 타기하고 극복해야 할 대상이며, 정신과 몸을 사로잡는 마취제이지만, 다른 한편으로는 판단과 예지의 한 형식이자 그 원기이며, 현실의 열림과 움직임을 믿게 하고 정신이 시적 상태에 이르렀음을 말해주는 특별한 심리적 반응이다. 그것은 마음의 움직임이며 말의 뜻 그대로 감동이다. 김수영에게 이 슬픔은 그가 자주 쓰는 은유의 원형과도 같다.

김수영을 흔히 난해한 시인으로 여기게 되는 것은 그의 시에 한자어가 많고 생략어법을 과도하게 사용한 데도 원인이 있지만, 무엇보다도 그가 쓰는 은유의 성격에서 기인한다. 은유는 어느 경우에나 시의 이해를 어렵게 만들지만, 김수영에게서 그것이 특별히 어렵게 느껴지는 것은 그의 은유가 좋은 은유이기 때문이다. 그의 은유는 이미 개발된 코드나 알려진 지적체계에 따라 조직되거나 계산된 것이 아니다. 그것은 집중된 정신에 사물이 어렵게만 기대할 수 있는 어떤 것으로, 또는 기대한 것 이상의 어떤 모습으로 변모하여 나타나거나 그 변모의 기미를 보일 때 얻어진다. 더 정확하게 말한다면 사물이 제가 아닌 다른 것으로 모양을 바꾸는 것이 아니다. 그의 은유는 차라리 사물이 실패와 좌절의 감정적 앙금을 벗어버리고 우리의 실망스러운 기억에서 해방되어 진면목을 내비치는 어떤 순간의 표현이다. 우리의 믿음보다도 먼저, 결단과 명령보다도 먼저, 인색한 생명만을 누리면서도 "움직이는 비애"처럼 투명하게 움직이는 사물이 거기 있었다. 그래서 은유는 그 움직임과 함께 투명하게 움직이기를 그치지 않았던 마음의 증거다. 빈번하게 사용된 한자어의 관해 말한다면, 그것은 김수영이 일본어의 영향과 습관을 오랫동안 벗어버리지 못한 탓이 크겠으나, 감성을 지성화하고 지성을 감성화하려는 기민한 노력의 결과인 것도 사실이며, 흩어지는 말의 기운이 한자어를 통해 집약되고 있는 것도 사실이다. 생략어법에 관해 말한다면, 그것은 아무 설명도 없이 사물 하나 존재 하나를 손에 쥐여주는 방식과 같다. 침체되고 기력을 잃어 경계가 무너진 사물의 더미 속에서 뚜렷이 제 존재를 누리는 사물이 솟아오르고 그 열림과 떠오름의 기운이 일상적인 언어 속에 단단하게 박혀 있는 지적인 언어 속에 집중된 정신과 함께 수렴된다. 그것이 늘어진 정신을 경각시키는 예기치 않는 말이 되고 은유가 된다.

독자가 은유라고 부르는 것을 그러나 김수영 자신은 은유라고 말하지 않을 것이다. 그것은 그가 보게 된 사물의 현실이고 그의 체험이기 때문이다. 김수영의 은유는 문학적이거나 시적인 장식도 아니고 장치도 아니다. 그것은 새롭게 파악돼 사물의 존재 양태이며, 시인과 사물 사이에 관계 하나가 새롭게 열리는 계기이다. 「폭포」에서 폭포가 "고매한 정신"에 비유되는 것은 물론이지만, 그것은 가령 시조 「오우가」에서 대나무가 충절을 은유하는 방식과 전혀 다르다. 대나무는 그 특성이 한번 묘사되고 나서 유교적 덕목을 나타내는 한자어 뒤로 사라진다. 그것은 실상 대나무라기보다 자연 사물로 그려진 문자일 뿐이다.

폭포는 또한 「국화 옆에서」의 국화와도 다르다. 서정주에게서 국화는 언제까지나, 그리고 어디까지나, 자연의 순환과 인간의 성숙과 그 회한을 표징하기 위해서만 노란 꽃잎을 벌리고 있다. 대나무와 국화는 낡은 관념으로 한번 환원되고 나면 제 생기와 존재를 다시 회복하지 못한다. 반면에 김수영의 폭포는 "고매한 정신"과 연루되고 나서도 여전히 폭포이기를 그치지 않는다. 폭포는 어떤 관념으로도 바뀌기를 거부하는 "규정할 수 없는 물결"이며, "무엇을 향하여 떨어진다는 의미도 없이" 계절과 밤낮을 가리지 않고 떨어진다. 물론 윤선도의 대나무나 서정주의 국화에서와 마찬가지로 김수영의 폭포에도 시인의 주관성이 개입되어 있는 것이 사실이다. 그러나 앞의 경우 그 주관성은 사물에 강제로 덧씌워진 것이지만 김수영의 그것은 사물과의 대면에 통해 창안된 것이다. 그래서 시조의 은유가 주어진 질서를 재확인하고, 서정주의 은유가 인간적 시도의 숙명적 회귀성을 재발견할 때, 김수영의 은유는 "안정과 나태를" 뒤집고 마침내는 제가 은유하려는 것까지 부정한다.

　「폭포」에서 폭포의 은유가 특별한 힘을 누리게 되는 것은 폭포 그 자체가 지닌 역동성에도 물론 원인이 있을 것이다. 그러나 김수영에게서 은유의 이 역동성은 성격이 전혀 다른 은유체계에서도 마찬가지다. 「병풍」에서 병풍은 상가의 관 앞에 설치된 정물일 뿐이다. 그것은 죽음을 가리고 서 있다. 시인은 죽음에 애도와 엄숙함을 동시에 바쳐야 하는데, 이 간절한 심정이 병풍을 눈여겨 바라보게 하고, 이 긴장된 시선의 힘을 받아, 허위의 그림을 나타내고 있을 뿐인 병풍이 "허위의 높이를" 넘어선 곳에 "飛瀑을 놓고 幽島를 점지한다".

> 가장 어려운 곳에 놓여 있는 병풍은
> 내 앞에 서서 주검을 가지고 주검을 막고 있다

병풍이 가졌다는 이 죽음은 "무엇보다도 먼저 끊어야 할 설움"을 그 관념 산수화의 막막한 관념으로 무심하게 끊어내는 그 냉정함이다. 병풍은 이 냉정함을 "가장 어려운" 자리에 있는 시인에게 빌려주고 시인은 거기서 다시 추스른 집중력으로 그 자체가 죽음일 뿐인 관념 산수화에 생생한 현실을 되돌릴 수 있게 된다. 이때 병풍은 은유적 관념을 대신하면서 동시에 스스로 가지고 있던 관념을 현실의 생명으로 바꾼다.

김수영은 자신의 사상과 주관적 감정을 피력하기 위해 자연 사물을 은유의 형식으로 왜곡시키거나 봉사하게 하지 않았다. 그는 이 사물들을 집중된 시선으로 바라보고 그것들 안에 숨어 있는 기미들을 발견하여 자기 안의 생명력과 교섭하게 함으로써, 자신의 감정을 높게 끌어올려 스스로 저 희망과 자유와 고매하고 강인한 정신을 '실천'한다. 김수영이 1968년 팬클럽 주최의 한 문학세미나에서 매우 중요한 말을 했다.

나는 아까 서두에서 시에 대한 나의 사유가 아직도 명확한 것이 못 되고, 그러한 모호성은 무한대의 혼돈에의 접근을 위한 도구로서 유요한 것이기 때문에 조금도 부끄러울 것이 없다는 말을 했다. 그리고 이러한 모호성의 탐색이 급기야는 효용성의 주장에까지 다다르고 말았다. 그러나 나는 '아직까지 없었던 세계가 펼쳐지는 충격'을 못 주고 있다. 이 시론은 아직도 시로서의 충격을 못 주고 있는 것이다. 그 이유는 여직까지의 자유의 서술이 자유의 서술로 그치고, 자유의 이행을 하지 못한 데에 있다. 모험은, 자유의 서술도, 자유의 주장도 아닌 자유의 이행이다. 자유의 이행에는 전후좌우의 설명이 필요 없다. 그것은 원군이다. 원군은 비겁하다. 자유는 고독한 것이다. 그처럼, 시는 고독하고 장엄한 것이다.(전집 2, 250쪽)

김수영의 이 말은 그가 사용하는 은유에 비추어 이해될 때 가장 적확한 설명을 얻게 된다. 은유가 시인의 주관성에 봉사하기 위해 동원되는 문화적 기호가 아닌 것처럼, 시는 주어진 이론에 대한 예증이나 서술이 아니다. 혼돈된 얼굴만을 우리에게 보여주며 아무런 대답도 하지 않는 세계를 헤집고 나가 '자유'를 열고 자유 그 자체가 되어야 할 시가, 정치적 이론이건 미학적 이론이건 이미 개발된 이론, 따라서 벌써 억압 장치가 되어 있는 이론을 배경으로 삼으려 한다는 것은 비겁한 일이다. 하나의 주의주장을 설파하는 것이 아니라 열어내고 실천하는 사람인 김수영이 모든 종류의 자연정신론과 본연주의를 강하게 불신하게 되는 것은 당연한 일이다. 하나의 풍경, 하나의 사물에 자의적 해석 내지는 상투적 주관성을 입혀 시의 전면에 내세우고 제 의식을 그 뒤로 피신시키는 방식보다 더 비겁한 시쓰기는 없기 때문이다. 그는 그런 유의 안이한 정신주의를 "고답적"이라고 불렀으며, "이러한 자세에서 자연적으로 나오게 되는 관념성이" 작품을 "치명적으로 해치"게 된다고 우려했다(전집 2, 356쪽). 예의 세미나에서 그는 하이데거의 말에서 이 우려에 대한 좋은 설명을 발견한다. "시에 있어서의 모험이란 말은 세계의 개진, 하이데거가 말한 '대지의 은폐'의 반대되는 말이다(전집 2, 356쪽)." 고답적 관념의 시는 대지가 감추고 있다고 믿는 정신에 귀의하여 자연순환론 등속의 유령의 원군에 의지하는 것을 지혜로 삼지만, 현대시는 대지 위에서, 대지와 함께 위험을 무릅쓰고 새로운 정신의 자리를 열어내고 그 정신을 이행한다.

이 위험한 실천은 우리의 시어에 유례없는 힘을 얻어주었다. 백낙청은 김수영의 20주기가 되던 해에 발간된 선시집 『사랑의 변주곡』에 발문을 붙이면서, "뜻이 제대로 통하기 전에 이미 독자를 사로잡고 마는 김수영 시 특유의 힘"을 지적하고, 이 기상 때문에 그의 "난해시야말로 바로 시 읽기의 초심자들이 진품에 대한 안목을 기르기에 안성맞춤의 교본"이 될 수 있다고 말한 바 있다. 그의 시가 누리는 이 힘은 시를 쓰는 정신과 말이 그 시적 실천의 현장을 떠나지 않는 데서 연유한다. 전통적인 노래에 의지하는 시들은 그 리듬으로 사실의 윤곽을 흐리고, 고식적 알레고리의 시들은 사실에서 그 사실성을 박탈하며, 본연주의적 지혜의 시들은 사실을 관념 속에 매몰하며, 주장이 앞서는 성급한 참여시들은 말의 기교에만 의지하는 허위의 난해시들과 마찬가지로 사실이 충분히 성찰될 여지를 남겨놓지 않는다. 이런 시들은 사실을 미화하거나 이용하지만 실제로는 사실을 모욕하고 증오한다. 김수영은 사실을 사랑한다. 그는 어느 주눅든 사물 앞에서도, 어떤 암담한 현실에 처해서도, 자기 감정을 추슬러올리고 지성을 자극하여 고양된 정신 속으로 그 사물과 현실을 추켜올린다. 이때 그것들을 표현하는 언어가 힘을 얻고, 그 힘이 다시 사물과 정신의 상승에 가속력이 되는 것은 당연하다. 그 과정에서 김수영이 뜻하지 않았던 자리에서 얻어낸 은유들, 따라서 어쩌면 난해하게 여겨질 수도 있는 은유들은 암담한 풍경을 암담하게 스쳐지나가는 것이 아니라 그것을 오래 꿰뚫어 살필 시간을 확보하고, 여러 각도로 감정을 자극하고 정신을 재촉하기 위한 수단이며 그 결과였다. 김수영은 시쓰기가 '온몸으로 밀고 나가는 것'이며 그것이 '사랑'이라는 말을 자주 했다.

그의 난해한 시어는 저열한 자리로 흘러내리려는 사물과 부진한 현실을 안아올리기 위해, 감정을 충전하고 정신의 날을 세우고 온몸의 힘을 '사랑'의 높이로 흥분시켜 동원하는 현장이기에 힘이 있다.

김수영이 '온몸'이라고 말할 때 그것은 비유적 표현이 아니다. 그것은 실제의 몸이다. 그는 낙후한 현실의 밑바닥에 자리하는 일이 시대에 뒤떨어지는 일이 아닌 것을 확인하고 이 "오욕의 역사"에 자기 시쓰기의 입지를 두겠다고 결의하는 시 「광야」에 다음과 같은 2행 절을 후렴구로 세 번 끼워넣는다.

그러나 오늘은 산보다도
그것은 나의 육체의 융기

강한 어조를 얻기 위해 문文을 비틀어놓고 있는 이 시구는 '광야에 웅장하게 솟아오를 산보다 지금 이 시간에 먼저 또는 더 높이 솟아올라야 하는 것은 나의 육체'라는 뜻으로 이해된다. 이 육체의 융기와 함께 침체된 현실이 일어서고, 이 몸을 타고 시의 말이 솟아난다. 그는 한 월평에서 김광섭의 「생의 감각」에 관해 다음과 같이 썼다.

여명의 몽롱한 고통의 연무를 헤치고 나와 처음이자 마지막으로 잡는 것 같은 생의 감각은 곧 기도를 담은 시의 생명으로 통하는 것이지만, 이 시의 가치는 몽롱한 과정을 통한 독특한 접근법에 있다고 볼 수 있다. 이런 몽상은, 실패를 하면 작품의 핵에 조화되지 않는 동떨어진 몽상으로 그치지만, 이 작품에서는 몽상의 뒤에 육체적인 떠받침 같은 것이 느껴져서 과정으로서의 몽상인 동시에 몽상 그 자체가 이 작품의 오리지날리티로 구실을 하고 있는 것이 묘하다. 시에 있어서의 '새로움'이란 이런 것을 두고 말하는 것이라고 생각된다.(전집 2, 397쪽)

새벽안개 속에서 느끼는 생명감과 그 감각을 접수하는 육체와 그 환경을 마련하는 몽상이 따로 놀지 않고 일련의 시구 속에 동시에 그려짐으로써 시의 독창성과 새로움을 만들어내고 있다는 말이다. 육체는 시의 몽상이 생산되는 자리이며, 그것이 진정한 것임을 말하는 현장 증거이며, 그것을 현실의 시어로 바꾸어주는 구체적 동력이다. 김수영 자신의 시에서도 현실에서 출발한 언어를 현실보다 높은 곳으로 '떠받침'하는 이 긴장되거나 흥분된 몸은 정신주의자들이나 본연주의자들에게서처럼 자연에 순응하는 생명의 조화로운 기제도 아니고, 상징주의자들에게서처럼 우주의 축소판인 소우주도 아니다. 김수영의 몸은 그의 집중된 정신이 물질과 만나는 경계선이며, 닫혀 있던 현실이 열리는 최초의 장소이다. 문화적 기호를 넘어서서, 모든 계산과 상식을 넘어서서, 사물의 떨림과 몸의 떨림이 하나로 될 때, 김수영이 말하는 "자유의 이행"의 그 이행이 시작된다. 예의 펜클럽 세미나에서 그는 이런 말도 했다.

……여기에서 중요한 것은 시의 예술성이 무의식적이라는 것이다. 시인은 자기가 시인이라는 것을 모른다. 그리고 그것은 시의 기교라는 것이 그것을 의식할 때에는 진정한 기교가 못 되기 때문에 그렇게 되는 것이다. 시인이 자기의 시인성을 깨닫지 못하는 것은, 거울이 아닌 자기의 육안으로 사람이 자기의 전신을 바라볼 수 없는 거나 마찬가지이다. 그가 보는 것은 남들이고, 소재이고, 현실이고, 신문이다. 그것이 그의 의식이다. 현대시에 있어서는 이 의식이 더욱더 정예화—때에 따라서는 신경질적으로까지—되어 있다. 이러한 의식이 없거나 혹은 지극히 우발적이거나 수면중에 있는 시인이 우리들의 주변에는 허다하게 있지만 이런 사람들을 나는 현대적인 시인이라고 부를 수 없다.(전집 2, 251쪽)

순탄하게 읽히는 글은 아니지만 전하고자 하는 뜻은 분명하다. 여기서 "무의식적"이라는 것은 '상식과 계산과 열거할 수 있는 모든 현실적 조건을 넘어서는'이라는 말과 같다. 집중된 정신이 "정예화"한 의식의 노력 끝에 찾아낼 말은 현실에서 알려져 있는 제반 조건의 밖에 존재하는, 또는 처음부터 그 안에 감추어져 있던 또하나의 조건을 만나 시인도 모르는 사이에 그 울림을 얻는다. "자유의 주장"은 이미 열거된 조건에 갇혀 있지만, "자유의 이행"은 또하나의 조건을 발견하고 창출하고, 때로는 그 자신이 그 조건으로 된다. 그것이 이론을 넘어선 예술의 몫이고 시의 몫이다. 또한 그것은 육체의 몫이다.

김수영에게 이 이행의 순간은 자주 '설움'과 함께 실현되었지만, 드물게도 "웃음"이나 "해학"의 형식을 지니기도 했다. 시「꽃」에서 "푸르고 연하고 길기만 한 가지와 줄기의 내면"이 "완전한 공허를 끝마치고" 개화하는 순간을 일러,

중단과 연속과 해학이 일치되듯이
어지러운 가지에 꽃이 피어오른다

고 말할 때의 "해학"이 그것이다. 이 해학은 '그럴 수 없다고 생각했던 일이 어처구니없이도 그렇게 되는 일'이다. 비애 속에 견디기 어려운 긴장감과 조바심이 있다면 이 웃음 속에는 강팍한 현실 조건들을 굽어보는 사람의 너그러움이 있다. 그렇더라도 날카로움을 잃지 않는 이 해학과 함께 몸은 성공적으로 자유를 이행한다. 시의 사회학과 시의 미학이 일치하는 것도 이때이다. 김수영은 한국의 정신사에 새로운 몸을 만들어넣었다. 그는

어디서나 현실보다 먼저 떨리고 먼저 일어서는 몸을 발견하고 증명하였다. 현실이 몸의 감옥이 아닌 것처럼 "바람보다 먼저" 일어서는 그 몸은 정신의 감옥이 아니다.

# 관념시에서의 구체성의 자리

김현승의 시에 관하여, 어떤 종류의 것이건 설명이나 이론을 개진하려 들면 먼저 당혹감이 앞서는데, 이는 이 시인의 시를 그 자신보다 더 잘 주석하기 어렵다는 생각이 들기 때문이다. 그가 완숙기에 발표한 두 권 시집의 제목인 『堅固한 고독』과 『絶對 고독』이라는 말만으로도 주제와 방법의 양면에서 그의 시의 전모가 설명될 듯한데, 그가 쓴 명징한 산문들이 또한 뒷사람들의 수고를 무색하게 한다. 1985년 시인사에서 발간된 『김현승 전집』 제2권 산문편[1]에 실린 84편의 글은 그의 삶과 문학과 종교에 대한 깊은 사색, 미학과 윤리와 관련된 소회, 시대의 풍속과 문화에 대한 의견 등을 명확하고도 단단한 문장으로 전하여 한 문인의 전모를 오롯하게 드러낸다. 특히 1970년

---

1) 『金顯承 全集 2散文』, 시인사, 1985.

『월간문학』에 발표되었다가 이 전집에 수록된 「나의 文學白書」
는 그의 문학적 연원, 시작의 시기별 주제와 방법, 그 전개과정
을 시인 자신의 목소리로 깊이 있고 간명하게 정리하고 있으며,
이 내용을 우리는 그가 쓴 시에서 어김없이 다시 발견할 수 있
다. 그는 초기 시에서부터 자신이 무엇을 어떻게 써야 할 것인
지, 그것을 위해 어떤 언어를 어떤 방식으로 조직해야 할 것인
지 알고 있었으며, 그 결과가 어떤 모습으로 나타날 것인지를
미리 계산할 줄 알았다. 말이 덤으로 얹어줄 수 있는 의외의 효
과에 기대하지 않은 채, 자신이 의도했던 것 그대로를 언어로
실현했을 뿐만 아니라 그 의도를 벗어나는 해석의 여지를 남기
지 않는 글쓰기, 말하자면 절대적 글쓰기의 한 전형이 여기서
발견된다. 위의 글에서 그가 "인간의 삶 자체를 자연의 流露라
고는 생각지 않는다"고 말했던 것처럼, 그에게 글쓰기는 이성적
비평을 거치지 않는 어느 자연인의 유로일 수 없었던 것이다.
이 점에서 그는 기독교인이었던 것 못지않게 명철한 지식인이
었고 과학적 인간이었으며, 두 인간적 측면의 갈등을 가장 먼저
의식한 것도 그 자신이었다. 이를테면 그는 『堅固한 고독』에 수
록된 시 「제목」[2]에서 인성적 인간과 종교적 인간 사이에서 선
택의 갈등을 느끼며 이렇게 묻고 있다.

---

2) 이 글에서 김현승의 시는 『金顯承 全集 1詩』에서 인용하며, 현대의 정서법에
   따라 바꿔 썼다.

어떻게 할 것인가

눈이 밝을 것인가

마음이 착할 것인가


그러나 이 눈이 밝은 이성의 인간과 마음이 착한 종교적 인
간이 실제로는 다른 뿌리에서 태어난 것도 아니었고, 반드시 서
로를 배척하는 관계에 있는 것도 아니었다. 기독교인으로서 자
신을 순결한 인간으로 닦으려 했던 그에게서 지성과 과학적 비
평능력은 자기 안의 자연인 원죄를 다스리려는 의지와 결합해
있었기 때문이다. 그에게서 종교는 이성을 만나 객관적 질서의
원리가 되며 이성은 종교적 신념과 결합하여 삶의 원리가 된다.
이 두 원리와 그 결합은 당연히 순수 관상을 통해 드러날 것이
며, 이때 자연과 외부세계의 사물은, 더 정확히 말해서 자연과
외부세계에 대한 우리의 인습적 사고들은 해체되어 어떤 근본
에 대한 체험, 곧 지각의 최초 바탕으로서의 무에 대한 경험에
이를 것인바, 김현승에게서 그것은 '견고한 고독'이나 '절대 고
독'을 딛고 마침내 얻게 되는 유일 관념의 형식으로 나타난다.
그러나 시인으로서의 김현승에게서는 이 개인적 체험을 넘어
서서 인간의 육체성과 세계의 물질성을 순결하고 투명한 유일
관념으로 표현해줄 언어가 필요하며, 그 언어가 지칭하는 대상

의 구체성이 늘 문제된다. 김현승이 어느 글에서 김광섭의 초기 시를 두고 "시 표현의 본질적 특징인 구체성"[3]의 부족을 약점으로 지적할 때, 우리는 또 한 사람의 관념 시인이었던 그가 자기 시에서는 구체와 추상적 관념의 관계를 어떻게 설정하였던가를 묻지 않을 수 없다. 그래서 이 길지 않은 평문은 이 질문으로부터 시작하여, 시인의 관념 의지에 쉽게 순종할 수 없었을 육체와 물질의 저항력을 그의 잘 알려진 시편들을 통해 살펴볼 것이며, 그것이 어떻게 무의 체험 위에서 시적 언어를 결집시키는 미학적 원동력이 되었는지 이야기할 것이다.

다음은 시집 『擁護者의 노래』에 실린 시 「플라타너스」의 전문이다.

꿈을 아느냐 네게 물으면,

플라타너스,

너의 머리는 어느덧 파아란 하늘에 젖어 있다.


너는 사모할 줄을 모르나,

플라타너스,

너는 네게 있는 것으로 그늘을 늘인다.

---

3) 『金顯承 全集 2 散文』, 시인사, 1985, 106쪽.

먼 길에 올 제,

홀로 되어 외로울 제,


플라타너스,

너는 그 길을 나와 같이 걸었다.


이제 너의 뿌리 깊이

영혼을 불어넣고 가도 좋으련만,

플라타너스,

나는 너와 함께 神이 아니다!

수고로운 우리의 길이 다하는 어느 날,

플라타너스,

너를 맞아 줄 검은 흙이 먼 곳에 따로이 있느냐?

나는 오직 너를 지켜 네 이웃이 되고 싶을 뿐,

그곳은 아름다운 별과 나의 사랑하는 窓이 열린 길이다.


명확한 내용을 평이한 언어로 쓴 시이지만, 몇 가지 분석적 검토를 요구하는 사항이 없지 않으며, 그것들은 이 시의 사색적 깊이와 직결된다. 먼저 몇몇 평자들도 주목한 바 있는 수의 문제다. 제3연을 염두에 둘 때, 시의 화자는 지금 플라타너스가 심어진 가로수 길을 가고 있고 따라서 여기서 문제가 되고 있는 플라타너스는 복수의 플라타너스들일 것이 분명한데, 시인은 그것들을 "너"라고 부른다. 시인의 인식 속에서 여러 그루의 나무가 한 그루의 나무로 혼동된다기보다는 한 그루의 플라타너스 안에 모든 플라타너스들이 겹쳐져 있다고 보아야 할 것이다. 다수가 단수로 파악될 때 플라타너스는 벌써 형식화된다. "너"라는 명명과 함께, 현실의 플라타너스들은 그 구체성을 잃고, 하늘을 향한 머리와 땅에 박힌 뿌리라는 그 구조와 그 가지로 길에 그늘을 드리운다는 그 기능만을 남긴 채 '플라타너스의 형식'으로 바뀐다. 이 형식화를 통해 플라타너스는 하나의 투명한 관념이 되어, 시의 마지막 연에서 기약하는 영원성에 접근하며, 시인은 이 형식적 투명성의 도움을 받아 현실의 중압감과 우울의 한가운데에 "아름다운 별"과 "사랑하는 窓"을 향한 길을 연다. 게다가 이 형식화는 시 속에 직접 표현되지 않은 또하나의 이미지, 곧게 뻗어나가 먼 소실점에서 현실의 풍경을 무에 연결하는 가로수 길의 이미지를 그 자체 안에 내장한다. 다른 층위에서, 이 대상의 형식화에 따른 대명사 "너"의 사용은 화자와 대상의 관계에 관여한다. 이 시에서 2인칭 단수 대명사는 대상에 대한 주관적 감정을 드러내면서 동시에 대상의 형식화를 돕는다. "너"는 화자를 대상에 일대일로 대면하게 하여 그 관계를 주관화하게 하여, 그 정서를 강화시키고 집중력과 밀도를 높인다.

이는 형식화를 통한 사물의 대상화가 주관적 관계의 설정으로 이어지고, 대상의 추상화가 그에 대한 정서의 구체성을 높이게 되는 특이한 경험의 한 예이다.

이 밀도 높은 정서에도 불구하고 화자는 플라타너스가 그 깊은 뿌리와 하늘로 치켜든 머리의 구조 속에 비밀스럽게 감추고 있을 법한 영혼의 존재를 부인한다. 이는 물활론을 용인할 수 없는 한 기독교인이 자연에 대해 당연히 지녔을 태도의 표현이겠지만, 이 태도는 또한 시인의 시적 방법을 규정한다. 만일 어떤 시인이 "순수한 영혼 하나가 돌의 껍질 아래서 자라고 있다"(네르발의 「황금시Vers dorés」)고 말한다면, 이는 하나의 돌 속에 그 돌에 관해 우리에게 알려진 것과 함께 알려지지 않은 것이 들어 있으며, 그 알려지지 않은 것은 알려진 것과는 비교할 수도 없이 중요한 질과 힘을 지니고 있다고 말하는 것과 다른 것이 아니다. 이렇게 믿고 말하는 시인은 알려진 것을 알려지지 않은 것에 대한 기호로 삼으며, 그의 시에서 기지의 사물은 미지 세계의 은유와 상징이 된다. 자연 사물의 영혼을 부정하는, 다시 말해서 한 사물 속에 미지의 부분이 존재함을 인정한다 하더라도 그것이 기지의 부분보다 더 중요하다고는 여기지 않는 김현승은 자연 사물의 주체성을 부정하는 대신 그에 대한 자신의 주체적 감정을 강화함으로써 시적 서정을 창출한다. 따라서 그에게는 기지의 사물과 미지의 관념을 겹쳐놓는, 통상적 의미에서의 은유의 사용이 자제된다. 그에게서 한 편의 시는 그 전체가 하나의 은유일 수는 있어도 그 낱말 하나하나는 은유가 아니다. 자연 사물에 대한 김현승의 이 태도는 자신의 심정 세계에도 그대로 적용된다. 그는 의식의 하부, 곧 잠재의식이나 무의식을 믿지 않는 사람처럼 시적 몽상에 기대지 않으며, 섬망의 언어를 기록하지 않으며, 언어의 연금술에 경도하지도 않는다. 주체의 타자성을 믿지 않는 그에게서는 "나의 가장 나중 지니인 것"까지도 의식의 문턱을 벗어나는 법이 없다. (이 점은 그의 종교인 기독교에 대해서도 마찬가지다. 시인으로서 그는 지극히 고독한 사색에서도 계시의 목소리에 의지하지 않았으며, 수차례에 걸친 시대의 환란 속에서도 묵시록적 환상을 시에 끌어들이지 않았다.)

시의 결구가 되는 마지막 연은 죽음 뒤의 세계에 관해 이야기한다. 시인이 별빛에 의해 지시를 받고, 마음의 창을 통해 예감하는 그 세계에 플라타너스가 또한 영접을 받을 수 있는 가능성은 시인의 시적 실현과 사실상 맞물려 있다. 플라타너스는 시인의 형식화를 거쳐서만 한 나무의 원형이 됨으로써, 근원적 존재가 지배하는, 모든 존재가 이데아의 빛 속에 수렴되는 그 세계의 시민권을 획득할 수 있기 때문이다. 그런데 이미 말했던 것처럼 플라타너스를 형식화하려는 시인의 의지는 그가 외롭고 고단한 순간에 그 나무에 바치는 특별한 우애의 감정과 엇물려 있다. 이 감정은 플라타너스가 그 원형이 되어 근원의 자리에 이식된 후에까지도 그 강도를 낮추지 않는다. 플라타너스가 새로 누리게 될 "검은 흙" 곧 기름진 흙은 이 세상에서의 고단한 삶을 염두에 두지 않고는, 또한 원형의 나무 뒤에 현실의 구체적 플라타너스를 세워놓지 않고는, 그 자리에 써넣을 수 없는 표현이기 때문이다. 이렇듯 순결한 세계를 열기 위한 이성의 관념화 작업은 현실의 삶에서 획득하는 정서적 구체성의 고삐를 끝내 벗어버리지 않는다.

이렇게 이야기하고 보면, 시집 『擁護者의 노래』의 표제시 「擁護者의 노래」의 한 절을 떠올리지 않을 수 없다. 모두 5연으로 되어 있는 이 시는 시인이 한 생애를 거쳐 완성시켜야 할 문학의 입지를 천명하고 있다는 점에서 매우 중요한 시이다. 전통적인 기승전결 구조의 '기'에 해당하는 제1연과 제2연에서, 모든 노래와 말이 고갈되고 침묵까지 불가능해진 시간에도 시인 자신은 노래를 부를 것이며, 인간들의 높은 가치가 해체 소멸하고, 믿음을 지닌 자들이 시련을 겪는 시간에도 그들을 옹호할 것이라는 의지를 표명한 다음, 제3연에서, 시인은 자신이 밟게 될 길이 상식과 물량의 확보를 최종의 목표로 삼는 이 시대를 역류하여 근원으로 다가가는 길이 될 것임을 확인하여 '승'을 삼는다. 그리고 '전'에 해당하는 제5연을 다음과 같이 쓴다.

아로새긴 象牙와 有限의 층계로는 미치지 못할

구름의 사다리로, 구름의 사다리로,

보다 광활한 영역을 나는 가련다!

싸늘한 蒸溜水의 시대여,

나는 나의 우울한 혈액순환을 노래하지 아니치 못하련다.


　시인이 지향하는 세계의 내용은 분명하다. 그곳에서는 인공
이 부정되고 물질의 영화가 초월되어 순결하고 광활한 전망이
펼쳐지는 근원의 영역이다. 그런데 "싸늘한 蒸溜水의 時代"는
어느 시대를 말하는 것일까. 모든 가치의 척도가 수량화되어 인
간의 감정이 식어버린 현대사회를 염두에 둔 것일까. 또는 시인
이 이 근원의 광활한 영역에서 새로 누리게 될 냉엄하도록 순
결하게 정화된 환경을 염두에 둔 것일까. 어느 쪽이든 간에 시
인은 이 비인간적이며 기계적인 순결에 만족할 수 없다. 그는
현세적 감정인 우울함과 자신의 육체적 생명의 표지인 "혈액순
환"이 그 순수세계를 향한 갈망 속에 여전히 섞여 있을 수밖에
없다고 생각한다. 특히 이 "우울한 혈액순환"을 말하는 마지막
시구는 다소 자연스럽지 못한 이중부정문으로 끝나고 있다. 이
는 시인이 성찰에 성찰을 거듭한 숙고 끝에 이 결론에 이르렀음
을 뜻한다. 마찬가지로 이 "우울한 혈액순환"도 시인이 관념의
구름 사닥다리를 밟으며 정화에 정화를 거듭한 끝에도 여전히

남아 있는 이 세상의 육체적·물질적 조건이다.

여기서 정화의 마지막 순간까지 그 기능이 요구되는 이 육체적 구체성은 유한한 현세의 기획 속에서는 어쩔 수 없는 잔존물이라고 해야겠지만, 김현승의 여러 시에서 그것은 또한 순수세계를 지향하여 삶의 경계에 이르기까지 자신을 헌신하는 자가 최후의 순간에 얻게 되는 필연적인 결실의 형식으로 나타난다. 시「눈물」의 "눈물"이 우선 그렇다. 시인 자신의 고백에 의하면, 이 눈물은 한 인간이 이 지상에서 "오직 썩지 않은 것"으로 유일하게 골라 신 앞에 바칠 수 있는 봉헌물이다.[4] 이 눈물은 그것을 흘리는 지순한 심정에 의해, 그리고 그 자체의 투명성에 의해 순수의 표상이 될 수 있지만, 시인이 "가장 나중 지니인 것"인 그것은 여전히 육체에서 비롯하여 육체를 넘어서는 육체의 잉여물이다. 그러나 이 육체의 잉여물은 거기에 순수관념 그 자체는 아니라 하더라도 적어도 순수관념을 지향하는 의지와 오랜 사색이 응결되어 있기에, 웃음의 꽃 뒤에 거두는 열매의 가치를 얻고 때로는 "沃土에 떨어지는 작은 生命"의 씨앗이 될 수 있다. 시「가을의 비명」에서도 10월의 밤이슬에 차가워진 대리석에 손을 얹고 자기 영혼의 피를 뽑아 거기에 "하나의 물음"을 새긴 자, 다시 말해서 자기 정화적 사색이 최후의 순결한

---

4)「구비쳐가는 물굽이」,『金顯承 全集 2散文』, 시인사, 1985, 263쪽.

질문에 이른 자는 "굳은 열매와 같이/種子 속에 길이" 남는다. 시「보석」에서 보석의 "敵과 같이 頑强한 빛의 盟誓는" 더이상 "무너질 길이 없어"서 더욱 새롭게 타올라 "차거운 結晶 속에"서 변함없이 빛난다. 시「겨우살이」에서 조락의 계절을 거쳐 세상을 표백하는 눈 속에 여전히 남아 있는 것들은 "질긴 근육의 창호지"와 "책을 덮고 문지르는 마른 손등"에서부터 "뜰 안에 남은 마지막 잎새"에 이르기까지 "남을 것이 남아" 있는 방식으로 남아 있다. 그것들은 냉정한 시련의 잔존물이 아니라 삶의 근원을 형성하는 실체의 가치를 지닌다.

그러나 사물의 우연한 껍질을 벗겨내고 필연적 결실로 남아 실체의 자격을 얻게 된 것 가운데 가장 먼저 꼽아야 할 것은 김현승이 시에 사용한 언어 그 자체일 것이다. 완숙기에 김현승이 쓴 견고한 시들은 그가 일찍이 "과부의 기도"라고 부른 말에 어긋남이 없이 간결하고 투명한 언어를 남겨놓고 있다. 물질의 중압감과 감정의 우연함을 벗어버린 이 고양된 언어에 대한 설명의 일단과 그 실현을 『堅固한 고독』의 한 시「겨울까마귀」에서 발견할 수 있다.

영혼의 새.

매우 뛰어난 너와

깊이 겪어본 너는
또다른,

참으로 아름다운 것과
호올로 남는 것은
가까워질 수도 있는,

言語는 본래
침묵으로부터 高貴하게 탄생한,

열매는
꽃이었던,

너와 네 祖上들의 빛깔을 두르고.

내가 十二月의 빈들에 가늘게 서면,
나의 마른 나뭇가지에 앉아
굳은 責任에 뿌리 박힌
나의 나뭇가지에 호올로 앉아,

저무는 하늘이라도 하늘이라도

멀뚱거리다가,

벽에 부딪쳐
아, 네 영혼의 흙벽이라도 덤북 물고 있는 소리로,
까아욱―
깍―

    단 한 개의 시구로 되어 있는 제1연과 함께 이 시의 전반부를 구성하는 제2연에서부터 제6연까지 시구들의 통사법은 매우 특이하다. 제2연에서 제5연에 걸친 네 개의 연은 각기 제6연의 "너와 네 조상들"에 걸리는 관형절인데, 이 관형절들과 체언은 수식 관계에 의해서가 아니라, 어떤 심리적 연관성에 의해 서로 연결되어 있다. 그 심리적 내용은 다소 복잡하다. 어떤 탈속한 대상도 친근한 자리에서 바라보면 범속한 모습을 지니고 있다. 훌륭한 "너"는 범속한 자아를 딛고 서서 훌륭하다. 마찬가지로 진실로 아름다운 것을 아름답게 하는 것은 "호올로" 남아 자신을 추슬러올린 그 과정에 의해서다. 마찬가지로 비범한 자의 열매를 열매 되게 한 것은 범속한 나날 동안 꽃 피고 이울기까지의 그 과정이다. 범속함의 과정이 마침내 하나의 단단한 형식을 빚어올릴 때 비로소 비범한 "너"가 탄생한다. 다시 한번 마찬가지로, 그 범속한 세계에 침묵이나 다름없이 산만하게 흩어져 있는 언어로부터 어떤 형식화의 의지를 거쳐 고귀한 시의 언어가 탄생한다. 시인은 그 고귀한 언어의 한 전형을 "겨울 까마귀"의 울음소리에서 듣는다. 까마귀는 시인에게서 그 순수 이상의 자리인 "굳은 責任에 뿌리 박힌" 12월의 "마른 나뭇가지에 앉아" 저무는 하늘을 원망하듯이 바라보며, 다른 세계로 상승하려는 영혼의 마지막 장애물인 "영혼의 흙벽"을 물어뜯듯이 외마디 비명을 지른다. 이 금속성의 외침은 범속한 침묵들이 하나의 형식을 얻어 고귀하게 솟아오르는 순간의 말이다.

어떤 마술적 혼란에도, 계시적 영감에도 기대지 않는 시인의 언어는 허황한 수사와 웅변으로 남아 있지 않으려 하기에 씨앗의 지위를 얻는다. 바로 그 점에서 이 언어는 시인의 관념 의지에 길항하여 마침내 단단한 보석, 투명한 눈물, 금속성의 외마디 소리로 남게 되는 육체와 물질의 구체성과 동일한 밀도를 지닌다. 형식화와 관념화의 저항체로서의 이 구체성은 관념의 사실성과 물질의 추상성이 융합되는 자리이기에 아름답다. 앞에서 우리는 김현승에게서 통상적인 의미의 은유가 자제되고 있다고 말했지만, 구체성의 마지막 저항력으로 남은 이 보석과 눈물과 외마디 외침 등은 그 자체로써 여전히 물질적 현실의 사물이면서 시인이 거기에 투여한 밀도 높은 감정에 의해 은유의 힘을 얻고 있다. 이 은유들이 표상하는 바는 '견고한 고독'을 거쳐 '절대 고독'에 이르도록 자신을 채찍질해온 강인한 시인의 얼굴이다. 그의 관념적 시에 남아 있는 구체성은 시인 그 자신의 자아이다. 고독은 한 자아의 구체적 현실이 어떤 의지에 따른 관념화의 지향점이며, 그와 동시에 한 관념이 시인의 인간적 자아로 구체화하는 자리이다.

# 말라르메 송욱 김춘수
—말라르메 수용론을 위한 발의

## 말라르메의 언어관

말라르메(1842~1898)는 프랑스 상징주의 문학을 대표하는 시인 가운데 한 사람으로, 프랑스 시의 역사상 가장 난해하면서도 형식적으로 가장 완벽한 시를 쓴 것으로 평가된다. 그는 처음 보들레르의 영향 아래 시작 활동을 시작하였으나, 존재와 언어의 순수성에 대한 고행에 가까운 집념으로 암시적이고 음악적인 순수부정의 시법을 구상하여 독자적인 길을 개척하였다. 그는 현실세계의 우연성과 존재의 부조리에 대항하여 필연적인 질서를 지닌 언어의 세계를 구축하려 하였으며, 이를 위해 현실 언어에서 그 우연한 관념들을 차례로 부정하고 남은 자리에 재창조된 이념의 우주가 떠오를 때까지 시의 언어를 투명하고 순결하게 갈고닦으려고 하였다. 언어에서 그 일상적 의미와 용법을 배제할 때 일상세계의 언어를 사용하는 자로서의 시인도 당연히 소멸된다. 그가 장시 「에로디아드Hérodiade」와 「목신의 오후L'après-midi D'vn Favne」를 쓰던 20대 초반부터 자신이 "완전히 죽었"으며 "비인칭"으로, "과거의 나였던 것을 통하여 정신적인 우주가 스스로를 보고 스스로를 전개해간다는 하나의 대응능력"으로만 남았다고 말하게 되는 것은 이 때문이다. 이 '화자 시인 소멸론'은 그의 대문자의 책에 대한 구상으로 이어진다. 우주 전체가 거기에 이르기 위해 만들어졌다는 이 책, "대지에 대한 오르페우스적 설명"이 되는 이 거작을 말라르메는 실현시킬 수 없었지만, 그에 대한 기획은 일상 언어의 우연한 용법과 효능을 넘어선 곳에 필연적 우주를 구축하기 위해 언어의 사면을 영도에 가깝게 깎고 다듬으려는 내적 비평의 원리가 되어 그의 모든 글쓰기를 지배했다.

그가 남긴 이론적 평문들이 거의 모두 언어에 대한 성찰로 귀결되는 것은 따라서 당연하다. 대표적인 예로 그는 르네 길의 『언어론Traité du verbe』에 붙이는 서문을 다음과 같이 쓴다.

자연 사물을 언어의 작용에 따라 거의 즉각적인 공기진동에 의한 소멸로 옮겨놓는 이 기적이 무슨 소용일까? 다만 순수개념이, 어떤 비근하거나 구체적인 환기의 제약을 받지 않고, 거기서 발산되도록 하기 위해서가 아니라면.

내가 "꽃!"이라고 말하면, 내 목소리에 따라 여하한 윤곽도 남김없이 사라지는 망각의 밖에서, 모든 꽃다발에 부재하는 꽃송이가, 알려진 꽃송이들과는 다른 어떤 것으로, 음악적으로, 관념 그 자체가 되어 그윽하게, 솟아오른다.[1]

말라르메가 지향하는 시 언어의 이상이 이와 같다. 발음된 말이 공기 중에 음파를 남기고 사라짐과 동시에 그 말로 지시되는 사물이 사라질 때, 아니 더 정확하게 말한다면 그 말을 물질적으로 화신하는 사물의 그 물질성도 함께 사라질 때, 시라는 이름을 가진 미의 기적이 일어난다. "꽃"이라는 말이 한번 발음되고 소멸할 때, 우연히 꽃의 모습을 둘러쓴 모든 물질의 꽃, 다시 말해서 현실의 꽃에 대한 모든 실망스러운 기억이 함께 소멸하고 꽃이라는 생각만이 솟아올라야 한다. 현실의 모든 꽃을 부정하고 꽃이라는 생각과 동일한 것이 되는 이 소멸의 꽃은 현실의 우연으로부터 분리되었기에 순수하고 필연적이다.

말라르메가 시어에서 조악한 물질의 상태를 제거하고 인간의 우연한 감정을 배제하기 위해 사용한 방법은 '난해어법 難解語法, hermétisme'이었다. 그가 시에서 쓰는—실은 산문에서도 마찬가지이지만—통사법은 특이하다. 주어와 술어의 자리가 자주 도치되고, 그 사이에 끼어든 긴 보족절에 의해 그 관계가

<hr>

1) Baudelaire, *Œuvres complètes II*, gallimard, 2003, p. 679. 번역 필자.

감춰지고, 낱말과 낱말 사이에 언어 논리적으로 이해되었다기 보다는 차라리 수학적으로 이해된 문법규칙이 적용되고, 지배 관계가 모호한 명사와 형용사와 부사, 그리고 의미를 굴절시키는 전치사가 병치되고, 의미 전달의 차원에서 주절과 종속절과 관계절의 관계가 역전되어, 거의 해체 상태에 이른 통사법으로, 그는 문文을 깨뜨리고 분해하여 마침내 문 속의 낱말 하나하나가 그 독립성과 연대성을 동시에 과시할 자기 고유의 자리를 발견하게 한다. 게다가 이 낱말들은 은유적인 힘을 간직하거나 극히 비일상적인 의미를 환기하는 방식으로 그때마다 새로운 의미를 획득하도록 '재창조된' 언어이다.

특이한 통사법과 언어 운용에 따라 해체된 낱말들은 완벽하게 배분된 박자의 선율과 정확하면서도 미묘한 각운 도식에서 비롯하는 낭랑한 울림에 의지해서만 시구 속에 자리를 잡고 있는 것처럼 보인다. 낱말들이 실제로 의미를 갖는 것은 문 속에서인데 문은 보이지 않으니, 필경 어떤 우연의 결과일 그 문맥의미는 잠재된 상태로 유예된다. 어구들의 지배관계가 겉에 드러나지 않는 시구 속에서 대등한 자격을 지닌 것처럼 보이는 낱말들은 각기 그 고립된 의미로 하나의 인상을 만들며, 시 전체에서 그 인상들은 상호 간섭현상을 일으키고, 말의 음조에 의해서로 간의 경계가 지워져 특이한 물리적 효과를 형성한다. 말라르메에게서 난해어법이 의미를 음악으로 대체하려는 조치는 아니었지만, 시의 독서가 기대하는 지적·감각적 쾌감에서 음악의 몫을 최대한으로 높일 수 있는 수단이었다. 시를 읽는 정신은 하나하나의 낱말에서, 또는 그 낱말들의 연쇄에서, 하나의 의미를 찾을 것이나, 그 의미가 곧바로 나타나지 않을 때, 그것을 발견하려는 노력 때문에 독서의 속도는 낮아진다. 이때 말의 음향은 더욱 분명한 것이 되고, 거기서 오는 쾌적한 느낌은 더욱 커진다. 늦어지는 독서로 더욱 길게 울리는 음향은 낱말과 낱말 사이에 여러 층으로 교차되는 메아리를 형성한다. 시를 읽는 독자는 그것이 말이라는 것을 거의 잊어버리게 되지만, 겉으로 드러나지 않을 뿐 엄연히 내재하는 통사법이 분위기를 긴장시키고, 독서를 깊은 사념 속으로 끌고 들어간다.

### 송욱이 이해한 말라르메

한국에서 최초로 말라르메에 관해 본격적인 소개를 한 것은 송욱이었다. 서구의 여러 시법들을 당시로서는 매우 수준 높게 소개하면서 "동서 문학 배경을 비교·대조"하여 그 "시창작 의식과 시작의 과정을 드러내는 일"을 목표로 삼았던 『시학평전』[2]에서 그가 말라르메에게서 우선 주목한 것도 그의 언어관이었다. 그는 "한없는 추고와 수정을 거쳐서 완벽하고 절대적인 예

---

2) 이 글에서 송욱의 글은 『詩學評傳』(一潮閣, 1963)에서 인용하며, 한자는 한글로 바꾸었다.

술품을 만들려는 말라르메"에게 "시의 과학이 아닌 시의 예술수단인 언어에 대한 개인적이면서도 실질적인 하나의 과학, 즉 다른 사람에게는 전달하기 곤란한 하나의 자본을 가지고" 있었다고 보며, 이 개인적 과학은 "깊은 감수성이 지니고 있는 어떤 신비로운 법칙"을 따르는 것이기 때문에 결국 "시인의 언어에 대한 태도에는 지성만으로는 밝혀지지 않는 신비와 창조가 반드시 깃들고 있다는 사실"을 밝힘으로써, 시의 이론가로서가 아니라 언어 예술가로서의 말라르메를 옹호한다.

송욱은 또한 우리가 이미 인용한바 있는 르네 길의 『언어론』에 붙이는 서문 가운데 두번째 문단을 번역하여, "말라르메의 시학의 대요"를 밝히려 했다. 이 문단에 대한 송욱의 해석—"말이 불러일으키기 마련인 대상의 견고한 성질과 비교할 때에 말이란 '거의' 허무와 같은 것이다(246쪽)"—은 물론 말라르메의 의도를 충분히 파악한 것이 아니겠지만, 말라르메가 "허무라는 진실과 대결하는 거의 유일한 수단으로서 시를 생각하고 있다"(252쪽)는 부연설명은 사실과 부합한다. 말라르메의 시가 꿈꾸는 존재의 형이상학과 그의 시가 도달하는 순수부정의 상태는 송욱에게 깊이 이해되지 않았지만, 제목 없는 시 "쓰디쓴 휴식에 겨워……"를 해설하면서, 말라르메가 "생명의 투명화 과정을 통하여 '이데아'의 시에 다다르려(263쪽)" 한다고 말함으로써 그는 시인·비평가로서의 자신의 안목을 드러낼 수 있었다. 특히, "동양의 미나 시경에 대한 동경"을 담고 있는 이 시의 해설을 통해, 말라르메에게서 "근대 유럽이 지닌 시의식의 절정"과 "동양 미의식"의 종합을 볼 수 있었던 것은, "인류의 문화전통의 동시적 질서를 가정"하려는 송욱에게 상당한 소득이었을 것이다.

『시학평전』이 발간될 당시, 순수라는 말이 대중문학과 구별되는 순문학의 특성을 지칭하거나, 경향문학과 대비되는 예술 지향문학의 특성을 의미하는 것으로 모호하게 이해되던 실정에서, 송욱이 말라르메와 발레리를 통해 소개한 순수시의 개념은 낯선 것인 만큼 매혹적이고, 어느 정도는 충격적이기도 했다. 프랑스의 순수시 개념과 관련하여 송욱이 관심을 가졌던 것은 '순수시의 개념 파악'과 '순수 자아라고 일컬어지는 의식의 절대경에 대한 이해'와 '순수시의 가치규명' 등 크게 세 가지였다. 그가 시의 순수성을 "선명한 의식으로 예술수단을 지배한" 끝에 "감각적 인상의 공교로운 조직에서 얻어내는 효과"(268쪽)라는 말로 정의할 때 이는 말라르메의 시적 의도에 대한 간결한 설명을 겸하기도 한다. 송욱의 프랑스 상징주의와 순수시에 대한 소개는 당시의 젊은 시인들의 향도에 깊은 영향을 주게 되지만, 시의 모든 현대적 기획을 오랫동안 주지주의적 관점에서만 이해하게 하는 결과를 초래한 것도 사실이다.

## 말라르메의 난해어법과 김춘수의 무의미 시론

말라르메의 시법과 동일한 시적 의도가 우리말로 실천되어 일정한 성공을 겨둔 예를 필경 김춘수에게서 찾을 수 있을 것이다. 그가 남긴 평문에서 말라르메에 대한 언급은 많지도 길지도 않다. 그러나 그의 무의미 시론은 그것이 말라르메의 언어관에 대한 하나의 소극적 이해로 가늠될 수 있는 여지가 충분할 뿐만 아니라, 그가 남긴 시작품에서 말라르메로부터의 직접적 차용을 발견하는 일도 어렵지 않다. 예를 들어, 김춘수의 「꽃 II」에서 읽게 되는 "'꽃이여!'라고 내가 부르면, 그것은 내 손바닥에서 어디론지 까마득하게 떨어져간다" 같은 구절은 우리가 위에서 인용한 『언어론』 서문의 두번째 문단을 제쳐놓고는 이해할 수 없으며, 「꽃」의 "내가 그의 이름을 불러주었을 때/그는 나에게로 와서/꽃이 되었다"는 시절과 말라르메의 「장송의 축배 Toast Funèbre」에 나타나는 다음과 같은 구절 사이의 인척관계는 명백하다.

그 마지막 떨림은, 당신의 목소리만으로도,

장미와 백합을 위해 한 이름의 신비를 깨우도다

김춘수의 무의미 시론은 이미지의 기능을 구분하는 일로부터 시작된다.[3] 그가 보기에 이미지는 서술적인 것과 비유적인 것으로 대별된다. 서술적 이미지가 다른 무엇을 뜻하지 않고 그 자체로 독립된, 이미지를 위한 이미지라면, 비유적 이미지는 세상사의 이치와 삶의 이념을 드러내기 위한 도구적 성격을 지닌다. 박목월의 「윤사월」 같은 시는 서술적 이미지로만 구성된 시이며, 박남수의 「새 2」에서 "아침 놀에/황색의 가루가 부신 해체/머언 기억에/투기된 순수의 그림자" 같은 구절은 비유적 이미지의 전형적인 예에 속한다. 그는 이 두 이미지 사이에 우열의 차는 없다고 말하지만 비유적 이미지와 그에 따라오는 관념이 시를 무겁고 불순하게 한다는 점을 자주 지적함으로써 사실상 서술적 이미지의 편에 선다. 그러나 그가 정작 지향하는 것은 그 어느 쪽도 아닌, 염불을 외우는 것과 같은 시, 이미지로부터 해방된 "탈이미지이고 초이미지"인 무의미의 시이다. 이 이미지 넘어서기 속에 구원이 있다. "이미지를 지워버릴 것, 이미지의 소멸,—이미지와 이미지의 연결이 아니라, 한 이미지가 다른 이미지를 뭉개버리는 일, 그러니까 한 이미지를 다른 이미지로 하여금 소멸해가게 하는 동시에 그 스스로도 다음의 제3의 그것에 의하여 꺼져가야 한다. 그것의 되풀이는 리듬을 낳는다."[4]

김춘수의 이 언명은 말라르메가, 1866년 12월 5일, 프랑수아

---

3) 「의미와 무의미」, 『김춘수 시론전집 1』, 현대문학, 2004, 506쪽 참고.

4) 위의 전집, 546쪽.

코페에게 보낸 편지의 다음과 같은 구절을 떠올리게 한다.

우연이 시구를 잠식하지 않는다면, 그것은 대단한 일입니다. 우리 가운데 여러 시인들이 거기에 이르렀는데, 내 생각입니다만, 시행이 완전히 설정되었을 때, 우리가 특히 지향해야 할 바는, 시 속에서 낱말들―이미 외부의 인상을 받아들이지 않을 만큼 충분히 그것들 자체로 되어 있는 낱말들―이 서로가 서로를 반영하여, 이미 그 본래의 색깔을 지니지 않고 어떤 색조의 추이推移에 불과한 것처럼 보이게 한다는 것입니다.

말라르메에게서 낱말들이 "외부의 인상을 받아"들이지 않는다는 것은 김춘수에게서 '이미지로부터의 해방'과 동일한 것이다. 프랑스 시인이 지향하는 낱말들 간의 상호 반영은 한국 시인이 희망하는 이미지들 간의 상호 뭉개기에 해당한다. 말라르메가 노리는 것은 "색조의 추이"이며, 김춘수가 얻는 것은 "리듬"이다. 말라르메는 시인으로서의 자신을 소멸시켜 정신적 우주가 떠오르게 하고, 김춘수는 이미지에 대한 자신의 욕망을 소멸시켜 "구원"을 얻는다. 두 시론은 평행할 뿐만 아니라 동질적이다.

그러나 한국어와 프랑스어가 다르듯이 두 시인이 현장에서 이행해야 하는 실천은 다른 것이었다. 말라르메에게서 외부의 인상 지우기는 낱말 차원에서 이루어졌다. 통사법이 해체 직전에 이르러 낱말들이 그 자체의 색조로 독립하였지만 눈에 드러나지 않는 통사법이 엄연히 살아 있어 그것들을 종합하는 힘으로 남아 있다. 김춘수의 이미지 뭉개기는 문장 차원에서 이루어졌으며, 그것이 종합력을 형성하기보다는 허무의 도가니를 만들었다. 소멸되어야 할 자아와 말해야 할 자기 사이에서 어떤 점근선의 좌표를 끝없이 따라가야 하는 것이 말라르메의 시적 운명이었다. 이미지의 욕구와 이미지를 탈각하려는 욕구 사이에서 허무와 관념 양쪽을 끝없이 왕래해야 하는 것이 김춘수의 시적 운명이었다.

말라르메와 김춘수의 관계, 또는 말라르메의 한국적 수용에 관해서는 매우 긴 논의가 필요하겠지만, 한쪽이 해답 없는 물음을 제기하였던 반면에, 다른 쪽은 불확실한 해답으로 문제를 추적하는 방식을 택했다는 말로 우선 그 논의를 위한 화두를 삼아 둔다.

# 역사의식과 비평의식
## —송욱의『시학평전』에 관해[1]

1

우리가 서구의 시를 처음 접했을 때, 그 문화적 충격은 흔히 믿어온 것만큼 그렇게 큰 것이 아니었는지 모른다. 김억은 1925년, 서구의 시에 대한 최초의 역시집을 발간하며, 거기에 『오뇌의 무도』라는 제목을 붙였지만, 이 '오뇌懊惱'나 '무도舞蹈'라는 새로운 말도 그가 기왕에 지니고 있던 시의 개념에 특별한 혼란이 있었음을 의미하는 것 같지는 않다. 그는 '창조'로서의 번역을 기도했는데, 이런 종류의 창조는 그가 번역해야 할 시들이 우리 언어 속에, 또는 시적인 것에 대한 우리의 믿음 속에 무리 없이 스며들 수 있으리라는 기대를 전제하는 것이기 때문이다. 사실, 그가 서구의 시를 옮길 때도,『동심초』와 같은 한시

1) 宋稶의『詩學評傳』(一潮閣, 1963)에서의 인용은 본문의 괄호 속에 그 쪽수만을 밝히고, 한자는 한글로 바꾸었다.

역본漢詩譯本을 발간할 때도, 혹은 자신의 시를 발표할 때도, 시에 대한 그의 태도에는 근본적인 차이가 없다. 그들 시와 관련될 특수한 여건들보다는 항상 '시'가 우선한다. "과학 아닌 시학 내지는 그것에 유사한 여러 가지 환영을 씻어"(『시론』)버린 이후에야 진정한 시학이 성립한다고 주장했던 김기림에 관해서는 다른 이야기를 할 수 있을까? 그는 자신을 과거에 붙들어 맬 수 있는 것이 남아 있기를 바라지 않았다. 그렇다고 해서 그가 과거와 싸웠던 것도 아니며, 과거에서 새로운 세계로 걸어나오며 눈이 부셨던 것도 아니었다. 그는 자력으로 그 과거의 기반을 애써 끊어버리려 하기보다는 그 억압이라는 것이 아예 존재하지 않는 것처럼 행동했다. 그는 오히려, 자신에게 이론적 토대를 제공했던 리처즈나, 현대시의 한 모범을 보여준 엘리엇으로부터 오류와 허점을 발견하려고 노력하는데, 용감하였지만 독창적인 것도 치밀한 것도 아니었던 이 싸움은 주로 상대방의 이론으로부터 한 부분을 그 문맥과 관계없이 도려내어 그것을 극단화함으로써 그 전체를 왜곡하는 방법으로 이루어졌다. 이와 더불어 그 이론과 시를 배태한 역사와 문화적 토양이 무시된 것은 말할 것도 없다. 그러나 여기서의 문제는 김기림이 전개한 이론의 정당성 여부가 아니다. 중요한 것은, 김기림의 편에서, 서구의 지식인과 식민지의 시인이 모두 그 뿌리를 잘라버린 채 단신으로 만날 수 있는 가능성을 자신이 신봉하는 현대주의 내지는 현대시에 기대할 수 있었다는 것이다. 그가 뿌리 뽑힌 시와 만날 수 있다면 자신의 뿌리가 다시는 문제되지 않을 것이다. 그와 엘리엇은 과거의 전적戰績을 "환영"이라는 이름으로 모두 폐기하고 현대의 스타트 라인에 함께 서 있다. 그에게 충격이 있을 리 없다.

그러나 김억이 의지하였던 시정詩情의 일반성이나, 김기림이 기대했던바 '현대' 앞에서의 평등은 그들이 느꼈을 은밀하면서도 거대한 충격을 반증하는 것일 가능성이 크며, 또 그렇게 말하는 편이 사실에 훨씬 더 가까울 것 같다. 안서는 시의 번역에서도 창작에서도, 그의 시정의 유일한 증명인 그 얇은 언어의 그물로는 결코 감당할 수 없는, 그러나 현대시가 어쩔 수 없이 만나야 하는, 솔직하거나 과격한 표현들에 대한 두려움을 내내 벗어버리지 못하며, 기림은 그가 포기해버린 시간의 깊이 밖에서 새로운 깊이를 확보하지 못한다. 게다가 「나비」와 같은 시는 이 현대주의자의 무모함이 실제로는 자신감의 결여와 깊이 관련되어 있음을 드러내기도 한다. 충격은 거의 전면적이고 절대적이어서, 그 충격받은 자가 자신을 뒤돌아보고 그에 대해 성찰할 엄두를 내기는커녕, 그것을 의식할 여유조차 얻을 수 없었던 것처럼 사태가 전개된 것일까.

송욱의 『시학평전』이 한국시와 시 비평에 오랫동안 실제적인 영향을 끼쳤고, 최근에 이르기까지 문학현상 전반에 그 효력을 지녀온 것은, 그것이 무엇보다도 시에 대한 우리의 통례적인 믿음 전체를 반성하고, 시문학의 영역에서 우리를 당황하게 했던 것들의 정체를 정직하게 규명하려 한 최초의 글이었기 때문일 것이다. 저자는 서문에서 이 책의 목표를 "작품 그 자체를 면밀하게 분석하는 소위 실지비평"과 "동서문학 배경의 비교·대조" 그리고 "시창작 의식과 시작의 과정을 드러내는 일"로 나누어 밝히고 있다. 각기 미국의 신비평, 엘리엇의 전통론 그리고 프랑스의 시의식 비평과 긴밀하게 관련을 맺고 있는 이 목표들은 그러나 한결같이 '시창작자가 지녀야 할 비평의식'을 그 전제와 결론으로 삼는다. 그런데 이 비평의식은 우리에게서 특수한 의미와 보편적인 의미를 동시에 지닌다. 보편적이라는 것은 현대시가 지니고 있는, 또는 지녀야 할 특성을 이 비평의식이라는 말로 요약할 수 있기 때문이다. '시'는, 이미 오래전부터, 그것이 여전히 유효한가를 묻게 되는 '현대'의 정황에서, 그 창조의 근본원칙에 대한 점점 더 가혹한 질문으로 특징지어지며, 그 자체에 대한 이론적 규명을 포함한 의식적인 실천의 결과로만 이루어져왔다. 시가 비록 그 비평의식으로 다시 환언될 수는 없다 하더라도 시의 설명 불가능한 부분은 설명이 가능한 부분에 의해서만 그 진실이 보장된다. 이 비평의식이 우리에게 특수한 의미를 갖는 것은 우리의 형편이 그렇기 때문이다. 시와 그에 관련된 정서가 동서와 고금을 막론하고 아무리 일반적인 것이

라 할지라도, 재래의 시 형식을 거의 모두 폐기한 채, 서구의, 그
것도 비교적 현대적인 개념의 '포엠'으로 포괄할 수 있는 장르
에만 시정을 전적으로 의탁할 수밖에 없게 된 상황에서, 우리는
시가 여전히 가능한가를 의심하게 되는 예의 보편적인 위기를
전혀 다른 형식으로, 다시 말해서, 우리가 제작하고 있는 것이
진정으로 '시'인가를 의심하게 되는 특수한 형식으로 체험할 수
밖에 없었던 것이다. 게다가 이 위기의 두 형식은 서로가 서로
를 가리게 된다는 또다른 위기를 몰아온다. 다시 말해서, 시의
보편적 위기는 그 위기가 아직 알려지지 않은 낯선 현대시에 의
해, 현대시의 위기는 그 위기가 아직 의식되지 않은 일반적 시
정에 의해 구제될 수 있을 것처럼 여기게 된다. 실제로 이 위기
는 우리에게 상반되면서도 본질적으로는 같은 것인 두 가지 태
도를 가져왔다. 하나는 시를 자신의 일로 삼는 자가 그 실천에
엄정한 자세를 유지하기 어려울 때, 그 형식은 폐기되었지만 그
전통이 청산된 것은 아닌, 그러나 심각한 상처를 입은 덕분에
모든 현재적 논리의 외곽에 자리잡은 재래의 시 세계로 물러서
서 시작에 요구되는 의식적인 노력을 면제받으려는 태도이며,
다른 하나는 시인이 자신의 범속한 재능과 시적 실천의 무능에
대한 확인을 유예하기 위해, 아직 규명되지 않은 채 모호하게
이해된, 그래서 아무런 준거도 제약도 없는 '현대성' 속으로 끝
없이 옮겨 앉으려는 태도이다. 송욱이 자신의 글에 예의 세 가

지 목표를 세우면서도 실지비평보다는 시인의 비평의식과 창조의식에 더 주안점을 둘 때, 그는 우리 시가 당면한 이 위험의 형식을 알고 있었던 것이다. 그가 제작자의 비평의식이라는 말로 뜻하려 했던 것은 시적 실천에 대한 명증한 의식뿐만 아니라 우리 시의 특수한 정황에 대한 성찰을 포함했으며, 시적 창조의식의 모범들에 관한 그의 제시는 그 자체로서 서구시의 근대적 현실에 대한 이해를 겸하고 있기 때문이다.

2

송욱은 서구의 시가 누려온 전통을 동양의 그것과 견주어 설명하기 위해 문화권의 개념을 도입한다. 이 개념은 물론 당시로서도 새로운 것이 아닐 터이며, 이에 대한 그의 이해와 그 적용이 명확한 것도 아니었지만, 통상의 시적 서정성과 장르적 원칙을 지닌 기예로서의 시를 나누어 생각할 수 있게 하는 방식으로 거론되었다는 점에서 독창적이었다. 송욱에게는, 서구의 전통이 보편적 이성의 기반 위에서 하나의 장르를 실천하려는 의식적이고 엄밀한 노력에서 찾을 수 있는 데 반해, 전통으로부터 우리가 물려받은 것은 막연한 시적 심정 상태에 불과하다고 단호하게 말해야 할 이유가 있었다. 그것은 우리의 전통이나 문화적 역량을 비하하려는 것이 아니라, 서구의 시가 '시'에 대한 우리의 선험적이고 직관적인 이해 밖에 어떻게 놓여 있으며, 이미 서구의 시 형식을 받아들인 우리에게 그 "시론과 시제작 사이의 이중의 간격"(1쪽)이 어디서 연유하는가를 말하려 한 것뿐이었다. 그가 공자의 '사무사思無邪'와 발레리의 '완고한 엄밀성' 또는 '의식의 절대성'을 비교하며 말하는 것처럼 "오로지 진정과 인정만이 시의 내용을 이룬다는 생각"으로는 "치밀한 계산을 통한 언어의 음악건축이란 형식으로 (……) 시를 쓴 발레리의 시학을 우리가 흡수하여 살찌는 것은 그리 쉬운 노릇"(6~7쪽)이 아니었던 것이다.

그러나, 따지고 보면, 우리에게서 이런 종류의 전통이란 물려받은 것이라기보다 차라리 우리에게 남겨진 것이며, 밖에서부터 주어진 것이 자기와 닮은 것이기를 바랄 만큼 위축되어 있는 것이기도 했다. 문제는 서구시의 전통이 우리에게 이해되기 어렵다는 데에만 있는 것이 아니라, 그것을 어떤 방법으로든지 이해해야 할 처지에 우리가 놓여 있다는 데에도 있었다. 더구나 우리가 우선 이해해야 할 것은 서구의 시가 아니라 서구의 '현대시'였으며, 이를 위해서는 우리가 현대인일 필요가 있었지만 우리는 현대인이 아니었다. 근현대적 현실은 벌써부터 시의 안팎에서 우리의 운명을 결정하고 있었지만, 그 과정을 우리는 반드시 현대인으로 경험한 것은 아니다. 송욱은 이 현대성에 보편주의를 결부시킬 수밖에 없었다. 그가 발레리의 『레오날도 다빈치 方法序說』에서 여러 대목을 인용하는 가운데 매우 중요하게 여긴 한 구절은 이 점에서 시사적이다.

> 엄밀성이 자리를 잡고 보면, 하나의 적극적인 자유가 있을 수 있게 된다. 일변, 언뜻 눈에 뜨이는 자유란, 우연의 충격이 있을 때마다 그것을 따르는 능력에 지나지 않는 만큼, 이러한 자유는 누리면 누릴수록 우리가 더욱 같은 점의 주위에 얽매어 버리는 것이다. 마치 아무것도 잡아매지 않고, 모든 것이 영향을 끼치며, 우주의 모든 힘이 서로 겯고틀며, 상살되는 하나의 장소를 마련한 바다 위에 뜬 낚시찌처럼.(4쪽)

제작자가 자기의 작품에 엄정한 의식을 갖는다는 것은 주어진 규정에 매여 있음을 의미하는 것이 아니라, "하나의 적극적 자유", 어떤 법칙의 필연성을 실천할 수 있는 능력의 확보를 뜻한다. 그는 하나의 문화 이상의 것을 실현하며, 절대성 그 자체에 도달하는 것이다. 이 글은 차라리 현대시를 거부하는 것처럼 보인다. 발레리에게 자유를 속이는 것으로 여겨지는 "우연의 충격"은 보들레르가 현대성의 반을 차지한다고 말한 '일시적인 것, 순간적인 것, 우연한 것'과 다르지 않을 것이기 때문이다. 그러나 송욱은 도리어, 우연에 얽매인 처지를 자유로 여기는 낚시찌의 착각이 "한국 시인의 자유"에 대한 망상으로 읽힐 수도 있다고 생각한다. 그에게 중요한 것은 현대나 현대적 현실 이전에 자신의 일에 대한 시인의 자각, 그것도 어떤 보편성에 터전을 둔 자각이었기 때문이다. 송욱은 우리 시의 운명 앞에 놓여 있는 서구의 시가 위대하고 찬란한 것이기를 바랐지만, 정체가 불분명한 것이 아니기를 또한 바라고 있었던 것이 틀림없다.

송욱이 엘리엇의 역사의식과 중국의 상고주의尙古主義를 비교할 때도 이 태도는 그대로 연장된다. 그가 엘리엇의 평문「전통과 개인의 재능」에서 중요하게 여기는 두 가지 개념은 비평의식과 역사감각이다. 비평의식은 물론 시인의 자각과 관련된 것이지만, 그 자각을 위해 필요한 현실의식은 역사감각으로 대치될 수 있다는 가정을 송욱은 가질 만했다.

역사감각은 시간에 의지하고 있는 것에 대한 감각과 시간을 초월한 것에 관한 감각, 그리고 시간과 초시간을 합친 것에 대한 감각인데, 그것이야말로 한 작가를 전통적으로 만드는 것이다. 또한 이러한 감각으로 말미암아 그는 자신이 차지하고 있는 시간상의 위치, 즉 자신의 시대성을 날카롭게 의식한다.(10~11쪽)

엘리엇의 이 말은 현대성에 관해 "일시적인 것, 순간적인 것, 우발적인 것으로 그것이 예술의 반쪽을 이루며, 나머지 반은 영원한 것, 불변하는 것"이라고 했던 예의 보들레르의 정의를 보수주의적으로 번안한 것이라고 이를 만하다. 보들레르가 자기 시대의 삶에서 초시간적인 것을 발견해낸다면, 엘리엇은 초시대적인 것에 비추어 자기 시대를 의식한다. 보들레르적 재능이 자기 시대의 주제와 형식으로 자기 시대를 실천함으로써 그것을 "영원한 것, 불변하는 것"으로 끌어올리는 데에 반해, 엘리엇에게서 개인의 재능은 자기 시대를 안고 전통에 편입되어 그 전통을 현재화한다. 송욱에게는 이 엘리엇의 전통론이 역사비평의 기준이나 미학비평의 원리 이상의 의미를 지닌다. 시가 현실을 감당해야 한다고 여기면서도, 시간적인 것들의 유동성에 불안을 느꼈던 그는 전통과 역사의 현대적 지속이라는 이 개념 속에서 하나의 해결책을 발견할 수 있었던 것이다. 그런데 송욱은 위의 인용에 약간 이상한 해석을 하고 있다. "전통에 기대고 있는 까닭에 지니는 문학사의 연속관과 자기 세대의 특수성을 느끼기 때문에 가지는 과거와의 단절의식, 이 분열에서 이 틈바구니를 뛰어넘는 활동이 곧 작품제작이라는 행동이라고 설명할 수 있으리라."(11쪽) 어떤 '동시적 질서'를 지니는 것으로 가정되는, 엘리엇의 전통과 현대의 관계에는 송욱이 생각하는 것처럼 단절이나 분열이라고 이를 것이 없다. 송욱의 해석에는 한 한국 시인의 당혹감이 투영되어 있다. 그는 전통에 대해 상고적 태도가 아니라 역사적 태도를 지니고 싶어하지만, 그 자체로서 상고적일 뿐만 아니라 새로운 문화 조류 앞에서 그 역동성이 극도로 위축된 나머지 또다시 상고적이 아니면 회고적으로밖에는 접근할 수 없는 한 전통 위에서 시를 써야 했다. 연속과 단절 사이에 판단이 정지된 창조의 공간이라는 생각은 지극히 시적이지만, 송욱이 내렸던 결론에 비추어보면 그 나름의 현실적 전망을 담고 있다. 그는 한 문화권의 역사적 전통을 넘어서서, "인류의 문화전통의 동시적 질서를 가정하고 의식"(30쪽)할 수 있다고 말한다. 그가 현대시를 이야기하면서, 현대의 새로운 고전주의자들이라고 부를 수 있는 발레리와 엘리엇의 문학적 태도와 의견을 전면적으로 수용한 것도 이 관점에서 이해될 수 있다. 그는 합리적 보편주의에 전적으로 기대를 걸어야 했으며, 현대시보다는 그 전제조건을 더 중요하게 여겼던 것이다.


### 3

그러나 그가 생각하는 합리주의는 과학주의나 분석주의가 아니었다. 그는 시 언어의 특수성과 그 특수한 가치를 믿었다.

어떤 의미에서는 시적 사변에 불과할 수도 있는 콜리지의 상상력 이론과 그에 대한 오든의 현대적 해석에 그가 크게 관심을 보인 것도 이 관점에서 이해된다. 콜리지에 따르면, 인간에게는 두 가지 자아와 그에 관련된 두 가지 상상력이 있다. 제1상상력은, 절대적 자아 안에서 이루어지는, 신의 "영원한 창조행위"가 인간적으로 조건 지어진 반복이며, 한정된 자아의 몫인 제2상상력은 앞의 상상력으로부터 반영된 것을 "이념화하고 통일"하려는 의식적인 정신활동이다.(57~58쪽) 오든은 이 두 상상력에 각기 사회적으로 "신성한 것과 세속적인 것"을 결부시켜, 그것으로 현대시의 특성을 설명한다. 현대시는 "신성한 것과 세속적인 것의 구분이 사회적으로 인정되지" 않는 문화적 환경 속에서 제작되기 때문에 "사적인 성격을 지닌 예술"이 된다.(61쪽) 송욱은 여기서 한국시의 현실에 대한 하나의 시사를 얻는다. 그는 제2상상력이 "역사의식·정치의식·사회의식 안으로 시신詩神을 밀고 들어가서" 그 둘이 서로 관련을 맺게 하는 구실로 이해하며, 한국시의 빈약함은 이 제2상상력의 결핍에 있다고 생각한다. "그리고 이는 제1상상력의 대상인 신성한 존재가, 다시 말하면 한국 사람의 신성한 존재가 시대의 진전에 따라 매우 변화한 까닭이리라. 그리고 새로 나타나는 신성한 존재의 모습을 시인들이 아직 알아차리지 못했거나 잘못 안 탓인지도 모른다."(89쪽)

그가 전망하는 보편적 현대주의 속에는 이 신성한 것이 들어 있어야 한다. 그가 "과학의 신자" 리처즈를 비판하게 되는 것은 당연하다. 송욱이 리처즈의 『시와 과학』을 요약·인용하면서, 종교적인 것과 형이상학적인 것을 모두 "비술적세계관"의 잔재로 여겨 부정하고 미래의 심리학이 인간의 정신 내용을 모두 규정할 수 있으리라고 기대하는 그의 "인간기계론"에 불안을 느끼게 되는 가장 큰 이유는 그 속에서 시의 위치와 가치가 모호하게 규정된다는 점이었다. 리처즈가 보기에 시는 "사이비진술 pseudo-statement"인데 그것은 또한 "우리의 충동과 태도를 혹은 풀어놓고 혹은 조직하는 효과로서 전적으로 정당화되는 하나의 언어형식이다."(108쪽) 과학을 진리에 결부시키고 시는 정서에 결부시키는 이런 종류의 언술에서, '시는 시이다'라는 동어반복 이외에 다른 무엇을 발견할 수 있을까. 사실, 과학적 "진술"이 감당하지 못하는 한 영역을 위해 "사이비진술"이 필요하다는 리처즈의 이 소견은 그 과학주의의 결함과 한계를 지적하는 것이나 같다. 송욱은 이 결함이 "시와 기하학을 동시에 고찰하지 못하는"(108쪽) 한 경험론자의 능력 부족에서 기인한다고 판단한다. 그는 다시 발레리를 인용한다. 『텔켈』의 「롱브」에서.

단순한 사물에 관한 과학과 복잡한 사물에 관한 예술이 있다. 과학의 경우에 변수가 열거될 수 있고 수가 적으면 그 변수의 결합은 명백하다. 우리는 과학의 상태를 지향하며 이것을 바란다. 예술가는 스스로를 위하여 마땅한 솜씨를 마련한다. 과학의 관심은 과학을 만드는 예술기술에 있다.(111쪽)

원문의 내용과는 다소 거리가 있는 번역이지만, 송욱이 그 취지를 놓친 것은 아니다. 과학과 예술의 차이는 그 대상이 단순하고 복잡한 것뿐이다. 그리고 물론 이 복잡한 것 속에는 어떤 형식의 것이든 신성한 것이 포함될 것이다.

송욱은 분석비평에 관해서도 동일한 태도를 취한다. 그는 미국의 신비평가인 크리언스 브룩스가 그의 저서 『공교롭게 만든 유골 항아리』에서, 그의 역설과 아이러니의 이론에 따라, 테니슨의 한 시에 대해 그 의미구조를 어떻게 정교하게 분석하였으며, 그 장점이 우리의 시비평에 얼마나 필요한 것인가를 말한다. 그러나 동시에, "시의 '원천'은 역설이나 '심리적 분석' 그 이전에 있다"(129쪽)는 점을 시인으로서의 자신의 경험을 통해 지적하며, "시는 시론보다 넓은 것이며, 시를 빚어내는 창조력은 논리나 과학적 합리성을 뛰어넘는 요소를 지니고 있다"(132~133쪽)고 강조한다.

송욱이 이브 본느푸아의 몇 평문을 비교적 길게 인용하고, 거기에 꼼꼼하게 주석을 붙인 것은 우선 이 시인·비평가에게서 시는 시론보다 더 넓은 것이라는 자신의 생각을 다시 확인할 수 있었기 때문일 것이다. 「영국과 불란서의 비평가들」에서 본느푸아는 "의미의 분석에 기초를 둔 시비평은 (……) 언어의 지성적 기능과 정서적 기능을 갈라놓을 수 있다는 논리적·실증적 개념이 빚어내는 순환논법 안에 스스로 갇혀버리고 만다"(152쪽)고 이야기하는데, 이는 그가 보기에 "표현된 어떤 사물에 연결되어 있는 어떤 기호일 뿐만 아니라, 그 자체가 작품을 망각상태로부터 이끌어내어 하나의 개체적 존재로 만드는 활동"(155쪽)이 곧 시의 언어이기 때문이다. 그러나 송욱은 본느푸아에게서 그보다 더 중요한 것, 그의 생각에 시의 본령이라고 정의할 수 있는 것을 발견한다. "시의 활동은 주장할 뿐만 아니라 창조한다. 그것은 기호와 기호로서 표현된 것의 통일성에 기초를 두고 있는 것이 아니라, 이 두 가지의 분단에 의지하고 있으며, 이 분단이야말로 시적 사상의 특유한 드라마를 시작하게 만드는 것이다."(156쪽) 시니피앙과 시니피에의 분열에 기초하는 이 창조활동으로부터 송욱은 "언어의 의미와 논리 그리고 개념을 넘어뗜 구체적 실체를 되찾으려는 투쟁의 결과가 시"(156쪽)라는 해석을 끌어낸다.

스스로 동양의 시 전통으로부터 단절되었다고 느끼고 있었지만, 세계와 인간의 원초적 조화라고 하는 전통적 믿음에서까지 단절되었다고는 생각할 수 없었으며, 따라서 시의 성스러운 가치를 포기할 수 없었던 송욱은, "의미의 개념과 논리"가 "바로 그 앞에서 그 능력을 탕진하고 마는"(156쪽) 이 구체적 실체로부터 어떤 구원적 가치를 보았을 것이 틀림없다. 그는 허약한 한국시에 어떤 논리적 처방이 필요하다고 여겼지만, 개념화의 밖에 놓여 있는 이 성스러운 실체는 '과학'으로 도달할 수 없다. 그가 상징주의에 눈을 돌리게 되는 것은 당연하다.

4

송욱은 "한국 모더니즘이 상징주의를 거치지 않았기 때문에 내면화하지 못했으며 혹은 현대성을 정신화하지 못했다"(207쪽)고 생각한다. 모두 열두 개의 장章과 부록으로 되어 있는 『시학평전』에서 그 반에 이르는 여섯 개의 장을 보들레르와 말라르메와 발레리와 상징주의에 바치거나 관련시키고 있는 것도, 현대의 역사인식과 시의 초월적 깊이를 함께 아우를 수 있는 시학이 상징주의에서 발견될 수 있다는 그의 믿음을 말해 주는 것일 터이다.

그는 발레리의 의견에 따라, 보들레르에게서 "훌륭한 詩의 재능이 비판하는 지성과 결합되어 있는 드문"(203쪽) 예를 발견하며, 한 시인이 "자기의 정신상태와 그가 당면한 조건"(210쪽)에 대한 명철한 의식으로 자기 시대를—바로 낭만주의를—극복할 때, 그것이 어떻게, "육체와 정신의 결합이 있으며, 엄숙과 정렬과 고뇌가 합쳐져 있고 또한 영원과 내심이 혼합"(211쪽)되는, 훌륭한 시로 결실되는가를 이해한다. 그는 당연히 보들레르의 시 「만상의 조응」을 해설하고, "미에 대한 감수성과 초월적인 것, 피안적인 것에 대한 갈망이 항상 대응하기 마련이며 지상은 천상과 짝을 이루는 것"(219쪽)이라는 이 시의 주제에서, 보들레르가 "불란서의 국경을 넘어서 근대세계의 시인이 된 것은 위대한 '인간성의 예술'을 창조한 까닭"이라고 판단한다. 따라서 송욱은 이 "상징주의 미학"을 "역사성과 시대감각이라는 점"(221쪽)과 결부시킬 때 이 상징시인을 더욱 폭넓게 이해할 수 있다는 지극히 정당하고도 통찰력 있는 생각에 이르게 되며, 이 관점에서 그는 보들레르가,

> 일상생활에서 나온 심상을 사용하고 큰 도시의 추잡스러운 생활에 관한 심상을 이용하였을 뿐만 아니라 이러한 심상을 '제1급의 강도'까지 승화시킨 점에서—사실 그대로를 제시하면서도 이것이 사실보다 훨씬 많은 내용을 함축하여 표현하게 마련했다는 점에서—다른 사람들을 위하여 마음을 풀어놓고 표현하는 한 방식을 창조하였다.(224쪽)

는 의견을 엘리엇의 「보들레르」로부터 인용하고, 그 예증으로 「넝마주이의 술」을 번역·해설한다. 송욱이 이 시에 대한 결론으로 "어떤 특수한 시대와 환경에 놓여 있던 넝마주이들을 근대문명과 인간성의 어떤 보편적인 본질을 표시하는 상징으로 변화하고 승화"하였다고 쓰고, 보들레르에 대한 결론으로 삶이 지닌 "추악하고 모순된 면에서도 은밀한 '아날로지'를 발견할 수 있었으며, 주관과 객관이 서로 상대방을 흡수하여 일치하기 마련인 '보편적 융화상태'까지 시의 경지를 높일 수 있었다"(236쪽)고 말할 때, 그는 빈약한 서정에 빠진 한국시를 생각하고 있었

던 것이 틀림없다.

그가 말라르메에게서 우선 주목한 것은 물론 그의 언어관이다. 그는 여기서도 발레리의 도움을 받아, "한없는 추고와 수정을 거쳐서 완벽하고 절대적인 예술품을 만들려는 말라르메"가 "'시의 과학'이 아닌 시의 예술수단인 언어에 대한 '개인적이면서도 실질적인 하나의 과학', 즉 '다른 사람에게는 전달하기 곤란한 하나의 자본'을 가지고" 있었다고 보며, 이 개인적 과학은 '깊은 감수성이 지니고 있는 어떤 신비로운 법칙'을 따르는 것이기 때문에 결국 "시인의 언어에 대한 태도에는 지성만으로는 밝혀지지 않는 신비와 창조가 반드시 깃들고 있다는 사실"을 밝힘으로써, 과학주의를 거부하는 그의 일관된 태도를 견지한다. 그는 이어서 저 유명한 「르네 길의 『언어론』에 붙이는 머리말」에서 한 구절을 번역하여, "말라르메의 시학의 대요"를 밝히려 한다.

그런데 언어의 연기를 따라 진동하며 거의 소멸하는 상태로 자연의 사실을 전환하는 기적과 같은 작용도 만일 언어의 음이 구체적으로 상기시키는 친근한 내용으로서 언어를 괴롭히지 않고 그 목적이 언어로부터 순수한 관념을 이끌어내는 데 있지 않다면 무슨 가치가 있겠는가?(246쪽)

이에 대한 송욱의 해석—"말이 불러일으키기 마련인 대상의 견고한 성질에 비교할 때에 말이란 '거의' 허무와 같은 것이다"(246쪽)—은 물론 말라르메의 의도를 충분히 파악한 것이 아니겠지만, 말라르메가 "허무라는 진실과 대결하는 거의 유일한 수단으로서 시를 생각하고 있다"(252쪽)는 부연설명은 사실과 부합한다. 말라르메의 시가 꿈꾸는 존재의 형이상학과 그의 시가 도달하는 순수부정의 상태는 송욱에게 깊이 이해되지 않았지만, 제목 없는 시 "쓰디쓴 휴식에 겨워……"를 해설하면서, 말라르메가 "생명의 투명화 과정을 통하여 '이데아'의 시에 다다르려"(263쪽) 한다고 말함으로써 그는 시인·비평가로서의 자신의 안목을 드러낼 수 있었다. 특히, "동양의 미나 시경에 대한 동경"을 담고 있는 이 시의 해설을 통해, 말라르메에게서 "근대 유럽이 지닌 시의식의 절정"과 "동양 미의식"의 종합을 볼 수 있었던 것은, "인류의 문화전통의 동시적 질서를 가정"하려는 송욱에게 상당한 소득이었을 것이다.

『시학평전』이 발간될 당시, 순수라는 말이 대중문학과 구별되는 문학의 특성을 지칭하거나, 경향문학과 대비되는 예술지향문학의 특성을 의미하는 것으로 모호하게 이해되던 실정에서, 송욱이 발레리를 통해 소개한 순수시의 개념은 낯선 것인 만큼 매혹적이고, 어느 정도는 충격적이기도 했다. 발레리의 순수시와 관련하여 송욱이 관심을 가졌던 것은 순수시의 개

념 파악과 순수 자아라고 일컬어지는 의식의 절대경에 대한 이
해와 순수시의 가치규명 등 크게 세 가지였다. 그는 발레리의
「마네의 개선凱旋」으로부터, 예술가가 "선명한 의식과 자기 예
술수단을 지배"함으로써 '감각적 인상의 공교로운 조직에서 얻
어내는 효과'(268쪽)라는 순수성에 대한 정의를 끌어낸다(여기
서 송욱이 '예술수단' '감각적 인상'이라고 번역한 프랑스어는 각기
'métier'와 'sensation'이다). 이 효과는 '매혹'이라고 일컬어지는
것처럼 낯설고 의외로운 성격을 지니고 있지만, 순수 그 자체는
"화학자들이 순수한 물질(즉 원소)이라고 할 때에 지닌 의미와
같아 매우 단순한 것이다."(269쪽) 그러나 단순한 것이란 곧 절
대적인 것을 의미하며, "시작품에서 산문적 요소를 어떻게 해서
든지 송두리째 뽑아내고"(269쪽) 얻어진다는 불가능한 조건을
전제하는 만큼 "하나의 실재가 아니라 이상이라고 규정해야 한
다."(270쪽) 순수시란 요청적 개념일 뿐이다. 따라서, 순수시란
"언어가 지배하고 있는 감수성의 모든 판도를 탐구하는 것"이라
는 발레리의 말로부터 시의 개념에 대한 "하나의 극한"(272쪽)
을 발견하는 송욱은 "시작행위를 절대행위로 만드는 순수의식"
이라는 측면에서 순수시를 다시 이해하려 함으로써, 발레리가
시에 걸었던 기대와 그 효용성을 짐작할 수 있었다. 이 순수의
식에 대해 송욱은, 발레리의 『수첩』에서 인용한 여러 글을 분석
함으로써, 그것을 이론적으로 묘사하기에 이른다.(277쪽)

……순수 자아가 지속된다고 생각하는 한 절대적 파괴란 있을 수 없으며, 순수 자아를 바탕으로 하여 부정은 스스로를 부정하여 한층 더 높은 차원의 긍정으로, 말하자면 '존재와 비존재의 차이'를 넘어선 존재의 절대경으로 들어가게 된다. (……) 그리고 그가 존재의 이러한 절대경에서 혹은 순수의식의 절정에서 (발레리에 있어서는 이 두 가지가 거의 같은 것이 되고 말았다!) 탄생하는 것이기는 하지만 그것은 어디까지나 '사상을 변화시키는' 기능을 가진 지성의 기능이 꽃피는 '가장 고귀한 유희'로서의 시작품이다……

항상 한국의 시가 머릿속에 있고, 시가 역사적 현실과 어떤 방법으로든 결부되어야 한다고 믿어온 송욱은 발레리의 순수시 개념에 다소 비판적인 태도를 보였지만, 시작에 임하는 자가 지녀야 할 엄정한 창조·비평의식을 극한으로 실천하는 모범을 발레리로부터 발견하며, 인간의 지성이 도달할 수 있는 최고의 경지가 거기서 기약된다는 점에서 순수시의 실제적인 효용을 인정했다.

송욱은 프랑스의 상징주의 전통으로부터, 근대적 현실과 시가 맺어야 할 미학적 관계에 대한 문제의 제기와 그 해답의 일단을, 시의 언어적 실천의 초월적·윤리적 원칙을, 그리고 엄정한 창조·비평의식을 보았으며, 그것을 한국시의 한 전망으로 제시했다.

5

여기까지 우리는 『시학평전』에 대한 윤곽이라기보다는 차라리 그 전체적인 인상을 그렸다. 송욱은 현실과 시대의 요구로부터 동떨어져 있고, 미학의 관점에서도 깊이를 얻지 못한 한국의 시를 반성하고 그 이론적 기반을 만들기 위해, 그리고 또한 벌써 한국시의 운명이 된 서구 현대시의 성립 배경과 전통을 이해하기 위해 이 책을 썼다. 그는 우리 시에 비평의식과 과학적 시선이 결여되어 있다고 지적하였으며, 이의 극복과 함께 인류의 문화 전체를 문제삼는 새로운 전통의 창조가 필요하다고 생각했다.

그러나 그는 시가 이론을 만족시키되 이론에 귀속되는 것을 거부했으며, 시 미학의 깊이 속에 인간 구원의 성스러운 가치가 포함될 수 있기를 바랐다. 그는 이 관점에서 시의 과학주의를 비판하며, 갖가지 분석적 비평들에 관해서도 그것들이 시의 작은 부분일 뿐인 의미구조를 드러내는 데 그치는 것으로 여긴다.

송욱은 그가 전망하는 보편적 현대주의의 전제를 모색하기 위해 프랑스의 상징시의 전통에 특별한 관심을 보였다. 그는 메마를 뿐만 아니라 추악하기까지 한 현실이 거기서 시적 실천과 결합할 수 있는 가능성을 발견하고, 그 윤리적·미학적 성과와 치열한 시의식을 높이 평가한다. 시가 하나의 '사상'이 될 수 있다는 약속이 거기 있었다. 한국시의 장래에 폭넓은 영향을 미치게 되는 이 '상징주의'의 소개는 그러나 이 책의 약점이 될 수도 있었다. 그의 관심은 프랑스의 현대시 가운데서도 이른바 순수시 계열의 시인들에게 일방적으로 치중하였으며, 네르발과 보들레르를 거쳐 랭보, 아폴리네르와 초현실주의로 이어지는 또 하나의 계열을 거의 무시하였다. 현실에 내장된 어둠의 깊이와 언어의 창조적 힘이 맺는 관계 하나가, 소개되지 않은 것으로 그치지 않고, 왜곡될 수도 있었던 것이다. 하지만 이 약점을 가장 먼저 의식한 것도 송욱 자신이었다고 해야겠다. 그는 발레리에 관한 장을 끝내면서 지나가는 말처럼 이렇게 덧붙여 두고 있었다. "……생명과 현실은 그 태반이 어둠이기 때문에! 그러나 우리는 발레리에게 생명과 어둠을 다루는 방법을 그리 기대해서는 안 된다."(293쪽) 그는 '어둠'을 이야기하고 싶어했지만, 한국시에 우선 필요한 것이 명증한 의식과 질서라고 생각한 것은 아닌지 모르겠다.

『시학평전』은 서구의 여러 시 이론을 한꺼번에, 그것도 비교적 정확하게 소개한 최초의 저서라는 점에서도 의미가 크다. 그러나 송욱이 선택한 방법, 각 이론서들을 단장의 형식으로 분할하여 거기에 주석을 붙이는 방식은 그 다기한 이론들을 종합적으로 이해시키기에 적절한 것일 수 없었다. 그러나 이 점도 그것이 '최초의 저서'라는 사실에 그 방법과 운명이 벌써 결정되어 있었다고 말하는 것이 옳다. 게다가 송욱에게서는 그 시인으로서의 직관이 종합을 대신할 수도 있었다.

송욱은 우리에게서 '시'가 무엇인가를 묻고, 그 나름의 대답을 마련했던 첫번째 사람이다. 아직도 우리가 이 질문에 맞서게 되면 그가 제시했던 순서를 염두에 두게 된다는 점을 생각할 때, 그의 통찰력을 짐작하고도 남는다.

# 세속과의 완전한 불화

이성선 시인은 갈등 없는 관념적 깨달음의 세계를 그린 시인이었다고 흔히 말하지만, 이 말이 그의 삶에 갈등이 없었다는 뜻은 아닐 것이다. 그의 오랜 친구 서연호는 "그의 분노는 강인했고 저항은 그칠 줄 몰랐"으며 "누구도 그의 길을 돌릴 길 없었다"[1]고 그의 위인을 전한다. 끊임없는 갈등을 전제로 할 이 강인한 분노와 불굴의 투지는 그러나 그의 시에 직접적으로 진술되지 않는다. 그의 시 세계에는 갈등뿐만 아니라 그 갈등의 토대가 되는 삶까지 없다고 말하는 편이 차라리 옳은 것처럼 보인다. 시인은 자신의 실생활이 어느 자리에 의지하고 있는지를 한 번도 구체적으로 말한 적이 없다. 그는 농촌진흥청에서도 근무했고 오랫동안 교단에 서서 학생들을 가르치기도 했지만, 직장

---

1) 「지상의 시인, 하늘의 노래」, 『시인 이성선』, 숭실대학교출판부, 2004.

동료들이나 학생들을 시의 주제로 삼은 적이 없다. 그는 태어난 마을을 완전히 떠난 적이 없으면서도 마을 사람들에 관해 말하지 않았다. 학교의 선후배나 동기들도 그의 시에 뚜렷한 모습으로 나타나지 않는다. 한 지붕 아래 사는 가족이 시에 크게 자리를 차지한 적도 없다. 그가 타인에 관해 길게 서술한 시는 자신의 문학적 스승 가운데 한 사람인 성찬경 시인에게 바치는 시 「잡음 속에서」[2]가 아마도 유일할 터인데, 이 시에서 노시인은 "허술한 국산 전축"이 피워내는 "온갖 잡음" 속에서 "음악의 정수만 골라 듣는" 사람으로 예찬을 받는다. 이성선 시인에게서도 세상과 거기 몸 붙이고 있는 사람들이 모두 시의 정수가 되기 어려운 "온갖 잡음"에 해당한다고 해야 할지 모르겠다. 시인이 오만했다고 말하는 것이 아니다. 그 "온갖 잡음"에는 자신도 포함되기 때문이다. 그는 진정한 의미에서 한 인간으로서의 자신을 그린 적도 별로 없다. 물론 그는 서정 시인이었고, 장편 산문시 「밧줄」을 제외하면 서사에 해당하는 것이 거의 없는 서정시를 썼기에, 시에서 화자와 시인을 구별한다는 것이 무모한 일일 수도 있겠으나, 화자의 목소리에 어떤 정신의 향기와 빛은 가득해도, 한 사람의 체취와 그림자는 찾아보기 어렵다는 점은 말해두어야 한다. 시인은 시 「깨끗한 영혼」이 말하는바 목소리가 숲

---

2) 이 글에서 이성선의 시는 『이성선 전집』(서정시학, 2011)에서 인용한다.

세속과의 완전한 불화  433

속의 천둥처럼 맑고, 눈동자가 따뜻하며, "가장 단순한 사랑으로 깨어" 있는 사람을 만나고 싶어하고, 그 사람이 되고 싶어하긴 했겠지만, 또한 우리가 이성선에게서 바로 그 사람을 발견할수도 있겠지만, 시인 자신이 그 사람과 자신을 동일시하지는 않았을 것이다. 화자의 자리에 시인이 또렷하게 들어서는 경우는예를 들어 「별의 여인숙」 같은 시의,

> 친구하고 저녁에
> 술 한잔 하고 그냥
> 집에 돌아가기 싫어라.
>
> 다른 녀석네 대문을 박차거나
> 낯선 여자 지저분한 분내에 안겨
> 아무렇게나 하룻밤 잠들고 싶네.

정도의 시구이지만, 이런 시구도 극히 예외적인 경우에 속한다.시에서 이 고독감은 시인이 하늘의 북두칠성에서 하룻밤 잠자리를 얻으려 함으로써 해소되거나 더욱 깊어진다. 시인의 목소리를 누르고 화자의 목소리가 들리기 시작하는 것이 바로 이 순간일 것이다.

그러나 이성선의 시에서 목소리의 변화 지점이 이렇게 확연

한 경우는 극히 드물다. 많은 경우 자연과 사물을 관조하는 시구 사이에 깊은 감정을 표현하는 구절이 종종 한 구절씩 끼어드는데, 그 감정은 주로 '울음'이나 '눈물'로 나타난다. 이성선은 난해한 시를 쓰지 않았지만, 이 비애의 표현이 나타나는 자리에서 그 감정 상태를 적확하게 짚어내거나 이해하기는 쉽지 않다. 시 「입동」이

> 잎이 떨어지면 그 사람이 올까
> 첫눈이 내리면 그 사람이 올까
> 십일월 아침 하늘이 너무 맑아서
> 눈물 핑 돌아 하늘을 쳐다본다.
> 수척한 얼굴로 떠돌며
> 이 겨울에도 또 오지 않을 사람

이라고 말할 때, 이 슬픔이 기다리는 사람에 대한 사무친 그리움과 "수척한 얼굴로 떠"돌 그 사람에 대한 안쓰러움 때문이라는 것은 분명하지만, 그 직접적인 원인이 "하늘이 맑아서"로 진술된다는 점은 바로 넘기기 어렵다. 한 개인의 슬픔이 하늘의 청명함과 지상사의 불투명함에서 오는 보편적 고뇌로 바뀌는 것이다. 시 「영혼의 침묵」에서,

내가 하나의 갈대로 서서

사색하며

별을 지키는 밤에도

바람으로 아니 눈물을 넘어서서

나를 밟고 신비한 피리를 분다.


고, 시인이 말할 때의 "눈물"은 전적으로 인간의 저 보편적 고뇌에서 비롯한다. 파스칼의 『팡세』의 몇 구절을 원용하고 있는 이 시에서 피리를 부는 주체는 '침묵하는 영혼'이다. 파스칼에게서 "저 천체의 영원한 침묵"은 이 철학자에게 두려움을 가져다주지만, '영혼의 침묵'은 인간인 시인-화자에게 슬픔을 가져다주면서 동시에 그 슬픔에 아랑곳하지 않는다. "영혼"이 부는 바람의 피리는 이중적이다. 피리소리는 한편으로 화자에게 어떤 말을 전하고, 또 한편으로는 그 말을 침묵과 신비에 부친다. 시인은 이 신비를 풀 수 없기에 눈물을 흘리겠지만, 끝내 풀 수 없기에 그 눈물이 부질없다는 것도 안다. 눈물은 시인의 몫이며, 의지적 단념은 화자의 몫이다. 그러나 이 울음이 영혼의 바람 소리와 같은 자격을 지닐 때도 있다. 시 「나무」의 전문을 적는다.


나무는 몰랐다.

자신이 나무인 줄을

더욱 자기가

하늘의 우주의

아름다운 악기라는 것을

그러나 늦은 가을날

잎이 다 떨어지고

알몸으로 남은 어느 날

그는 보았다.

고인 빗물에 비치는

제 모습을.

떨고 있는 사람 하나

가지가 모두 현이 되어

온종일 그렇게 조용히

하늘 아래

울고 있는 자신을.


    이 시를 쓸 때 시인은 필경 『벽암록』의 한 구절, 가을바람에
본디 모습이 드러난다는 뜻의 '체로금풍體露金風'이라는 말을 염
두에 두었을 것이다. 시에서 바람에 잎이 진 나무는 자신이 하
늘과 우주의 "아름다운 악기"이고, 그 악기는 또한 "떨고 있는
사람 하나"인 것을 알게 된다. 그는 하늘 아래 "온종일 그렇게
조용히" 울고 있다. 그의 본디 모습을 보여준 것도 바람이고, 그

를 울게 한 것도 바람이다. 바람은 울음 그 자체이다. 울음이 그 본디 모습을 보여주는데, 본디 모습이 또한 우는 모습이다. 시 쓰기라는 관점에서 본다면, 시인에게서 이때 울음은 그의 주제 이면서 동시에 방법이다.

시 「풀잎에 기대어」의 울음은 다른 성질을 지녔을까. 역시 전문을 적는다.


풀잎에 기대어
풀잎이 되어
온몸에 이슬을 묻히고
저녁을 지내고 싶다.
조용히 별 아래
이름 없는 얼굴로
하늘을 바라보고 살고 싶다.
그것은 울음이 아니다.
소리 없이 울다가
그 끝에 이른 것이 아니다.
누구의 울음의 보석이
밤에 풀잎 위에
뜨거운 피구슬로 쏟아져 피어
내가 울고 있는 것은

더욱 아니다.

시의 한중간 "그것은 울음이 아니다"는 별 아래 하늘을 바라
보고 사는 은둔의 삶이 세상살이에 대한 비애의 표현이나 결과
가 아니라는 뜻으로 읽힌다. 뒤이은 두 행에서 그 삶이 울음의
"끝에 이른 것이 아니다"라는 진술도 처음부터 비애는 없었다는
뜻으로 읽힌다. 마지막 다섯 행의 시구는 모호하다. '내가 우는
것은 어떤 존재의 울음이 핏빛 보석이 되어 밤에 풀잎 위에 이
슬로 맺혔기 때문이 아니다'라는 뜻으로도 읽을 수 있고, '어떤
존재의 울음이 핏빛 보석이 되어 밤에 풀잎 위에 이슬로 맺혔
다고 하더라도 나는 울지 않는다'는 뜻으로도 읽을 수 있기 때
문이다. 처음의 읽기에서는 울어야 할 이유가 부정되고, 두번째
읽기에서는 울음이 부정된다. 그래서 이 모호한 시구들은 울어
야 할 이유와 울음을 모두 부정하는 효과를 거둔다. 이 부정은
앞의 시 「나무」에서 말했던, 존재의 본디 모습을 드러나게 하는
'바람-울음'과 존재의 본디 모습인 '바람-울음'까지 극복되어야
할 마음의 단계라고 말하는 것일까. 아니 그것보다는 그 '바람-
울음'에 대한 시인의 또 한차례의 해석을 보는 편이 옳겠다. 울
음은 거기 있지만, 그 울음은 평범한 것이 아니다. 그 울음은 어
떤 세속적 이유로 규명될 수 없을뿐더러, 울음이라는 그 말로
완전히 규정될 수도 없는 어떤 마음의 상태다. 무기질이었던 티

끌이 유기질로 그 존재의 상태를 바꿀 때, 그 생명의 단초와도 같은 이 비애는, 시인의 시적 명상에서도, 인간적 비애까지를 포함한 일체의 잡다한 감정 상태를 정화하는 미덕을 지닌다. 이 정화의 뒤에 그 정수로 남는 것은 또하나의 비애, 오직 존재의 본디 모습으로서의 비애다.

그러나 시인은 이 비애를 신비주의에 부치지는 않는다. 어떤 거대한 비애도, 어떤 정화된 비애도, 그래서 가장 마지막까지 남는 비애도, 그 주체는 인간의 마음이다. 시인은 「피리 1」을 이렇게 쓴다.

그대 함부로 나를 허락하지 말라.
그대 좀체로 나를 이해하지 말라.
새벽까지 좌정하여 벽 그림자로 흔들려도
나의 숨결로 그대 뼈까지 울지 말라.

나를 허락하지 않는 사람 있어
전 생애가 바람인 까닭이다.
나를 이해하지 못하는 사람 있어
산 하나 울며 떠도는 까닭이다.

여기서 울음은 인간과 인간의 관계에서 비롯한다. 그런데 우는 것은 인간이 아니라 산이다. 물론 이 산은 비애의 크기와 무게를 말하는 비유적 표현일 터이나, 한 사람의 생애를 바람으로 날리고도 남는 산이기에 그 인간의 본디 모습으로서의 실체적 자격을 지닌다. 한 인간이 한 인간에게 이해받지 못해서 그 인간의 비애가 산으로 울며 떠돌기만 하는 것이 아니라 그 인간이 본디 슬픔의 거대한 산이었기에 이해받지 못하기도 하는 것이다. 애초에 한 생명의 본질이었다가 인간관계의 한 곡절 속에서 현실의 모든 감정을 아우르는 거대 감정으로 바뀌어 나타나는 이 비애가 시인 자신의 시이기도 할 '피리소리'에 수납되어 일반적인 이해의 문맥을 얻어내기는 어려울 것이다. 시인은 "새벽까지 좌정하여 벽 그림자로 흔들"리면서, 이 비애가 노래로 바뀔 수 있는 수준을 가늠하거나 결정하기 위해 고뇌하였을 것이다. 이성선은 자신의 시어를 늘 인간을 넘어선 세계에 위치시켰지만, 그 연락책인 자신을 끝까지 지울 수는 없었다. 그는 생명의 단추가 되는 비애, 자비라고 불러도 좋을 비애에 자신의 비애를 가능한 한 투명하게 삼투하였다. 그에게는 그것이 또하나의 비애이기도 하였을 것이다.

이 자기 비애는 시인이 세상을 하나의 거울로 볼 때 잠시 해소된다. 그는 「논을 갈다가」의 첫 두 연을 이렇게 쓴다.


논을 갈다가

눈물에 비치는
송학산을 갈았다.


학은 산을 날아가고
산은 다시
보습날에 갈리었다.


이어서 시인은 "나 혼자 남아 돌아온다"는 문장을 두 줄로
나누어 쓴다. 시인이 혼자 남게 되는 것은 논도 산도 다 갈리었
기 때문일 터이고, 날이 저물어 세상이 어둠에 가려지기 시작했
기 때문일 터이지만, 더 나아가서는 세계를 경작하는 그에게 자
아와 세계가 둘이 아니라는 생각이 들어섰기 때문일 것이다. 토
土는 신身 안에 들어와 있으며, 신은 토에 묻혀 있을 뿐만 아니
라 그 거울이다. 그래서 시인은 시의 마지막 연을 이렇게 쓸 수
있었다.


20세기 끝의 저녁놀을 받으며
경운기를 타고
눈물도 없이
뒤우뚱거리며 돌아온다.

비애가 사라진 것은 아니다. 세상은 평탄하지 않아 그는 여전히 "뒤우뚱"거린다. 그러나 그는 비애의 거울이 됨으로써, 세상의 높낮이를 그 거울 속에서 한 결로 경작함으로써 균형을 찾아 불이의 자비 속으로 돌아온다.

시 「논두렁에 서서」는 이 거울을 더욱 선명하게 보여준다. "갈아놓은 논고랑의 고인 물"에 나뭇가지와 새와 시인의 얼굴이 비친다. 삶 속에서는 고독한 그가 그 거울에서는 "그들과 함께" 있으며, "누가 높지도 낮지도 않다".

> 그 안에서 나는 거꾸로 서 있다.
> 거꾸로 서 있는 모습이
> 본래의 내 모습인 것처럼
> 아프지 않다.
> 산도 곁에 거꾸로 누워 있다.
> 늘 떨며 우왕좌왕하던 내가
> 저세상에 건너가 서 있기나 한 듯
> 무심하고 아주 선명하다.

시인이 물거울에 비치는 자신과 삼라만상의 모습을 보고 느끼는 이 평화에 대해 거친 비평적 어법을 들이댄다면 낯설기 효과 같은 것을 말할 수 있을 것이다. 그러나 낯설게 하기란 사물을 다시 한번 들여다보기라는 말과 다른 말이 아니다. 시인이 물속에서 보는 산은 그 물거울 밖에서도 볼 수 있는 산이다. 그가 이제 그 산을 특별한 시선으로 보게 되는 것은 그 앞에서 가던 길을 멈췄기 때문이며, 잠시 정념을 끊고, 생각을 끊었기 때문이며, 그리고 무엇보다도 그 산을 자신의 모습과 함께 보았기 때문이다. 시인의 곁에 거꾸로 누워 있는 산은 시인이 잠시 마음을 비웠기에 '문득' 눈에 들어오기도 하지만 산이 '문득'[3] 그 자리에 있기에 시인이 제 마음을 비워 그것으로 하나의 심경을 만들어내기도 한다.

이 물거울은 예를 들어 이상 같은 사람이 밀실에서 보는 거울과 다르다. 이상은 거울을 보는 순간에도 마음이 자아에 집중되어 있기에 거울이 자신의 본모습을 감추고 왜곡된 상을 보여준다고 생각한다. 이상의 거울에서는 손상되지 않았어야 할 자아의 상과 손상된 자아의 상 사이에 갈등이 더욱 깊어질 뿐이다. 보고 싶은 것만을 보려 하는 이 갈등의 정념 앞에 낯선 것은 없다. 거기에는 이성선의 물거울에서처럼 자아를 풀어놓게 하는 장치가 없다. 아니 더 정확하게 말한다면 이상은 자아를 풀어놓지 않기 위해서 거울을 본다. 그를 둘러싼 사물은 날이 서 있으며, 거기에 찔리지 않기 위해서는 그 자신을 더욱 예리한

---

3) 앞의 시와 이 시의 제목이 각기 「논을 갈다가」와 「논두렁에 서서」라는 상황 제시의 부사어구인 것도 이 '문득'의 계기를 드러낸다.

날로 가다듬어야 한다.

　이상의 긴장과 이성선의 무심에는 그들을 둘러싼 도시적 사물과 농경적 자연의 차이가 개입하고, 각기 그 경제적·생산적 조건을 반영하는 것이라고 간단히 말해버릴 수도 있다. 그러나 이런 환원론적 해석이 시에 대한 이해를 대신할 수 있다고 믿는다면 그것은 시를 부정하는 것이나 같다. 이상이 그를 긴장하게 하는 도시적 조건 속에서 실재계와 상상계가 일치하는 어떤 지점을 언어 운용을 통해 발견하려고 애썼던 것처럼, 자연을 친화적으로 바라보고 있는 이성선도 현실에서 "늘 떨며 우왕좌왕하던" 자아의 미망을 벗겨줄 다른 질서의 세계를 찾고 있다. 이상에게도, 이성선에게도 중요한 그들을 압박하는 조건이 아니라, 그 조건을 시적으로 앙양하는 일일 것이다.

　실제로 이성선의 물거울은 그가 찾는 보다 앙양된 세계 질서를 보여주기에 이른다. 또 한차례 상황 제시의 부사어구를 제목으로 삼는 시「물을 건너다가」는 현대 한국시에서 불이의 세계상을 가장 간명하고 아름답게 형상화한 시로 평가될 수 있을 것이다. 시의 첫머리를 적는다.

　　개울물을 건너는 아침
　　징검다리에 엎드려 물을 마시다가
　　문득 물에 몸 비치고 서 있는

나무 한 그루를 마신다.

聖人을 먹는다.

물에 떠내려오는 황소를 먹는다.

초가집 한 채도 먹는다.

이어서 시인은 "물살에 이는 호롱불빛"과 "여물 써는 소리"와 "천도복숭아 가지에 매달린 아이들"과 "감자꽃 사이에서 웃고 있는 할아버지"와 "靈穴寺에서 막 문 열고 나오는 스님"을 먹으며, 물에 비쳐 "거울처럼 반짝이는 세상"이 "내 안일까 밖일까"를 자신에게 묻는다. 안팎의 구별이 없다고 시인은 자신에게 대답하겠지만, 그 대답은 적지 않는다. 다만 시를 다음과 같이 끝맺는다.

저 아래

염소 한 마리 또 둑에서 내려와

궁둥이를 하늘로 뻗치고

물을 마시고 있다.

나를 먹는 모양이다.

세상은 서로 먹으며, 서로서로 보시한다. 소를 먹는 내가 염소에게 먹히며, 나를 먹는 염소가 소에게 먹힌다. 이것은 물거울을 이용한 예술적 착시가 아니다. 어떤 생명도 홀로 존재하지 않으며, 어떤 사물로 홀로 운동하지 않는 것이 세계의 실상이다. 목숨을 가진 것들이 서로 그 생명을 의존하며, 유정물과 무정물이 서로 그 몸을 넘나들며 교통한다. 그리고 이 보시와 교통의 가장 큰 계기는 죽음이다. 한 생명 불꽃의 죽음은 다른 생명 불꽃의 기름이다. 이 인연은 생명과 비생명 사이에도 존재한다. 존재와 사물이 죽음의 "개울"을 건너 서로 나눌 때, 삶과 죽음이 둘이 아니며, 안과 밖이 둘이 아니며, 큰 우주와 작은 우주가 둘이 아니다. 두 우주가 서로 먹는다. 시인은 "마신다"로 시작했던 말을 "먹는다"로 바꾼다. "먹는다"는 섭생만을 의미하는 것이 아니다. 우리는 먹물이 종이에 잘 밸 때도 '잘 먹힌다'고 말하며, 말이 잘 이해될 때도 '잘 먹힌다'고 말한다. 시인이 성인을 먹고 스님을 먹고 호롱불을 먹을 때, 그는 성인과 스님과 불빛을 마음속에 받아들여 그들에게 안거의 자리를 마련한다. 염소가 나를 먹어 나를 모신다.

그런데 이 '안거'라는 말보다는 차라리 '피난처'라는 말이 더 옳지 않을까. 성인은 이해되지 않고, 수도자는 모욕받으며, 소는 천대받고, 호롱불은 바람 앞에 깜박이는 것이 세계의 실상이 아닌가. 시인이 아직 호롱불이 꺼지지 않는 새벽에 징검다리를 건너면서 문득 느끼는 이 조화는 징검다리를 다 건너가서도 유지될 것인가. 시인이 송학산을 갈았던 무논은 여전히 평화로운가. 그가 성인을 먹었던 개울에 세상도 시인을 따라서 제 얼굴을 비춰보려고 애썼는가. 둑을 내려온 염소는 여전히 나를 먹고 있는가. 나는 시인이 헛일을 했다고 말하려는 것이 아니다. 읽던 시에서 잠시 고개를 들면 나는 시인이 가장 거대한 조화를 말하는 순간에도 그 마음에 평화보다 고뇌를 더 많이 느꼈을 것이라고 생각이 든다. 그는 세상의 소란에 관해 말하지 않았다. 평화를 그렇게도 오래 거듭해서 말하는 사람이 소란을 몰랐을 수 없으며, 조화를 말하는 사람이 분열을 염려하지 않았을 수 없다. 한 사람이 평화와 조화를 말하면서 그 반대편의 소란과 분열을 말하지 않았다는 것은, 다시 말해서 한 세계를 말하면서 다른 세계를 말하지 않았다는 것은 두 세계 사이의 불화를 돌이킬 수 없는 것으로 판단했다는 것을 의미한다. 그가 말하는 세계는 깊고 원대하지만 고립되어 있으며, 그 세계를 둘러싼 다른 세계는 저열하고 천박하지만 치열한 공격력을 지니고 있다. 그는 거기 맞서 싸우기보다 끌어안는 세계의 투명함이 흐려지지 않기를 바라며 고고한 수세를 견지했다.

이 점을 염두에 두면서, 동일한 불이의 세계상을 전혀 다른 어법과 어조로 말하는, 지극히 현대적인 시 한 편을 읽기로 한다. 김정환의 시이다.

날 이리 해놓고 자네가 웬 게거품?

내 껍질 딱딱하다지만 이깟 것 날 보호하기는커녕

바다 물속 내 몸속으로 두루 퍼진 한기를

딱딱하게 만들었을 뿐이다. 지금 좀 낫군. 간장 속은

바다 속보다, 식탁 접시 속은 간장 속보다 더

따스하다, 몸이 풀려. 나도 웬 자네 호칭인가 싶더만.

무슨 소리. 죽음은 지방자치다. 내가 아무리 굶어도

내 살을 어떻게 먹겠나. 내 살이 내 살을 먹는 거지.

그중 누가 죽고 누가 살고가 어딨겠어, 먹히는 놈도

지가 먹는다고 생각할걸?

꽁지건 딱지건 발톱이건 지들 알아서 할 일,

구멍도 구멍이 알아서 하는 판에 말이지.

내게 나의 생명이란 건 오로지 옆으로 설설 기는

네 쌍 발 걸음뿐. 을러대는 집게발은 그냥

포즈일 뿐. 나 같은 부류 누구든

네 쌍은 인생이 네 겹이고, 이제 그 짓

끝날 모양인지

그것도 모르는 일이니

나를 더 여러 겹으로 갈가리 쪼개주게.

질긴 목숨 산 채 독한 간장 속 느리게 끊어져

생긴 울화의 맛? 밥도둑? 무슨

인간 간장 게장 씹는 소리.

더 짜고 더 검은 바다라 난 죽음의 천국이라고

잠시 착각했구만.

근데 자네 지금, 살아 있는 건가,

날 이리 저질러놓은 건 자네 맞는데?[4]

이 시에서도 살이 살을 먹는다. 먹는 살이면서 먹히는 살인 간장 게장은 자신이 들어 있는 검은 간장 바다를 "죽음의 천국"이라고까지 생각하려 하며, 죽음과 삶에 구별이 없다고 넌지시 말한다. 시인은 능청과 너스레와 빈정거리는 어투와 지혜로운 논리를 아울러 씀으로써 비균질의 생명현상을 균질적 질서로 통합시키려 한다. 그러나 그가 말하는 불이의 생명현상은 조화롭기보다는 비극적인데, 그것은 하나이며 각각인 생명이 불이의 그물망에 포섭되면서도 그 단계마다 이상과 수자상에 얽매여 조화를 깨뜨리는 실태에 눈감으려 하지 않기 때문인 것으로 풀이된다. 전체 생명의 원융이 개별 생명에서 완전히 실현될 때까지 시인은 세상에 대한 이 비극적 시선을 포기하지 않을 것이다.

이 시선이 이성선의 시선과 실제로는 다른 것이 아니겠지만, 그 공격적 태도는 이성선의 태도가 아니다. 그는 지켜야 할 세

---

4) 김정환의 연작시 「이것들이 인간 죽음에 간섭」 중 다섯번째 시 '간장 게장게, 자네라 부르며 간섭' 전문. 『자음과 모음』 2011년 봄호.

계를 공들여 가다듬으며 그 둘레에 단단한 경계석을 세웠다. 뒤세대가 그 경계석 밖에서 위험한 싸움을 전개할 수 있는 것도 그 경계석에 대한 믿음이 크기 때문이다. 고고한 수세의 경계석 안과 밖 어느 자리에 자신을 위치시킬지는 뒷세대가 결정해야 할 몫이다.

제3부

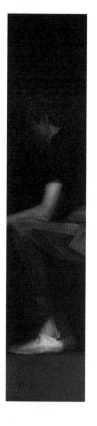

시
쓰
기
의

현
장

# 인내하는 자의 농업

—이문재, 『마음의 오지』

이문재가 그의 시집 『마음의 오지』(문학동네, 1999)에 작가 후기로 붙인 「미래와의 불화」는 우리 시대의 시와 관련된 글 중 가장 훌륭한 논의 가운데 들어간다. 그는 오직 자신의 시와 시 쓰기에 대해 말하고 있을 뿐이지만, 읽기에 따라서는 1990년 이후 우리 시가 벌여온 노력을 그 절망의 핵심에서 정리한 훌륭한 보고서가 거기서 발견된다.

사실 '미래와의 불화'라는 말은 그 표현 자체로 극히 절망적인 음조를 지닌다. 우리에게서, 미래는 오랫동안 현실과 불화하는 자들의 피난지였다. 미래는 늘 그리운 미래였으며, 그 그리움을 정화된 것으로 유지하기 위해 매 순간 경각하여 선택하여야 할 미래였다. 이 선택의 여지는 이제 없다. 거대한 것이 더욱 거대해지고 빠른 것이 더 큰 속도를 얻는 일만 있을 것이다. 이문재의 말을 빌린다면 "CNN과 인터넷, 그리고 국제금융자본의 그물망이 촘촘하게 지구를 감싸고, 그 그물코마다 현란하고 섬세하며 위력적인 이미지들이 뒤엉켜 있는 이 후기자본주의 시대에 "우리를 강박하고 있는 미래란 거의 모두 자본과 권력의 입에서 나온 것이어서, 불길하고 불결한 때가 많다". 현실이 이렇게 강력하게 미래로 넘쳐난 적은 드물 것 같다. 모든 이미지들은 자본과 권력에 봉사하여 미래의 땅에 박힌 말뚝이 되었다. 모든 상상력이 거기 지배된다. 그래서 미래와의 불화는 현실과의 불화가 공간 속에서 두터워지고 시간적으로 영속화된 형식이다.

미래신앙·진보신앙에 대한 저주가 현대시의 가장 중요한 기원이었다는 점을 염두에 둔다면, '미래학'을 탄핵하는 이문재는 현대시의 깊은 전통과 맥을 같이하는 것이 된다. 이문재에게 미래가 불길하고 불결한 모습으로 드러나는 것과 마찬가지로 보들레르에게서도 벌써 진보라는 개념은 오류와 환상의 일종이며 퇴폐의 한 증상이었다. 진보란 '동일한 것의 반복' 주기가 더욱 짧아지는 것이고, 그래서 일상화되는 것일 뿐이다. 옳게 생각한다는 것은 이 동일한 것의 반복을 명철하게 의식하고 진보신앙에 맞선다는 것과 다른 것이 아니다. 니체가 보들레르의 『내면 일기*Journaux Intime*』를 번역하고 필사하면서 '영원회귀'의 테마를 전개할 때도 낭만파의 열광적 진보신앙에 대한 보들레르의 비판을 공유하고 있었다. 그러나 보들레르와 니체 사이에는 그 시대의 가장 유명한 테러리스트이며 정치적으로 극단적 순결주의자였던 블랑키가 있다. 그는 영원회귀와 '오래된 미래'의 개념으로, 벤야민의 표현을 빌리자면, "인류에게 가장 음울하고 가장 절망적인 선고"를 내렸다. "인류가 새로운 것으로 간주하고 싶어하는 모든 것은 옛적부터 있었던 것이다." 이에 비해 "우리들이 저지른 잘못들이 저기, 우리보다 먼저 미래로 가서 자욱하다."는 이문재의 말이 더 표현적인 것이 아닐까. 보들레르의 진보비판과 영원회귀의 사고는 『악의 꽃』의 가장 우울한 페이지들에서 '재난'에 대한 감정으로 귀착한다. 가장 큰 재난은, 이문재가 저 표현적인 말로 다시 확인하는 것처럼, 결국현실이 미래를 점령하고 규정한다는 것이기 때문이다. 밀란 쿤데라가 『참을 수 없는 존재의 가벼움』에서 영원회귀라는 이 오래된 생각을 독자적으로 전개하여 삶이 '초라하고 후미진 낙원'에서만 작은 위안을 얻을 수 있다고 여길 때, 그는 같은 생각으로 허무주의를 긍정하는 니체에게서는 일종의 결론을, 저 우울감의 보들레르에게서는 그 추론의 과정을 빚지고 있다. 물론 보들레르는 동일한 것의 반복이라는 개념을 통해 일상 속에 회귀하는 영원한 주제들을 미학화할 수 있었다. 이문재는 더 불행하다. 이 영원한 주제들과 불결한 미래의 그물코를 형성하는 "현란하고 섬세하고 위력적인 이미지들"을 분별하는 일은 벌써 불가능한 것처럼 보이기 때문이다. 그러나 「불화살Fusées」에서 보

인내하는 자의 농업  457

들레르가 그렸던바, 미국화된 미래의 음울하고 절망적인 이미지는 이제 이문재와 우리의 실제상황이 되었다.

예의 후기에서 이문재가 발명한 또하나의 새로운 말은 '은유로서의 농업'이며, 거기에는 이런 설명이 따른다. "미래를 선동하는 보이지 않는 손에 대한 야유이며, 개인으로 설 수 없는 현실에서의 안타까움이고 쓸쓸함이다. 그러나 나는 내 시의 최근에 기어코 미래에 대한 '성긴 예언'이 담기기를 바라고 있다." 이 예언이 '성기다'는 말에는 몇 가지 의미가 동시에 담길 것 같다. 우선은 "그 예언의 문장이 아직 태어난" 것이 아니라는 뜻을 담을 것이다. 이 '성김'을 통해 권력과 자본의 치밀하고 육중한 기능주의를 따돌리자는 의도도 거기 있을 것이다. 그러나 이 성김은 무엇보다도 그 예언의 성격일 터이다. 말하자면, 이 성긴 말과 그 자리는 자본·권력의 횡포와 음모가 잠시라도 용해되고 무화될 수 있는 유일한 지점일 터이다. 그래서 "시의 궁극인" 자유의 이 성긴 전략에 힘입어, "인류 역사를 망쳐놓은 인간중심주의를 향하여 돌멩이를 던지려는" 난폭한 시도가 '무위'로 실천될 수 있을 것이다.

그러나 이 무위는 의지의 선택인 만큼 어떤 진정한 시의 숙명이라고 말해야 하지 않을 것이며, 그래서 또 그만큼의 절망을 끌어안고 있다고 해야 하지 않을까. 「농업박물관 소식─허수아비가 지키다」의 두 연 가운데 두번째 연을 적는다.

농업박물관 앞뜰에는 가을이 한창입니다

어린 아들에게 고개 숙인 벼의 한살이를

일러주던 한 아버지는 그 허수아비가

지키는 참새떼가 무엇인지 말해주지 않았습니다

그 허수아비가 왜 진짜 허수아비인지도

말해주지 않았지요

허수아비가 지켜야 할 참새떼는 더이상 날아오지 않는다. 거기 서 있는 허수아비는 그래서 사람을 따라 만들어지는 것이 아니라 허수아비를, 정확하게는 허수아비였던 것의 추억을, 따라 만들어진다. 이 "진짜 허수아비"에게는 할일이 없다. 이것은 필연적 재난으로 연결될 이 문명에 대한 절망적인 야유이지만, 그러나 다른 진실도 있다. 이 농업박물관 앞뜰의 허수아비는 그 하는 일 없음을 가지고, 농업이었던 것을, 그 '은유'를 지킨다. 이 야유이자 무위인 것은 근대 또는 현대라고 부르는 시간과 함께, 우리의 삶을 완벽하게 지배하고, 어떤 새로운 삶의 "징후와 직관, 혹은 꿈과 예감"을 막는, 구원의 가능성 일체를 봉쇄하는 저 온갖 신화들의 장벽에 대한 각성의 논거이며, '미래학'의 정반대편에 위치하는 일종의 역사적 설명이다.

농업이 '은유로서의 농업'일 때 농업은 이미 없다. 그러나 이

문재의 시 속에서 그것은 멸망하여 사라진 것이라기보다 아직 태어나지도 않은 어떤 것, 은유로보다는 차라리 알레고리로만 감지되고 표현되는 어떤 것이다. 그것은 진보적·합리적 사고로 추론되고 확정되는 것이 물론 아닐뿐더러, 어떤 추상적 사고나 어떤 개념에 대한 비유적 표현조차도 아니다. 나쁜 신앙에 가로막힌 과거로서의 농업이며, 현재의 무한반복을 벗어난 새로운 시간에의 알레고리인 그것은 그 내부의 비어 있음에 의해서, 언어가 기호로 타락하기 이전에만 인간이 도달할 수 있는 어떤 직접적인 인지의 차원에서, 사물의 진면목인 상징과 인간의 지각을 연통하는 매개자의 자격으로, 우리의 사고에 자유를 부여하는 어떤 힘이다. 그것은 모든 기능주의의 반대편에 있는 무위의 지성이다. 이문재의 농업 은유가 이런저런 혼란된 개념의 생태시들에서 벗어나는 것도 이 활력과 지성에 의해서라는 말은 덧붙일 필요조차 없다.

그러나 또한 이 무위가 그에게서 그 숙명적 성격을 벗어버리는 것도 이 지성의 가치로서이다. 그것은 그렇게 있음이 아니라 가장 유연하게 유지해야 하는 긴 인내이기 때문이다. 다음은 우리 시대에 쓴 절창의 하나일 「明器」의 전문이다.

나는 苦生해서 늦게
아주 늦게

가고 싶다

가장 오래된 길에 들어


저승 가서 사용할

이쁜 그릇들, 明器

이승 밖에서

무덤 안쪽에서 오래

써야 할 집기들


사람은 돌아가고

미래는 돌아온다

사람은 미래의 작은 부장품


나의 부장품일

이 느슨한 고생

이 오래된 미래


시인은 그 자신을 인내 그 자체로 여긴다. 이 인내는 오래전
부터 이어진 것이며, 가장 늦게까지, 무덤 뒤로까지 이어져야
할 믿음이다. 옛 무덤에서 파내야 할 것도 이 믿음이며, 미래의
무덤에서 파내게 될 것도 그의 고생으로 길게 증명한 이 믿음이

다. 이문재의 농업은 이 믿음 위에서 일종의 형이상학적 야망이 된다. 선전되고 강요된 제도의 가치를 추호도 고려하지 않는다는 것, 그것이 착취한 것 앞에서 절대적인 순결을 지킨다는 것, 자연과 시간 앞에서 한 생물로서의 제 조건을 자각하고 존재 그 자체로만 남는다는 것, 그 존재를 회복된 미래의 알레고리로 남긴다는 것.

이문재의 무위는 긴 자기성찰이며 감정과 지성의 훈련이며, 그리고 마지막으로 분노의 축적이다. 분노의 끝은 물론 폭력이다. 이 폭력은 아마도 신성할 것이라고 말하고 싶은데, 「겨울 부석사」가 암시하듯, 이 시대와의 전면적인 불화不和는 다른 삶이 거기에서만 피어날 만다라이며 불화佛畵이기 때문이다. 그러나 지금으로서는 이 폭력도 만다라도 여전히 알레고리이다. 이문재의 고생은 여전히 '느슨하게' 이어질 것이다. 그리고 보면 농업은 실제적이건 은유적이건 서두르는 자의 일이 아니다. 서두르지 말라. 시간이 많이 남아 있기 때문이 아니라, 이미 늦었기 때문이다. 너무나 작게 남은 이 시간을 서둘러 허비할 수는 없다. 은유와 알레고리는 적들의 시간을 조롱하며 가장 느리게 가는 척후의 시간이다.

# 꿈의 시나리오

나는 이수명의 첫 시집 『새로운 오독이 거리를 메웠다』(세계사, 1995)에 해설을 붙이면서, 무엇보다도 이 시인의 냉정함을 강조하여 말했다. 그가 자신과 이 시대의 불행을 바닥에 이르기까지 낱낱이 열거하고 있다고 말했고, 지금 이 자리가 깊어질 때까지 다른 시간 속으로 탈주하는 법이 없다고 말했다. 또한 그가 자기 창조의 진정성을 항상 미리 검증하고 있다고 말했다. 그가 정직하다고도 말했는데, 실은 너무 정직하다고 말하고 싶었다. 그러나 그렇게 말하지 않는 대신, 비록 짧은 시간이라도 자신에게 휴식을 허락하여, 이루어야 할 것을 "한 번쯤 미리 맛보라"고 권했다. 나는 이 시인의 자기검열이 너무 강하다고 생각했고, 이 검열이 그의 문학적 운명을 결정지어버릴 수도 있다고 염려했던 것이다.

두번째 시집 『왜가리는 왜가리 놀이를 한다』(세계사, 1998)

를 준비하고 발간할 때도 그는 이 검열을 포기하지 않았다. 그러나 그는 다른 방법을 선택했다. 요약하자면 검열을 통해 검열에 대항하는 방법이다. 말이 수상하다고 여겨질 수도 있는데, 이제 쓰게 될 길지 않은 글은 그에 대한 설명이 될 것 같다.

언어는 우리 사고의 숙명적 조건이다. 말은 엄격한 틀을 지니고 있고, 그 틀 속에는 인간들이 이제까지 생각해서 표현했던 것들이 모두 들어 있다. 우리는 생각을 할 때도 말을 할 때도 이미 그 틀 속에 들어 있는 생각의 조각들을 조합한다. 이론상 그 경우의 수는 무한한 것이겠지만, 한 사회와 그 문화적 역량은 조합의 한계를 벌써 지시하며, 그 가운데서도 한 사람이 평생에 걸쳐 사용할 수 있는 조합은 극히 제한되어 있다. 우리 생각의 범위가 벌써 그와 같이 제한되어 있다. 시의 언어가 특별하다는 것은 이 조합을 비켜서는 침묵의 언어라는 뜻이며, 말해야 할 것 앞에서 말의 조합을 포기해버리는 언어라는 뜻이다. 침묵의 언어라는 말이 오해될 수도 있기에, 예를 하나 드는 것이 좋겠다. 오랜 세월을 같이 지냈던 노부부가 산 위에 올라갔다. 남편이 들을 바라보며 '참 넓지'라고 말한다. 아내가 뒤따라서 '참 넓네'라고 말한다. 남편이 정작 말하려는 내용은 들의 넓이가 아니라는 것을 아내는 알고 있다. 남편도 아내의 대꾸를 듣고 그 짧은 말로 전하려는 자신의 어떤 감정을 아내가 알아들었다는 것을 짐작한다. 그 감정은 표현하기 어려운 것이며, 애써 정확히 표현하려다보면 깨져버릴 수도 있을 어렴풋한 것이다. 이때 '참 넓네'는 두 사람에게 그 감정을 침묵에 부치면서 동시에 표현하는 언어이다. 이를 시니피앙과 시니피에의 시적 어긋남이라고 불러도 좋다.

그러나 시는 감정의 교류가 매우 자유로운 부부간의 언어가 아니다. 그것은 심신의 어느 측면에서건 반드시 같은 경험을 가졌다고는 말할 수 없는 사람들 사이에, 공적 세계에 떨어지는 모험의 언어이다. 이 언어는 자주 수상쩍은 것으로 취급된다. 우선 그 언어 뒤에 어떤 감정이 실재하는 것인지, 그 감정이 진실한 것인지, 다른 사람들에게도 그만큼 가치가 있는 것인지 의심을 받는다. 또한 그 언어는 그 감정과 관련하여 그 표현의 역량, 또는 그 침묵의 역량을 의심받는다. 시인은 이 의심을 이겨내기 위해 자신이 먼저 자기감정을 검열해야 하고, 그 검열로 자기 언어에 긴장을 유지해야 한다. 저 노부부의 경우에도, 남편의 말에 아내는 다른 말로 대꾸할 수 있다. 이를테면 '들이 다 그렇지요'라고 말할 수 있다. 이 말은 남편의 감정을 승인하면서 동시에 왜 그런 것을 말하려고 하느냐고 핀잔하는 뜻을 담는다. 이 승인과 비판 사이의 긴장으로, 애초에 표현하려던 감정은 더 날카로운 것이 될 수도 있다. 그러나 시는 이런 방식의 일상적 감정의 교류에만 매달려 있는 것이 아니기에 그 절차가 더욱 복잡하다. 시는 한 삶 속에서 다른 삶을 만들어내는 적극적인 시스템이다. 그래서 증오 속에서도 사람을 발견해야 하며, 들떠 있는 사람을 절망시키기도 해야 하며, 억압 속에 자유를 밀어넣고 주눅든 심정에 희망을 심기도 해야 한다. 한 현실에서 다른 현실을 감지하고, 증오와 들뜸과 억압과 주눅을 사랑과 절망과 자유와 희망에 대한 침묵의 언어로 삼아야 한다. 다시 말해서, 한편의 사랑과 절망과 자유와 희망을, 다른 편의 증오와 들뜸과 억압과 주눅으로 검열해야 하고 그것으로 표현해야 한다. 한 사람의 마음속에서 증오가 사랑이 되고 억압이 자유가 되는 일은 말하자면 노비가 주인이 되는 일만큼 어렵다. 침묵은 노비의 말이 끝나고 주인의 말이 시작되는 그 경계를 나타낸다.

시가 꿈의 형식을 지니는 것은 바로 이 때문이다. 시의 침묵 속에서 노비는 주인이 되는 꿈을 꾼다. 그러나 이 꿈은 단 한 번으로 끝나지 않는다. 다른 현실의 주인이 이 현실의 주인으로 될 때까지 꿈은 거듭되어야 하고, 그 지속을 보장해줄 수 있는 힘이 그 시 자체 안에서 생산되어야 한다. 그리고 정말 노비가 주인이 될 수 있는가를 정직하게 묻는 시인의 자기검열만이 그 힘을 다시 확인하고 생산해낸다. 검열이 강하다는 것은 노비가 주인이 되는 과정에서 그 유리한 조건과 장애 조건을 가능한 한 철저하게 긴 시간을 바쳐 따진다는 말과 다른 말이 아니다. 강한 검열은 그 꿈에 그만큼 진정한 성질을 부여하지만, 그러나 그 꿈의 싹이 돋아나기도 전에 말라버리는 불모의 비극을 부를 수도 있다.

이 비극을 오랫동안 고통스럽게 체험했던 이수명은 단호하게 다른 길을 선택했다. 그는 꿈이 검열을 통과하여 돋아오르기를 기다리지 않았다. 그는 그 대신 꿈과 검열의 자리를 바꾸어놓았다. 꿈이 검열선을 뚫고 현실 속에 올라오기 전에, 현실 속에서 미리 꿈을 조작하여 그것을 다시 검열선 아래 꿈의 자리로 되돌리는 방식을 체득했다. 예를 들어 그는 이런 시를 썼다.

카페 주인은 나를 알지 못한다.
문이 열릴 때마다 형광등이 곤두박질치고
그는 자꾸만 의자에서 굴러떨어진다.
나는 떨어진 신문을 집어올린다.
마룻바닥 속에 숨어 있던 식물의 싹이
식탁 위로 올라와 거칠은 통화를 한다.
나는 주인에게 문 닫을 시간이 되었다고 말한다.
그는 아직도 내게 차를 내오지 않았다.
그러나 열망의 방향을 모두 소환한 가구들처럼
그는 내 말을 듣지 못한다.
나는 가스불 위에 직접
걸어나가려는 주전자를 얹는다.
지금 내가 마실 환약이 어떤 것인지

나는 알지 못한다.

나는 카페 주인을 알지 못한다.

어둠이 흰 앞치마를 두르고 있었다.

두번째 시집에 실린 시 「물구나무선 카페」의 전문이다. 화자를 알아보아야 할 사람이 그를 알아보지 못한다. 낯익었던 사물들이 낯설게 움직인다. 의자에서 굴러떨어진 것은 주인인데 화자가 마룻바닥에서 주운 것은 신문이며, 그가 들어올린 것은 신문인데 식탁에 올라온 것은 씨앗이며, 그 씨앗이 마침내 주인으로 다시 바뀌어 전화를 건다. 모든 것이 그의 의도에 어긋나는 방식으로 존재하고 있으며, 그의 말을 집어삼키고 그를 외면한다. 끝내 그는 자신이 무엇을 하려는지 정확히 알지 못한다. 주인은 여전히 그를 알아보지 못한다. 아마 화자 자신도 그가 다른 사람인 것처럼 느껴졌을 것이다. 이 이해하기 어려운 풍경과 사건은 꿈속에서나 가능한 이야기이다. 그러나 이 시가 전적으로 꿈을 묘사한 것이 아니라는 것을 시사하는 구절이 있다. 시는 "어둠이 흰 앞치마를 두르고 있었다"는 말로 끝난다. 어둠은 하나의 환경일 뿐이기에 꿈속에서도 그것은 앞치마를 두를 수 없다. 그것은 순전히 말의 조작일 뿐이다. 이수명은 꿈을 그리는 것이 아니라 한 인간이 꿀 수 있는 꿈을 말로 조립하여 적음으로써, 소외된 사물과 그 속에서 소외된 한 인간의 당혹스럽도록 고적한 세계 하나를 전달한다. 그는 꾸었거나 꾸고 있는 꿈에 관해서가 아니라 꾸어야 할 꿈에 관해서 말한다. 다시 말해서 그는 주체의 검열을 통과하고 올라온 타자의 말을 받아 적는 것이 아니라 그 타자가 검열을 통과한다면 마땅히 하게 될 말을 조직한다. 그는 꿈을 미리 만들어놓고 그 설계에 따라 꿈을 꾸려 한다. 꿈보다 꿈 이야기가 먼저 만들어지는 이 꿈을 우리는 꿈의 시나리오라고 부를 수 있을 것이다.

꿈의 시나리오 쓰기는 꿈꾸기보다 더 쉬운가. 시나리오가 한 편에 그친다면 아마 그럴 것이다. 그러나 하나하나의 꿈이 다른 꿈과 연계함으로써 거대한 상징체계를 이루는 것과 마찬가지로 꿈의 시나리오도 그것이 꿈의 가치를 지니기 위해서는 끊임없이 다른 시나리오를 필요로 한다. 시나리오는 시나리오들 속에 편입되어 다른 시나리오들의 응원을 받아야만 말속에 꿈의 세계가 형성된다. 그러고 나서도 불안은 여전히 남아 있다. 현실 속에서 제작된 꿈의 설계는 그것이 검열선을 뚫고 내려가 친정으로 꿈의 자리에 안착하기보다는 꿈의 외곽에서 고무풍선처럼 떠돌고 있을 염려가 있다. 꿈과 검열의 자리를 바꾸어도 문제는 여전히 검열이다. 그래서 이수명은 이 새로운 기획을 실천하면서도 여러 편의 시나리오를 그 검열에 바쳤다. 같은 시집에서 「사라진 공」을 인용한다.

아스팔트는 뜨거웠다.

아스팔트가 뜨거운 숨을 토할 때마다
나는 하늘 높이 공을 던져 올렸다.

십 년 이십 년이 지나자
열매의 닫힌 입이 벌어지고
나는 밀고되었다.

내가 올린 공은 하나도 돌아오지 못했지만
나는 체포되었다.

바다가 달을 삼켰다.


　이 사건 역시 꿈속의 그것처럼 시간의 인과가 생략되었다.
시인은 현실의 답답한 열기를 참을 수 없을 때마다 하늘 높이
하나의 공을, 하나의 꿈을 던져 올렸다. 세월이 지나자 날려보낸
그 꿈의 보람인 듯 "열매의 닫힌 입이 벌어"졌지만, 다시 말해서
세상에 변화가 있었지만, 시인은 도리어 밀고되어 부자유 속에
갇힌다. 그는 자신이 설계한 꿈과 함께 개화하지 못한다. 그는
꿈을 발행하는 자일 뿐 꿈꾸는 자가 되지 못한다. 여기에는 꿈

의 제작 행위에 대한 검열과 그 꿈의 진정성에 대한 검열이 겹쳐 있다. 그러나 이 시에서 중요한 것은 이제까지 꿈의 솟아오름을 방해하던 그 검열 자체가 꿈의 풍경 속에 들어와 그 요소의 하나로 자리잡았다는 것이다. 검열은 꿈의 대적자가 아니라 꿈의 일부가 된다. 이수명은 꿈을 배치하듯 검열을 배치한다. 그래서 끝의 시나리오는 검열의 시나리오로 된다. 마지막 줄에서 이수명은 "바다가 달을 삼켰다"고 말한다. 달빛은 바다의 어둠 속에 묻히고 말았을까, 아니면 달이 바다 전체를 환하게 만들었을까. 이에 대한 대답은 우리가 꿈의 시나리오에 따라 꿈을 꿀 때 그 꿈과 검열을 어느 자리에 배치하느냐에 달려 있다.

이수명의 꿈의 시나리오는 이 배치의 기술을 통해 세련되었다. 다음은 박인환문학상 수상작 가운데 한 편인 「일요일」이다.

일요일에는

강물이 얕아진다. 나는 뾰족한 발가락으로 강바닥과 이야기를 나눈다. 물풀 위에 앉아 모래로 이루어진 절벽이 춤추는 것을 바라본다. 바위들은 입을 벌리고, 자동차들이 뛰어다녔다. 내가 데리고 나간 원숭이가 모래춤을 춘다.

일요일에는

빛이 그림자를 남기지 않는다. 빛은 나를 통과하고, 나와 함께 서 있는 내 강의 바닥을 통과한다. 끝없이 퍼져나가는 풀밭, 풀밭을 가로질러 사람들이 나무를 세우고 있다. 풀밭을 들고 있는 푸른 기중기들을 수직으로 세우고 있다.

이 아름다운 풍경을 꿈의 시나리오라고까지 말할 필요는 없겠다. 시인은 강변을 산책하면서 제 마음속으로 내려가고 있다. 일요일로 표현되는 휴식의 시간에는 삶을 몰아대던 온갖 압박과 재촉이 느슨해진다. 시인은 외부의 자극 없이 사념 속에 빠져들 수 있으며, 이때 오랫동안 볼 수 없었던 그의 내면이 그의 눈앞에 드러난다. 그것을 그는 "강물이 얕아진다"라고 표현한다. 그의 "뾰족한 발가락"이―다시 말해서 그의 육체적 감각의 한 끝이―"강바닥"에 앉아―다시 말해서 자기 내면의 가장 깊은 곳에 이르러―그것과 대화를 시작한다. 삶의 전망을 가로막고 꿈을 검열하던 절벽이 이제 모래 생물로 되어 춤을 춘다. 바위들도 그 생명을 활성화시키고 자동차 같은 인공물들도 동물이 되어 뛰어다닌다. "내가 데리고 나간 원숭이가 모래춤을 춘다."―시인의 자녀이거나 아직 검열을 모르던 나이의 어린이였을 적의 시인이 함께 춤을 추어 이 꿈결 같은 축제를 승인하다. 총의 검열자까지 춤에 합류하는 이 특별한 시간인 "일요일에는" 마음의 깊고 낮은 여러 자리를 가로지르던 칸막이들이 사라져 "빛이 그림자를 남기지 않는다". 빛은 마음의 안과 밖을 하나의 투명체로 통합한다. 마음속 불모의 자리는 풀밭으로 바뀐다. 이 일요일에 인간들은 제 마음속에 쓰러져 있던 희망들을, 푸른 나무들을 곧추세운다. "풀밭을 들고 있는 푸른 기중기"란 나무를 달리 부르는 이름이지만, 거기에는 또다른 것이 있다. 나무의 큰 줄기를 기중기라 말함으로써 시인은 이 특별한 시간에 얻은 특별한 보람을 끝까지 누리기 위해서는 굳건한 의지와 노력이 필요하다는 것을 암시한다. 이수명 자신에게서 그 시적 실천의 내력을 따진다면, 저 꿈의 시나리오 쓰기의 긴 작업이 이 기중기에 해당한다. 그가 검열을 비껴서서 제작한 꿈의 시나리오들은 이 시에서 검열되는 것과 검열하는 것이 화해하여 하나의 꿈을 연출하는 진정한 꿈의 시에 접근한다.

시야를 넓혀 말한다면, 사실 모든 종류의 적극적인 시는 꿈의 시나리오라는 특성을 지닌다. 시는 '저것'에 대한 다른 시간의 꿈을 지금 이 자리에서 재현하는 시나리오이며, 유동하는 꿈의 서사를 언어의 서사로 확정하는 촬영장이다. 그것은 잃어버린 세계의 조각난 지도이며, 한 현실에서 오려낼 수 있는 다른 현실의 밑그림이고, 획득해야 할 세계를 한 걸음 먼저 누려보는 예행연습이다. 이수명은 시의 특성 내지 기능을 넓게 규정하는 말로서의 이 시나리오와 자신의 시창작 작업의 특수 방법이었던 그 시나리오를 빈틈없이 하나로 아울러낼 수 있을 때, 그 문학적 운명의 정점에 도달할 것이다. 그때 꿈의 내용은 오히려 단순해지고 침묵의 자리가 그만큼 늘어날 것이다.

# 고은의 가성에 대해
## ─고은, 『늦은 노래』

    사람들은 고은의 '가성'에 관해서 말한다. 가성이란 일부러 꾸며내는 목소리라는 뜻일 터인데, 고은의 언동에 붙는 이런 꼬리표는 『입산』(민음사, 1974)과 『새벽길』(창비, 1978) 이후 줄곧 민족 현실에 깊은 관심을 표현해온 그의 높은 목소리가 오랫동안, 특히 사회적·정치적 상황이 바뀐 1990년대를 넘어서까지, 가라앉을 줄 모른다는 데서 주로 기인할 것이다. 고은의 가성이라는 말 뒤에 때로는 어떤 종류의 찬탄이 숨어 있는 것도 사실이지만, 시인의 높은 목소리에서 그에 걸맞은 고양된 감정이나 그 의지를 발견하는 사람들보다 그가 자기감정으로 책임질 수 있는 것 이상으로 날카롭고 크게 말한다고 믿는 사람들이 더 많다. 이런 믿음은 물론 그가 정치시를 쓰기 시작한 1970년대 중반이나 1980년대의 어느 날보다 그의 감정이 훨씬 더 가라앉아 있거나, 가라앉아 있어 마땅하다는 생각에 터를 둔다. 그러나 고은의 뛰어난 정치시들이 독자들의 심금을 직접적으로 울리고 있을 때, 그의 언어를 몰아 치켜세운 높은 감정들은 어떻게 만들어졌던 것일까. 그가 20여 년 전에 썼던 한 시를 상기하는 것이 좋을 것 같다.

> 서리 찬 아침 뛰쳐나와라
> 매 보아라
> 매 보아라
> 어느 놈 독수리 수리 겨루랴
> 동령 털 일곱치 매서운 몸매
> 날쌘 나래 칼 접고
> 금빛 눈알이여
> 큰 벼랑 천길 낭 찍어낼 힘 형형하구나
>
> —「매 한 마리」 부분

이 시를 하나의 기적이라고 불러도 무방하다. 고은이 이 시를 군사독재의 엄중한 사찰 아래 발표했기 때문이 아니라, 많은 마음들이 주눅들어 있는 가운데 썼기 때문이다. 그때 사람들의 가슴속에 분노는 충만했지만 그것은 대부분 두려움에 갇히고 끝내는 절망 속에 가라앉았다. 그래서 한 마리 매로 형상되는 이 비범한 힘에 대한 예찬은 자연스럽게 토로된 감정이라기보다 오히려 두려움과 절망 위에서 경이롭게 창조된 감정의 소산이었다. 허무와 탐미의 시인(이 표현에도 재론해야 할 여지가 없는 것은 아니지만) 고은이 정치시인이 되었다는 것은 이렇게 사적 감정의 토로가 공적 감정의 창조로 바뀌었다는 말로 모두 설명되는 것은 아니다. 감정은 시가 시작하는 지점이기만 한 것이 아니라 이제 삶의 가치를 걸고 도달해야 할 목표가 되었다. 그렇다고 고은에게서 일어난 이 변화가 흔히 생각하는 것처럼 어느 날의 갑작스러운 결심으로만 이루어진 것은 아니다. 막막하고 밑 없는 세계로의 떠남과 거기서 벌인 방황은 멀고 길었지만 시인의 성실성이 결여된 것은 아니었기에 그 허망한 세계의 깊이는 이 구체적인 현실과 역사 속에서 그와 똑같은 형식의 깊이를 발견하거나 소망할 수 있는 원기를 만들어주었다. 밑 없는 세계의 유현한 어둠은 이 타락한 세계의 불길한 어둠을 정화하게 할 첫번째 상상력과 추진력이 되었다. 그러나 현실의 요구가 급박할수록 과정은 결과에 가려지게 마련이기에 창조된 공적 감정의 진정한 진료는 쉽게 드러나지 않았다. 고은의 시적 도정을 살피기 위해서는 역사 없는 세계의 어둠이 역사의 어둠을 정화하고 척결할 원기로 전환되던 그 순간을 먼저 짚어야 하듯이, 고은의 가성이라고 부르는 것을 이해하기 위해서도 저 토로되는 감정과 창조되는 감정이 내내 맺어왔고 맺고 있는 관계를 우선 염두에 두어야 할 것이다.

시인이 서른세 권의 『고은 전집』(김영사, 2003)을 발간한 직후에 또다시 상재하게 되는 이 시집에 사실 가성이라고 불러야 할 시들이 그렇게 많은 것은 아니다. 그러나 위에서 말했던 두 감정에 대한 해설에 해당하는 것을 도처에서 만난다. "2002년 고은 전집 서시로 세웠던 것"이라고 주를 붙여 이 시집에 수록한 「시」의 전문은 다음과 같다.

어느 날은
손님인가 하였습니다

어느 날은
주인인가 하였습니다

이런 세월
굴뚝들
저마다 피워올릴 연기를 꿈꾸었습니다

오늘도 모르겠습니다 시가 누구인지

시인이 저 창망한 바다에 어떤 지리학도 없이 자신을 내던졌던 세월 속에 "손님인가 하였"던 날이 들어 있다면, 자신을 주인으로 여겼던 날은 그가 역사 속에서 자아를 파악하려고 애쓰며 그 역사를 스스로 만들어가던 세월이다. "이런 세월"은 그 세월을 한데 합한다. 시인은 한 세월에서 "저마다 피워올릴 연기를" 지닌 굴뚝들을 찾아 헤매었고, 또 한 세월에서는 그 굴뚝들을—다시 말해서 저마다 제가 살아가는 뜻을 튼튼하게 느끼며 살 수 있을 만큼 세상다운 세상을—자신의 손으로 세우려고 노력하였다. 굴뚝마다 피워올릴 연기가 있는 세상은 꿈같이 그리운 세상이지만, 또한 굴뚝마다 피워올리는 그 연기는 또하나의 세상에 대한 열망의 다른 이름이기도 하다. 꿈꾸며 만나거나 이룩하려던 그 세계는 그 나름으로 또다른 꿈을 피워올리는 세계이다. 손님의 꿈이 주인의 꿈을 재촉했는데, 주인으로 꿈꾸어오던 세계가 이제 주인이 되어 새롭게 꾸게 될 꿈 앞에서 시인은 다시 손님이 될 수밖에 없다. 그래서 "시가 누구인지" 아직도 모르겠다고 말할 때 시인은 그 두 세월의 방황과 노력을 또는 그 관계를 무효로 돌리려는 것이 아니다. 두 꿈이 더 높은 수준에서 만나는 지점, 자신이 한 꿈 앞에서 동시에 손님이며 주인인 자리를 전망하며 거기에 앉아야 한다고 말하는 것일 뿐이다.

벌써 발걸음을 내디딘 이 탐색의 길은 얼핏 기이할 모순의 도정처럼 보이기도 한다.

무엇보다도 시간에 대한 명상이 그렇다. 서해의 아늑한 낙조를 그린 시 「꽃지」는 이렇게 끝난다.

소원이 있습니다

다시 꽃지의 낙조를 보고 싶습니다

밀물이 옵니다

오늘은 어느새 내일의 어제입니다


느린 파도들이 말합니다

저 세상 없는 이 세상은 잘못이라고

보십시오

내생이야말로 오늘의 무덤입니다


지금 이 시간은 다른 시간에 의한 지워짐으로 아름답다. 이 시간의 아득한 끝은 다른 시간을 내다보게 할 뿐만 아니라 다른 시간을 무덤으로 삼아 그 속에 파묻히기도 한다. 「일인칭은 슬프다」에도 한 파도가 다른 파도에 묻히는 파도의 무덤이 있다. "혁명 뒤 소비에트 시인들은 '우리들'이라고만 말하기로" 했지만 이제는 그 "우리들"의 "공에서 바람이 빠져"나가 "시인들은 온통 '나'뿐이다". 이 시는 이렇게 끝난다.


오늘 환태평양

'우리'와 '나'의 유령들을 무한한 파도에 묻는다

누가 태어날 것인가

'우리'도 아닌

'나'도 아닌 누가 태어날 것인가

파도는 파도의 무덤이고 파도의 자궁이다


시인이 "무한한 파도에 묻는"다는 '우리'와 '나'는 연원을 따
진다면 그 나름대로 파도를 본떠서 만들어진 개념이었다. 흩어
진 자아들은 '우리' 안에서 거대한 물결로 확산되는 제 정체를
확인하려 하였으며, 그 '우리' 속에서도 끝내 서로 고립된 자아
들은 '나' 안에서 켜켜이 물결을 이룬 '우리'를 볼 수 있다고 믿
었다. '나' 안에 자연의 구조와 인간의 역사가 한데 섞여 들끓
고 있다고 믿었기에 "신도 '나'의 다른 이름이었다". 그러나 파
도가 되려 하였던 '우리'와 '나'는 파도의 모방을 벗어나지 못했
다. 그것들을 파도 속에 묻으며 기다려야 할 것은 파도의 아들
인 것, 그래서 파도 그 자체로 태어날 어떤 것이다. 모방이 아닌
그것만이 오직 '우리'인 인간의 권태와 '나'인 인간의 고립을 구
원할 것이다. 다른 시 「모방」은 이 모방을 인간과 시간의 관계
에서 성찰한다. 미국의 시인 휘트먼은 "과거! 과거! 과거!"라고
외친 데 반해 우리의 시인은 "미래! 미래! 미래!"라고 노래한다.
그런데,

여름날 산길 꿀풀꽃마다
벌들이 엉켜
누가 와도 모른다

너희들은
현재!
현재!
현재!
라고 잉잉거린다

서해안 개펄은 썰물로 개으르고
개펄 게들은 바쁘다

그동안 우리는 모방을 버젓이 창조라고 외쳤다 면목없다

시인은 과거의 깊이를, 미래의 무덤과 자궁을 부인하는 것일까. 물론 아니다. 중요한 것은 누가 와도 모를 만큼 제 일에 몰두하는 벌들의 일심이며, 밀물과 썰물의 교차가 개으르게 느껴질 만큼 현재의 시간 속에 바쁘게 구멍을 뚫고 있는 게들의 집중력이다. 과거와 미래를 연통시켜 분산을 통일로 바꾸는 이 집중력의 시간이 바로 현재의 깊이와 넓이를 만든다. 솟구치는 감정과 따라잡아야 할 감정이 하나가 되는 것도 오직 이 집중력의 시간에서다. 그러나 집중력을 말할 때 집중력은 벌써 모방된다. 두 감정의 격차 속에서 시인은 여전히 초조하다. 그에게는 더 섬세해져야 할, 차라리 더 소박해져야 할 숙제가 남는다.

그래서 이 시간에 대한 성찰은 거대담론과 미시담론에 대한 또하나의 모순적 성찰과 짝을 이룬다. 시인은 「큰 이야기」에서 가지가지 거대담론에 대한 실망과 회의를 말하고 "작은 이야기"에 기대를 걸지만 "작은 마을들"의 시들어가는 삶을 쳐들어 올려줄 활력은 거기 없다. "작은 이야기들 시시하다", 그래서,

아무래도 큰 이야기가 있어야겠다

진지할 것

의고전적일 것

유연한 살갗

자운영 들판 위의 훈풍

지극정성

고행

슬픔 속에 들어 있는 기쁨

어차피 고독할 것

시인은 큰 이야기에 이르는, 또는 그것을 불러오는 방법에

관해 말한다. 큰 것은 역시 작은 것 속에 있다. 아니 더 정확하게 말한다면, "유연한 살갗"으로, "자운영 들판 위의 훈풍"처럼, 작은 것의 작은 기미를 감지하고, 일체의 인간다운 감정에서 인간다움의 기쁨을 "지극정성"으로 길어올리는 고독한 작업, 다시 말해서 작은 것을 엄숙하게 바라보기를 그치지 않는 정신의 한 태도에 큰 것이 있다. 그런데 시는 이상한 말로 끝을 맺는다.

여기는 상해 뒷골목
문제편
해결편
기대하시라

우리에게 "상해 뒷골목"은 임시정부의 청사가 있던 곳이다. 시인은 지금 오랫동안 "큰 이야기"라고 믿어왔던 것으로부터 독립운동을 하고 있다. 임시정부의 '임시'는, 그 "상해 뒷골목"은 처절한 현실이면서 동시에 미래이다. "슬픔" 속에서 고독한 의지만이 발견하는 "기쁨"이며, 문제 속에 들어 있는 해결의 전망이다. 손에 잡힐 것 같은, 그러나 잡고 보면 아무것도 없을 것 같은, 단지 그런 전망이다. 같은 맥락에서 읽어야 할 「호언장담하고 돌아오며」는 훨씬 더 비극적이다. 시인은 고속도로에서 도살장에 실려가던 "분홍 돼지가 어쩌다 차에서 떨어져 미리 죽어" 있는 모습을 몇 차례 목도했다. 돼지들은 돼지 콜레라에 걸려 백 마리 이백 마리 삼백 마리가 한꺼번에 죽기도 하고, "산 채로 웅덩이에 몰아넣어" 묻어버리는 참담한 운명을 만나기도 한다. 이 죄악의 삶에도 불구하고, 밤이면 "붉은 십자가들이" 천국이 가까웠다고 "호언장담"하며, 시인도 "분홍 돼지 삼겹살 안주 앞에서" 술잔을 "거푸 받으며 호언장담이었다".

돌아오는 길
몇억만 마리 죽은 돼지 디오니소스들이
오늘 밤의 꽉 찬 어둠인 것을 뒤늦게 알았다
지혜는 후회이다
모든 종교는 가라
분홍 돼지의 무덤만 남고 다 가라

"분홍 돼지의 무덤"은 또한 모든 거대이론과 "호언장담"의 무덤이다. 이 시대 문명의 본질이라고 불러야 할 저 죄악에 대한 증거로서의 이 무덤은 세상을 한 품에 안으려는 모든 감정을 지하로 끌어내린다. 생명이 수단으로 바뀐 문명 속에서는 삶은 삶에 대한 가장 극심한 저항이며, 죽음이다. 이 무덤에 임해서는 어떤 고양된 감정도 "호언장담"으로, 가성으로 남는다. 가성은 항상 처음부터 가성이었던 것이 아니다. 거기에는 한 감정에서 그 진지함을 무효화해버리는 이 비루한 삶의 음모가 있다. 그래서 자주 가성은 이 문명 속에서 진지한 정신이 짊어져야 할 운명이기도 하다.

이 모순의 성찰들 위에 고요함과 시끄러움에 대한 또하나의 모순된 명상이 겹친다. 겹치기만 하는 것이 아니라 그 전체에 대한 원론으로서의 맥을 세운다. 기다리며 귀기울여 들어야 할 것과 깨뜨리고 나아가 소리쳐야 할 것의 관계가 문제된다. 「쇠 스랑」은 이 시집에서 가장 아름다운 시에 속한다. 시인은 빌린 쇠스랑을 주인에게 되돌려주러 갔으나 집이 비어 있다. "예식장에라도 몰려갔나", 마을이 모두 비어 있다. 적막하다.


작게
작게
풀섶 사이
가까스로 물소리가 났다

송사리도 없이
작은 개울물이 어디로 가고 있다

빈집에 연장을 두고 돌아섰다

그때 엉뚱한 교회 확성기에서 찬송가가 들려왔다 전혀 필요
없다

이 시를 기독교와 그 교회를 기탄하는 말로만 이해할 수는
없다. "빈집에 연장을 두고 돌아"설 때 사물은 제자리에 놓였다.
그것은 주인에게 간 것이 아니라 본래의 자리를 찾은 것이며,
연장이 아니라 제 본래의 면목을 되찾고 거기 있다. 사물들은
제자리와 제 면목을 회복하여 적막하다. 그것들은 바로 그것들
이어서 어떤 해석의 말이 거기 덧붙을 수는 없다. 그것들은 모
두 제 구원을 제 안에 내장하고 있어서 어떤 구원의 소리도 필
요 없다. 교회의 확성기에서 울리는 찬송가를 다른 어떤 소리로
대신한다 해도 그 모두가 "전혀 필요 없다". 사물들도, 그 가운
데 서 있는 사람도 애써 마침내 이르러야 할 본성의 자리에 이
르렀다. 그런데 「목어木魚」에서 시인은 전혀 다른 말을 하는 것
처럼 들린다. 시의 중간 부분을 적는다.

돌아와서 지리산 뱀사골에서 들었다
산 너머 피아골에서 들었다
세상의 슬픔들
그대로 두고
빗줄기 사이 거문고 소리를

이제 징소리 기다려라

어둠 찢어 널릴

나팔소리 기다려라

이런 평화는 거짓이다

　깨어지는 적요를 안타까워하던 시인이 여기서는 징소리와 나팔소리를 기다린다. 「쇠스랑」의 적막과 이 뱀사골의 평화는 물론 다르다. 앞의 것은 사물이 있어야 할 자리를 회복한 끝에 얻은 적요이지만, 뒤의 것은 있어야 할 것들을 있어야 할 자리에서 몰아내고 얻은 평화이다. 한 농촌 마을의 고요한 풍경은 와야 할 세상의 예감으로 한순간 빛나지만, 어떤 갈망의 격전지였던 지리산의 "빗줄기 사이 거문고 소리"는 "세상의 슬픔들"을 감추고 와야 할 세상을 가로막으며 평화롭다. 징소리와 나팔소리, 때로는 가장 요란한 소리가 고요한 세계를 연다. 바로 이 형식으로, 고은의 가성이라 불리는 것 밑에는 이 고요가 있다. 그러나 때로는 어떤 불모의 고요, 단지 쓸쓸할 뿐인 고요가 있다. 그는 고요와 소란에 관한 또하나의 시 「고요의 노래」를 이렇게 끝맺는다.

　　정작 태풍의 눈 한복판 그곳은

환장하게도 천고의 고요!

결국 태풍이란 태풍은 어느 놈이나

고요의 변방에 지나지 않았다


여기 네 고요의 후예 있으니

오라 또하나의 태풍 그대여


우리가 태풍보다는 고요를 선택해야 한다는 뜻이 아니다. 태
풍이 고요를 결코 범할 수 없다는 뜻도 아니다. 오히려 언제나
고요로만 남아 있을 고요는 없다는 뜻이며, 가장 깊은 고요일수
록 가장 가까운 곳까지 밀려와 있는 태풍의 존재를 증명한다는
것이며, 어떤 무거운 고요도 마침내는 태풍을 불러오게 마련이
라는 것이다. "태풍의 후예"는 시인 그 자신이다. 그는 어떤 불
모의 지경에서도 벌써 근접해 있는 말과 상상력의 태풍을 믿는
다. 고은의 모순 성찰은 무엇보다도 그의 섬세한 정신과 강한
기질을 말한다. 섬세하다는 것은 같은 것과 다른 것을 분별한다
는 것이다. 소박하다는 것은 같은 것과 다른 것이 확연하게 드
러나는 정직한 자리로 내려간다는 것이다. 굳건한 기질이란 섬
세하고 소박하기를 그치지 않고, 그 쓸쓸함을 창조의 동력으로
삼는다는 것이다. 기질이 불모의 자리를 깊이의 자리로 만든다.
주로 조국의 북녘 방문기인, 이 시집의 제2부도 필경 이 관

점에서 읽어야 할 것이다. 그에 관해 짧게 말하자.

고은은 이 제2부에 대해, 「시인의 말」에서 "북녘 방문과 그 밖의 행위에 있어야 할 소산이었다"고 쓴다. "있어야 할"이란 이 시들의 당위성을 말하는 것이겠지만, 또한 거기에는 어떤 염려도 알게 모르게 묻어 있다. 제1부와의 순조로운 접합에 대한 염려, 목소리에 대한 염려? 그러나 방문기는 차라리 고요하다. 깊은 감회에도 불구하고 목소리는 차라리 쓸쓸하다. 그리고 무엇보다도 인적이 드물다. 고은의 북녘 관련 시들에 대해 이 점을 먼저 지적했던 백낙청은 "한편으로 북에서 인물 접촉의 제약 때문에, 다른 한편으로는 통일사업의 일꾼으로 나서고자 하는 이로서의 조심성 때문에 그리된 바 없지 않을 것"(고은 시선 『어느 바람』의 발문)이라고 그 사정을 짐작한다. 그 밖의 다른 것, 이를테면 조국과 민족을 갈라놓고 살고 있는 우리들의 죄의식 같은 것은 거기 없을까. 고은은 북녘에서 태고의 무염한 자연을 바라보듯 그 산하를 바라본다. 그리고 한창 시절, 저 지도 없는 난바다에서 역사의 땅으로 들어오는 「귀국」에서처럼 이역에서 귀국하듯 그 산하에 들어간다. 거기서 사람을 만나도 그가 자연이기를 바란다. 「삼지연 젊은 아낙」의 첫 연은 다음과 같다.

무슨 꽃이기에 이리도 먼 데까지 이승입니까
국가 표준점 밖

거기 온통 꽃잔날이건만

그런 꽃이 아니라면

무슨 꽃이기에


"나이 스물셋이나 넷쯤" 되는 젊은 아낙이 감자꽃처럼 살고 있는 양강도 백무고원을 놓고 "이리도 먼 데까지 이승"이냐고 묻는 것은 여자의 삶이 다른 세상이라고 불러야 마땅할 곳을 이 세상 삶의 터전으로 만들었다는 뜻이다. 세상과 세상의 접경은 또한 시간과 시간의 접경이다. 저 무염의 자연 속에는 다른 시간이 있어야 한다. 이 다른 시간, 그것은 이 민족의 왜곡된 삶이 제거된 시간일 수밖에 없다. "2000년 6월 15일 남북정상회담 평양 만찬장에서 낭독한 즉흥시" 「우리들의 금강산」에는 이 시간에 대한 보다 산문적인 설명이 있다.


하나의 민족이란

지난날로 돌아가는 것이 아니라

지난날의 온갖 오류

모든 야만

모든 치욕을 다 파묻고

새로운 민족의 세상을 우르르 모여 세우는 것이다

그리하여 통일은 재통일이 아니고

새로운 통일인 것

통일은 이전이 아니라

이후의 새로운 통일이지 않으면 안 된다


민족이 분단되기 직전의 시간으로 우리가 돌아갈 수는 없다. 남녘의 것이건 북녘의 것이건 우리에게 익숙한 어떤 시간으로 돌아갈 수도 없다. 그러나 이전으로 돌아가지는 않아도 저 까마득한 천고의 시간으로 돌아갈 수는 있다. 적어도 "이후의 새로운 창조"의 시간이 저 무염의 시간으로부터 그 이미지를 빌려올 수는 있다. 고은은 북녘땅 여기저기서 "무엇하려 여기 와 있는가"를 물을 때마다 흘러가는 강물이거나 손짓하는 산을 바라본다. 시선이 닿는 곳마다 감정과 시간의 깊이가 함께 저장된다. 극히 낯익은 것들에서 여러 수준의 모순들을 벌써 섬세하게 더듬었기에, 흩어진 핏줄, 갈라진 산하, 이 드러난 거대 모순들 앞에서 자탄하지 않는다. 고요하거라. 고요함으로 준동하거라. 태풍의 내용을 지닌 고요이거라. 고요의 형식을 지닌 태풍이거라. 숨어 있는 모순이 발견되는 지점에 드러난 모순을 넘어설 해결책이 있다. 한 시인의 섬세함과 순박함과 군센 기질이 크게 상처 입어 불모한 자리를 또다시 깊이의 자리로 만든다.

시의 윤리가 여기 있다. 고은이 소박한 목소리로 또는 가성으로 그 모범을 보여주듯이, 다르게 사는 일이 가망 없다고 사

람들이 믿을 때, 무거운 것은 영원히 무거운 것이라고 포기할
때, 젖은 짚단에까지 쉬지 않고 불을 붙이는 손에 시의 윤리가
있다.

# 시의 마지막 자리

이문숙은 좋은 시인이다. 과장하지 않고도. 아주 좋은 시인
이라고 말할 수 있다. 그런데 왜 그는 시에 깊은 관심을 지닌 사
람들에게조차 알려지지 않았을까. 필경 그 이유는 그가 지닌 삶
의 태도와 관련이 있을 터인데, 이 말은 그가 자신을 널리 알리
는 데에 서툴렀다거나 애써 노력하지 않았다는 뜻이 아니다. 알
려지지 않음은 오히려 그의 선택이다. 이문숙은 마치 세상의 다
른 모든 일을 제쳐두고 시쓰기를 선택하듯이 이 알려지지 않음
을 선택했다. 고통 속에 잊힌 사람으로서의 그 조건이 없다면
아마 그의 시도 존재하지 않을 것이다. 게다가 이문숙의 이 선
택은 그의 시에 관해 말을 하려는 사람의 태도까지 규정한다.
알려지지 않으려는 그의 시에는 당연히 날카로운 방법도 우쭐
거리는 주제도 없다. 거기에는 늘 겉으로는 잔잔하고 속으로는
깊은 고통이 있고, 이 고통의 큰 뿌리와 작은 뿌리에 구분할 수

없이 엉켜 있는 언어가 있으며, 그래서 읽은 사람을 이상하게 매혹하는 힘이 있지만, 그에 관해 어떤 말을 만들어낸다는 것은 쉬운 일이 아니다. 그 고통의 자리로 함께 따라 내려가거나, 고통을 그 자리에 온전하게 남겨놓고 세상을 향해서는 입을 다무는 것이 훨씬 더 유익할 것처럼 보이기 때문이다. 지금 쓰고 있는 이 글도 그 유혹에서 완전히 벗어날 수는 없으리라.

「콩밭 속의 시계」가 이 정황을 훌륭하고 명료하게 설명해준다. 콩밭 속에 의자가 하나 있고 그 위에 시계가 놓여 있다. 누군가 거기 버린 시계일 것이다. 아주 버리기는 아까워, 콩밭 매는 일꾼의 새참 시간이라도 알려주고, 그러다 가져갈 사람이 있으면 딸려가라고 거기 놓아둔 것이리라. 이 버려진 시계는 시계로서의 기능을 아직 끝내지 않아, '콩밭 속에서도 쉬지' 않는다. 세상의 여느 시계처럼 이 시계도 문자판을 하루에 두 번 돌겠지만, 그러나 벌써 다른 시간을 가리키고 있는 것처럼 보인다. 콩밭 고랑에서 콩보다 더 우뚝 자란 옥수수의 칼날 같은 잎이 역시 칼날 같은 시침과 쉽게 구별되지 않으며, 나비 한 마리가 마치 콩잎 위에 앉아 있듯 그 문자판에 앉아 있다. 시계에서 흘러나오는 시간이 옥수수 대궁 속으로 들어가고 다시 옥수수잎으로 흘러나와 "콩 넝쿨 붉은 밭"을 다 덮는다. 이 시간은 벌써 다른 세계의 시간이다. 그것은 미물들의 시간이며, 식물의 시간이다. 자기 마음속을 깊이 들여다볼 줄 아는 인간이 있다면 그도 이 시간 속에 들어갈 수 있을 것이다. 시인은 이 시간 속에서 꿈을 꾸며, "진주가 열리는" 어떤 나무를 생각한다. 무엇으로도 깨뜨릴 수 없는 이 진주 키우기는 그러나 세상의 시간에서 바라보기에 얼마나 여리고 어리숙한가. 그 단단함은 그 진주를 달고 있는 나무의 실핏줄을 타고 꼭대기에서 뿌리까지 느리게 흐르는 수액의 순환으로 얻어질 뿐이다. 생명의 이 빛나는 적극성은 세상에서 벌써 버림받은 것처럼 보이는 것들의 으늑한 자리에서만 이루어진다. 그러나 시인에게 이 자리가 두려운 것이 아니라고 말할 수는 없다. 직업인이고, 한 사람의 아내이고, 한 아이의 어머니인 그에게, 콩밭 속의 시계는 저 식물의 시간이 세상의 시간으로 환원되려는 그 갈림길을 나타낸다. 이 시간은 절로 무성한 식물들의 으늑한 자리로 그를 데려가면서 동시에 현실의 시간 속으로 그를 쫓는다. 저 세계 시간의 쉬지 않음은 이 시인에게마저 이 세상 시간의 분주함이 되려 한다. 나무가 진주를 달기 위해서는 마음속에 그 특별한 시간을 안아들이면 그만이겠지만, 그 진주가 빛나기 위해서는 현실의 시간을 빌려야 하는 것인가. 시인은 마지막 대목에서 문장 하나를 복잡하게 쓰고 있다.

(……) 옥수수잎 성큼성큼 자랄 때 나는

저 커다란 시계를 낡은 의자가 끌어안아

늘그막의 그늘 아래

느릿느릿 지나가는 사람이 있었으면 한다

　이 시구의 문장은 전체적으로 시간의 부사절과 주절이 합해
진 복문인데, 주절이 다시 조건절과 주절로 이루어진 복문 하나
를 안고 있는 종합문이다. 시인은 이 복잡한 문장으로 귀를 "아
주 멍멍"하게 하는 "콩밭 한가운데 시간"을 연출하여, 가능한 한
현실의 시간에 저항하려 한다. 시인이 그 언어로 만드는 나무의
실핏줄이 이와 같다.

　「환각의 1분 1초」에서 시인이 차를 타고 가다 얼핏 본 "중늙
은이"도 두 개의 시간이 갈리는 지점에 서 있다. 양복을 잘 갖
춰 입은 이 노신사는 버스를 향해 손을 쳐들었는데, 버스는 그
를 태우지 않고 지나쳐버렸다. 화창한 봄날의 허공에 그가 내젓
는 손이 잠시 "사후死後처럼" 빛을 뿜어 "어 하는 한순간"을 환하
게 밝힌다. 그가 손을 내젓는 순간이 빛의 시간인 것은 그 손이
잡으려던 것을 놓쳐버린 손이기 때문이다. 그가 때맞춰 버스를
탔더라면 버스는 그를 현실의 어느 장소로 데려갔겠지만, 놓친
버스이기에 그의 현실 밖으로 멀어졌다. 버스는 다른 시간의 세
계, 그의 현실이 아닌 세계, 이를테면 그가 이 일상의 모든 짐을
벗고 만나게 될 사후 세계의 버스가 되었다. 그가 허공에 들어
올린 손은 일상의 현실을 놓아 보내면서 사후의 빛나는 세계를
잠시 영접했다 배웅하는 손이다. 이 손의 순간이 뿜는 빛의 힘

으로 이 화창한 봄날은 그 벚꽃 그늘 아래 저 세계의 특별한 시간을 잠시 누린다. 놓쳐버린 것의 힘으로.

그러나 으늑하고 고독한 자리를 지키며, 자신의 모든 바람을 놓쳐버린 것에 걸고 있는 이 시인에게 세상에 대한 원망과 회한이 없는 것은 아니다. 그의 고독과 희망 없는 것에의 희망은 그의 최초의 선택이면서 동시에 그가 마지막까지 내몰린 궁지이기 때문이다. 그는 모든 꿈이 바닥없는 나락으로 떨어지는 "낭떠러지의 시간"을 살아왔다. 바로 이 말로 제목을 달고 있는 시(이 시는 나중에 시집 『한 발짝을 옮기는 동안』에 수록될 때, 제목이 「옛집을 지나간다」로 바뀌었다)는 결혼과 함께 불행 속에 떨어졌던 한 여자의 신상에 관해 이야기한다. 그 여자의 "신혼의 옛집"에는 "푸른 모기장이 처져 있다". 그 창은 불행한 세월의 기억을 붙잡아놓은 그물과 같다. "한밤의 강간을 피해/차라리 돌로 누워버린 처녀"는 제 몸으로 "아찔한 낭떠러지를" 만들고, "푸른 모기장에 미세한 먼지들이 매달"리듯 거기 한사코 매달린다. 낭떠러지도 그 자신이며, 매달리는 것도 그 자신이다. 그 자신이 모기장이며, 그 자신이 거기 말라붙은 모기들이다. "한밤의 서러운 울음소리"도 "낭떠러지를 딛고" 거기 매달린다. 여자가 그 창문 앞을 지날 때, 그를 따라오는 것은 그의 "안을 빠져나온 아이의 울음소리"이다. 이 울음소리는 그가 안에서 뿜어내는 비명인 동시에 그의 운명을 얽어매는 질긴 밧줄이다. 이 낭

떨어지가 그의 재능을 키워왔다고 말할 수는 없다. 그는 낭떠러지의 시간에 필사적으로 매달리기만 했던 것이 아니라 "푸석거리며 삭아"지기도 했던 것이다.

이 삭아짐을 시인은 자신이 살아야 할 삶이라고도 운명이라고도 결코 생각하지 않는다. 이 삶은 그의 「천상의 지도」에 없던 것이며, 그를 태어나게 해준 "별"의 지시도 아니다. "한바탕 다투고 난 뒤" 어느 식당을 찾아가 저녁을 먹은 이 시의 화자는 늙수그레한 식당 주인이 거슬러준 "조각이 난 별 부스러기"—이는 필경 그가 자신의 운명을 조각내어 푼돈으로 얻은 화폐일 것이다—를 구겨 쥐고, "별들도 때로는 순행하지 않는다"는 것을 깨닫는다. 그가 타고났을 재능이 그렇게 마모되고 있다는 뜻이다. 시는 "어떻게든 살아남은 자와/죽기를 고집한 자"라는 모호한 말로 끝난다. 두 사람은 같은 사람이다. 어떻게든 살아남은 자는 그 운명의 끝을 보기로 작정한 자이기 때문이다. 여기에 세상에서 잊혀 삭아지는 자의 적극적인 선택이 있으며, 시의 선택이 있다. 시는 이 어긋난 운명을 거부하기 위한 무기이지만, 그 운명과의 깊은 공모에 의해서만 얻을 수 있는 무기이다.

시인은 「난설헌 생가」에서 바로 그 말을 한다. "배도 다리가 되어줄 물이/이곳까지 들어차야 떠난다"는 말은 가슴 아프다. 운명은 점지되었는데, 그 운명이 실현될 길은 마련되지 않아, "배는 어김없이 돛폭이 찢겨 거기 서 있다". 복되게 누려야 할 모든 운명들, 빛 속에 발휘되어야 할 모든 재능들은 눈발 들이치는 "텅 빈 안뜰 놋요강"처럼, 그 놋요강 속의 "살얼음 언 누런 오줌"처럼, 일상 속에 허물어지고 있다. 난설헌은 없다. 시인은 난설헌이 될 수 없다. 시인은 잠시 "배롱나무 뿌리를" 따라가는데, 거기서 보게 되는 것은 마지막 남은 해에 "얼어붙은 날갯죽지를 대고" 날아가는 새들이다. 시인이 따라갔던 것은 사실 배롱나무 뿌리가 아니라 앙상하게 남은 그 가지였던 것이다. 나무는 가장 불행한 시절에 그 운명의 뿌리를 하늘로 쳐들어올리고 있다. 시인은, 불행한 겨울바람을 땅으로 삼아 마지막 남은 햇빛을 모두 모아들이고 있는 이 "배롱나무 벗은 살 속으로" 들어가 자신의 '첫 운명'을 만날 수 있을 것으로 기대한다. 엇나간 운명을 유일한 운명으로 삼고, '물 없음'을 물빛으로 삼아, "처음으로 탯줄 걸린 저 수평선"을 다시 회복하려는 것이다. 이 기대와 결단 속에서 불행은 그의 운명을 엇나가게 했던 재난이 아니라 오히려 그 운명을 실현시키는 재능이 된다. 난설헌이 그렇게 태어난다. 난설헌을 파괴하는 불행한 일상들이 바로 "난설헌 생가"가 된다. 운명의 아이러니이며 재능의 아이러니이다.

엇나간 운명에 대한 역설적 인식에 시인의 재능이 있다고 말은 하지만 이 아이러니의 시간은 얼마나 막막한가. 일상은 늘 그 자리를 맴돌고 우리를 둘러싼 모든 것은 하나같이 낡은 모습을 둘러쓴다. 「환생」에서는 3월의 거리에 지지부진하게 봄눈이 내리고 있다. 네거리에 현수막이 붙어 있다. "목격하신 분 연락 주십시오." 이 현수막을 내건 사람은 날마다 애타게 가슴을 졸이고 있을 것이다. 그러나 눈 내리는 봄의 "자주색 코트와 갈색 가방"처럼 그 초조한 마음까지 낡은 것이 되어 있을 것이다. 낡음 뒤에서, 멎어버린 시간 뒤에서, 경박한 애들의 "좋아라 끼득거리는" 웃음소리 뒤에서, "오다가 말다가" 하는 봄눈 속에서, 물 오르는 "수양버들을" 훌륭하게 "목격"하기는 어려울 것이다. 봄은 이렇게 "허수룩"하다. 삶을 구성하는 시간들은 늘 그렇게 어둡고 침울한데, 그 속에서 기적처럼 거슬러 일어서는 역설의 시간은 어쩌다 목격되는 점의 순간일 뿐이다. 그것은 단연코 기적인데, 그 기적마저 "허수룩"하다. 질척거리거나 먼지를 둘러쓴 자리에서 희망이랄 것도 없을 가장 허수룩한 희망에 거의 모든 것을 걸어놓을 수 있는 능력이, 말하자면 시인의 재능인데, 이 재능은 흔한 것도 쉬운 것도 아니다. 멸망의 위험에 처한 도시에서 초라한 나그네를 천사로 알아보는 눈은 오직 한 사람만 지니고 있지 않던가. 그것이 이문숙의 재능이다.

세상에는 들어갔던 모든 것이 다시 돌아나오는 자리가 있다. 이문숙이 「무심결」에 꿈꾸는 곳은 바로 그 자리 앞에서이다. 아주 한적한 곳만을 찾는 "운전교습용 차들"도 그 앞에서는 유턴을 해서 "서쪽 노을을 등지고 세상으로 돌아온다". 그 막힌 자리의 끝에 신과 내통하는 사람이 사는 곳, 곧 점쟁이 집이 있다.

사방이 막힌 그곳의 유일한 출구는 "섀시문"인데, "지나치면서 한 번도 열린 걸 본 적이 없다".

소시락거리며 들어가는 바람에게나
바지랑대에 걸린 신점神占 깃발을 흔들어대곤 한다

중요한 것은 거기 "신점神占 깃발"이 서 있다는 것이 아니라, 그 막힌 자리에만 시인의 유일한 출구가 있다는 것이다. 출구는 닫혀 있지만 그 앞을 꿈꾸며 지나가는 시인을 바라보는 눈이 없지 않을 것이다. 출구를 알아보는 눈과 출구에서 바라보는 눈은 같은 눈이기 때문이다. 출구를 바라보며, 출구에서 자신을 바라보는 시인은 유턴하지 않을 것이며, 서쪽 노을을 "등지고" 나오지 않을 것이다. 그는 서쪽 하늘을 안고 그 출구를 가로질러 세상으로 나올 것이다. 이문숙은 갈 수 있는 곳까지 갔다. 그는 자신도 모르게 그 닫힌 "섀시문"을 넘어섰다. 쫓기고 몰려갔던 자리, 그러나 마지막으로 쫓기고 몰리기 전에 선택한 으늑한 자리를 창조의 출구로 만들기까지 이문숙이 지불한 것은 매우 많다. 이제 잃었던 것을 다섯 갑절 여섯 갑절로 회복할 차례인데, 다만 이 보상은 안타깝게도 시인이 상상했던 형식으로가 아닐 것이다.

# 꿈의 시나리오 쓰기, 그 이후
## —이수명,『고양이 비디오를 보는 고양이』

**두 번의 좌절**

이수명의 첫 시집『새로운 오독이 거리를 메웠다』는 명백한 좌절의 시집이었다. 이수명은 자신과 이 시대의 불행을 바닥에 이르기까지 낱낱이 열거하고 단정하게 기록했다. 단정함의 뒤에는 물론 억압된 심정이 있다. 그는 지금 이 자리가 깊어질 때까지 다른 시간 속으로 탈주하려 하지 않았다. 시인으로서 그는 현실을 존중했고 자기가 이룰 수도 있는 것을 미리 검열하여 좌절의 밑바닥까지 내려가려 했다.

두번째 시집『왜가리는 왜가리 놀이를 한다』는 자주 초현실적이고 환상적이라고 평가되었던 것처럼 매우 다른 시집이었다. 그는 현실의 불행을 말하기 위해 말을 동원하는 것이 아니라, 말이 주도권을 넘겨받아 제멋대로 말하도록 말을 풀어놓는 것 같았다.

나는 그 무렵에 이수명이 택한 시적 방법론을 '꿈의 시나리오 쓰기'로 명명하였다. 같은 말을 두 번 하게 되지만 그 내용은 다음과 같은 것이었다.

우리 사고의 숙명적 조건인 언어는 엄격한 틀을 지니고 있고, 우리는 생각을 할 때도 말을 할 때도 이미 그 틀 속에 들어 있는 생각의 조각들을 조합한다. 이론상 그 경우의 수는 무한한 것이겠지만, 한 사회와 그 문화적 역량은 조합의 한계를 벌써 지시하며, 그 가운데서도 한 사람이 평생에 걸쳐 사용할 수 있는 조합은 그 사고의 범위에 제한되어 있다. 시는 이 조건의 제한을 넘어서려는 전위적 언어라는 점에서 특별하다. 시는 사고의 자유를 '꿈꾸는' 언어이며, 탈주에 성공한 사고가 조합하고 누리는 꿈속의 언어이다. 그러나 시는 또 한편으로 그 꿈의 진실을 묻기 위해 자기검열을 하는 언어이기도 하다. 검열이 강하다는 것은 언어가 현실조건의 제한을 벗어나는 과정에서 그 유리한 조건과 장애 조건을 가능한 한 철저하게 긴 시간을 바쳐 따진다는 말과 다른 말이 아니다. 강한 검열은 그 꿈에 그만큼 진정한 성질을 부여하지만, 그러나 그 꿈의 싹이 돋아나기도 전에 말라버리는 불모의 비극을 부를 수도 있다. 이 비극을 오랫동안 고통스럽게 체험했던 이수명은 탈주와 검열의 관계를 역전하였다. 그는 꿈이 검열을 통과하여 돋아오르기를 기다리지 않았다. 꿈이 검열선을 뚫고 현실 속에 올라오기 전에, 현실 속에서 미리 꿈을 조작하여 그것을 다시 검열선 아래 꿈의 자리로 되돌리는 방식을 체득했다. 두번째 시집에서, 그리고 세번째 시집 『붉은 담장의 커브』(민음사, 2001)에서, 시인은 자신이 꾸었거나 꾸고 있는 꿈에 관해서가 아니라 꾸어야 할 꿈에 관해서 내내 말하고 있었다. 과도하게 명석한 분별력 때문에 타자의 언어에 자리를 내줄 수 없었던 그는 주체의 검열을 통과하고 올라온 타자의 말을 받아 적는 것이 아니라 그 타자가 검열을 통과한다면 마땅히 하게 될 말을 조직하였다. 그는 꿈을 미리 만들어놓고 그 설계에 따라 꿈을 꾸려 하였다. 꿈보다 꿈 이야기가 먼저 만들어지는 이 꿈은 '꿈의 시나리오'라고 부르는 것이 마땅했다.

그러나 꿈의 시나리오 쓰기가 꿈꾸기보다 더 쉬운 것은 아니다. 시나리오는 한 편에 그치지 않는다. 하나하나의 꿈이 다른 꿈과 연계함으로써 거대한 상징체계를 이루는 것과 마찬가지로 꿈의 시나리오도 그것이 꿈의 가치를 지니기 위해서는 끊임없이 다른 시나리오를 필요로 한다. 시나리오는 시나리오들 속에 편입되어 다른 시나리오들의 응원을 받아야만 말속에 꿈의 세계가 형성된다. 그러고 나서도 불안은 여전히 남아 있다. 현실 속에서 제작된 꿈의 설계는 그것이 검열선을 뚫고 내려가 진정으로 꿈의 자리에 안착하기보다는 꿈의 외곽에서 고무풍선처럼 떠돌고 있을 염려가 있다. 꿈과 검열의 자리를 바꾸어도 문제는 여전히 검열이다. 그래서 이수명은 이 새로운 기획을 실천하면서도 여러 편의 시나리오를 그 검열에 바쳐야 했다. 꿈의 시나리오가 검열의 시나리오로 떨어지는 자리에 이수명의 두 번째 좌절이 있었다.

### 알레고리와 꿈

이수명이 새 시집『고양이 비디오를 보는 고양이』(문학과지성사, 2004)에서도 꿈의 시나리오 쓰기와 그에 대한 검열은 계속된다. 그러나 시나리오로 제작된 꿈들이 어느 때보다도 현실 속에 강력한 대응점을 얻고 있다는 점에서 이 시집은 변별점을 지닌다. 꿈들은 현실에 덧붙여지는 또하나의 세계가 아니라 그 꿈의 제작에 관여하고 그 조건을 제공하는 이 세계에 대한 표현이다. 이 시집의 여러 시들, 특히 제1부에 묶여 있는 시들이 읽어내는 꿈들은 일상의 그것처럼 말의 논리를 뛰어넘어 부조리한 시공 속에 용해되는 것이 아니라, 독자의 합리적 추론 앞에 그 제작자가 의도했던 '뜻'을 어렵지 않게 드러낸다. 다만 이 경우에도 꿈이 풀어내야 할 뜻을 가졌거나 합리적 해석의 얼개를 제 안에 감추고 있다기보다는 차라리 합리적 얼개를 지닌 뜻이 꿈의 형식을 둘러쓰고 나타난다는 점은 미리 말해두는 것이 좋겠다.

「어느 날의 귀가」에서, 시인은 계단을 막고 있는 얼음덩이를 부수고 집에 들어가기에 성공했으나 다시 집이라는 이름을 지닌 얼음 속에 갇힌다. 나쁜 꿈속에서나 나타날 이 얼음의 집이 뜻하는 것은 명백하다. 그것은 차갑게 식어 움직이지 않는 감정이고 불모에 이른 생명력이며 어떤 방법으로도 탈출할 수 없는 일상의 삶이다. 「포장품」에서는 꿈과 현실의 이 대응이 좀더 복잡하다. 시인은 포장된 물건의 줄을 풀고 있는데 "누군가 포장된 도로 위를 달린다". 포장을 푸는 손은 그보다 더 빨리 포장하는 어떤 시스템의 일부일 뿐이다. 푸는 일은 묶는 일과 연결되어 있으며, 그래서 시인의 어떤 노력도 아랑곳없이 "물건은 묶여 있다". 물건의 '포장'과 도로의 '포장', 그리고 도로道路이자 도로徒勞이며 '도로아미타불'의 도로일 '도로'가 맺는 논리적 관계는 꿈의 표상력이 지닌 압축과 전도와 생략에 기초한다. 적대하는 현실 속의 두 노력이 꿈의 언어 형식을 빌려 서로 공모한다. 「벌레의 그림」에서는 꿈과 현실이 감춰진 방식으로 서로 대응한다. 벌레 한 마리가 뒤집혀 "바닥을 기던 여섯 개의 다리"가 "낯선 허공을" 휘저으며 "제각기 다른 그림을 그린다". 시인은 이에 대해 "그는 허공의 포위를 두려워하지 않는다/그는 허공의 만삭을 두려워하지 않는다"고 쓴다. "두려워하지 않는다"고 말하는 시인 자신은 물론 두려워하는 사람이다. 그는 길 없는 길을 가야 할 것이 두렵고 창조를 위한 고통스러운 만삭의 잉태가 두렵다. 그림 그리기에 성공하는 벌레의 뒤에는 허공의 침묵을 뚫고 용기를 뽐내어 언어를 내던지지 못하는 시인이 있다. 뒤집혀 그림 그리기는 시인의 악몽이다. 벌레의 기이한 성공은 시인에게서 그 꿈속의 고통을 감춰주고, 그와 대비되는 시인의 실패는 벌레가 현실에서 당하는 고통을 감춰준다.

이들 시에서 언어는 꿈의 표상력을 빌리고, 그 꿈은 알레고리의 형식을 취한다. 이론가들은 알레고리를 설명하기 위해 자주 상징과 대비시키는 방식을 취한다. 일반적인 설명에 따르면, 알레고리와 상징은 모두 유한한 것으로 무한한 것을 표현하며, 현상으로 개념 내지는 관념을 대신하지만, 알레고리에서 유한한 현상은 그것이 지시하는 개념 뒤로 사라지는 반면에, 상징에서 관념을 지시하는 개별 현상은 그 자체로 지시된 것과 똑같은 의미의 깊이를 지닌다. 이 점에서 알레고리가 명목화폐라면 상징은 자연화폐이다. 늑대는 모든 남자의 음흉한 욕정이라는 명목을 한번 드러내고 그 자신의 생물적 속성을 잃지만 그 희생자인 소녀의 머리에 얹힌 모자의 빨간색은 그 빛을 잃지 않음으로써 호기심 많은 젊은 날의 들뜬 열정 그 자체가 된다. 알레고리는 기존의 보편화된 관념을 다시 반복해서 말하기 위해 개별 현상을 동원하지만 상징은 개별 현상에서 하나의 관념이 발전되는 순간에 솟아오른다. 상징에는 그 심리적 동기가 있지만 알레고리에서 이 동기가 약화될 수밖에 없는 것은 이 때문이다. 이렇게 말하고 보면, 사실 이수명의 시가 지니는 표상력이 알레고리에 대한 이런 방식의 정의와 쉽게 맞아떨어지는 것은 아니다. '얼음의 집'도 '포장된 도로'도 '뒤집힌 벌레'도 시가 끝난 뒤에까지 자신의 품성을 누리고 제각기 하나의 풍경을 구성한다. 게다가 그것들은 한 사람의 꿈속에 자리잡음으로써 가늠하기 어려운 깊이의 심리적 동기를 얻는다. 그것들은 오히려 상징에 해당하며 그 체계는 훌륭하다. 그러나 이를 알레고리라고 말해야 할 이유가 있다. 무엇보다도 삶의 고통을 드러내고 문명의 폐허를 비판하기 위해 동원된 악몽의 풍경은 그 자체로 파편화하고 고립되어 있다. 꿈이 그 경계를 무너뜨리고 현실 속으로 넘치는 것이 아니라 개별의 현실이 꿈의 상징적 언어체계를 빌려 그 불행한 면모를 예각화하는 자리에 상징을 통해 드러날 통합된 전망은 아직 멀다. 시는 각기 문을 하나씩 지니고 있지만, 우화 속에 고립된 알레고리처럼 그 문들 사이에 통로는 없다. 그래서 이수명은 자신이 조작하는 꿈에 대해 비판하는 시를 시집 속에 잊지 않고 끼워넣었다. 다음은 「꿈」의 전문이다.

그의 꿈과 꿈 사이에 나는 나의 꿈을 놓았다. 나의 꿈과 꿈 사이에 그는 그의 꿈을 놓았다. 꿈과 꿈 사이를 꿈으로 채웠다. 푸른 새벽이면 그 나란히 놓여진 꿈들이 파도처럼 밀려왔다 밀려갔다. 꿈으로 꿈을 붙잡았다. 꿈으로 꿈을 밀어냈다. 밀다가 밀리다가 그의 꿈과 나의 꿈이 겹쳐지면서 꿈은 지워졌다. 나는 비로소 잠에 빠져들었다. 어두운 잠 속에서 꿈은 파도가 밀려간 뒤의 조개껍질처럼 드문드문 흉터가 되어 박혀 있었다.

한 사람의 꿈과 다른 사람의 꿈 사이에 남은 공간이 없을 만큼 많은 꿈이 설치되었다. 꿈이 꿈을 붙잡고 꿈과 꿈이 겹쳐지지만 결코 합쳐지지는 않는다. 낱낱의 꿈들이 물결을 이루는 순간에 꿈을 만드는 자의 흥분이 있다면, 그 절정에서 꿈이 겹쳐지면서 지워지는 순간에는 그것들의 고립을 확인하는 검열의 쓰라림이 있다. 꿈은 상처 이상의 것이 아니어서 남는 것은 흉터뿐이다.

꿈은 알레고리를 벗어나지 못했기에 비판받지만, 알레고리가 됨으로써 자기비판의 힘을 얻는다. 알레고리가 된 이 꿈들, 더 정확하게는 꿈의 형식을 빌린 이 알레고리들은 저 두 차례에 걸쳤던 검열에 더욱 강화된 방법을 이끌어 들인 것과 다르지 않다. 꿈의 시나리오가 꿈을 대신하는 정황에도, 꿈의 설계가 완성되는 순간에 꿈이 궁지에 몰리는 정황에도, 거기에는 더욱 엄혹해질 뿐인 자기검열이 있다. 시집의 많은 시가 재귀적 구성을 갖는 것은 그래서 당연하다. 「먹이」에서 줄에 매인 개가 "반짝이다 깨어"질 때까지 접시를 핥는데, 개가 핥는 접시는 개의 얼굴이며, "줄을 잡고 있는" 시인 자신의 얼굴이다. (여담: 이수명은 얼굴값을 못하는 사람을 일러 "흰죽 사발 개 핥아버린 것 같다"

고 비양하는 전라도 해안지방의 속담을 알고 있는 것일까.) 줄을 잡고 검열하는 손이 그릇을 깨뜨리고 제 얼굴을 깨뜨린다. 「해부」에서, 해부되는 신체의 부위에서 볼 수 있는 것은 피뿐이다. 시를 끝맺는 말은 이렇다. "피는 없고/나는 피투성이다." 해부하고 검열하는 정신은 어김없이 피를 부르지만 정작 그 자신에게는 생명의 피가 없다. 자기검열은 최초의 정당했던 시도를 줄곧 배반한다. 「트랙」에서는 벽을 따라 한 무더기의 전선들을 심고 그 전선들이 스스로 새로운 전선들을 만들어내는 전망을 바라보지만, 새로운 전선을 위해 죽어야 할 전선들이 시인의 몫으로 남겨진다. 「풀」에서 시인은 풀을 잠재우고 풀 속 깊이 눕기 위해, 다시 말해서 풀과 화해하기 위해 풀을 핥지만 풀에 더욱 가까워지려는 노력, 가장 풀다운 풀, "풀에서 깨어나는" 새로운 풀을 찾으려는 노력은 그를 풀에서 멀어지게 하고 풀이 아닌 것에 이를 위험을 불러온다. 어떤 시도도 그 시도의 철저함을 이겨내지 못한다. 철저한 정신이란 이미 만들어진 것을 부정하는 정신일 뿐 다른 것이 아니기 때문이다. 쓰레기를 뒤지던 「도둑 고양이」는 마침내 시인인 '나'를 훔치고, 시인에게 따라붙어 그의 시야를 "침침하게" 가리다가 차 밖으로 내던져진 「검은 고양이」는 어느 날 그 자신이 침침해진 시야를 지니고 다시 나타나 시인의 시야를 가리는 것처럼, 또한 이 모든 고양이가 「고양이 비디오를 보는 고양이」이기를 그칠 수 없고, 그 고통스러운 말이 시집의 제목으로 올라선 것처럼, 시와 꿈을 실천해야 하는 사람으로서 이수명의 비극은 재귀적 자기부정으로 이어지는 자기검열의 비극이다.

### 검열과 해방의 현상학

부정하는 정신과 부정되는 대상이 같은 것이라면, 그 재귀적 행위가 방향을 바꿀 수는 없을까. 이수명의 전략 지점이 거기에 있는 것은 아닐까. 실제로 이 자기부정의 검열이 깊어지면서 이수명의 꿈의 설계에는 그 우의적 표상력에 중요한 변화가 일어나, 합리적 추론에 집착하는 정신을 당황하게 한다. 알레고리는 여전히 현실에 대응하는 것이 분명하지만, 그에 대응하는 현실이 현실로서 지녀야 할 논리적 고리를 자주 잃는다. 이를테면 「서랍 속의 작은 벌레」에서 늘어나는 서랍들은 검열을 위한 분석의 칸막이들인 것이 분명하다. 시인의 몸이 서랍으로 바뀌고 서랍이 서랍을 낳고, 서랍이 서랍을 폐기하고, 열렸던 서랍이 닫히고 닫힌 서랍이 열린다. 여기까지 의미의 대응은 설명할 필요도 없이 명백하다. 잡다한 지식에 갇혀 있는 우리의 기억과 그 분별의 형식이 그러하다. 그 수많은 서랍을 지닌 큰 서랍인 화자가 벌떡 일어서서, 서랍 속을 옮겨다니는 한 마리 작은 벌레의 모습으로, 사람들에게 이상한 구경거리가 되었다는 말에도 합리적인 추론이 가능하다. 우리는 죽은 지식과 그 기억의 벌레들일 뿐이다. 그런데 벌떡 일어서는 순간이 자각의 순간이라면 거기에 왜 타인들의 시선이 개입하는 것일까. 거기에는 자각의 모호함이 있고 검열이 검열 속에 실종하는 어떤 계기가 있다. 「면도」에서 면도질은 벽 속에 갇혀 있으며 또한 그 자체가 벽인 얼굴에서 벽 밖으로 탈출하거나 자라나는 새 얼굴을 다시 감금하거나 깎아내는 것으로 묘사된다. 그런데 돋아나는 얼굴을 깎아내고 남은 얼굴이 왜 "어제보다 긴 얼굴"이 되는가, 왜 그 얼굴을 사람들이 알아보지 못해야 하는가. 수염을 깎아내는 것은 현실이지만 얼굴을 깎아내는 것은 꿈이다. 여기에는 꿈의 알레고리에 대응하는 현실 속에 꿈이 그대로 묻어 있다. 그리고 이 순간에 꿈의 시나리오 쓰기는 '꿈꾸기'에 한 걸음 가까워진다. 「너의 얼굴」에서 너라고 불리는 사람의 얼굴은 태양처럼 허공을 굴러가며 허공에 떠 있는 바퀴와 같다. (이 진술에 "유아마이선샤인"의 잔영이 개입하고 있는 것은 아닐까.) 어느 날 정오에 이 얼굴-태양의 바퀴는 멈춘다. 그 햇살이 가시덤불로 되어 바퀴의 운행을 저지하고, 허공에 매달린 다른 모든 외바퀴 얼굴들에 갇혀 빠져나가지 못하는 "네게서는 심한 탄내가 났다". 여기에는 대재난이 있다. 그러나 이 재난의 꿈은 현실에서 일어날 어떤 재난을 지시하며 그에 대응하는 것이 아니라 그 자체가 하나의 재난이다. 이 꿈의 알레고리는 꿈 그 자체를 지시하지만, 꿈이 현실에 야기한 것인지 현실에서부터 꿈속으로 스며들어간 것인지 알 수 없는 어떤 불안감이 이 꿈을 현실과 연결시키고, 시에 현실의식을 심는다. 꿈과 현실의 경계는 무너진 것처럼 보인다. 그러나 이 희귀한 결합은 곧바로 뒤이어지는 시「새 한 마리」에 다시 나타나는 예의 자기검열에 의해 여지없이 부정되는 것 같다. 공중에서 새 한 마리가 떨어지고 있다. 그런데 실은 시인이 어떤 연유로 쏟은 물감이 새가 떨어지듯 떨어지는 것이다―"내가 쏘았어요./내가 물감을 쏟았어요." 따라서 새가 떨어진 자리에 새는 없다. 시인 "혼자 물감을 쏟았"을 뿐이다. 이어서 시는 거의 같은 말로 상황을 역전시킨다. 물감-새가 떨어지고 그 떨어진 자리에 시인은 없다―"새 혼자 물감을 쏟았어요." 결국 새가 없고 내가 없고, 새의 떨어짐도 없다. 조작된 것이 아닌 진정한 창조를 실천하기 위해 시인은 자신의 주체를 지웠지만 그 주관성의 소멸과 함께 창조되어야 할 대상도 소멸한다. 시의 말은 순수부정에 이른다.

이수명이 겪어야 했던 최초의 좌절은 해소되지 않았다. 좌절한 자리를 기초 삼아 단단한 건축을 세우려던 검열의 노력은 그를 더욱 험난한 궁지로 몰고 갔다. 그러나 이수명은 이 노력의 끝에 기진한 것도 아니고 소득이 없는 것도 아니다. 그가 이루려는 꿈을 검열이 저지하고 파괴하기만 한 것이 아니기 때문이다. 이수명은 늘 하나의 실패를 고백할 뿐이지만, 그 고백의 말이 실패를 전하는 일에 성공하는 것은 그의 검열이 벌써 형식과 깊이를 얻어냈기 때문이다. 검열하는 자가 자기 성취의 진실을 의심할 때 그가 성실하게 다시 짜내는 검열의 그물은 마침내 그 그물을 빠져나가는 꿈과 같은 형태를 얻고 같은 자유를 누린다. 마지막 시 「얼룩말 현상학」은 바로 검열과 그 대상의 현상학이다.

너는 얼룩말을 내리쳤다.
얼룩말의 목을 내리쳤다.

너는 이제 없다.

얼굴 없는 얼룩말들이
날마다 속삭이며
떼지어 네게 엉켜들었다.

핑핑 돌아가는 바람개비같이
얼룩말
얼룩무늬들이 빙글빙글
너를 태우고 다녔다.

너를 태운 얼룩말은 시작되지도

끝나지도 않았다.
얼룩말 위에서 너는 시작되지도
끝나지도 않았다.


하나의 얼룩말이
네게 갇힌 후


빠져나가지 못하고 모든
얼룩말들에게
너는 갇혀버렸다.


　얼룩말은 그 무늬에 의해 검열의 창살이다. '너'는 얼룩말의
목을 쳐 검열의 집착을 폐지하려 한다. 시인이 '너'라고 부르는
자는 얼룩말을 또한 '너'라고 부른다. 네가 너를 폐지하는 자리
에 너는 새롭게 번식하여 수많은 얼룩말이, 수많은 검열의 네가
탄생한다. 검열의 부정은 자아 소멸의 자리인 것 이상으로 또
하나의 전망 속에 자아를 확장하는 자리이다. 시작도 끝도 없는
진실의 열정 위에서 자아는 자기 안에 검열의 얼룩말을 가두고,
얼룩말들 속에 자아를 가두지만, 얼룩말이 그 창살을 닮은 무늬
에 의해서만 이 시에 동원된 것은 아니다. 그것은 넓은 초원에
서 자유를 구가하는 생명이다. 시인이 얼룩말의 창살에 갇힐 때

시인은 또한 그 생명의 자유로움에 실려간다. 얼룩말이 시인에게 갇힐 때 그 검열의 창살은 시의 언어와 상상력에 단단하고 치밀한 형식을 부여한다. 이 현상학을 이해하게 된다면, 우리가 내내 '검열에 의한 실패'만을 발견할 수 있었던 시들이 어떻게 검열의 성공을 말하는 시가 되는지 알 수 있을 것이며, 그 성공의 언어가 어떻게 치밀한 검열의 장치를 벗어났는지도 알게 될 것이다. 검열하지 않는 자가 검열하는 자보다 한 번쯤 더 풍요롭게 보여도 항상 풍요로운 것은 아니며, 더 멀리 나아가는 것은 더욱 아니다.

여기 르네 마그리트의 그림이 하나 있다. 화면의 오른쪽 전면에, 하반부는 무딘 맥주병이고 상반부는 싱싱한 당근인 신기한 물체가 그려져 있고, 왼쪽 약간 뒤편으로 맥주병 하나와 당근 하나가 놓여 있다. 그림의 제목은 '설명L'Explication'이다. 검열하고 분석하고 설명하려는 습관이 이 물체에서 그 신기함을 박탈하고 평범한 두 물건만 남겨놓았다. 그러나 이 그림의 성공은 전면의 신기한 물체에서가 아니라 검열과 분석으로 얻어진 두 물건에서 얻어진다. 맥주병과 당근은 그것들 자체로는 얻을 수 없는 신비의 깊이를 동시에 드러내고 감추면서 거기 있다. 검열이 감각과 상상력의 깊이를 따라 내려갈 때 스스로 그 감각과 깊이가 된다. 이수명은 자주 자신의 성실함과 정직함의 희생자인 것처럼 보였다. 검열은 그의 운명이었다. 그러나 이 운명을 자각하는 자리에서 그는 이 검열을 진실의 도구로서만이 아니라 해방의 도구로 이해할 수 있었다. 이제 그는 꿈꾸기 위해 꿈의 시나리오를 반드시 준비하지는 않을 것이다. 꿈의 자유가 부자유한 현실 속에 어떻게 조밀하게 박혀 있는지 그의 시는 벌써 짚어내고 있다.

# 이영광의 유비적 사고
## —이영광,『직선 위에서 떨다』

이영광은 유비적으로 사고하는 시인이다. 그는 세상의 사물이 제 마음의 한 표정이거나 제가 지녀야 할 심정의 지표라고 생각한다. 그는 사물의 본질과 제 본성을 함께 보고 싶어한다. 이는 그가 견고한 삶을 처음부터 원했기 때문이기도 할 것이며, 그 견고함을 쉽게 확보할 수 없었기 때문이기도 할 것이다. 우리 시대의 다른 여러 젊은 시인들이나 인문학자들과 마찬가지로 해답이 늘 뒤로 연기되는 일을 하고 있는 그에게 삶의 단단함을 확인해줄 것은 무엇일까. 그는 자신의 행동 하나하나가 확실한 근거와 연결되어 있고 제 입에서 나오는 낱말 하나하나가 풍요로운 의미에 닿아 있기를 바라지만, 그의 작업과 생존 자체가 불확실한 토대 위에 얹혀 있어, 견고한 의지를 소외시킬 뿐만 아니라 자주 그 진실성을 의심하게 한다. 삶이 중간지대에서 서성이고 있다는 것은 최초의 순결한 의지가 죄와 부정으로 왜곡되어 제 길을 올곧게 짚어가지 않았거나, 최소한 자신과 세상에 바쳐야 할 성의가 여전히 부족함을 어쩔 수 없이 증명하는 것이기 때문이다. 운명 의식 같은 것이 생겨나는 것도 아마 이때일 것이다. 그것은 있는 것이 당연히 있어야 할 자리에 있을 때가 아니라, 있는 것이 왜 하필 그 자리에 있는가를 묻게 되면서 시작될 터이다.

한 인간의 유비적 사고는 그에게 불확실한 것들 너머에서 확실한 것을 엿보게 하고, 그의 신산한 삶을 어떤 거룩하거나 순결한 뜻에 연결시키고, 그리고 무엇보다도 그의 본성을 왜곡과 부정으로부터 복성시키는 계기를 담고 있다. 그는 자신이 마땅히 해야 할 일을 하고 있다고 굳게 믿는다. 그러나 유비적 사고가 사람을 항상 행복하게만 하는 것은 아니다. 어쩌면 그 반대일 때가 더 많다. 그는 사물의 담장 위로 올라가 사물 너머를 잠시 보았는데, 거기에서 본 것은 빛이 아니라 어둠이며, 그 자리는 지금 이 자리와 다름없는 폐허일 수 있다. 그가 광휘의 정원을 보았다고 해도 사정은 마찬가지이다. 찬란한 꽃과 나무들은 그의 소유가 아니다. 그것들은 그와 무관하게 거기 있을 뿐만 아니라 이 비루한 삶을 조롱하기 위해 거기 있다. 그가 그것들을 어쩌다 손에 쥔다 하더라도 그것은 상품과 매음의 형식으로 그것들이 벌써 타락한 다음의 일이기 십상이다. 이때 그가 본 것은 그 찬란함이 아니라 그 몰락의 시작이다. 이영광의 유비적 사고에는 삶의 진실에 닿으려는 열정이 짙게 배어 있지만, 그의 언어로 유비되는 것은 어떤 진실의 얼굴이 아니라 그것을 향한 진행의 힘겨움이며, 바로 이 점에서 그의 시는 이런저런 자연친화적 시나 지혜-자연을 내세운 온갖 깨달음의 시와 구별 된다.

그의 유비는 어떤 깨달음이나 발견의 결과가 아니라 유비의 노력을 유비하며 유비 그 자체를 유비할 때가 많다. 첫 시 「직선 위에서 떨다」에서 시인은 "고운사 가는 길"의 아름다운 벼랑 끝에 서 외나무다리 하나를 건너간다. 이 "수정할 수 없는" 직선은 한 인간의 정신을 그 예기로 관통하는 단호한 의지의 길이면서 동시 에 그의 크고 작은 상처를 보상하여 위로하는 길이다. 그러나,

문득, 발밑의 격랑을 보면
두려움 없는 삶도
스스로 떨지 않는 직선도 없었던 것 같다
오늘 아침에도 누군가 이 길을
부들부들 떨면서 지나갔던 거다

직선 위를 걸어가는 사람보다 먼저 스스로 떨고 있는 직선 은 곧고 엄혹한 것에 대한 한 개념이 자연의 본질로서 거기 있 는 것이 아니라 한 정신이 부단한 연습과 단호한 실천으로 얻어

내야 할 것임을 말한다. 시인이 자기보다 앞서 그 외나무다리를 건너갔을 사람이 부들부들 떨었을 것이라고 믿으려 하는 것도 어떤 소심함을 지적하기 위함이 아니라 엄숙한 길을 건너가는 자가 지불해야 할 용기를 다시 확인하기 위함일 뿐이다. 옛사람이 갔던 길이 여기 있지만 앞사람의 떨림이 뒷사람의 떨림을 면제해주지는 않는다. 또다시 자기 책임으로 그 직선을 건널 때만 위험하고 여유 없는 길을 엄정한 길로 바꿀 수 있을 것이다. 길이 건넘을 부르는 것이 아니라 건넘의 용맹이 길을 길답게 한다. 숨은 진실이 유비를 요구하는 것이 아니라 진실을 욕구하는 마음이 유비를 만든다. 숨은 진실 같은 것은 거기 없을지 모른다. 유비되는 것은 곧은길이 아니라 거기에 진실한 유비가 있기를 곧게 바라는 마음일 뿐이다. 이 점에서 이영광의 유비는 영감 받은 유비가 아니라 각성된 유비라고 부를 만하다.

각성된 유비, 그런데 이게 가능한 것일까. 대지의 숨은 힘과 진실을 믿고 거기에 완전히 몸을 맡기려 하지 않는 자에게 유비적 사고란 무엇일까. 거기에서는 계시의 언어가 발견될 수 없고 명령의 말씀이 들릴 리 없다. 거기에는 계시와 말씀을 조작하는, 또는 그 정황을 조작하는 낡은 형식만 남아 있는 것은 아닐까. 그래서 어쩌면 이 유비는 뒤에 온 사람의 유비라고 고쳐 불러야 할지 모르겠다. 아름다운 만큼 의심스러운 「문門」 같은 시가 이런 의문을 더욱 깊게 한다. 시인은 벌써 여러 개의 문을 열고 그 안에 들어갔으나 "지나보면 다 바깥"이었다고 생각한다. 더구나 그가 지났던 자리는 "가지 말아야 했던 곳"이며 "범접해선 안 되었던 숱한 내부들"이다. 그를 허락하지 않는 내부는 항상 남아 있고, 따라서 진정으로는 "한 번도 받아들여진 적이 없었"기 때문에 그는 "그대의 텅 빈 바깥에 있다".

> 가을바람 은행잎의 비 맞으며
> 더이상 들어갈 수 없는 곳에 닿아서야
> 그곳에 단정히 여민 문이 있었음을 안다

삶이 그렇고, 마음과 지식을 수련하는 일이 그렇고, 한 사람의 마음을 얻는 일이 그렇고, 무엇보다도 글쓰기가 그렇다. 문 뒤에는 늘 더이상 열 수 없을 것 같은 또하나의 문이 있다. 그렇긴 하나, 여러 문을 차례로 열고 들어갔던 사람은 더럽혀진 한 공간만이 아니라 공간과 공간의 경계에서 느꼈던 전율도 기억할 것이며, 열린 문 뒤에 닫힌 문이 있다고 해도 그가 여전히 바깥에 서 있다는 것을 확인하는 데에 그치지 않고, 한 문의 열림이 그 바깥을 어떻게 다른 것으로 만들었는지도 이해할 것이다. 마지막 닫힌 문 앞에서 모든 시공을 단일화하는, 정태적이라고 평가할 수밖에 없는 이 시의 사유법은 시인에게 진실과 깊이가 모자랐기 때문이 아니라 필경 그가 피할 수 없었던 어떤 종류의 환멸 때문이다. 엷이 곧 더럽힘이었던 공간들에 대한 환멸, 아니 그보다는 그 더럽힘을 이미 알면서 짐짓 문을 열었던 자의 환멸, 다시 말해서 뒤에 온 자의 환멸, 이 환멸은 차라리 체질적이다. '빙폭' 연작의 세 편 시에는 이 환멸이 눈에 띄지 않게 깔려 있다.

「빙폭 1」은 얼어붙은 폭포를 절제의 한 모범으로 파악한다. "흘려 보낸 물살들이 멀리 함부로 썩어" 아무것도 자라지 못하는 폐수가 된다는 것을 알기 때문에 폭포는 "출렁이던 푸른 살"을 "침묵의 흰 뼈"로 가둬두었다. 시인은 "무슨 죄를 지으면" "저렇게 투명한 알몸으로" 서느냐고 묻기도 하는데, 이 질문은 어쩌면 폭포의 엄혹한 절제 속에 함부로 썩어버린 물살들의 죄에 대한 대속의 가치가 포함되었음을 암시하기도 할 것이다. 「빙폭 2」는 같은 폭포에서 뜨거움의 극에 이르러 다른 것이 되는 한 열정을 본다.

분명하다. 어떤 극한은 화염이고
어떤 물질은 정신인 것이

안팎을 뒤집으며 떨어지던 물이 얼어붙어 맑은 기둥이 되기까지는 길이 끊어지는 지점까지 나아가려는 어떤 불길 같은 열정이 있으며, 그렇듯이 한계에 이른 이 열정은 한 개념의 절대가 되고 그 정신이 된다. 폭포는 그 자신의 "광기"로 순결한 의지 그 자체가 되어 얼어붙는다.「빙폭 3」은 절대에 이른 이 극기와 열정을 더욱 높은 차원에서 성찰한다. 이 시는 빼어나게 수려하여 어느 대목을 따로 떼어내기 어렵다.

이월의 하느님이
협곡에 기대인 폭포를
천천히,
쓰러뜨린다

허허한 공중의 칼에 베인
지상의 허허한 빈 몸

나는 그분이
빙폭의 투명을 두 손에 적시며
말없이
사라지는 걸 본다

무언가를 통과시키기 위해
번뜩이며 뼈를 드러내는 개울들
눈발에 허옇게 깎인 바위절벽, 그리고

금욕처럼 단단한 저 고요,

협곡은 협곡을 빠져나가고 없다

여기 없는 것은

이 세상에 없는 거다


다만 뼈에 붙은 마음을 반드시 꺼내가려는 듯

삭풍의 억센 손아귀가 몸을

들었다 놓았다

들었다 놓았다, 한다


　한파가 한 걸음 물러선 자리에서 협곡에 얼어붙었던 폭포는 허공에서 베어져내려 깨어졌다. 협곡에 기대었던 폭포가 빠져나가자 협곡마저 사라진 듯하다. 한 개념이 개념을 지우고, 한 순수가 순수를 허허롭게 함으로써 그 절대를 완성하였다. 실천이 아니라 부정에 의해서만 도달하는 어떤 지경이 있으며, 빙폭은 그 적멸에 이르렀다. 그 순수의 근원인 "그분"까지 이 완성된 순수에서 잠시 손을 씻고, 아직 칼끝을 포기하지 않은 2월의 사나운 바람까지 이 순결한 추억의 잔해에서 매서운 기운을 빌리려 한다.

　이 폭포는 아름답지만 비극적이다. 폭포는 구도의 끝에 도달한 자이지만 또한 순교자이다. 폭포는 시혜자이지만 또한 약탈당하는 자이다. 그 아름다움은 한 자질의 개화에 의해서가 아니라 그것을 남김없이 비워버린 데서 얻어진다. 이는 첫번째 폭포가 흘러가기를 중단함으로써 자기를 지키고, 두번째 폭포가 제 광기를 자기 안에 가둠으로써 불꽃의 정신이 된 내력과 마찬가지이다. 여기에는 도정이 없으며, 도정의 부정은 환멸을 체질화한 정신의 한 특징이다. 물론 이 환멸은 이 시인 한 사람의 것이라기보다 1990년대 이후 우리 시의 밑바닥을 흔들며 주술을 걸어온 절망감의 한 형식이다. 이영광의 시에서 관념의 극단들이 이따금 허허한 해방감과 사실감을 동시에 누리는 것도 그것이 시대의 징후와 엇물려 있기 때문이리라.

그러나 이 시인이 문득 낯설어지는 사물의 얼굴에서 긴장된 순간을 들어올리는 날카로운 시들만 쓰고 있는 것은 아니다. 어느 날 안경을 벗고 한번 보았던바 윤곽이 번져나간 "흐릿한 풍경" 속에 잠겨 있는 시 「봄날」, 비명도 지르지 못한 채 아무런 소용도 없이 "유리창을 움켜쥐는 바람의 손바닥들"을 시인이 제 가슴속에서도 느끼는 「첫눈」, 가장 "무시무시한 고독"인 아름다움 속에서 "간신히 홈리스를 면한" 세월의 나그네가 "딴 세상을 만나는 복락福樂"에 취하는 시 「벚꽃 무한無限」, "삼십 년" 동안 옥상에 올라 "푸릇푸릇 젖은 걸 널고 걷으며" 마음속의 울혈을 삭이고 "삼 년 만의" 또는 "삼십 년간의" 슬픈 평화를 누리는 늙은 아낙네들의 「평일」, 이런 시들에서 시인의 유비적 사고는 선과 각을 풀고 눅진한 땅바닥에 눕는다. 누운 자리에 화해도 있다. 「고드름」이 말하는 것처럼, 그런 날은 가장 사나운 것들부터 녹는다. 술 취해 잠든 날 아침, 창밖, "주렁주렁 처마에 매달린 고드름들"은 시인을 삼키고 있는 거대한 짐승의 이빨 같지만, 그것들은 "뾰족한 끝에서부터 한 방울씩 녹아내리고 있다". 그는 용서하고 용서받는다. 「단풍나무 한 그루의 세상」 「단역들」 「산」 「세월」 같은 시들에는 모두 제 삶의 한 켠이 허물어졌다고 느끼는 화자가 있다. 그 슬픔은 유장하고 넓어 바람이나 안개와 같은 비인칭적 자연현상처럼 땅과 대기를 덮고 무한을 유비한다. 무한은 그 형식과 내용이 여하하건 다른 풍경의 조짐이기에 아름답다. 그리고 「지긋지긋한 슬픔」의 네 편 시가 제1부를 제2부에 연결시킨다. 시인은 이 시에서 슬픔을 끌어안으며 동시에 슬픔을 반성한다.

제1부에 비해 뚜렷하게 산문적인 제2부에는 우리가 이야기해온 유비적 사고의 기원과 후일담이 함께 들어 있다. 「숲」에서는 "제 생의 밤의 시작을" 기억하느냐고 어린 날의 숲에게 묻고 또 "당신은 왜 저에게 형형한 밤새의 눈을 주지 않고 지칠 줄 모르는 그리움의 두발을 주셨"느냐고 투정하지만, 「내각리 옛집」에서는 "내각리엔 옛날 집들, 옛날 집들 비어" 있음을 확인한다. 그가 고향의 피폐함을 말할 때 이중으로 슬프다. 그것은 제 유

비의 흔들리는 근원을 바라보는 자의 슬픔이 폐허의 슬픔 위에 덧붙여져 있기 때문이다. 유비적 사고는 확실히 궁핍한 삶의 소산이다. 제 현실이 궁핍하다고 느끼는 자가 아무리 형형한 눈을 가졌더라도 그가 보는 것은 이 삶의 남루한 장막 밖에만 존재한다. 이제 고향의 언덕은 무너지고 집은 폐가가 되고 남루한 장막은 삭아내렸지만, 그 뒤에 숨어 있다고 믿었던 것들도 함께 사라졌다. 시인은 이제 유비되었던 것들에 대한 환멸을 넘어서서 유비 그 자체를 의심해야 할 고비에 서 있다.

「마루 밑 열대」는 말하는 것이 많다. 마루를 뜯어낸 자리에 "외짝 검정 고무신, 빈 저울대" 등 한 가정의 지나간 삶들이 먼지를 덮고 여전히 "생리중이다". 무쇠 화로는 여전히 화끈하고, "푸르러 산으로 돌아가는 개간밭들 건너다볼 때 털손 대지 마, 쥐어박듯이 불인두 하나 눈시울을 눌러온다 마루 밑에 열대가 있다". 마루 밑이 뜨거운 것은 불을 다루던 연모들이 거기 남아 있기 때문만은 아니다. 애써 개간했던 밭들이 이제 다시 산이 되듯이, 뜨거웠던 것들이 그 뜨거움을 잃었기 때문에 시인의 눈시울이 인두처럼 뜨겁다. 시인이 정작 말하려는 것은 숨겨진 것들이 그 실체가 아니라 그 바닥을 드러냈다는 것이며, 이 점에서 이 시는 대밭에서 구렁이와 옛이야기를 발견한다는 식의 상투적 진술들을 벗어난다.

헌책들을 늙은 여자들에, 그것도 너무 빨리 추하게 늙은 여자들에, 비유하는 「헌책들」은 진리라고 여겨졌던 것의 얕은 바닥을 말한다는 점에서 이 시의 보충으로 읽을 만하고, 엉뚱한 말 같지만, 미국의 아프가니스탄 전쟁에 관한 소회인 「2001 — 세렝게티, 카불, 청량리」는 이 시의 결론이라 말해도 무방하다. 여기에는 시인이 유비적 사유로 구하려 했던, 다시 말해서 본질적 실체이기를 원했던 진리의 마지막 패망이 있다. 이 세기의 초에 불을 지른 이 전쟁은 어떤 선의의 기대도, 어떤 이성적인 대응도 무효한 것으로 만들었다. 인간의 삶에는 깊이뿐만 아니라 바닥조차 없다. 그러나 시인을 더욱 당황하게 하는 것은 그에 대한 자신의 슬픔과 고통이 충분히 절박하지 않다는 것이며, 절박한 순간에서도 그 절박함을 의심해야 한다는 것이다.

말세가 지났는데도 여전히 사이비 종교 신자들이
지난 세기의 동작으로 춤추고 있고

삶은 코미디로 전락했고, 시인은 "제 자신을 이해할 수 없는 순간"을 만나, 그것도 오래도록 떠나지 않는 순간을 만나, "아직 명命! 받지" 못했다. 유비적 사고의 파산이다.

이 시집의 끝부분에는 여러 편의 죽음의 시와 그 죽음을 조문하는 시가 들어 있다. 시집의 전체 구성 속에서 이 시들은 특히 중요하다. 시인이 한 시대 정신사의 결말을 이들 죽음의 시에 담고 있기 때문이다. 그 죽음들은 불쌍하고 초라할 뿐만 아니라 삶이 의미 없는 고통의 사슬이었음을 폭로한다. 삶이 의미 없을 때 죽음조차 고통으로부터의 해방이 아니다. 「독방」에서, 고독한 삶은 죽음 뒤에도 독방에 갇힌다. 삶과 죽음의 의미 없음은 시인이 슬퍼할 이유도 되지만 진실로는 슬퍼하지 않을 이유도 된다. "자욱히 비에 씻기는 저승의 아파트먼트, 산 전체가 독방이다 나는 비를 맞지 않기 위해 버스로 뛰어간다." 죽은 자를 애도하다 말고 비 맞기를 두려워하며 뛰어갈 때 시인은 메마르고 깊이를 잃은 세계에서 불모의 기호들만을 유비하게 될 제 자신의 유비적 사고에 장례의식을 치르는 것과도 같다. 이 장례식이 길지는 않을 것이다. 이제 생애의 중요한 고비를 넘긴 시인의 정신이 이 아름다운 시집의 끝에서 다른 모험에 착수할 것이 분명하다.

시를 독서하는 것과 해석하는 것은 다르다. 독서는 통시적이다. 한 줄 한 줄에서 정보를 얻어 다음 줄을 이해하고 마침내 결말에 이른다. 해석은 공시적이다. 해석하는 자는 모든 정보와 결말을 한꺼번에 알고 있다. 그러나 설명을 할 때는 독서하는 자처럼 통시를 연출한다. 시쓰기에도 독서의 시쓰기가 있고 해석의 시쓰기가 있다. 어떤 시인은 제 말의 끝에 이르러서야 제가 무슨 말을 하고 있으며 무슨 말을 해야 할지 알게 된다. 다른 시인은 제가 무슨 말을 해야 한다는 것을 너무 잘 알고 있

으나 말할 것을 찾아가는 사람처럼 연출하며 말한다. 이영광은
「지긋지긋한 슬픔」의 어느 대목에서 "나는 닐니리 통밥으로 시
를 훔쳤다"고 문득 고백한다. 훔쳤다는 말이야 빈말이겠지만,
"닐니리 통밥"에는 내용이 없지 않다. 통밥은 연출하는 시쓰기
의 존재방식이다. 명민한 그는 어쩌면 유비적 사고에 천착할 때
부터 그 파산을 알고 있었던 것은 아닐까. 알고도 모르는 척 찾
아 헤매었던 것이 바닥을 드러냈다고 해서 시가 바닥을 드러낸
것은 아니다. 그는 이제 아는 것이 없는 자로 현실 앞에 서게 될
것이며, 현실을 소박하고 용감하게 말하는 가운데, 무엇을 유비
한다는 생각도 없이, 무엇을 유비할 겨를도 없이, 전혀 다른 수
준의 유비에 도달하기도 할 것이다. 시는 아는 것을 상징하지
않는다. 상징은 모르는 것에 대한 말이다. 이 말을 사족으로 붙
인다.

# 김록의 실패담
## —김록, 『광기의 다이아몬드』

블랑쇼는 『오게 될 책 _Le livre à venir_』의 첫머리에서 소설과는 다른 '이야기 _récit_'의 특징적 요소로 미지 세계와의 만남을 설명하는 가운데, 사이레네스의 노래와 율리시스에 대해 길게 서술하고 있지만, 모비 딕을 쫓았던 에이허브 선장에 대해서도 짧지만 결정적인 몇 문장을 쓴다. 저 치명적인 미지의 매혹 앞에서 두 사람의 태도와 운명이 다르다. 율리시스는 낯선 힘 앞에서 냉정한 계산으로 대처하여 현실세계와 상상세계 사이의 경계와 간극을 유지하였지만, 에이허브는 현실의 경계 너머 바닥 없는 이미지의 세계 속으로 뛰어들어 사라졌다. 신화 속의 모험가는 노래의 시련을 이기고 이전의 자신을 다시 회복한 반면 복수심에 가득찬 외다리 선장이 맞이한 운명은 세계가 없는 공간에서 일어난 존재의 변모였다. 여기까지가 『모비 딕 Moby Dick』과 에이허브 선장에 대한 블랑쇼의 언급이지만, 그의 의도와 관계없이 그 끝을 잡고 생각을 연장하다보면 문학의 현대성에 대한 개념 하나를 얻을 수도 있을지 모르겠다.

호메로스나 그의 서사시를 처음 읽는 독자들에게 세계는 무한하게 넓은 것이었다. 율리시스는 새로운 바다와 뭍으로 그의 여행을 끝없이 연장할 수 있었다. 그에게도 미지의 세계는 현실의 경계 밖에 있으나, 또한 그것은 모든 길목에서 그를 노리고 있다. 그 세계를 차례로 만나고 그 시련을 차례로 이겨내기 위해, 그 세계들의 무한함과 아울러 그 깊이를 말하기 위해 율리시스는 그때마다 일상의 세계로 되돌아와야 하며, 이 점에서 그의 귀환은 낯선 세계로부터의 이탈이 아니라 그것과의 만남에 그 일부분이 된다. 여전히 답사해야 할 미지의 세계가 남아 있다는 것을 증명해줄 것은 그 세계를 만날 수 있는 능력을 지닌 자로서의 그의 건재와 귀환밖에 없다. 멜빌과 에이허브의 사정은 이와 다르다. 『모비 딕』이 발표되던 19세기 중반은 발견해야 할 땅이 모두 발견된 다음이었고, 누군가가 설령 새로운 나라에 들어선다 하더라도, 보들레르가 그의 『악의 꽃』의 마지막 시 「여행Le voyage」에서 말하게 되는 것처럼, "단조롭고 초라한 이 세계"의 연장인 그곳에서도 "오늘, 어제, 내일" 언제까지나 바로 "우리들의 이미지"인 "권태의 사막 하나"와 "공포의 오아시스 하나"를 볼 수 있을 뿐임이 이미 알려진 시기였다. 멜빌에게는 그 매혹적인 미지와의 관계에서 단 한 번의 만남이 있을 뿐이며,

이 만남도 그의 투신으로만 이루어진다. 미지가 거기 있다는 것을 증명해줄 것은 그의 결정적인 선택과 그 믿음에 대한 완전한 헌신뿐이다. 그래서 에이허브의 투신은 문학에서 상상의 지리학이 자기 변모의 생리학으로 바뀌게 된 결정적인 시기를 표현한다. 벌써 현대인으로서 에이허브는 삶의 경계를 넘어서는 존재의 변모로만 미지와 관계하며, 미지를 만나며, 미지를 거기 있게 한다. 말하자면 에이허브는 매혹의 노래 그 자체가 되는데, 이는 보들레르가 예의 시의 끝에서 "지옥이건 천당이건" 가리지 않고 "새로운 것을 찾아" 심연의 밑바닥에, 다시 말해 죽음 속에, 잠기고 싶다고 외치게 되는 정황과 상통한다. 이 죽음에 해당하는 어떤 것이 없다면 필경 제한될 인자들로 구성될 이 삶에 지속과 확대가 가능한 상상력이 없으며, 따라서 문학이 없다.

이때 죽음은 물론 하나의 상징이다. 그것은 존재 위상의 선택에 그 결연함을 뜻할 것이며, 하나의 만남을 전후하여 완전하게 달라질 존재의 매혹과 불안을 시사할 것이다. 존재의 변모라기보다는 차라리 감추어진 존재를 끄집어내는 것이라고 정확하게 따져서 말하더라도 사정은 여전하다. 한 문학청년이 '이제 나는 다른 것이 된다'고 말할 때, 그는 제 존재 속에서, 또는 제 존재들 속에서, 또하나의 존재에 각성하였음을 말하는 것이면서 동시에, 그 존재로 살기 위해 마땅히 겪어야 할 극한의 시련들이 곧 그 삶의 매혹이자 기적임을 선언하는 것이기도 하다.

문학의 실천적 측면에서라면 이 변모는 훨씬 더 단순한 것이라고 말할 수도 있다. 그것은 제가 쓰고 있는 글이 누구의 목소리인지를 자각하고, 하나의 목소리를 선택함으로써 존재를 선택하는 것을 그 내용의 전체로 삼는다. 우리의 몸속에 들어 있는 어떤 층위의 존재도, 그 존재의 어떤 신비도, 그것이 세상에 자신을 내비치는 인터페이스는 결국 언어이기 때문이다. 그렇다고 존재의 변모를 언어의 변모로 고쳐 말한다고 해서 시련이 덜 가혹해지는 것은 아니다. 이제 한 사람의 자아로 되는 이 존재가 자기표현의 수단으로 지니게 되는 이 인터페이스는 과거의 자아였던 것이 지녔던 인터페이스와의 관계에서 그 표현 내용을 왜곡하고 전도할 수밖에 없기 때문이다. 뒤늦게 각성되는 존재는 항상 소외된 존재이며, 그래서 글을 쓰는 사람은 글을 쓰는 순간부터 자신을 소외시키는 사람이 된다. 아니 소외는 글쓰기의 결과일 뿐만 아니라 그 기원이기도 하다. 그 존재가 소외되지 않았더라면 그 목소리는 각성될 수도, 발견될 수도 없었을 것이다. 이는 유선형의 몸체와 네 바퀴와 조향장치와 계기판을 인터페이스로 지니고 잘 굴러가던 자동차가 이상한 소리를 내기 시작할 때 비로소 그 기계의 얼굴 뒤에 있는 모터와 발전기와 동력전달장치 따위들의 존재가 그것들의 결함과 함께 의식되는 이치와 같다. 그 소리가 계기판의 숫자처럼 분명한 것이라면 우리는 자동차의 내부를 상상하려고 수고하지 않을 것이다.

존재의 변모와 함께 오는 언어가 결함을 지닌 것이 아니라면 '나는 다른 것이 된다'고 말하는 시인은 없을 것이다. 이 점에서 그 언어가 존재 그 자체의 표현 수단으로서도, 외부와의 소통 수단으로서도 드러낼 수밖에 없는 왜곡과 결함은 그 언어의 본질이다.

나는 지금 김록의 시에 대해 말하려 하는데, 이는 그가 언어에 걸고 있는 기획과 노력과 투쟁과 그 성패의 과정에서 현재 한국시가 봉착하고 있는 문제의 축도를 볼 수 있다고 믿기 때문이다.

김록의 시는 쉽게 읽히지 않으며, 읽히더라도 해결하기 어려운 의문을 남긴다. 예를 들어 김록은 비교적 쉽게 읽을 수 있는 시 「각도」를 다음과 같이 쓴다.

속눈썹은 무언의 각을 이루고 있다
눈은 코의 경사면을 타고 미끄러진다
두 개의 동공은 코끝을 매만진다
마주보고 있는 섬 사이에
예각적 조응이 이루어진다
교차점에서 절벽을 타고 내려오면
평원이 펼쳐진다

들판 사이를 가로지르는 바람이 있다

짧은 입맞춤이 있었다


시인이 어떤 사람과 입을 맞추었는데, 그 순간에 두 사람이
모두 눈을 뜨고 있었다. 그 이유는 알 수 없다. 입맞춤이 그들에
게 아무런 감동도 주지 않았기 때문이라거나 화자가 그것을 하
찮게 여겼기 때문이라고 이해할 수는 없다. "예각적 조응"이 시
선의 각도에서 비롯된 표현인 것은 분명하지만, 한용운의 "날카
로운 첫 키스의 추억"과도 같은 그 접촉의 운명적 성질에 관해
서도 말하고 있기 때문이다. 시인은 절벽을 타고 내려오듯 가파
른 감정을 느끼기도 하고, 평원으로 펼쳐지는 새로운 전망을 보
기도 하고 낯선 바람 소리를 듣기도 한다. 눈뜨고 있기는 이 정
서를 배반한다기보다 오히려 그 심정을 구성하는 필수적 요소
인 것처럼 보이기도 한다. 그러나 이 날카로운 감정과 눈뜨고
느끼기의 관계를 더 추궁하기보다, 김록과 관련된 에피소드 두
개를 먼저 이야기해두는 것이 좋을 것 같다.

2002년 가을 어느 날 김록이 내게 전화를 했다. 그때는 아직
내가 저 운명이 짧았던 잡지 『포에지』의 주간을 맡고 있었고,
그와 함께 기획했던 '나남 시인선'에 김록의 시집이 배정되어
있었으나 마땅한 해설자를 구하지 못해 발간이 지체되고 있을
때였다. (이 시집 『광기의 다이아몬드』는 우여곡절 끝에 2003년

말에야 열림원에서 출간되었다.) 짧은 인사가 오간 다음 김록은 잠시 머뭇거리더니 "점심 먹으러 밖에 나왔는데, 햇빛이 맑고 노란 낙엽이 바람에 날리고 있어서 전화를 했다"고 말했다. 그리고 통화는 곧 끝났다. 김록이 내게 어떤 종류의 프러포즈를 한 것일까. 나는 그렇게 믿고 싶기도 하나 그것은 사실이 아니다. 봄에 내려 했던 시집이 아직 나오지 않았는데 또 한 해가 가려 한다고 말한 것이거나 말하지 않은 것일 뿐이다. 그런데 왜 그렇게 말했을까. 내게 최대한 정중하게 말할 수 있는 완곡어법을 선택한 것일까. 그것은 내가 알고 있는 김록의 태도가 아니다. 이미 그 자신도 왜 그 전화를 했는지, 정확하게 무슨 말을 했는지 알지 못할 것이다. 이 통화를 꿈이라고 생각하면 훨씬 더 이해가 쉽다. 김록은 꿈에 점심을 먹으러 밖에 나왔는데 낙엽이 흩날리고 있었다. 누군가에게 전화를 해야 한다고 생각했고, 그는 전화를 했다. 해몽가는 이렇게 말할 것이다. 당신은 연내에 해결해야 할 일이 있는데 아직 끝을 보지 못했다. 그때 당신이 전화를 해야겠다고 생각한 사람은 그 일에 결정적인 영향력을 가진 사람이다. 그래서 당신은 전화를 했다. 김록이 꿈꾸듯이 세상을 살고 있다는 뜻이 아니라, 그의 언어가 자주 실제의 삶과 마음속의 삶, 그리고 그 밖의 다른 것을 하나의 이미지로 통합하여 절대적인 소통을 꾀한다는 뜻이다.

또 하나의 에피소드는 시기적으로 그보다 앞선다. 시집의 원고를 정리하여 편집위원들에게 전달한 직후이니 같은 해 봄의 일이다. 『포에지』 편집위원들의 회식 자리에 함께 참석한 김록은 다른 때보다 말을 좀더 많이 했다. 그동안 나이 서른이 넘어 처음으로 연애를 한 사건과 최근에 깨어진 사건이 있었다는 것, 인도 여행중에 어떤 음모에 휘말려 다투다 독즙을 마시고 죽었다가 깨어나보니 시체공시소였다는 것, 그는 이 슬프고 음울한 이야기들을 밝은 목소리로 이야기했다. 특이한 것은 어조였다. 그는 초등학교 교과서를 읽듯이 또박또박 끊어서 말하며 모든 문장의 어미를 '했습니다' 식으로 끝냈다. 당시 국어연구원에 임시직으로 근무하고 있던 김록은 그 특이한 말투가 근무 환경의 억압적인 영향 때문이라고 설명했다. 아슬아슬하게 몸 붙이고 있는 직장에서 낮 동안 '바른 언어생활'을 하고 나면 저녁에 다른 사람들을 만나도 어조의 전환이 쉽지 않다는 것이다. 아무튼 시인들과 비평가들이 모인 자리의 그 재기발랄한 말의 잔치 속에서 김록의 국어책 낭독이 발휘하는 효과는 특이했다. 그것은 마치 줄기채소 속의 씹히지 않는 섬유질과 같았다고 말한다면 매우 적절한 비유가 될 듯하다. 그후 시간이 지나고 나서 다른 사람들의 말이 다 사라진 기억 속에 김록의 말은 아직 남아 있기 때문이다. 자신의 특별한 어조를 일종의 직업병이며 언어장애일 뿐이라고 치부하는 김록의 설명에도 액면대로 받아들일 수 없는 점이 있다. 그는 자신의 어조를 불편해하는 듯하면서도 거기에 특별한 열정을 바치고 있는 기색이 분명했다. 그래서 김록의 말과 사람들의 말 사이에 소통장애 현상 같은 것은 그 이전부터 벌써 존재해왔고 오히려 그 교과서의 언어는 의수나 목발처럼 장애 극복의 보조 장치로 이용되고 있었다고 말하는 편이 더 옳을 것이다. 그리고 이 소통장애는 무엇보다도 그가 자주 경험하는 저 통합된 이미지의 순간과의 관계 속에서 그 절대적 소통의 다른 측면일 것이다.

사실 시집 『광기의 다이아몬드』에는 말에 관한 성찰 내지는 투정, 항의의 형식을 통해 시법을 강구하는 시들이 자주 나타난다. 우선 「自序: 말할 필요」라는 약간 이상한 제목의 시가 있다. 필경 시집의 첫머리에 놓일 서문이나 표지글에 덧붙일 저자의 말 같은 것을 목표로 쓴 글이겠으나, 시집의 편집 과정에서 시인이 컴퓨터에 배열된 파일의 순서 외의 다른 순서를 생각해내지 못했기에, 그 가나다순에 따라 시집의 한중간에 들어가게 된 텍스트이다. 이 때문에 그 도발적 성격은 약화되었으나, 시집의 출간을 기념한다는 그 계기적·일회적 소모품의 운명을 벗어날 수도 있었다. 세 페이지에 걸쳐 실린 이 산문시에 특별히 새로운 것이 있다고 말하기는 어렵다. 시는 조잡하고 사악한 물질계인 지상과 잠시 예감할 수는 있으나 더이상 생각할 수 없는 "그 자체로 완전한" 천상 사이에서 시의 운명이 가련할 수밖에 없다는 지적으로 시작한다. 이 지적은 비교적 상세하지만 상징주의의 모험 이후 시의 언어가 봉착했던 이런저런 한계를 다시 반복 열거한 것이기도 하다. 중요한 것은 그것을 지적하는 언어의 탄력일 것이며, 시인 자신을 유혹하는 함정들을 구체적으로 짚어가는 가운데 체득하게 되는 우리 시의 허위성과 약점들에 대한 고발일 것이다. 그가 만난 모든 시쓰기는 "병자들 대신 엄살이나 부리고 난봉꾼 대신 객기나 부리는 한심하고 게을러빠진 노동"을 넘어서지 못한다. "쓰고자 하는 욕망은 우리 사고에 족쇄를 채움으로써 새로운 상징들을 갖게 되었"지만 이 상징이 진실을 드러내는 것은 결코 아니다. 김록의 반성과 탄핵은 가혹한데, 그에 대한 대책이 그만큼 확연한 것은 아니다. 그는 "낮이 없는 밤을 기다려야" 한다고도 말하고 "참다운 모든 인연들에게 나는 나의 마왕을 빌려주리라"는 결심도 표명한다. 이 밤과 그것을 지배하는 마왕이 정확히 무엇을 뜻하게 될지는 말하기 어렵지만, 사실상 그가 가장 경멸하는 "우후죽순의 기질적인 사이비 악마들"과 상대적인 개념인 것은 분명하다. 이 사이비 악마들은 자기들의 언어가 용해원의 낙서나 고도원의 아침편지와는 비교할 수 없는 것이며, 김용택의 안빈낙도나 안도현의 농경적 지혜와도 질적으로 다른 것임을 시사하는 문화적 기호를 다루는 데 능하다. 이 악마들이 훈련으로 얻은 반역의 기질과 우연한 재능에 목매달고 있는데 비해 그의 마왕은 본질적이고 지속적이고 절대적이다. 그래서 김록이 마왕이라는 말로 꿈꾸는 것은 삶의 전면적인 개혁이다. 글은 그 존재의 변모를 표현하지만 또한 글쓰기를 통해 그 변모가 이룩될 것이다. 그가 글을 써야 할 이유가 이것이다. 그러나 마왕이 되기는 얼마나 어려운가.「위악」은 그 실패의 보고서로 읽힌다.

> 回文으로 만든 善이 움직일 때 움직이는
> 쩨쩨한 惡은 無의 식욕을 달랠 수 없다
>
> 惡의 껍질로 만든 잼은
> 스스로 그러한 것의 모든 꽃에서부터
> 어둠으로 자라난 과육과 과즙으로 꽉 찼고 색이 짙다
>
> 그 어둠은 개안하지 못했다
> 양쪽 어깨를 덮은 헌신과 司牧은
> 말랑말랑해지라고 惡의 꼭지를 안으로 밀어넣은 것에 불과하다
> 패덕한을 위선자의 깔개로 쓰는 것이다
>
> 부글거리는 無를 들어서 내던져도
> 최선과 최악 사이를 이간질해도
> 잼은 완성된다

"回文으로 만든 善"이란 선의 의지를 악으로 행사하기라는 뜻이 될 것이다. 그러나 이 외양의 악으로 만든 음식은 과육과 과즙으로 꽉 차 있고 색이 짙긴 하지만 결국 허위의 단맛을 북돋는 잼에 불과하여 "그 어둠은 개안하지 못했다". 헌신과 사목을 내세우고 선의 의지를 선으로 행사하더라도 악을 조금 완화시킬 뿐 마음속에서 그 뿌리를 제거할 수는 없다. 어떤 극단을 선택하더라도 제조되는 것은 잼이다.

　「잘못 지은 시」는 보고된 실패에 대한 반성으로 읽을 수 있다. 이 시 역시 「自序: 말할 필요」와 비슷한 어조를 지닌 시법에 대한 성찰이지만, 시인이 제 시쓰기의 현장을 직접 보고하고 있다는 점에서 더 역동적이다. 김록은 자신의 "날뛰는 에너지"가 상상력에 연결되지 못하고 어떤 "부재하는 인간"이 되려는 욕망과 방불한 변태적인 욕망에 머물러 있다고 생각한다. 그 이유는 그가 모든 인간적인 사려를 무시하고 있기 때문이다. 인간은 실수할 수 있으며 따라서 용서되어야 한다는 사려, 규범과 전형으로 크고 작은 모서리를 다스려야 한다는 사려. 자신의 글쓰기에서 어떤 오류도 용납할 수 없는 그는 "모범적인 실수의 비장함"을 모르며, "이 모순적인 지향 의지는 온당한 에너지를 갖지 못한다". 그는 "살아가는 방식"을 정했는데, "조금 전에 쓴 것을 다시 읽어보지 않는"다는 것이다. 물론 그렇게 쓴 글에는 분명 오류가 있을 것이다. 그러나 그 오류를 "양보하는 정신이 항상 나의 부정성을 긍정해준다"고 그는 믿는다. 그런데 저 인간적 사려와 이 양보는 어떻게 다를까. 김록은 대답할 말이 없다. 그는 다만 추궁하는 자들의 "심연을 꿰뚫으면서 그 깊이만큼 더욱 굳게 닫혀"지는 수밖에 없다.

> 질문함으로써 그대들은 정당하며
> 질문함으로써 그대들은 나의 공범자이며
> 질문함으로써 그대들은 이해받고
> 질문함으로써 그대들은 위대해졌다
> 그대들의 현존을 충분히 증명했다

김록은 사려파들의 질문 속에서 자신들의 나태를 위로하려는 비열한 술책을 알아차리지만, 자신도 그들과 똑같은 오류를 저지르고 "독창적이지 못한 슬픔이나마" 전시하지 못하는 "사소한 불운"을 또한 의식하지 않을 수 없다. 김록이 입을 다물 때, 내가 그를 대신해서 대답한다면 아마 이렇게 말할 수 있을 것이다. "사려파들의 오류는 처음부터 진실을 포기한 글쓰기의 결과이지만, 김록의 그것은 벗어나려 했으나 벗어날 수 없었던 실수다." 같은 실수에서 사려파들은 자신들의 능란함을 보지만, 김록은 자신의 무능을 본다. 사려파들은 자신들의 에너지를 낭비하지만 김록은 이 무능의 한계에 자신의 에너지를 몰아붙여 존재 변모의 원동력이 될 축전지를 만든다.

김록은 『광기의 다이아몬드』의 여러 시에서 성애에 관해 쓰고 있다. 이는 그가 실재의 성애이건 상상의 성애이건 그것을 존재 변모의 실험실로 사용하였다는 말이 되기도 하고, 그 특별한 열정을 통해 의식과 대상이 하나의 이미지로 통합되는 순간을 경험하였다는 말이 되기도 하겠다. 「전설화」는 이 변모의 에너지 변환 과정을 잘 보여준다.

　　　　열락의 파이프를 문다
　　　　한 모금 내디딜 때마다
　　　　펼쳐지는 정액에 혀를 던져 빛으로 되돌아간다

　　　　자욱한 은유의 마개가 된 입술 안에서
　　　　한줌의 재도 남기지 않는
　　　　단 하나의 정자를 찾고
　　　　월계수가 생겨난 이래
　　　　수없이 피어나는 정자 없이는
　　　　자신이 아무것도 아니라는 것을 안다

　　　　그렇다면

조금씩 조금씩

힘껏 빨아들일 때 터지는 불과

시커멓게 되어가는 파이프를 물고 있는 입술 사이에는

생식의 드라마가 있는 것인가!


날개 달린 빛은

다시 재의 풍습을 향해 나아가고

천상까지 스며드는 순수 진액에 대해

비극의 세포가 희극의 알을 그렇게 할 것이다

복잡함과 단순함은 얼마나 큰 차이가 있는 것인가!


　화자가 지금 흡연을 하고 있는지 펠라티오에 열중하는지 알기 어렵다. "한 모금"은 담배연기와 관련된 말이겠지만, "내디딜 때마다"는 다리가 동작하는 때이다. 혀에 닿는 것은 정액이지만, 그것이 "빛으로 되돌아"갈 때는 담배연기다. 담배는 재를 남기지 않고 타올라 연기가 되고, 성적 환상 속에서는 존재를 둘러싼 모든 물질들이 한 톨의 찌꺼기도 남기지 않고 기화한다. 그러나 저열한 재의 시간이 온다. 연기가 날아간 다음 재떨이에는 재가 쌓이며, 성적 환상이 끝난 다음 "비극의 세포"인 정자는 "희극의 알"에 들어가 또하나의 육체를 만든다. 복잡함이 재의 시간이라면 단순함은 기화의 시간이다. 이 단순함의 시간은 말할 것도 없이 집중의 시간이다. 물질의 무거움은 지속되고 물질의 빛은 순간에서 끝나지만, 중요한 것은 집중력이라는 것을 시인은 이해한다. 김록이 다음과 같이 쓸 때 바로 그 집중력의 시간 속에 들어가 있다.

> 수병들이여!
> 전부 어디 있는가
> 용서할 수 없다,
> 사랑이 나팔도 불지 않고 쳐들어왔다
> 말 못할 첫 싸움이 마침내 터졌다!
> 그는 신출귀몰한 노병
> 내 군사로 말하자면
> 대적하기에는 너무 어린 신병

> 누구십니까
> 복면하고 갑자기 들이치는 병사의 칼에
> 수병이 쓰러졌다!
> 오 마구 휘두르는 칼에 솟구치는 피
> 광기에 얻어맞은 심장
> 밧줄에 꽁꽁 묶여버린 신경
> 전염병, 기아, 내란에 시달리는 혈맥

육체가 감당할 수 없는 말들이 육체 속에서 나와 육체를 공격한다. 말이 사랑의 형식을 지니기도 하고 사랑이 말의 물질성을 얻기도 한다. 이 순간은 나팔소리와 함께 오지 않는다. 다시 말해서 지옥의 강물을 마신 사람이 이승의 기억을 잃듯이 변모한 존재는 제 집중된 언어의 연원을 알지 못한다. 시인은 「수박」에서 말한다. "하지만 그 조그만 씨가 어떻게 둥글고 큰 열매가 되는지, 다시 말해 어떻게 뿌리를 뻗고 움을 틔우는지 어떻게 줄기가 자라고 잎몸이 째지는지 덩굴손은 어떻게 갈라지는지를 나는 아직 모른다." 아직 모르는 것이 아니라 아마도 영원히 모를 것이다. 이 연원을 모를 때 김록의 말은 순결하다. 순결하다는 것은 말이 힘차서 그것이 무슨 뜻인지 묻지 않고도 소통된다는 뜻이다.

그런데 이제 저 입맞춤과 눈뜨기의 관계에 대해서 말할 때가 되었다. 김록은 절대적 소통을 위해 정신과 육체와 감각의 착란을 기획한다. 입맞춤의 계기는 착란과 열광의 그것이다. 그러나 김록은 눈을 뜨고 그 착란의 논리를 이해하고 싶다. 논리적 착란은 랭보 이후 시의 오랜 소망이며, 시적 집중력의 요건이다.

종종 얻게 되는 순결하고 힘찬 언어에도 불구하고, 김록은 자신의 투쟁 이력을 대개의 경우 실패담의 형식으로 전한다. 그 이유는 그에게 시간에 대한 성찰이 없다는 점과도 관련이 있을 것이다. 그의 시에는 기억의 형식으로도 역사의 형식으로도 서술의 형식으로도, 어떤 형식으로도 시간이 존재하지 않으며, 에너지가 한 점에 응축되는 지금 이 순간이 있을 뿐이다. 그러나 진정한 존재 변모의 "수박"씨는 시간과 기억 속에 있다. 웅녀에게는 마늘과 쑥만이 아니라 백 일 동안의 시간도 필요했다. 어떤 사람이 도시의 포도에서 갑자기 멈춰 선다면 그것은 그가 옛날에 개울의 징검다리를 건너며 물소리를 들었기 때문이다. 한쪽에는 시간이 없는 에너지만 존재하고, 다른 한쪽에는 늘어진 시간만이 흘러간다는 것, 한국시가 당면한 문제라면 바로 이것이라고 해야 할지 모르겠다.

# 나그네의 은유

문인수의 문학적 초상을 그리는 일은 쉽지 않다. 그의 문단 생활은 오래되었고 꾸준하게 좋은 시들을 발표하였지만, 몇 년 전 김달진 문학상을 수상하기 전까지는 '발굴되지 않은 시인'의 처지에서 그리 멀지 않았다. 그의 시에 대한 단편적인 언급 이상의 진지한 비평은 찾아보기 어려웠고 월평이나 계절평에도 자주 나타나지 않았다. 이런저런 이름 있는 시집 시리즈의 편집 자들이 그에게 번호를 내주기 위해 서두르는 기색은 물론 없었다. 시인들이나 비평가들이 모여 앉은 자리에서 이따금 그의 이름이 나오게 되면 그의 무슨 시를 읽었다든지 그것이 어떻게 아름다웠다든지 하는 말들이 곧바로 뒤따르기는 했지만, 늘 이야기는 그 정도에서 그치고 화제는 다른 곳으로 굴러가곤 했다. 그의 시가 허약해서도 아니고 이해하기 어려워서도 아니다. 그것이 무엇인지도 알겠고 좋은 줄도 알겠는데 그것이 차지하게 될 위치가 어디인지를 가늠하기 어려워서라고 말하는 게 어쩌면 정답일 것 같다. 그는 이른바 '대구의 자연파 시인들'에 속할 듯도 한데, 농촌과 도시의 접경에서 얻게 되는 아기자기한 정서를 행복하기도 하고 슬프기도 한 어조로 읊조리는 이기철하고도 다르고, 자연의 크고 작은 기미에서 삶의 철리와 그 은유를 내다보는 송재학하고도 다르고, 압축된 감정으로 자연 풍경 속에 반추상화를 그리는 장옥관하고도 다르다. 문인수의 시선이 머무는 곳은 자주 황량하고, 그에게서 자연과 인간의 관계는 항상 조화로운 것이 아니며, 풍경을 바라보는 그의 감정은 깊기도 하고 숙연하기도 한 것이 사실이나 반드시 풍요로운 것은 아니다. 그는 간절한 마음으로 풍경을 향해 다가가는 듯하지만 거기에 볼 만한 것이 아무것도 없다는 것을 벌써 알고 있는 사람처럼 허랑하게 물러난다. 그는 그 자리에 있지 않다. 다른 곳을 더 그리워하기 때문이라는 말은 그럴듯하지 않다. 어디서나 허랑하게 물러나는 그는 '한 풍경'이 아니라 '풍경'에 실망한 사람이기 때문이다. 그가 자리를 옮기는 것은 그 자리가 실망스러워서라기보다 거기서 시시한 것만을 발견해야 하는 사람으로 남아 있고 싶지 않기 때문이다. 자연스럽게건 마음을 다져서건 특별한 것을 발견해내려는 사람은 벌써 자기 자신을 무엇으로 만든 사람이거나 무엇이 되기를 원하는 사람일 터인데, 그에게서 자기 존재를 규정하는 일은 이렇게 어설픈 풍경 보기와 함께 항상 뒷날로 연기된다. 그는 나그네다. 지금 있는 그 자리를 지키지 않거나 지킬 수 없다는 점에서도 그렇지만, 무엇이 될 수도 없고 되려 하지 않는다는 점에서도 그렇다. 아무것도 되려 하지 않는다는 것, 이것보다 한 나그네의 정서적 조건을 더 잘 설명해주는 것은 없다.

그의 시집을 펼쳐놓고 읽다보면 우리가 가고 싶은 곳에 그는 항상 먼저 가 있었고 휴전선 이남에 그의 발길이 닿지 않은 곳은 드물다는 것을 금방 알 수 있다. 그러나 문인수는 절을 찾아다니면서 시 한 편씩을 뽑아내는 사람도 아니고, 우포늪이나 정동진에서 기념사진을 찍는 사람도 아니다. 그는 기념하지 않으며 기념할 것이 없다. 그는 이사 가기 전 임시로 빌린 집의 마루에 앉아 있듯 여행지의 해안에 앉아 있다.

2박 3일 일정으로 섬에 들어갔다.
섬은 허퍼 한 번도 섬을 구경하지 않았다.


바다가 바다를 구경하지 않듯이
파도 소리가 파도 소리를 구경하지 않듯이
갈매기가 갈매기를 구경하지 않듯이
수평선이 수평선을 구경하지 않듯이
통통배가 통통배를 구경하지 않듯이

일몰이 일몰을 구경하지 않듯이
별빛이 별빛을 구경하지 않듯이 또한
그 무엇도 다른 그 무엇을 구경하지 않듯이
　　　　　　　　　　　　　　—「2박 3일의 섬」 부분


　시인은 섬에 들어갔으나 섬을 구경하려고 애쓰지 않았다. 외
따로 떨어진, 보잘것없는 이 섬은 바로 같은 처지에 있는 시인
자신이기 때문이다. 이 구경하지 않음은 서울 사람이 스무 살
이 넘도록 창경궁에 가본 적이 없다거나 남산 타워에 올라가본
적이 없다는 말과 다르다. 서울 사람들은 창경궁과 가까운 곳
에 살거나 남산을 바라보며 산다. 그들은 어떤 방식으로든 창경
궁이나 남산과 함께 살아간다. 시인은 섬으로 살고 있지만 섬
과 함께 살지는 않으며, 그가 섬과 대면하기 위해 자신에게 허
락한 시간은 "2박 3일"에 불과하다. 이 점에서, 여덟 번의 "구경
하지 않듯이"와 함께 열거되는 사물들의 '구경하지 않음'은 시
인의 그것과 반만 같다. 그것들은 저희들이 저희들 자신인지도
모르고 저희들이 있어야 할 자리에서 있지만, 시인은 비록 은유
적일망정 바로 저 자신인 자리에서 짧은 시간을 편안하지 않게
머무른다. 사실 섬을 시인 그 자신으로 보는 은유 자체가 처음
부터 편안하지 않은 마음의 소산이다. 저 자신을 구경하지 않는
갈매기는, 저 자신을 구경하지 않는 통통배는, 어디까지나 갈매

기와 통통배로 남을 뿐 다른 것이 되지 않는다. "2박 3일"은 그 것을 허용하지 않는다. 그는 "바삐 바삐 어구漁具를 챙기는 어부 들"이 아니기에 "한 팀 꽉 짜인 저 바다"에 들지 못한다. 섬과 시 인이 짝을 이루는 은유는 거기 단단한 팀을 이루어 사는 것들이 그 삶으로 내밀하게 누릴 은유체계에서 추방될 때만 성립할 수 있는 은유이다. 나그네는 섬일 수조차 없기에 섬이다. 그래서 이 은유는 아슬아슬하고 안타깝다. 그런데 시인은 이 안타까움 만이라도 누리는가.

이 시에서 "풍경이 풍경을 반성하지 않는 것처럼"으로 시작 하는 김수영의 시「절망」과 유사한 음조를 발견하는 것은 쉬운 일이다. 그러나 두 시가 각기 드러내는 삶의 태도보다 더 다른 것은 없다. 김수영은 변하지 않는 삶의 끝을 물고 늘어지며 자 신에게 적대적인 사물들 앞에서 동일한 적대감을 키워 순결한 자가 되기를 갈망한다. 문인수에게서는 아무것도 되지 않는 것 만이, 그래서 아무것도 누리지 않는 것만이 오직 순결한 것이 다. 그는 짧은 여정을 남의 일처럼 털고 일어선다.

저 긴 수평선, 당신도 입 꽉 다물고
오래 독대한 흔적이 있다.
바람 아래 모래 위 우묵한 엉덩이 자국이여
온몸을 실어 힘껏 눌러앉았던

이 뚜렷한 부재야말로 날개 아니냐

저 일몰 속 어디 어둑, 어둑,

훨 훨 훨 깔리는 활주로가 있다.

—「나비」전문


　한 사람이 바닷가의 모래 위에서 시선의 막막한 끝인 수평선을 바라보고 제 몸무게를 다 실어 앉았던 자국이 그 모래 위에, 그러나 또한 바람 아래 찍혀 있다. 앉았던 사람은 이제 거기 없다. 육지와 바다를 하나로 합치는, 그래서 모든 것을 부재 속에 몰아넣는 어둠이 그 자국을 나비의 두 날개로 만들어 날아가게 한다. 나비를 실어줄 바람은 이제 모래 위의 날개를 지울 것이다. 침묵하는 수평선에 내던졌던 감정도, 한 육체의 아랫도리가 마침내 짧게 느꼈을 온기도, 어떤 것도 남아 있지 않다. 부채에 의해서 만들어지고, 사라지기 위해서 남게 되는 이 흔적은 나그네의 본질적 은유이다. 그것은 정열을 낭비하기 위해 바치는 정열의 흔적이며, 힘을 쓸모없는 것으로 만들기 위해 동원되었던 힘의 흔적이다. 김춘수 같은 사람의 무의미시가 사물과 이미지를 차례로 지우고 파편의 어휘와 끊어질 듯 이어지는 음조만을 남기는 것처럼, 나그네는 열망으로 삶을 지우고, 지워질 삶으로 열망을 지우는 끝에 잠시 흔적을 남긴다. 그러나 무의미시가 의미의 언어로 무의미를 떠받들듯, 아무것도 되지 않으려

했던 삶에서도 힘의 낭비가 흩뿌려놓았을 흔적에의 집착은 쉽게 지워지지 않는다.

늙어 눈에 밟히느니 전부
내 청춘 아닌 것 없구나, 저 또한 이제 漁花라 부르고 싶다.
혹한의 밤바다 파도 소리 멀리
꽃 핀 고기잡이배들의 불빛.
저 차디찬 암흑의 악다구니 속에다
장약 쟁이듯 힘껏 뿌리를 박는 漁撈에게 늘 미안하지만 오늘도
아름답게만 내다보인다.

천천히 걸어나가는 중인 것처럼 방파제 끝까지 내다보인다.
등대도 팔힘을 쏟다.
　　　　　　　　　　　　—「등대도 팔힘을 쏟다」 전문

눈에 밟힌다는 말은 어떤 것이 무심결에 선연하게 시선 속에 들어온다는 말이기도 하겠고, 그것이 보기에 불편하다는 말이기도 하겠다. 춥고 어두운 밤바다에 "漁花"라고 부르고 싶은 어화들이 휘황하게 빛을 뿌리고 있다. 그것은 더할 수 없이 아름다우나, 벌써 스스로를 늙었다고 생각하는 시인의 시선이 감

당하기 어려울뿐더러, 여전히 다 가시지 않은 청춘의 집착과 미망이 서려 있어 눈 속 깊이 거두어들이기에 불편하다. "저 차디찬 암흑의 악다구니 속에다/장악 쟁이듯 힘껏 뿌리를 박는 漁撈"는 지금 먼 바다에서 노동하는 어부의 일이기 훨씬 전부터 밝은 자리에 붙잡히지 않으려고 어둠 속에 모든 내깃돈을 걸었던 어떤 청춘의 일. 바다의 이쪽 끝에서부터 저쪽 끝까지 훑고 지나가는 등대의 불빛도 그 아름답고 불편한 불의 꽃들을 쓸어버리지는 못한다. 쓸어버리기는커녕 긴 방파제를 어둠 밖으로 드러난 통로처럼 보여주어 사라져버렸던 시간 속으로 시인을 다시 걸어들어가게 한다. 등대가 내뻗는 불빛 팔의 힘씀이 시인에게 뚜렷하게 감지되는 것은 그 힘이 강력해서가 아니라 오히려 무력하기 때문이다. 등대도 우리와 함께 늙는가. 다른 공간으로 아무리 날렵하게 몸을 옮겨도 시간 속에는 더 많은 흔적이 앙금처럼 가라앉고 그것을 지울 힘은 그만큼 약해진다. 어둠 속에 휘황하게 빛나는 은유의 순간이 온다.

나그네의 은유는 기억에서 솟아오르지만 또한 기억 속에서 사멸한다. 문인수의 은유들은 낭비해버린 시간 속에서 지워버려야 할 흔적처럼 거치적거리며 나타나지만 그것이 미래를 향해 개화하는 일은 거의 없다. 그는 어디든지 찾아가고 어디에서도 머물지만, 무엇이 되지 않기 위해 찾아가는 그에게 찾아가는 곳이 미래는 아니다. 그에게 모든 풍경은 하나의 풍경이다. 그 풍경의 한끝에 그의 눈이 멈춘다면 그것은 그 풍경이 특별한 것이어서가 아니다. 특별한 것이 그의 눈길을 붙잡는 것이 아니라 어떤 자리이건 그가 눈여겨보면 특별한 것이 된다. 문인수가 새로운 기억을 거기 심기 때문이 아니라 벌써 남겨놓았던 흔적을 거기서 다시 발견하고 되새기기 때문이다. 이 나그네의 은유는 파묻어두었다 다시 발견하는 은유의 미라에 더 가깝다. 이 특이한 시적 순간은, 농경사회적 정서의 중추가 되는 조화로운 자연에 대한 신뢰감과 지방 도시의 문예활동을 지탱해주던 고결한 문화적 의지가 한때 양산하였던 시적 은유의 형해들이 한번 생명의 빛을 발하며 발굴되는 순간과도 같다. 그것은 당연히 투명한 죽음의 형식을 지닌다. 그러나 한 시대의 들끓음을 봉인해놓은 죽음.

한 노인이 방파제 위를 걷고 있다.
한쪽은 잔잔하고 한쪽은 들끓는다.
눌린 어깨가 저려서 돌아눕거나
귀가 당겨서 또 돌아누울 때처럼 오늘도
방파제 위를 여러 차례 운동 삼아 왕복하고 있다.
비대칭의 탄탄대로여
노인의 걸음걸이가 많이 불편하다.
그러나 주춤주춤 밀어붙였을까

장대한 등대가 천천히 방파제 끝에서 일어서고

　　노을이 진다

　　수평선 너머 붉게 내려가는

　　노인의 그물이 커다란 새 같다

　　　　　　　　　　　　　　　　　　　—「등대」 전문


　　이 시는 「등대도 팔힘을 쓴다」의 해설판이라고 부를 만하다. 파도치는 바다와 잔잔한 바다를 가르고 뻗어 있는 방파제 위로, 황혼녘에 한쪽 어깨가 마비된 노인이 걸어가고 있다. 이 비대칭의 풍경 속에 문인수의 시적 비밀이 담겨 있을 것도 같다. 지난날의 들끓던 힘은 현재를 넘어 미래의 시간에 전달되지 않는다. 그것은 죽음에 의해 정화되었을 뿐만 아니라 봉인되어 있다. 등대의 불빛이 바다를 쓸듯 지는 해의 붉은빛이 노인의 그림자를 어둠의 그물로 키우며 만상을 끌어 담고 바닷속으로 진다. 세상을 한꺼번에 무화시키는 "새"는 죽음밖에 없다. 아무것도 되려 하지 않는 나그네의 은유는 죽음의 은유이다. 그것은 정확히 말하면 새로 생산되는 은유가 아니라, 이미 범람하였던 은유들의 조촐한 장례식과도 같다. 오래전에 속화된 은유들이 이 마지막 의례에서 낡은 옷을 벗고 새 옷을 입는다. 그 옷이 깨끗하고 아름다운 것은 그것이 수의이기 때문이다.

　　시집의 제4부를 이루는 "인도 소풍"들이 아마도 이 장례식의 의의를 규명해줄 것 같기도 하다. 인도는 명상적 삶을 지향하는 사람들의 순례지이지만, 문인수의 인도에는 어떤 종류의 것이건 명상적 은유가 없다. 인도를 말할 때 그의 시는 어느 때보다도 사실의 묘사로 가득하다. 그에게는 이 명상의 땅이 개인적 기억도 홀로 낭비했던 시간의 흔적도 묻혀 있지 않은 메마른 땅에 불과하기 때문이다. 처음 보는 풍경, 바로 그 점에서 미래의 풍경이기도 한 이 풍경은 시인의 시선에 과거의 기억이 주는 깊이를 허용하지 않는다. 그러나 이 벌판에서 자주 그의 시선을 붙잡는 것은 죽음이다. 죽음은 기억을 정화한다. 죽음의 은유는 낡은 은유들을 정화한다. 문인수의 시는 자칫 통속에 빠지기 쉬운 주제들을 즐겨 다루지만 그의 시어가 단 한 번도 상투적 표현에 붙잡히지 않는 것은 이 죽음의 정화작용 때문이다. 나그네 은유의 마지막 도정에서 그의 시는 무덤 위에 피는 흰 꽃들처럼 아름답다.

# 영생하는 여자

## ─이경림, 『상자들』

  이경림은 사람들이 자기 이야기에 귀를 기울이게 하는 재능이 있다. 일상의 작은 하소연에 그칠 듯이 시작되는 이야기는 곧바로 한 역사의 어두운 밑바닥으로 내려가고, 간장처럼 진한 감정의 장대비 속을 헤매다가, 새벽꿈의 언저리만큼 몽롱한 곳에서 기억과 현실이 반죽된 작은 보따리 하나를 들고나온다. 좌중에는 회색 농담을 바탕으로 타다 남은 장작불을 그린 것 같은 그림 한 장이 펼쳐지고, 사람들은 벌써 취해서 자기 앞의 술잔을 들어 홀짝거린다. 이야기의 주제가 다양한 것은 아니다. 비참했던 가족사, 그 중심에는 사회주의 운동가이기도 했고 한학자이기도 했고 재가승이기도 했던 아버지가 있다. 그리고 짧은 대학생활과 한 남자의 얼굴, 모진 가난 속에서 끝내 얻어내지 못한 학위기처럼 그 얼굴도 끝내 지워지지 않는다. 끝으로 모래밭같이 막막한 결혼생활, 덤덤하나 착하고 너그러울 것이 분명한 남편이 늘 희생자의 자리에 서 있지만, 이 불행은 이경림 특수의 불행이 아니라 누구도 감당해주지 못할 힘과 재능의 그것이다. 이 개인사적 불행 위에는 이 땅에서 우거진 이런저런 정서적 역사의 불행이 겹쳐 있다. 따져서 듣다보면, 주제는 늘 변함이 없는데, 이야기의 세부는 적게도 변하고 많게도 변한다. 그래서 반쯤은 사실 같고 반쯤은 소설 같다. 소설의 개입으로 왜곡된 현실일 것도 같고, 현실의 억압으로 완성되지 못할 소설일 것 같기도 하다. 조금 거친 말이 되겠지만, 이 문학적 개입의 확장력과 현실적 억압의 응축력에서 그 정수를 간추리면 이경림의 시가 된다.

「굴욕의 땅에서 1」는 시집 『토씨찾기』(백성, 1992) 중의 한 편이다. 발간되자마자 미아의 신세로 떨어졌다가 두번째 시집 『그곳에도 사거리는 있다』(세계사, 1995)의 발간 이후에 다시 발견된 이 시집을 그 미아의 시절에 우연히 읽게 된 독자는 아마 그 서투름만을 발견하였을지도 모른다. 그러나 이 진지한 독자가 미진한 마음에 시집을 처음부터 다시 읽었을 때 그는 이 서투름이 이제 눈떠야 할 눈의 눈꺼풀에 불과하다는 것을 또한 이해했을 것이다. 「굴욕의 땅에서 1」에서 눈동자에 해당하는 부분만을 적어보자.

그렇다 너는 아무도 없는 어둠의 한가운데 두 팔을 벌리고

휘적휘적 찾아올 키 큰 궁륭과 입맞추리라 첫 키스처럼

아득하고 모호한 날들이 너를 에워싸리라 그때

나는 어둠의 뒤편에 서서 멀리서 태양이 비껴 뜨고 수직으

로 떨어져내리는

장관을 보리라 아 한꺼번에 때묻지 않은

새들이 날아오르리라

깃털 위에는 검고 검은 날들

죽어 땅에 묻힌 혈육에게 바친 시이다. 죽은 딸은 어둠 속의
궁전에 들어 그 궁륭에 입맞춘다. 그 딸을 둘러쌀 아득하고 모
호한 날들은 과거의 시간이겠지만 죽은 자의 삶에서는 미래적
가치를 지닌다. 시인은 이 어둠을 "태양이 비껴 뜨고 수직이 떨
어져내리는" 한 풍경으로 보고 있다. 저 모호한 날들이 시인에
게도, 적어도 그가 시를 쓰는 동안에는, 전적으로 미래의 시간
에 속할 것임을 암시하는 구절이다. 그의 시는 이 시간 속에서
이루어진다. 빛나는 태양이 수직으로 떨어지는 이 순간은 전체
와 무를 동시에 아우르면서 삶을 어떤 신령한 시간 속으로 끌
고 들어간다. 죽음으로서의 무는 일상의 비루한 흔적을 지우고
인색한 칸막이를 해체하여 삶의 정갈함만을 남게 하며, 그것을
다시 전체 속에서 통일된 빛으로 소생시킨다. 그러나 이 신령한
시간에 초월적 명상이나 형이상학적 고찰 같은 것은 전혀 없다.

그것은 삶으로부터 그 본질을 추스른 것도 아니고 그것을 형식화한 것도 아니다. 이 낯선 시간 속의 삶은 이 세상 삶에 대한 추상적이거나 관념적 원리이기보다 이 삶과 동행하는 다른 삶, 말하자면 패러렐 리얼리티parallel reality라고 불러야 할 것에 해당한다. 이경림은 가장 먼 곳을 볼 때도 이 땅을 보고 있다. 그에게 가보지 않은 세계는 많아도 살아보지 않은 세계는 없다.

초월이나 형이상학의 거부는 이경림에게서 시적 전략 이상의 것이다. 명상이나 정리는 포기에 해당할 터인데, 이경림은 어떤 원망도 포기하지 않는다. 그는 삶의 경계 밖에 또하나의 세계를 지어놓고 그것을 그리워하는 사람으로 남으려 하지 않는다. 그에게서는 죽음까지도 삶을 끝낸 다음에야 오는 것이 아니다. 현실과 현실이 포지티브 필름 위에 네거티브 필름처럼 겹쳐 있고 그것들은 안팎을 구분할 수 없이 연결되어 있다. 시인이 현실에 충실하려 할수록 이 겹침은 더욱 완강해진다. 그의 시가 현실에 밀착할수록 더욱 기괴한 모습을 띠는 것은 이 때문이다. 그때 현실은 깊어지고 두터워지지만 거기에는 역사도 어떤 종류의 변증법도 변화하거나 발전하지 않는다. 그러나 현실은 죽음 너머로까지 존속한다. 영생은 이경림에게서 삶의 전략이며 시간의 (또는 무시간의) 전략이다.

두번째 시집 『그곳에도 사거리는 있다』로 넘어가면 이 전략은 훨씬 더 세련되어진다. 우선 언어의 세련인데, 직설적인 언어와 비유적인 언어의 경계가 모호해지고, 이 모호함의 자리에 예의 두 세계가 은밀하게 겹치고 있다는 점에서 그렇다. 「이상한 거리」 한 편만을 읽어도 이 겹침 현상은 유감없이 나타난다. 시인은 "취중에 길을 잘못" 들어, "네온이 휘황"한 거리에서 수많은 "안돼"를 만난다. 이 금지는 사회 일반의 윤리적 금제에서부터 여성적 자기 발현의 강요된 좌절과 창조적 열정의 억압으로까지 확장된다. 그리고 그 확장이 최고조에 달했을 때 시의 색조는 완연하게 변한다.

> 안돼 안돼!!!
> 가 돼를 넘어 돼가 안돼를 넘어 하늘 가득 번쩍거린다
> 휘황하다 쌍쌍의 안돼들 희희낙락 걸어간다
> 여기저기 호루라기 소리, 느닷없이
> 아이들 밤벚꽃처럼 핀다 하얗게 울면서
> 꽃잎이 날린다
> 거리가 후루룩 어둠을 들이켜고 있다
> 엄청나게 큰 사발이다
> 춥다

　결코 "안돼"가 "돼"로, 부정이 긍정으로 바뀌지는 않는다. 그러나 부정은 긍정이 해야 할 일을 대신한다. 금제와 억압은 그

자체의 강렬한 힘을 타고 연애하는 젊은 연인들이 되고, 아이들이 타고난 능력의 개화를 막는 좌절의 철저함은 그 자체가 꽃이 되어 피기도 하고 지기도 한다. 물론 여기에는 풍자적 의도가 있으며, 시인은 이 "밤벗꽃"의 개화와 낙화가 "엄청나게 큰 사발" 속에서 벌어지는 코미디에 불과하다는 사실을 분명하게 인식하고 있다. 그러나 시인의 언어에서 빈정거림만을 발견하게 되는 것은 아니다. 비록 부정적 효과 속에서일망정 시인은 자기 재능의 발현과 언어의 자발성을 은밀하게 누린다. 마치 네거티브의 풍경을 다시 네거티브로 찍은 것처럼 언어의 선회 속에서 분명한 포지티브의 개화가 생성한다. "밤벗꽃"은 단지 말로만 밤벗꽃이 아니다. 이 시집 속의 여러 시에서는 막힌 곳이 갑자기 통로가 되고, 짙은 어둠 속에서 갑자기 환한 빛이 출현하고, 막막한 자리에 갑자기 번들거리는 검은 장미가 피어나는 환상의 시간들이 자주 나타난다. 거기에는 모두 저 최초의 체험, 곧 죽음과 삶 사이 혼교의 체험이 있다.

혼교, 그러나 이 혼교라는 말은 세번째 시집 『시절 하나 온다, 잡아먹자』(창비, 1997)에 더 적합한 말일지 모르겠다. 이 시집에서도 다른 시집에서처럼 다양하고 날카로운 사회적 발언들을 다수 담고 있지만, 거기에는 늘 이 발언들을 어떤 색조로 융해시키는 야릇한 육체적 감각이 개입한다. 삶이라고 부르기보다는 그 최초의 꿈틀거림 같은 것, 그래서 에로스라고나 불러야 할 것, 그리고 죽음이라고 부르기보다는 차라리 그것의 잠복된 욕구 같은 것, 그래서 타나토스라고나 불러야 할 것, 그것들이 낯설면서도 아늑한 에로티즘을 형성하여 만상 위에 기름처럼 절어 있다. 세 개의 절로 되어 있는 「여자들」에서 첫번째 절만 적는다.

> 양털카펫이 된 여자가 방안 가득 깔려 있다
> 탁자가 된 여자 앞에 그는 의자가 된 여자를 깔고 앉아
> 신문을 보고 있다 옷걸이가 된 여자의 두개골을 덮으
> 며 그의 옷이 걸려 있다 커튼이 된 여자가 주름을
> 드리우며 쳐 있고 액자가 된 여자, 알 수 없는 색깔들로
> 뒤범벅이 된 채 걸려 있다
> 텔레비전이 된 여자가 쉼없이 푸르스름한 말들을
> 중얼거리며 켜져 있다 책장이 된 여자 속의 수많은 書冊들
> 먼지를 쓰고 있다 일제히 갈피가 되어 일렬횡대로

아마도 이 시는 최초에 한국 남자의 남자됨을 고발하기 위해 입안되었을 것이다. 한국의 남자는 무능하다. 제 손으로 밥 한 끼도 해결할 수 없고, 양말 하나를 갖춰 신을 수 없다. 그러나 항상 틀을 잡고 앉아야 하고 꼿꼿이 일어서야 한다. 그 뒤에는 말할 것도 없이 어머니가 있고 아내가 있고 여자가 있다. 삶

의 세부 곳곳에 빈틈없이 여자의 몸과 마음이 크고 작은 방석을 깔아놓고 크고 작은 기둥을 세워놓지 않으면 남자됨은 성립하지 않는다. 남자는 여자를 깔고 앉고 여자를 짚고 일어선다. 이것이 이 시의 사회학적 혹은 인류학적 내용일 것이다.

그러나 이 사회학과 인류학은 금방 생명의 존재론이 된다. 여자는 남자가 아니기에 아무것도 아니지만 동시에 남자의 모든 것이다. 남자는 여자를 덮고 여자를 먹고 여자를 읽고 여자를 말한다. 더 나아가서 여자는 남자의 모든 것일 뿐만 아니라 만물과 그 힘의 모든 것이다. 만물을 신이라고 여길 때 그 신을 범신이라고 부르듯이 여자가 곧 만물일 때 우리는 그것을 범여성이라고 불러야 할 것이다. 한 집안을 가득 채우고 한 세상을 가득 채우는 이 여성은 이 우주에 미만한 생명이며 동시에 그 생명을 고스란히 흡수하는 죽음이다. 이 삶과 죽음의 혼교가 이 경림에게 그 상상력의 근원이며 그 시쓰기의 원기이다. 그는 무엇이 되려 하지 않는다. 그 대신 그는 범여성이자 동시에 영생하는 여성으로 모든 것을 흡수하고 동화한다.

네번째 시집 『상자들』(랜덤하우스코리아, 2005)에서도 우선 시 한 편만을 골라 적자. 「작가―상자들」의 전문이다.

아버지는 늘 책상머리에 앉아 원고를 쓰고 있었다 백열등 불빛 아래 원고지 빈칸이 끝이 없었다 그는 일생 거기에다 자신을 쓰고 지웠다 그는 자신을 팔아 자식들의 신발을 사고 쌀을 샀다 그의 손으로 팔아치운 자신들이 얼마인지 자신도 몰랐다 이따금 그는 꿈에 자신들의 동창회에 다녀왔노라고 불길한 꿈이라고 이마를 찌푸렸다

어느 날 나는 팔려간 수천 명의 아버지들이 책상머리에 앉아 빈 원고지 칸에다 진짜 아버지를 써넣는 것을 보았다 그때 아버지의 등에는 희고 투명한 날개가 돋아 있었다.


이 시에 설명해야 할 것은 많지 않다. 자기 몸을 조각내어 원고지 칸을 메우고 그것을 팔아 자식들의 삶을 연명하게 하는 가난한 글쟁이 아버지의 운명이 있다. 마지막 줄에서 아버지의 등에 돋친 "희고 투명한 날개"는 물론 생전의 아버지가 매문에 쪼들려 끝내 펼쳐보지 못한 날개이다. 그러나 죽음이 아니라면 누가 그 날개를 달 수 있겠는가. 그래서 이 구절은 "마침내 영원이 그를 그 자신으로 바꿔놓은 그런 시인"(「에드거 포의 무덤」)이라는 말라르메의 한 구절을 생각한다. 제 삶을 조각내어 원고지의 작은 상자 속에 나누어 담고 있던 시인은 죽음의 시간인 영원에서만 진정한 시인이 된다.

『상자들』에서 이경림의 시적 주제는 바뀐 것처럼 보인다. 그러나 바뀐 것은 방법일 뿐이다. 삶과 죽음의 상호 개입은 여전하지만, 시인은 그 모호한 혼교의 운무를 분석하고 정리하여 이

삿짐을 싸듯 상자 속에 넣어 어딘가에 저장하려, 혹은 치워놓으려 한다. 이 상자들의 모양은 모두 같겠지만 그것들이 무엇이라고 규정해야 할 말은 같지 않다. 어느 곳에서 상자는 우리의 죽은 몸을 담고 함께 썩어갈 관을 가리킨다. 사방이 문이어서 도리어 사방이 벽인 이 저주받을 운명의 음모를 말하기도 한다. 모진 기억들을 담고 괴다 흐르다 화농하는 시간의 물컹하거나 단단한 덩어리들도 상자처럼 답답한 모습을 지니는 것이 당연하다. 희망 없이 강제된 노역으로 천천히 닳아지면서 굳어지는, 또는 담은 것이 너무 많아서 결국 아무것도 끄집어낼 수 없게 되어버린 이 육체의 가죽부대도 상자로 표현된다. 무어라고 말하기도 전에 그 말보다 먼저 달려와 눈앞을 가로막는 회한이나 절망감 같은 것도 그 가운데 하나다. 그것들이 무엇이건 간에 모두 상자의 형식을 가졌다는 것이 신기하다면 신기할 수도 있다. 그런데 이렇게 이야기하다보면, 그 상자의 내용들은 그 하나하나가 모두 죽음과 삶의 혼교에 여전히 머물러 있는 것을 알 수 있다. 그 어두운 에로티즘 속에서 영생하려던 시인은 이제 그 정체가 무엇인지를 알아보려 한다는 점이 차이라면 차이다. 어쩌면 시인이 이제 늙기 시작했음을 말해주는 것이 아닐까. 아니 어쩌면, 오래되고 오래되어서, 끝내도 끝나지 않아서, 오히려 진부한 낯빛으로만 발은 그 불행들을 시인이 어느 구석에라도 쌓아두려 하기 전에 그것들이 먼저 알아서 상자가 되는 것인지도 모른다. 아래에 눌린 것이 위에 있는 것들을 견뎌내고, 가끔 어깨를 으쓱 올려 빛이 조금, 바람이 조금, 이경림의 말 같은 지독하고도 속도 빠른 말이 조금, 지나갈 틈을 만들기 위해서도 그것들은 상자가 되는 편이 더 나을 것 같기도 하다. 그러나 시인이 저 어둡게 나는 모호한 정열을 단순 정리하려 애쓰는 날은 여전히 비가 추적추적 내리는 날이다.

이경림은 변하지 않는다. 다만 오랫동안 진해지고 깊어졌으며, 이제 단순해지려고 한다. 어떤 원리 속으로 초월하고, 형식속에서 명쾌해지는 일이 그에게 하나 더 남은 일일 것이라고 짐작되기도 한다. 그러나 상자 만들기의 기하학보다는 혼교가 뒤늦게 몰고 올 화학에 더 많은 기대를 걸라고 권고하는 사람도 있겠다.

# 잊어버려야 할 시간을 찾아서
## ―권혁웅,『마징가 계보학』

권혁웅의『마징가 계보학』(창비, 2005)에는 군말을 덧붙이기가 어렵다. 이 계보들은 그 전체가 강렬한 주제의식으로 꿰뚫리고, 하나같이 철저한 방법에 따라 조직되고 정리되어 제가 있을 자리에 정연하게 배열된다. 한 번도 탄력을 잃지 않는 문체는 늘 예민하게 살아 있는 의지를 말할 뿐만 아니라, 그 계보들이 존재해야 할 이유를 그 자체로 설득한다. 그렇다고 비밀을 그만큼 덜 감춘 것은 아니다. 묶여 있는 시들은 모두 우리에게 말을 걸지만, 골몰해야 할 다른 일이 있다는 듯 딴청을 부리면서만 말을 건넨다.

『마징가 계보학』은 필경 이 시집의 저자였을 화자가 서울의 가난한 동네에서 어린 시절과 젊은 시절을 보내면서 목도하고 살아낸 비참하고 절망적인 삶을 아이러니와 패러독스와 유머의 그물로 엮어낸 모욕과 굴종과 폭력의 족보다. 그러나 이 말이 여러 가지 오해를 불러올 수도 있겠다. 무엇보다도 비참한 삶과 모욕과 폭력은 주제에 해당하고 아이러니나 패러독스 따위는 단지 전략적 유희에 그친다고 믿을 것이 아니다. 그것들은 분리되지 않는다. 패러독스는 존재의 부조리를 날것으로 드러낼 수밖에 없는 가난한 삶의 본질적 성격이며, 아이러니는 그 삶을 살고 있거나 살아온 사람의 자의식이며, 유머는 그 삶이 현재와 어렵게 맺는 관계의 표현이기 때문이다. 마음을 시적 상태로 끌어올리고, 거기서 언어를 일으켜세워야 할 시적 실천의 측면에서도 이 수사법들은 기능적이기보다 본질적이다. 가난한 삶과 모욕받는 삶, 오직 살아남는 것만이 중요한데 그것도 어떻게 살았는가를 잊어버리기 위해서만 살아남는 삶, 그래서 형식을 갖출 수 없는 이 삶이 한 사람의 마음속에 어떤 형식으로 기억되며, 그 기억이 어떤 언어와 어떤 방식으로 만나 의식의 표면에 떠오를 것인가, 아니 마음속보다 더 깊은 곳으로 사라질 것인가. 패러독스와 아이러니는 형식 없는 삶의 기억에 형식을 주며, 이렇게 얻어진 형식은 그 기억의 전체는 아니라 하더라도 적어도 그 음험한 촉수만은 지우고 잘라낸다. 가난한 삶은 감당하기 어려운 의지와 노력을 요구했겠지만, 그 삶을 기억하기 위해서는 또 얼마나 영리해야 하는가. 말이 장황하게 될 것을 두려워하지 말고, 이 시집의 첫 시이기도 하고, 제1부의 표제시이기도 한 「선데이 서울, 비행접시, 80년대 약전略傳」의 전문을 적기로 하자.

나의 1980년은 먼 곳의 이상한 소문과 무더위, 형이 가방 밑
창에 숨겨온 선데이 서울과 수시로 출몰하던 비행접시들
술에 취한 아버지는 박철순보다 멋진 커브를 구사했다 상 위
의 김치와 시금치가 접시에 실린 채 머리 위에서 획획 날았다

나 또한 접시를 타고 가볍게 담장을 넘고 싶었으나…… 먼
저 나간 형의 1982년은 빰 석 대에 끝났다 나는 선데이 서울을
옆에 끼고 골방에서 자는 척했다

1984년의 선데이 서울에는 비키니 미녀가 살았다 화중지병
畵中之餠이라 할까 지병持病이라 할까 가슴에서 천불이 일었다
브로마이드를 펼치면 그녀가 걸어나올 것 같았다

1987년의 서울엔 선데이가 따로 없었다 외계에서 온 돌멩
이들이 거리를 날아다녔다 TV에서 민머리만 보아도 경기를 일
으키던 시절이었다

잘못한 게 없어서 용서받을 수 없던 때는 그 시절로 끝이 났
다 이를테면 1989년, 떠나간 여자에게 내가 건넨 꽃은 조화造花

였다 가짜여서 내 사랑은 시들지 않았다

후일담을 덧붙여야겠다 80년대는 박철순과 아버지의 전성기였다 90년대가 시작된 지 얼마 안 되어 선데이 서울이 폐간했고(1991) 아버지가 외계로 날아가셨다(1993) 같은 해에 비행접시가 사라졌고(1993) 좀더 있다가 박철순이 은퇴했다(1996) 모두가 전성기는 한참 지났을 때다

이 연대기는, "약전"이라는 말이 붙어 있기도 하지만, 실제로 이 시집의 내용 전체를 압축하고 그가 사용하게 될 언어운용법과 시적 서정의 창출법 전체를 요약한다. 첫 연대 1980년의 "먼 곳의 이상한 소문"은 물론 그해 5월 광주에서 자행된 학살의 그것이며, "비행접시"의 출몰은 이 국가적 폭력과 겹치는 한 가정의 폭력적 풍속이다. "무더위"는 어린 학생이라고 해서 모를 리 없는 사회적 불의와 가정의 불행에 억눌려 있는 소년의 심리적 정황이다. 이 시집의 다른 시에 의하면 시인이 중학교 3학년생이었던 1982년에 한 시즌 22연승을 거둔 야구 투수 박철순과 아버지의 대비에는 한 스타의 빛나는 활약으로 못난 가장의 옹졸한 행티를 강조하려는 의도도 있겠고 서술에 탄력 있는 심지를 박아두려는 의도도 있겠지만, 후술하게 될 더 중요한 이유도 있다. 시 전체에서 "선데이 서울"의 기능은 좀 복잡하다. 그것

은 일차적으로 성에 눈떠가는 한 소년의 절망적인 성욕이 표현되는 자리이지만, 가난과 폭압에 의해 손발과 의지가 묶여버린 그의 강요된 '공일'이기도 하다. 허망하게 끝나버린 "형"의 출분 같은 것은 아예 시도해보지도 않는, 잠자는 체하는, 그러나 잠든 것이 아니기에 꿈도 꾸지 않는 그의 나날은 가장 완벽한 "선데이"다. 그가 고등학교 1학년생이었을 1984년에 "선데이 서울"은 그 본래의 기능을 온전히 회복한 듯하다. 그러나 거기서 한 여자가 걸어나와도 그는 그 여자를 맞을 수 없으니 '공일'은 여전하다. 그가 대학교 2학년생이었을 "1987년의 서울엔 선데이가 따로 없었다", 다시 말해서 구경거리가 많았고 그에게 '공일'은 전면적인 것이 되었다. "외계에서 온 돌멩이들이" 거리에 어지럽게 날아다녀도, 다시 말해서 다른 세상을 꿈꾸며 벌써 다른 세상에 사는 사람들이 독재 정권에 대항해 벌이는 싸움이 아무리 치열해져도, 소심한 그는 텔레비전에서 전두환의 "민머리"를 보고 "경기를 일으키"는 정도에 그쳤다. 그가 대학을 졸업할 무렵인 1989년에는 그때까지 확대될 뿐이었던 이 "선데이"에 대한 일종의 반성 같은 것이 있다. "잘못한 게 없어서 용서받을 수 없던 때는 그 시절로 끝이 났다", 다시 말해서 해야 할 일을, 또는 하고 싶은 일을 하지 않아 늘 괴롭게 여겨야 했던 시절은 끝났다. 그는 순결함을 유지했으나, 이제는 범접할 수 없는 첫사랑의 여자에게 바치는 사랑처럼 행동을 담보로 잡히고 얻은 순결이기에 거기에는 어떤 생명력도 존재하지 않는다. 그는 고백하나 아이러니한 어조의 뒤에 숨어 정작으로는 고백된 내용에서는 비켜서 있는 그의 처지가 또한 그와 같다.

그러나 가장 중요한 이야기는 "후일담"으로 덧붙이는 마지막 절에 있다. 발자크 같은 사람의 소설에서 느리고 답답하게 진행되던 이야기가 마지막 대단원에서 시간을 다급하게 말아쥐고 속절없이 무너져내리듯, 후일담은 짧은 매듭으로 엮어지는 기사체 문장의 속도를 타고 무심하게 정리된다. 당당하게 하나의 연을 차지하던 연대들은 이제 더이상 중요하지 않다는 듯 제각기 그 짧은 매듭 사이사이의 괄호 속에 묶인다. 선데이 서울이 폐간되었고, 박철순과 아버지가 모두 "전성기는 한참" 지나고 나서 은퇴했거나 다른 세상으로 떠났으며, 비행접시는 사라졌다. 한 야구선수의 은퇴가 전성기를 넘기고 단행된 것은 그가 선수생활을 그만두고도 감독으로 활약했기 때문이다. 아버지가 전성기를 한참 넘기고 죽음을 맞게 된 것은 그가 비명횡사하지 않았기 때문이다. 차마 직설적으로는 고백할 수 없는 아들의 은밀한 소망에도 불구하고. 진정한 비극은 아버지의 폭력에 있지 않다. 그것은 이 폭력이 화자에게 심어놓은 마음의 왜곡이다. 그리고 더 큰 비극은 이제 완연히 성인이 된 화자가 그 기억과 맺어야 할 관계에 있다. 아버지의 폭력은 잊어버릴 수 있지만, 제 마음속에 심었던 저주는 잊어버릴 수 없다. 죽은 자를 위해서도 뒤에 남은 자들을 위해서도, 그는 그에 관해 말해야 하지만 또한 말하지 않아야 한다. 그는 해방되어야 하지만 <u>스스로 해방하지는 말아야 한다</u>. 이 모순의 깊이는 어떤 거룩한 것이 우리에게 미치는 힘처럼 규정할 수 없이 무한하다.

이 무한함에의 감정이 어쩌면 해방을 대신할지도 모른다. 무한의 감정은 그가 직면하고 살아내야 할 모순에서부터 출발하지만, 원칙적으로 모순을 해소할 수 없는 무한은 없기 때문일까. 이 폭력의 계보학은 사실 무한의 계보학이기도 하다. 음흉한 희언의 뒤에건 발 빠른 선회의 뒤에건, 시집 어디에나 간절한 무한이 숨어 있다.

시인이 자신의 불행에 관해 말할 때와 마찬가지로 그가 목도한 타인의 불행에 관해 말할 때도 이 무한함에의 감정이 마치 그 이야기를 쓰게 한 최초의 원인인 것처럼 거기 간여하고 있다. 이 시집의 표제시이기도 한 두번째 시 「마징가 계보학」은 번호가 붙은 네 개의 글로 구성된다. 1. 마징가 Z─화자네 옆집에 사는 고철 수집상 "천하장사"는 밤마다 그 아내를 구타하고, 얻어맞은 아내는 그때마다 화자네 집으로 피난 온다. "계란 한 판이 금세 없어졌다"─물론 이 계란은 피멍을 삭이기 위해 그 위에 굴리는 계란이다. 2. 그레이트 마징가─그 옆집에 사는 '오방떡 사내'는 이 소란을 참다못해, 계란빵을 만들기도 한다는 오방떡 무쇠틀로 천하장사를 때려눕혔다. 화자는 여기서도 계란에 관해 언급한다. "그가 옆집의 계란 사용법을 유감스러워 했음에 틀림이 없다." 3. 짱가—오방떡 사내 그레이트 마징가도 그 권위를 오래 누리지는 못했다. 그 아내가 바람이 나 "먼산을 넘어 날아갔다". 그를 무너뜨린 짱가는 그의 아내가 아니라 '먼산을 넘어간 그의 아내'이다. 그는 집과 제 동네를 제압할 수는 있었지만 바깥세상에는 속수무책이었다. 그는 여자를 찾아다녔지만 그것은 "계란으로 먼산 치기였다". 이 계란 타령을 끝내는 네번째 글 "4. 그랜다이저"는 요약 서술이 어려워 그대로 적는다.

여자는 날아서 어디로 갔을까? 내가 아는 4대 명산은 낙산, 성북산, 개운산 그리고 미아리 고개, 그 너머가 외계였다 수많은 버스가 UFO 군단처럼 고개를 넘어왔다가 고개를 넘어갔다 사내에게 역마驛馬가 있었다면 여자에게는 도화桃花가 있었다 말 타고 찾아간 계곡, 복숭아꽃 시냇물에 떠내려오니…… 그들이 거기서 세월과 계란을 잊은 채…… 초록빛 자연과 푸른 하늘과…… 내내 행복하기를 바란다

마징가 Z 고철 수집상은 오방떡 장사를 이기지 못했고, 그레이트 마징가 오방떡 장사는 그 아내와 먼산 너머의 결탁 세력인 짱가 앞에 무력했다. 그러나 그들 모두는 "4대 명산" 밖에 있

는, 더 정확하게는 인간세상의 외부에 속하는 폭력 앞에 무너진다. 이 마지막 승리자 그랜다이저는 역마살이며, 도화살이며, 인력으로는 어쩔 수 없는 '운명'이기 때문이다. 몇 판의 계란이 매 맞은 여자의 피멍을 다 가시게 하지 못했듯이 이 세상의 모든 계란이 동원되어도 운명의 의도에 상처를 입히지는 못한다. 이 얼굴 없는 폭력은 유구할 뿐만 아니라 총체적이다. 그것은 어느 고속도로에서 만난 교통사고 같은 우연한 폭력이 아니라 땅덩어리 전체를 휩쓰는 대폭풍이나 대해일처럼 피할 수 없는 폭력이다. 그래서 이 무한한 폭력은 오히려 치유적 성격을 지닌다. 세상 밖에서 연유하는 폭력이 없다면 누가 이 세상의 폭력을 다스릴 것이며, 개인들의 팔자를 거머쥘 무한의 고삐가 없다면 "역마"와 "도화"를 누가 저 무릉도원으로 인도할 것인가. 부분적인 폭력은 삶의 앞문을 가로막지만 무한한 폭력은 죽음의 뒷문을 열어놓는다. 죽음의 뒷문 밖에 펼쳐질 무릉은 물론 슬프다. 그러나 분명하게 거기 있지만 거기 들어가 살 수는 없는 이 파라다이스는 적어도 시인에게 발언되지 않는 말로 발언된 말들을 제어하는 어떤 언어의 개념을 알려줄 수는 있다. 시인은 「수상기手相記 1」에서 이렇게 쓴다. "……네가 묻힌 낱낱의 지문은 네 부재에 대한 소소한 각주일 따름이다 너는 여기에 있었고 너는 여기에 없고 그리고 네가 만지는 것은 다른 윤곽이다 본문은 거기에 있다." 말의 블랙홀인 이 "본문", 존재하지 않음으로써 존재하는 이 말이 없다면 어떤 권능이 있어 이 세상의 허위를 다스릴 것인가. 이렇게 해서, 하나의 폭력을 더 큰 폭력으로 다스리는 인조인간 시리즈의 무한폭력 철학은 폭력과 그 시말의 계보학을 작성하는 시인에게 시의 철학이 된다. 그에게 시는 기억을 솟구쳐올리는 말이면서 동시에 그 말들을 각주로 만드는 침묵이기 때문이다.

여기까지 단지 두 편의 시를 읽었을 뿐이지만, 그것만 가지고도 우리는 이 계보학이 폭력의 에피소드들을 이리저리 꿰어놓은 앨범이 아닌 것을 벌써 짐작한다. 에피소드는 기억이 아니다. 그것은 우리의 체험의 외곽을 떠도는, 기억이 벗어버린 껍데기일 뿐이다. 이 계보는 또한 주마등이 아니다. 주마등은 반성하지 않으며 따라서 위험하다. 시인은 짧은 시 「수면」을 이렇게 쓴다.

작은 돌 하나로 잠든 그의 수심을 짐작해보려 한 적이 있다
그는 주름치마처럼 구겨졌으나 금세 제 표정을 다림질했다 팔
매질 한 번에 수십 번 나이테가 그려졌으니 그에게도 여러 세
상이 지나갔던 거다

물의 깊이를 만들고 증명하는 것은 "수십 번의 나이테"이지만, 기억의 깊이인 물의 그것은 또한 "여러 세상"으로 표현되

는 상처의 깊이다. 시인은 기억에 말을 주어 제 깊이를 정리해야 하겠지만, 또한 기억의 음험한 힘을 말로 제어해야 한다. 이 일은 권혁웅에게 시의 숙제이자 인간의 숙제다. 그에게서 기억은 어김없이 말과 함께 의식의 표면으로 올라오고 말을 따라 그 외연을 형식화한다. 관념을 다루는 일에 철저한 훈련을 거쳤고, 논리를 운용하는 기술에서 누구보다도 능숙하며, 말의 힘을 부리는 솜씨에 빈틈을 용납하지 않는 권혁웅은 그가 보고 듣고 아는 것들, 생각하고 탐구하고 실험한 것들을 총체적으로 이용하여 기억들의 단서를 잡아채고, 그것들의 난폭한 힘을 순치하고, 그것들의 관계를 조직하고, 그것들의 탈주를 차단한다. 어구 하나 문장 하나마다 철저한 지성이 투과되어, 서술되는 기억들은 그 참혹한 내용에도 불구하고 거의 투명하다. 말의 탄력은 기억을 준동케 하는 힘이 되지만 또 한편으로는 그 운동을 제한하는 고삐가 된다. 그래서, 나쁜 기억이건 좋은 기억이건 꿈의 얼굴을 가져야 할 잃어버린 시간의 기억들이 관념과 논리와 지식으로 조작된 기억의 해골로만 남았는가. 잊어버리기 위해서, 잊어버리지 않기 위해서 들추어지고 조직되는 기억의 말들은 이 두 가지 목표에 닿기 위해, 단 한 순간도 논리의 끈을 놓아버리지 않으면서도, 의미를 분산시키고, 과정을 생략하고, 순서를 전도하고, 관계를 도치하고, 서술 위에 서술을 중첩하고, 의외의 자리에 의미의 지뢰를 매설하고, 어조의 흥취를 타고 딴청을 부리고, 연결이 불가능한 연상을 타고 탈주한다. 이에 비견될 수 있는 언어를 찾는다면, 꿈의 초현실을 현실의 논리로 서술하는 언어가 있을 뿐이다. 논리는 논리를 넘어서지 못한다고 믿을 것이 아니다. 권혁웅의 계보학은, 또는 그 기억술은 논리로 제압된 몽환이며, 몽환으로 해체되는 논리다.

> 당신을 만지지 않아서 내가 노래하는 건 아니죠
> 내 노래는 당신의 얇은 피부밑을 흐르는
> 혈관 같은 것, 손대지 않아도 노래는
> 당신의 심장에서 나와 심장으로 돌아가죠
> 당신을 만지지 않아서 내가 노래하는 건 아니죠
> 내 손은 당신의 심장을 기억하고
> 그래서 언제나 둥근 허공을 어루만지고
> 노래는 손가락 끝에 맺혀 있어요
> 당신을 만지지 않아서 내가 노래하는 건 아니죠
> 내 입술이 만들어내는 소리의 동심원들이
> 당신을 만나 내게로 돌아오고 있어요
> 들숨과 날숨 사이, 거기 그렇게 당신이 있어요

「당신을 만지지 않아서 내가 노래하는 건 아니죠」의 전문이다. "당신"이 누구인지 짐작할 수는 있지만 정확히 알기는 어렵다. 그러나 "당신"과 "나"의 관계는 분명하다. 그 관계는 시인과 그의 기억의 관계이기도 하다. 나의 창조력은 당신에 대한 내 그리움에서 나오는 것이 아니라 당신으로부터 나온다. 그러나 허공에 당신을 만들어내는 것은 나의 그리움이며 나의 창조력이다. 내 창조력은 당신을 만들고 내게 돌아와 또 당신을 만들 힘이 된다. 마찬가지로 시인이 기억을 기억하고 추스를 힘은 시인 자신에게서 나오는 것이 아니라 기억해야 할 기억으로부터 나온다. 그러나 잃어버렸거나 잃어버려야 할 시간에서 기억을 솟아오르게 하는 힘은 시인의 말하려는 용기와 창조력에서 비롯한다. 시인의 용기와 창조력은 잃어버린 시간에서 기억을 솟구쳐 올리고 시인에게 돌아와 또다시 기억을 추스를 힘이 된다. 다시 한번 마찬가지로, 논리가 논리에 갇히지 않을 수 있는 힘은 논리에서 비롯되는 것이 아니라 논리가 마침내 가서 닿아야 할 몽환에서 나온다. 그러나 논리의 인색한 틀로 몽환을 만들어내는 것은 역시 논리의 일이다. 논리는 제 불모의 자리에 몽환을 만들고 다시 논리로 돌아와 또 몽환을 만들 힘을 확보한다. 이 해결할 수 없는 모순 아래, 무한의 감정 아래, 폭력의 기억은 잠시 평화를 얻는다. 상처의 기억을 포함한 모든 기억은 지하세계에서 구해온 여자처럼 뒤돌아볼 때 사라진다. 그러나 사라지지 않게 하기 위해 사라지게 하는 방법이 있다고 믿는 것이 시이다. 권혁웅이 작성한 기억의 계보학은 유쾌하고 비통하고 아름답다.

# 김근의 고독한 판타지
## —김근, 『뱀소년의 외출』

　같은 내용이라도 그것과 연줄을 대고 있는 시대에 따라 당연한 것이 되기도 하고 기묘한 것이 되기도 하는 시가 있다. 김근의 「담벼락 사내」 같은 산문시가 거기에 해당할 터인데, 다음은 그 첫 문단이다.

　오래된 담벼락을 지날 때는 조심해야 한다 좀처럼 모습을 드러내지 않는 사내는 얼핏 찌든 세월의 오줌자국이나 부식된 시간이 만들어놓은 얼룩처럼도 보이지만 그의 눈은 담벼락에 박혀 항상 우리를 노리고 있다 쫓기던 사람이 담벼락 근처 그늘 속으로 사라져버렸다면 일단 사내에게 혐의를 둬라

　이 시가 지난 세기의 1970년대나 1980년대에 발표되었더라면, 독자들은 거기서 알아볼 만한 사람은 다 알아볼 수 있게 표

현된 정치 사찰의 비극 하나를 읽어내었을 것이 당연하다. 담벼락에 붙어 우리를 노리는 사내의 정체를 두고 특별한 분석이나 논란이 필요하지는 않았을 것이다. 그는 분명 어느 기관의 요원이다. 우의적 표현이 없지 않지만 그것은 보기에 따라서 직접적인 서술보다 더 투명해서 우리의 확신을 방해하지는 않았을 것이다. 에두른 말은 오히려 자신의 고발이 불러올 파장에 대한 화자의 두려움을 덤으로 곁들여 그 존재의 사실성을 더욱 두드러지게 한다. 그러나 지금 우리에게 남산과 남영동의 위협은 사라졌고, "담벼락 사내"의 존재를 사실로 받아들이기는 어렵다. 이럴 때 환상이라는 말은 유혹적이다. 실제로 이 시의 독서에 활력을 주는 것은 시인이 미리 알아서 장치해두는 것처럼 보이는 이런저런 '환상적 기법'이다. 담벼락 사내에게 잡혀간 취객이 "고장난 우산처럼 담벼락을 따라 굴러다녔다"거나 그의 몸이 빠져나간 옷이 "아직 온전히 몸의 형태를 갖추고 있었다"고 말할 때, 오늘의 독자들은 1970년대의 독자들이 시인과 눈을 맞추는 것과는 다른 방식으로 시에 감응한다. 옛날에는 말의 변주를 헤치고 현실이 솟아올랐을 자리에서 이제는 현실을 제치고 떠오르는 말들의 자율적인 힘을 보게 될 것이기 때문이다. 20년이 채 안 되는 세월이 이렇게 사실적이었을 시 하나를 판타지의 시로 바꾸어놓았다.

그렇다고 시가 그만큼 덜 불행하거나 그만큼 덜 음산해진 것은 당연히 아니다. 담벼락에 기대 키스를 하던 애인이 문득 사라지고 그 뒤에 남은 여인이 "밀가루 반죽처럼 물렁물렁해진 미처 사라지지 않은 애인의 손 하나를 부여안고" 오래 울 때, 그 슬픔은 이를테면 1970년대의 최승자가 「이 時代의 사랑」에서 애인의 이름을 절규하던 슬픔보다 덜 절절한 것이 아니다. 그런데 이 둘 사이에는 분명한 차이가 있다. 지난 시절의 시가 말하는 한 사내의 실종에서는 그 시대의 많은 젊은이들이 자신이라고 해서 피해 갈 수는 없는, 또는 피해 가지 않아야 할 무서운 운명을 발견하였겠지만, 무섭기는 마찬가지인 김근의 담벼락 실종에는 이 운명의 공적 성질이 확실치 않다. 술에 취해 위험한 담벼락을 따라 비틀거렸다는 것은 개인의 실수이며, 그 담에 기대어 키스를 했다는 것도 개인의 경솔함으로 치부될 수 있다. 명백하게 부정적인 권력의 하수인들에게 애인을 빼앗긴 시인은 그가 절규하는 이름으로 온 세상의 젊은이를 불렀지만, 경솔한 애인을 두었던 탓에 그 손 하나만 부여안은 김근의 여인은 자신의 슬픔을 혼자 삭여야 한다. 한 사람의 슬픔에 "이 시대"라는 말을 붙일 수 있는 곳에 사실주의가 있었다면, 슬픔과 슬픔을 연결하는 끈이 끊어진 곳에 판타지가 있다.

실은 판타지의 비극이 있다는 말이 더 정확하다. 불행은 여전히 하나여도 그 슬픔은 따로따로인 자리에서 그 판타지가 성립하기 때문이다. "네 운명 따윈 이야기하지 마라. 네 운명을 결정하는 것은 이곳을 가득 채운 곰팡이 같은 예감일 뿐 그건 이미 네 몫이/아니다"—이것은 같은 계열의 판타지 시「공중전화 부스 살인사건」에서, 전화 부스에 갇힌 희생자에게 살인 청부업자가 하는 말이다. 이 진부한 살인사건을 판타지로 만드는 것은 그 희생자가 좁은 공간에 갇혀 있다는 사실도 아니고, 질주하는 자동차를 멈추게 할 만큼 밖에 큰비가 내리고 있다는 사실도 아니다. 이 끔찍한 사건의 황당한 성격은 오직 그 원인이 밝혀지지 않는다는 사실에 기인한다. 킬러는 제가 등장하는 이 시의 환상 기법을 해설하듯이 덧붙인다. "나는 너를 죽이러 왔다 의뢰인을 밝히진 않겠다 그, 건 그의 프, 프라이버시다⋯⋯" 킬러가 마지막 한 마디를 더듬는 것은 제 말을 확신하지 못해서이기보다는 그 말이 발음되는 순간 제 존재까지 황당함의 함정에 떨어질 것을 직감하기 때문일 것이다. 불행의 근원이 황당할 뿐인 프라이버시로 감춰질 때 거기서 비롯되는 불행 역시 프라이버시의 수준을 벗어나기는 어렵다. 호소할 길 없는 불행이야말로 가장 심각한 불행이겠지만, 바로 그 이유 때문에 그 공공적 가치는 격감된다. 설명할 수 없는 불행의 시, 제가 만들어낸 환상으로만 부풀어오르는 시는 고독한 프라이버시의 시가 된다. 「흰 꽃」에서 김덕룡씨(홀로 죽어가는 여자가 왜 이런 이름을 가졌을까?)가 생을 마감하면서 목도하는 것도, 그의 죽음을 목도하는 것도 그가 만들어낸 환상이다. 무섭고 긴 밤은 밤의 무게를 못 이긴 생 이파리들을 모조리 뜯어내었으며, 밤하늘에서는 수천 마리 물고기가 쏟아졌다. 마당에서는 흰 돌과 검은 돌이 싸움을 벌였고, 바람과 비를 포함해서 그것들은 모두 화석처럼 굳어졌다. 나비 한 마리 날아가고 그 몸의 "눈구멍 콧구멍 씹구멍 똥구멍 할 것 없이 사만팔천 털구멍에서도 거미 새끼들만 하루를 기어" 나왔다. 그의 육체와 혼백을 구성하는 것들이 이렇게 흩어지고 난 다음 "마당가엔 일 년 내내 꽃만 토하는 꽃나무 징그러운 흰 꽃들" 정도가 그나마 사실적이라고 말할 수 있겠다. 그러나 죽음의 처연함과 무상한 생명의 무심함의 대비로 더욱 강조되는 고독감은 그 환상의 마지막 의상이 된다.

바로 이 고독감의 표현에 의해, 김근의 판타지 시는 벌써 범주류가 된 경박한 문화적 시류를 그 시류로 전복하는 일종의 재귀적 문명비평이 된다. 그의 시에서 현실이 환상으로 변주되는 자리에는 어김없이 이 시대의 불행에 대한 불행한 의식이 있으며, 그 불행에 대한 인식의 결핍을 촉진하는 문화적 양태가 있다. 「어두운, 술집들의 거리」를 쓸 때의 김근에게 이 시대의 문화는 시공을 지워버리려는 어떤 음모로 파악된다. 이 산문시의 첫 문단을 적는다.

그 거리는 어둠의 딱딱한 껍질에 둘러싸여 있어 그게 벽인 줄 알고 사람들은 그만 지나치고 말지 일단 어둠을 밀고 들어

서는 자에게 어둠은 스펀지처럼 편안해 그 거리에선 과거나 미
래 따위는 중요하지 않아 단지 자신이 영원히 현재인 것만 증
명하면 되지 그러자면 몸에 붙은 기억들을 모조리 떼어내야 해
이따금 그 거리에선 기억을 떼어내버린 소년들이 발에 차여

시대의 막연한 암시이자 환경인 "어둠"이 막막한 벽으로 군
림할 때, 그것은 사람과 사람의 관계, 사람과 사물의 관계를 차
단한다. 이 어둠으로 차단된 의식 속에는 진정한 공간, 곧 인간
의 공간이 없다. 벽이었던 어둠이 "스펀지처럼 편안해"질 때 과
거와 현재가 연결되는 기억의 끈이 사라지고, 현재를 미래로 연
통하는 희망의 발판이 무너진다. 기억과 희망이 끊어진 의식 속
에는 당연히 시간이 없다. 김근이 이 산문시에서 그리려는 것은
물론 한 시대의 나쁜 믿음에 빠져 인식하는 주체로서의 자아를
상실한 사람들의 풍속도이겠지만, 이 주제 못지않게 중요한 것
은 '판타지'가 제작되는 어떤 비결이다. 시공의식의 상실이라는
생각을 '시공초월'이라는 문화적 약호로 둔갑시키면 온갖 종류
의 판타지에 대한 간명하고도 훌륭한 정의 하나를 얻을 수 있기
때문이다. 시인이 판타지의 시를 쓰기도 전에 그는 벌써 문화적
으로 강요된 판타지 속에 갇혀 있다. 김근은 시집의 머리시 「사
랑」에서 자신의 시적 방법을 길지 않게 서술한다.

그러나 돌의 피를 받아 마시는 것은

언제나 푸른 이끼들뿐이다 그 단단한 피로 인해

그것들은 결국 돌빛으로 말라 죽는다 비로소

돌의 일부가 되는 것이다

"돌"이 문화적으로 강요된 판타지라면, "푸른 이끼"는 그의 시정신이다. 우리가 우리를 위해 결정할 수 있는 것은 아무것도 없으며, 누구도 그 주체가 아닌 어떤 구름 같은 욕망이 오직 세상을 움직인다는 생각을 날마다 우리에게 주입시키는 문화, 곧 신자유주의의 시장 문화에 그 얼굴을 그려 보여주는 사람으로서—저 자신을 죽여 돌이 되는 사람으로서—김근은 자기 시의 환상적 효과를 위해 서사적 문맥에서 자주 인과의 고리를 제거하지만, 그 효과를 통해 드러내려는 불행 역시 기억 상실의 불행이다. 죽은 시인 김광석에게 바치는 시 「모래바람 속」에서 화자의 한 사람이 "서울은 급속하게 사막화가 진행중이야"라고 말할 때도, 이 사막화는 시인 한 사람 한 사람에게서 일체의 역사적 체험을 제거하고 그들을 모두 최초의 불모의 자리에 세워놓는 기억의 사막화와 다른 것이 아니다. 김광석은 죽었을 뿐만 아니라 "잊혀진 도시의 풍화작용을 견뎌내지 못"할 것이기에 더 불행하다. 화자는 애써 '나른한 오후'를 떠올리는데, 이 나른함 속에 기억이 잠시 머무를 웅덩이가 마련되겠지만 또한 이 나른함은 미래를 향한 희망의 끈을 이완시킬 것이기에 가슴 아프다. 「무서운 설경雪景」에서 죽은 자들의 기억을 몰아오는 설경이 무서운 것은 산 자들이 그 기억을 제 몸속에 거두어들이는 일에 실패하기 때문이다. 「골목」에서 골목의 아이들이 부모를 잃을 뿐만 아니라 스스로 부모가 되지 못하는 것은 무엇보다도 새집에 살며 낡은 집의 기억을 잃었기 때문이다. 기억이 없기에 말을 잃은, 그래서 입이 없는 이 아이들은 판타지의 형식으로만 뿌리 없는, 또는 뿌리 없음을 말하는 노래를 한다.

이 기억상실의 불행을 말하는 시집의 정점에 노인들이 있다. 시집의 전체 구성에서, 한 시인의 탄생과 성장을 신화적인 (그렇다고 불행의 어두운 예감을 떨쳐버리지는 못하는) 환상으로 처리하는 제1부, 갈피 잃은 현실의 얼굴을 판타지로 재현·비판하는 제2부, 그리고 자유롭게 풀어놓은 언어의 변주와 사물의 알레고리적 변용을 이용하여 일종의 미학적 판타지를 실험하는 제3부에 이어, 전자제품보다 더 빨리 폐품이 되는 노인들이 주로 마지막 부를 차지한다. 기억을 잃은 사회에서 젊은이는 그날 하루를 젊은이로 살지만, 늙은이에게는 그 평생이 늙은이의 삶일 수밖에 없기에 그 불행은 한 노인의 불행에 그치지 않는다. 시작이 없이 끝만 있는 노인의 삶은 시공이 왜곡되는 이 판타지의 형이상학이 되며, 살았지만 산 적이 없는 이 존재는 체험과 성장이 없는 반생명적 생명의 이데아가 된다. 기억상실을 조장하는 문화의 판타지는 폐품의 철학이다.

　김근의 판타지에서 문화적으로 강요된 판타지의 한 변용을 발전할 수 있는 것은 사실이지만, 그것만을 말한다면 공정한 판단이 아니다. 그 판타지를 구성하는 언어의 서정적 숨결에 관해서도 말해야 하기 때문이다. 「흰 꽃」의 김덕룡씨가 그 생명의 마지막 순간에 목도한 것들은 그 끔찍한 고독의 회화적 구상이지만 빗줄기에 씻겨나가는 수채화처럼 아름답다. 「모래바람 속」의 대화 같기도 하고 독백 같기도 한 말들은 읽은 사람의 존재를 단조로운 음조로 무너뜨려 나른한 대기 속에 확산시킨다. 「무서운 설경雪景」이 묘사하는 눈보라는 흑백이 절묘하게 배합되어 움직이는 그래픽을 조직한다. 어느 시보다도 아름답다고 말해야 할 「江, 꿈」은,

　　　꿈에, 누이야, 살랑거리는 물주름도 없이, 江인데,
　　　이따금씩 튀어오르는 피래미 새끼 한 마리 없이
　　　푸르스름한 대기 살짝 들떠, 未明인지 저녁 어스름인지,
　　　간유리처럼 크다만 燐光體처럼, 보일 듯 말 듯
　　　제 꼬락서니 드러내는 나무와 풀과 길과 마을 품고,
　　　가벼이 얽은 얼굴에 드러나는 마마 자국마냥, 서툴게시리
　　　산과 들과 세상이 밝음과 어둠의 바깥에, 흐르지 않고
　　　江인데, 누이야, 허옇게 물안개만 피어올라 몽글몽글,

자울거리는 시간하고 노닥노닥, 안개에 싸여 오두마니, 나,

이렇게 시작하여, 비슷한 어조로 결코 끝날 것 같지 않은 말의 어지러운 아라베스크를 그리다가 마침내 내지른 외마디 소리로 중단된다.

그만, 夢精을, 나, 너를 보듯,

"夢精"은 그렇게도 오래 그리워하고 그렇게도 내 몸을 그 속에 녹였으나 끝내 안을 수 없었던 것에 보내는 마지막 인사이며, 같은 그리움을 가진 사람들에게 보내는 첫인사다. 이 그리움을 가진 사람들은 똑같이 고독하다. 환상도 고독하다. 고독이자 고독의 연대인 이 인사가 판타지의 왜곡된 공간을 자유로운 공간으로 만들 것이며, 연결이 끊긴 환상의 시간을 탈출의 시간으로 만들 것이다. 현실이 환상의 얼굴로 제 얼굴을 가릴 때, 김근이 지금 하고 있는 것처럼 현실 본래의 얼굴을 찾아내는 것이 진정한 판타지의 임무일 것이다.

# 김이듬의 감성 지도
## ―김이듬, 『별 모양의 얼룩』

시적 취향과 시적 감수성은 같은 것이 아니다. 게다가 그 취향이 오로지 '좋은 취향'을 말하는 것이라면 더욱 그렇다. 좋은 취향을 갖는다는 것은 모름지기 어떤 구심력을 전제로 하는 것이기에 세상의 중심에 설치된 옥좌를 향해 조공을 올림으로써 그 분별력을 인정받는 것으로 이루어진다. 그것은 화이론華夷論을 내세운 문화적 이상을 믿고 재인하는 것이며, 따라서 늘 평가가 뒤따른다. 아니 평가가 앞선다고 해야 더 정확한 말이다. 이미 평가를 받은 것의 외부에 설 수 있는 미적 취향은 없다. '좋은 취향'은 그 평가의 역사를 이해하고 그 역사와 자신의 형성사를 동일시할 수 있는 능력과 다른 것이 아니기 때문이다. 시적 감수성은 중심을 모른다. 그것은 몸의 불편함이거나 쾌적함이며, 몸의 무거움이거나 가벼움이다. 그것은 화華의 유토피아에 가려진 현실의 이夷에 들리는 능력이며, 말과 이미지들의 통일된 권력 아래에서 존재들의 불화와 지리멸렬함을 깨닫고, 그 세련되지 못한 힘을 다시 파악하는 능력이다. 시적 감수성은 그 또한 역사의 산물이라고 하더라도 그 자신은 역사를 모른다. 그것은 하나의 사태를 역사 속에서 추수하고 합리화하는 것이 아니라 그 사태의 원점으로 몸을 끌고 내려가 그 기원에 의문을 제기하고, 그것을 이방인의 눈으로 바라봄으로써 하나의 '정신'을 창출하는 능력이다. 감수성은 항상 처음부터 다시 시작한다. 취향은 공시적으로도 통시적으로도 늘 든든한 토대와 배경에 의지하지만, 감수성은 그 지위와 실천이 불확실하고 불안하다. 취향으로 시를 읽는 자들은 제가 읽는 것을 '시'라는 말로 벌써 반 너머 이해하며, 취향으로 시를 쓰는 자들에게서는 '시'라는 말이 벌써 반쯤 시를 써준다. 감수성은 의지할 토대가 없다. 그것은 시적 프롤레타리아트를 만들어낸다. 랭보가 어디선가 "거지처럼 대리석 둑길을 달려갔다"고 했던 말은 빈말이 아니다. 문화가 아니라 제 생명을 수단으로 삼아 시 쓰는 자는 따라서 이렇게 묻지 않을 수 없다. 내가 지금 쓰고 있는 것이 시인가?

사람과 교섭하는 방법에서, 말을 다루고 시를 쓰는 태도에서, 요란하기도 하고 애처롭기도 한, 그러나 의심할 여지 없이 매혹적인 김이듬이 데뷔작으로 들고나온 것도 이 질문이었다.

습관성 유산에는 정확한 분석이 필요한데 당신의 할머니처
럼 다산성의 별보배조개 체질도 아니고 당신 어머니같이 들큰
한 애액을 분비하고 까무라치는 가무락조개 성질도 닮지 못했
으니 갑골 문형에서 심각한 유전자 변형을 일으킨 것은 매일
고통의 각성제인 모래를 치사량 이상 삼키거나 일부러 깊숙하
게 상처를 내나본데 나의 소견으론 내부의 백색 알갱이를 포기
하고 몸을 내게 맡기는 건 어때 어차피 패물이 퇴물로 될 때까
지 화폐로 유통되긴 마찬가진데 반짝이는 암세포를 제거하면
눈깔만한 양식 진주 목걸이를 당신에게 걸어주지 몰락한 부족
에게 그게 어디야

　　　　　—「조개껍데기 가면을 쓴 주치의의 답변」 전문


시의 생산자로서 김이듬은 선대가 누렸던 건강하거나 든든
한 생식기관이 자신에게는 없다고 생각할 뿐만 아니라 그것을
바라지도 않는다. 의식 없는 대량 생산이나 자기 상실의 공법
이 진정한 창조에 이를 수는 없기 때문이다. 그가 이물질을 섭
취하거나 제 몸에 상처를 입히는 것은 육체 전체를 특별한 종류
의 감각기관으로, 다시 말해서 시적 감수성의 자리로 만들기 위
함이다. 말의 프롤레타리아인 그에게 육체밖에는 다른 생산 수
단이 없기 때문이기도 하겠지만, 새로운 종류의 창조자로서 자
긍심을 숨기지 않는 그에게 정직하다고 믿을 수 있는 것은 육

체밖에 없기 때문이기도 할 것이다. 그러나 불모의 상태는 오래 계속된다. 관찰자는 그에게 눈먼 세속에서야 똑같은 가치를 가지고 통용될 모조품을 생산하라고 은근히 권한다. 이에 대한 시인의 직접적인 대답은 없다. 이 대답의 부재 때문에 시의 알레고리 구조는 얼핏 평범하게 보인다. 선대와 시인 자신의 대비도 그렇고, 고통의 결실로서의 진주의 비유도 그렇다. 그러나 의외의 반전은 마지막 몇 마디에 있다. "몰락한 부족에게는 그게 어디야." 시인은 자신이 몰락한 부족에 속한다고 믿는 것은 아니다. 오히려 시인 부족을 몰락으로부터 구할 책임이 자신에게 있고, 그러기 위해서는 자신이 전적으로 시의 성감대가 되어야 한다고 결심할 뿐이다. 이렇듯 육체의 감각에, 또는 감수성에 의지하는 시는 시의 운명에 중대한 계기가 되려는 영웅적인 결단을 숨기는 방식으로 드러내며, 이 시가 일정한 시적 상태를 획득하는 것도 그 때문이다.

어떤 결단이든 결단 뒤에는 덫이 있는 것은 말할 것도 없다. 감수성이 몰고 오는 시적 상태는 강렬하고 강력한 것이지만, 그래서 결단을 부르지만, 그것은 또한 벌써 말했던 것처럼 토대가 없는 것이기에 굳건한 결단에 의지하기도 한다. 거기에는 어떤 조급함이 있다. 「거리의 기타리스트—돌아오지 마라, 엄마」의 엄마에게도 이 조급함이 있다. 지하도에서 아기를 기타처럼 연주하며 앵벌이를 하는 이 엄마는 물론 시인이다. 꼬집어서 울릴 수 있는 이 아기는 감수성의 예민함이거나 강렬함이기보다는 감수성의 연약함이며 약점이다. 그것은, 또는 그것에 의지한 시는 성장하지 않으며, 시인이 만나게 되는 끝없는 비애와 공복감 그리고 "백만 마일의 바퀴벌레"일 뿐이다. 시가 물신이 되는 것도 이때이다. 기타리스트가 기타를 안았다고 생각할 때 실제로는 기타가 그를 안고 그의 목을 조르고 있다. 시인이 시를 제어하고 생산하는 것이 아니라 시가 그를 사로잡는다. "기타는 기타케이스 안으로 기타리스트를 밀어넣는다." 이 부정적인 물신에 시선을 멈추어야 하는 이유는 그것이 시인의 운명을 알레고리화하기 때문이다. 시인과 시가 이 사로잡힘과 사로잡음의 관계에서 상호 공범이 될 때만 시인이 그 이름으로 살아갈 수 있다는 운명. 그래서 시의 물신화는 시적 결단의 다른 형식, 말하자면 극단적 형식이다. 생명의 가장 강렬한 감각이 죽음에 가장 가까운 감각인 것과 같은 이치로 시의 존재를 증명하고 선언하는 감성은 종종 극단적 감성이다.

김이듬의 시에서 이 극단적 시적 감성은 자주 성감에 비유된다. 「욕조들」에서 시쓰기는 카섹스의 형식을 지닌다. 시인은 욕조에서, 설명하자면 어떤 감정에 흠뻑 젖어 있는 상태에서, 손을 내밀어 전화를 받는다. 설명하자면 영감을 얻는다. 그는 전화의 지시대로 서둘러 차에 올라타고 간결한 섹스를 치른다. 설명하자면 영감의 핵을 짚어 감정을 형식화한다. 형식화는 당연히 지적 작업의 도움을 받아야 한다. 그러나 이 지성이 제 몫을 요구하지 않는 경우는 없다. 지성은 감성을 형식화할 뿐만 아니라 불모화시키고, 급기야는 시적 감성과 시인의 관계가 벌써 낡아버린 이야기를 되풀이하는 선생과 졸음에 겨운 학생의 그것으로 바뀌고 만다. 이 졸음에 꺼묻어온 꿈속에서인 듯 시인은 경주 남산에 들어서는데, 그는 거기서 수많은 욕조와 "열고 하고 뒷물을 또 하"는 풍염한 섹스의 장면을 목도한다. 남산의 "샷갓 골짜기에 싱싱한 알몸"들을 보며 그가 염려하는 것은 "집에 두고 온 고무공만한 자궁"이다. 그의 창조적 자궁을 협소하게 만든 것에 관해 말한다면, 그것은 시인의 비평의식과 다른 것이 아니다. "더욱 사실적으로 표현하지 않으면 포르노그래피가" 된다는 것을 그는 알고 있다. 감성적 시쓰기는 육체적 임상의 시쓰기이며, 따라서 육체적 현실에 입각한 자기 비평을 함축한다. 감각과 감수성의 시법이 겉보기와는 달리 가장 자주 불감증에 시달리게 되는 것은 이 때문이다.

어쩌면 김이듬의 재능은 이 불감증을 이용하는 방법에 있다고 말해야 할지 모르겠다. 그에게서 특별하게 아름다움을 누리는 시들은 거의 언제나 기대되는 시적 영감과 그것을 비평하며 엇비껴가는 현실인식을 미묘하게 결합한다. 「달에 씻다」가 그렇고, 「언니네 이발소」가 그렇다. 앞의 시 「달에 씻다」는 최남선의 문장 하나를 글머리에 얹어두고 있다. 최남선의 글이야 지식의 면에서도 정조의 면에서도 조화롭고 풍요롭지만, 뒤이어지는 김이듬의 글은 이 조화와 풍요를 제 것으로 누리려 하지 않는다. 송광사를 찾는 시인은 "밤꽃냄새에 취한 척"하며 일주문으로 곧바로 들어서려 하지 않는다. 그 문을 정식으로 들어서는 순간부터 그는 불교적 상징체계를 건성으로라도 받아들여야 하는데, 자신의 감수성으로는 그 일을 감당할 수 없다는 것을 알기 때문이다. 세월각도 물론 그 상징체계 가운데 들어간다. 죽은 사람의 위패를 사찰에 봉안하기 전, 그 영혼이 세속에서 입었던 때를 씻을 수 있도록 잠시 머무르게 한다는 이 작은 절집 앞에서, 김이듬은 '달을 씻다'로 받아들여야 할 세월洗月을 '달에 씻다'라고 읽는다. 실수건 고의적이건 그 이유는 같다. '달을 씻다'의 달은 마음속의 달, 곧 관념세계의 달이지만, '달에 씻다'의 달은 하늘의 달, 곧 감각세계의 달이다. 밤꽃 냄새가 일주문을 향한 발걸음을 벌써 흩뜨려놓았던 것처럼, 이제 하늘에 걸린 "붉은 달빛의 갈고리"가 홍진의 일점까지 벗어버릴 명경의 달을 비판한다. 피와 살을 거느린 김이듬의 영혼에게 세월각은 하룻밤 탈각의 거처가 아니라, 영원한 정죄와 기다림의 장소, 곧 "천국과 지옥의 변방"인 "limbes"가 된다. 김이듬은 거기서 감각의 달이 관념의 달과 일치할 때까지 기다리겠지만, 또한 감각의 달로 찢기고 분열된 마음의 달이 그 마지막 관념성을 벗을 때까지 기다릴 것이다.

「언니네 이발소」에는 감각된 현실이 관념의 형식을 얻는 한 과정이 있다. 이 시에서 성애의 삽화 한 장을 보지 않기는 어렵다. "흙먼지 뒤집어쓴 머리를 쑥 내밀며 막 땅속에서 솟아오르는 죽순 같았"던 사내의 행색과 출현에도, "육계 머리칼을 뜯어 비눗물에 담그고 문지"르고 "의자에 누워 있던 사내의 튀어나온 눈이 따가울까봐 나는 출렁이는 젖가슴으로 닦아"내는 여자의 정성에도, 짧지만 강렬한 성애적 관능의 체험이 있다. 사내는 "일을 마친 성기처럼"—더 정확히 말하면 일을 마친 성기가 늘 그렇듯—"안으로 쑤욱 들어가 얼굴만 내민 석인상이" 되고 만다. 성적 관능의 환상과 기쁨은 거기서 끝난다. 어떤 강도 높은 감각도, 어떤 처연한 관능도, 순수 감관의 체험에 해당하는 모든 것은 그 덧없음 때문에 그 깊이를 의심받는다. 감수성에 깊이를 주는 것은 오직 기억이다. 육체를 특별한 자리로 치켜올린 감각의 강도가 마음의 깊은 자리에 특별한 기억을 묻어둔다.

나의 기억에 반쯤 묻힌 당신을 꺼내

하루에도 몇 번씩 닦아드려요

어디쯤에서 잘못되었나 고민하다가

광한루 지나

만복사지 옆 비탈길에서

비뚤하게 다시 만나면 안 될까요

—「언니네 이발소」부분

만복사지가 그 사내를 다시 만날 장소로 선택되는 것은 사내의 얼굴 하나가 귀두처럼 묻혀 서 있는 자리가 그곳인 까닭도 있지만, 또 달리는 김시습의 한문소설 「만복사저포기萬福寺樗蒲記」의 무대가 그곳인 까닭도 있다. 산 남자와 죽은 여자가 만나듯 감각세계의 제한된 생명의 표현과 그 열망에 영원의 형식을 부여하는 기억이 거기서 만난다. 그것들이 조우하는 방식인 "비뚤하게"는 어떤 종류의 사련邪戀을 암시하는 것만은 아니다. 주어진 형식을 깨뜨리고 얻어지는 감수성이 굳건한 생명과 깊이를 얻기 위해 기억의 형식으로 다시 둘러써야 하는 모순이 그 표현 속에 들어 있다. 이 모순의 도약대 위에서 덧없는 감수성은 안타까운 신화가 된다. 신화는 불모의 비판적 감수성의 어느 한계에 이르러 자신의 질긴 끈을 놓아버리고 판단을 정지하는 자리이다. 이때 낡은 형식으로만 기념되던 '시'에는 옛날 그 형식을 만들어내었던 최초의 감수성과 열정이 다시 스민다.

김이듬의 시를 읽다보면 이렇듯 우리의 시적 감수성이 개척하고 답사해온 지도 한 장을 얻게 된다. 짐작할 수 있다시피 지도를 만드는 것은 행정의 어려움이다. 글을 읽는 감수성이 깜짝 놀랄 때 글을 쓰는 감수성은 불모에 시달린다. "결국 쓸 글은 짧고 건조하다"—이것은 시 「사랑했지만」의 한 구절이며, 어느 자살자의 유서를 비평하는 말이다. 욕망을 모두 증발시키고 제 존재를 한 개 점으로만 남길 때, 사람과 세상을 연결시키는 말이 그러할 것이지만, 욕망이 그 사람을 가득 채웠을 때도 그 말은 짧고 건조할 것이다. 감수성은 욕망을 채워갈 때 살아나고 비울 때 살아난다. 그것을 표현하는 말도 그렇다. 김이듬에게는 쉽게 규정하기 어려운 허기가 있다. 그것은 욕망이 만들어준 허기가 아니라, 오히려 철저하게 억제된 욕망을 뚫고 욕망하려는 허기, 욕망에 대한 허기라고 불러야 할 그런 것이다. 욕망의 억제가 말을 불모에 이르게 한 연원이라고 본다면, 그 허기를 또한 말에 대한 허기라고 불러도 무방할 것이다. 이 이상한 허기, 이 욕망하려는 욕망이 육체의 감각에 날을 세우고, 이 날 선 감각들은 그의 욕망을 무참하게 잘랐던 낡은 상처들이 다시 피를 흘리게 한다. 그 상처 하나하나마다 붕대처럼 감겨 있는 문화적 형식들이 벗겨지고 허기 아래 눌린 말들이 쏟아져나온다. 이 말들은 사실에 부합하고 따라서 순결하지만, 사실을 말하나 숨기는 방식으로 말하기에 어지럽다. 이 어지러움이 김이듬에게는 일종의 정돈에 해당한다. 그것은 극단에 이르려는 표현을 복잡성의 형식으로 절제하고, 상처와 원한의 관계가 조정될 때까지 시간을 버는 방식이기 때문이다. 그가 숨기는 것이 무엇인가를 알아차릴 수 있는 독자에게는 이 어지러운 말만큼 잘 정돈된 말도 드물다. 이 어지러운 상태와 정돈 상태의 겹치기는 김이듬에게서 자주 시쓰기에 비유되는 섹스의 체험과도 같다. 시쓰기의 다른 이름인 김이듬의 섹스는, 쿤데라가 어디선가 말했던 것처럼, 육체가 속죄하는 순간에 해당한다. 그러나 쿤데라에게서 이 속죄는 무겁고 늙어가는 육체의 그것이지만, 김이듬의 속죄는 공복감밖에 가진 것이 없는 허기진 육체의 그것이다. 한쪽은 제 육체를 버리는 것으로 끝나지만, 다른 한쪽은 제 육체가 이제부터 형성되기를 내내 기다려야 한다. 시의 감수성은 잘 살아가는 사람의 감수성이 아니라, 늘 지워졌다가 다시 회복되는 사람의 감수성이다. 김이듬의 시적 운명도 재능도 거기 있다.

# '완전소중' 시코쿠
## —번역의 관점에서 본 황병승의 시

    지난해 황병승의 『여장남자 시코쿠』(랜덤하우코리아, 2005), 유형진의 『피터래빗 저격사건』(랜덤하우스코리아, 2005), 김민정의 『날으는 고슴도치 아가씨』(열림원, 2005), 김이듬의 『별 모양의 얼룩』(천년의 시작, 2005) 김근의 『뱀소년의 외출』(문학동네, 2005) 등 색다른 형식과 기운을 지닌 젊은 시인들의 시집이 꼬리를 물고 출간되고 있을 때, 한 일간지의 문학담당 기자가 전화를 걸어왔다. 그는 이들 '엽기시'를 어떻게 이해해야 하며 그 의의가 무엇인가를 물었다. 그는 나를 이런 야릇한 시들의 지속적인 옹호자로 여기고 있었고, 나는 그 기대에 맞추어 짧게 대답했다. 오랫동안 우리 시를 지탱해온 힘은 자연에 대한 농경사회적 정서와 모더니즘으로 훈련된 문화적 감수성이었다, 1990년대 이후 강력하고 날카로운 정치적 내용을 담은 시들이 퇴조한 자리에 맨 먼저 드러난 것은 전자의 허구성과 후자의 추상성이었다, 젊은 시인들의 새로운 시들은 이 두 문화의 틈새에서 자라온 서울의 하위문화와 지방도시의 반지방문화에서 비롯한 것이다. 이들 시가 발휘하는 강렬한 힘은 모든 종류의 하층문화가 지니고 있는 사실성과 직접성에서 기인한다. 나는 이 대답 끝에 "시라는 것이 다 그렇지요"라고 덧붙이기도 했는데, 뒤늦게 생각해보면 이 말에는 '엽기시'라는 명명에 항의하자는 겉뜻과 내 주장의 강도를 낮추자는 속뜻 외에도 시의 존재방식과 윤리에 대한 풀기 어려운 질문도 섞여 있었을 것 같다. 사실을 말한다면 이 의견 자체를 완전히 내 것이라고 하기는 어렵다. 이들 여러 시집의 힘과 그 방향을 심도 있으면서도 집약적으로 표현하고 있는 황병승의 시집 『여장남자 시코쿠』의 해설에서 이장욱은 이미 이 시집이 "비주류 하위문화의 정신으로 충만해"[1] 있음을 명백하게 지적하였으며, 이 문화와 다른 문화의 관계에 관해서도 나는 시인이자 시 비평가인 송승환과의 사적인 대화에서 암시받은 바가 크다. 그래서 내 몫으로 남게 되는 것은 시의 존재방식과 윤리에 대해 혼자 품었던 질문 정도인데, 지금 이 자리에서 그에 대한 일반론을 만들어가지기는 어렵지만 적어도 이 비주류 문화가 시의 형식을 빌려 주류 문화를 압박하고 그와 소통을 꾀하는 양상을 고찰하여 이 문제를 둘러싼

---

1) 이장욱, 「체셔 캣의 붉은 웃음과 함께하는 무한 전쟁無限戰爭 연대기」, 황병승, 『여장남자 시코쿠』, 랜덤하우스코리아, 2005, 190쪽.

구체적인 성찰의 한 실마리를 붙잡는 일이 불가능하지는 않을 것 같다.

이 하류문화의 특징을 고루 갖추고 있는 황병승의 시집『여장남자 시코쿠』를 번역론의 관점에서 읽으려는 데는 나름의 이유가 있다. 그것은 우선 시집 속의 게이 시코쿠와 그의 친구들이 속하는 문화는 그 자체를 위해서도 주류 문화를 위해서도 일종의 번역과정을 거쳐 이해될 필요가 있기 때문이다. 김현미는 그의 저서『글로벌 시대의 문화번역』에서 문화번역의 개념을 친절하고 알기 쉽게 설명하고 있을 뿐만 아니라 그에 대한 좋은 모범을 보여주고 있다. 그가 조사한 바에 따르면 서울과 그 인근 도시에만 해도 여러 외국의 이주민들과 탈북자들이 30개가 넘는 이산 마을에 흩어져 자신들이 문화를 유지하거나 새롭게 만들어가며 살고 있다. 이처럼 하나의 문화 체계 안에 다양하게 들어와 있는 이질적인 삶을 바르게 해석하고 성찰하기 위한 문화번역은 "한 언어를 다른 언어로 대치하는 일반적인 '번역'과는 다른 것으로, 타자의 언어, 행동 양식, 가치관 등에 내재화된 문화적 의미를 파악하여 '맥락'에 맞게 의미를 만들어내는 행위"이다. 그러나 이 번역 행위가 항상 행복하기만 한 것은 아니어서, 행위의 시공간적 맥락과 번역자의 성향에 따라 "두 문화적 행위자 간의 평등한 관계를 만들어내기도 하고 위계적인 관계를 고착시키기도 한다."[2] 시코쿠들의 문화는 이산 마을에 자리잡은 이주민들의 그것이 아니지만 주류 문화의 관점에서 볼 때 그 타자적 성격은 동일하며, 그 내재적 의미를 파악하여 관계 맥락을 설정해야 할 필요성 역시 마찬가지다. 다른 것이라면 이 문화와 관련해서는 아마도 관계 맥락의 설정이 끝없이 천연되거나, 경계 짓기와 맥락 세우기가 고의적이건 아니건 혼동되어 있다는 점일 것이다. 동성애자들과 가출 청소년들과 자폐증을 연기하는 자들의 그것이며, 가정과 학교와 사회질서에 반항하고 미래를 위한 현재의 희생을 거부하는 자들과 연대하는 이 문화를 통틀어 지극히 당연한 듯이 언더그라운드 문화라고 부를 때, 이 명명은 거기에 일정한 자리를 인정하는 것이면서도 거기에 내재하는 문화적 가치를 제한하고 그것이 주류 사회에 미칠 영향을 방어하려는 성격을 지닌다. 이 문화에 속하는 사람들의 처지에서도 이 점은 마찬가지다. 그들은 이 명명에서 하나의 해방구를 발견하기도 하겠지만 그것이 도롱뇽의 잘린 꼬리 이상의 것이 아니란 사실을 모를 수는 없다. 번역은 항구적인 잠정상태에 놓이고, 두 문화는 이 번역의 유예에서 얻어낼 수 있는 이익을 공유한다. 주류 사회는 이 방탕한 아들이 언젠가 아버지의 집으로 찾아오게 될 길을 섣부른 문화번역으로 영원히 막아버리는 어리석음을 피할 수 있으며, 시코쿠와 그의

---

2) 김현미, 『글로벌 시대의 문화번역』, 또하나의 문화, 2005, 48쪽.

친구들은 "늙은 마초들"(「핑크트라이앵글배盃 소년부 체스경기 입문入門」)의 오역이나, 기껏해야 "아줌마 아저씨들"(「세븐틴」)의 나쁜 번역을 일단 면할 수 있다.

시코쿠의 친구들은 번역을 거부한다. 「Cheshere Cat's Psycho Boots_7th sauce」의 화자가

> 이쪽으로 가면 석 달 열흘 동안 춤만 추는 광대 원숭이가 나오고
> 저쪽으로 가면 밤낮 겨울 봄 슬픔을 길어올리는 울보 토끼가 살지
> *어디로 가고 있는지 모른다면 어느 쪽으로 가도 상관없어*
> 나뭇등걸에 서서 체셔 고양이가 커다란 엉덩이를 흔들었다

고 말하면서 자신의 도정에 대한 진지한 선택을 포기할 때, 이는 번역과 문화 해석에 뒤따라오게 될 재난, 곧 주류 사회의 가치 이념에 따른 강제적 줄 세우기를 거부하는 것이기도 하다. 「세븐틴」의 악동은 나쁜 번역의 비밀을 잘 알고 있다.

> 이 이야기에서 저 이야기로
> 결국 모두 한 이웃이라고 아줌마 아저씨들 입을 모았지만
> 우리는 오를 살해하고 구체적으로 타지他地 사람이 되어갔어

원본에 해당하는 한 사안이 "이 이야기에서 저 이야기로" 두루뭉술하게 번역될 때, 원본의 구체성은 상실된다. "모두 한 이웃"은 모든 말들을 낯익은 말로 반죽해버리는 방식으로 원문을 왜곡한 결과일 뿐이다. 시코쿠의 연합세력은 자기들의 언어를 오해되는 모국어로 바꾸기보다 이해되지 않은 타지 사람의 언어로 남겨두는 편이 더 낫다고 생각한다. 「밍따오 익스프레스 C 코스 밴드의 변」에서 뽑은 다음과 같은 한 절은 타지 사람의 언어를 끝내 지키지 못하고 자기 번역을 통해 주류 문화에 항복한 사람들에 대한 경멸이다.

다른 밴드들 역시 우리와 같은 순간의 낭패감을 경험했을 것이고 그들은 갑자기 너무 어른스러워지거나 터무니없이 유식해지거나…… 더이상 음악이라고 할 수 없는, 도무지 엉터리 라라라라에 남은 열정을 허비하고 있어, 밍따오들

그러나 이 시집 전체에서 시코쿠들은 자기들의 시도와 열정을 어떤 방식으로든 번역하려는 욕망을 드러내거나 감추고 있다. 같은 시에 다음과 같은 절도 들어 있다.

작년 겨울의 일이었네 우리는 그 뒤로 두 번 다시 그때의 감

정으로 연주할 수는 없었다, 라고 말하면 너희는 오우, 약간 과장된 표정을 지을 수도 있겠지 극복해야 하는 순간이 온 것이야 항상 그런 것은 아닐 테지만 이미 경험해버린 우스스한 감정들(그것은 우스스했다, 우스스, 라고밖에는……)은 그 이상의 것을 요구했고 그것은 인격의 성장이나 혹은 변태적인 행위에의 몰입과는 또다른 어떤 것이었네

"인격의 성장"과 "변태적인 행위에의 몰입"은 기성문화가 이 언더그라운드 밴드의 열정을 대상으로 시도해볼 수 있는 번역의 거의 전체적인 내용이다. 그러나 정작 번역되어야 할 것은 "또다른 어떤 것"이다. 그것은 "작년 겨울"의 연주와 "그때의 감정"을 경험하지 않은 사람에게는 본질적으로 이해되지 않는다. 이 점에서 하류이면서 소수자인 시코쿠들이 강조하는 자기들 문화의 독립성과 고의적 소외는 '시는 번역될 수 없다'는 식의 번역 불가능론과 맥을 같이한다. 시집의 해설자 이장욱이 이 시집을 가리켜 매우 날카롭게 상징과 비유를 통한 "무한전쟁의 연대기"라고 했을 때 이 말 또한 같은 문맥으로 이해되어야 한다. 이장욱의 말이다. "우리가 사용하는 대부분의 언어들은 완강한 '광장'의 세계를 표상하느라 바쁘다. 그것은 언어 질서의 체계 안에 갇힌 채 앙상하다. 그 언어적 질서와 위계와 완강한 주류 이데올로기에 대해, 우리가 할 수 있는 것은 미친듯이 질주하는

상징적 드라마에 몸을 담는 것뿐인지도 모른다. 그럼으로써 이 기이한 무대 위를 가로지르는 상징과 비유들은, 그것들 없이는 한 발짝도 전진할 수 없는 언어의 딜레마를 그 자체로써 현시한다."[3] 이 언어의 딜레마는 곧장 번역의 딜레마로 통한다. 번역의 대상이 텍스트이건 문화이건 번역을 불가능하게 하는 것은 "또다른 어떤 것"이지만 그것이 번역을 요구하는 지점도 바로 이 '어떤 것'에 있기 때문이다. 이 '어떤 것'은 한 문화의 맥락과 모국어의 육질 속에서 아우라를 지니지만, 그만큼 그 맥락과 육질 속에 사로잡혀 있는 것도 사실이며, 그것을 다른 언어로 해방시키는 것이 번역자의 일이다. 이 해방이 없다면 '어떤 것'이 생산하는 것은 '접경지대의 히스테리'[4]에 불과할지도 모르는데, 실제로 황병승의 시집은 이 히스테리에 해당할 만한 것들을 가득 담고 있다. 이장욱이 잘 정리하고 있는 것처럼 서사적 골격과 내용을 지닌 시들 속의 잔혹극이 그 좋은 예이다. 그러나 이 잔혹극들의 잔혹감은 일종의 휘발성을 지니고 있어서 우리에게 상처를 남기지 않는다. 그 이유는 명백하다. 주변문화를 주류적 장르의 시로 밀어올리는 황병승에게서 이 잔혹극은 히스테리 표현이 아니라 히스테리의 번역, 비유적인 의미에서가 아니라 말의 바른 의미에서 번역이기 때문이다.

---

3) 이장욱, 같은 글, 184쪽.

4) 김현미, 같은 책, 48쪽 참조.

문화적이거나 언어적인 접경지대의 위기에서 성립하는 황병승의 시는 많은 경우 번역 또는 의사번역의 형식을 드러낸다. 논리적으로 말한다면 시코쿠나 다카하시 미츠나 리타나 렌 같은 이름으로만 불리는 '타지' 사람들의 말을 우리가 우리말로 읽을 수 있는 것은 그 말이 번역을 거쳤기 때문이라고 해야 할 텐데, 실제로도 번역을 가장하여 개입하는 시구들이 시집의 어디에서나 발견된다.

이를테면 「프랑스 이모」에서 젊은 조카를 자신의 옛 애인 쟝이라고 여기고 단추를 해바라기씨라고 믿는 '이모'의 사랑 노래가 있다.

> 십이월의 프랑스엔 붉은 비만 내린다네
> 그대를 기다리던 흰 원피스가 붉게 물들었다고
> 세느 강의 아홉번째 다리 아래
> 출렁이며 흐르는 검은 문장文章들이 내게 일러주었네
>
> 십이월의 프랑스엔 붉은 비만 내리고
> 먼 나라에 버려진 늙은 여자의 침실이 다 젖었다고
> 호주머니 속의 차가운 백동전이 말해주었네

이것은 조작된 번역시 또는 번역 가사이다. 여기서 가짜 번역시 하나를 구성해내는 황병승의 기술은 어조와 동사 어미의 선택에서부터 "문장" 같은 낱말에 한자를 병치하는 재치에 이르기까지 나무랄 데 없이 완벽하다. 그는 번역된 시가 운명적으로 드러낼 수밖에 없는 결함과 거기서 비롯하는 낯선 매혹 양쪽을 모두 감쪽같이 재현하고 있다. 선율의 측면에서, 첫 연의 3행과 4행은 길이의 조정에 실패한 절름발이 시구들이며, 둘째 연마지막 시구를 시작하는 여섯 음절의 "호주머니 속의"는 노래하기에도 읽기에도 불편하다. 그러나 가상의 원문이 지녔을 8음절이나 10음절의 애잔한 선율에 대한 아쉬움이 이 결함과 불편함 위에 겹쳐 '번역시'의 리듬 전체에 깨어졌다 수선된 도자기의 그것과도 같은 아름다움을 부여한다. 의미의 측면에서, 프랑스의 파리에서 붉은 비를 맞는 것은 남자인데 먼 나라에서 그를 기다리는 여자의 원피스가 왜 붉게 물들고 그 침실이 비에 젖느냐는 질문이 가능하다. 이 시가 원문이라면 이 질문은 비난이나 해석의 차원으로 넘어가겠지만, 조작된 역문이라도 역문에서의 질문은 영원히 질문 그 자체로 남아 이해되지는 않지만 믿어야 하는 텍스트의 권력을 얻어낸다. 통사법의 측면에서 본다면, 서양의 말과는 달리 일반적으로 동사를 목적어 뒤에 놓아야 하는 한국어에서, 더구나 시에서, "일러주었네" "말해주었네"라는 짧은 전달사 앞에 한 행 전체, 또는 두 행 전체에 걸리는 긴 전달의 내용을 배치한다는 것은 이례적이다. 번역시에서는 이 어색함도 권력이 될 수 있다. 번역이 강제하는 이 통사구조와 언어적 편차가 원문에서라면 그 모국어적 직관 내지 성찰의 부재로 가볍게 넘겼을 의미 내용을 주목해서 따지게도 하고, "차가운 백동전" 같은 말이 불러오는 감각을 강화시키기도 한다. 그러나 정작 이야기해야 하는 것은 이런 결함이나 매혹이 아니다. 중요한 것은 번역을 핑계삼아서만 이런 음조, 이런 정서, 이런 통사구조를 지닌 시가 한국어로 창안될 수 있고, 한국 시어의 역사에 끼어들 수 있다는 것이다. 그리고 더 중요한 것은 시코쿠의 문화가 한국의 주류 시를 압박하고 거기에서 제자리를 모색하기 위해 번역 또는 의사번역을 가장 효과적인 통로로 삼는다는 것이다.

「후지산으로 간 사람들」은 번역시가 아니며 번역을 가장하는 것도 아니지만 시인의 이름이 감춰진다면 번역시로 오인하기에 십상인 시일 뿐만 아니라, 번역시로 여길 때 여러 가지 난점이 해소될 수도 있는 시이다.


　　사람들은 그것을 모자, 라고 불렀고
　　다카하시 미츠는 얼마 전에 그 사실을 알았다


　　늘 한곳으로 몰려다니며 햇빛을 가리지 말라고 서로에게 고
　함치는 사람들

햇빛 때문에 예민해지는 사람들


그때도 싸웠고 어제도 싸웠다…… 그다음은 모른다


그날 저녁 미츠가 산에서 내려와 옥수수밭에 숨어들었을 때
농민들의 봉기를 진압하다 도망 온 무사들
재능을 인정받지 못한 삼류 쵸오닝들 떠돌이 악사 건달패들이
모닥불 주위에 둘러앉아 모자 얘기를 하고 있었다
(……)


사람들은 밤이 깊어서야 침묵했고
하나둘 옥수수밭을 떠났다
각자 커다란 모자를 하나씩 깊게 눌러쓴 채
눈[雪]과 어둠뿐인 후지산으로 향했다
모자가 바람에 벗겨질 때까지
모자가 바람에 벗겨질 때까지


얼굴을 가린 사람들의 행렬은 멈추지 않았다
(……)
사람들은 그것을 모자, 라고 불렀고
다카하시 미츠는 그것을 세 개나 쓰고 있었다

일본의 어느 현대 시인이 『미야모토 무사시』 같은 일본 사무라이 소설의 어떤 정황을 빌려 쓴 작품이라고 말해도 속지 않을 사람이 드물겠다. "모자"는 한 인간의 삶을 기습하여 떨쳐버릴 수 없게 억누르는 운명적인 사건일 것이며, 거기서 벗어나려 애쓰는 자들은 산속으로 들어가 비적이 되거나 "농민들의 봉기"의 연합세력이 될 것이다. 이런 종류의 이야기는 우리의 역사 감각과 정서로도 친숙하다. 그래서 어쩌면 제목을 '지리산으로 들어간 사람들'로 바꾸고 주인공의 이름을 다시 짓고, 몇몇 어구를 손질하여 '한국시'로 만들더라도 그 주제와 시적 감정이 전혀 손상되지 않는다고 생각할 사람도 있을 것이다. 반드시 그렇지는 않다. 황병승의 시에서 룸펜 프롤레타리아트라고 부를 수도 있을 "농민들의 봉기를 진압하다 도망 온 무사들" 그리고 "재능을 인정받지 못한 삼류 쵸오닝들 떠돌이 악사 건달패들"은 적어도 세상을 바라보는 눈에서 지리산의 '해방 전사들'보다는 시코쿠의 친구들인 동성애자들, 인디밴드 멤버들, 전과자들, 자폐아들, 사랑에 미친 여자들에 더 가깝다. 어떤 고난을 겪는다 해도 해방 전사의 언어는 어디까지나 주류의 언어이다. 저 후지산 사람들과 시코쿠의 친구들을 한데 묶는 혈연관계는 경제적 계층도 정치적 이데올로기도 아닌 배척된 자의 운명이며 거기서 비롯하는 떠돌이 의식이다. 해방 전사의 모자는 그 자체가 언어이지만 시코쿠들의 언어는 그들이 겹겹이 쓴 모자 아래 있다. 황병승의 시가 문화접경지대의 위기 속에서 의사번역의 형식을 취해야 할 이유가 그와 같다.

모든 종류의 번역론이 지루한 것은 그 논의가 거의 언제나 원문과 역문의 관계에서 시작하여 거기서 끝나기 때문이다. 거기서 파생되는 온갖 의견들도 원문이 성실하고 투명하게 옮겨져야 한다는 한쪽의 주장과 번역은 재창조여야 한다는 또다른 쪽의 주장에서 그렇게 멀리 떨어져 있지 않다. 그러나 매번 거듭되는 이 주장들보다 더 오해되기 쉬운 것도 없다. 흔히 믿듯이 앞의 주장이 번역가를 노예적 봉사자로 여기는 것이 아닌 것처럼 뒤의 주장이 번역가의 자유를 방만하게 허용하는 것이 아니다. 한쪽 주장이 성립되기 위해서는 다른 쪽 주장의 협조를 얻어야 한다. 슐레겔은 번역자가 지녀야 할 태도를 이렇게 말한다. "내가 한 저자에 대한 나의 이해를 표현하려 한다면 그것은 오직 그의 정신으로 작업을 하는 순간에만 가능하다. 나는 그 순간에 그의 개성을 전혀 손상시키지 않고도 다양한 방식으로 그를 번역하고 변형할 수 있다."[5] 같은 책에서 그는 또 이렇게 말한다. "고대어를 현대어로 완벽하게 번역하려면, 번역자가 모든 것을 현대어로 바꿀 수 있을 정도로 현대어를 다룰 수 있어

---

5) A. W. Schlegel, "Leçons sur l'art et la littérature", trad. Lacoue-Labarthe et J.-L. Nancy, in *L'Absolu littéraire*, Le Seuil, 1978, p. 140.

야 하고, 동시에 고대어를 단순한 모방이 아니라 그것을 훌륭하게 재창조할 수 있을 정도로 이해해야 할 것이다."[6] 앞의 글은 원문에의 충실성에, 뒤의 글은 번역의 재창조에 역점을 둔 것이지만, 두 강조점은 모두 한쪽이 한쪽을 물고 들어간다. 이 번역론은 물론 독일 낭만파의 시어에 대한 관념과 관련이 있다. 낭만파는 일상에서 사용되는 자연어와 시에서 '예술적으로 처리된' 가공어를 구분한다. 시적 이상세계의 언어에 더 가까운 것은 말할 것도 없이 가공어이다. 그러나 이상세계의 언어를 실현한다는 이 목표에서 시보다 더 우월한 것은 번역된 시이다. 시는 그 언어의 가공에도 불구하고 모국어가 베푸는 친밀감의 덫에 의해 여전히 자연어와의 교착상태에 빠져 있다. 시를 이 덫에서 풀어내는 것이 다른 언어로의 번역일 터인데, 이때 번역자는 또하나의 모국어로 함정을 파는 자유번역에 의해서가 아니라, 자기 언어에 내장된 낯선 잠재력을 현동화시킬 때만 가능한 투명하고 충실한 번역에 의해 그 과제를 수행할 수 있다. 번역의 창조적 재능이란 외국어의 낯섦을 자기 안의 낯섦으로 끌어안을 수 있는 용기와 다른 것이 아니다. 낭만파의 시 정신이야 지금 우리의 논의 밖에 있지만, 번역가가 자기 언어의 관습보다 자신이 대면하는 작품의 정신에 더 많은 존경심을 품을 때 재창

---

6) A. W. Schlegel, ibid, p. 164.

조의 목표를 실천할 수 있다는 주장은 자기 삶의 우연한 상태를 고수하려는 것이 아니라 '타지 사람들'의 언어와 문화가 야기시킬 강한 충격에 자기 언어를 맡기려는 시인들에게는 그 창조적 야심에 중요한 지침이 될 수 있다. 낭만파가 아닌 사람들에게도 시는 번역이다.

황병승은 외부의 강한 충격에 자기 언어를 맡긴다기보다는 그가 속하는 타지 사람의 말로 그의 또다른 언어인 모국어를 교란한다고 말해야 옳을지 모르겠다. 또다시 이장욱의 말이다. "아마도 이 시집에 제기될 수 있는 가장 단순한 비판 중 하나는 시적 무국적성에 대한 것일 터이다. 영어, 한자, 전각기호, 이탤릭체 등등을 마구 섞어 쓰는 이 혼종성에 대해 '모국어에 대한 시인의 책임'을 운위하며 비판하는 것은 물론 어리석은 일이다. (⋯⋯) '순수 한국어'라는 환상에 기초해 있는 계몽주의적 언어관은 '정상적'인 상징 질서의 산물이며, 그런 의미에서 이 시집의 혼탁한 언어들은 정확하게 그 질서의 바깥에 존재하는 것이다."[7] 날카로운 지적이지만 다르게 볼 수도 있다. 황병승은 비록 질서 바깥의 문화에 속하는 사람의 얼굴을 들고 우리에게 나타나지만, '정상적인 상징 질서'의 입장에서 더욱 위험스럽게 느껴지는 것은 그가 벌써 이 질서의 내부에 들어와 그 급소를

---

7) 이장욱, 같은 글, 189~190쪽.

딛고 있기 때문이다. 언더그라운드의 '엽기시인'으로 그는 외부인이지만 의사번역자로서 그의 활동은 내부에서 이루어진다. 번역과 의사번역을 막론하고 힘이 센 번역은 그것이 바깥의 내부화라는 점에서 핵심 가치를 지닌다. 오직 저쪽의 언어로 표현된 저쪽의 것이 이쪽에 번역의 욕구를 부르는 순간부터 그것은 이쪽 내부의 일이 된다. 번역의 욕구는 이쪽 언어가 누리는 문화적 친숙감의 결탁을 깨뜨려 격차와 틈새를 만들고, 그 언어의식의 하부에 잠들어 있는 역량을 그 격차와 틈새 속으로 끌어올린다. 낯선 것의 번역은 친숙한 세계의 내부를 그 깊은 곳에서부터 낯선 것으로 만든다. 김혜순이 이 시집의 뒤표지 글에서 황병승의 시적 주체가 "끊임없이 변용하는 과정에 있는 고무찰흙 주체"라고 말할 때 이 고무찰흙은 우리 내부의 저 잠재적 역량과 다른 것이 아니며, 이들 시로써 새로운 "시적 자아의 인식이 자연이 아닌 문화적 중재에 의해 성장한다는 엄연한 사실"이 증명된다고 말할 때도, 이 문화적 중재에 의한 성장 역시 번역작업에 의한 잠재 역량의 현동화와 다른 것이 아니다.

「혼다의 오·세계五·世界 살인사건」을 예로 들 만하다. 단편소설이라고 불러도 좋을 이 열 쪽짜리 담시를 잘 읽기 위해서는 러시아 장편소설을 대할 때처럼 등장인물들의 이름으로 도표를 그려야 한다. 이름이 길어서가 아니라 그 관계가 복잡하기 때문이다. 화자를 제외하고 다섯 사람, 세 사람 도합 여덟 사람의 등장인물은 동성애와 이성애의 관계로, 동거자와 전남편과 전처의 관계로, 휘파람을 배우고 가르치는 관계로, 폭력을 행사하는 사람과 희생자의 관계로, 형제자매 관계로, 딸과 어머니와 아버지의 관계로, 짝사랑하는 남자와 옷을 벗어주는 여자의 관계로, 강간하는 의붓아비와 강간당하는 의붓딸의 관계로 얽혀 있다. 이 관계가 살인과 방화를 부르고, 그 범죄는 위장된다. 이 사건의 전말은 서로 일기를 써주는 관계에 있는 두 사람의 일기로, 다시 말해서 객관적 시선으로, 그러나 '제한된' 객관적 시선으로 보고된다. 독자는 그 보고를 믿을 수도 없고 믿지 않을 수도 없다. 두 사람이 번갈아 일기를 쓰다 말고 따귀를 때리거나 주먹질을 하는 순간은 그 보고에 바치는 열정과 그 실패를 동시에 말하기 때문이다. 믿을 수 있는 것으로 남는 것은 그 보고의 밖에서 복잡하게 얽혀 있는 등장인물들의 관계이고, 살인과 방화도 이 관계의 연장일 뿐이다. 동성애자와 병자와 편집증 환자와 반쯤 미쳐 있는 자들의 이 지리멸렬한 세계, 이 "혼다의 오·세계五·世界"는 5+3 따위의 산수로 분석을 시도하려는 분석자에게 좌절을 안겨줄 뿐이다. 이 세계 속의 착종된 관계는 지금 아무것도 아니나 어떤 것으로도 될 수 있는, 우리의 마음과 풍속과 윤리감정의 밑바닥에 반죽음의 상태로 고여 있는, 그러나 어떤 강력한 번역을 만나 다시 살아날 수도 있는 마비된 힘들의 관계와 다르다고 할 수 없다.

「둘에 하나는 제발이라고 말하지」는 짧지 않은 시이나 여기 적어두는 것이 좋겠다. 황병승이 시를 쓰는 비밀을 그 자신의 입으로 듣기 위해서, 우리가 어떻게 마침내 번역되는가를 알기 위해서.

천장에 붙은 파리는 떨어지지도 않아 게다가 걷기까지 하네 너에게 할말이 있어 바닷가에 갔지 맨 처음 우리가 흔들렸던 곳

너는 없고 안녕 인사도 건네기 싫은 한 남자가 해변에 누워 딱딱 껌을 씹고 있네 너를 보러 갔다가 결국 울렁거리는 네 턱뼈만 보고 왔지

수족관 벽에 머리를 박아대는 갑오징어들 아프지도 않나봐 유리에 비치는 물결무늬가 자꾸만 갑오징어를 흔들어놓아서

흑색에 탄력이 붙으면 백색을 압도하지만 이제 우리가 꾸며대는 흑색은 반대편이고 왼손잡이의 오른손처럼 둔해
파리처럼 아무데나 들러붙는 재주도 갑오징어의 탄력도 없으니 백색이 흑색을 잔뜩 먹고 백색이 모자라 밤새우는 날들

매일매일의 악몽이 포도알을 까듯 우리의 머리를 발라놓을

때쯤 이마 위의 하늘은 활활 타고 우리는 더이상 견딜 수 없는 검은 해변으로 달려가

반짝, 달빛에 부러지는 송곳니를 드러내며 서로에게 핫, 댄스를 청하지 누가 먼절까

둘에 하나는 제발이라고 말하지

파리는 갇힌 세계에서 요령껏 살아나간다. 파리가 예술가라면 그는 이 요령을 재능이라고 믿을 것이다. 갑오징어는 갇힌 세계의 벽에 줄곧 머리를 박으며 탈출을 시도한다. 시인 화자에게 파리의 삶은 마뜩잖고 갑오징어의 삶은 힘겹고 고통스럽다. 그는 자기 동료와 함께 새로운 종류의 말 만들기를 최초로 결의하고 감동하였던 해변으로 그 동료를 만나러 간다. 그러나 동료는 껌을 씹고 있다, 다시 말해서 권태에 빠져 같잖은 이론이나 뇌까리고 있다. 그가 원하는 새로운 말을 얻어내기 위해서는, 권태감과 절망까지 포함된 어둠의 자리와 미지의 세계에 천착하는 편이 명백하게 밝혀진 백색 세계를 누리는 편보다 더 유리하겠지만, 그가 흑색이라고 내세우는 것은 현실이라기보다 날조되고 가장된 것이어서 기대하는 만큼의 탄력을 가질 수 없다. 어쩔 수 없이 백색의 알려진 세계에 의지하여 거기에 탄력

없는 흑색을 흠뻑 처바르며 밤을 새우는 처지라 더 많은 백색을
탐하는 결과에 이른다. 이 백색의 발호가 극에 닿았을 때, 절망
은 깊어지고 흑색은 진정한 것이 되어 유혹의 검은 바다를 이룬
다. 그래서 동료들과 함께 그 최초의 열정을 다시 회복하고 실
천할 순간에 이르렀는데, 벌써 그들 가운데 거반은 지난날의 고
통으로 소진하여 이제 제발 그만두자고 말한다. 이렇게 써놓고
보면 오히려 단순한 내용이기도 한데, 그렇다고 이 시를 읽는
일이 쉽지는 않다. 읽기에 어려운 것은 이 시의 비유가 어렵기
때문이 아니라 그것이 내밀하기 때문이다. 설명하자면 이렇다.
파리와 갑오징어의 대비는 그것들의 크기와 그것들이 들어 있
는 장소의 성격에서 격에 맞지 않다. 그러나 오랫동안 같은 일
에 매달려 있는 사람들 사이에서라면 애써 비유의 효과를 계산
하기보다는, 눈에 띄는 사물을 아무것이나 골라 표현의 등가를
마구잡이로 둘러씌우는 방식이 더 편리하다. 이 비유는 내밀한
관계에서만 비난받지 않고 사용할 수 있는 비유다. "해변에 누
워 딱딱 껌을 씹고 있네"는 자주 쓰는 속어에 해당하지만, 의성
어 "딱딱"으로 그 내밀성이 더욱 과장되고, 거기에 영탄조의 어
미가 겹쳐 의미의 파악에 혼란을 일으킨다. 흑색과 백색의 대비
는 너무 고지식하지만, 이 또한 오랫동안 같은 문제로 고민해온
사람들의 처지에서 알 만큼은 다 알고 있는데 새삼스럽게 적절
한 비유가 달리 필요하겠느냐는 태도가 거기 묻어 있다. "더이

상 견딜 수 없는" 같은 어절에서는 '버려두고는' 같은 말이 중간에 들어 있어야 할 것으로 보이나, 이 역시 그 정도에서 알아들어야 한다는 식의 말이다. 이 시를 애써 읽는 독자는 자기도 모르는 사이에 시인과 그 친구들을 따라 내밀한 지하실로 내려가 있고, 환대를 받지는 못하더라도 벌써 그들의 동료가 되어 있다. 그래서 마침내 이 시의 제목이면서 마지막 시구인 "둘에 하나는 제발이라고 말하지"를 그 현장에서 이해하게 되었을 때, 자신이 포기한 열정이 무엇이었는지, 무엇이 자신을 그들의 친구로 만들 수 있는지, 유착된 자기 삶의 출구를 어디서 찾을 수 있을지, 필경 묻게 될 것이다. 완강한 자리에 서 있던 우리가 이렇게 번역된다. 시가 초월이라고 말한다면 그 말에는 시가 곧 자기 번역이라는 뜻도 포함된다. 시의 윤리에 관해 말한다면 타인의 말로 자기 말을 번역할 수 있는 이 능력을 맨 먼저 꼽아야 할 것이다.

'완전소중'은 요즘 인터넷에서 유행한다는 사자성어의 하나다. 어느 멍청하거나 재치 있는 중학생이 영어의 'dearest'를 아마도 처음 이렇게 번역하였을 법한데, 비평가인 내가 시코쿠를 이해한다고 말하려 한다면 이 말보다 더 좋은 말은 없을 것이다. 이 말이 바른 생활의 언어와 불화하며 야기하는 편차를 타고, 시코쿠의 야릇한 삶이 두 언어를 가로지를 수도 있을 것이고, 하나의 비평이 두 문화에 개입할 수 있는 방안 또한 오직 그 틈새에서 마련될 것이기 때문이다.

# 위선환의 고전주의
— 위선환, 『새떼를 베끼다』

『새떼를 베끼다』(문학과지성사, 2007)는 위선환의 세번째 시집이다. 그가 눌러두었던 재능을 더이상 눌러둘 수 없어 환갑이 다 된 나이로 뒤늦게 펜 끝을 다시 갈기 시작할 때, 도도한 필력은 금방 증명되었지만, 시단에 낯을 익히기는 그렇게 쉽지 않았다. 나이와 연조가 일치하지 않을 때 치러야 할 고통은 글 쓰는 사람들의 세계라고 해서 크게 다를 것이 없다. 스무 살은 서른 살을 예견하게 하고, 서른 살은 마흔 살을 설명해준다. 그 성장의 이력도 행적도 알려지지 않은 사람은 항상 다른 사람들을 불편하게 한다. 게다가 이 불편함이 비단 사람들과의 관계에만 국한된다고 할 수도 없다. 뒤늦은 행보는 그의 글쓰기를 또한 제약하기 마련이다. 젊은 시인의 모색과 망설임은 그의 진지함을 말해주는 것이지만, 어디에 매혹됨이 없이 귀가 순해져야 할 나이에 첫 시집을 꾸리는 시인에게는 길을 알고도 모르는 척 헤매야 할 시간도 기회도 없다. 그에게는 오직 착오 없는 이행만이 허용된다. 숙고한 생각과 확고한 방법이 벌써 마련되어 있지 않다면 그가 뒤늦게 글을 써야 할 필연적인 이유도 없을 것이기 때문이다. 그가 어디에 들어서건, 들어선 자리에서 그는 옛날부터 거기 있었던 사람처럼 있어야 하며, 거기에 반드시 있어야 할 사람처럼 있어야 한다. 그렇다고 해서, 거기에 있었던 사람이나 있어야 할 사람이라는 말이 그 존재가 묻히거나 잊혀야 할 사람이라는 뜻은 결코 아니다. '옛날부터 거기에'가 '새롭게 거기에'와 겹쳐야 하고, '반드시 거기에'가 '자유롭게 거기에'의 결과이어야 한다고 말해야 할 터인데, 이는 벌써 글쓰기의 고전적 이상을 말하는 것이나 같다.

위선환은 그 시적 발상법에서도 그 필법에서도 고전적이다. 생각은 그 표현 형식을 다듬는 가운데 깊어지고, 얼개를 짓는 말들은 그 말과 함께 발견되었거나 발전하는 생각으로 그 세부가 충전된다. 말해야 할 것을 말이 결정짓고, 말의 편에서는 말해야 할 것의 힘으로 충만한 존재감을 얻는 필연적 계기가 그때 일어선다. 첫 시집 『나무들이 강을 건너갔다』(한국문연, 2001)에 수록된 「탐진강 8」에서 그 첫 연을 다시 읽어보자.

읍에 내려와서 강 가까이 방을 정하면 늘 그랬듯이 밤잠을 또 못 잤다. 기온이 빠르게 식어가는 강변에서는 돌멩이들이 귀를 묻고 누워서 강줄기가 굳어지며 얼음 어는 소리를 듣고 있었고, 추위를 못 견딘 조약돌들은 달그락거리며 강바닥을 옮겨 다녔는데, 강으로 돌아오는 사람은 누구나 조약돌 몇 개쯤은 간직하고 있는 법, 나도 불을 끄고 누워서 내가 길들인 조약돌들이 유리창에 끼는 성에를 긁으며 창밖을 기웃거리거나 방안을 서성대느라 달그락대는 소리를 듣고 있었다.

두 문장이다. 앞 문장은 짧지만 '밤잠을 못 잤다'는 사실의 전달, 그 정황과 역사적 맥락의 서술, 그리고 그 원인에 대한 암시를 함축한다. 뒤 문장은 길다. 외적 논리로는 이 문장이 앞 문장에서 암시된 원인을 구체적으로 서술하는 기능을 담당하기에 구조의 복잡성을 무릅쓰고라도 한 문장으로 처리되는 것이 효과적이라고 설명될 수 있지만, 실제적으로는 이 복잡한 구조를 이용하여 시가 말하려는 내용의 거의 전체가 '생성'되고 전달된다. 세 개의 절이 등위접속되고, 각각의 절마다 한 개 이상의 관형절을 거느리고 있는 이 종합문에서 시인은 강바닥의 조약돌과 자기 안의 조약돌이 호응하여 만들어내는 소리를 듣는다. 시인이 길들여 간직하고 있는 조약돌이란 물론 그의 욕망이며, 그리움이며, 상처일 것이며, 그가 "밤잠을 또 못" 잘 것을 예감하면서도 "강 가까이 방을" 정하는 행위는 자기 안에 간직한 그 조약돌들의 길들임을 완성하려는 심사에서 비롯할 것이다.

그러나 한편으로는 닮아야 할 대상인 강바닥의 조약돌이 오히려 그 달그락거림으로 내부의 조약돌을 일깨우고, 또 한편으로는 내부의 조약돌이 그 서성거림으로 얼음 밑 강물 속의 소음을 시인의 감관에까지 끌고 온다. 문장을 더욱 복잡하게 하지만 그 얽힘을 더욱 명료하게 하는 것은 삽입절이다. "강으로 돌아오는 사람은 누구나 조약돌 몇 개쯤은 간직하고 있는 법"이라고 명사절로 삽입된 시인의 성찰은 저 소음들의 침입과 내용을 더욱 확고하게 연결한다. 강바닥의 조약돌도, 시인 내부의 그것도 그 모서리를 깎고 둥글게 길들면서 소리를 내고 소리를 내면서 길든다. 그 모든 관계는 동시적이며, 그것을 철저하게 동시적으로 감싸안는 길고 복잡하면서 명료한 문장도 그 마디마디 모서리를 깎고 둥글게 길들면서 달그락거린다. 시인의 그리움과 욕망과 상처는 자기를 다스리고 감추면서 일어선다. 거기에 위선환의 시가 있다.

새 시집 『새떼를 베끼다』의 표제시 「새떼를 베끼다」는 그 구조가 특이하지만 이 역시 같은 방식으로 설명할 수 있다. 이 시에는 하나의 이야기가 있다. 철새들이 오가는 철에 날아가는 새떼와 날아오는 새떼가 공중에서 "곧장 맞부닥뜨려서", 부리와 부리가, 이마와 이마가, 가슴뼈와 가슴뼈가, 죽지와 죽지가 부딪친다. 새와 새가 부딪치고, "맞부딪친 새들끼리 관통해서 새가 새에게 뚫린다". 그러나 "새와 새떼도 고스란하"고, "구멍난

새 한 마리 없고, 살점 하나, 잔뼈 한 조각, 날개깃 한 개, 떨어지지 않았다". 정면으로 충돌하는 두 힘이 서로 관통하면서 서로가 서로를 지워버린 것이다. "그러므로 空中이다." 그러나 시인은 이 사건을 우리처럼 이야기하지 않는다. 그는 '새떼가 오가는 철이다'라고 쓰지 않고 "새떼가 오가는 철이라고 쓴다"라고 쓴다. '새들끼리 관통해서 새가 새에게 뚫린다'고 쓰지 않고 "새들끼리 관통해서 새가 새에게 뚫린다고 쓴다"라고 쓴다. 이 시에 (마침표는 없지만) 모두 여덟 개의 문장이 있고 여덟 개의 '쓴다'가 있다. 모든 진술은 '쓴다'로 끝난다.

맞부딪치는 두 힘이 절대적인 균형을 이룰 때 힘들은 상쇄되어 영의 상태가 된다. 만물의 시원이자 그 영속 상태의 총합인 영은 바로 그 점에서 만물을 주조해내는 거푸집과 같아서, 한 시인이 써야 했던 것과 쓰지 못한 것, 써야 할 것과 쓰지 못할 것을 고스란히 포함하고 있다. 그 합은 투명하고 순결한 허공이다. 이 허공은 그의 존재와 창조적 역량 전체를 감당할 수 있다. 문제는 새떼가 새떼를 지우고 얻어지는 이 '공중'에 사실성이 없다는 점이다. 절대적 균형에 의한 무와 공의 상태는 자연의 부분적 현상이나 현실의 한 국면에서는 결코 체험될 수 없다. 시인이 쓰고 있는 것은 순결한 공이 아니라 차라리 허망함의 영이다. 그래서 시인은 모든 문장을 '쓴다'로 끝냄으로써 자신의 진술을 부정하고 허물어뜨린다고까지는 말하지 않더라도 적어도 그 진실성을 의심하게 만든다. 그러나 이 의혹은 반드시 그가 그리고 베끼려고 하는 어떤 풍경의 허망함을 고발하고 그 필연적 실패를 말하는 것이 아니다. 도리어 이 명철한 의혹이 그 풍경의 전망을 순수시적 환상으로부터 구한다. 그 풍경이 실재하건 실재하지 않건 간에, 그것을 생각하고 베끼려 했던 사람의 현실은 엄연히 여기 존재한다. 쓰고 있음의 사실성이 그 기이한 풍경의 사실성을 담보한다. 이렇듯 위선환의 자기성찰과 자기 다스리기의 고전주의는 현실을 확보하기 위한 수단이기도 하다.

시인이 유사한 방법으로 쓴 시 가운데 「거짓말」이 있다. 그 전문을 적는다.


돌멩이는 죽어 있다. 그렇다. 죽어서도 돌멩이는 구른다. 닳으며 동그래지며 아직 죽어 있다. 그런가.


머리 위 어중간에 나비가 걸려 있다. 그렇다. 굽은 갈고리에 찔렸거나 은빛 거미줄에 감겼다. 그런가.


새가 반짝이며 구름 사이로 점멸했다. 그렇다. 높이 나는 새는 불꽃이다. 하늘에다 그을린 자국을 남겼다. 그런가.

나뭇잎이 떨어져서 어깨에 얹혔다. 그렇다. 나뭇잎에 눌린
만큼 어깨가 내려앉았다. 그런가.

벌써 익은 찔레 열매가 아직 달려 있다. 그런가. 바짝 마른
뒤에야 떨어진다. 그런가. 잘 익은 씨앗 몇 개 감추고 있다. 그
런가.

일련의 진술 끝에 확인과 의혹의 '그렇다'와 '그런가'를 내내
덧붙이는 이 시는 그 구조에서 앞의 시와 비슷하지만, 그 진술
의 방향은 훨씬 복잡하다. 첫 연은 돌멩이의 죽음과 그 닳아짐
에 관해 말한다. 그것은 사실에 대한 진술한 진술일 수 있다. 그
러나 '그런가'라고 되묻는 시인의 의심은 무기물의 비생명 상태
를 죽음이라는 말로 환치하는 데서 오는 섣부른 의인화에 대한
불만에서 비롯할 것이다. 제2연은 허공에 걸려 있는 나비에 관
해 말한다. 그것은 엄연한 사실의 진술이며, 시인은 '그렇다'고
이 진술의 진실됨을 확인하지만, 뒤이어 그것이 어디에 찔렸거
나 거미줄에 걸렸으리라는 자신의 해석에 관해서는 '그런가'를
붙인다. 이 해석은 부족한 관찰과 부정확한 추론의 결과일 수
있으니 의심하는 것이 마땅하다. 제3연은 구름을 넘나들며 반
짝이는 새를 묘사하고 그 사실성을 우선 확인한다. 그러나 하늘
을 그을릴 만큼 뜨거운 불꽃으로 은유되는 새의 형상은 시가 남

용하는 상투적 이미지에 불과할 가능성이 크다. 시인은 이 이미지의 진실을 의심한다. 제4연은 떨어진 나뭇잎이 어깨에 얹힌, '그렇다'고 확인되는 사실에서 "나뭇잎에 눌린 만큼 어깨가 내려앉았다"는 결론을 끌어내고, 그 결론을 의심한다. 이 결론은 단순한 현상에 무리하고 불필요한 과학적 추론을 형식적으로 적용한 결과일 뿐이다. 마지막 연은 연이어진 확인과 의심에 대한 일종의 결론에 해당한다. 익은 열매가 아직 가지에 달려 있다는 말은 단순한 사실의 진술이다. 그러나 시인은 이 진술에 의심의 '그런가'를 덧붙인다. 그 열매가 바짝 마른 다음에 떨어질 것이라고는 예상도 일반적 식견을 가진 사람들이 충분히 수긍할 수 있는 내용이지만 시인은 다시 '그런가'로 의심한다. 잘 익어 마른 열매 속에 잘 익은 씨앗이 몇 개 감추어져 있다는 짐작도 삶의 경험만으로 충분히 납득할 수 있는 추론이지만 시인은 이마저 의심한다. 그래서 이 마지막 의심들은 그 자체가 의심스럽다.

잘 익은 열매는 말라 땅에 떨어질 것이나 그 안에 잘 익은 씨앗이 감춰져 있다는 진술은 지혜로운 말이다. 이 쉬운 말은 생명의 영속적 순환에 대한 깨우침으로 연결될 수도 있고, 죽음의 희생으로 영그는 새로운 탄생에 대한 제유가 될 수도 있다. 그러나 같은 말이라도 그 내용의 수준이 항상 같은 것은 아니다. 자신의 진술을 거듭 확인하고 의심하면서 시인은 자신이

한 편 한 편의 시를 통해 하고자 하는 말들이 사물과 그 현상에 섣부르게 인간적 면모를 덧씌운 것도, 성의 없는 관찰과 추론에 근거한 것도, 시적 상투성을 남용한 것도, 무리하고 불필요한 과학적 추론을 뽐내는 것도 아니기를 바라고, 또 그렇게 받아들여질 것을 경계한다. 벌써 건너갔어야 할 다리를 뒤늦게 건너는 사람답게 두드리며 건너는 위선환의 고전주의는 생각하고 쓰는 방법의 집약적 주제화이자 그에 대한 신중하고 지혜로운 실험에 해당한다.

　신중함과 지혜는 평행에서 시작하여 평형으로 이동하고, 또 다른 평형을 위해서만 그 힘을 행사한다. 위선환의 두번째 시집에 실렸던 짧은 시 「공중에」는 날개를 퍼덕이다 '공중에' 가라앉아 주둥이 끝만 나와 있는 새에 관해 말한다. 그리고 "거기에도 진창이 있었던 것"이라고 덧붙인다. 날아가는 것들은 있어도 현실에서 벗어나는 것들은 없다. 이 시에서도 위에서 읽은 세 편 시에서도 확인할 수 있듯이 그의 시에서는 항상 두 힘이 엇물려 있거니와 날아오르는 힘보다는 밑으로 잡아당기는 힘이 항상 더 강하다. 「자갈밭」에는 죽어 "東江의 자갈밭에" 누워 있는 비비새를 보여준다. 그 부리를 자갈돌 몇 개가 누르고 있다. 시인이 보기에 새를 붙들고 있는 이 자갈돌들의 힘은 비비새를 살게 했던 힘과 구분되지 않는다. 그 힘으로 비비새 아래 강물이 흘렀고, 그 힘으로 비비새는 강물 위로 날았다. 마침내 그 힘으로 새의 부리가 자갈돌을 물고 있다. 실은 자갈돌이 새의 부리를 물고 있다. 새는 자신을 죽음으로 이끄는 힘을 잠시 빌려 날았다. 「오월」에서 나무의 초록이 움터 오른 자리는 화가 고흐처럼 제 귀를 자르고 얻어낸 상처일 뿐이다. 아이의 젖니까지도 잇몸의 아픔이 밀어올린 부가물일 뿐이다. 「모항에서」에서 바다는 그 바다가, 또는 다른 사람이 누워 있던 자리이다. 오늘 시인 그 자신이 떠나면 내일 다른 사람이 올 터인데 남는 것은 누워 있던 자리로서의 그 바다뿐이다. 「발길질」은 "제 손으로 매달아 죽인 제 주검을 걷어차고 있었다"는 자살자의 이야기로 시작한다. 그는 제 정강이가 퍼렇도록 발길질을 했지만 이 죽음 속 생명 표현이 생명으로 이어지지는 않는다. 「등자국」은 주검을 걱정하며 망연히 기대서 있는 벽에 "우묵하게 등자국이" 파이는데, 그 옆에 "먼저 기댄 자국 하나가 나란히 찍혀 있더라는" 이야기를 전한다. 주검에 대한 염려는 죽음으로 이어지고, 아버지에게서 아들로 유전하는 것은 죽음뿐이다.

위선환은 비관주의자인가. 아니, 그는 염려가 많은 사람일 뿐이고, 제 방법에 철저한 사람일 뿐이다. 그는 새가 날 때마다, 싹이 움틀 때마다, 시가 찾아오고 말이 자리를 잡으려 할 때마다, 말라르메가 어느 시에서 말했던 것처럼 만물이 평등해지는 "저 저열한 재의 시간"까지 그것들을 끌고 내려가 거기서도 날고, 움터 오르고, 찾아와 자리를 잡는 것들이 남아 있을지를 묻고 검토한다. 「혼잣말」에서는 늦게 길을 나선 사람의 느린 발걸음 때문에 "잠깐 젖던 가는 빗발과 젖은 흙을 베고 눕던 지푸라기 몇 낱과 가지 끝에서 빛나던 고추색 놀빛과 들녘 끝으로 끌려가던 물소리까지" 모든 것을 다 놓쳤지만 그것들이 모여 차고 깊어진 "하늘의 푸른빛"을 부정하지는 못한다. 「언제나 며칠이 남아 있다」에서는 사소한 걱정과 대답 없는 질문으로 시간을 낭비한 다음에도 "모과꽃 피었다 지고 해와 달과 모과알들이 둥글어지는 며칠이" 또 남아 있다. 사소한 걱정과 질문도 물론 그만큼 남아 있다. 「안개」에서 사라지는 것들과 남아 있는 것의 관계가 조금 복잡하다. 안갯속에서 발가락과 날개깃이 젖은 새처럼 길 잃은 사람들의 "손바닥에 새가 잠들어 있다". 다시 말해서 길 잃은 자리는 길 잃은 자의 안식처가 된다.

현실의 진창에 많이 가라앉고 적게 일어서는 이 평형의 자리는 미시적으로 무질서하지만 거시적인 눈에는 엄연한 질서를 누린다. 첫번째 시집과 두번째 시집에 이어 번호 21을 얻게 된 마지막 「탐진강」에서 강은 "누구인지, 물 건너에 서 있어서 손 치켜들며 소리쳐 어이, 부르면 손 마주 치켜들며 소리쳐 어이" 대답한다. 이 사람 저 사람 부르는 사람들의 "어이"는 무질서이지만, 대답하는 강의 "어이"는 질서 그것이다. 「해동기」에서는 임진강이 얼음 얼고 놀 비쳐 한 사람 여자로 누울 때 그를 넘보면서 겁내는 남자의 몸은 "무겁고 울퉁불퉁"하지만 강-여자는 "가린 것 없이 들여다" 보인다. 강의 질서는 투명하다. 시집의 마지막 시 「토악질」은 슬프다. 화자가 "몇 해째 공복"으로 있을 때, 다시 말해서 시인이 써야 할 시를 쓰지 못하고 세월을 허송하고 있을 때, 그는 늙어 헛발질하는 어머니를 본다. "허기와 쓰림과 욕지기를" 토막말로 몇 마디 토해낼 때도 늙은 몸으로 아직 걸어가고 있는 어머니를 본다. 토할 것이 더 남아 있지 않을 때도 "장독들이 반짝거리고 갓 떠 올려둔 정화수가 환하고 비질한 울안이 부시고 아궁이에서 불빛이 새고 지붕마루를 넘어서 어둠이 내려오"는, 그와 어머니가 살던 옛집을 본다. 말은 지리멸렬해도 말의 희망은 그렇게 한결같다. 그렇게 무질서는 질서의 거울이다.

그렇다고 해서 시인이 자신의 현실인 미시의 무질서를 버리고 거시의 질서 속으로, 다시 말해서 평등한 죽음과 막막한 소멸의 평화 속으로 도피한다고 말할 수는 없다. 질서와 평화의 말은 늘 단순하다. 산은 산이고 물은 물이다, 같은 선사의 말은 지극히 작은 정보를 담고 있다. 그러나 이 작은 정보는 거기에 이르기 위해 디딤돌로 삼았던 복잡하고 무질서한 정보들을 제 뒤에 아득하게 거느릴 때만 의의가 있다. 위선환은 질서와 평화를 앞장세우지 않는다. 질서가, 또는 질서의 허상이 보일 때마다 그는 그것을 끌고 저열한 중력의 자리로 내려와 그 앞뒤를 살피고 그 위아래를 두드리고, 힘이 다할 때까지 학대하여, 질서가 질서인 것을 고백하게 한다. 그래서 위선환이 질서를 내다볼 때 그것은 명백하게 질서이다. 하늘이 파랗다고 말할 때 하늘은 파랗고, 별똥별이 떨어진다고 말할 때 별똥별은 떨어진다. 위선환의 시는 아름답다. 이 말은 그 아름다움이 믿을 만하다는 말과 다르지 않다. 고전주의는 아름다움과 진실이 같은 자리에서 피어나는 나무다. 위선환의 시에서는 무질서의 진실이 질서의 아름다움과 함께 피어난다.

# 유비의 감옥과 그 너머
## ―송승환, 『드라이아이스』

 

 

송승환은 이지적이고 감정과 감각이 모두 섬세한 시인이지만, 몽환 속에서까지도 자기검열이 그만큼 강한 시인이다. 그래서 그의 시를 읽는 일은 즐거운 만큼 어렵다. 그의 생각을 짚기 위해서는 어느 철학자가 말한 것처럼 "눈을 옆으로 한번 돌리기만" 하면 충분할 것 같은데, 시의 크고 작은 매듭에서마다 번번이 시선의 방향과 초점을 다시 조정해야 하니 특별한 정력이 필요하고, "눈을 옆으로"가 말은 쉽지만 그 옆이라는 게 때로는 안에 있고 때로는 밖에 있다. 시선의 문제가 모두 해결된다 하더라도, 또 남는 것은 송승환이 운용하는 말의 이상한 정교함이다. '나는 단지 내가 본 것을 그대로 기술할 뿐이다'―시인은 아마 이렇게 주장하겠지만, 그의 제시를, 그 방법과 순서를 한 걸음 한 걸음 고지식하게 따라가다보면, 우리를 속이는 것은 늘 순진한 목소리였다는 것을 뒤늦게 그리고 새삼스럽게 깨닫게 된다. '엄마가 대문 밖에 있어요'라는 아이의 말이 실은 '불이 나서 집이 다 타버렸어요'라는 뜻인 것을 알게 될 때의 놀라움 같은 것.

송승환은 이 시집에서 "바라본다"는 오직 한마디 말을 종지부도 없이 써서 '자서'를 대신했다. 그가 바라보는 것은 새롭게 바라보기 위해서이고, 독창적으로 바라보기 위해서일 것이라고 미리 짐작할 만한데, 이 새롭게나 독창적이라는 말은 충분한 것이 못 된다. 왜냐하면 시인이 바라보는 방법을 모색하기 전에 시적 서정은 미리 발생해 있었고, 바라보기는 그 서정에 형식을 부여하는 절차에 불과한 것처럼 보일 때가 많기 때문이다. 그의 서정이 바라보기를 명령하고 그 방법을 지시한다고 말해야 하나.

주어도 없는 '바라본다'는 말에 걸맞게 시인은 사물의 편에 서 있긴 하지만, 그가 보는 것은 사물의 즉자적 단단함이 아니다. 벌써 사물화한 의식이 이번에는 다시 사물을 의식화하기나 한 것처럼 사물들은 늘 무엇으로 왜곡될 기회를 노리고, 시 「드라이아이스」가 『공산당 선언』의 한 구절을 빌려 말하는 것처럼 "견고한 모든 것은 대기 중에 녹아 사라진다". 그래서 시인이 이른바 날이미지를 구하려는 사람의 방법을 그대로 답습한다 하더라도, 마치 사물들이 먼저 그 날이미지만을 걸치고 초라한 자연 속에 소외되기를 거부하는 것처럼 엉뚱한 관계를 증식시키고 그 속에 자신들의 존재를 연루시킨다. 시인이 어디서나 보는 것은 이 넘쳐나는 관계들이다. 의외의 자리에서 발견되는 사물들의 (또는 사와 물의) 이 관계를 전통적인 설명에 따라 조응이나 유비라고 부를 수 있을 것 같기도 하고 없을 것 같기도 하다. 여기까지가 송승환식 바라보기의 첫 단계이다.

시 「펌프」에서 이 관계는 비교적 명확하다. 전문을 적는다.


마당에 내려앉았다


제 깃털을 가다듬는 작은 새
폐부의 심연에서 뽑아올리는 첫 울음소리
점점 몸안의 기관장치에서 작동하는 내재율
밤새 앵두나무 꽃불 아래로 흐르는 물줄기


아침
가로등 아래 죽은 새 한 마리
자동차가 또 밟고 지나간다
길가에 고인 붉은 녹물


어느 날 마당에 내려앉았던 것은 새와 펌프, 펌프와 새 양쪽 모두이다. 펌프는 새이며, 같은 정도로 새는 펌프이다. 자동차가 무심하게 달리는 길에 죽은 새가 떨어져 있으며, 붉은 녹물만 몇 방울 흘린 채 펌프는 녹슬어 멎어 있다. 어둠 속에 빛나던 "앵두나무 꽃불" 같은 것도 펌프가 있던 가난한 동네가 철거될 때 함께 사라졌을 것이다. 차도 위에 엉겨붙어 있는 새의 피가 시인에게 폐기된 펌프의 녹슨 물방울 흔적을 생각나게 했는지, 혹은 그 반대인지 알 수 없다. 사실 펌프가 폐기될 수밖에 없었던 사연과 새의 사체가 차도에 떨어지게 된 정황은 다른 것이 아니다. 그들의 운명은 동일하다. 그러나 이 운명을 유비라고 부를 수 있을까.

시 「벽돌」에서 이 관계는 더 교묘하게 감춰진다. 역시 전문을 적는다.

칼날이 꽂힌다 힘줄이 뭉쳤다가 갈라지는 틈에서 터지는 피 벽을 타고 흘러내린다 흥건해진 작업대 물들이며 스민다 다시 도려내는 칼끝에서 떨어져나가는 살덩어리 바닥을 친다 내려칠수록 단단하게 다져지는 고기

멀리 하늘을 향해 축조되는 빌딩이 보인다
심장이 파닥거리며 컨베이어벨트에 실려온다

칼날은 지금 도살장에서 도살된 짐승의 살덩어리에 꽂히고

있지만, 벽을 타고 흘러내리는 피는 필시 빌딩 축조 공사중에 사고로 중상을 입은 인부의 그것일 것이다. 마찬가지로 "다시 도려내는 칼끝에서 떨어져나가는 살덩어리"는 짐승의 그것이지만, "바닥을 친다"는 표현에 더 알맞은 것은 고공에서 떨어지는 인부의 육체다. 그 둘은 모두 "컨베이어벨트에 실려온다". 한 벨트 위에서는 칼날에 잘린 고깃덩어리가 '벽돌'의 형식을 얻고 있을 것이며, 다른 벨트 위에서는 미처 부리지 못한 벽들이 벽돌색으로 물든 육체와 함께 실려올 것이다. 그들의 운명이 반드시 같다고는 할 수 없지만 사건 후에 처리되는 방식은 같다. 시인은 긴박한, 또는 긴박한 것으로 보이는 사건을 산문시의 형식으로 처리하지만 이내 연을 바꾸어서 짧게 두 줄을 조금 여유 있게 쓴다. 이 두 줄이 두 운명의 '유비'를 확인하고 끝맺는 시간이다. 그러나 두 육체는 이 의사유비의 끝에 저 자신의 모습을 다시 보게 될 뿐, 다른 시간이나 다른 공간, 이를테면 하늘은 열리지 않는다. 시에서 유일하게 하늘을 향하고 있는 것은 "축조되는 빌딩"뿐이다. 빌딩은 유비를 지배하고 폐쇄한다.

이 유비는 저 육체들만큼 연약하고, 사람들 사이로 지나가며 꽃대가 휘는 프리지아처럼 연약하다. 이 유비는 소통되지 않는다. 시 「프리지아」에서 한 손에 수화기를 든 사람의 다른 쪽 팔에 안겨 있는 프리지아는 오히려 소통을 방해한다. 어디서나 송승환의 바라보기를 가로막는 것은 이 갇혀 있는 유비이며, 거기에는 또 언제나 하나 이상의 기계가 있다. 흐름을 차단하는 이 기계 앞에서 생명의 운명 또한 그 유비의 운명과 같다. 시 「성냥」에서 "메마른 나뭇가지 끝"의 한 마리 새는 성냥불이 되어 "바닥에 떨어지는 재"를 남길 때, "인큐베이터 갓난아이가 가파른 숨을 쉬고 있다". 이 의사유비 속에서는 모든 유비의 정신적 원기인 기억마저 온전하게 남지 않는다. 시 「시멘트」에서 조약돌 같은 손을 내주었던 여자는, 또는 바닷가에서 주운 여자의 조막손 같은 돌은 "공사중인 빌딩 안으로" 사라진다. "반죽은 굳어지기 마련이다"—기억도 굳어지기 마련이다. 시 「G」에서 자동인형 상점의 쇼윈도에서 계산대 자판을 누르는 여점원의 인형을 들여다보고 있던 소녀는 긴 그림자를 남기고 떠난다. 소녀의 미래는 그가 가는 곳에 있기보다 그가 지나가면서 보았던 자동인형에 있다. 소녀는 한 운명의 기호, 저와 같은 모든 소녀의 기호 G가 된다. 마찬가지로 송승환적 유비의 순간은 새로운 지평을 만나는 개안의 순간이 아니라 또하나의 기호가 아무런 기억의 확장도 없이 누적되는 단절의 시간이 된다.

송승환의 시에서 이 단절과 폐쇄의 유비가 가장 끔찍하게 드러나는 순간은 그것이 일종의 우주론으로 확장될 때이다. 시 「드라이버」에서 밤하늘을 향해 솟아 있는 교회의 붉은 형광 십자가들은 조립공장의 십자드라이버와 조응한다. 생명을 조이는 십자가 아래 살아 있는 것들의 "신음소리 흘러나온다". 십자가

가 생명을 조일 때 "십자가와 십자가 사이로 내려오는 붉은 달빛마저 감기고 만다". 그 순간 용광로를 거쳐 컨베이어에 실려오는 "단단한 골격"은 십자드라이버에 조여 "자동차가 태어난다". 시인은 "큰 시계 바늘이 돌아가고 있다"는 말로 시를 끝내는데, 이 큰 시계는 말할 것도 없이 단순한 기계적 원리로 줄어든 우주 이성이다.

시집의 마지막 시 「U」는 같은 생각을 더 발전된 방식으로, 더 서정적으로 서술한다.


날름거리는 가로무늬근육 오돌토돌 돌기들 숲속 울려퍼지는 프리지아 다알리아 로즈 아카시아 튤립 크로커스 아이리스 올렉스 카피르나리 작약 파라칸타 라일락 실유카 코리앤더 마타리 부들레이아 치자 마르시아 루드베키아 바이올렛 화이트 바리에가티드 수련 핑크자이언트 푸니세우스 플레너스 마로니에 풀체리무스 브레던스프링 릴리

아이가 造花工 혀 끝에서 피어오르는 꽃을 바라본다


혀끝으로 꽃을 피우는 이 "造花工"이 조화옹造化翁과 다른 존재일 수는 없다. 이 조화공과 신적 존재의 차이는 창세기에서 "빛이 있어라"라고 말할 때 신이 사용하지 않았을 혀의 가로무늬근을 현대의 공인은 사용하지 않을 수 없다는 점뿐이다. 신이

한 사람의 공인으로 축소될 때 그 사이에는 바로 "혀 끝"이라는 표현으로 은유되는 말의 타락이 있다. 벤야민이 말하는 것과 같은 사물 그 자체인 언어, 아담의 언어, 이름의 언어는 이제 없다. 시가 열거하는 꽃 이름의 대부분이 우리 마음의 깊은 자리와 인연이 없는 외래어인 것처럼 말들은 모두 기호가 되었다. 사물들의 이름을 기호로 대신하는 자리에 일상을 뚫고 다른 전망을 들어올릴 유비도 상징도 없다. 유비의 진정한 원리일 우주 자체가 벌써 혀의 상형이자 'universe' 같은 말의 첫 글자일 U로 기호화하였다. 우리는 우리가 만든 물건들에 갇혀 있으며, 효험 없는 기호와 가짜 유비의 감옥에 들어 있다.

혹자는 송승환이 지나친 자기검열의 불모성과 서정의 부족을 사물과 시에 대한 비관적 전망으로 메우려 한다고 말할지 모른다. 단연코 그렇지 않다. 그는 사물과 사람 사이에, 사물과 사물 사이에 뒤틀어진 관계를 고발하기보다 그 미약한 관계를 두려워한다. 그는 마음이 메마른 것이 아니라 감정이 가장 낮게 가라앉은 순간을 관찰과 생각의 표준으로 삼을 뿐이다. 그는 자신이 타기하는 말에서까지도 명상적이며 거기서 구원의 빛을 보려고도 한다. 이를테면, 장기 입원 환자의 일기로 읽을 수도 있는 시 「나프탈렌」에 "소리 없이 흘러나오는 목구멍의 타오르는 불 입술을 적시고 물속으로 떨어진다" 같은 구절을 써넣을 때, 소독제 나프탈렌이 탄화수소hydrocarbon의 일종이며 이 말이 숲과 물을 한데 아우르고 있다는 점을 염두에 두고 있다. 그의 메마른 분석은 서정을 가장 단단하게 창출하는 방식이다. 「函」 같은 시는 시인이 자기 노력에 얼마나 깊은 의식을 견지하고 있는가를 드러낸다.

아이가 뒤섞인 카드에서 꺼낸 낱말을 차례로 읽는다 얼어붙는 입김으로 씌어지는 문장 아이가 공사장 구석에 불을 지핀다 낱말 카드 하나씩 불속에 집어던진다 더욱 붉게 타오르는 불꽃 주위로 어둠이 몰려든다 연기와 함께 하늘로 피어오르는 災의 글자 손으로 잡아 부순다 숯이 된 장작으로 바닥에 그림을 그린다 아무도 가지 않은 눈길로 아이가 걸어나간다

시인 그 자신일 아이는 제가 파는 성냥을 한 개비씩 소비해 겨울밤의 온기로 삼는 성냥팔이 소녀처럼 제가 지닌 낱말을 하나씩 불태워 작업장의 빛과 열기를 얻어낸다. 불꽃은 어둠과 추위를 다 막지 못하고 재灰가 되고 재앙災殃이 되지만, 이 불 피우기가 그때마다 재앙 하나씩을 제거하는 일도 된다. 그래서 아이는 아무도 가지 않은 순결한 길로, 타락한 기호와 가짜 유비의 감옥 너머로 걸어갈 수 있다. 이 눈길은 물론 죽음의 길이기도 하다. 그러나 이 상징적 죽음은 한 시대를 덮은 사물의 재앙, 말의 재앙을 자기 책임으로 떠맡으려는 희생의지와 다른 것이

아니다.

　현실의 세부가 초현실을 만들듯이, 송승환의 장기인 말의 섬세한 선택과 정교한 배치는 자주 계산과 논리를 몽환의 형식으로 바꿔놓는다. 꿈이 이성과 논리를 벗어나 있는 것은 아니다. 그것은 범접할 수 없도록 섬세한 이성이며, 가닥을 짐작할 수 없도록 중층으로 얽혀 있는 논리일 뿐이다. 이지적인 시인 송승환의 자기검열은 꿈과 환상에 대한 배척이 아니라 가능한 한 가장 끈질기고 확실하게 그것들과 교섭하는 방식이다. 이것이 또한 이 시인에게는 근대를 통과하는 한 방식이다.

# 이은봉의 흥취
## —이은봉, 『책바위』

 '흥취興趣'는 흥과 취미를 아울러 이르는 말이라는데, 그 말을 고쳐쓸 수는 없을까. 바깥 사물에 늘 쉽게 재미를 붙여 눈여겨보고 거기서 일어나는 감정을 어떤 리듬에 따라 오래도록 생기 있게 유지하는 마음의 능력이나 상태 같은 것을 표현하기 위해 '흥취'라는 말을 따로 만들어 쓸 수만 있다면, 이은봉의 시가 지닌 아름다움을 가장 적절하게 요약하는 말을 거기서 발견할 수도 있을 것 같다. 내가 말하는 흥취가 도취와 다른 것은 그 취함의 깊이에서만은 아니다. 도취를 위해서는 어느 자리건 그 자리에 들어가야 하며, 거기서는 감정이나 감각의 변덕이 추호도 용납되지 않는다. 변덕이 끼어드는 순간 도취는 깨진다. 흥취의 인간은 오히려 사물의 가장자리를 맴돌며 변덕을 그 취기의 리듬으로 삼아 제 흥취를 이어가고 또다른 흥취를 만들어낸다. 이 흥취는 물론 황홀과 다르다. 황홀함을 느끼는 사람 앞에 사물은 균질적이다. 그에게는 껄끄러움도 끈적거림도 없다. 사물은 미묘하고 헤아리기 어려울 터인데, 사실은 헤아릴 필요가 없다. 황홀함에 들기 위해 먼저 바쳐야 하는 것은 분별의 관습이기 때문이다. 흥취한 인간에게는 껄끄러움과 끈적거림이 여전히 남아 있지만, 그 정도가 어떠하건 그는 거기서 남다른 생기를 느낀다. 그는 어디까지나 분별하는 인간이지만 그가 만나는 같은 것과 다른 것들 사이에 때로는 즐겁게 때로는 고통스럽게 똑같은 생명의 기운이 흘러간다. 이은봉의 시에는 이 흥취가 있다.

사물의 변두리를 오래 맴돌면서 그 생기에 참여하기는 한 사람의 처사로서 이은봉이 수행하고 명상하는 태도에서도 그대로 나타난다. 그는 명상의 자리에 울타리를 만들지 않는다. 시집 전체의 제목을 만들어주기도 한 시 「책바위」는 "바위는 제 몸에 낡고 오래된 책을 숨기고 있다"는 말로 시작한다. 이 말이 그 자체로서 새로운 것은 아니다. 네르발만 하더라도 저 유명한 「황금시」에서 "순수한 정신 하나가 돌 껍질 속에서 자라고 있다"고 썼다. 바위 속에는 우리가 알지 못하는 것이 있으며, 그 정체가 알려지기 전까지 그것은 유령의 자격, 또는 순수한 정신의 자격을 지닌다. 네르발의 이 언명이 과학적 진실과 크게 다르다고 말할 수도 없다. 바위에 대해 모든 것을 다 알고 있다고 주장하는 과학자는 없으며, 아직 바위는 어느 학구적인 정신 앞에도 그 비밀을 다 드러내지 않았다. 그러나 시인이 말하는 "순수한 정신"과 과학적으로 아직 모르는 것의 차이는 분명하다. 바위에 대해 아직 알지 못하나 차후의 연구에 의해 밝혀질 어떤 것이 바위에 대한 지식체계 전체를 반드시 송두리째 뒤엎게 되는 것은 아니다. 그것은 대개의 경우 기존 지식에 덧붙여지는 또하나의 지식에 그친다. 이에 비하여, 시인이 어떤 인연으로 접하게 될 순수 정신, 그래서 이 세상에 발현될 순수 정신은 바위에 대한 기존 지식을 전복하고 무화시킬 뿐만 아니라 세상 만물과 우리의 삶에 대해 다른 시선을 열어주기 마련이다. 그때 존재는 밑바닥부터 뒤흔들리고 세상에는 다른 질서가 군림하게 될 것이다. 네르발 같은 시인이 보기에 우리가 영위해야 할 삶의 방식과 존재의 가치는 오직 그 정신에 걸려 있다. 여기서 다시 이은봉에게로 돌아오면 그 「책바위」의 '책'은 이중적이다. 책은 한 페이지 한 페이지 열어가야 할 지식이라는 점에서 과학적 탐구의 방법을 명령하지만, 그 지식은 바위에 대한 지식이 아니라 바위가 지닌 지식이란 점에서 네르발류의 순수 정신에 가까우며, 어떤 특별한 마음가짐과 믿음을 위해서만 이 바위-지식의 관념이 성립한다는 점에서 그것은 시적이고 존재론적이다. 이은봉에게 그 바위가 지닌 지식의 요체는 그 내용이 아니라 그것을 읽는 방식에 있다. 그 지식은 한꺼번에 드러나지 않으며 어떤 정신으로 폭발하지 않는다. 존재의 변질이나 세상의 혁명 같은 것을 그 책은 약속하지 않는다. 화자는 그 책의 낡은 글자를 읽기 위해 마른 잎사귀들의 속삭임이나 멧새들의 재잘거림에 의지해야 하지만, 화자와 바위의 관계는 어수룩한 제자와 엄혹한 스승의 그것이 아니다. 바위가 "가끔씩 엉덩이를 들썩여가며 독해를 재촉할 때", 화자가 "앞단추를 따고서는 거듭 제 젖가슴을 열어 보이는 바위의 부푼 엉덩이 위에 철썩, 손바닥을 내려놓을 수밖에" 없을 때, 그 둘을 깊이 연결하는 것은 에로스이다. 화자가 바위를 상대로 에로틱한 관계를 성립시킬 수 있는 힘은 그가 늘 새롭게 다져내는 발심과 그 끈질김에서 비롯하지만, 그에 못지않게 그의 무능과 게으름에서도 비롯한다. 그는 책을 읽지 못하기에 마른 잎사귀와 멧새를 부르지만 또한 벌써 책을 읽어냈기에 그것들의 속삭임과 재잘거림을 알아듣는다. 중요한 것은 사물을 뜯어보는 눈에 늘 새롭게 흥을 돋우고 그 리듬을 때로는 깊게 때로는 엷게 오래도록 유지하는 일이다. 책바위에 쓰인 글의 내용도 아마 거기서 벗어나지 못할 것이다. 흥취는 그 자체로 지혜가 아니지만 인간을 지혜롭게 하는 한 방식이다.

주제상으로 같은 계열에 속하는 시 「청개구리와 민달팽이」에서 두 미물은 수행의 두 가지 다른 태도를 나타내면서도, 시의 잔잔하고 애조를 띠기까지 한 어조 속에서 서로 그 겉과 속이 되어 한데 만난다. "마곡사 선방 앞"으로 "청개구리 한 마리 초싹대며" 뛰어오를 때, 가로뉘인 통대나무들 위 참선중임을 알

리는 "먹글씨 밑으로" "엉금엉금 민달팽이 한 마리"가 "언젠가
는 이 선방/죄 더듬으리라" 마음먹으며 기어가는 모습을 한때
는 자신도 "청개구리 한 마리로/초싹대며 뛰어오른 적이" 있는
화자가 바라보고 있다. 민달팽이의 느리고 지칠 줄 모르는 정진
은 청개구리처럼 성급하게 미래를 거머쥐려 했고 자주 엇나간
길을 걸었을 화자의 회한이다. 이렇다고 해서 이 시가 토끼와
거북이 우화의 선불교적 버전은 아니다. 기실 민달팽이의 무모
하리만큼 원대한 발원은 청개구리의 턱없는 초싹거림과 그 본
질에서 다를 바 없으며, 청개구리의 엇나감 또한 저 원대한 길
에 제 흥취를 더하여 바치는 그 나름의 존경일 뿐이다. 그러기
에 "오조조, 자미나무 꽃잎들" 바람에 지고 민달팽이의 발원도
"흙길 위로 진다"고 말할 때, 그것은 헛된 노력에 대한 비웃음이
아니다. 발원이 지고 난 뒤에, 청개구리처럼 초싹대는 자의 흥
취와 존경은 그만큼 더 강하게 남는다. 발원은 사실 거기서부터
시작된다. "미의 연찬은 예술가가 패배하기도 전에 공포의 비명
을 지르는 그런 결투"라고 말한 시인이 있었지만, 청개구리의
수행은 먼저 비명을 지르고 난 뒤에 생긋 웃고 일어나 비로소
시작하는 싸움이라고 부를 만하다. 흥취는 가야 할 긴 길 앞에
서 숨을 고르며 인내하는 한 방식이다.

　이은봉이 흔히 실패담의 형식을 빌려서 쓰는 시들은 대개
이 언저리에서 읽어야 한다. 이를테면 「착지에 대해서」는 이렇

게 시작한다.

　　고무풍선처럼 구름 속으로, 하늘 속으로 날아오르고 싶은
바람, 가슴속의 바람, 울며 빠져 달아난다 쭈글쭈글 찢어진 비
닐봉지로라도, 골목골목 끈질기게 굴러다니고 싶은 마음, 훌쩍
이며 사라진다

　"찢어진 비닐봉지"는 몰락한 "고무풍선"일 뿐이지만 고무풍
선보다는 더 많은 감정의 진실을 담는다. "구름 속으로, 하늘 속
으로 날아오르고 싶은 바람"이 "울며 빠져 달아난다"고 말할 때
는 거의 빈말에 가깝지만 "골목골목 끈질기게 굴러다니고 싶은
마음, 훌쩍이며 사라진다"고 말할 때는 벌써 또다른 열망으로
가득차 있는 마음 하나를 보여준다. 시인이 느끼는 감정의 실패
가 어떤 것이건 그것을 표현하는 이 구체성의 탄력은 새로운 결
단의 디딤판이 되기에 충분하다.

　다른 시 「모처럼 가부좌를 틀고」에서는 "詩와 禪이 하나"인
경지를 체험해보려 하나 마음은 쉽게 삼매에 들지 않고,

　　반시간도 지나지 않아 의문이 온다 손까지 베개를 하고 아
스라이 누워 있는 저 사람은 누구인가? 나다 아니다 각자 선생
이다 아니다 점차 몽롱해지는 사이, 멀리서 자동차 소리 들려온

다 조카애들 까불대는 소리, 풋살구 떨어지는 소리……

잡념은 끊이지 않아 정신은 집중력을 잃는다. 그렇다고 시인의 마음이 평정에 도달하지 못하는 것은 아니다. 그는 크고 요란한 소리에서 시작하여 가녀리고 섬세한 소리를 듣기 시작한다. 외부의 자극은 그치지 않지만, 이들 자극에 그가 휘둘리는 것은 아니어서 밖에서 들리는 소리는 그에게 난심의 불씨가 되지 않는다. 그는 모처럼 가부좌를 틀고 모든 소리를 다 듣기 때문에 어떤 무자극적 사고의 기회를 얻은 사람처럼 소리들의 보호를 받으며 고요를 체험한다. 이은봉은 성공했더라면 얻게 될 것을 실패한 자리에서 이해한다.

그래서 시 「바닥을 쳐야」가 말하는 것처럼, 그는 절망의 도움을 구하려 할 때에도 절망의 바닥에 이르지 못한다.

고꾸라지고 엎어지며 바닥에 닿고 보니
온통 캄캄하고 질퍽한 뻘흙뿐이로구나

그것들, 치마폭 벌려 포옥 감싸안는 뻘흙들
너무 안타까운지 저도 혀 끌끌 차고 있다.

그가 도달한 바닥에는 여전히 흥취가 깔려 있어, 그가 노렸던 바의 모질고 냉엄한 체험을 불허할 뿐만 아니라 잠복해 있던 연민의 시선이 그의 기대를 저버린다.

긍정적인 의미에서건 부정적인 의미에서건 이은봉에게는 바닥이 없다. 누가 너절한 욕을 퍼부으면 그 욕의 구성진 박자를 즐기고, 누가 칼을 들이밀면 그 반짝이는 칼끝의 아름다운 빛에 마음을 빼앗기는 사람을 상상할 수 없을까. 그에게는 위기의 극단에서 사물로부터 그 엄혹한 형식을 끌어내는 형이상학자 대신에 마음이 이런저런 인연에 따라 곡조를 타는 순간에 사물의 구체성을 더욱 뚜렷하게 느끼는 한량이 있다. 절대적 형상이나 순수관념은 그가 구하는 바가 아니다. 그는 추레한 현실에 집착하고 그 길고 짧음에 마음을 둔다. 초조와 불안에 시달리고 자잘한 근심에 고루 대응하다보니 갈피 잡기 어려운 마음은 늘 실패에 봉착하는 것 같지만, 그 용심用心의 섬세함은 벌써 분별을 넘어서고, 마음은 붙잡혀 있는 그 자리에서 벌써 해방된 것들의 기쁨을 짐작해낸다.

그의 시에서 마음의 실패에 대한 구체적이고 흥취 있는 표현들이 실패담을 성공담으로 바꾸어내는 것도 그때이다. 그렇다고 이 흥취에 날카롭고 서늘하거나 뜨거운 기운이 없는 것은 아니다. 무거운 것을 가볍게 하고, 빈 것을 차오르게 하는 흥취는 현실의 구체성에 내재하는 날카로운 운동의 힘을 믿을 때만 가능한 것이기 때문이다. 이은봉에게서는 예외적인 경우이기도 하지만 은유의 힘을 빌려 그 흥취에서 날카로운 기운만을 도려내면 「당나귀」와 같은 시가 된다. 두 부분으로 나뉜 시의 뒷부분만 적는다.

  잠시 눈감은 사이, 철부지 어린 당나귀, 다시 내 품안으로 기어들어온다 허리를 접고 천천히 눕는다

  봄비가 내려, 하늘과 땅 사이, 뭉클뭉클 리듬을 만드는 시간, 차마 어찌할 수 없어서일까 당나귀는 누워, 살포시 내 품안에 누워, 방안 여기저기 깜짝깜짝 놀라는 눈망울들, 지그시 손가락으로 눌러 덮는다

  넘쳐흐르는, 혈관 속 검붉은 포도주라니! 불길이 인다 오래도록 누워 있던 죄, 천천히 몸 녹인다

  활활 타오르는 불길
  지켜보는 마음, 어지럽다
  너무 무섭다 악착같이
  투명 유리벽 세우는 마음!

몸과 마음이 자연의 기세를 만끽하고 있다고 해도 좋을, 생

명이 준동하는 시간에 시인은 제 안에서 빠져나온 저 낯선 당나귀와 대면하는 것이지만, 이 조우에 시인의 마음이 고루 편안한 것은 아니다. 당나귀의 거동은 "철부지"의 행티를 벗어나지 못하는 것으로 파악되며, 실제로 그 어린것이 저질러놓는 일의 결과는 "누워 있던 죄"를 다시 준동하게 하는 데 이른다. 에로티즘의 색조가 강한 이 시에서 시인이 지순하다고도 해야 할 제 생명력이 강력하게 피워올리는 불길에 "악착같이" 투명한 유리벽을 세워야 할 이유는 어디 있을까. 그것 또한 자신의 것일 "활활 타오르는 불길"을 "지켜보는", 다시 말해서 대상화하는 시인의 마을은 제 생명력에 대해서가 아니라 그것이 발현하는 방법에 의혹을 가지는 것이 분명하다. 활활 타오르는 것이 반드시 잘 타오르는 것은 아니다. 그것은 하나의 흥을 다른 흥으로 이어주지 못한다는 점에서 흥취의 낭비이다. 미래가 없는 변덕스러운 정념은 사실의 가치를 누리지 못한다. 그러나 시인은 그 불길과 자기 사이에 "투명한" 유리벽을 세움으로써 그 악착스러운 다짐 속에 한 가닥 아쉬움을 접어넣는다. 그는 이 유리벽을 통해 제 흥취의 힘이 어떤 근원에서 출발하였는지 관상하기도 할 것이며, 현실과 열망의 거리를 짐작하기도 할 것이다. 중요한 것은 현실이다. 현실이 없이는 흥이 일어날 바닥도 없고 흥을 요구하는 자리도 없다. 진보의 맹목성과 삶의 무상함이 한자리에서 풍자되는 「터널 속에서」에도, 삶이 그 참극에 이르기까지 한순간

의 거짓말로 바뀌는 「만우절」에도, 균형 없는 풍경이 가장 고즈
넉한 풍경으로 되는 시 「수세식 화장실이 있는 절집 풍경」에도,
이은봉의 시 어디에나 거기 있는 것을 어른의 키만큼, 또는 손
들어 잡을 수 있는 높이만큼 위로 떠오르게 하는 이 흥취의 바
닥이 있다. 그 가운데서 「清明前夜」를 마지막으로 인용한다.

> 머릿속 지푸라기로 가득차오른다
> 밥 짓기 싫어
> 라면 끓여 저녁 끼니 때운다
>
> 라면에는 신김치가 제격이다
>
> 생수병 들어 꿀꺽꿀꺽 물 마신 뒤
> 소매깃 집어 쓰윽, 입 닦는다
>
> 담배 한 대 피워 문 채
> 베란다로 나간다 멍한 마음으로
> 아래쪽 화단 내려다본다
>
> 샛노랗게 지저귀고 있는
> 개나리꽃들 사이

철 늦은 매화 몇 송이 뽀얗게 벙글고 있다

저것들은 좋겠다 외롭지 않겠다

쉰의 나이를 넘기고서도
라면으로 끼니를 때우는 것은
무언가 크고 높고 귀한 것이 있기 때문이다

지푸라기로 가득찬 머릿속
디룩디룩 굴려본다 사랑은 본래
차고 시고 아리게 크는 법.

삶이 이렇게 고양된 순간은 드물다. 머릿속이 지푸라기로 가득차 있다지만, 이 삶을 구성하는 것들은, 라면도, 신 김치도, 생수병도, 입을 닦는 소맷귀도, 샛노랗게 지저귀는 개나리꽃들도, 그 사이에 핀 매화 몇 송이도, 어느 것 하나 지푸라기가 아니다. 청명이 오기도 전에 그것들은 청명하다. "크고 높고 귀한 것"은 그것들 안에 있다기보다는 차라리 그것들로 있다. 크고 높은 것은 먼 데서 구걸하여 얻어지는 것도 아니고, 누추한 삶을 쓸어엎고 빈 땅에서 캐내는 것도 아니다. 이은봉에게 흥취는 추레한 현실로 잠들어 있는 높고 귀한 힘들이 어깨를 들썩거리며 깨어나 움직이게 하는 방식이다. 그래서 이 흥취는 면면할 뿐만 아니라 단단하다. 현실을 단단하게 신뢰하며 그 탄력을 믿는 발걸음보다 더 감흥 있는 발걸음은 없다.

이은봉을 처사라고 한다면 이는 단순한 명명이 아니다. 이 말의 가장 적확한 의미에서, 그리고 가장 깊은 의미에서 그는 그렇게 불릴 권리가 있다. 그는 트임이 불가능할 것처럼 보이는 삶에서, 불안과 회한에 움츠러들면서도 자기를 붙잡으려는 사람들을 위해, 자신이 진심으로 원하는 것을 향해 끝까지 걸어가게 하는 방편을 만들고 시범하였다.

# 상처 그리고 투명한 소통

—정재학, 『광대 소녀의 거꾸로 도는 지구』

정재학의 시에 관해 말한다면, 무엇보다도 먼저 그 초현실성을 거론해야 한다. 자주 산문시의 형식을 지니는 정재학의 시는 그만큼 자주 하나 이상의 이야기를 끌어안고 있거나 그 이야기를 물고 시작하지만, 그 시말을 종잡기는 어렵다. 사건에는 인과적 추이라고 불러야 할 것이 없고, 있더라도 그것은 어떤 '뜻'으로 환치되려 하지 않는다. 이미지들은 늘 갑작스러운데, 그것들이 당혹스러운 점은 그 돌발성에 있는 것이 아니라, 오히려 그 의외의 출현들이 누려야 할 공격성이나 환기성이 '거세'되어 있다는 데 있다. 풀숲을 헤쳐 가던 정찰병에게 갑자기 총을 겨누고 일어선 매복조들이 한번 히죽 웃고 사라져버린다면 두려워해야 할 것은 그 매복과의 조우가 아니다. 이야기들과 이미지들 사이에 연결통로가 생략되거나 오도되고 있다고 재빠르게 말할 수도 없다. 통로가 애초에 존재했다는 흔적도 없고, 그것이 복원될 가능성도 그만큼 희박하기 때문이다. 그렇다고 해서 정재학의 텍스트가 완전히 논리적 설명의 외곽에 존재하는 것은 아니다. 이를테면 「微分―시인」 같은 짧은 시는 그 주제소나 메시지의 관점에서만 본다면 비밀스러운 것이 거의 없다.

> 그는 어릴 적 냇물과
>
> 눈물 사이를 헤엄치다가
>
> 비틀거리며 나와
>
> 몇 개의 돌멩이와 물고기를 토해내고는 죽어버렸다
>
> 그가 찍은 장면은 대부분 삭제되었다

죽은 자가 토해낸 '돌멩이'와 '물고기'는 의미론적 층위가 다르다. 물고기는 일차적으로 그가 물을 마시고 죽은 익사자라는 사실과 그 익사의 정황을 드러내는 직접적 의미 도구로 기능하지만, 돌멩이는 그럴 수 없기에 다른 층위의 설명을 요구한다. 그래서 물고기는 죽은 자가 헤엄쳤던 '냇물'에 그 근거를 두겠지만, 돌멩이는 그를 미역 감기었던 '눈물'에 결부될 수밖에 없다. 내의 어느 한 기슭에서 물에 뛰어들기 전에 이미 그의 내장에는 그에게 상처를 입힌 돌멩이가 들어 있었으며, 그것이 그를 학대하고 억압하여 다른 기슭을 향해 헤엄치게 한 추동력이었던 것이 분명하다. 시는 그가 헤엄치기 시작한 물가와 "비틀거리며" 나온 물가가 같은 물가인지 아닌지 명시하지 않는다. 시인은 알고 있을까? 그러나 "그가 찍은 장면은 대부분 삭제되었다"는 마지막 시구는 그가 헤엄치는 과정에 또하나의 작업이 진행되었으며, "대부분 삭제"라는 말에 담긴 아쉬움의 양태는 그 위업이 적어도 내 하나는 건넜을 정도로 상당한 것이었음을 짐작하게 한다. 시인도 그렇게 짐작할까. 시인의 어조는 일관되게 비극적이다. 작업은 거의 모두 무위로 돌아갔기에 그 성과는 내세울 것이 없으며, 두 물가의 차이 역시 무의미해질 위험이 있다. 게다가 그 물가들이 이편저편으로 구분된다 하더라도, 그 건너가기 과정에 대한 기록의 삭제와 함께 그 위업은 재연되거나 답습될 수 없다. 시인의 이 비극적 어조는 엄중한 관점에서 이 텍스트에 나타나는 몇 가지 수사학적 내지 문법적 실수와 연결된다. '냇물과 눈물 사이를 헤엄치다'라는 표현에는 시공의 혼동이 있다. 또한 "돌멩이"에는 "몇 개의"라는 수량 표현이 앞서지만, "물고기"에는 이에 상응하는 어구가 없다. 그래서 물고기는 돌멩이가 누리는 구체적인 물질성을 다 누리지 못한다. 게다가 물고기는 부정적인 가치가 확고한 돌멩이와는 다른 가치를 지녔을 법도 한데, 그 생사를 비롯하여 그 상태를 나타내는 어떤 말도 언급되어 있지 않다. 물고기는 또하나의 상처일까, 아니면 소득일까. "그가 찍은 장면"이 지워진 것이 누구에 의한 어느 시간의 일인지, 익사사고와 겹쳐서 일어난 일인지, 사건 이후 어떤 평가에 따른 것인지, 그에 관해서도 역시 언급이 없다. 시인은 알면서도 말하지 않는 것일까. 그러나 어조는 힘차고 리듬은 강퍅해서 실수는 고의적이 아니며 누락은 의도적 생략이 아님을 알게 한다. 독자가 텍스트를 이해하기 위해 어떤 논리를 무기로 삼더라도 그 논리는 텍스트를 만들기 전에 전제한 논리는 아니다. 다시 말해서 시인은 돌멩이와 물고기와 지워진 장면의 은유를 어떤 논리 위에 배열한 것이 아니라 그들 은유를 '살고' 있다. 정재학에게 은유는 철저하게 삶이며 체험이다. 그는 이 시를 쓸 때 제가 알지 못하는 돌멩이와 물고기를 만났던 것이며, 우리가 그것들로 한 시인의 삶을 논리적으로 구성해내는 것은 차후의 일일 뿐이다. 사실 초현실은 낯선 현실과의 만남 이외에 다른 것일 수 없다. 정재학에게서는 특히 그렇다.

연작시의 일부인 「Edges of illusion (part Ⅲ)」은 이 '살아내는 은유'를 더욱 선명한 그림으로 보여준다.


야간행군을 하다가 결국 내가 뿌리였을 때를 생각해내었다
속눈썹 위에 흰 눈이 쌓이고 그 위로 모래바람이 불었다 앞을
보지 말고 아래를 보고 걸어라! 소대장의 고함소리에 아래를
보다가 너무도 부끄러워 나는 나의 대리인이 되기로 작정한다
나의 이파리는 항상 멀리 있었고 대낮의 온기 속에서 잎을 통

과하는 연두색 빛의 줄기를 상상했다 나팔소리 들리지 않는 새벽, 얼마나 흙을 단단하게 쥐었던지 군화 속에 씨앗을 뱉어내다가 나는 초록색 똥을 쌌다

화자는 눈 내리고 바람 부는 밤의 행군중에 소대장의 고함소리에 따라 "아래를 보고", 즉 흙을 보고 걷다가 제 마음속 가장 아래쪽 흙바닥을 보고 만다. 그곳은 세상에 알려지면 모든 사람들이 그에게 침을 뱉게 할 것들이 우글거리는 외설과 치욕의 자리이다. 그가 자신의 이 쓰라린 현실을 감당하기 위해서는 그것이 마치 남의 일인 것처럼 처리하는 자, 다시 말해서 저 자신이면서 동시에 제3자인 "대리인"이 되는 방식을 취해야 한다. 그러나 이 대리인이 남의 일처럼 바라보게 될 것은 그 치욕의 현실만이 아닐 것이다. 화자가 열망해온 푸른 "이파리"와 "대낮의 온기 속에서 잎을 통과하는 연두색 빛의 줄기" 역시 그 무정한 눈앞에서는 현실에서 이탈하려는 빈 생각의 나약한 기획에 불과하다. 어두운 밤에 눈 쌓인 길의 모래바람을 통과하게 해줄 힘을 그 빛나지만 비어 있는 상상에 기대할 수는 없다. 그는 어쩔 수 없이 흙에, 또는 마음속 치욕의 자리에 단단하게 뿌리를 박으려 했고, 그 덕분에 어쩌면 푸른 이파리와 연두색 빛의 줄기로 성장할 수도 있을 씨앗을, 그 흙과 또는 그 치욕의 자리와 하나가 되어 있는 군화 속에서 발견한다. 화자는 자신이

쌌다는 "초록색 똥"을 부정적인 어조로 말하고 있지만, 그것이 다른 평가를 얻을 수도 있다. 그것은 어두운 뿌리와 연두색 줄기 사이에, 또는 치욕의 현실과 탈출의 기획 사이에 어떤 종류의 화해가 성립되려 한다는 예감일 수도 있고, 뿌리와 이파리가 서로 그 형질을 조응한다는 것을 알아차리는 창조적 발견의 알레고리일 수도 있다. 더 나아가서 이 알레고리가 정재학의 시론 하나를 고스란히 지시할 수도 있다. 소대장의 자리에 문학이론가나 비평가들을 대입한다면 (하늘을 보지 말고 현실을 보라는 말은 그들에게는 벌써 입버릇이 된 군호이다) 화자는 그들이 기대한 것보다 더 깊은 현실을 보기에 이른 시인이다. 그는 현실의 불행을 인지하는 힘으로 자신의 욕망과 기획을 객관화하고 이 삶과 다른 삶을 아우르는 새로운 글쓰기의 비전을 가까스로 엿본다. 그러나 중요한 것은 이런 논리적 해명이 아니라, 시인이 어둠 속에서 눈과 모래와 바람을 헤쳐가는 어느 행군의 밤에, 저녁부터 새벽까지의 그 또렷한 현실을 한 그루 나무-인간의 존재로 살았다는 '사실'이다. 정재학에게서 초현실은 상상의 변덕이 아니라, 어떤 논리적 결단을 그 한계에 이르기까지 밀어붙여 얻게 되는 시상視像에 바치는 이름이다.

우리가 읽은 두 편의 시는 모두 일종의 메타시이지만, 한편으로는 어떤 외상에 관한 진술이다. 이 점은 정재학의 시를 상처의 한 변용이라는 관점에서 살펴볼 수 있는 근거가 된다. 사실 정재학의 아름다운 시에는 잘 만들어진 상처 시스템이 때로는 보이게 때로는 보이지 않게 하나씩 장치되어 있다. 「즉단 卽斷」에서는, 도시적 억압이 빚어낸 과민한 상처가 상처받은 자를 상처 주는 자로 한순간에 바꿔놓는다. 「계절의 연애」에서 모든 세대교체의 역사는 배척과 쫓김에 따른 강박의 역사와 다르지 않으며 모든 성장과 개화는 거대한 상처의 확인에 지나지 않는다. 「역류」에서 어린 시절에 부주의하게 뱉은 하찮은 말들이 전화 통화의 혼선을 타고 잠그지 않은 수도꼭지의 누수처럼 흘러나온다. 「섬망譫妄」의 화자는 제 뽑힌 사랑니에 "재봉틀 기름"이 묻어 있음을 확인한다. 그는 상처의 힘으로 얻은 사랑까지도 어떤 기계적 작용의 결과가 아닌지 의심하는 것이 틀림없다. 「어느 老의사의 조각난 거울」에서 늙은 정신과의사는 환자들을 "날카롭게 반짝"이는 깨진 거울 조각으로 본다. 그 조각들 하나하나에 비추이는 것은 "최후의 경계선"을 넘어버렸을 때의 그 자신의 모습이다. 시집은 종류와 깊이가 다른 상처들의 앨범처럼 보이기까지 한다.

그러나 이 단순한 열거에서도 금방 알 수 있듯이, 정재학의 상처는 고정된 상태로 치유를 기다리는 고통의 자리에 그치지 않는다. 그것은 시쓰기의 뿌리일 뿐만 아니라 그 과정이며, 자주 그 결과이다. 시집의 첫 시 「시원詩源」에서, 태양이 비치지 않는 막다른 골목에서 시인이 두 귀에 꽂히는 어떤 기적의 빛을 감지할 때, "연두색 피를" 흘리게 하는 빛은 상처와 구분되지 않는다. 「어느 안과의사의 폐업 전야」에 나오는 안과의사는 "아플 때마다 땅에서 샘솟는 맑은 물을" 마셨던 기억이 있기에, 시력을 잃었을 때 더욱 놀라운 것을 보게 되리라고 믿는다. 「Psychedelic Eclipse」에서, 메마른 땅의 정처 없는 연주 여행은 그 자체가 기계음 날카로운 연주의 형식을 지닌다. 그래서 고난과 무소득과 실종으로 이어지는 긴 상처는 불모의 시간을 열어젖히고 그 내장으로 들어가는 수술 행위와 같다. 이 체계적이고 능동적인 상처가 현실의 또다른 출구를 여는 칼날인 것은 말할 것도 없다.

체계적, 능동적, 거기에 더 필요한 말이 있다면, 그것은 '체질적'이다. 정재학과 대화를 나누어본 사람은 그가 가볍게 말을 더듬고 있다는 사실을 금방 알아챈다. 두뇌가 명석한 언어 장애인들이 자주 그렇듯 제가 해야 할 말을 가능한 한 간명한 문장으로 만들어 입속으로 한번 되뇐 다음 신속하게 내뱉는 방식은 정재학의 방식이 아니다. 그는 오히려 해야 할 말을 천천히 음미하듯 말한다. 이 극도로 침착한 말하기는 그에게 말과 그 물질성에 대한 특이한 경험을 가져다줄 것이 분명하다. 생각이 호흡으로 바뀌어 목젖을 울리고 입천장과 혀 사이로 미끄러져나와 이와 입술에 부딪히는 물질감을 그보다 더 깊이 느끼는 사람은 드물 것이기 때문이다. 그에게 말은 생각의 해방이면서 동시에 해방을 가로막는 물질의 장애이다. 말은 생각의 상처를 포함하고 있다. 그래서 말라르메가 한번 말했던 것처럼, "꽃!"이라고 발음할 때 그 목소리가 어떤 윤곽도 남기지 않고 공기 속에 기화하면서 꽃이라는 생각 그 자체가 되어 그윽하게 솟아오르는 표현의 상태를 그보다 더 갈구하는 사람도 없을 것 같다. 좋은 의미에서건 나쁜 의미에서건 말의 물질성에 대한 의식은 절대성 소통에 대한 열망으로 이어진다. 상징주의에서 초현실주의를 넘어서까지 현대시운동이 지지해온 열정 또한 생각과 말을 연결하는 투명한 번역기계에 대한 희망과 다른 것이 아니다. 그러나 투명한 소통은 투명한 사람들 사이에서만 가능하다. 마지막으로 또 한 편의 시 「일인극이 끝나고」를 읽는다.

어릴 적 친구가 살던 집으로 이사했다. 그새 주인이 몇 번이나 바뀌었을까. 계단에는 이제 늙어버린 고양이가 졸고 있었다. 이삿짐을 다 옮길 무렵 그 친구가 지나간다. 다가서자 그는 아이처럼 작아진다. 친구를 안아 본다. "하나도 자라지 않았네?" 그는 건조하게 웃었다. 계단에는 교실처럼 아이들이 앉아 있었다. 처음 보는 아이들이었다. 그는 계단 위로 가서 한 아이의 뺨을 후려쳤다. "이건 i 때문인 줄 알아. i가 죽었어. 거울이 비어 있다며 자살했어." 평소 그렇게 당차던 i가 자살하다니……
"저 아이가 i를 어떻게 알고 있지?"

"누군지 궁금해할 필요는 없어. 이건 서로의 역할을 바꾸어도 상관없는 연극이니까. 네 대사를 잠시 빌렸을 뿐이야." 나무가 길을 향해 짖어대고 있었다. 정확히 어떤 동물의 소리를 닮았는지는 알 수 없었지만 내 목소리처럼 느껴졌다.

이 시도 상처의 기억으로부터 시작한다. 폭력이 있고 자살이 있고 그것을 해설하고 전달하는 목소리가 있다. 그러나 폭력을 행사하는 '아이'와 폭력을 당하는 '아이', 자살하는 '아이'와 그 사실을 전달하는 '아이'는 모두 'i'에 수렴된다. 동시에 벌써 대문자이기를 그만둔 i는 저 모든 아이들로 확산된다. 비어 있는 거울은 타자들이 주체 속에 통합되는 자리이면서 동시에 주체가 타자들 속으로 흩어져 사라진 자리이다. 자살한 아이도 그 빌미를 제공한 아이도 없이, 폭력을 행사한 아이도 당한 아이도 없이, 빈 거울에는 상처만 남아 있다. 이 상처는 주체와 객체가 없으면서, 또한 모든 아이와 i가 그 주체이면서 객체이기에, 절대적이고 투명하게 소통된다. 그래서 한 사람의 대사는 다른 사람의 대사가 되고, 한 사람의 생각과 말은 각기 다른 사람의 말과 생각이 된다. 이 절대적 소통의 세계에서는 나무가 말을 하고 길이 그 말을 듣고, 아이와 i가 그 목소리를 제 목소리로 받아들인다. 주체가 자신을 혁명하여 이룩하는 빈 거울은 장애의 말이 절대적 소통으로 열리는 문인 동시에 현실이 초현실로 열리는 문이다. 그러나 혁명이 늘 상처를 그 기폭제로 삼아야 한다는 사실은 슬프다. 그것을 희망의 비극이라고 말하자니 안타깝고, 비극의 희망이라고 말하자니 어설프다. 다만 정재학의 시에서는 어떤 희망도 비극적 어조로 벗어버리려 하지 않는다는 말만 덧붙여두자.

# 허전한 것의 치열함
## —박철,『불을 지펴야겠다』

    박철의 시를 읽으면 늘 어딘지 한구석이 조금 허전하다는 느낌을 얻게 된다. 마무리가 서툴러서 그런 것은 물론 아니다. 그는 시편마다 정갈하고 되바라지지 않는 리듬으로 할말을 다 한다. 시가 모호해서는 더욱 아니다. 그는 평이하게 시를 쓰고 시구를 이어갈 때 논리를 생략하거나 건너뛰는 법이 없다. 시어는 늘 순순해서 딱히 은유나 상징이라고 불러야 할 것이 없다. 그는 참외를 참외라고 쓰고 침대를 침대라고 쓴다. 말의 전의는 이를테면 항상 남편을 앞세우고 본인은 뒷자리에 서는 시인의 아내가 "세컨드"라는 이름을 얻는 정도에서 그친다. 은유라기보다는 개인적인 은어라고 불러야 할 것이 가끔 나오지만 그 말을 모른다 해도 시를 전체적으로 이해하는 데에 크게 지장을 받지는 않는다. 그의 시는 실험적이 아니며 복잡하고 난삽한 형식은 그가 즐겨 쓰는 바가 아니다. 그는 한 사건이나 한 감정을 시간 순차에 따라 진술하고 필요하다면 회상을, 그것도 지극히 자연스럽게, 끼워넣는 방식으로 시를 쓴다. 그는 돈호법으로 누구를 부르는 일도 없고, 급격한 리듬을 몰아붙여 영탄하는 일도 없다. 그런데 이렇게 그의 시가 지닌 외양을 겅둥겅둥 이야기하다보면 저 허전함과 관련하여 뇌리에 잡히는 것이 있다. 이른바 치열함이 없다. 그는 늘 누가 해도 좋을 이야기를 하는 것만 같다. 박철에게는 정말 치열함이 없는 것일까. 시인 자신의 고백은 다르다. 그는 「게으름에 대하여」에서 "나처럼 세월을 일없이 소일하되 늘 근심이 많고 우울하고 조바심이 강한 사람은 게으른 사람이 못 된다"고 쓴다. 이 고백을 믿는다면 그는 욕망과 초조감에 시달리는 사람이다. 그는 치열성이 부족한 사람이 아니라 "다만 가난한 사람이다". 욕망의 실현을 미루고 치열함을 드러내지 않는 일 사이에는 어떤 관계가 있을까. 그 이야기를 하기 위해 좀 멀리 돌아가자.

박철은 크게 잡아 민중시인의 대열에 서 있지만 그의 시는 정치나 역사에 대한 본격적인 성찰에 바쳐진 것이 아니며, 사회적 의제를 설정하는 일에도, 민중 생활의 미래를 전망하는 일에도 현저한 관심을 표현하지 않는다. 목소리를 높이고 분노를 표출하는 일은 그의 장기가 아니다. 그는 심정적인, 그러나 끈질긴, 동조자의 입장에서 크게 벗어나지 않는다. 이번 시집에서도 그는 떼 지어 날아가는 「기러기」를 보며 "선배들"의 치열했던

삶을 떠올리긴 하지만, 거기서 오히려 자신의 외로운 자리를 지
킬 원기와 격려를 얻으려 한다. 시의 끝부분이다.

내 선배들은 이 나이에도

징역살이를 했다 지금도

옳은 일을 하다가 감옥에 갈 일은 많다

그러나 나는 방안에 처박혀

몇 편의 시를 쓴다 그때 내 나이에 선배들은

얼마나 나의 이 외로운 밤을 그리워했을까

내가 헛개나무 뒤로 슬며시 모습을 숨기자

활처럼 다시 대열을 이루며

기러기 난다

그는 소재상으로 이른바 전통적 서정시에 해당하는 글을 쓰
며, 농경사회적 정서의 끈을 면면하게 쥐고 있지만, 산천초목
앞에서 경탄의 표정을 짓는 일이 드물고, 계절의 순환에서 새삼
스러운 깨달음에 이른 사람처럼 경구를 늘어놓지 않는다. 자주
원경으로 나타나는 그의 자연은 아련하거나 아득할 뿐 신비롭
지 않다. 그 자연이 철학적이 아니라고 말할 수는 없지만, 어떤
사상의 요목들을 표상하고 부각시키기 위해 제 본래의 자리를
우쭐거리며 벗어나는 일은 없다. 풀잎은 단지 풀잎이어서 시를

불필요하게 진동시키지 않으며, 강물의 기억은 어느 시절에 그렇게 기억한 강물일 뿐이어서 시간을 불안하게 변조하지 않는다. 그는 생각을 극단적으로 밀고 나가는 법이 없다. 표제시 「불을 지펴야겠다」를 읽으면 그의 시적 주제들이 거의 대부분 열거된다. 중간 부분이다.

> 저 별빛 속에 조금 더 뒤 어둠 속에
> 허공의 햇살 속에 불멸의 외침 속에
> 당신의 속삭임 속에 다시 피는 꽃잎 속에
> 막차의 운전수 등뒤에 임진강변 초병의 졸음 속에
> 참중나무 가지 끝에 광장의 입맞춤 속에
> 피뢰침의 뒷주머니에 등굣길 뽑기장수의 연탄불 속에
> 나의 작은 책상을 하나 놓아두어야겠다

"피뢰침의 뒷주머니"가 무얼 말하는지 알기 어렵지만(잔고가 딸려 늘 조마조마한 지갑을 암시하는 것일까, 아니면 옥탑방?), 그의 주제들이 자연의 기운과 간난의 세상사 어름에서 발견된다는 것은 분명하게 드러난다. 어느 것도 특별하거나 새로운 주제가 아니다. 그러나 이들 주제는 누가 써도 잘 쓸 수 없으며, 그래서 늘 새로운 도전을 요구한다는 점에서 낡은 주제라고 말할 수 없다.

시인으로서 그도 자주 일탈을 꿈꾸고 때로는 저지르기도 한다. 그러나 그 경계는 절묘하리만치 분명하다. 그의 시에는 일과 휴식이 이상하게 얽혀 있는 장소로 술집이, 정확하게는 '니나놋집'이 종종 나오고, 어김없이 '작부'들이 등장한다. 시 「골목길」에도 그 절묘한 경계의 니나놋집이 있다. 시인은 작부에게 한번 수작을 걸지만, 작업의 성사와는 무관하게 재치 있게 되받아치는 응수에 만족하여 "해죽해죽 골목길에 꽃웃음만 풀어"놓는다. 이런 미묘한 균형은 젊은 날 지리산 기슭의 어느 여인숙에서 중년 여인을 안게 된 사연을 적은 「인연」에도 나타나고, 조금 양상은 다르지만 "티벳에 가보지 못한" 사람이 쓴 여행시 「티벳」에서도 마찬가지다. 그의 일탈은 거의 언제나 소박한 삶의 반증이다.

　그의 시에 이미지는 풍부하지만, 그는 이미지들을 통상적인 시선을 넘어선 자리에 전위하는 일이 없기 때문에 그것들은 그 이미지로서의 성격을 두드러지게 드러내지 않는다. 그의 눈은 언제나 육안이다. 말하자면 그의 사고틀은 수학적이 아니다. 그는 어떤 개념이건 어떤 풍경이건 그것을 무한이나 영의 자리에 대입해보려 하지 않는다. 그는 섬세하지만 사물에 대한 그의 분석은 그 구체성이 훼손되지 않는 선에서 그치며, 보통 사람의 두 눈이 알아볼 수 있는 것만을 믿고 말하고 기입한다. 사물은 그에게 수단이 아니며, 따라서 객관화할 수 없다. 나무와 산과 구름과 냇물은 그를 한 번도 소외시키지 않았으며 그 자신도 그것들에게서 소외된 적이 없다. 사물은 충만하게 거기 있기 위해 어떤 장치도 필요로 하지 않는다. 구舊자가 붙은 낡은 골목도 다리를 건너는 바람도 그에게는 너무 친근해서 육체의 척도가 아닌 다른 척도로 그것을 변조하는 노력이 불필요다. 이를테면 시「노을」에는 "깍지 낀 노을"이라는 말이 나온다. '깍지를 끼고 그를 빤히 쳐다보는 노을'이건, '깍지를 끼고 그들 사이에서만 아는 것에 동조를 구하는 노을'이건, 시인과 노을 사이에 소통은 벌써 끝났다. 시인의 자격으로건 다른 어떤 자격으로건 친구를 분석하는 것은 예의가 아니다. 분석은 어떤 분석이건 본질적으로 막말의 성질을 지니기 때문이다. 이 특별한 교류가 박철에게서 그의 언어에 대한 태도를 결정한다. 시「우수파 선언憂愁派 宣言」의 전문을 적는다.

햇볕 좋은 날 정발산동 두루미공원 길을 가다가
동네 비스듬히 기울어져가는 집을 하나 보았다
무슨 박물관이라 썼는데 문패가 희미하다
집 자체가 하나의 기울어져가는 골동품이었다
몸을 털며 들어서니 창문으로 밀려오는 갈 햇살에
마룻바닥이 가쁜 숨을 쉰다
그러나 반가운 눈치다

3호방 문 앞에 긴호랑거미 그물이 흥건하고
유리벽 안에 걸린 진열품이 나란히 손을 잡고 서 있다
'우수'며 '고뇌'며 그 옆에 '방황'이었다


객은 아득한 현기증에 창밖을 보았다


　오래된 동네에 "기울어져가는" 집 한 채는 박철에게 매우 친근한 풍경이겠지만, 거기에 "무슨 박물관"이라는 문패가 걸림으로써 "몸을 털며" 들어가야 하는 낯선 공간으로 바뀌었다. 거기에는 기이한 고적감이 있다. 그러나 시인은 이 고적감을 철저하게 밀고 나가려 하지 않는다. 그는 말에 가벼운 해학을 섞어 간단히 실내를 묘사한 다음 곧바로 진열품의 제목이기도 할 세 개의 추상어를, 자신의 심경이기도 하겠지만 결코 자신의 말일 수는 없는 관념어를 그대로 적고는 자신과 그 기묘한 고적감 사이에 "아득한 현기증"을 설치한다. 이 현기증은 '이해할 수 있음'이면서 동시에 '이해할 수 없음'이다. 그는 이 세 낱말에서 자신의 운명에 대한 기호 같은 것을 발견하고 아득한 마음이었겠지만, 다른 한편으로는 그 기호의 추상화가, 다시 말해서 그 개념의 아득한 극단화가 그를 "객"으로 남게 한다. 그는 객이 되기를 바라지 않는다. 그는 적어도 자신이 객이 되는 세계 속에 살려 하지 않는다. 그는 어떤 종류의 것이건 절대를 상정하는 언어를

사용하지 않는다. 삶을 일정한 틀에 고정시키는 절대치의 언어
는 사물들이 거기 살고 있다는 절대적인 사실과 늘 마찰을 빚기
때문이다. 그의 언어가 기름지지도 않다고 말할 사람도 있겠다.
그 자신도 시 「반올림」에서 "아빠는 마음이 가난하여 평생 가난
하였다"고 쓰고 있으니 그렇게 말해도 좋겠다. 그러나 가난한
것과 궁한 것은 같은 것이 아니다. 그 가난한 재산을 한 치도 낭
비함이 없이 사용하여 늘 여유분을 남기는 사람들도 많다. 단순
하고 소박한 말에는 내장된 주름이 없을 것이라고 생각한다면
크게 잘못이다. 시 「참외 향기」에 이런 대목이 있다.

> 이별을 앞둔 두 사람
> 낮은 원두막에 앉아 참외옷을 벗겼지
> 더위를 끌고 코끝에 번지던 참외향
> 사랑은 훗날 달콤한 향기로 남고
> 나는 더이상 참외를 먹지 못하네

　　화자가 참외를 먹지 못하는 것은 우선 옛사람 생각에 슬픔
이 복받치기 때문이겠지만 단순히 그 이유만은 아니다. 참외 향
은 그 사람과 함께 나누던 마지막 행복이다. 그 사람이 없이 그
행복 속에 다시 들어간다는 것은 일종의 배반이며, 그 특별한
순간의 행복을 더럽히는 일이다. 배반하지 않기, 더럽히지 않

기, 이것은 그의 모든 시에 걸치는 진정한 주제이다. 그는 이 주제를 살아내기 위해, 주제 그 자체인 사람이 되기 위해 말에서까지도 한결같이 소박하고 가난한 사람으로 남는다.

그러나 한결같다는 것이 어떤 지조를 말하는 것만은 아니다. 그는 세상을 바라보는 눈에서도 한결같다. 그는 김포에서 태어나 오랫동안 살아왔으며 최근에 행주강을 사이에 두고 고향 마을 건너편 일산으로 이주했다. 그는 「행주강」에서 "꿈의 불빛을 따라 김포에서 일산으로 이사 와 나는 자주 강으로 나간다"고 썼다. 옛날에는 고향 마을에서 먼 마을의 불빛을 꿈의 불빛으로 바라보았지만, 지금은 그 강 건너에서 고향 마을을 삶이 온전하게 남아 있는 먼 마을처럼 바라본다. 그리고 또 이렇게 썼다.

오늘은 먼 사랑
내 인생은 겨우 강 하나를 건너온 것이다
그것도 개구리헤엄조차 잊고 육중한 시멘트 다리를 빠르게 건너왔다
사람들은 오 분이면 건너는 강을 때론 오십 년이 걸려서 지나온다

그가 세상의 속도를 따라잡지 못한 것이 아니라 사람들이 갑자기 그를 제치고 미친듯이 질주했다. "오 분"과 "오십 년"은

물론 교통사고 예방 표어에서 가져온 말이다. '오십 년 먼저 간 사람들'이 누구인지 우리는 잘 안다. 그들은 꿈을 과속으로 좇다가 꿈을 배반했을 뿐만 아니라 삶까지 버렸다. 박철은 시의 끝에서 이렇게 쓴다. "내가 점점 외로워지는 것은 그래도 생의 아름다움 때문이다." 이 생과 그 아름다움은 과속하지 않는 사람만이 외로움과 함께 누릴 수 있는 몫이다. 그러나 이 외로움을 견디기 위해서는 한 인간이 얼마나 치열해야 하는 것일까. 그는 가장 치열하게 사는 일이 어떻게 아무것도 안 하는 일이될 수 있는지를, 시집 전체의 주제를 압축하고 있는 것 같은 시「은행나무」에서 쓴다. 역시 전문을 적는다.


정말 그립다면 발걸음조차 떨어지지 않겠지요

이역異域이라고는 영 딴전 필 겨를이 없어서

발바닥 붙은 자리 동동 다지며 내 발걸음만 바라보겠지요

오히려 지나는 사람들의 안식처가 되거나

잠시 세워둔 쇠잔한 자전거의 연인이 되겠지요

지친 자전거가 말을 걸겠지요

─어둠을 뚫고 달려가는 자동차의 심장은 무엇인가

─당신은 왜 그러고 섰는가

그러면 나는 나의 묶인 발을 바라보다

그냥 노오란 고개를 저어 보이며 미소를 띠겠지요

―오지 않는 너의 주인에게 물어보렴

　　은행나무는 물론 시인이다. 그리운 것을 좇는다고 그리운 것
에 속도를 붙여주어 더욱 멀리 달아나게 하는 이 환란의 시대
에, 그는 발을 떼어 한 걸음 밖으로 나가면, 거기에 그리운 것에
대해 생각조차 할 수 없는 "이역"이 펼쳐진다는 것을 알고 있다.
탈것을 자동차로 바꾼 자전거의 주인은 자전거를 버렸다. 이 속
도전의 세계에서는 버림받은 자만이 삶에 대해 진지하게 질문
할 수 있다. 그러나 대답해야 할 사람은, 다시 말해 돌아와야 할
사람은 그리움을 좇아 그리움을 내팽개친 자전거의 주인이다.
시인-은행나무에게는 "발바닥 붙은 자리 동동 다지며" 그 자리
에 고독하고 가난하게 서 있어야 하는 것이 그의 치열함이다.

　　박철은 오 분의 거리를 오십 년에 걸쳐 이동하면서 자신이
아름답다고 믿는 삶을 지켰으며, 자신이 그리워하던 그 그리움
이 되었다. 그 자리는 허전하지만 치열함의 외투 속에 감춘 다
른 모든 허전함보다 더 허전하지는 않다. 자크 랑시에르는 우리
에게 분별 되고 마음 써야 할 것들과 보이지 않아 마음 밖에 있
는 것을 분할하는 것이, 곧 감성계의 분할이 정치의 일이고, 보
이기에 마음 써야 하는 것과 보이지 않아 마음속에 들어오지 않
는 것의 경계를 변화시키고 재분할하는 것이 문학의 일이라고
말했다. 박철은 보이지 않는 것을 보이는 세계 안에 끌어오는

일보다는, 벌써 보이는 것들의 세계 속에 들어와 있지만 마음들이 내팽개쳐버린 것들의 먼지를 닦고 당신들이 찾는 것이 여기 있다고 가만히 말하는 일에 더 치열하다. 그는 그것들을 '사소한 기억'이라고 부른다. 순수시이건 정치시이건, 겉으로 치열한 시이건 속으로 치열한 시이건, 모든 시가 확보하고 지키려는 것이 그것이 아니고 무엇일까. 박철을 치열하지 않다고 말한다면 우리는 치열함을 배반하는 꼴이 될 것이다.

# 이문숙이 시를 쓰는 시간
## ─이문숙, 『한 발짝을 옮기는 동안』

이문숙이 시에 쓰는 말은 잔잔하고 나직하다. 그의 시에는, 강렬한 유혹도 기괴한 선동도 없다. 잔인한 결심도 환상적인 탈선도 없다. 시비를 걸거나 공격하지 않는다. 그는 말을 모나게 비틀지 않으며, 그 의미를 신비롭게 굴절시키지 않는다. 이문숙의 시에 어떤 '기교'가 있다면, 하고 싶은 말을 잠시 또는 영원히 묻어버리는 정도가 그 전부라고 할 수도 있을 것이다. 그러나 단번의 양보도 없이, 어떤 영합이나 타협도 없이, 우쭐거림도 없이, 어쩌면 그래야겠다는 생각조차 없이, 우리 시대의 불행한 삶을 이만큼 깊은 눈으로 그려낸 시집도 찾기 어려울 것이다.

시인은 이 말에 필경 동의하지 않을 것이다. 정작 이문숙은 시 쓰는 자신을 탐탁하게 여기지 않는다. 낯선 것에 대한 기이한 탐닉이나 끈질긴 시마를 두려워하는 것은 아니지만, 그가 자신의 시쓰기를, 노름꾼의 노름처럼, 나쁜 버릇으로 여기는 것은 사실이다. 이를테면 시 「악어 쇼」에서 시인은 악어의 "벌린 입" 속에 머리를 들이미는 서커스의 소녀를 본떠서 "펜을 쥔 주먹을" 또는 "부글거리는 머리를 넣었다" 빼본다. 그러나 악어가 쉽게 입을 다물지 않으니 "악어 쇼"는 계속될 터이지만, 그는 악어의 "벌어진 입을" 강제로 닫아 버릇 나쁜 손목을 잘라버리려는 결심에까지는 이르지 못한다.

다른 시 「사십오 분의」에 가면, 이 나쁜 버릇이 도지게 되는 시간이 다소 구체적으로 서술되는데, 그것은 발을 내디딜 수도 안 내디딜 수도 없는 "허방" 같은 것이다. 자유롭게 쓸 수 있는 "사십오 분의" 시간이 갑자기 주어졌다. 아마도 이 시간은 교사인 그에게 학교가 예고 없는 행사를 치르게 되어 한차례 수업이 면제된 시간일 것이다. 낮은 등수로 복권에 당첨된 것과도 같은 이 시간은 생각이 미치는 만큼의 많은 사건이 일어날 수 있는 시간이다. "해골 속에 꽃을 꽂을 수도" 있고, "용과 통정하여 아이를 낳을 수도" 있고, 기회만 주어지고 마음만 먹는다면, 더 많은 것을 감행할 수 있다. 사막을 건너는 대상들의 낙타 방울 소리가 "어쩌면 돌이 되어 불멸을 다짐"하는 그런 신비로운 일만 일어날 수 있는 것은 아니다. 누군가가 "진흙탕에서 맨발로 뛰어다닐 수도 있고 형광등을 깨고 도망칠 수도" 있다. 그러나 당연히 시가 될 수 있을 이 사건들은 일어나지 않는다. 이 "허방"

속에서 시인의 "손은 서류를 찾고 모니터를 켜고, 뒤집어놓은 서랍 속 여우야 여우야 뭐 하냐", 일어나지 않은 사건들을 부르며 시를 쓰려 한다. 시인은 그 시간이 대기를 상징과 해조로 가득 채우는 이적의 시간이어서가 아니라 오히려 "심장이 벌떡거리고 혀가 말라붙는" 초조감에도 불구하고 어떤 시도 얼굴을 드러내지 않은 불모의 시간이기 때문에 시를 쓴다. 그렇다고 "허방"의 시간이 허방으로만 남아 있는 것도 아니다. 시의 마지막 말은 "반찬은 무슨 반찬"이다. '반찬 같은 것을 왜 걱정하느냐'는 뜻으로 읽어야 할까. 물론 아니다. 그것은 교사이며 주부이기도 한 이 시인의 '반찬은 무슨 반찬을 준비해야 하지'라는 평범한 걱정일 뿐이다. 이 걱정이 토막말로만 시쓰기를 간섭하는 것은 그것이 벌써 공기 속의 분자들처럼 삶의 위로 아래로 침전되기도 하고 떠돌기도 하는, 어떤 방식으로도 지워버릴 수 없는, 간섭 요소가 되었기 때문일 것이다. 항상 그대로인 삶의 아전들이 시보다 먼저 와서 소매를 잡아끈다. (그래서 나는 개인적으로 시인이 처음에 '반전은 무슨 반전'이라고 썼다가 서둘러 그렇게 바꾼 것일지도 모른다고 생각해보기도 한다.) 이문숙은 자신이 시의 허락도 얻지 못한 시를 쓴다고 믿기에 시를 쓰면서 자주 시에게 속죄한다.

자신이 쓰는 시가 시를 아프게 한다는 시인의 생각은 시 「수염 뽑기보다」에도 있다. '수염 뽑기보다 쉽다'는 말은 재주가 많았으나 자주 곤궁했던 고려시대의 시인 이재현이 과거의 급제를 가소롭게 여기며 했던 표현이다. 그 백운거사가 "당장 먹고 사는 일이" 급해 가죽옷을 전당포에 팔았다는 "눈물이 턱에 흐르는 그 삼월 십일일에", 그러니까 우리 달력으로 사월 어느 어름에, 우리의 시인은 잠시의 배고픔 때문에 "수염 뽑기보다 더 쉬운 돈을 지불하고" 매운 요깃거리들을 이것저것 사들이고 나서 "사월이 슴슴하지 않고 매웁다고" 생각하려 하는데, "그때 제 종아리를 치며 흘러가는 백운"을 본다. 시인 백운, 또는 시 백운이 치는 것은 제 종아리지만 아픈 것은 물론 시인이다. 시는 시인에게 찾아오지 않지만, 시인을 닦달하는 일을 그만두는 법이 없다. 이는 시인이 시에 어떤 특별한 구원의 길이 있다고 고집스럽게 믿고 있기 때문이 아니다. 시 「그곳으로부터」는 지하철 차량기지의 하나인 '지축기지'의 "한심한" 풍경을 전한다. 한심하다는 말은 거기서 볼 수 있는 것이 "가도 가도 고압전류를 잇는 전선"과 "그것을 지탱하는 쇳덩이의 나열뿐"이기 때문이기도 하고 "고장난 전동차"의 휴식처이기 때문이기도 하다. 그런데 "여권도 출입국도 검역소도 없는 한심한 여행지"인, 잠시 앙드레 브르통의 표현을 빌리자면 "저승이라는 이름의 음악 카페"(「초현실주의 제2선언」)일, 간단히 말해서 죽음의 땅인 그곳이, 어느 날부터, 진정한 휴양지이며 "갈수록 그곳으로 휴가를 가려고 하는 사람이 늘어난다"는 소문이 들린다.

아름다운 음악을 들려주면

부드러운 육질의 살코기를 만들 수 있다고 맹종하는

미련한 양돈업자 같은

그곳으로부터

죽음 뒤에서나 만나게 될 세계, 다시 말해서 시가 갈망하는 저 순결한 세계가 인간이 가축처럼 사육되는 이 세계의 위안이 될 수는 없다. 이문숙은 「이상한 호수」에 빠져 있는 삶들을 "아름다운 음악"으로 위로하지 않으며, 자기 자신에게도 어떤 종류의 것이건 구원의 길을 제시하지 않는다. 늘 정직한 그가 보기에, 그 길은 삶이 실종하는 길과 다른 것이 아닐 터이다.

그렇더라도, 이문숙이 순결한 시의 세계와 죽음을 겹쳐놓든 아니든 간에, 그의 시가 죽음과의 관계에서 일정한 미감을 얻고 있는 것은 사실이다. 처연하게 아름다운 시 「구멍을 만들지 않아도」는 시가 죽음에서 얻는 힘을 명백하게 드러낸다. "'어敔'라는 악기"에 대해 이야기한다. 이 악기는 "호랑이가 웅크린 모습"으로 등에 스물 몇 개의 톱니가 있다. 시인은 이 웅크린 호랑이가 죽음 직전의 마지막 생명을 누리고 있다고 생각한다. 그 톱니를 긁거나 머리통을 치면 저 지루한 궁중음악이 끝나기 때문이다. 한 음악의 끝을 책임지는 이 짐승은 "몸은 동그랗게 말고/

혓바닥에는 최초의 말을 올려놓고" 눈을 감지만 귀는 열어둔다. 이 짐승이 제 혀에 올려놓은 최초의 비명을 내지를 때 음악은 끝난다. '어'의 음악은 낭만주의적 관념의 백조의 노래와 비슷하지만 같지 않다. 백조의 노래는 최후의 음악이지만, 어의 울림은 음악의 최후이며, 비명의 끝이자 그 막음이다. 백조의 노래는 노래로 남지만 어의 울림은 노래가 부질없다는 듯 노래를 묻는다. 하지만 이 시가 시인의 진정한 소망을 담고 있는 것은 아니다. 시의 끝에서 시인은 제목의 말을 다시 가져다 마치 지나가는 말처럼 "제 틀에 구멍을 만들지/않아도"라고 쓴다. 한 번의 비명으로 모든 비명 묻기는 한 악기의 드라마일 뿐 인간의 일이 아니라는 뜻이겠다. 살아 있는 것이라면 어느 것에나 비명 이후에도, 죽음 이후에도, 제 몸에 구멍을 뚫어야 할 고통은 남는다.

이에 비해, 시 「책상 아래 벗어놓은 신을 바라봄」이 그리는 죽음의 그림은 훨씬 더 구체적이고 '현실적'이다. "골목에 불 켜진 마지막 집"은 철거가 시작된 동네에서 아직 다른 곳에 거처를 마련하지 못한 사람의 집이겠지만, 제 나이 열넷에 물에 몸을 던져 죽은 제 어머니의 것일 "여자 신 한 짝을 그려"놓고 "신神은 없다"라는 제목을 붙인 화가는 누구일까? 아무튼 시인은 골목의 마지막 불빛을 바라보듯, 자살한 여자의 신 한 짝을 바라보듯, "어느 먼 곳에 신이 손톱으로 파놓았다는 호수"를 바라보듯, "신이 아픈 이빨을 뽑아 던져 생겼다는 봉우리를 바라보듯", 책상 아래 벗어놓은 제 신을 바라본다. 신은 여기 있는데 그것을 신었던 몸은 여기에 없다. 아니 그 역이다. 몸은 여기 있는데 신은 벌써 저 호수이고 저 봉우리이다. 그러나 이 삶의 막막한 슬픔과 현실이 아닐 것 같은 이 불행한 현실을 모두 담고서만 그 호수이고 그 봉우리이다. 책상 아래 벗어놓은 신은 건방진 예술의 무슨 '오브제'처럼 현실이면서 현실이 아니다. 그것은 "먼 기류의 먼저 닿아 있는 펼쳐진 맹금류"의 날개 같은데, 현실의 무거움은 뒤늦게만 거기 닿을 것이다. 그러나 신발의 날개를 거기 먼저 보내 이르게 한 힘은 이 삶에 엉긴 슬픔의 덩어리밖에 다른 것이 아니라는 말은 덧붙일 필요도 없다.

이문숙이 시 쓰는 '허방의 시간'은 기실 이 죽음 같은 슬픔이 괴어 있는 시간이다. 「미확인물체」처럼 "아무데도 소속되지 않고 화장실 청소만" 맡아 "붉은 고무장갑과 붉은 고무장화"를 끼고 "시간이 허락할 때마다 변기에 걸터앉아 고무인형처럼 조는 여자"의 시간이 그 시간이고, 「뉴타운—한양주택단지」에서, "곧 파괴될 것 알면서 새로 페인트칠한" 그 동네 지붕처럼 "얼굴에 핀 독을 덮으려는 여자의 화장"에 덧씌워진 시간이 그 시간이다. 그렇다고 이문숙이 이 불행한 현실을 고발하고 있다고 쉽게 말해버릴 일은 아니다. 시인은 다만 그곳의 빈 부엌 곁에 '빈 부엌'이라는 말을, 박카스 빈 곽 곁에 '박카스 빈 곽'이라는 말을,

오글오글 머리 옆에 '오글오글 머리'라는 말을 나란히 적을 뿐이다. 저 처절한 「소화 헬기가 떴다」 같은 시에서도, 시인은, "실종신고 당시 티브이가 켜진 채"였던, 그래서 "찌익찌익 그가 켜놓은 브라운관 넘실거리는 물결 속 누구는 석유통을 엎고 누군가는 담뱃불을" 던지는 모습을 보게 했던, 늙고 병든 실향민의 유골을 "서해와 민물이 만나는 강에" 뿌린 후 "손바닥에 남은 유골을 살짝 맛"보고는 "짜디짰다"라고만 쓴다. 시인이 그렇게 말할 때 그 말은 너무 짧고 단호해서 유골에 섞인 바닷물이 정말이지 처음으로 짜디짠 그 성질을 드러내는 것만 같다. 시인은 그렇게 제 훈련된 선의에도 불구하고 자신에게 원한 섞인 슬픔을 몰아왔던 모든 것, 제 타고난 재능을 따돌리며 그 기세를 억눌렀던 모든 것, 그 자유로운 정신에 항상 고삐가 되었던 모든 것, 그것들을 저 무심한 낱말 하나하나로 기념한다. 그러나 제사 음식이 제사를 통해 색다른 기운을 얻듯이, 기념된 것들은 벌써 기념되기 전과 같지 않다. 그것들의 시간은 여전히 현실의 시간이면서 조금 낯선 시간이 된다. 그래서 시인이 쓴 낱말 하나하나는 그 현실을 거느리고 이 현실의 시간에서 저 낯선 시간으로 한 걸음을 옮겨 딛게 하는 통행증이 된다. 그때 저 누추한 삶이 그 한 걸음만큼 의미를 얻는다.

시 「현관에 앉아 있는 스핑크스」는 바로 그 통행증의 이야기이다. 시인은 퇴근을 하고 집에 돌아갈 때마다 "저 불통한 옥수수 이빨 사이의 관문을 통과해야 한다". 이빨이 "몇 개 남지도 않은" 노인이 아파트 현관에 앉아 "매일 반복"해서 "어디 갔다오슈"라고 묻는 것이다. 의례적인 질문에 의례적인 대답이 마땅하겠으나 질문하는 사람도 대답하는 사람도 그 마음은 의례적이 아니다. 직장에서 돌아오는 시인은 그 직장생활이 행복하지 않아서,

> '그만둬야지'가 '그만둘 수 없어'를 줄줄이 끌고 나오는
> 혹은 그 사이를 왔다갔다하는
> 나는 어디 갔다오는가

자문해야 하고, "옥수수 이빨"의 노인은 노인대로 신통치 못한 대답으로 그 무료함을 달랠 수 없다. 그래서 현관의 인사는

> 지혜로운 자만이 풀 수 있는 수수께끼
> 내 안의 아픈 정곡을 찌르는 저 스핑크스 영감이 내주는 문제

가 된다. 이 문제 앞에서 말들은 정체된다. 말로 움직여야 할 현실이 거기 있다. 시인은, 자신이 시인인 것을 아는 사람은, "어느 순간부터 집착하기 시작한다". 지혜로운 자만이 문제를 푸는 것이 아니라, 지혜로운 자만이 문제가 문제인 것을 안다. 마침내

시인이 "나는 어디로 갔다 어디로 오는가" 또는 "어디로 왔다 어디로 가는가" 물을 때, 그가 자문하는 행처는 벌써 직장이나 집이 아니다. 그는 이 현실에서 어느 현실이 가능할지 묻는다. 그는 자신이 무엇을 써야 할지 묻는다. 무엇이 저 "스핑크스 영감"의 고독한 무료에 다른 시간을 열어줄 수 있을지 묻는다. 이문숙은 문제를 문제되게 하는 시간에 시를 쓴다.

# 불행의 편에 서서
## —김성규, 『너는 잘못 날아왔다』

김성규의 시집 『너는 잘못 날아왔다』는 매우 기이한 작업의 보고서이다. 누가 이 시집의 이곳저곳을 펼쳐 여남은 편의 시를 읽고 나서, 우리 시대의 불행한 현실을 유려한 리듬과 아이러니 가득한 문장으로 재치 있게 서술하였다고 그 주제와 특징을 정리한다면, 그 말이 틀렸다고 하기는 어렵다. 그러나 이 시집을 처음부터 끝까지, 빠르게 읽든 천천히 읽든 중단하지 않고, 읽은 사람이라면, 그 말로 설명이 끝났다고 생각지는 않을 것이다. 거기에는 표현하기 어려운 다른 것이 있기 때문이다. 김성규는 시집의 모든 시에서 단 한 번의 예외도 없이 우리 삶의 불행에 대해서만 이야기하지만, 그 불행 앞에서 시인은 자신의 감정을 직접적으로 드러내는 법이 없다. 불행과 비극이 내내 반복되는 것은 그것들이 여기저기서 지리멸렬하게 나타나기 때문이 아니다. 불행과 비극의 표현은, 마찬가지로 그것들의 존재

양태는, 확연하고 투철하다. 시인이 자신의 감정을 덧붙이는 법이 없는 이 불행의 시에서 그 고통과 참혹함이 언젠가는 끝나거나 완화되리라는 전망을 기대할 수 없는 것도 당연하다. 감정이나 전망이 왜 거기 있어야 하는가. 사실을 말한다면, 불행이나 비극이라는 낱말 자체가 우리의 임시적이고 임의적인 '해석'을 담은 어휘일 뿐으로, 김성규는 자신이 말하는 것에 그런 이름을 붙인 적이 없다. 우리가 불행이나 비극이라고 부르는 것은 그에게 집과 나무가 거기 있는 것처럼 거기 있다. 퐁주 같은 시인이 '사물의 편에 서서' 사물들이 저 자신의 성질을 드러낼 수 있는 수사법을 발견하려 했던 것처럼, 김성규는 우리가 불행이라고 부르는 것들의 편에 서서 그것들이 저 자신을 낱낱이 보고하는 방식으로 그것들에 대해 말한다. 아름다운 말로 노래하지 못할 나무나 집이 없는 것처럼, 그렇게 하지 못할 불행도 없다. 불행도 세상에 존재하는 다른 모든 것들과 마찬가지로 선율 높은 박자와 민첩하고 명민한 문장의 시를 얻을 권리가 있다. 김성규에게서는 불행이 행복과 대비되는 어떤 것이 아닐뿐더러, 행불행의 구분조차 없는 것 같다.

그러나 불행의 편에 서는 일은 사물의 편에 서는 일과 같을 수 없다. 사물을 있는 그대로 생생하게 보기 위해서는 시선을 조금 옆으로 돌려 인습적인 생각들을 지워버리고, 그것을 다시 한번 마음속으로 묘사해보는 것으로 충분할 것이다. 이때 사물은 이제까지 알던 것과 다른 것이 되며, 그 일은 권장할 만한 지혜에 속한다. 반면에 삶의 쓰라린 체험에 관해서라면 시선이라는 말 자체가 사실 허망하다. 불행의 체험과 감정은 인식이기 이전에 살아내야 할 운명이며, 그와 관련하여 권장할 만한 사고방식 같은 것이 존재한다고 하더라도 그것이 그 불행의 내용을 바꿔주지는 않는다. 말에서 떨어져 다리를 다친 젊은이가 그 때문에 노역을 면했다고 해서 건강한 다리에 대한 아쉬움이 그에게서 사라지는 것은 아니다. 한 아이에게 어떤 나무가 이제까지 알던 것과는 다른 것으로 보일 때까지 그 나무를 바라보라고 말한다면 그 말은 언제나 슬기로운 가르침이 되겠지만, 사랑하는 사람을 잃은 사람에게 객관적 시선을 유지하라거나, 그 기억을 지우라거나, 자연의 섭리 같은 것을 들먹여 생각을 바꾸라고 말하는 것이 반드시 옳은 일은 아니다. 불행에 관한 어떤 시선도, 참극에 관한 어떤 말도, 불행과 참극이 거기 있다는 생각과 말에서 별로 멀리 벗어나지 못한다. 그것은 김성규의 일이 아니다.

김성규가 쉬지 않고 온갖 참상에 천착하여 그 몸서리치는 광경을 다른 모습으로 그려내고, 마침내 불행의 수사학을 발명하는 것은 그 비정함을 잊어버리거나 위로하기 위함이 아니며, 거기서 어떤 지혜를 구하기 위함도 아니다. 그는 오히려 불행한 일들을 잊게 될까봐 겁내는 사람처럼 시를 쓴다. 그는 「난파선」의 첫머리를 이렇게 쓴다.

그러나,로 시작되는 문장을 쓰지 않기 위해

새벽마다 달력의 날짜를 지웠다

길은 온몸을 꼬며 하늘로 기어가고

벌판을 지우는 눈보라

빈집의 창문에서 불빛이 새어나온다

뿌리에 창을 감추지 않고 어떻게 잠들 수 있겠는가


'그러나'는 물론 글쓰기에서 반전의 자리이다. 시인은 그의 불행에 반전이 있을 수 없다고 믿고 있다. 그가 어느 날 문득 '그러나'로 문장을 시작하게 된다면 그것은 그의 근기가 약해진 까닭일 것이 분명하다. 그는 벌써 "온몸을 꼬며 하늘로 기어가"는 길에서, "벌판을 지우는 눈보라"에서, "빈집의 창문에서" 새어나오는 불빛에서, 제 믿음의 증거를 본다. 그가 세상을 내다보는 진정한 "창"은 하늘을 향한 잎사귀나 꽃에 있지 않다. 흑암을 향해 뻗어내리는 "뿌리"에 날마다 새롭게 감춰두어야 할 창은 또 하루치 불행의 양식을 발견할 자리이다. 빈 '그러나'의 마약이 그 양식을 대신할 수는 없다.

내용 없는 희망은 불행을 대신할 수 없을 뿐만 아니라 자주 그 불행의 씨앗이 된다. 김성규는 「구름에 쫓기는 트럭」의 2연과 4연을 이렇게 쓴다.

모 두 안 전 하 게 살 수 있 어 군인들이 비명을 쏟아담으며 대열을 맞춘다. 모 두 안 전 하 게 살 수 있 어 골목길을 찾아 사람들이 뛰어간다

모 두 안 전 하 게 살 수 있 어 빗방울이 공중에 호외를 뿌린다 모 두 안 전 하 게 살 수 있 어 군복을 입은 사내들이 무릎 꿇은 청년들의 어깨를 밟는다

모두 안전하게 살 수 있다는 호외의 희망은 하늘에서 떨어지는 폭우와 구별되지 않으며, 피해 달아나야 할 먹구름보다 더 위협적이다. 그것은 이 참극의 핵심이자 모든 폭력이 무기로 삼는 미신이다. 모든 억압적 권력은 비어 있는 희망으로 저를 장식할 뿐만 아니라 제가 초래하는 불행에 그것으로 하나의 미학을 유도하기까지 한다. 「궁전을 훔치는 노인들」에는 이런 시절이 들어 있다.

옷자락에 붉은 깃털을 꽂은 노인이
가방을 열고 아이들에게 지구본을 나누어주고 있다
입에서 깃털이 튀어나오는 아이들
전단지를 붙이던 여자가 넋을 잃고 하늘을 본다

붉은 깃털로 옷을 장식한 노인은 사라진 왕국 궁전의 기와지붕과 그 위로 학을 타고 나는 도인들을 비장하게 읊는 회고 취미의 시인과 다른 사람이 아니다. 중력을 알지 못하는 늙은 시인은, 하늘 높이 날아올라가 지구가 지구본만하게 보일 때 비로소 시가 완성된다고 가르칠 것이다. "입에서 깃털이 튀어나오는 아이들"은 물론 그 제자 시인들이다. 그들의 시는 늘 비상한다. "전단지를 붙이는" 가난한 여자는 그 전단지의 허황한 말이 정말 실현되기라도 한 듯이 "넋을 잃고 하늘을 본다". 저 헛된 미학의 희망은 전단지의 추문과 다른 것이 아니다. 김성규가 그 아이들에 속하지 않는 것은 말할 것도 없다. 그러나 김성규가 저 늙은 시인에게서 얻은 것이 없다고 말할 수도 없다. 선정적이라고 말해도 무방할 김성규의 불행 시집은 적어도 두 가지 것을 노인에게 빚지고 있다. 하나는 노인이 중력을 느끼지 못하는 만큼 그의 시가 더 많은 중력을 감당해야 한다는 것이며, 또 하나는 노인을 하늘에 떠오르게 하는 그 몽환의 힘으로 그는 불행의 묵시록을 구축한다는 것이다.

더 많은 중력은 그의 재치와 아이러니가 된다. 그의 재기는 시구 하나하나에서 빛나는데, 그때마다 불행은 더욱 가혹한 것이 된다. 「버섯을 물고 가는 쥐떼들」의 한 대목에서,

살이 파인 자리에는 옥도정기를 발랐지만

며칠째 움직이지 못하고, 가려워요!

긁지 좀 마라 이놈아, 사내자식이 참을 줄……


모르는 동생이 킥킥거리며 웃는다


   "사내자식"은 참을 수 없는 고통에 시달리고, 그 동생은 참을 수 없는 웃음을 터뜨린다. 불행은 같은 핏줄에도 전달되지 못하기에 더욱 불행한데, 재치는 이 전달할 수 없음에 대한 분노와 같다. 「손바닥 속의 항해」의 끝 대목에서,


창문으로 새어들어오는 달빛에 손바닥을 적신다

손금을 따라 고이는 노란 약물,

아직도 내가 살아 있구나

헝겊처럼 얇은 달이 지문에 부딪쳐 가라앉는다


   병실을 탈출하고 싶어하는 환자의 열망은 손바닥에 고이는 달빛에서 아직 끝나지 않은 생명을 확인하고 그 손금을 지도 삼아 항해하는 것으로 끝난다. 이 손바닥은 부처의 손바닥도 아닌 환자 자신의 손바닥일 뿐이다. 병고에 의미가 없는 것처럼 미구에 맞이하게 될 죽음에도 의미가 없다. 재치는 정신의 가벼움이

지만 또한, 적어도 김성규에게서는, 불행의 무거움이다.

몽환의 수사학에 관해 말한다면, 이 시집의 가장 심각한 전언이 거기 들어 있다. 이 시인에게 초현실적 외양을 뽐내지 않는 불행은 없다. 「붉은 샘」에서, 돼지를 잡는 노인들은 돼지의 "울음이 빠져나간 육신肉身을 위하여" 저마다 "한 번씩 붉은 샘을 판다". 그렇게 저마다 불행의 육신에서 먹을 것을 얻어낸다. 「하늘로 솟는 항아리」에서, "배가 불룩한 항아리들을 모조리" 깨부수듯, 아기 밴 처녀가 낙태를 할 때, "밤마다 하늘로 솟아오르는 달덩어리"가 "흔들리며 천 개의 강에 독을 풀어놓는다". 한 사람의 깨달음이 천만 사람의 깨달음이 되는 날이 있었다면, 한 사람의 불행이 천만 사람의 불행이 되는 날도 있다. 「쇠공을 굴리는 아이들」에서, 낡은 건물이 무너지고 신시가지가 조성되는 마을의 아이들은 "하늘에서 쇠공이 떨어"지고, "포클레인이 양철지붕을 누르자 한번 들으면 되돌릴 수 없는 음악처럼" 울리는 나팔소리를 듣는다. 묵시록의 가장 어두운 풍경이 거기 있다. 김성규에게 홍수로 범람하지 않는 강은 없고, 사람을 싣고 떠내려가지 않는 장롱은 없으며, 어둠의 열매를 달지 않은 나무는 없으며, 사람들이 버리고 떠나지 않은 마을은 없다. 달은 때로 목을 매려는 사람이 밧줄을 거는 고리가 되고, 견고한 창문의 불빛은 때로 밤거리를 헤매는 노숙자가 애써 넘어야 할 국경이 되고, 건설 공사장의 인부는 어김없이 새가 된다. 그럴 수 없는 것이 거기서 엄연히 그럴 수 있는 이 현실은 모든 체험된 불행에 꿈의 형식을 부여한다. 이들 악몽은 현실을 초현실적으로 비틀어놓기 때문에 시가 되는 것이 아니라 우리의 마음속에 초현실적으로 내면화되어 있는 불행을 드러내기에 시가 된다.

시집 전체에서 그나마 가장 안온하고 평화로운 외양을 지닌 시를 찾는다면 아마도 「꽃밭에는 꽃들이」를 들어야 할 것이다. 시는 먼저 누나의 시골집을 말한다. 그 집에는 맥주병을 둘러 만든 꽃밭과 "뜯어보지 못한 수십 통의 먼지가 쌓여도 입을 벌리지" 않는 우체통이 있었다. 다시 찾아간 누나의 집에서는 "겨울 가뭄은 하얗게 바람을 몰고 와 빨랫줄을 흔들자 담벼락에 기댄 해바라기의 얼굴에서 주근깨가 쏟아질 듯"했다. 화자는 내내 말이 없는 조카들에게 "삼백원이나 오백원짜리 과자를" 사주었고, "매형은 매형대로" 화자를 "위로해주고" 화자는 그 나름대로 "생각을 넘겨짚고 마루에서 담배를" 피운다. 시의 마지막 문장. "늦은 저녁 설거지를 마친 누나가 옆에 눕자 나는 말없이 돌아누워 누나의 나이를 세어보았다." 풍경은 거의 목가적이다. 그러나 입을 벌리지 않는 우체통과 거두어들이지 않은 해바라기씨와 조카들의 말없음과 매형의 위로와 화자의 넘겨짚음은 무엇일까. 마지막 문장의 "나는 말없이 돌아누워" 다음에 '만일 누나가 아직도 살아 있다면'이라는 말을 덧붙이면 이 의문들이 풀린다. 행복은 말 한마디를 덧붙임으로써 불행으로 바뀐다.

김성규의 불행은 우리네 아파트의 편리한 삶처럼 늘 반짝인다. 그것을 표현하는 말들은 유려하고 아름답기도 해서, 이 행복한 삶을 표현하는 말들이 거기서 한 구절씩 모방을 하더라도 크게 탈이 될 것은 없다. 이렇듯 저 불행의 묵시록은 이 행복한 축제의 다른 모습이다. 다른 모습이 아니라 그 토대이자 중추이다. 어떤 높고 화려한 건물도 그 지하에는 「독산동 반지하동굴 유적지」가 말하는 반지하동굴이 있고, 세 구 또는 그보다 더 많은 시신이 있다. 건물이 그 동굴 속으로 무너질 날이, 행복이 제 본모습을 알게 될 날이 오지 않는다고는 말할 수 없다. 그전에, 아니 그날이 오지 않더라도, 그 본모습에 관해서, 불행에 관해서, 누군가는 말해야 한다. 유려하고 아름답고, 이 행복처럼 반짝이는 말로 말해야 한다. 견고하면서도 유연한 문법으로, 엄격하고 빈틈없는 묘사로, 사실적인 그만큼 몽환경을 떠올리게 하는 수사학으로, 말해야 한다. 당신들의 행복은 불행이라고 가장 훌륭한 말로 말해야 한다. 불행의 편에 서는 일의 본뜻이 거기 있다.

# 부적절한 길 또는 길 밖의 길
## —김혜수, 『이상한 야유회』

　너무 당연한 말일지 모르지만 김혜수는 시를 참 잘 쓴다. 60편의 시 가운데 귀 빠진 작품 하나 없이 구절마다 눈길을 잡고, 읽는 사람을 이따금 앉았다 일어서게 하는 시집은 어느 시대에도 흔치 않다. '타고난 재주'라는 말이 합당한데, 그보다는 옛날 할머니들의 표현을 빌려 '그것참 팔자다'라고 말하는 편이 더 좋겠다. 팔자라는 말은 한 재능에 대한 평가뿐만 아니라, 그 재능이 이 배은망덕한 세상에서 겪어야 할 신산한 운명에 대한 안타까움도 끌어안고 있기 때문이다. 예藝를 늘 살煞로 여겼던 노파들의 지혜를 증명하려는 듯이 김혜수는 과연 그 재능을 고통스럽게 사용한다. 시인 자신의 삶을 포함한 우리 시대 사람들의 불행하고 황당한 삶을 낱낱이 들춰내는 일도 그렇고, 합당한 리듬으로 그 삶을 그려내어 조용히 비평하는 일도 그렇지만, 먼저 그 삶이 불행하다는 것을 알아차리는 일도 뛰어난 재능을 필요로 한다.

그의 시를 규정하기 위해서는 문명비평이라는 말이 그럴듯한데, 정작 시를 읽다보면 그런 말이 조금 허황하다는 생각도 든다. 길고 거대한 시선으로 이 삶을 거슬러올라가 그 연원을 밝히고 그 전망을 짚어내는 말들을 김혜수는 크게 신뢰하지 않는다. 그는 자기 삶을 어떤 필연의 고리에 위치시켜 제 감정을 달래려는 사람이 아니다. 문명 같은 말은 이데올로기를 불러오기 마련인데, 그는 어떤 종류의 것이건 이데올로기의 인간이 아니다. 누가 그에게 이론을 말하면 다소곳이 듣고는 있겠지만, 마음속으로는 반드시 그런 것은 아니라고 생각할 것이다. 그에게는 살아야 할 삶이 있고, 그것을 어떤 이론의 그물에 ─아무리 촘촘한 그물이라고 하더라도─ 떼어 맡기는 일이 불가능하다. 그에게서 그물은 늘 해체된다. 그가 해체주의자여서가 아니라 오히려 붙잡고 있어야 할 삶이 그 그물에서 늘 벗어나기 때문이고, 그의 정신이 그것을 기민하게 인식하기 때문이다. 그는 현실주의자이며, 그의 재능도 거기 있다. 그렇다고 그가 목전의 현실을 너무 가까이 보고 있는 탓에 그 불행을 보다 큰 틀에서 성찰해야 할 지성이 거기 매몰되어 있다는 말은 아니며, 그의 언어가 현실의 궁지 속에 갇혀 있다는 말도 아니다. 이 '풍요로운 시대'의 외관 앞에서 삶이 불행하다는 것을 안다는 것은 정신이 철저하다는 것과 다른 것이 아니다. 김혜수의 시어는 늘 경쾌하지만, 삶의 불행에 대한 인식이 경쾌한 말이 되는 그 과정을 설명하려면 많은 개념을 동원해야 한다. 이는 우리가 이 삶의 허망함을 감추기 위해 사용하고 있는 이런저런 술책들이 그만큼 많다는 것을 거꾸로 증명한다. 그의 말은 그 방책들만큼이나 여러 겹으로 철저하다. 다음은 「사과를 깎는다」의 전문이다.

노인 앞에서 사과를 깎는다

노인은 아마겟돈과 낙원에 대하여 얘기한다

낙원의 껍질이 나선형으로 깎여내려간다

사시斜視인 노인의 눈이 동굴처럼 깊다

노인은 까막눈이다

그는 여호와의 증인이 아니라

불립문자의 증인일지도 모른다

증인은 증인을 알아본다는 듯

노인의 눈이 나를 뚫고 어디로 간다

도르르 깎여내려가던 사과껍질이 끊어진다

나에게도 낙원은 필요하다

여섯 등분으로 나뉜 사과가

나를 뚫어지게 바라본다

낙원이 나를 한입 베어문다

이빨 자국이 난 채

갈색으로 변한 내가 접시에 놓여 있다

　여호와의 증인인 노인이 머지않아 도래할 지상낙원에 대해
이야기한다. 그 낙원이 사과로 은유되는 것은 인류의 조상이 그
낙원을 사과 한 알과 바꾸었기 때문만은 아니다. 사과는 우리에
게 중력을 일깨워준 적이 있지만, 바로 그 사과가 이제 "불립문
자"의 어떤 신비로운 과정을 거쳐 찾아올 다른 세계의 무중력
을 증명해줄 터이다. 그 세계에서라면 인류는 사과 속의 아기벌
레처럼 살 수 있겠다. 불립문자는 제 언어가 현실의 불행을 떨
치고 비약하기를 바라는 시인이 몽매에도 찾아 헤매는 경지이
기도 하다. 노인은 제 말이 설득력을 얻었다고 생각한다. 시인
도 사과를 깎던 손이 잠시 떨린다. 그러니 시인이 사과를 한입
베어물고 낙원을 맛보는 순간은 그 낙원이 여섯 조각이 나는 순
간, 다시 말해서 분석되는 순간이다. 사과 한 알을 주고 다시 되
찾을 수 있는 낙원은 없다.

　그러나 이 시의 주안점은 낙원이 없다는 데 있는 것이 아니
라 시인의 마음이 흔들릴 뻔했다는 데 있다. 시인의 감정이 잠
시 동요한 것은 그가 제 시의 알레고리를 거기서 보았기 때문
이다. 낙원에 이르는 길이 가능하다고 믿을 수 있어야만 일상의
말이 시가 되는 길도 열릴 것이 아닌가. 그는 명철한 정신의 끈
을 끝까지 놓아버리지 않지만, 저 기적의 언어에 대한 유혹을

떨쳐버릴 수 없으며, 유혹은 또다른 유혹을 끌고 온다. 불립문자의 길을 문자로 증언하려는 그에게도 모조된 낙원의 미끼처럼 수상한 길은 자주 나타난다. 모른 척하고 가는—가주는—그 길이 실은 얼마나 압제적인가. 「모든 첫번째가 나를」에서 시인은 아침에 흘려들은 노래를 하루종일 흥얼거리듯이 "모든 첫번째 기적들이" 그를 예인선처럼 끌어가,

> 모든 설레임과 망설임과 회한을 지나
> 모든 두번째와 모든 세번째를 지나
> 모든 마지막 앞에 나를 짐처럼 부려놓으리

라고 예상한다. 그는 "모든, 첫번째의, 인질"이다. 「내일처럼 오늘도 비가 왔다」에서, 아이들이 비눗방울이라는 "큰 허공에 안기는 작은 허공들"을 쫓아가는 골목길은 "나팔관"에 비교되고, '임산부의 둥근 배'는 그녀가 금붕어를 담아 들고 가는 "빵빵한 비닐봉지"에 비교된다. 삶은 늘 감옥에서 허공에 이르거나 또는 그 반대이지만, 미래가 전해주는 일기예보가 이 재난을 막아주지는 않는다. 철든 생명에게도 철없는 생명과 마찬가지로 다른 길이 없다. 시인은 뻔한 결말을 내다보면서도 솔깃해지지 않을 수 없다. 「얇아진 내 귀는」에서, 시인은 "공중으로 하관下棺하는 길" 같은 엘리베이터를 타고, 동승한 어느 사내의 이어폰에서

"고치실처럼 풀려나오"는 선율을 듣는다. 상상의 고치실이 "공중무덤 속에서 번데기로" 누운 채 상승하는 시인 자신의 모습으로 변조되어, 죽음의 이미지와 상승의 이미지가 갈등하는 가운데 "실뜨기하듯 밀고 당기며 실랑이"하던 시인의 "얇아진" 귀는 마침내 "천상의 소리"를 듣고 만다. 시인은 이 음악의 고치실이 "썩은 동아줄"인 것을 익히 알고 있으나, 끝내 기도의 말을 읊조리고 만다. "나를 세상 밖 어디라도 보내줘." 세상 밖은 물론 없으며, 엘리베이터는 여전히 하관하는 관이다. 노래는 그 하관의 방향을 허공으로 바꿔놓을 뿐이다.

"위안에 목마른 나의 님이여"는 한용운의 시구이다. 김혜수는 마치 자신이 그 목마른 사람인 것처럼, 「연습」에서 자판기의 종이컵에 새겨진 "조금 많이 행복한 오늘 되세요"라는 빈 인사말에까지 귀를 기울인다. 그러나 시인을 쉽게 매혹되는 자라고 비난할 수는 없다. 그의 '얇은' 귀는 그의 민감함이자 재능이며, 아무리 작은 기미로라도 이 삶을 조금 나은 자리로 옮길 수 있다는 소식이 전해지면, '지옥이건 천당이건' 어디라도 찾아가려는 그의 의지이기 때문이다. 그는 어떤 경우에도 길 밖에 길이 있다는 생각을 완전히 포기하지 않는다.

물론 김혜수가 걷는 길은, 다른 여러 사람들의 길과 마찬가지로, 항상 매혹된 마음으로 가는 길은 아니다. 때로는 그것이 길이라기에 가기도 하고, 직접적으로건 간접적으로건 강요를 받아서 가기도 한다. 매혹된 길이 아니라서 속을 일이 없다고 말할 수도 없다. 「야유회」에서, "대절버스"를 타고, "벽제숯불갈비"를 지나, "서울시 시설관리공단 장묘사업소 2km→"를 지나, "납골당 분양합니다"를 지나 야유회 가며 음악에 맞춰 흔들어대던 길은 그 "출렁이는 살집" 버리고 화장터에서 한줌 재가 되어 나오는 길로 바뀐다. 「발자국을 신고」에서 가는 길도 본질적으로는 같은 길이다. 시인은 눈 덮인 길을 따라 산을 오르고 있다. 앞사람이 내놓은 "발자국이 햇살을 담고 있다". 시인은 제 "발을 담고도 한 뼘이 남는/누군가의 헐렁한 발자국을 신고" 능선을 오른다. "저 산 아래 두고 온 마음" 때문에, 다시 말해서 내키지 않는 마음 때문에 발자국이 "자꾸 벗겨진다". 시인은 그 발자국의 주인일지도 모르는 한 사내가 낫을 들고 산에서 내려오는 것을 보며, "밤나무를 베면 죄다 앓아눕는데"라고 언젠가 들었던 말을 떠올린다. 앓아눕는 것은 밤나무일까 밤나무를 벤 사람일까. 양쪽 모두일 것이다. 우리는 모두 "자기가 너도밤나무인지 모르는 너도밤나무"이기 때문이다. 생명이 생명을 해치면 생명이 앓아눕는다. 사람들이 간다고 해서 '너도' 따라가는 길의 비극이 그러하다.

유혹의 길은 그것이 결국 환멸에 부딪힌다고 해도, 다른 길에 대한 열정이 없이 헐렁하게 주어진 발자국을 따라가는 길보다는 낫다. 시인은 「공갈빵」에서 "공갈빵은 먹기 직전까지만 빵

이다"라고 말하지만, 정작 암담한 시간은 그 허황함마저도 허락
되지 않는 시간이다.

> 춤만 있고 춤추는 사람은 없는
> 하모니카 뭉개진 소리만 있고 연주가는 없는
> 주정만 있고 술꾼은 없는
> 텅 빈 지하철 속을
> 쩌렁쩌렁
> 빈 음료수 캔이 누비고 다닌다
>
> ─「공갈빵」부분

유혹이 점처럼 길이와 면적을 얻지 못하고, 메마르고 사건
없는 시간들이 줄곧 정신을 지배한다는 것은 매혹되는 사람의
비극이 아니라 '사람들'의 비극이다. 시인이 매혹되기를 멈출
때, 우리의 내장을 가리고 있는 장막은 벗겨져 어디에도 성장이
없는 삶이 드러나고, 자주 죽음의 그림자가 어른거린다. 「아직
옷이 아닐 때」는 트럭에 실려가던 옷감들이 운전 부주의로 길
거리에 쏟아지는 풍경을 묘사한다. 소질과 가능성이 끝내 개화
하지 못하고 "한 필의 피륙 속 꽃무늬로/천천히" 퇴색하는 사람
들의 운명을 이제 옷이 되지 못할 이 옷감들이 우의한다. 「세숫
대야가 필요하다」에서는 "방생한 물고기를 하류에서 되잡아 파

는 사람을 목격하고 조모가 자라를 집으로" 다시 가져온다. 방
생은 포기되었고, 조모는 자신이 방생되기를 기다리며 제 마음
속에 갇히는 신세가 된다. 방생을 위해 필요하다는 "좀더 큰 세
숫대야"는 물론 관일 것이다. 죽음을 그렇게 방생이라고 부르
건,「한 개보다 긴 그림자」에서처럼 분리수거라고 부르건 달라
질 것은 없다. 생명은 사용되고 나서―많은 경우는 사용되지도
못하고―일정한 기간을 사람들을 미혹했거나 하지 못했던 물
건들처럼 폐기된다.

생명과 그 생명으로 만든 것들이 성장도 마무리도 없이 서
서히 마멸되는 이 시대의 풍조에서 죽음은 특별한 가치를 지
니지 못한다. 삶은 죽음과 맞잡이 할 때 그 힘을 가장 크게 떨
칠 터이지만, 김혜수가 목격하거나 전해들은 죽음은 존재의 극
단적인 사물화일 뿐이어서 삶에 힘을 보태지 못한다. 말하자면
죽음을 건 결단 같은 것은 없다. 죽음을 바라보지 않고, 따라서
삶도 바라보지 않고, 저 헐렁한 남의 발자국을 신고 걷는 삶에
는 어디에도 결단이 없다.「말해보렴, 뭘 했니?」는 목매달아 죽
은 여자의 이야기이지만, 그것은 "매듭지을 수 없는 수많은" 문
제들을 "한 가닥의 끈으로" 너무나 간단하게 매듭지어버린 개인
적 사건에 불과하다. 시인은 "네 젊음을 가지고 무얼 했니?"라
고 베를렌이 옥중에서 저 자신에게 던졌던 질문을 그 여자에게
던지지만, 그 젊음과 다른 젊음 사이에는 '급격한 폐기'와 '느린

마모'의 차이밖에 없다는 것을 잘 알고 있다. 시집의 첫 시 「챔
피언」에서 왕년의 챔피언이 되어 비누를 팔기도 하고, 왕년의
전과자가 되어 칼을 팔기도 하는 전철 속의 행상처럼 본체는 없
고 아바타만 남아 있는 것이 이 세계화 시대의, 이 개인 말살 시
대의 존재양식이다. 이 총체적인 재난 아래서, 또한 그에 대한
깊은 인식 안에서, 김혜수가 자주 실패담의 형식으로 전하는
유혹적인 시간의 시말은 이 불행이 얼마나 철저하고 헤어나기
어려운 것인지를 드러내는 수사법에 불과한 것처럼 보이기도
한다.

　　그러나 김혜수는 작은 유혹에서와 마찬가지로 큰 유혹 앞에
서도 비평적 시선을 거두어버린 적이 없기에 도리어 그 매혹됨
의 진정성이 드러난다. 매혹은 물론 결핍과 연결된다. 「부적절
한 보행」은, 이를테면 거미처럼, "수직에 강하고 수평에 약한"
족속들을 이야기한다. 시인은 그런 족속들을 "더 알고 있다". 어
떤 촉수를 사용하건, 어떤 보행법에 의지하건 저마다 "건널 수
없는 길 하나씩"을 제 몸에 품고 있다고 그는 말하고 싶은데,
"거기까지가 길인 거라고 하기엔" 무언가 "부적절"하다고 생각
한다. 랭보는 거의 비슷한 문맥에서 "우리의 욕망에는 멋진 음
악이 부족하다"(「콩트Conte」, 『일뤼미나시옹』)고 썼다. 그러나 부
적절한 길을 문득 바르게 펴줄, 한 천재의 운명을 완성해줄 그
음악의 구체적인 내용에 관해서는 말하지 않았다. 그가 어떤 음

악을 가정하고 고안해도 그것은 늘 부족한 음악이었을 터이다. 김혜순에게도 랭보에게도 끝없이 말을 이어나가는 일밖에, 그 일을 위해 끝없이 유혹자를 발견하여 거기에 몸을 맡기는 일밖에는 다른 도리가 없다. 시는 어느 날 한번 보았던 빛을, "거기까지가 길"일 수 있는 길을 포기하지 않는 기술이다. 그리고 자기에게 던져진 유혹의 눈길과 똑같은 눈길을 만들어 다른 사람들에게 던지는 기술이다.

김혜순의 언어는 어느 자리에서나 약동하며 마음을 걸어 당긴다. 그는 늘 삶의 불행에 관해 말하고 실패에 이른 작은 모험에 관해 말하지만, 그 불행과 실패를 표현하는 말들은 더할 나위 없이 적절해서 그 발랄한 기운이 읽는 사람의 감정과 정신을 들어올린다. 현실이 아무리 나쁜 수렁에 빠져 있어도, 주눅들지 않는 말들은 남아 있다. 「휘둥그레져서」의 뒷부분을 옮긴다.

이 모든 게 벽 속에서 일어난 일이라니
망가진 시곗바늘이 저 혼자 돈다
물컵이 솟구쳐오르다가 엎질러진다
물은 물컵이 잠시 그립기도 하지만
창틀이 날아오른다
와장창 유리파편에 찔린 바람이
저절로 뜬금없이 랄랄라 풀려난다

서랍이 끓어넘친다

놀란 빗자루가 날아오른다

닭이 날아오른다

벼슬을 곧추세우며 홰를 치며

허공의 새들 휘둥그레져서


벽 속에 억압되어 있던 원망과 분노의 감정이, 또는 사랑의 감정이 어느 순간 벽을 뚫고 나와 부부싸움 같은 싸움이 벌어진다. 풀려난 감정의 바람은 거세서 방 한 칸이, 집 한 채가 남아날 것 같지 않다. 이 억압된 감정의 불꽃놀이를 허공의 새들까지 눈이 "휘둥그레져서" 구경한다. 이 불행한 격정을 표현하는 김혜수의 말은 아름답다. 원망의 편에서 보내는 의외의 선물과 같고, 분노가 차려주는 만찬과 같고, 사랑의 꽃다발과도 같다. 김혜수는 시를 잘 쓴다. 사실 그는 첫 시집을 내고 17년 만에 이 두번째 시집을 내놓는다. 그동안 김혜수는 행복하지 않았을 것이다. 그러나 제가 할일을 한시도 잊어버리지 않았을 것이다. 억압되었던 그의 재능은 벽을 뚫고 나와, 우리의 삶과 욕망에 부족한 것으로 남아 있는 그 음악에 가까이 다가간다. 그가 쓰는 언어들은 둔한 정신에도 '얇은' 귀를 붙여주고, 말의 비밀을 아는 사람들의 눈이 휘둥그레지게 한다.

사족으로 몇 마디를 덧붙인다. 말의 실 끝에 집착해「역전

식당」「꽃 진 자리」「찰칵」 같은 시를 언급하지 못한 것이 아쉽다. 이들 시에는 삶에 대한 적막한 명상과 처연한 사랑, 그리고 드높은 경외감이 있다. 김혜수에게서 고난의 시간은 이런 명상의 시간과 자주 겹쳤을 것이다.

# 말과 감각의 경제학
## ─최승자, 『물위에 씌어진』

　지난해 겨울, 대산문학상 시상식이 있던 날, 뒤풀이를 끝내고 포항으로 다시 내려가는 최승자를 배웅하며, 나는 그 가냘픈 어깨에 얹었던 손을 다시 거둬들였다. 허공에 뜬 가랑잎을 쥐는 것만 같아 힘주어 붙잡을 수 없었다. 이 욕망의 거리에서, 아무 것도 쌓아둔 것이 없고, 아무것도 기대하는 것이 없는 사람만이 마침내 그 슬픈 어깨를 얻는다고 해야 할까. 끌어안기조차 어려운 이 어깨, 그러나 어쩌면 우리가 마지막 기대야 할 어깨가 거기 있을지도 모르겠다.

　최승자가 써온 시와 살아온 삶은 널리 알려져 있다. 자신의 존재가 잉여물이라고 늘 생각했던 그는 자아를 찾아서, 또는 그 잉여물의 처지를 벗어날 수 있는 합당한 운명을 찾아서 긴 여행을 했다. 그는 너무 멀리 떠나서 다시는 돌아올 수 없는 것처럼 보이기도 했다. 그가 겪은 정신적 위기는 개인적 위기이기만

한 것이 아니라 이 땅의 시가 머지않아 감당해야 할 위기이기도
했다. 중년을 넘긴 사람들에게라면 우리의 삶이 가장 불행했던
시기인 유신 시절부터 시를 써온 최승자가 섭생치료에서 점성
술에 이르기까지 온갖 신비서들을 섭렵하고 거기 심취했던 것
은 군사독재 권력이 막을 내리기 시작할 무렵부터였다. 불행 하
나가 숨을 죽인 자리에 건강하고 행복한 세상이 기다리고 있었
던 것은 아니었다. 최승자 자신의 말을 빌리자면 "칠십 년대는
공포였고 팔십 년대는 치욕이었다"(「세기말」, 『내 무덤 푸르고』).
그런데 1990년대와 2000년대는? 돌이켜보면 공포였고 치욕이
었던 그 불행은 이름 붙일 수 없는 불행을 가리고 있는 이름 붙
일 수 있는 불행이었을 뿐이었다. 유령의 군대와 싸우는 사람들
을 상상할 수 있겠는가. 그들 자신이 벌써 유령이 아닐까. 사실
우리의 삶은 시작하기도 전부터 뿌리가 뽑혀 있었다. 뿌리 뽑힌
상태에서 뿌리 뽑힌 제 처지를 의식하는 것은 어려운 일이지만,
불안은 수시로 찾아온다. 욕망이 이 불안을 가리었다. 살아왔던
길을 모두 폐지하고 널따랗게 새로 뚫린, 뚫렸다기보다 침범해
들어온 큰길을 향해 우리를 너나없이 달려가게 하는 이 욕망은
실상 비어 있는 욕망이지만, 그 비어 있음을 가리기 위해서는
또다른 욕망이 필요했다. 욕망이 욕망을 물고 온다. 달려가는
사람들 속에서 잠시 비켜섰을 때에야, 또는 더이상 그 발걸음을
따라갔을 수 없을 때에야, 문득 사람들은 뿌리도 없이 유령들과

싸우고 있는 제 처지를 곰곰이 생각한다. 최승자는 예의 『내 무덤 푸르고』의 「자본족」에서 "새들도 자본 자본 하며 울 날이 오리라"고 벌써 예언했다. 그날은 재빨리 찾아왔고, 여행하던 최승자는 바로 그런 날들의 한복판에서 우리 앞에 다시 나타났다. 그래서 결과적으로 그의 여행은 "자본 자본"의 노래가 들리지 않는 곳을 찾아 나섰던 일종의 피난 여행이었던 셈이다. 최승자가 이 욕망 시스템에서 비켜서 있기만 했던 것은 아니다. 이 몸집이 작은 시인은 욕망을 재생산할 수도 없는 처지에서 자신의 욕망을 바람과 돌에 투사하고, 하늘의 별에 투사하여, 우리의 삶이 어떤 형식으로건 삼라만상의 기운과 연결되어 있음을 증명해줄 머리카락 한 올만큼의 기미라도 찾아내려고 애썼다. 그는 욕망의 피안을 보여주었다.

최승자의 시집 『쓸쓸해서 머나먼』(문학과지성사, 2010)이 나왔을 때, 사람들은 제 욕망을 누르고 만 그 시집 속으로 들어갈 수 있었다. 무엇보다도 말이 줄어들었고, 문장이 짧고 단순해졌으며, 그 낯익은 독기가 확실하게 제거되었기 때문이다. 짧은 호흡을 타고, 독립성이 강하고 투명한 말들이 여기저기 박혀 있어서 명사문이 아닌 문장들도 명사문처럼 보였다. 그렇다고 최승자가 관념을 나열하고 있었던 것은 아니다. 그에게 관념적인 것과 실제적인 것이 구별이 없어진 어떤 체험이 있었다고 오히려 말해야 할 것이다. 그는 사물들이 본디 모습을 되찾아 의미로 충만한 말들, 이제 더이상 기호가 아닌 말들이 그 의미와 온전하게 결합하는 자리에 들어서 있었다. 물론 이 본디의 사물들 속에 아파트와 자동차를 비롯하여 이 문명의 무서운 기계들은 포함되지 않는다. 그것들은 폐허가 되어 무너져가는 모습으로 이따금 시에 나타났다. 그는 마치 이 세계가 멸망한 다음날 아침 그 문명의 잔해들을 바라보고 있는 것처럼 이 세상을 바라보고 있다. 오랫동안 혼란 속에 떠돌고 있던 최승자는 이렇게 자신이 한 번도 누리지 못했거나 오래 누리지 못했던 것들이 없어져버린 듯한 자리에서 관념이면서 동시에 사물인 것들을 만나고 있었다. 우리가 어느 날 잠 깨어 일어나 이 자본주의의 '주어 없는' 욕망들이 송두리째 사라져버린 아침을 맞게 된다면, 아마 우리도 이 시인처럼 사물을 볼 것이다. 그러나 최승자는 자신의 시상視像을 순진하게 이 문명의 대안으로 제시하지는 않았다. 그에게서 구상과 추상의 결합은 통시성과 공시성이 하나인 시간(또는 무시간)에 대한 인식으로 귀결된다. 오래된 것들과 덜 오래된 것들을 하나도 빠짐없이 현재의 공간에서 다시 만난다는 이 생각은 지금 이 시간의 깊이를 말하기보다 아무것도 해결한 것이 없는 역사의 허무에 대해 더 많이 말한다. 태초에 얼버무렸던 문제들은 지금 또다시 얼버무려야 할 세계의 문제로 남아 있다. 대안은 역사를 전제로 하는데 역사는 어떤 문제도 해결한 적이 없다. 그래서 시인은 이 문명이 멸망한 뒤에나 만나게 될 세계를 '멀리 쓸쓸하게' 바라보면서, 자기 시를 그 세계로 옮겨놓고 싶어할 뿐이었다. 최승자는 욕망의 피안에 서 있었다.

그렇다고 최승자를 이 욕망에서 완전히 벗어난 사람이라고 말하지는 않겠다. 그보다는 오히려 긴 여행의 끝에 가장 하찮은 욕망도 허락되지 않는 자리에 서게 되고 말았다고 말하는 편이 더 옳을 것이다. 지난번 시집 『쓸쓸해서 머나먼』에서 벌써 보았고, 이제 발간하려는 이 시집에서도 보게 되듯이, 급격하게 줄어든 말들이 그 금지된 욕망을 증명하는 것이라고 말할 수도 있겠다. 최승자는 말의 욕망까지도 허락되지 않는 정황을 「자물쇠」의 마지막 대목에서 이렇게 말한다.

삶이 늘 구지궁상일 때에는
Da Da Da Do Do Do만 연주하라
Da Da Da Do Do Do의 리듬 혹은
외침으로만 남게 하라

—「자물쇠」 부분


최승자는 낮은 목소리로 절약해서 말한다. 그는 외딴섬에 조난당한 사람이 마지막 빵을 조금씩 아껴서 떼어 먹듯이 말한다. 그러나 중요한 것은 최악의 궁지에 몰린 최승자가 이 궁지에서만 가능한 시를 썼다는 것이며, 욕망과의 나쁜 인연을 욕망에서의 해방으로 바꿔놓을 수도 있었다는 것이다. 그는 지난해의 시집에서 세상이 멸망에 이른 후에 이 세상을 바라보는 사람처럼 말하였듯이, 이 존재론의 시집에서는 죽음 뒤로 넘어가서 이 세상을 바라보는 사람처럼 이 삶에 관해서 말한다.

> 道司道 非常道를 노래했던 사나이
> 저 초월의 虛에도 불구하고
> 질펀하게 쏟아지는 현실의 虛를
> 어떻게 바라보고만 있었을까
> 그것은 그가 虛를 道로 대체시켰기 때문이 아닐까
> ─「58세 내 고독의 構圖」부분

'허'를 '도'라고 말하는 사람은 아직 세상에 희망을 걸고 있다. 그러나 아직도 욕망이 남아 있는 '58세'에 그 욕망의 표적을 어디에서도 발견할 수 없는 사람은 '허'를 '도'라고 말할 수 없다. 다만 어디에도 굽이칠 수 없고, 그래서 어디에도 걸리지 않는 그 욕망을 조용히 바라볼 수는 있다. 저 "초월의 허"가 의지와 훈련에 의해 도달한 자리이기 이전에 이미 나쁜 운명에 의해 강제된 것이라 하더라도 이 '조용히 바라봄'에 의해서 '도'의 가치를 얻는 것은 사실이다. 끝내야 할 어떤 일도 없고, 어떤 일도 시작할 수 없는 최승자의 58세에, 어떤 행위도 의미를 지닐 수 없기에 일체의 행위는 무위가 된다. 그 무위를 조용히 바라본다는 것은 삶 하나를, 무엇을 위한 것이 아닌 삶 하나를 확인하는 것일 수밖에 없다. 게다가, 사정을 다 말한다면, 최승자에게 의지와 훈련이 없는 것도 아니다. 그에게는 타고난 재능과 훈련된 재능이 있다. 실질 없는 기호의 무덤 속으로 떨어져버릴 낱말들 하나하나가 구체적인 의미 하나씩을 짊어지게 하고, 생각과 표현 사이에 팽팽한 그물을 설치하여 사실세계와 관념세계를 자유롭게 넘나들며 말로 육체에 자국을 내던 그의 재능은 허무의 벌판에서도 그 효력을 더욱 또렷하게 지닌다. 최소한의 관능도 영접하지 못하는 표적 없는 욕망으로 인색하게 차려내는 가난한 말의 식탁이 유례없는 다이어트 식탁이 되는 것은 그것이 최승자의 손을 거친 식탁이기 때문이다. 말은 늘 진실에 이른다. 다시 말해서 무위에 이른다. '낙서'를 오직 그 자체를 위한 말이라는 뜻으로 정의한다면 바로 그 낙서에 이른다.

하늘은 늘 파아란 해변


한 인간은 누구에게나 하나의 먼 풍경
이 식은 詩 한 사발 속에
나는 무엇을 쓰고 싶은 걸까

역사와 낙서

구름 공장들

민주주의라는 겉멋에 관한

민주주의라는 속맛에 관한 속살거림들

—「가고 갑니다」 부분


"하늘은 늘 파아란 해변"이지만, 최승자에게 그것은 휴식의 공간이 아니다. 그것은 다만 변화를 바랄 수 없는 공간이라는 뜻 이외의 다른 뜻을 지니지 않는다. "한 인간"이 모든 사람에게 "먼 풍경"이 되는 것은 그 인간이 누구에게나 망각된 인간이기 때문이다. 가난한 말의 식탁에 놓이게 될 "식은 詩 한 사발"이 풍경에 변화를 주거나, 타인들에게서 욕망의 시선을 끌어모을 수는 없다. "먼 풍경"에 구름을 한번 피우는 데나 소용될 이 '낙서'가 현실에서 힘을 발휘하거나 역사적 기억이 되어 남을 수는 없다. 그러나 말의 정확한 의미에서의 자유가 또한 거기 있다. 타인이 곧 지옥이라는 말이 사실이라면, 자유는 오직 자신을 위한 이 가난한 언어에서만 가능한 것이 아닌가. 속살거리는 이 "민주주의라는 속맛"이 비록 허무의 맛이라고 하더라도 '존재'라는 말이 가장 큰 울림을 얻는 것은 그 "속맛"에서일 것이다. 우리에게 돌아온 최승자를 이해한다는 것은 뼈만 남은 이 가난한 언어 속에 자주 등장하는 '존재'라는 말을 이해하는 일이 된다. 그것은 또한 '허'를 '도'로 이해하거나, 그 역으로 이해하는 일이 된다.

그는 우리에게 돌아왔지만 완전히 돌아오지는 않았다.

> 사프란으로 떠난
> 그녀는 돌아오지 않는다
> 나는 다시 돌아왔지만
> 사프란으로 떠난 그녀는
> 영영 돌아오지 않으려 한다
>
> 하지만 바다가 너무 멀면
> 그 너머 더 멀리에 무슨 섬이 있으리라
>
> —「나는 다시 돌아왔다」 부분

물론 이 섬은 존재하지 않는다. 시집의 두번째 시 「물위에 씌어진 2」에서 말하는 것처럼, 존재를 항구로 삼아 "밀물 썰물 수시로 들락"거리는 개별적인 생명 너머에, 존재 그 자체인 존재, 무상하게 출입하는 생명에는 아랑곳도 하지 않고 "홀로 비상하는 자유의 갈매기"가 있다. 그러나 어디로 비상하는가. 어디로는 없다. 닿아야 할 자리를 염려하는 존재는 존재 그 자체에 이르지 못한 존재, 곧 개별적인 생명에 그친다. 사는 일에 급급하게 마련인 그 생명에게 자유는 없다. 최승자는 "세상에서 가장 아름다운 섬" 사프란을 "죽음의 보부상들도 닿지 못하는 땅"이라고 설명하지만, 그 섬은 사실상 생명과 그 욕망 너머의 땅, 곧 죽음의 땅이다. 우리에게 완전히 돌아오지 않은 최승자는 죽음과 삶의 경계에서, 죽음이라는 맑은 거울에 비친 우리의 삶을 조용히 바라본다. 시인에게 이 쓸쓸한 바라보기는 그 쇠약해진 육체의 감각을 가장 경제적으로 사용하는 방법이기도 하다. 또하나의 그녀가 사프란으로 떠나 "영영 돌아오지 않으려" 하는 이유는 바로 이 감각의 경제학에 있다. 시인은 이 경제학으로 많은 것을 본다. 무엇보다도 그는 예전에 보지 않았던 풍경을 본다. 아침햇살을, 냉랭하게 푸른 하늘을, 바다에 내리는 비를, "소보록 소보록 쌓여가는 눈"을, "만선의 돛"처럼 펼쳐진 구름을, 아카시아 숲을, 지리산의 바람을, 그는 오직 바라본다. 그는 그 풍경을 그리스도라고도, 부처라고도 생각한다. 감각을 절약해서 얻은 행복이 거기 있기 때문이다.

최승자는 가장 가벼운 육체로, 가장 잘 활용된 감각으로, 인색하게 허락되는 언어로, 간명한 사상으로, 경제적으로 그러나 확실하게 사용되는 시적 선회로, 우리 시대에 가장 투명한 말의 거울을 만들었다. 제 입김으로 거울을 흐려놓지 않으려면, 호흡을 가다듬으며 천천히 이 시집을 읽어야 한다.

# 이녁의 시학
—이경림, 『내 몸속에 푸른 호랑이가 있다』

인도 라호르대학의 논리학 교수인 알렉산더 크레이지는 갠지스강 삼각주에 산다는 푸른빛 찬란한 호랑이를 찾아 나선다. 삼각주의 마을 농민들은 그를 돕기로 약속하고 밤마다 정글 기슭에서 망을 본다. 푸른 호랑이가 나타났다는 전갈을 받고 논리학 교수가 현장에 달려가면, 호랑이는 번번이 사라지고 없다. 호랑이를 목격했다는 말은 그를 돌려보내기 위해 마을 사람들이 적당히 지어낸 이야기일지 모른다. 교수는 참지 못하고 정글의 진흙 언덕에 올라가 푸른 호랑이를 찾겠다고 말한다. 마을 사람들은 깜짝 놀라 그를 막아섰다. 진흙 언덕은 성스럽고 무서운 곳이어서 아무도 발을 들여놓아서는 안 된다는 것이다. 교수는 밤을 도타해 언덕에 올랐다. 꼭대기에 도달하니 새벽녘이었다. 하늘이 밝아졌지만 새 한 마리 울지 않았다. 푸른 호랑이가 존재한다는 이야기는 헛소문에 불과하다고 생각하려는 순간 진흙이 갈라진 틈 사이로 푸른빛이 어른거렸다. 가까이 다가가서 보니 단추 같기도 하고 동전 같기도 한 푸른색 작은 돌멩이들이 틈바구니에 가득차 있다. 그는 한 움큼을 집어 호주머니에 넣고 마을로 돌아왔다. 아침에 그는 그 돌멩이의 수를 세려고 했으나 셀 수 없었다. 그 가운데 하나를 분리하면 그 하나가 여럿이 되었다. 거기서 하나를 분리해도 역시 마찬가지였으며, 한데 합하면 최초의 한 움큼으로 다시 돌아갔다. 그는 공포에 사로잡혔다. 성소를 더럽혔다고 분노하는 마을 사람들을 피해 그는 라호르로 되돌아왔다. 그는 논리학 교수답게 가져온 푸른 돌에 표시를 하고, 집합으로 나눠 정렬하고, 온갖 방법을 다동원했지만 그 수를 셀 수 없었다. 그는 마음에 병이 들었다. 우주가 이런 비합리적인 것의 존재를 용납한다고 믿어버리기보다는 자신이 미치는 편이 더 낫다고 생각했다. 어느 날 그는 모스크에 들어가 까닭도 없이 샘물에 손을 담그고 마음의 짐을 벗게 해달라고 기도했다. 그때 갑자기 눈먼 거지가 나타나 적선을 빌었다. 그가 동전 한 닢 가진 것이 없다고 말하자, 눈먼 자는 그에게 가진 것이 많다고 말했다. 교수가 그에게 푸른 돌을 모두 내주자, 그는 보답으로 주어진 시간과 지혜와 관습을, 이 세계를 존중하라는 말을 건네주고 사라졌다.

보르헤스의 단편소설 「푸른 호랑이」를 개략해서 간추린 이야기다. 헤아릴 수 없는 것을, 다시 말해서 무한을 상념한다는 것은 위험한 일이다. 『길가메시 서사시』에서 길가메시가 인간이 어떤 힘을 쌓아 어떤 몸부림을 쳐도 끝내 불멸에 이를 수 없음을 깨닫고 남기게 되는 교훈, 곧 이 세상에서 잘사는 것이 가장 잘 처신하는 것이라는 말과 눈먼 거지의 말은 비슷하다. 이경림은 새 시집에 '내 몸속에 푸른 호랑이가 있다'라는 제목을 달고 서른다섯 편의 「푸른 호랑이」를 시집에 깔아놓으면서, 스스로 보르헤스의 저 푸른 호랑이를 염두에 두었다고 고백한다. 그것은 인간과 인간의 모든 기획을 넘어서는 것이지만, 바로 그 때문에 인간의 생활에, 그 실생활에 없는 것과 다른 것이 아니다. 그것을 무한이라고 부르건 다른 무엇이라고 부르건 그것을 붙들고 생각하는 일은 허망하다. 그렇다고 이경림이 눈먼 거지의 교훈까지 그대로 받아들이는 것은 아니다.

시인은 푸른 호랑이가 자기 안에 존재한다고 믿으며 (첫 시 「空」에서 그는 "네 몸속에 푸른 호랑이가 있다"는 시구를 일곱 번이나 반복한다) 자주 삶 속으로 출몰하는 것을 느낀다. 느낀다는 것과 확인한다는 것은 물론 같지 않다. 이것이 그것이라고 말하는 것과 이것이 그것인 성싶다고 말하는 것은 다르다. 이 푸른 호랑이들은 시인이 머리말에서 알려주듯 "꿈인 듯 생신 듯 어른거리던 자리"이며, 생시라고 하더라도 그것은 연기처럼 손가락 사이로 빠져나가는 그 생시의 시간과 별로 다르지 않다. 몽롱함만이 그 증거인 자리이기에 그것은 차라리 푸른 호랑이라는 이름을 얻었으리라. 시인은 이 시간과 다른 시간의 경계에 섰을 때, 그것을 파악한다기보다 그것과의 관계를 설정한다.

그 경계 앞에서, 때로는 위에서, 시인이 종종 쓰는 말은 "이녘"이다. 쓰임이 복잡한 '이녘'은 본래 관형사 '이'와 의존명사 '녘'이 합쳐진 말이다. '녘'은 '저물녘'에서처럼 시간을 나타내기도 하지만 '들판 한 녘'에서처럼 공간을 지시하기도 한다. 단일 명사로 굳어진 '이녘'은 무람없는 처지에서 상대방을 약간 낮춰 부를 때도 쓰고, 말하는 사람 자신을 가리킬 때도 쓰고, 어쩌다가는 '각기 저 자신'이라는 뜻으로도 쓴다. 이경림에게서 '이녘'은 그 쓰임의 복잡한 갈래를 모조리 간직하고 있다. 그것은 사람이면서 장소이며, 장소이면서 시간이다. 「우리가 한 바퀴 온전히 어두워지려면」 "먼저 어둠이" 갈가마귀떼처럼 몰려와 모든 것을 다 덮어야 한다고 절규하듯 말하는 시에서,

그때, 궁창은
이루 셀 수도 없는 별들을 켜들고 달려오고.
한 귀퉁이에서 달은 예의 그 노란 터널을 열리
그 속으로, 이녘이 한도 없이 흘러가는 소리……

를 듣는 이 "이녘"은 말하는 사람 자신이면서, 그를 포함한 우리들이며, 우리들의 생명이 의지하는 이 세상이다. "바람 소리"나

"풀벌레 뒤척이는 소리" 같기도 하고, "지구 돌아가는 소리"로 들리기도 하고, "신음 소리"거나 "뉘 우는 소리"이기도 할, "짧고 깊은 꿈 건너" 가면서 "이녁"이 듣게 될 이 소리는 "이 녘"의 소리이면서, '이 녘'이 달빛의 "노란 터널"을 타고 '저 녘'으로 흘러가는, 또는 '이녁'이 '저 녘'으로 바뀌는 소리이다. 이 세상의 온전한 어둠은 또다른 세상의 빛이 된다고 해야 할 터인데, 이 세상은 어둠까지도 온전하지 않다. "이녁이 한도 없이 흘러"가는 소리 들리지만, 이녁은 결국 지워지겠지만, 그것은 완전한 어둠을 만난 다음의 일일 뿐이다.

「고양이들—푸른 호랑이 8」에서, "고양이 두 마리가 눈이" 맞아 네 마리, 열여섯 마리…… 기하급수로 불어나는 그 번식을 상상할 때, 그 다양한 모습과 온갖 행티를 상상할 때,

아아 졸립다
이녁의 눈꺼풀이 스르르 닫힌다

이때 "이녁"도 화자이면서 이 세상이다. 저 고양이들은 각기 제 안에 푸른 호랑이를, 무한한 생명을 한 자락씩 지니고 있다. 제가 무한의 자락인 줄도 모르고 개체 안에 잠복해 있는 무한이 힘을 발휘하여 또하나의 무한을 연출하려 한다. 그러나 '이녁'에서의 무한은 '이녁'에게 끝없이 불어나는 파편의 준동으로만

인식된다. '이녁'의 인식은 그 무수함과 그 끝없는 준동을 감당하지 못하고, 졸음 속에 들어간다. 수억 마리의 고양이들이 사슬을 지어 눈꺼풀 속으로 들어가는 순간은 그 무한이 허무로 떨어지는 시간인 동시에 이 유한한 세상으로서의 '이녁'이 화자 '이녁'을 통해 저 무한의 푸른 호랑이와 짧게 관계를 맺는 계기이다.

그러나 이 관계는 완전한 것일 수 없기에 '저것들은 왜 여기 있는가'라는 의문은 여전히 남을 것이다. '이녁'의 모든 '이녁'들이 다른 '이녁'을 바라보며 이 의문을 품는다. 「안—푸른 호랑이 20」의 '이녁'도 마찬가지다.

어느 날,
내가 짠 날개가 겨드랑이에서 요동쳤네
알 수 없는 힘이 나를 끌고 위로, 위로 솟구쳤네
나, 그저 날개를 따라왔네
와서, 이녁이 되었네
이녁의 울음이 되었네
한 이레 울다 갈 날개가 되었네

여기서 화자는 한 마리 매미다. 어느 인연으로 푸른 호랑이가 매미의 날개로 돋아나 매미의 '이녁' 곧 매미의 자아가 되고,

"이녁의 울음", 곧 이 지상의 울음이 되었다. 두 부분으로 나뉜 이 시의 후반부에서 이 매미는 "어느 집 방충망에 붙어" 방안을 들여다보는데, "어느 생에선가 본 듯도 한" "인간의 아이 하나가 뒤뚱, 걸음마를" 하고 있다. 이녁(이제 작은따옴표를 벗어버리자)에서 이녁이 저 녘의 이녁을 만나는 것이다. 방안의 누군가가 "야! 매미다!" 하고 소리칠 때, 아마도 이 매미는 '내 안과 마찬가지로 네 안에도 푸른 호랑이가 있다'고 말할 것이다. 푸른 호랑이가 '네' 안에 있건, '내' 안에 있건, 그것은 갇혀 있지 않다. 그것은 벌써 생명이거나 생명이 될 모든 것을, 이녁과 저 녘을. 이녁의 시간과 다른 녘의 시간을 연결한다. 연결하는 것이 아니라, 나뉘는 듯 나뉘지 않는 어떤 것에서 어떤 것으로 일어나 그 모든 것의 안팎을 넘나든다. 너와 나는 매미이며, 매미의 날개이며, 그 날개로 돋아 날아오르는 힘이며, 이녁에서 이적의 울음이 되는 어떤 일어남일 뿐이다. 너와 나는 그렇게 모든 것이며 아무것도 아니다. 너와 나의 이녁은 저 녘에서 이녁으로 뻗어 있는 푸른 호랑이가 한번 일어서는 자리이며, 그 계기일 뿐이다.

완벽하게 사개를 물린 시 「이시가와 신전」에서, "한줄기 바람으로 다 삭은 문짝이나 흔들고 있"는 텅 빈 신에게 기도를 드리는 사람들도 이와 다르지 않다. 그들은 "제 불안을 신탁"하며 "혁명을 꿈꾸"건 "도적놀음에 빠져" 있건, 건달이건 신실한 사람이건, 제 홍진을 천지간에 흘려보내고, "어느 날 문득, 봉투만 부쳐온 서찰처럼/텅 빈 자신을 받아안을 자들"이다. 시는 이렇게 끝난다.

이녘의 하루가 또 저물어 새소리 잦아든다.
아직 사람인 저들, 서둘러 저자 쪽으로 돌아서며 중얼거린다
벌써 저녁이네, 서둘러야지

"벌써 저녁"이다. 빈 봉투처럼 "텅 빈 자신을 받아안을" 시간인 이 "저녁"은 벌써 '저 녘'의 시간이다. "아직 사람인 저들"은 이윽고 푸른 호랑이에 귀의하였다가 그 일어섬에 흔들리며 저녁과 이녘을 또다시 넘나들 것이며, 제가 확실한 이녘이라고 믿고 또다른 이녘을 만날 것이다. 「새우는 어떻게 새우가 될까」에서의 새우처럼, "새우의 이녘이 새우의 저쪽이 되는 순간이" 비릿하고 고소한 냄새를 풍길 때,

이쪽이 이쪽인지 모르고
저쪽이 저쪽인지 모르고
파도 속에서
휙휙 날다가
통통 튀다가

不知不識間 소금의 불 위에 누운 시간이

생면부지의 목젖을 (……)

넘게 될 것이며, 「고고학적 考古學的 아침」이 말하듯이 "유리 밖으로 신석기의 구석기 청동기 쥐라기……의 아침들이 한꺼번에 지나가"는 것을 보며, 그것이 새 아침이라고 말할 것이다.

그렇다고 이경림의 시집을 어떤 허무주의적 존재론으로만 이해할 수는 없다. 이녘의 세상은 막막한 저녁에 잠시 한 자락 펼쳐놓은 자리이고, 이녘은 저마다 어둠 속에 명멸하는 불티보다 작은 점이지만, 그 안에는 저 막막한 어둠을 고스란히 감싸 안지는 못해도 그 어둠 속에 한 이녘의 존재를 아련하게 펼쳐놓는 먼 기억이 있다. 「유년—푸른 호랑이 23」은 슬프고 아름답다. "저쪽 길 끝에 대여섯 살은 돼 보이는 계집아이" 하나가 "비둘기 울음 같은 울음을 이녘까지" 흘리며 오고 있다. "이녘은 지금 황혼"이어서 "코스모스들이 호박빛 저녁의 속을 흔들고 있는데",

저 아이,
저렇게 하염없이 울며
한 줄로 선 쥐똥나무 이파리를 한 장씩 들어 던지며
길고 완강한 저 벽돌 담장을 다 셀 듯 걸어
이녘까지 닿는 때는 언제일지요

이녘에게는 또하나의 이녘이 있다. 이녘은 여기 있는데, 저 세상처럼 먼 곳에 있는 다른 이녘의 슬픔은 너와 나를 넘나드는 이 이녘에게까지도 여전히 해소되지 않는다. 내 안의 푸른 호랑이가 나를 넘어서듯, 내 슬픔이 나를 넘어서서 푸른 호랑이가 어른대는 자리의 그 끈질긴 감정이 된다. 이녘에서 이녘이 얻은 것이 결국은 이 슬픔이라고 말하려는 것이 아니다. 그보다는 오히려 무한의 푸른 호랑이가 날개가 되고 소리가 되어 일어서는 힘이 이 슬픔이라고 말해야 할 것이다. 다른 제목도 번호도 없는 「푸른 호랑이」에서 "설렁탕과 곰탕 사이에" 사는 푸른 호랑이 한 마리가 지닌 "형언할 수 없이 슬픈 눈"의 그 슬픔은 제 존재를 부지하기 위해 희생으로 삼아야 하는 "어떤 생의 머리와 어떤 생의 허벅지 살"에 바쳐지는 것이 아니라, 화장터의 "저 높은 굴뚝을 천천히 빠져나가는 푸른 연기와/사라지는 뼈/사라지는 살들"에 바쳐지는 것이 아니라, 차라리 저 자신을 일으켜세우는 "사나운 관능"에 바쳐진다.

제 안의 푸른 호랑이를 바라보는 정신은 제 안에서 사납거나 끈질기게 일어서는 그 맹목의 날개를 한순간 멈추고, 나는 왜 여기 있으며, 저것들은 왜 저기 있는가 묻고 싶어한다. 시의 깊이는 이 질문의 깊이와 같다.

남의 시집 한 녘을 빌려 내 추억 하나를 적는다. 내 어머니는 아홉 남매를 낳았으나 내 위로 둘이, 내 아래로 셋이 모두 어렸을 때 죽었다. 내 밑으로 두번째 아이가 죽었을 때의 일이다. 새벽에 아버지와 어머니가 죽은 누이를 안고 밖으로 나갈 때 나는 자는 척하고 있었다. 아버지가 말했다. 이녁은 울지도 않는가? 어머니가 수수께끼 같은 말로 대답했다. 이녁이 어디 있소? 당신이 슬퍼해봐야 무슨 소용이냐는 뜻이었을 것이라고 나는 늘 생각해왔다. 문제는 당신의 슬픔이 아니라 살아 있는 것들의 슬픔이라는 말도 거기 포함되어 있을 것이라고, 이경림의 시집을 읽으면서 다시 생각한다. 우리집에서는 죽은 아이들을 위해 스님을 불러다 몇 차례 경을 읽었다. 그 경에 이경림의 시집과 다른 말이 쓰였을 것이라고는 생각지 않는다. 죽은 아이들은 저곳에 있어도 경을 읽는 것은 이녁의 일이다.

# 소외된 육체의 고통
## —이성복, 『아, 입이 없는 것들』

이성복의 새 시집 『아, 입이 없는 것들』(문학과지성사, 2003)은 구성이 특이하다. 시집에 실린 125편의 시에는 처음부터 끝까지 일련번호가 붙어 있으며, 한두 편을 제외한 모든 시들이 시 속의 한 행을 그대로, 또는 두 행을 조합하여 제목으로 삼고 있다. 이는 흔히 서양 사람들이 제목 없는 시에 인시피트incipit라고 부르는 시의 첫 구절을 제목으로 가름하는 방식과 비슷하나, 완전히 같은 것은 아니다. 인시피트는 시편의 동일성을 표시하는 기호의 가치를 지닐 뿐이지만, 시의 여기저기서 뽑혀나와 제목이 되는 구절들은 단순한 기호표지와는 달리 시편 하나하나의 주제를 감당할 만한 환기력을 지니며, 일련번호의 협력을 받아 시집 전체를 하나의 시로 아우르는 통합력도 얻어낸다. 확실히 이 시집에는 통합된 주제가 있다. 그 주제를, 반드시 정확한 말은 아니지만, 몸과 마음의 관계라고 일단 말해둘 만하다.

몸은 이 시대의 가장 끈질긴 강박증을 만들어내고 수렴하는 자리이다. 우리가 육체를 강철 같은 무기로 만들려고 결심하는 그 순간에 벌써 우리는 육체의 포로가 되어 있음을 깨달을 수밖에 없었다. 육체는 단단한 것이어야 할 때 깊이를 알 수 없는 수렁이 되고, 깊이 있는 것이어야 할 때 그 깊이를 가로막는 장벽이 되었다. 이 생활 경험 위에 현대의 인문학적 담론이 겹친다. 몸은 엄연히 자아 그 자체이지만 동시에 자아의 변두리를 구성하는 타자이다. 한 사람에게 제 육체보다 더 낯선 것은 없으며, 제 의지를 그보다 더 멀리 벗어나는 것도 없다. 어쩌면 현대시의 전통을 육체의 전통이라고 말해야 할지도 모르겠다. 상징파들이 세상을 파악하는 가장 날카롭고 정직한 수단으로 감각을 내세울 때 그것은 곧 우주의 작은 모형인 육체의 발견이었다. 그러나 이 모형은 해석의 불빛이 닿을 때까지 어둠 속에 감춰져 있을 뿐이다. 시인들은 육체에 상처를 내고 절개하고 해체하여, 적어도 몸을 혹사하여, 쉽게 진리를 내놓으려 하지 않는 그 인색함에 보복하였다. 초현실주의자들이 무의식을 말할 때 그 역시 몸에 대한 새로운 평가였다. 지성에 의해 억압된 것은 모두 몸속에 숨어 있다. 무의식은 무의식으로밖에 쓸 수 없으며, 무의식을 쓴다는 것은 곧 몸으로 몸을 쓴다는 것이다. 그래서 몸이 몸을 잡아먹는 이미지는 초현실주의자들의 뛰어난 브랜드였다. 쓰이는 몸이건 쓰는 몸이건, 몸이 없는 현대시는 없다.

이성복에게 몸은 우선 고통의 밑자리이다. 몸은 늘 고통에 처해 있을 뿐만 아니라, 받은 고통을 재생산하여 세상에 난폭하게 되돌린다. 겨울 오후에 시냇가에서 "개 잡아 고기 구우며" "지나가는 여자들 불러 세우는" 사내들의 추위는 "육체가 없었으면" 느끼지 못했을 추위이며, "오줌 누고 나면 순무처럼 굵게 파이는 구멍"도 잔칫날 돼지의 목에 뚫린 구멍도 "육체가 없었으면 없었을 구멍"이다. 이 고통 때문에 몸은 자아를 속화된 세계 속으로 끌고 들어가는 타락의 제일선이며, 비겁함과 탐닉과 권태가 비집고 들어앉은 가건물이다. 이 고통의 육체는 시인을 "십만원이면 사슴피 한 잔을 마실 수 있다는" 우록에 가게 하고, "염소의 피냄새가 입안에 그득"한 채 "요즘 가수들의 춤사위를 잘도 흉내"내어 "예술가는 과연 다르다"는 칭찬까지 받게 한다. 시간의 틈새에서 긴장이 풀린 시인의 시선을 "문득" 가득 채우는 것도 하나의 무료한 육체이다. "두 겹의 배가 뒤에서도 보이고 펑퍼짐한 엉덩이가 무거운" "이해할 수 없는 푸른 하늘 앞에" "멍청하게 일어설 줄 모르는" 이 몸은 한 마리 개의 그것이지만, 또한 이 시를 말하거나 듣는 자인 "당신"의 육체이다. 문득 당신이 보아버린 당신의 육체는 당신이 지금 있어야 할 곳에 있는 것이 아니라고 말한다. 육체의 생명은 무상하다. 다시 말해서 의미가 없다. 생명은 생명을 퍼뜨리기 위해서만 존재하는 것처럼 보이기도 한다. 백치 처녀도 배가 부풀고, 발바리도 가상 임신을 하며, "저 암컷들의 고단한 배처럼 하늘의 달도" 아무런 명령이 없어도 "노란 달덩이 하나씩 물위에 떨어"뜨린다. 육체는 비참하다.

이렇게 말하면, 이성복이 육체를 거부하고 어떤 정신주의를 지향하고 있다고 오해할지도 모르겠다. 그것은 아니다. 이성복은 오히려 육체의 편에 서 있다. 육체의 고통은 그를 한탄으로 이끄는 것이 아니라, 식물과 동물, 그리고 자주 무기물이 누리고 않는 범생명에 새로운 시선을 열어놓는다. "회음부로 앉아서 스치는 잿빛 새의 그림자에도 어두워"지는 저 꽃들의 "살아가는 징역의 슬픔"이나 "소금밭을 종종걸음 치는 갈매기 발이" 느낄 따가움을 터득하기 위해 한 인간이 물어야 할 곳은 제 육체밖에 없다. 육체의 고통과 슬픔이야말로 "아, 입이 없는 것들"과 입 있는 것들이 소통할 수 있는 유일한 언어이다. "쏘가리만 아는 물속 지도"를 읽기 위해서는 "살 찢는 바람에도 웃통 훌훌 벗고" 찬물 속에 뛰어들어야 한다. 그 찬물 속에서 건져낼 것만 같은 이 시집에서는, 어떤 아름다운 것 앞에서건 어떤 처절한 것 앞에서건, 감정이 절정에 달할 때 거기에는 항상 육체, 또는 깨어진 육체가 있다. 저녁 하늘을 온통 노을로 물들이는 해는 "산 꼭대기에 찔려" 피를 흘리는 것이며 "톱날 같은 암석 능선에 뱃바닥을" 긋는 것이다. 육체들은 고통을 서로 교환한다. "포클레인으로 파헤쳐진 산중턱"의 바위들에서 새의 부리에 찢긴 지렁이를 보고 시인은 "내 괴로움에는 상처가 없고, 찢겨 너덜너덜한 지렁이 몸에는 괴로움이 없었다"고 말한다. 빗물 따라 흘러가려던 벚꽃 잎이 시멘트 보도블록에 엉겨붙어 상처를 내었고, 보도블록은 이제 "아플 줄 알게 되었다". 이 상처는 물론 좌절의 상처이다. 좌절한 감정만이 무기물에서도 생명을 발견한다. 다시 말해서 육체들은 고통과 슬픔을 통해, 눈 코 입 기관을 지니고 서로 분리되어 있는 신체의 수준에서 기관 없이 서로 통합되어 있는 신체의 수준으로 내려간다.

시인이 고통스럽게 생각하고 혐오하는 것은 늘 거기 있음이 의식되는 소외된 육체다. 이 육체는 범생명 속에서는 과잉의 괴물이며 제 안에 간직된 의식에게는 늘 불충분하고 서투른 기계이다. 육체와 정신이 분리된 것처럼 느껴지는 것도 육체의 이 소외 때문이다. 이때 육체는 세상의 모든 악을 고통으로 접수하여 욕망으로 되갚고, 그것을 의식하는 정신 앞에 권태의 무기력한 얼굴을 쳐든다. 그래서 시인이 갈망하는 것은 육체와 정신이 한꺼번에 잊히는 어떤 집중력의 시간이다. 여러 빛 가운데서도 "하도 키가 작아, 쪼글시고 앉아 고개 치켜들어야 보이기도 하"는 그런 빛을 보게 되는 이 시간, 육체가 고루 긴장감을 누리는, 그러나 그 긴장감을 행복하게 누리는, 이 시간에서는, 손이 일을 할 때 눈앞에 보이는 손이 보이지 않는 손처럼 일을 할 것이다. 자아가 일을 할 때 타자도 함께 와서 일을 할 것이다. 육체는 생명의 바닷속에 있을 것이며, 그 육체가 또한 생명의 바다일 것이다. 말하자면 의식의 힘과 의식되지 않는 것의 힘이 분리되지 않을 것이다. 이때 시인의 말은 존재의 근저에서 울려 나오고 시는 입이 없는 것들의 말이 된다. 입이 없는 것들을 대변하는 말이 아니라, 입의 분열이 입 없음의 통합된 힘을 얻는 말이 된다. 이성복의 시어가 누리는 매혹, 그 강한 탄력은 그가 이 새로운 언어를 끊임없이 지향하고 있기 때문이리라.

> 저 배흘림의 선을 얻기 위해
> 산들은 얼마나 귀기울였을까
> 요절할 수 없는 것들이 만드는 선,
> 불타 사그라져 재가 되어 얻는 선
> 술지게미 거르는 삼각 받침대처럼
> 저들의 어깨는 다른 어깨를 받기 위한 것
> 저들의 울음은 다른 울음으로 흘러내려가는 것
> ―「79 술지게미 거르는 삼각 받침대처럼」전문

"요절할 수 없는 것들"은 제각각의 단위 생명을 범생명에 합류하고 있는 것들이다. 불타 사그라짐은 범생명을 위해 분열된 생명을 부정하는 열정의 실현이다. 삼각형 산의 삼각 받침대가 거르는 술은 단위 생명의 힘들이 범생명으로 집중된 순간의 홍분이다. 이 흥분으로 한 어깨는 다른 어깨를 받는다. 그러나 말들이 이렇게 해석된다고 해서 그 말들을 비유나 은유로 취급할 수는 없다. 비유처럼 보이는 그것들은 말이 입 없는 것들의 수준으로 잠수했을 때만 얻어낼 수 있는 변주일 뿐이다.

이성복의 『아, 입이 없는 것들』은 『남해 금산』 이후 그의 시집 가운데 가장 아름다운 시집이며, 우리 시대에 희귀하게 아름다운 시집이다.

# 가난한 자의 위대한 거부
## —신현정, 『바보 사막』

　　신현정은 『자전거 도둑』(애지, 2005)을 출간하면서, 시인이
몸을 어디에 두어도 그 시는 살아 있다는 것을 넉넉히 증명했
다. 천진하다고도 의뭉하다고도 말할 수 있는 그런 시집이었다.
지나는 길에 만나 의례적으로 악수를 하고 역시 의례적으로 몇
마디 인사말을 나누고 헤어졌는데, 이튿날 아침, 잠이 깨면서,
아 그 말이 그 말이었구나! 화들짝 놀라게 되는 그런 경우에 빗
대어야 할까. 그렇다고 시의 말에 무슨 함정이 숨어 있다는 뜻
은 아니다. 깊은 말과 그저 하는 말에 구별이 없었을 뿐이다. 새
시집 『바보 사막』(랜덤하우스코리아, 2008)도 두 모습이다. 겉
으로 보면 담담하고 산뜻하나, 그 속마음을 짚어보면 처연하다.
달리 말한다면, 담담한 것도 그 처연함 위에서이고 산뜻한 것
도 그 처연함의 힘에 의해서이다. 날이 선 정신은 늘 경계를 밟
게 마련인데, 그때 마음이 처연한 것은 경계를 밟고 있기 때문

이 아니라, 오히려 그 처연함이 경계 너머를 넘보게 한다고 해야 하리라.

시집의 표제시이기도 한 첫 시 「바보 사막」은 당연히 서시의 구실을 하겠지만, 시집의 전체뿐만 아니라 한 생애의 전체를 요약하는 결어의 형식을 지니기도 한다. "오늘 사막이라는 머나먼 여행길에 오르는" 사람은 출발하기도 전에, 그 여행이 어떻게 진행되어 어떻게 끝날 것인지, 또는 끝나지 않을 것인지, 미리 알고 있다. 사막 여행은 그 출발지도 경유지도 목적지도 모두 사막이다. 거기에 어떤 격식이 없는 것은 아니다. 사막을 가는 사람은 "해 별 낙타 이런 순서로 줄지어" 가야 하고, 이 행렬에 "조금의 흐트러짐"이나 순서의 뒤바뀜이 용납되지 않는다. 말하자면 이 모랫길을 밟는 일도 천지 운행의 지배 아래 그 율려를 체험하는 과정이지만, 그 체험이 지극히 작은 것이기에 사막을 가는 사람은 시작의 불모와 끝의 불모를 볼 뿐이라고 말할 수 있겠다. 그렇다고 이 여행이 삭막할 뿐이라고 말하기는 어렵다. 사막을 가는 사람은 "난생처음 낙타를" 타보고, 허리에 찬 "가죽수통"과 "달무리 같은 크고 둥근 터번을" 뽐내기도 한다. 저 사막이 오래된 것처럼 낙타도 수통도 터번도 모두 낡은 것이겠지만, 이제 "여행길에 오르는" 사람은 "난생처음"의 감각으로 그것들을 접수한다. 여행의 끝은 비극적이다. "사막 한가운데 이르러서/단검을 높이 쳐들어/낙타를 죽이고는 굳기름을 먹는다는 것이다." 낙타의 죽음이 여행자의 죽음으로 이어질 것은 말할 것도 없다. 여행자는 여행의 끝에, 또는 삶의 끝에 "굳기름"을 먹겠지만, 그러나 또한 "난생처음" 먹을 것이다. 어쩌면 이 '난생처음'은 낡은 것들이 드리우는 낚싯바늘에 불과할지 모른다. 그러나 낚싯바늘이 낚싯바늘인 것을 알고 무는 물고기는 없으나, 낚싯바늘이 낚싯바늘임을 모르고 무는 시인도 없다. 그 처연한 '희생'이 바보들의 대물림 낙타에, 누군가 벌써 썼던 터번에, 또다시 먹어야 하는 굳기름에 '난생처음'의 이름표를 달아준다. 사는 일은 누구에게나 자신이 책임지는 부분만 진정으로 그의 삶이며, 진정한 삶은 늘 난생처음의 삶이다.

세상에서 만나는 사물 하나하나에, 생애의 모퉁이길 하나하나에 난생처음의 감각을 유지할 줄 아는 사람은 또한 지극히 작은 것으로도 그 삶을 누릴 줄 안다.

우리가 익히 아는 한 속담에서 영감을 얻었을, 마지막 시 「고슴도치는 함함하다」는 작은 것으로 깊고 풍족하게 사는 삶의 놀라운 표본 하나를 보여준다. 시인은 "고슴도치가 슬프다"고 생각한다. "온몸에 바늘을 촘촘히 꽂아놓은 것"이 슬프고, "그렇게 하고서 웅크리고" 있는 것이 슬프다. 그 바늘 하나하나에 밤이슬이 맺힐 것이고, 그 이슬 젖은 바늘더미 속에 "눈 있고 입 있고 궁둥이 있을 것이기에 슬프다". 그 바늘 더미로 "제 새끼를 끌어안기도 한다니" 더욱 슬픈 일이다. 그러나 시인은 고쳐 생각한다. 고슴도치가 "제 새끼를 포근히 꺼안고 잠을 재우기도 한다니" 그는 "고슴도치가 함함하다"고 생각하지 않을 수 없다. '함함하다'는 말은 털이 보드랍고 반드르르하다는 뜻이다. 고슴도치에게서 바늘을 함함한 털로 만드는 것은 제 새끼에 대한 사랑이다. 시인에게서 사물이 베푸는 작은 은혜, 대개의 경우 날카롭기까지 한 은혜를 시적 서정으로 만드는 것은 감각을 오롯하게 집중시킬 수 있는 그 정성이다.

다른 시 「마루 끝에서 해바라기하다」에서, "안이 바깥보다 춥기만 한" 날 시인은 "고양이가 내준 자리"에서, "마루 끝에서 피고 지고 해바라기" 한다. 그는 "먼 산등성이"에서 빛나는 "잔설"을 볼뿐만 아니라, 자기 아내가 "손목이 긴 고무장갑을 끼고", 지난가을에 묻어둔 "김장독에서 묵은지를 꺼내 다라이에" 옮기고, "아예 독항아리를" 물행주로 가져놓으려 하는 모습을 눈여겨본다. 그는 아내가 가까이 오지만 모른 체한다. 그가 아내에게 무심하다고 말할 수는 없다. 시인은 봄기운이 아직 완연하지는 않은 날 충분하지 못한 햇볕을 조심스럽게 모아 누리듯이, 아내가 생활에 바치는 정성을 제 마음속에 고이는 또하나의 정성으로 깊이 음미하고 있을 뿐이다. 그는 이 시에서 동사의 현재형을 쓰는 대신 '하다' '옮기다' '걸어오다' '빛나다' 같은 동사의 원형을 쓴다. 시인이 작은 것 속에서 풍요를 보는 이 공간은 현재에 무시간성의 영원한 가치를 주어 아내와 햇볕이 구별되지 않게 하는 선택된 자리이기 때문이다. 생명이 스러져도 영원히 남을 그 감각의 기억으로 작은 것들이 큰 것으로 확장된다.

작은 계기에 제 감수성의 전체를 투자하는 시인은 자주 말과 설명에 인색하다. 그는 사람들이 다 알고 있다는 듯이 말한다. 그러나 그것들을 다 알기 위해서는 어떤 육체적 참여 같은 것이 요구된다. 「복숭아」에서는, 그 작고 예쁜 엉덩이에 "목숨 壽자를 새겨주고" 싶다는 바람을 단 세 줄로 쓴다. 예쁜 것들이 누리는 목숨은 그렇게 짧지만 거기에 투자되는 생명의 감각은 그렇게 길다. 「장수하늘소를 찾아」에서는 푸른 하늘 아래에서 느끼게 되는 거의 신경질적인 흥분을 말과 비유로 바꾸어 반복하던 끝에 "오늘은 오늘은 정말로 장수하늘소를 만날 것만 같다"고, 다른 설명 없이 쓴다. 그 이름 속에 '하늘'과 '싸움'을 포괄하고 있는 이 곤충에 관해서라면, "괜히 싸움을 걸고" 싶고, "무언가를 질근질근 씹고 싶고" "하나님도 끌어내리고" 싶은, 저 안달하는 마음자리를 짚을 수 있을 때만 그 시적 정당성이 확연하게 이해된다. 「산책하는 자전거」는 자전거를 타다 말고 자전거를 끌고 함께 걸어간 이야기를 전하고 있다. 새소리가 울리면 새소리를 듣고, 그루터기를 만나 그루터기에 앉고, 모로 눕힌 "자전거 바퀴 건성 도는 거 물끄러미" 바라보기도 한다. 끌려가는 자전거가 팔에 전달해주는 무게감만이 두 차례 반복되는 "자전거와 나란히"라는 말의 깊은 서정성을 이해하게 해줄 것이다. 때로는 이 사소한 감각이 한 사람의 운명을 바꾸기도 한다. 「길 위의 우체부」에서는, 한 우체부가 행낭 속의 편지들을—그 자신은 나비떼라고 부르는 것들을—숲길에 쏟아붓는다. 그도 역시 "민들레 옆에 자전거를 모로 눕히고 쪼그려 앉아 담배를" 피우면서 "아, 나는 선량했다"고 말한다. 그는 봄날 제 감각에 겨워 제 생명을 방생하듯, 편지-나비떼를 "선량"하게 방생한 것이다. 인색한 물질들 속에서 인간의 근면과 성실이, 그리고 무엇보다도 절제가 작은 낙원을 만들듯이, 이 사소한 것들 앞에서 거두어들이는 담담하면서도 고양된 관능을 독자들이 이해하기 위해서는 호흡을 깊게 고르면서 겉도는 감각의 분란을 가라앉히고 정신의 주파수를 한껏 낮추는 절차가 필요하다.

사소한 사물과 관능의 깊이가 만나는 자리,—이 자리는 또한 신현정식의 환상이 산출되는 자리이기도 하다. 그의 시에는 자주 '조촐한' 환상이 있다. 「난쟁이와 저녁식사를」에서 화자는 난쟁이와 저녁식사를 하기 위해 모자를 벗어 식탁 한가운데 올려놓는다. 벗어놓은 모자는 동화에서나 만나게 될 "높다란 굴뚝" 같고, 그래서 "굴뚝새라도 들어와 살 것" 같다. "식탁 위에서 모자는 검게" 빛난다. 식사가 끝난 후 주인과 손님은 "문밖에서 꽥 꽥 하는 거위"까지 불러들여 함께 식탁을, 모자 주위를 돌았다. 한 인간의 기품을 뽐내는 장식이거나 그 권력의 무장이던 모자가 식탁 위에 내려놓인 그 순간 일상과 그 구성요소들의 기

품과 권위 그 자체로 된 것이다. 바뀐 것은 모자의 위치일 뿐이
지만 그것으로 용렬한 현실이 환상의 자유를 얻게 된다. 뒤에
이어지는 시 「모자」는 다른 이야기를 한다고 해야 할까. 시에서
화자는 레스토랑에서도, 극장에서도, 미술관에서도, 모자를, "그
것도 공작 깃털이 달린" 화려한 모자를 쓰고 있다. 그러나 "사람
들은 알아보지를 못한다"는 이 모자는 화자 그 자신의 위의를
표현하는 것이 아니라, 그가 세상에 바치는 겸손과 존경을 뜻한
다. 모자를 쓰고 있는 한 그는 여행한다. 다시 말해서 화자는 제
가 바치는 경애의 힘으로 그때마다 사물을 새롭게 느끼며, 그
난생처음의 감각이 환상을 만든다. 이때 환상은 사물이 저마다
감추고 있는 위의와 다른 것이 아니다. 「어서 오십시오 안녕히
가십시오」는 서울시계의 길목에 세워진 해태상에 관한 이야기
다. 화자는 그 해태가 어느 날 구름을 타고 날아가버리지 않을
까, 머리 복판의 뿔을 뽑아 던지고 떠나지 않을까 걱정한다. 시
인은 상투적이라고도 할 수 있을 해태상에서 그 생기를 오롯이
느낄 뿐만 아니라 그 신화적 진실까지도 넘어다본다. 그 좌대에
새겨진 환영과 전송의 인사말을, 새긴 사람도 건성으로 새겨놓
았고, 읽는 사람도 건성으로 읽게 마련일 글자들을, 시인은 액
면 그대로 순결하게 받아들임으로써, 그 말의 주체가 누려 마땅
한 생명력을 감득하는 것이다. 여기서도 환상은 성실성의 문제
이다.

신현정에게 환상은 일탈도, 방황도, 기분풀이도 아니다. 그
것은 선량하고 진솔한 한 인간이 사물에 바치는 진정을 통해 그
것의 또다른 모습을 감지하여, 그것을 일상의 삶 속으로 끌어와
다시 음미하는 일일 뿐이다. 지식의 그물에 걸려들지 않은 정
신, 유혹과 미끼에 나대지 않는 감각, 쌓아둔 것에 함몰되지 않
는 삶만이 그 일을 감당할 수 있을 터인데, 신현정이 시적 서정
을 가능하게 하는 힘도, 시적 서정으로 획득하게 되는 힘도 기
실 거기 있다. 그는 빼어난 시 「백경」을 이렇게 쓴다.

고래를 주마고 했다
아니요라고 했다
파이프에 갈매기를 꾹꾹 눌러 담아 피우는 그는
모자도 주마고 했다
아니요라고 했다
삼가 파도 모양의 넓은 모자였다
안경을 벗어 들더니 이 안경은 어떠냐고 했다
아니요라고 했다
한쪽에는 구름이 다른 쪽에는 섬이 떠 있는 안경이었다
병 모가지를 쥐고 병째 한입 주욱 들이켜라고 했다
아니요라고 했다
낙조처럼 독한 것이었다

작살도 맘에 들면 가지라 했다 아니요라고 했다

또 돛만 떼어갈 수 있으면 그리하라고 했다

아니요라고 했다

먼 바다도 불러주마고 했다

아니요라고 했다

발치에 벗어놓은 검은 장화가 출렁거렸다

거기에 손을 집어넣더니 무얼 끄집어냈다

문어를 주마고 했다

아니요라고 했다


주려는 사람과 거부하는 사람의 이 대화는 아마도 훨씬 더 길게 연장될 수 있을 것이다. 거부하는 사람은 자신이 모든 것을 얻을 수 있다는 것을 안다. 그러나 또한 거부의 힘에 의해서만 얻을 수 있다는 것을 안다. 작은 것에서 큰 것까지, 또는 큰 것에서 작은 것까지, 제 시야를 가리는 것을 하나하나 거부할 때, 그는 그것들 속에 있으면서 또한 그것들 밖에 있는 것, 그것들을 다 합한 것이면서 또한 그것들이 모두 스러져야 오는 것에 대한 윤곽을 아련하게 그려나갈 수 있다. 신현정은 지식이건 재물이건 축적된 것에서 한발 물러서야 해묵은 길을 새길로 갈 수 있다는 것을 안다. 생명을 지닌 존재에게, 그 발가벗은 육체로 느끼고 사랑하고 감당할 수 있는 것만 그의 것이다. 존경과 성

의를 바친 것만 그의 것이다. 인내한 것만 그의 것이다. 그 자유
로운 개화와 사랑을 위해, 그것이 난생처음 거기 있게 하기 위
해, 그것이 한 이름으로 거기 있게 하기 위해, 소유하기를 거부
한 것만이 그의 것이다. 신현정은 '그의 것'이 죽음 뒤의 광휘가
되어 보일 때까지 인내한다. 그것을 신현정의 위대한 거부라고
불러야 마땅하다.

제4부

이 시를 어떻게 읽을까

# 「往十里」를 어떻게 읽어야 할까

지난해 여름 젊은 비평가들의 비평적 자질을 둘러싸고 작은 논란이 일었을 때, 소월의 시 「往十里」에 대한 해석의 문제가 거기 끼어 있었다. 나는 그 논쟁에 뒤늦게 개입하고 싶은 생각은 추호도 없지만, 이 시를 어떻게 읽어야 할 것인지에 관해서는 깊은 관심이 있다. 이 시의 전문은 다음과 같다.

비가 온다
오누나
오는비는
올지라도 한닷새 왓스면죠치.

여드레 스무날엔
온다고 하고

초하로 朔望이면 간다고했지.

가도가도 往十里 비가오네.


웬걸, 저새야

울냐거든

往十里건너가서 울어나다고,

비마자 나른해서 벌새가 운다.


天安에삼거리 실버들도

촉촉히저젓서 느러젓다데.

비가와도 한닷새 왓스면죠치.

구름도 山마루에 걸녀서 운다.[1]


홍정선은 그 논의의 단초가 되었던 글에서 이 시의 앞 대목
에 대해 다음과 같은 해석을 제시했다.


왜 가도가도 왕십리인가? 지리상의 왕십리는 그럴 이유가
없다. 길어도 한 시간 이내에 벗어날 수 있는 곳이다. 그런데도
이 시의 화자가 그렇게 말하는 이유는 무엇일까? (……) 설화에

---

1) 김용직 편저, 『김소월 전집』, 서울대학교출판부, 1996, 157쪽.

서 무학대사의 왕십리는 십 리만 더 가면 궁궐터가 있다는 말이었다. 목적지는 십 리 밖에 분명히 기다리고 있었고 그것으로 문제는 해결됐다. 그러나 이 시의 화자에겐 그런 보장이 없다. 그래서 "가도가도 왕십리"이며, 그가 가는 곳엔 갠 날이 없이 언제나 비(비로 상징되는 어떤 것)가 오고 또 온다. 그러므로 "한닷새 왔으면 좋지"라는 말은 (……) 닷새쯤만 내리고 그만 그치면 좋겠다는 의미이다. 그 정도라면 그래도 견딜 수 있을 텐데, "여드레 스무날엔 오고" "초하루 삭망이면 간다고" 했는데 이놈의 비는 그렇지 않다. '온다―오누나―올지라도'의 운율로 이어지는 이 지리한 장마, 가도가도 왕십리일 따름인 것이다.[2]

결론적으로 말해서 홍정선의 이 해석은 옳으며 지지할 만하다. 그러나 좀 자세하고 친절한 설명이 필요할 것 같다.

소월은 이 시에서, "왕십리"라는 말을 제목으로 한 번, 본문에서 두 번 사용하고 있는데, 적어도 본문의 첫번째 "왕십리"는 무학대사의 설화에서처럼 "십 리를 가라"라는 의미로 사용되고 있는 것이 분명하다. 그래서 이 말이 들어 있는 "가도가도 往十里 비가오네"라는 시구는 '십 리를 가면 또 십 리를 가라고 하고 십 리를 가면 또 십 리를 가라는 식으로 날마다 비가 오네'의 뜻

---

2) 홍정선, 「공허한 언어와 의미 있는 언어」, 『문학과사회』 1998년 여름호, 605쪽.

으로 이해할 수 있다. 이 해석은 시의 첫대목에서, '오다' 동사의 어미와 어조를 바꾼 '온다, 오누나, 오는, 올지라도'의 반복으로 표현되는 지루한 장마의 정황과 잘 부합한다. "오는비는/올지라도 한닷새 왓스면죠치"라는 시구가 '비가 오는 것이야 어쩔 수 없다 해도 한 닷새만 왔으면 괜찮지'의 뜻인 것도 역시 마찬가지이다.[3]

그런데 문제는 "여드레 스무날"과 "초하로 朔望"이다. 홍정선은 "'여드레 스무날엔 오고 초하루 삭망이면 간다고' 했는데 이놈의 비는 그렇지 않다"라는 말로 화자의 생각을 짚어 슬쩍 넘어가고 있는데, 이 의미 파악이 잘못된 것은 아니지만, 논의의 과정을 보여주지 않아 설득력을 얻지 못했던 것 같다.

"초하로 朔望"은 일부의 의미가 중복된 표현이다. "朔望"이라는 말 자체가 '초하루와 보름'을 아울러 뜻하기 때문이다. 음력에서 삭朔은 초하루를, 망望은 보름을 말한다. 삭망과 관련해서

---

3) 어느 연구자가 제안한 것처럼 이 시구를 '이왕 비가 오려면 한 닷새 퍼부었으면 좋지'의 뜻으로, 다시 말해서 비가 한꺼번에 많이 내리기를 기원하는 내용으로 이해할 수는 결코 없다. "올지라도"는 양보의 표현이며, 따라서 그 뒤에는 그 양보한 내용에 대립하여 그것을 제한하는 표현이 와야 한다. 이를테면, '때리는 매는 때릴지라도 한 열 대만 때리면 괜찮지'라고는 말해도, '때리는 매는 때릴지라도 한 열 대는 때려야 괜찮지'라고 말하지는 않는다. 따라서 누가 '때리는 매는 때릴지라도 한 열 대 때리면 좋지'라고 말했다면 그것은 '매를 때리는 것이야 어쩔 수 없다 해도 한 열 대만 때리면 괜찮지'라는 말일 수는 있어도, '이왕 매를 때리려면 한 열 대는 때려야 좋지'라는 말일 수는 없다.

는 삭망조朔望潮라는 말이 있다. 음력 초하루와 보름 무렵에 썰물과 밀물의 차가 커지는데, 이 조수를 그렇게 부른다. 즉 삭망조는 사리와 같은 말이다. 이와 반대로, 음력 여드레와 스무사흘을 전후해서는 간만의 차가 작아, 물이 들어도 적게 들고 써도 적게 써는데, 이 조수를 '조금'이라고 부른다. '조금'과 관련해서, 그리고 문제의 「往十里」와 관련해서, '조금치'라는 것이 있다. 조금에는 비가 오거나 바람이 불며, 하다못해 구름이라도 낀다고 옛날 민간에서는 믿고 있었는데, 이처럼 조금에 날씨가 궂어지는 현상을 조금치라고 부른다. 이 믿음에 어느 정도의 과학적 근거가 있는지는 모르지만, 내가 전라도의 한 섬에서 초등학교에 다닐 때만 해도, 지금처럼 일기예보 체제가 발전하지 않아서, 오직 이 조금치를 계산해서 운동회나 소풍 같은 학교행사의 날짜를 잡곤 했으며, 그렇게 해서 행사를 망친 적은 없었다. 물론 그믐에도 그믐치가 있고 보름에도 보름치가 있다. 그러나 이 그믐치·보름치와 조금치 간에는 그 '치'의 성격이 다르다. 조금치는 예정된 것이고 정상적인 것이지만, 그믐치와 보름치는 결과적인 것이고 예외적인 것이다. 이 점에 관해서 내 고향 사람들은 조금에 내려왔던 비와 바람의 귀신이 보름날이나 그믐날에 떠나면서 그냥 가기 서운해 잠시 비를 뿌리고 가는 수도 있기 때문이라고 설명한다.

비는 조금에 내려와 삭망에 간다. 이렇게 말하고 보면, "여드레 스무날엔/온다고 하고/초하로 朔望이면 간다고했지"라는 시구에 대해 더이상의 설명이 필요 없을 것 같다. 그런데 소월은 한 달의 첫 조금에 관해서는 "여드레"라고 정확히 그 중심 일자를 적고 있는데, 뒤 조금에 관해서는 '스무사흘' 대신에 "스무날"이라고 쓰고 있다.[4] '스무사흘'로는 시인이 이 시에서 가능한 한 유지하려 하는 칠오조의 음절수를 맞출 수 없다. 게다가 "스무날"은 조수로 보아서 벌써 조금 현상이 중간 이상 진행된 날이고, 날씨로 보아서는 이미 조금치의 영향권에 들어간 날이니, 이렇게 쓴다고 해도 음수율 때문에 의미가 크게 왜곡되는 것은 아니다.

제3연에 관해서 홍정선은 지루한 장마로 표현되는 비애 속에서 시의 화자는 "자기 옆에서 자기를 더욱 처량하게 만드는" 새에게 "웬걸, 저새야/울냐거든/往十里건너가서 울어나다고"라고 말할 수밖에 없었을 것이라고 쓴다.[5] 이 설명 또한 딱히 잘못된 것은 없지만, 시 전체를 해설하려 든다면 역시 다른 말이 더 필요하다. 여기서 "往十里건너가서"의 왕십리는 앞의 그것과 약간의 의미 편차가 있다. 이 왕십리는 '십 리를 가라'는 명령이면서 동시에 그 명령이 계속 반복되고 있는 한 땅의 이름이다.

---

4) "여드레 스무날"이 "스무여드렛날"의 도치라는 해석은 무리하다. 아무리 시라고 해도 도치할 것이 있고 안 할 것이 있다.

5) 홍정선, 같은 글, 605쪽.

그래서 "往十里건너가서"라는 말은 '늘 십 리를 더 가라고만 하는 이 지겨운 유예의 땅과 시대를 통과해서'라는 의미로 읽힐 수 있다. 그러나 더 중요한 것은 울고 있는 벌새가 "비마자 나른해서" 운다는 것이다. 오랜 비에 감각과 정신이 반쯤 마비된 이 벌새에게는 그 불행이 왜 계속되어야 하는지를 성찰하려는 용기는 말할 것도 없고, 갠 날의 명랑한 삶을 상상하고 희망할 기력조차도 없다. 조금의 궂은날 뒤에 삭망의 갠 날이 온다는 법칙이 무시되어 비정상이 정상이 된 '왕십리'에서 벌새는 그 일상에 나름대로 안주하여 오직 시대와 땅의 비애 속에 자신의 비애를 섞어넣고 있다.[6] 끝없이 비 오는 일이 '자연'의 자리를 차지해버린 것처럼 단조로운 슬픔이 그의 생활 감정의 전체를 덮고 있다.[7]

어디 벌새뿐인가. 천안 삼거리의 실버들도 "촉촉히" 젖어 늘

---

[6] 벌새는 새 중에서 가장 작지만 날아다니는 힘이 가장 강한 새로 알려져 있다. 이 작고 활력 있는 새의 '나른한' 슬픔은 그 비애의 강력한 침투력을 표상하기에 충분하다. 그러나 벌새는 아메리카 원산으로 주로 열대지방에 분포되어 있다. 그러나 여기서 벌새는 벌에 사는 새, 곧 들새이다.

[7] 예의 논쟁에서 이 시의 해석과 관련하여 홍정선의 상대자였던 정끝별은 "상식적으로 비가 오는 동안에는 새가 날지도 울지도 않"으며, "비가 그쳐야 새는 날고 운다"는 중요한 지적을 하고 있다(「가능한 해석 체계와 열린 시읽기」, 『작가세계』 1998년 가을호, 322쪽 n. 4). 그러나 지금 벌새가 우는 것은 비가 그쳤기 때문이 아니라, 비가 그치리라는 희망을 포기한 나머지 이 비상의 정황을 일상으로 받아들이고 있기 때문이라고 보아야 한다. 만일 비가 그쳤다면 시인이 "往十里건너가서 울어나다고"라고 말할 턱이 없다.

어져 있다는 소문이다. 온누리와 온 시간이 비 내리는 십 리에서 또 비 내리는 십 리로 끝없이 이어지고 구름마저 무기력하게 "山마루에 걸녀서" 올 때, 세상을 무한하게 떠돌며 그 삶과 정신을 지배하는 것은 안개처럼 형체 없는 이 슬픔이다. 천지간에 미만한 이 비애에 아직 마비되지 않은 것은 "웬걸" 하고 놀라는 시인의 의식뿐이다. 그래서 시인이 진정으로 비극으로 여기는 것은 쉼도 끝도 없이 비가 오고 있다는 사실이 아니라, 그것이 벌써 습관이 되고 자연이 되어 산 것들의 모든 기운이 '나른하고 촉촉하게' 거기 젖어 적응하고 있다는 것이며, 오늘 십 리를 걸어간다 해도 아무것도 바뀌지 않는 그 정황이 내일 다시 "往十里"할 의지를 막아버린다는 것이다. 식민지의 비극이 아마 그러하리라.

장만영과 박목월이 1950년대에 편찬한 『素月詩鑑賞』에서 이 「往十里」는 감상이라는 이름의 해설을 얻지 못한 채, '素月詩餘篇'에 다른 빛 없는 시들과 함께 묶여 있다.[8] 편자들이 이 시를 탐탁하게 여기지 않았던 것일까, 해석을 견뎌낼 만한 작품이 아니라고 보았기 때문일까. 그러나 이 시에는 생각할 거리가 많으며, 소월을 달리 보게 할 어떤 요소도 들어 있다. 한편 나는 다른 측면에서도 이 시에 관심을 갖는다. 이 시는 베를렌의 시

---

8) 필자가 참조한 것은 '張萬榮 · 朴木月, 『素月詩鑑賞』(增補版), 博英社, 1957'이다.

집 『잊혀진 아리에타』의 세번째 시를 생각나게 한다.

### Il pleut doucement sur la ville

Arthur Rimbaud


Il pleure dans mon coeur

Comme il pleut sur la ville;

Quelle est cette langueur

Qui pénètre mon coeur?


O bruit doux de la pluie

Par terre et sur les toits!

Pour un coeur qui s'ennuie,

O le chant de la pluie!


Il pleure sans raison

Dans ce coeur qui s'écoeure.

Quoi! nulle trahison?...

Ce deuil est sans raison.


C'est bien la pire peine

De ne savoir pourquoi

Sans amour et sans haine

Mon coeur a tant de peine![9]


거리에 포근하게 비가 내리네

아르튀르 랭보


거리에 비 내리듯

내 가슴에 눈물 내리네

이 울적함 무엇이기에

내 가슴 깊이 스며드나?


땅에 지붕 위에

오 포근한 빗소리여!

울울한 마음을 위한

오 비의 노래여!


내키는 것 없는 이 가슴에

까닭 없이 눈물 내리네

---

9) Verlaine, "Ariettes oubliées III", *Œuvres poétiques complètes*, 『Bibl. de la Pléiade』, 1962, p. 192.

무어라고! 돌아선 것은 없다고?……

이 슬픔은 까닭이 없네.


가장 몹쓸 아픔은

웬일인지 모른다는 것

사랑도 미움도 없이

내 가슴이 그리도 아프네!


이 시에 담긴 기교의 주안점은 인칭과 비인칭의 삼투에 있다. "비가 내린다/il lpleut"는 서양어에서 시간, 기후 등을 말할 때 늘 사용하는 비인칭 구문이다. 그런데 베를렌은 '울다, 눈물을 흘리다'의 뜻을 지닌 인칭동사 'pleurer'를 비인칭동사처럼 "눈물 내리네/il pleure"로 쓰고 있다. 그래서 우는 것은 그가 아니며, 비가 내리는 자연현상처럼 눈물이 그의 가슴에 흐를 뿐이다. 비 오는 날의 우울함과 그의 슬픔은 같은 것이며, 그의 가슴에 흐르는 눈물은 땅과 지붕 위에 떨어지는 비와 구분되지 않는다. 비와 눈물은 그렇게 "포근하게/doucement" 서로 적신다. 시인은 가슴이 아프지만 그의 아픔은 세상과 자연의 아픔 속에 아련히 녹아든다. 자연 현실과 마음의 현실이 틈 없이 연결되어 만들어낸 회색 배경 속으로 한 자아의 동일성이 그와 같이 삼투한다.

그런데 이 '포근한' 슬픔은 저 「往十里」에서 "나른해서" 우는 벌새, "촉촉히저젓서" 늘어진 실버들, 산마루에 걸려 늘어진 구름의 그것과 다르지 않다. 그것들은 슬픔이면서 동시에 슬픔의 배경이다. 그것들은 아픈 개체들로서 인칭인 동시에 그 아종의 보편적 풍토로서 비인칭이다. 소월은 하늘과 땅을 가득 채우고 모든 마음들 속에 안온하게 파고들어가는 이 비애를 말함으로써 현대시의 한 감수성에 대한 그의 이해를 표현하였다. 그러나 베를렌과 소월은 같을 수 없다. 한 '선진 문화'의 중심에 살았던 베를렌에게 이 슬픔은 모든 섬세한 마음들이 결국 거기 이를 수밖에 없는 표준적 감정이었다. 그는 이 슬픔에 인간적인 동기가 없음을 반복하여 말함으로써 그 보편적·절대적 성격을 강조하려 한다. 식민지의 시인인 소월에게 이 비애는 표준과 정상의 권리를 부당하고 위험하게 요구하는 비정상의 감정이었다. 그는 울더라도 "往十里건너가서" 울어야 한다고 말함으로써 이 감정이 정황적이고 시대적인 것임을 분명하게 드러낼 수 있었다. 이 점에서 「往十里」에는 적어도 식민지 시대에 우리의 시를 움직여온 미학의 두 축이 함께 들어 있다.

# 『烏瞰圖』의 「詩第一號」에 과거가 없다

이상李箱은 불행한 작가 가운데 한 사람이다. 그는 가난과 질병 속에서, 시와 소설을 망라한 그의 작품들이 제대로 이해를 얻지 못한 상황에서, 젊은 나이에 숨을 거두었다. 사후에도 그에 대한 이해가 현격히 깊어진 것은 아니다. 그는 초현실주의자니 아방가르드니 하는 적절할 수도 그렇지 않을 수도 있는 꼬리표를 늘 달아야 했고, 때로는 "우리 문학의 정상"에 우뚝 섰다는 찬사를 얻기도 했으며, 말과 씨름을 했던 그의 문학이 여러 가지 새로운 착상을 촉매해온 것도 사실이지만, 그 난해하고 착종된 문장 때문에 어떻게 해석해도 좋을 것처럼 보이는 그의 텍스트들이 온갖 수상한 문학 이론들의 겉치장으로 이용되어온 것도 사실이다.

그가 이해되지 못한 데는 여러 가지 원인이 있지만, 그 오해의 상당수는 그의 텍스트가 제대로 교열되지 못한 데서도 비롯하였다. 시인이자 비평가인 한 문학연구자의「詩第一號」에 대한 분석에서 필경 그 단적인 예를 볼 수 있을 것이다. 이「詩第一號」를 임종국이 편집한『李箱全集』에 따라 적으면 다음과 같다.

十三人의兒孩가道路로疾走하오.

(길은막달은골목이適當하오.)

第一의兒孩가무섭다고그리오.

第二의兒孩도무섭다고그리오.

第三의兒孩도무섭다고그리오.

第四의兒孩도무섭다고그리오.

第五의兒孩도무섭다고그리오.

第六의兒孩도무섭다고그리오.

第七의兒孩도무섭다고그리오.

第八의兒孩도무섭다고그리오.

第九의兒孩도무섭다고그리오.

第十의兒孩도무섭다고그리오.


第十一의兒孩가무섭다고그리오.

第十二의兒孩도무섭다고그리오.

第十三의兒孩도무섭다고그리오.

十三人의兒孩는무서운兒孩와무서워하는兒孩와그렇게뿐

이모엿소. (다른事情은없는것이차라리나았소.)


　　그中에一人의兒孩가무서운兒孩라도좋소.
　　그中에二人의兒孩가무서운兒孩라도좋소.
　　그中에二人의兒孩가무서워하는兒孩라도좋소.
　　그中에一人의兒孩가무서워하는兒孩라도좋소.


　　(길은뚫린골목이라도適當하오.)
　　十三人의兒孩가道路로疾走하지아니하여도좋소.[1]


　　위에서 말한 연구자는 그의 '분석'에서, 이 시의 제16행에 관해 특별한 관심을 나타냈다. 다른 시구들이 모두 현재형으로 진술되고 있는데, 이 시구에서만 과거형이 두 번 나타난다고 보았기 때문이다.


　　十三人의兒孩는무서운兒孩와무서워하는兒孩와그렇게뿐이모엿소. (다른事情은없는것이차라리나았소.)


　　그는 이 과거시제에 대해, "이 시의 경험세계가 우리 눈앞에

---

1) 林鍾國 編, 『李箱全集第二卷詩集』, 泰成社, 1956, 21~23쪽.

극적으로 전개되는 것 같은 시적 환영에 대한 집약 혹은 요약적 처리로 이해된다"[2]고 말하고 이를 다시 복잡한 내용의 한 문단을 덧붙여 설명한다. 이 분석은 매우 정치한 외양을 지녔지만 그 내용이 사실에 부합한다고 볼 수는 없다. 「詩第一號」에는 무엇보다도 과거가 없기 때문이다.

위 제16행에서, 앞의 "모였소"는 문법적 시제로는 과거이지만 의미 내용으로는 현재의 정황 표현이다. 즉 '모여 있소'와 같은 말이니 과거상이 없다. 문제는 뒤의 "나왔소"에 있을 것 같은데, 이 역시 과거가 아니다. 이상이 朝鮮中央日報에 연재했던 『烏瞰圖』에서 이 시의 제16행을 그대로 옮기면 다음과 같다.

十三人의兒孩는무서운兒孩와무서워하는兒孩와그러케뿐이모혓소. (다른事情은업는것이차라리나앗소.)[3]

여기서 문제의 형용사 "나왔소"는 "나앗소"로 표기되어 있다. 이를 임종국은 위에서 보듯이 그가 편집한 전집에서 "나왔소"로 교열했고, 다른 전집들이 모두 이를 답습했다. 이상은 『烏歌圖』의 다른 두 시에서 '졸다'를 '조올다'(「詩第二號」)로, '알다'를

2) 이승훈, 「〈오감도 시제1호〉의 분석」, 김윤식 엮음, 『李箱문학전집 4 부록-이상 연구에 대한 대표적 논문 모음』, 문학사상사, 1995, 331쪽.

3) 1934년 7월 24일자 朝鮮中央日報 문예면.

'아알다'(「詩第六號」)로 쓴 것처럼 장음표기에 주의를 기울였다. 이 "나앗소" 역시 장음으로 표기된 '낫소'일 뿐 과거형이 아닌 것이다.

우리가 알다시피 이상은 건축기사였다. 과학자로 훈련을 받았고, '과학'에 의해 자신이 살던 세계에서 뽑혀나왔던 그에게 근대의식이란 곧 과학정신이었다. 그는 글쓰기에서 또하나의 근대를 만났을 때, 일상적·관용적인 말투와 과학적 표현을 자주 대질시킴으로써 이 과학정신을 과시하였다.「詩第一號」를 이해하는 한 길도 이 대질의 한 방식을 거기서 발견하는 데에 있을 것 같다. 일상적 언어와 과학적 언어의 대질이란 결국 불분명한 표현과 분명한 표현의 대질이다.

이 시에서 숫자 "十三"이 무엇을 뜻하느냐를 묻지만 않는다면 진술이 불분명한 곳은 없는 것 같다. 그런데,

第一의兒孩기가무섭다고그리오

등의 시구에 나타나는 '무섭다'라는 말을 어떻게 이해해야 할까. 형용사 '무섭다'에는 크게 두 가지 뜻이 있다. 하나는 '어떤 사람이나 사물의 성질이 불안이나 두려움을 느끼게 할 만큼 사납거나 거세다'는 뜻이며, 다른 하나는 '누가 어떤 사람이나 대상에게 두려움이나 불안을 느끼다'의 뜻이다. 형용사 '무섭다'

는 대상의 성질을 서술할 수도 있고 그에 대한 주체의 감정을 표현할 수도 있다. 누가 '친구들을 협박한 그 아이는 영악하고 무섭다고 그리오'라고 하면 앞의 뜻으로 말한 것이고, '호랑이를 보고 그 아이는 무섭다고 그리오'라고 하면 뒤의 뜻으로 말한 것이다.

그러나 "第一의 兒孩가무섭다고그리오"에서부터 "第十三의 兒孩도무섭다고그리오"까지의 시구에서는 형용사 '무섭다'가 어느 뜻으로 사용되고 있는지 알기는 어렵다. 독자가 이 시의 전반부를 읽으면서 13인 아이들을 '무서움을 느끼는' 아이들로만 여기게 되었다면, 그것은 '이 아이들이 도로로 질주한다'거나 '길은 막다른 골목이 적당하다'는 등의 정황 표현에 잘못 유도되었기 때문이다. 시인이 초두에서 "適當하오" 같은 헐렁한 표현으로 일단 설정하는 척했다가, 제16행과 마지막 2행에서 다시 철회하게 되는 이 가변적인 정황을 한편으로 제쳐놓는다면, '무섭다'의 상반된 의미는 여전히 해결되지 않는 채 남는다. 그래서 우리는 정직하게 이렇게 말해야 한다. 정황이야 어떻든지 간에 한 아이를 가리켜 무서운 아이라고 말한다면 그 아이는 사납고 무서운 아이일 수도 있고 무서워 떠는 아이일 수도 있다. 그런데 이상이 제16행에서 서술하는 바도 이 내용과 부합한다. "十三人의 兒孩는무서운 兒孩와무서워하는 兒孩와그렇게뿐이모였소." 13명의 아이가 모두 '무서운 아이'라고 말해놓고,

다시 그 아이들이 모두 무서운 아이와 무서워하는 아이로만 구성되었다고 말할 수 있는 것은 무서운 아이가 무서워하는 아이일 수 있기 때문이다. 이상은 바로 이 말을 하기 위해 거의 똑같은 문장을 13번이나 반복하여 늘어놓고 있었던 것이다. 따라서 우리는 제3행에서 제16행까지의 시구에 대해 자신 있게 말할 수 있는 내용을 수학공식처럼 요약하여 다음 '진술 1'과 같이 정식화할 수 있다.

진술 1: 무서운 아이는 곧 무서워하는 아이요, 무서워하는 아이는 곧 무서운 아이다.

한편, 시인이 설정하는 척했다가 철회한, 우리가 '가변적'이라고 했던 정황과 관련해서도 또하나의 진술을 정리해낼 수 있다. 시인은 "길은막달은골목이適當하오"라고 했다가 다시 "길은뚫린골목이라도適當하오"라고 말을 바꾼다. 이 두 문장을 한 문장으로 줄이면 '길은 막다른 골목이어도 좋고 뚫린 골목이어도 좋다'가 되고, 이를 다시 다른 말로 바꾸면 '막다른 골목이나 뚫린 골목이나 똑같다'가 된다. 우리는 이 말을 다음과 같이 '진술 2'로 정식화할 수 있다.

진술 2: 뚫린 골목이 곧 막다른 골목이요, 막다른 골목이 곧 뚫린 골목이다.

이상은 이와 같은 내용의 말을 그의 소설 「地圖의 暗室」에서
도 쓰고 있다. "活胡同是死胡同 死胡同是活胡同."[4] 백화문白話文
으로 쓰인 이 말을 한국어로 옮기면 '진술 2'와 같은 말이 된다.
"뚫린 골목이 곧 막힌 골목이요, 막힌 골목이 곧 뚫린 골목이
다."

이상은 「詩第一號」에서, 위의 '진술 1, 2'로 정리된 두 문장
을 마치 조각그림맞추기 퍼즐처럼 풀어 흩어놓고 있다. 모순어
법에 바탕하는 이 두 문장에 대해서는 정신분석학적이건 기호
학적이건 사회역사적이건 간에 여러 가지 해석이 가능할 것이
다. 그러나 그것은 다른 문제이다. 우리에게 중요한 것은 시인
이 이 시에서 말의 일상적 쓰임과 과학적 표현을 대비시키고 있
다는 것이다. 그는 일상언어에서 의식 없이 사용되고 있는 '무
섭다'라는 말을 '과학적'으로 분석하여 '진술 1'로 하나의 문장
틀을 고안하고, 그 틀에 맞추어 그가 정작 하고 싶은 말인 '진술
2'를 얻어낸 다음, 이를 다시 작시의 수단을 빌려 파편화하였다.
사실 '진술 2'는 그의 평생의 화두였다. 그는 스스로 재능을 타
고났다고 믿었으나, 가난과 병고로 모든 활로가 막다른 길로 되

---

4) 林鐘國 編, 『李箱全集第一券創作集』, 奉成社, 1956, 204쪽.

어버린 처지에서, 운명을 넘어서는 유일한 수단일 '예술'로 막힌 길을 뚫린 길로 바꾸고 싶어했다. "뚫린 골목이 곧 막다른 골목이요, 막다른 골목이 곧 뚫린 골목이다"는 일종의 정언적 명제이다. 한 시인이 자기 개인의 우연한 운명에서 예술가 일반의 보편적·필연적 운명을 보기 위해서는 자기 운명을 정언적 명제로 말할 필요가 있다. 세상에 기댈 수 없는 자가 진리에 기대는 것은 극히 당연한 일이다. 이 점에서도 「詩第一號」에 과거가 없다는 사실은 중요하다. 진리에는 단 하나의 시제, 곧 영원한 현재가 있을 뿐이다.

# 꽃이 열매의 上部에 피었을 때

　　우리 출판·문학계의 무작스러움을 증거하는 것 가운데 하나
로는 1981년에 발간되어 여전히 쇄를 거듭하고 있는『金洙暎 全
集』을 들어야 할 것이다. 특히 그 제1권인 시편이 그렇다. 무엇
보다도, 김수영의 작품으로 판명되는 모든 시를 발표·제작 연
대순으로 늘어놓은 이 전집에서는 김수영의 손으로 발간된 유
일한 시집인『달나라의 장난』이 사라지고 없다. 물론 이 시집을
구성하는 40편의 시들은 전집의 여기저기에 흩어져 있지만, 이
시집을 거기서 재구성해낼 수 없는 것은 말할 것도 없고, 느끼
거나 짐작하는 것조차도 불가능하다. 한 시인이 자신의 시편들
가운데 어떤 작품을 골라 어떤 방식으로 배열하였는가를 아는
일은 그의 시 몇 편을 이해하는 일보다 더 중요할 수 있다. 해방
이후 4·19 이전까지의 시를 담은『달나라의 장난』에는 그것이
출판되던 무렵 김수영 자신이 자신의 모습으로 내세우고 싶어

했던 김수영이 들어 있으며, 이 김수영은 그의 사후 다른 사람들의 손에 의해 그들의 이데올로기에 따라 편집된 『거대한 뿌리』의 김수영이나 『사랑의 변주곡』의 그것과 여러 면에서 같지 않다. 이 김수영은 그 자체로서도 우리의 관심을 끌지만 다른 김수영들을 이해하는 길에 있어서도 좋은 안내역이 된다. 또하나의 문제는 그 전집이 제시하는 텍스트를 믿을 수 없다는 것이다. 그 텍스트들이 김수영의 원고를 다시 살린 것인지, 최초의 발표지면에 의지한 것인지, 다른 참고 자료가 있었는지, 그 정서법이나 띄어쓰기는 어떻게 교열하였는지, 등등에 관해 한 구절 반 마디의 설명이 없다. 전집의 편집자들에게는 정본을 만든다는 의식이 없었던 것이다.

그렇더라도 이 전집의 공적을 말해야 한다면, 김수영의 전 작품을 연대순으로 통독할 수 있게 해주었다는 것, 시인 그 자신이 버려두었던 「孔子의 生活難」 같은 시를 다시 평가할 수 있는 기회를 마련했다는 것 정도가 될 것이다.

김수영이 쓴 난해시의 한 예가 되어 자주 거론되어온 「孔子의 生活難」은 비교적 짧은 시이다.

꽃이 열매의 上部에 피었을 때
너는 줄넘기 作亂을 한다

나는 發散한 形象을 求하였으나

그것은 作戰 같은 것이기에 어려웁다

국수—伊太利語로는 마카로니라고

먹기 쉬운 것은 나의 叛亂性일까


동무여 이제 나는 바로 보마

事物과 事物의 生理와

事物의 數量과 限度와

事物의 愚昧와 事物의 明晰性을


그리고 나는 죽을 것이다.[1]


이 시의 첫 행 "꽃이 열매의 上部에 피었을 때"에 관해 한 젊은 비평가가 이렇게 쓰고 있다.


　　일반적으로 '열매'란 '꽃'이 지고 난 자리에 열리는 것이다. 그러나 이 시에서 꽃은 열매가 열린 다음에, 열매의 위쪽에서 피어난다. 꽃은 피어 바깥으로 확산하는 것이고 열매는 맺혀 안으로 뭉쳐지는 것이다. 따라서 꽃이 열매의 위쪽에 피어나는 것

---

[1] 『金洙暎 全集 1詩』, 민음사, 1981, 15쪽.

은 맺힌 것이 터져 밖으로 확산되는 것이며, 이것이 바로 시인의 구하는 것이다.[2]

명민한 분석이다. 나는 이것을 신세대의 발상이라고 말하고 싶은데, 이는 꽃을 자주 또는 오랫동안 살펴볼 기회가 없었던 세대에게만 가능한 생각이라는 뜻이다. 이 젊은 비평가가 말하는 것처럼 열매는 일반적으로 꽃이 지고 난 자리에 열리는 것이 아니라, 많은 경우 "상부"에 꽃을 달고 열린다. 호박의 암꽃을 살펴보거나, 장미나 해당화를 한번 뒤집어보라고 권하고 싶다. 사과도 가지도 오이도 토마토도 마찬가지이다. 꽃이 진 다음 열매가 열리는 것이 아니라, 꽃이 진 다음에야 열매가 겉에 드러나고 본격적으로 자라는 것이라고 말해야 할 것이다. 상부에 꽃을 달고 있는 열매는 아직 어린 열매이며, 아름다움과 실질이, 유희와 삶이 분리되지 않은 시절의 열매일 뿐이다. 사람에게 있어서도 어린 시절의 줄넘기 장난 또는 '作亂'은 무슨 스포츠이거나 체조이기 이전에 생명의 자연스러운 "발산"이다. 이 첫 연은 문학사조로 치자면 아마 낭만주의에 해당하리라.

그러나 삶은 언제까지나 그렇게만 영위되는 것이 아니다. 생

---

2) 장은수, 「간지러운 육체에서 인공의 육체까지」, 『현대시』 1997년 6월호, 40쪽.

명의 자연스러운 발산은 유용성에 대한 요구 때문에 어쩔 수 없이 억압된다. 시인은 삶을 유희로는 살 수 없는 어떤 나이에, 또는 어떤 지경에 ─즉 "생활난"에─이르러 있다. 그의 시는 무시할 수 없는 삶의 실제 속에서 저 포기할 수 없는 유희의 발산을 '조직'해내야 한다. 가난 속에서 끝내 분리될 수밖에 없는 실질과 유희를 어떤 시적 "형상"으로 통합하려는 이 인위적 조직 행위가 곧 "작전"이다. 그러나 이 작전은 장난과는 다른 것이어서 생명의 자연스러운 발산에 항상 이르는 것은 아니다. 작전은 "어려웁다". 이 작전의 단계를 필경 주지주의적 모더니즘이라고 부를 수 있을 것이다.

세번째 연은 문맥이 쉽게 파악되지 않는다. "국수─伊太利語로는 마카로니라고/먹기 쉬운 것은……"에서의 "라고"가 문제이다. 이 '라고'는 '날씨는 추위도 봄이라고 꽃이 핀다' 같은 말에서의 '라고'와 같은 뜻, 즉 '그래도 ……이기 때문에'의 뜻으로 이해하는 수밖에 없다. 그러나 '伊太利語로는 그래도 마카로니이기 때문에/먹기 쉬운 것은……'이라고 말해보아도 불편함이 남는다. 어쩌면 이 '라고' 다음에 어떤 구절, 이를테면 '그렇게 말해야' 같은 말이 있었는데, 시인이 스스로 생략했거나 인쇄 과정에서 누락된 것이 아닐까.

국수―伊太利語로는 마카로니라고 [그렇게 말해야]

먹기 쉬운 것은 나의 叛亂性 [때문]일까


아무튼 하는 수 없이 밥 대신 먹어야 하는 국수를 마카로니라고 생각한다거나 불러본다는 것은 비루하고 곤궁한 일상에 발산이 형식을 얻어주려는 시도에 속한다. 이 시도는 한편으로 국수를 그저 한번 마카로니라고 불러보는 작란作亂에 가난한 제처지를 자위하려는 작전作戰의 의도성을 부여하며, 또 한편으로는 이 호도책에 불과한 작전의 저변에 작란의 무위성을 여전히 깔아놓는 것이기에, 두루치기적 발상이며, 게릴라적, 반란적叛亂的 사고에 속한다. 언어의 차원에서도 작란의 '亂'과 작전의 '戰'이 합쳐져 '叛亂'을 형성한다. 사조로 치자면 전위적 모더니즘에 해당할까. 그런데 김수영은 왜 문맥을 알아보기 어렵게 만들어놓았을까. 그는 무언가를 부끄러워했던 것이 틀림없다.[3] 그는 자신의 '반란성'에 자신이 없다.

이 부끄러움 때문에 김수영은 "동무"에게 고백하는 어조로

---

3) 김수영의 이 부끄러움은 『달나라의 장난』에 이 시를 넣지 않았을 뿐만 아니라, 아예 없는 것으로 취급했다는 점에서도 확인된다. 그는 이 시집의 '後記'에서 「거리」나 「꽃」 같은 작품의 텍스트가 일실된 것을 한탄하면서도 이 「孔子의 生活難」에 관해서는 아예 언급하지 않았다. 혹자는 이 시집의 「奢侈」 같은 시에서는 이보다 더한 치부도 드러내고 있다고 말할지 모르겠다. 그러나 「奢侈」의 치부는 인간이라면 누구도 피할 수 없는 그런 종류의 것이지만, 한 지식인의 자기모멸의 성격을 지니는 이 〈국수-마카로니〉의 치부는 극히 개인적이다.

"이제 나는 바로 보마"라고 말한다. 김현은 이 대목에 관해 한 절의 설명을 남겼다.

그가 "바로 본다"고 표현하고 있는 동작은 (……) 바로 위에 나오는 "나의 叛亂性"이라는 어휘와 밀접하게 관련되어 있다. 바로 본다는 것은 대상을 사람들이 그 대상에 부여한 의미 그대로 이해하지 않고, 그 나름으로 본다는 것을 뜻한다. 그것은 도식적이며 관습적인 대상인식이 아니다. 그런 의미에서 그것은 상식에 대한 반란을 뜻한다. 그의 叛亂性은 비습관적이며, 비상투적인 그의 대상인식을 지칭하는 어휘이다. 그것은 때때로 作亂이라는 어휘로 대치되기도 한다. 그는 作亂이라는 어휘를 선택할 때 그것은 손作亂을 나타내기 위한 것이 아니라 意識作亂을 나타내기 위한 것이다. 그의 의식작란에서 그의 시의 破格性이 생겨난다.[4]

김현의 이 의견은 김수영의 '반란성'에 관해서 좋은 설명이 되며, 그의 전 작품을 이해하는 길에도 하나의 열쇠가 된다. 그러나 예의 "바로 보마"에 관해서는 옳은 설명이 아니다. 김현은 "바로 보마" 앞에 "동무여"라는 호격이 있고 "이제"라는 부사가 있음을 잊고 있다. 동무를 부른다는 것은 더이상 저 혼자만 잘

---

4) 김현, 「자유와 꿈」, 『金洙暎詩選 — 거대한 뿌리』, 민음사, 1974.

난 체할 수 없어 세상의 시선을 받아들이겠다는 뜻을 함축한다. '이제'는 벌써 불가능해진 것만 같은 '작란'과 이미 확신을 갖기 어려운 '반란성'에 대해 재고해야 할 때가 왔음을 말한다. 김현은 이 시의 문맥보다는 자신의 문맥을, 또는 김수영의 전 작품의 문맥을 더 중하게 여겼던 것 같다.

한 철학자도 이 시를 해설했다.

사물 자체에 또는 道에 이르렀을 때, 삶은 그 현장성을 잃는다. 삶의 의미가 없어지는 것이다. "나는 죽을 것이다", 아침에 도를 들으면 저녁에 죽을 것이다―이것이 우리에게 남은 공자의 말이고, 김수영이 택한 삶의 여정이기도 하다. 완성된 시쓰기를 희구하는 김수영은 공자의 생활난이 자기의 것이 되리라는 예감과 그로 인한 공자에의 동지 의식을 이 시에서 표현하고 있다고 볼 수 있다. 공자는 그의 '동무'인 것이다. 또는 이 시인은 시쓰기의 완성과 공자의 求道를 한자리에 놓는다고도 할 수 있다. 참된 시, 그 '발산하는 형상'은 아직 쓰이지 않았다. 쓰이지 않았고, 그것이 쓰였을 때, 시인은 죽을 것이다. 시쓰기를 위한 습작은 아무렇게나 이루어지지는 않는다. 그것은 "작전 같은 것이기에 어렵다."[5]

---

5) 김상환, 「스으라의 점묘화」, 『철학연구』 30, 1992년 봄호, 378~379쪽.

역시 명민한 분석이다. 그러나 시적 '작전'에 속하는 김수영의 말을 너무 진지하게 산문적으로 받아들인 것은 아닐까. 김수영은 보기는 '바로' 보겠다고 하면서도 실상 그 말은 '삐딱'하게 하고 있기 때문이다. 무엇보다도 "바로 보마"의 '마'가 수상쩍다. 그것은 '어디 한번 네 식으로'의 뜻을 함축한다.

시인이 바로 보겠다고 말하는 "事物"은 말할 것도 없이 '事實' 또는 '現實'을 제유법으로 표현하는 말이다. 국수를 오직 국수로 보기, 열매로부터 그 꽃의 추억을 제거하는 방식으로 사물을 바라보기, 이것이 앞의 작란이나 작전과는 대비되는 '바로 보기'이다. 우선 사물의 요지부동한 "생리"를, 그리고 "사물의 수량과 한도"를, 즉 모든 종류의 꿈과 희망에 대한 사물의 인색함을, 그리고 "사물의 우매와 사물의 명석성"을, 즉 사물의 무자비함과 냉혹함을 그는 어쩔 수 없이 인정해야 한다. 여기에는 물론 사실주의적 태도가 있는데, 이런 종류의 사실주의는 오직 죽음에 이를 뿐이다. 사실이 곧 죽음이라는 뜻은 아니다. 사실이 진정한 사실이라면 그것은 꽃과 열매와 그 관계를 한데 어우른 전체여야 할 것이다. 사실 속에는 '발산'이 있다. 그러나 시인이 현실을 직시하고 정시하려 하는데 그 현실이 각박할 때, 거기에 상상력의 공간이 두텁게 마련되기는 쉽지 않다. 가난에 쪼

들린 그가 곤궁한 현실로부터 '발산'을 조직해낼 수 있는 수단은 국수를 마카로니라고 불러보는 것과 같은 졸렬한 작전에 불과하다. "그리고 나는 죽을 것이다"—이 구절이 "아침에 도를 들으면 저녁에 죽어도 괜찮다朝聞道夕死可矣"는 공자의 말에 의지하고 있는 것은 사실이지만, 여기서 말하는 시인의 죽음은 진리를 깨친 자의 그런 행복한 죽음이 아니다. 가난은 종종 '도통'한 사람을 만들어내어 현실은 다 그런 것이라고 말하게 한다. 시인은 공자도 아닌 처지에 갑자기 도통하여 '발산'의 열망을 잃을 것이 두려우며, 상부에 꽃을 단 어린 호박에서 갑자기 늙은 호박으로 변해버릴 것이 두렵다. 현실로부터 그 현실을 넘어설 "발산한 형상"의 발견을 포기한다는 것, 그러기에 현실에 더이상 시비를 걸려 하지 않는다는 것, 그것이 죽음이다.

이 시에서의 '바로 보기'는 동무들과 똑같이, 세상 사람들과 똑같이 사실을 바라보기이지만, 김수영은 그의 문학적 생애 내내 이 바로 보기를 다른 방식으로, 말하자면 '삐딱한' 방식으로 실천했다. 그는 반란의 길로 더욱 멀리 나아갔으며, 사물의 냉혹함으로부터 가장 효과적인 발산의 말들을 끌어내었다. 그는 도통한 사람으로서가 아니라 반란군으로 죽었다.

# 「曠野」에서 닭은 울었는가

조리스의 소설 『종이로 만든 집』에서 주인공 화자의 열한 살 먹은 아들은 죽은 지 백 년이 넘는 프랑스의 한 시인을 되살려내고 싶어한다. "나는 제라드 네르발을 부활시켜 질문을 할 게 있어. 엄마가 나한테 설명해주지 못한 시구 있잖아, '나는 사랑인가 페뷔스인가……' 거기서 정확히 무슨 말을 하려고 한 것인지 물어볼 수 있을 텐데…… 이제는 어쩌면 이런 질문을 받을까봐 부활하지 않으려고 할지도 모르지만." 이 호기심 많은 아이가 네르발의 시 「廢嫡者 El Desdichado」에서 만났을 이 괴이한 구절은 수많은 해석들을 일렬로 늘어놓게 만드는 그런 시구의 대표적인 예에 속한다. 거기서는 모든 주석자들이 저마다 자기 설명을 제시하고 있지만, 어느 설명도 다른 설명을 압도하기는 어렵다.

이 벨기에의 소년이 한국에서 태어났고, 현대문학에 관심이 있었더라면 아마도 육사陸史 선생을 부활하게 하여, 「曠野」에서 닭이 울었는지 안 울었는지 물어보고 싶어했을 가능성이 매우 크다. 무엇보다도 이 시는 교과서에 실린 시일 뿐만 아니라, '교과서에 실린 대표적인 난해시'이며, 그에 대한 해석이 두 쪽으로 엇갈려 있기 때문이다. 누구나 암송하고 있을 시이지만 그러나 일단 적어두자.

까마득한 날에
하늘이 처음 열리고
어데 닭 우는 소리 들렸으랴

모든 山脈들이
바다를 戀慕해 휘달릴 때도
차마 이곳을 犯하면 못하였으리라

끊임없는 光陰을
부지런한 季節이 피어선 지고
큰 江물이 비로소 길을 열었다

지금 눈 나리고
梅花香氣 홀로 아득하니
내 여기 가난한 노래의 씨를 뿌려라

다시 千古의 뒤에

白馬 타고 오는 超人이 있어

이 曠野에서 목놓아 부르게 하리라<sup>1)</sup>

　시는 하늘과 땅이 처음 열리던 그 장엄한 순간을 상상하는
것으로 시작한다. 그때―"어데 닭 우는 소리 들렸으랴"―닭 우
는 소리가 들렸을까, 들리지 않았을까. 문제의 "들렸으랴"에 관
해 그것이 '들렸으리라'의 축약형이며 이 닭 울음소리가 "까마
득한 날에 대한 상상을 더욱 어울리게 만든다"<sup>2)</sup>는 김종길의 해
석이 있기 전까지, 대체적으로 이 구절은 '들렸겠는가'라는 수
사적 의문으로, 따라서 닭 울음소리를 부정하는 말로 파악되어
왔다. 이 두 해석은 한쪽이 다른 한쪽을 설복하지 못했다. 부사
"어데"도 결정적으로 어느 쪽의 손을 들어주지는 않는다. 그것
은, 닭이 울었을 것이란 해석에서는 '어디선가'라는 단순한 뜻
을 지니지만, 반대편의 의견에서는 이런 종류의 설의적 수사에
적합한 부정의 부사가 된다.

　당연한 일이기도 하겠지만, 이 상반된 두 주장은 '닭 우는 소
리'에도 각기 다른 성격을 부여하여, 그것으로 그들 입론의 주

---

1) 李陸史, 『陸史詩集 曠野』, 형설출판사, 1946.
2) 김종길, 「육사의 시」, 『詩에 대하여』, 민음사, 1986, 179~180쪽.

요한 근거를 삼는다. 닭 울음소리를 부정하는 논자들에게 닭은 단지 가금이다. 닭 울음이 있는 곳에는 인가와 인간이 있고 그 세속이 있다. 따라서 그들에게 이 첫 연은 인간의 역사가 아직 시작되지 않았을 저 개벽의 시간과 관련하여 "닭 울음소리도 들리지 않는 정적 그대로의 광야"[3]를 나타낸다. 반면에 이 광야에서 닭 울음소리를 듣는 쪽에서는 그것으로 곧바로 인가의 존재를 짐작하거나 인간생활을 연상하지 않는다. 이 주장에서는 가금의 한 종류로서의 닭보다는 하루의 새벽을 알려 한 위대한 시대의 개막을 선도하는 그 울음소리, 이른바 '계명성鷄鳴聲'에 역점을 둔다. 말하자면 그것은 하늘과 땅이 열리는 그 장엄한 사건의 효과음이며, 우주가 저 자신의 태동을 선포하는 나팔소리와 같은 것이다.

이 닭 울음소리의 각기 다른 성격에 대해 그 타당성을 뒷받침할 만한 전거는 양쪽 모두에게 물론 부족하지 않다. 그러나 이런 종류의 논의에서는 한쪽이 다른 한쪽을 누를 만큼 더 훌륭하거나 더 강력한 전거란 있을 수 없다. 한 글의 한 문맥에서 닭 울음소리에 부여했던 의미나 영상이 아무리 적절하고 설득력이 있는 것이라 하더라도 그 글과 문맥을 떠나, 다른 글의 다른 문맥에 나타나는 다른 의미와 영상을 배척할 수는 없는 것이기

---

3) 金顯承, 『韓國現代詩解說』, 관동출판사, 1975, 141쪽.

때문이다. 오늘 '민주주의의 닭 울음소리가 울렸다'고 말하는 사람이 내일 '산삼은 개와 닭의 소리가 들리지 않는 곳에서만 자란다'고 말하는 일은 언제나 가능하다. 따라서 우리의 경우에도 이 닭 울음의 성격을 규명하거나 짐작하기 위해서는 「曠野」의 문맥에 의지하는 수밖에 없다. 이 문맥과 관련하여 김종길은 매우 중요한 지적을 했다.

> [이를 수사적 의문으로 본다면 그것은] '닭 우는 소리가 들리지 않았다'는 것을 한층 강조하는 것이 된다. 그렇게 되면 천지개벽의 순간에 닭 우는 소리가 들리지 않았다는 것을 갑작스럽게 강조하는 것이 됨으로써 이 부분의 문맥을 우스꽝스러운 것으로 만들어버린다는 것이다.[4]

이 주장은 매우 타당한 것이어서, "천지개벽의 순간 광야의 신성성을 강조하기 위해 약간은 모호하지만 오히려 의문형의 종결어미를 구사하여 '들렸으랴'라고 표현한 것으로 해석된다"[5]는 정도의 말로 가볍게 넘기기 어렵다. 육사는 바로 뒤 절에서 "바다를 戀慕해 휘달"린 산맥들도 "차마 이곳을 犯하던 못하였으리라"라고 쓰고 있다. 광야가 지녔을 특별한 성격을 역설하여 산맥

---

4) 김종길, 「이상화된 시간과 공간」, 같은 책, 166쪽.

5) 최동호, 『시 읽기의 즐거움』, 고대출판부, 1999, 174쪽.

도 피해 갔다고 곧바로 말하게 될 사람이 그에 앞서, 더구나 천지개벽을 말하면서, 그에 비하면 너무나 사소한 것일 인적과 그 소음의 부재를 먼저 강조해서 말한다는 것은 결코 격에 어울리는 일이 아니다. 그것은 마치 황소를 도둑맞은 사람이 그 도난 사실을 신고하면서 소와 함께 딸려간 소고삐를 먼저 강조하여 말하는 것만큼이나 우스꽝스러운 일이다. 따라서 이 닭 울음소리는 산맥들의 조심성과 맞먹는 무게를 지닌 것으로, 우주의 태동과 관련하여 특별한 상징성을 띠고 있는 것으로 보아야 한다.

닭 울음소리는 각설하고, 다시 "들렸으랴"에 돌아오면, 그것이 '들렸으리라'의 축약형이라는 것이 사실일까. 이 주장을 믿지 못하게 만드는 것은 무엇보다도 그다음 절이 "였으리라"로 종결되고 있다는 점이다. 같은 어미를 다르게 쓴 데 대해 김종길은 음운상의 고려를 그 이유로 들고 있지만, 비슷하지만 다른 두 어미가 대등한 자리에 놓일 때, 그 외형의 유사성으로 그 내용의 상이성이 더욱 강조되기 마련이다. 다시 말해서 둘째 연의 "못하였으리라"는 첫 연의 "들렸으랴"가 "들렸으리라"가 아니라는 것을 강조할 뿐이다. 게다가 "정상적인 문법으로 보아 '들렸으랴'는 '들렸으리아'의 축약형은 될지언정 '들렸으리라'의 축약형이 될 수는 없다"[6]는 고형진의 말도 귀담아들어야 한다.

---

6) 고형진, 「시의 난해성」, 유종호 · 최동호 엮음, 『시를 어떻게 볼 것인가』, 현대문학사, 1995, 306쪽.

우리는 두 주장을 모두 받아들일 수 없다. 한쪽에 대해서는 닭 울음소리가 개벽의 순결성이나 신성성을 더럽히는 소음이라는 주장에 반대하며, 다른 쪽에 대해서는 그 닭이 울었다는 주장에 동의할 수 없다. 그래서 우리가 말할 차례인데, 이 닭의 정체와 그 발성 여부를 따지기 전에, 이 '광야'의 성격을 짚어두고, 시인의 "가난한 노래"와 초인이 "목놓아 부를 노래"에 대해 먼저 이야기하는 것이 좋을 것 같다. 저 닭 울음소리는 이 두 노래와 같은 선 위에 놓여 있는 것으로 보이기 때문이다.

'광야'는 무엇보다도 접근이 금지되었거나 개척하기 어려운 땅으로 그 성격이 특징지어진다. 산맥도 그 땅을 "차마 범하진" 못했다. "바다를 연모해" 한번 휘달리는 것으로 자신들의 작업을 끝내고 제 위치를 결정해버린 산들은 그 광야에 길 닦기를 포기했을 뿐만 아니라 그곳을 터부의 땅으로 남겨두었다. 반면에 "큰 강물"은 피어선 지기를 그치지 않은 긴 세월의 도움을 받아 비로소 이 땅에 자신의 길을 낼 수 있었다. 그 세월이 "부지런"하다는 것은 그 계절이 쉬지 않고 근면하게 이어졌다는 뜻인 것은 물론이고 그 기간 내내 강물의 노력이 또한 그렇게 부단했다는 뜻이기도 하다.

지금 이 광야에는 눈이 내려, 그 험난한 자리에 인간의 길을 개척하려는 시인의 노력이 더욱 큰 고난을 맞이하게 되었다. 홀로 피어 있는 매화의 향기만이 그의 고고한 이상과 지조를 상징하고 증명할 뿐이다. 이 매화 향기에는 어떤 아득한 높이가 있다. 이 고결함이자 아득함인 것은 시인의 높은 이상이 실현되는 일의 그 아득함과 다른 것일 수 없다.

이상이 실천되기까지의 이 아득함 앞에서 시인이 배워야 할 것은 바로 저 큰 강물의 교훈이다. 그는 아득한 세월에 좌절할 것이 아니라 오히려 그 장구함에 희망을 걸어야 한다. 그래서 시인은 그의 "가난한 노래", 현재로서는 별다른 힘을 지닌 것도 아니고 합창해주는 사람도 얻기 어려운 고독한 노래의 씨를 뿌리기로 결심한다.

이 노래의 씨앗은 또다시 "부지런한 季節"을 따라 싹이 돋고 "피어선 지"기를 거듭한 뒤에 "白馬 타고 오는 超人"을 맞이하기 위한 것이다. 그러나 이 초인은 어떤 비범한 개인이 아니다. 그것은 모든 인간이 마땅히 그렇게 되어야 할 인간이며, 저마다 제 자유의지로 행동하게 될 미래의 인류이다. 이 '초인'이라는 표현에는 고난의 극한에서 노래 부르기를 선택한 자신의 의지에 대한 시인의 자부심과 높은 정신적 경지를 확보할 미래의 인간에 대한 강렬한 기대가 겹쳐 있다. 이 새 시대의 인류는 지금 시인이 숨죽여 부르는 이 노래를 마음놓고 "목놓아" 부르게 될 것이다.

그런데 그 초인이 도래할 미래의 시간이 "千古의 뒤"인 것은 야릇하다. 천고는 '긴 세월'을 뜻하기도 하지만, 일반적으로는

'먼 옛날'을 말하기 때문이다. 천지개벽의 시간이야말로 그 먼 옛날이다. "다시 千古의 뒤"가 이 시의 시안詩眼이 되는 것은 바로 이 때문이다. 그것은 저 태고의 "까마득한 날"을 미래의 아득한 날과 연결시킨다. 그 까마득한 날에 하늘과 땅의 새벽이 있었다면 이제 아득한 날을 거쳐서 와야 할 것은 '인간의 새벽'이다. 인간은 저마다 자유인이 되어 제 새벽을 맞는다. 이 새로운 천고에 초인이 목놓아 부를 노래는 바로 그 인간 개벽의 '닭 울음소리'가 된다.

이 초인의 노래와 함께 다시 첫 연으로 돌아가면, 까마득한 날 하늘이 처음 열릴 때 어디선가 들렸으리라고 생각될 만한 저 '하늘 닭의 울음소리'를 시인은 부정하고 있다. 천지가 개벽하는 순간, 하늘이 어떤 지고한 소리를 울려 자신을 진리 그 자체로 선포하고, 신성한 뜻을 하교하여 인간이 가야 할 길과 가지 말아야 할 길을 미리 정해놓았던 것은 아니라고 생각하는 것이다. 따라서 시인이 천지개벽의 닭 울음소리를 부정할 때, 그것은 이른바 저 섭리의 목소리를 부정하는 것이다. 천지가 단지 그렇게 열렸을 뿐 어찌 지엄한 닭 울음소리 같은 것이 들렸겠는가. 인간은 제 운명을 제가 설계해야 하며, 제 노래를 스스로 만들어 불러야 한다.[7] 하늘의 섭리가 아니라 인간의 역사와 그

---

7) 시인의 이 의도는 시의 중층적 대립구도를 검토하면 더욱 확실하게 드러난다. 이 구도는 최소 단위에서, 제2연 '산맥의 성급한 포기'가 제3연 '강물의 끈질긴

진보를 믿는 자로서의 육사의 의지가 바로 이렇게 한 '땅의 역사'로 표현된다.

루쉰은 그의 단편소설 「고향」에서 수구주의자들이 움직일 수 없는 것으로 여기는 터부의 자리에 인간의 가치가 들어서기를 희망하며 다음과 같은 말로 그 끝을 맺었다. "희망은 길과 같은 것이다. 처음부터 땅 위에 길이 있었던 것은 아니다. 사람들이 많이 다니다보면 길이 만들어진다." 나는 육사가 「曠野」를 쓸 때, 루쉰의 이 말을 기억하고 있었을 것이라고 감히 믿는다.

---

도전'과 대립하고, 제4연 '시인의 가난한 노래'가 제5연 '초인의 당당한 노래'와 대립하며, 중간 단위에서 '자연의 교훈'을 우의하는 제2, 제3연이 '인간의 실천'을 나타내는 제4, 제5연과 대립되며, 마지막 단계에서, 첫 연의 '닭 울음소리가 없는 천지개벽'과 마지막 연의 '초인의 노래가 있는 인간 개벽'이 대립된다.

# 하얀 무지개의 꼭대기

육사의 「曠野」에 관해 이야기하였으니 내친김에 그의 시 「絶頂」도 마저 읽는 것이 좋을 것 같다. 「絶頂」은 결코 많다고 할 수 없는 여덟 행의 시구로도, 한순간의 단상을 간결하게 정리한 그 내용으로도 소품에 머문 시이지만, 한 지사가 지녔던 마음의 선연함을 그의 어느 작품에서보다도 잘 드러내고 있어서, 자주 인용되고 자주 설명되었다. 좋은 시가 늘 그렇듯이 이 시의 경우에도 명백하게 설명되었다고 여겨지는 순간 그 명백함이 다시 다른 의문을 자극하게 마련이었던 것이다.

> 매운 季節의 채찍에 갈겨
> 마침내 北方으로 휩쓸려오다
> 하늘도 그만 지쳐 끝난 高原
> 서릿발 칼날진 그 위에 서다

어데다 무릎을 꿇어야 하나

한 발 재겨 디딜 곳조차 없다


이러매 눈감아 생각해볼밖에

겨울은 강철로 된 무지갠가보다[1]


　이 시가 새롭게 주목을 받게 된 것도 역시 「曠野」의 경우와
마찬가지로 김종길의 덕택이다. 그는 이 시에서 고난의 '한계상
황'에 처해서도 자신의 결의를 '황홀'한 도취에 이르기까지 더
욱 굳게 다지는 비극적 인물을 본다.[2] 극한에 이른 비극의 한복
판에서 '항복과 타협을 모른 채' 자신의 자리를 자각하는 시인
이 "매운 季節"의 겨울로 상징되는 시대의 고통 앞에서 '강철과
같고 냉엄한 무엇에 대한 감각'[3]을 포착하여, 그 '객관적인 이
미지'를 "겨울은 강철로 된 무지갠가 보다"라는 시구 속에 압축
하고 있다는 것이다. 겨울을 무지개로 바꾸어놓는 이 황홀, '단
순한 도취를 의미하는 것이 아니'라, '강철과 같은 차가운 비정

　1) 李陸史, 『陸史詩集 曠野』, 형설출판사, 1946.
　2) 김종길, 「한국시에 있어서의 비극적 황홀」, 『詩에 대하여』, 민음사, 1986,
410쪽.
　3) 김종길은 이 구절을 예이츠의 한 편지에서 인용하고 있다. 같은 책, 같은 곳
참조.

非情과 날카로운 결의를 내포한' 것으로 파악되는 이 황홀에 김
종길은 '비극적 황홀'이라는 그 유명한 표현을 적용하였다.

김흥규는 이 해석을 지지하며, '매운 계절의 채찍'에 관해
"구체적으로는 일제의 폭압과 추적에 의해 모든 자유로운 생명
적 존속이 부정된 상황이며, 내적으로는 의존할 아무런 현실적
유대도 없이 홀로 서서 어두운 표랑과 자기 방기의 가능성으로
부터 자신을 지키는 위태롭고 고독한 긴장의 지점"이라는 정연
한 말로 그 깊이를 짚어냈으며, '강철로 된 무지개'에 관해서는
"극한상황을 회피하지 않고 받아들일 뿐만 아니라, 그 절대적
긴장의 자리에서 울부짖지 않고 오히려 번민으로부터 자유로
울 수 있는 정신의 경지를 획득한"[4] 한마음의 표현이라는 또렷
한 설명을 붙여, 저 '비극적 황홀'에 내포된 시인의 의지를 좀더
강조하였다.

이후 「絶頂」에 관한 논의는 결정적이라고 해도 좋을 이들 해
설에서 크게 벗어나지 못했으며, 또 그럴 수 있을 것 같지도 않
다. 그렇더라도 고난의 계절을 '강철로 된 무지개'로 만드는 상
상력의 비밀에 관해서, 다시 말해 얼핏 상호모순된 것처럼 보이
는 '강철'과 '무지개'를 결합시킨 비유의 수사적 타당성에 관해
서 여전히 의문을 품고 그에 천착한 논자들이 많았다.

---

4) 金興圭, 「陸史의 詩와 世界認識」, 『文學과 歷史的 人間』, 창작과비평사, 1980,
101쪽.

'비극적 황홀' 대신에 '비극적 초월'이라는 말을 사용한 오세영은, '강철'의 이미지가 폐쇄·물질·축소·죽음·구속·전체주의 등을 내포하는 반면, '무지개'의 그것이 개방·정신·확대·삶·자유·자유주의·존재성 등을 내포한다는 도식을 세우고, '죽음' 또는 '축소된 삶'을 뜻하는 강철과 무지개를 결합한 이 비유는 결국 의미 공간의 축소와 확대를, 또는 '비극적 초월'을 압축적으로 제시한다고 풀이했다.[5] 이 논의는 정밀한 것이 사실인데, 강철에는 강철의 성질이 있고 무지개에는 무지개의 성질이 있는 바, 그 두 성질의 결합인 강철 무지개를 통해 하나의 비극과 그에 대한 초월이 압축되는 것이라고 요약할 수 있는 이 말은 해답이기보다는 오히려 문제의 제기이겠다.

　최근의 한 논의에서는 강철과 무지개에 관한 이런 도식이 일종의 성분 분석에 머문 예를 보여준다. 이 시에 어떤 '초극적 자세'를 발견할 수 있다고 여기지 않는 박호영은, '아름답고, 환상적이고, 긍정적이고, 일시적인' 무지개와 '차갑고, 단단하고, 현실적이고, 부정적이고, 지속적인' 저 '강철로 된 무지개'는 서로 다른 반면, '겨울'과 '강철로 된 무지개'는 동질적이라고 전제하고, 이렇게 결론을 내린다. "겨울은 봄의 도래를 약속하는, 무지개와 같은 꿈과 희망의 계절이어야 하겠는데, 이 시대의 겨울

---

5) 오세영, 「이육사의 절정-비극적 초월과 세계인식」, 『한국현대시작품론』, 문장, 1981, 264~274쪽.

은 '강철로 된 무지개'이기에 그렇지를 못하고 겨울이 쉽게 끝나지 않을 것 같다는 시인의 염려가 담겨 있다."[6] 전제와 결론 사이에 적잖은 모순이 있지만 그것을 따지려면 장황한 말이 필요하다. 다만, 무지개가 '강철로 되어 있다'는 점을 중시하는 이 논자가 강철이 '무지개로 되었다'는 점에는 왜 눈을 감는 것인지 묻지 않을 수 없다. 그리고 이 질문은 '차갑고, 단단하고, 현실적이고, 부정적이고, 지속적인' 것 속에서는 끝내 아무런 희망도 발견할 수 없는가라는 다른 질문으로 이어질 수 있겠다.

이들 논의 가운데 가장 흥미로운 것은 오탁번의 그것이다.

시의 화자는 엄동설한에 이제 더이상 나아갈 수도 없는 북방의 어느 고원에 처해 있다. 그의 앞에는 매운바람과 햇빛에 반짝이는 무수한 설화가 펼쳐져 있다. 그의 앞에는 매운바람과 어울려 지금 빙설이 언뜻언뜻 무지갯빛으로 비쳐난다. 여기에 곁들여 낮이나 작두날에서 보던 무지갯빛이 생각난다.[7]

재미있고 기발한 가설인데, 시인이 "강철로 된 무지개"를 떠올릴 때, 그는 햇빛을 분광하여 반사하는 빙설 같은 것에 눈길이 붙잡혀 있었던 것이 아니라, "한 발 재겨 디딜 곳조차 없다"

6) 박호영, 「비유와 이미지에 대한 시교육의 방향」, 『시안』 1999년 봄호, 46쪽.
7) 오탁번, 『한국현대시사의 대위적 구조』, 고대 민족문화연구소, 1988, 215쪽.

고 말할 처절한 지경에서 "눈감아 생각해"보고 있었다는 점이 문제로 남겠다. "겨울은 강철로 된 무지개"라는 등식의 균형을 어림하더라도, 바람 속에 언뜻언뜻 비쳐나는 빙설의 반사광이나 작두날의 작은 무지개가 그 모진 겨울 하나를 온전히 감당하기는 어려울 것 같다. 게다가 겨울의 고원에서 겪는 고난의 한계상황에 대한 서술을 "강철로 된 무지개"에 대한 상념과 곧바로 연결시키는 접속사 "이러매"도 다른 매개물이 그 사이에 끼어들 여유를 남기지 않는다. 다른 선택의 여지가 없었음을 말하는 "생각해볼밖에"의 '밖에'도 같은 관점에서 고려되어야 할 것 같다.

"겨울은 강철로 된 무지갠가보다"―그 자체로서 표현이 강렬하고, 따라서 그에 대한 논의에서도 강렬한 표현을 발생시켜 다른 시구들을 압도할 수밖에 없는 이 시구는 시 전체에서 따로 떨어져서 읽히기 쉽다. 이런 경우에 자주 일어나는 난독증에 빠지지 않으려면 무엇보다도 우선 시의 유기적 구조를 믿어야 한다. 물론 이때 시가 먼저 유기적 구조를 지녔어야 소득이 있을 텐데, 이 시의 조직은 일매지고 탄탄하다. 시를 첫머리부터 다시 읽을 때, '강철로 된 무지개'는 결코 갑작스러운 것이 아닐뿐더러 시 자체가 벌써 그에 대해 '설명'하고 있다.

시인은 시대가 휘갈기는 고난의 채찍에 몰리고, 자기 다짐의 모진 채찍질로 스스로를 몰아붙여, 실제로건 비유로건 지금 북방의 한 고원에 서 있다. "하늘도 그만 지쳐 끝난", 더이상의 높이를 갖는 것이 불가능하리만치 치솟아오른 이 고원 위에는 다시 서릿발이 칼날을 이루고 있다. 시인은 바로 그 서릿발 칼날의 길을 딛고 있다. 어디에 등을 붙여 눕기는커녕 잠시 무릎 꿇어 쉴 자리도 없으며, 한 발 한 발 걸음을 옮겨놓는 일에조차 혼신의 힘을 다해야 한다.[8] 허공에 걸린 외줄보다 더 고달프고 위험한 길을 그는 걸어가고 있다.

시인이 걸어가는 이 길, 하늘에까지 닿게 높이 내걸린 이 칼날의 길이 바로 그 "강철로 된 무지개"이다. 칼날처럼 예리한 이 강철의 다리는 오색으로 영롱한 것이 아니라 금속성의 백색으로 번쩍일 것이 분명하다. 시인은 자신이 서 있는 "겨울"의 정황이 하얀 칼날 무지개의 꼭대기일 수밖에 없다고 "눈감아 생각"함으로써, 그 단순한 원호의 형식과 그 단일한 백색으로, 자신을 몰아붙이는 온갖 고통과 마음속에서 들끓는 온갖 번민을 간결하게 정리하는 한편, 한길로 집중된 자신의 의지를 단단하고 엄혹한 물질의 형태로 거기서 다시 확인할 것이다. 그렇게도 추

---

8) '재겨 디디다'의 '재겨'에 대해, 김재홍의 『詩語辭典』은 '조심조심 살피면서, 꽉 버티어, 여러모로 따져 헤아리며'라고 풀이한다. 그러나 시인이 '서릿발 칼날' 위를 걷고 있다는 점을 염두에 둔다면 이 '재겨 디디다'를 '제겨 디디다'로 보는 편이 더 타당하다. '제기다'는 '발끝으로만 걷는다'는 말이며, '제겨 디디다'는 '발끝이나 발꿈치만 바닥에 닿게 디디다'의 뜻을 갖는다(금성사 간행 『국어대사전』과 한글학회 간행 『우리말 큰사전』 참조). 그러나 이 두 풀이가 담고 있는 내용은 모두 운신의 어려움이나 조심스러움을 나타낸다는 점에서 동일하다.

웠을 겨울, 북방의 천애에 하얀 강철의 칼날로 한번 걸렸던 이 무지개는 아마도 우리의 시문학이 발전한 무지개 가운데 가장 아름다운 무지개에 속하리라. 제가 견디는 고난의 높이로 제 의지의 강도를 측량하려는 듯 시인이 밟고 서 있는 그 포물선의 '절정'은 가지가지 불행한 그림자들이 정신적 위의의 통일된 표상으로 바뀌는 날카로운 분기점이며, 오한과 기아, 수모와 폭력으로 얼룩진 시야를 맑게 열어 아득한 한세상을 가장 가깝게 보여주는 이상한 전망대이다.

# 『님의 沈默』의 두 시편

새삼스러운 말이지만 한용운은 훌륭한 시인이다. 그의 시대
에 누구보다도 현대적이었던 시인을 나는 이 승려 시인에서 만
나며, 현대의 한국어에서 어느 언어보다도 순수하고 보편적인
언어를 이 독립운동가의 시에서 만난다. 나는 여러 번 그의 시
를 주석하고 싶었지만, 『님의 沈默』은 그 텍스트에 의심스러운
점이 많아 그때마다 주저할 수밖에 없었다.

만해萬海가 단정하고 성실하게 시를 썼다는 것은 여러 가지
로 증명할 수 있다. 그러나 그가 자신의 토착어인 충청도 방언
과 자신의 전문 언어인 불교용어를 자주 썼고, 그때까지 우리
말의 철자법이 확정되지 않았으며, 한국의 현대어가 급격한 변
화를 겪었으며, 그의 시집이 발간되는 과정에 인쇄상의 오식
이 많았다는 점 때문에 그의 시들을 그의 의도에 맞게 복원하
는 일에는 여러 가지 난점이 따른다. 송욱의 『님의 沈默 ─全篇

解說』[1]은 만해의 시에 대해 깊이 있는 해석의 하나를 제시했을 뿐만 아니라, 그 텍스트의 교열에도 결정적인 진전을 이루었지만, 이 저서의 발간 직후 김현도 지적하였던 것처럼[2] 여러 가지 미심쩍은 점들이 여전히 해결되지 않았다.

그러나 이 텍스트의 문제에 대한 본격적인 천착은 내 천박한 지식과 게으름으로는 감당할 수 있는 일이 아니다. 그래서 여기서는 다만 비슷한 형식을 지닌 두 편의 시를 읽어, 한편에서는 그 해석의 어려움을, 다른 한편에서는 그 교열의 어려움을 다시 확인하는 것으로 해야 하나, 하지 못할 일은 미봉하겠다.

『님의 沈默』의 두번째 시「이별은 美의 創造」는 길지 않다. 현대 철자로 적는다.

　　이별은 美의 創造입니다

　　이별의 美는 아침의 바탕[質]없는 黃金과 밤의 올[系]없는 검은 비단과

　　죽음 없는 永遠의 生命과 시들지 않는 하늘의 푸른 꽃에도 없습니다

　　님이여 이별이 아니면 나는 눈물에서 죽었다가 웃음에서 다

1) 宋稶, 『님의 沈默 —全篇解説』, 과학사, 1974.
2) 김현, 「한용운에 관한 세 편의 글」, 『김현문학전집 4』, 문학과지성사, 1992(1978), 74~96쪽.

시 살아날 수가 없습니다 오오 이별이여

　美는 이별의 創造입니다[3]


　이 시는 수미상응 또는 수미대비의 구조를 지니고 있다. 외양만을 볼 때, 첫 시구와 마지막 시구는 같은 낱말들을 같은 형식의 문장으로 순서만 바꾸어 반복하고 있다. 같은 어구를 시퀀스에서마다 반복하는 방식은 한용운이 자주 쓰는 수사법이며 「알 수 없어요」가 그 대표적인 예이다. 또한 이 시에서처럼 거의 동일한 문장을 그 형식은 그대로 유지한 채 어구를 환치하여 반복하는 방식도 한용운의 독자들에게는 결코 낯설지 않다. 그러나 이 시의 두 시구에서 낱말들이 같다고 해서 그 의미도 동일하며, 문장의 형식이 같다고 해서 그 통사법도 동일한 것일까. 무엇보다도 "이별은 美의 創造입니다"는 '이별하는 일은 미를 창조하는 행위입니다'로 읽어야 할까, '이별은 미에 의해 창조된 것입니다'로 읽어야 할까. 마찬가지로 "美는 이별의 創造입니다"의 의미도 '미는 이별이 만든 것' '미는 이별을 만드는 일' 가운데 어느 것일까.

　송욱은 이 문제에 관해 직접적인 언급은 하지 않았지만, 어떤 암시 같은 것은 그의 글에서 얻을 수 있다. 첫 시구에 관해

---

　3) 韓龍雲, 『님의 沈默』, 滙東書館, 1926, 3쪽. 현대철자역—필자.

송욱은 "'이별은 미의 創造'이므로 현재에도 활동하고 있으며, 未來를 지향한다"고 썼다. 이 말을 우리의 문제에 적용하면 '이별하는 일은 미를 창조하는 행위입니다'라는 뜻이 된다. 마지막 시구에 관해서는 이렇게 썼다. "美는 禪定이 創造한다는 뜻이다."[4] 이 역시 우리의 문제에 적용하면 '미는 이별에 의해 창조되는 것입니다'의 뜻이 된다. 송욱은 두 시구의 통사법이 다른 것으로 보고 있다.

사실 첫 시구는 두번째 시구와 연결하여 맥을 짚어 읽으면 '이별하는 일은 미를 창조하는 행위'라는 뜻임을 직감적으로 이해할 수 있다. 두번째 시구가 열쇠인데 송욱은 이렇게 풀이한다. "아침이 '바탕 없는 黃金'이며, 밤이 '올 없는 검은 비단'이란 (……) 우선 시간을 초월했다는 뜻이다. (……) 이제 영원의 생명은 '시들지 않는 하늘의 푸른 꽃'으로 변하는데 결국 이별의 美는 永遠의 生命에도 없다고 한다. 이별의 美, 즉 절대적인 空에서 永遠의 生命이 나온다는 뜻이다."[5] 송욱의 이 말을 이해하기가 쉽지 않으므로, 이 시구를 우리 식으로 단순하게 읽으면 이런 뜻이 될 것 같다. 실질이 없으면서도 황금처럼 보이는 아침햇살도(만해의 과학 지식은 따지지 말자), 올이 없으면서도 검은 비단처럼 보이는 밤의 어둠도, 생명의 영원한 순환인 자연

---

4) 宋稶, 같은 책, 27~28쪽.
5) 宋稶, 같은 책, 27쪽.

도, 무한히 이어질 하늘의 푸른빛도, 그것들 자체로서는 중립적인 것이어서 인간의 마음에서 비롯되는 미추의 개념을 지니고 있지 않다. 빛과 어둠의 광막함도, 자연 조화의 숭고함과 천지의 무한함도 인간 의식의 산물이며, 이별과 같은 결여의 상태에서 그 성스러움과 위대함에의 감정은 더욱 절실해진다. 따라서 '이별은 美를 창조한다'. 이어지는 세번째 시구는 이 이별에 대한 예찬이면서 동시에 한탄이다. 이별은 위대함을 창조하는 일이며 동시에 위대함의 결여이기 때문이다.

그런데 마지막 시구는? 앞의 문맥을 일단 존중한다면 역시 첫 시구와는 다른 통사법으로, 즉 '美는 이별에 의해 창조된 것입니다'로 읽어야 할 것 같다. 이것은 '정확한 논리'로 읽는 것이다. 그러나 다르게도 읽을 수 있다. '美는 이별을 창조하는 것입니다'로, 아름답고 숭고한 것에 대한 동경이 이별을 이별 되게 하고 결여를 결여로 느끼게 한다고, 내가 나의 이별에 바치는 슬픔에는 저 무한하고 절대적인 것에 대한 이상이 깃들어 있다고. 이렇게 읽는 것은 시에 다른 깊이를 주며 읽는 것이다. 우리의 선택이 어느 쪽이기를 만해가 바라는지 우리는 알 수 없다.

「여름밤이 기러요」도 수미상응의 구조를 지니고 있는데, 이 경우에도 문제가 거기서 발생한다. 초간본의 철자법을 존중하여 적는다.

당신이기실째에는 겨울밤이써르더니 당신이가신뒤에는 여름밤이기러요

책녁의 內容이 그릇되얏나 하얏더니 개똥불이흐르고 벌레가움니다

긴밤은 어데서오고 어데로가는줄을 분명히아럿슴니다

긴밤은 근심바다의첫물ㅅ결에서 나와서 슯은 音樂이되고 아득한 沙漠이되더니 필경 絶望의 城넘어로가서 惡魔의우슴속으로 드러감니다


그러나 당신이오시면 나는 사랑의칼을가지고 긴밤을베혀서 一千도막을내것슴니다

당신이기실째는 겨울밤이써르더니 당신이가신뒤는 여름밤이기러요[6)]


시인은 첫 시구와 같은 말을 마지막 시구에서 반복한다. 그러나 두 시구가 완전히 일치하는 것은 아니다. 첫 시구의 "당신이기실째에는"이 마지막 구에서는 "당신이기실째는"으로, 첫 구의 "당신이가신뒤에는"이 마지막 구에서는 "당신이가신뒤는"으로 축약되었다. 즉 두 개의 '에'가 없어졌다. 이 '에'의 생략은 다

---

6) 韓龍雲, 『님의 沈默』, 滙東書館, 1926, 147쪽.

음과 같은 몇 가지 이유로 납득하기 어렵다.

첫째, 이 '에'의 생략은 수미상응하는 시를 쓰려는 시인의 의도에 어긋나며, 한시漢詩의 대구법을 잘 알고 있는 만해의 시적 감각과도 결코 어울리는 것이 아닐 것이다. 물론 만해는 다른 여러 시인들과 마찬가지로 수미상응을 기했던 시에서도 첫 구와 마지막 구를 완전히 일치시키지 않는 경우가 많았으며, 그 예는 이미 앞의 시 「이별은 美의 創造」에서 보았다. 이 시에서 어구의 환치는 같은 말속의 다른 개념을 드러내는 수미의 대비로 수미상응의 효과를 높였다. 그러나 문제의 「여름밤이 기러요」에서는 '에'의 생략으로 얻게 되는 것이 아무것도 없다.

둘째, "당신이기실째는"은 그렇다 치더라도, "당신이가신뒤는"은 말이 육체의 움직임과 같은 것이 될 때까지 기다리며 언제나 천천히 말하는 이 시인의 어조가 결코 아니다.

같은 말이 될지 모르나 세번째 이유. 첫 시구는 님과 이별한 뒤에 시인 자신에게 일어난 특이한 사건에 관해 말한다. 그래서 뒤따른 시구에서는 이 이상한 일을 설명하려고 애쓰고, 또 그 설명을 얻어낸다. 이어 마침내 시인은 이 설명을 넘어서서 자신의 희망과 결단을 다짐한다. 그리고 마지막 시구에서 그 희망의 근원이 되는 특이한 사건을 다시 확인한다. 특이한 사건을 처음 발견하는 말보다 다짐하며 확인하는 이 마지막 말이 더 천천히 발음될 것은 당연한데도, 두 번에 걸친 '에'의 생략은 이 시구에 오히려 급격한 어조를 준다.

이 '에'의 실종에는 매우 엉뚱한 이유가 있을지 모른다. 초간본을 펴놓고 이 시를 살펴보면, 빈칸을 포함해 34자인 첫 시구는 한 줄로 처리되지 못하고 마지막 '요' 자가 뒷줄로 넘어가 있다. 따라서 마지막 시구에서도 두 개의 '에'를 그대로 살렸을 경우 시구 끝의 '요'자가 뒤로 넘어가 한 줄이 늘어난다. 그런데 이 마지막 시구는 이 페이지의 맨 마지막 줄에 위치해 있어서, 이 '요' 자 한 자가 뒷 페이지로 넘어가 그 페이지 전체를 차지하게 된다. 경제적인 이유에서건 미학적인 이유에서건 글자 하나에 한 페이지 전체를 주는 것은 불가하다고 여긴 출판사나 인쇄소측에서, 생략해도 문맥에 별 상관이 없다고 생각되는 '에'자 둘을 조판과정이나 교정과정에서 삭제해버렸을 가능성이 매우 크다.[7] 나는 이 두 개의 '에'를 다시 살리는 것이 한용운의 시를 제대로 복원하는 것이라고 믿는다.

텍스트를 정확히 교열하는 일의 여러 미덕 가운데 가장 중요한 것은 같은 시를 여러 번, 그때마다 생생하게 다시 읽을 수 있는 힘을 거기서밖에는 얻을 수 없다는 것이리라.

---

7) 『님의 沈默』의 초간본은 면밀하게 살핀 송욱은 이 초간본이 저자의 교정을 거치지 않았던 것으로 판단했다. 송욱의 같은 책, 12쪽 참조.

# 김종삼과 죽은 아이들

이 연재가 여섯 회를 거듭했고 이제 일곱번째다. 대학에 안식년은 있어도 연재에 안식회 같은 것은 아직 없다. "한 주일이 대관절 언제 끝나련가"라는 질문은 아폴리네르의 시 「마리」의 한 구절이다. 엿새를 근무하면 물론 한 주가 끝나고 일요일이 오는 것이겠지만, 아폴리네르의 이 질문은 "강물은 네 슬픔과 같아 흘러도 마르지 않으니"라는 시구 다음에 오는 것이어서 섣부르게 대답할 일이 못 된다. 일요일이라는 말보다도 이제는 좀처럼 쓰지 않는 공일이라는 말이 더 좋지 않을까. 공일에는 뿌리깊은 고통도 샘이 깊은 슬픔도 잠시 그 내용을 비울 것 같다. "내용 없는 아름다움"이라는 말을 찾아 김종삼의 시집을 들추니, 「북 치는 소년」이 마침 여섯 줄이다.

　　내용 없는 아름다움처럼

가난한 아희에게 온

서양 나라에서 온

아름다운 크리스마스 카드처럼


어린 羊들의 등성이에 반짝이는

진눈깨비처럼[1]


북 치는 소년이 그렇게 북을 친다는 말이겠다. 나는 이 시를 읽을 때마다, 김종삼에게 붙은 미학주의자라는 꼬리표가 싫다. 내 친구에게서 들은 이야기가 있다. 내 친구는 대학에 다닐 때 어느 고아원에서 자원봉사를 했는데, 미국의 자선가들이 고아들에게 보내는 크리스마스카드의 몇 줄 사연을 우리말로 번역하는 일이었다. 대개는 판에 박힌 내용이지만, 한 카드에는 이런 말이 들어 있더라는 것이다. "선물을 보내고 싶지만 그게 네 손에 들어갈 것 같지 않아 대신 비싼 카드를 사서 보낸다." 그는 울기만 하고 이 말을 번역하지는 '않았다'고 했다. 자칫 하다가는 그 카드마저 아이 손에 들어가지 못할 것 같았기 때문이다. 이중으로 내용 없는 카드를 받았을 그 불행한 아이에게 이 내용

---

1) 이 글의 김종삼 시편들은 『金宗三 全集』(청하, 1988)에서 인용했다.

없는 것보다 더 현실인 것이 어디에 있었을까. 미학주의라는 말도 다른 말로 번역되면 그 내용 없음조차 없어질까.

김종삼의 시에는 아이가 자주 나온다. 그중에 여럿은 죽은 아이이다. 「音樂」에는 '마라의 「죽은 아이를 追慕하는 노래」에 부쳐서'라는 부제가 붙어 있다. 그 가운데 이런 구절이 있다.

> 가깝고도 머언
> 검푸른
> 산 줄기도 사철도 우리로다
> 만물이 소생하는 철도 우리로다
> 아 하루를 보내는 아비의 술잔도 늬 엄마가 다루는 그릇 소리도 우리로다

우리란 물론 아비와 엄마와 죽은 아이이다. 그런데 김종삼은 이 시를 취해서 썼을 것이다. "로다"는 아마도 이 서구적인 시인이 이 시에서만 예외적으로 쓴 어미일 것이다. 그리고 "늬"는 말에 염결한 이 시인이 이 시에서만 예외적으로 허용한 사투리일 것이다. 이 시는 그의 시치고 예외적으로 길다.

「民間人」은 광릉에 있는 그의 시비에 새겨진 시이다.

1947年 봄

深夜

黃海道 海州의 바다

以南과 以北의 境界線 용당浦


사공은 조심 조심 노를 저어가고 있었다.

울음을 터뜨린 한 嬰兒를 삼킨 곳.

스무 몇 해나 지나서도 누구나 그 水深을 모른다.


　시의 내용은 크게 어려울 것이 없지만, '민간인'이라는 제목
은 조금 의아스럽다. 그것은 이 처절한 사건과 직접적으로 연결
되는 것인가, 아니면 포괄적인 관계에 그치는 것인가. 여기서도
민간인을 군인이나 관리와 대비되는 신분으로 이해해야 하는
가. 시는 비극이 일어난 시간과 장소를 정확하게 전한다. 시인
의 생애에 일어났던 한 사건에 토대를 두고 있는 시인 것이 분
명하다. 그러나 나는 대부분의 독자들처럼 그가 황해도 은율 태
생이라는 것과 말년의 기이했다는 그 행적밖에는 그의 이력에
대해 아는 것이 없다. 사공이 조심조심 노를 젓던 배에는 누구
누구가 타고 있었는지, 시인과 죽은 아이의 관계는 정확히 어떤
것이었는지, 아이는 어떻게 바닷속에 들어가게 되었는지. 의문
은 많다. 시는 자세하게 말하는 듯하지만 실은 그것이 차마 자

세하게 말하지 못할 정황을 생략하는 방법일 것으로 짐작된다. 아니 거기서 그치지 않을 수도 있다. 정황의 생략 때문에 더욱 상세하게 부각되는 시간과 장소로 '민간인'이라는 제목이 설명되는 것은 아닐까. "이남과 이북의 경계선"에, 곧 '국민과 인민의 사이'에 그 아이의 바다가 있다고.

그런데 이 설명이 옳을까. 마지막 시구를 읽는 일이 남아 있다. 20여 년의 세월과 수심 水深을 재는 일이 무슨 상관이 있느냐는 질문을 소박하다고마는 할 수 없는데, 그에 관해서라면 이런 대답이 가능하리라. 세월이 아무리 많이 흘러가도 부모의 수심 愁心은 여전히 깊다고. 그래서 20여 년이 지나도, 그 바다는 얼마나 깊을까, 그 바다는 얼마나 깊을까, 매양 이렇게 묻게 된다고. 회복될 수 없는 상처를 지닌 사람은 '민간'에 살면서도 민간에 살지 않는다.

죽음에 대한 직접적인 언급이 없는 시에도 자주 죽은 아이가 있다. 다음은 「背音」의 전문이다.


몇 그루의 소나무가

앝이한 언덕엔

배가 다니지 않는 바다,

구름바다가 언제나 내다 보였다

나비가 걸어오고 있었다

줄여야만 하는 생각들이 다가오는 대낮이 되었다.
어제의 나를 만나지 않는 날이 계속되었다.

골짜구니의 大學建物은
귀가 먼 늙은 石殿은
언제 보아도 말이 없었다.

어느 位置엔
누가 그린지 모를
風景의 背音이 있으므로,
나는 세상에 나오지 않은
樂器를 가진 아이와
손쥐고 가고 있었다.

작은 언덕 위로 보이는 바다는 헛것이다. 시인은 쉼표를 찍
고 다시 "구름바다"로 고쳐서 본다. "나비"는 나비이며, 고양이
의 이름이다. 이 동음同音과 이의異議 사이에서도 헛것이 어른거
릴 수 있다. 대낮에 보는 이 환영들, 이 "줄여야만 하는 생각들"
은 그의 기억의 일관성을 자주 끊어놓는다. 대학의 석조건물이

변함없이 굳건한 것을 보면 그가 꿈을 꾸고 있거나 다른 세계에 들어가 있는 것은 아니다. 실제의 풍경 뒤에 다른 풍경이 있을 뿐인데, 연극의 음향 전문가이기도 했던 이 시인은 그 풍경을 무대의 장면 뒤에 깔린 배경음으로 '듣는다'.

한 아이가 있다. 이 아이는 배음처럼 떠오르는 그 풍경 속에 살며 "세상에 나오지 않"을 뿐만 아니라, 동시에 그가 가진 악기로 이 풍경―배음을 만들고 있다. 물론 죽은 아이이다. 시인은 아이의 손을 잡고 그 풍경 속으로, 그 배경음악 속으로 걸어들어간다. 거기서는 오히려 그의 기억의 일관성이 끊어지는 일은 없을 것이다. 그리고 그 걸어들어가는 자리가 미학주의의 '내용'이기도 할 것이다.

죽은 아이가 나오지 않는 시에는 있어야 할 다른 것이 없다. 「몇 해 전에」도 전문을 적는다.


자전거포가 있는 길가에서
자전거를 멈추었다.
바람나간 튜브를 봐 달라고 일렀다.
등성이 낡은 木造建物들의
골목을 따라 올라간다.
새벽 같은 초저녁이다.
아무도 없다.

맨위 한 집은 조금만 다쳐도
무너지게 생겼다.
빗방울이 번지어졌다.
가져갔던 角木과 나무조각들 속에 연장을 찾다가
잠을 깨었다.

이 적막감과 위기감과 근본적인 결여감,—김종삼은 이것으로 더 큰 것을 만들었을 수도 있었을 텐데, 꿈속에서 판잣집 하나를 고치려다 그만두었다. 김종삼은 '몇 해 전에' 이 꿈을 꾸었던 것일까. '몇 해 전에' 그런 꿈같은 계획을 세웠다가 그만두었다는 말일까. 그때 그 집을 고쳤어야 했다고 말하려는 것일까. 회한은 늘 그의 것이지만 후회는 그의 일이 아닐 것 같다. 그 집을 고쳤더라도 그것이 그가 원하는 집은 아니었을 것이다. 결여감만이 그의 낯익은 집이다. 이 상처 입은 댄디는 민간인의 집을 짓지 않았으며, 죽은 아이의 자리에서만 삶을 바라다보았다. 풍경은 항상 꿈속의 풍경이며, '몇 해 전에'의 풍경이다.

「무슨 曜日일까」도 제목으로 많이 말하는 시이다.

醫人이 없는 病院뜰이 넓다.
사람들의 영혼과 같이 介在된 푸름이 한가하다.
비인 乳母車 한臺가 놓여졌다.

말을 잘 할 줄 모르는 하느님의 것일까.

버리고 간 것일까.

어디메도 없는 戀人이 그립다.

窓門이 열리어진 파아란 커튼들이

바람 한 점 없다.

오늘은 무슨 曜日일까.


　　병원 뜰의 한가한 녹음과 어울려 있는 "사람들의 영혼"은 물
론 그 병원에서 죽은 사람들의 혼이다. 빈 유모차는 "말을 잘
할 줄 모르는 하느님"이 "버리고 간 것", 즉 순결한 영혼으로 죽
은 아이의 것이다. 이 빈 요람의 자리는 무덤의 자리보다 더 적
막하다. 그것은 무엇으로도 메울 수 없으며, 연인은 "어디에도"
없다. "窓門이 열리어진 파아란 커튼들"은 창문과 창문에, 그 사
이의 벽을 비워두고 비춰 있는 하늘이다. 그것은 바람에 흔들
리지 않는다. 바람 한 점 없다. 움직이는 것이 아무것도 없는 이
풍경은 "서양 나라에서 온" 카드의 그것에 몽환의 푸른빛이 덧
씌워져 있다. 여기서는 풍경과 배음의 풍경이 따로 떨어져 있지
않다. 세상 전체가 저 배음의 풍경 하나를 이루고 있을 뿐이다.
"오늘은 무슨 曜日일까",─시인은 꿈에서 깨어난 사람처럼, 더
정확하게는 현실에서 깨어나 꿈속에 들어온 사람처럼 묻는다.
그렇게도 막막한 빈 요람의 자리는 아마도 늘 공일일 것이다.

시인이 아폴리네르처럼 "한 주일이 대관절 언제 끝나련가"라고 묻는 일은 결코 없을 것이다. 아폴리네르에게는 과거를 잘라버리고 갈 미래가 있다. 김종삼에게는 과거라고도 할 수 없는, 모든 시간에서 고립된 한 요일이 있을 뿐이다.

그런데 나는 이와 비슷한 시를 어디선가 읽은 것 같다. 아마도 그리스의 시인 야니스 리초스가 딸의 죽음을 슬퍼하면서 쓴 시 「목마」일 것이다. 그러나 그의 시집을 찾을 길이 없다. 세계르스사에서 나온 그 시집의 감색 표지가 눈에 선한데, 집과 학교를 두 번이나 왔다갔다하며 연구실과 서재를 발칵 뒤집어도 그게 어디 박혔는지 눈에 보이지 않는다. 그래서 기억나는 대로 거칠게나마 요약할 수 있는 내용은 '달밤의 회전목마장에 목마 하나가 외따로 떨어진 채 비어 있는데, 어린 숙녀가 그것을 달빛 속에 버리고 가버렸기 때문'이라는 정도이다. 그러나 리초스는 '오늘이 무슨 요일일까'라고 묻지 않았으며, 딸을 한 풍경 속에 붙잡아두지 않았다. 그에게는 미래일 수도 있는 저쪽 세계가 있다. 그의 딸은 울음을 터뜨리다 민족분단의 바닷속에 삼켜진 영아는 아니었다.

# 이와 책
## ―젊은 김수영의 초상

김수영은 1947년에 스물여섯 살이었다. 김수영이 이 나이에 만 유달리 괴로웠던 것은 아니었겠지만, 이해에 쓴 것으로 알려진 세 편의 시, 「가까이할 수 없는 書籍」 「이風」 그리고 「아메리카 타임誌」가 모두 마음속에 처박아두기에도 공공연히 드러내기에도 어려운 어떤 고통을 증명하려는 듯 특별하게 난삽하다. 이 시들은 끝내 떨쳐버리지 못하는 과거의 시간에 대해, 젊은 날의 방황과 결의에 대해 말한다. 그의 신身인 재능과 의지는 나쁜 기억에 잠식되어 있으며, 그의 토土인 가족과 사회는 미망에 얽힌 그의 불우한 나날들을 되돌려 보여준다. 신토身土는 그때도 지금도 둘이 아니다.

「아메리카 타임誌」[1]는 이 정황을 포괄적으로 전달한다. 그

---

1) 독자의 편의를 위해 전문을 적어둔다. (『金洙暎 全集 1詩』, 민음사, 1981. 17쪽)

는 여기서 자신이 낭비한 시간을 기름방울油滴로, 그 보잘것없
는 결실을 "능금"으로 표현하고, 자신을 "아메리카"[2] 벌판의 낯
선 시간에서 떠돌게 하던 실질 없는 "활자"들과 다시 돌아와 맞
이하는 부황한 현실을 한데 묶어 "瓦斯의 정치가"라고 부른다.
그는 회한과 고뇌로 "응결"된 눈물을 떨어뜨리고, "바위"를 물
듯 어금니를 앙다물지만. 그의 희망도 세상도 모든 것이 헛바람

---

흘러가는 물결처럼
支那人의 衣服
나는 또하나의 海峽을 찾았던 것이 어리석었다

機會와 油滴 그리고 능금
올바로 精神을 가다듬으면서
나는 數없이 길을 걸어왔다
그리하야 凝結한 물이 떨어진다
바위를 문다

瓦斯의 政治家여
너는 活字처럼 고웁다
내가 옛날 아메리카에서 돌아오던 길
뱃전에 머리 대고 울던 것은 女人을 위해서가 아니다

오늘 또 活字를 본다
限없이 긴 활자의 連續을 보고
瓦斯의 政治家들을 응시한다

2) 김수영은 "옛날 아메리카에서 돌아오던 길"이라고 시에서 말하고 있지만 그
는 아메리카에 간 적이 없다. 이 "아메리카"는 미국을 가리키는 것이 아니다. 그
것은 보들레르에게서처럼, 또는 서정주에게서처럼, 현실의 "海峽"을 떠나고 싶
어하는 젊음이 그 헛된 꿈을 걸어보는 저 '아'자 돌림의 대륙 가운데 하나일 뿐이
다. "아메리카 타임誌" 역시 잡지의 이름이라기보다는 그런 미망의 이력서이다.

("瓦斯")으로만 부풀어 있다. 그에게는 단단한 어떤 것, 서로를
끝없이 되비치기만 하는 이 신身과 토土의 숙명을 벗어나게 할
어떤 것이 필요하다. 그것은 물론 시쓰기이다. 나머지 두 시와
또 한 시를 읽으면 그의 실존에 이 시쓰기의 가치가 무엇이었던
가를 알 수 있을 것 같다.

「이虱」는 시인이 자신의 아버지에 관해 언급하는 세 편의 시
가운데 시기적으로 첫번째 것이다. 그의 전집에 딸린 연보에 의
하면, 시인의 아버지는 이 시가 쓰이기 두 해 전부터 병상에 누
워 있었으며, 그리고 다시 두 해 후에 세상을 버렸다.


倒立한 나의 아버지의
얼굴과 나여


나는 한 번도 이虱를
보지 못한 사람이다


어두운 옷 속에서만
이虱는 사람을 부르고
사람을 울린다


나는 한 번도 아버지의

수염을 바로는 보지

못하였다


新聞을 펴라


이 虱가 걸어나온다

行列처럼

어제의 물처럼

걸어나온다


"倒立한 나의 아버지"라는 말에는 별다른 뜻이 없다. 그것은 "바로는 보지 못한" 아버지라는 말과 같은 말이다. 그가 아버지를 바로 보지 못하는 것은 가장家長의 권위인 그 수염 아래 불결한 '이'가 서식하고 있기 때문이다. 수염 밑에 실제로 이가 있다는 것은 물론 아니겠다. "어두운 옷 속에서만" 사람을 부르고 사람을 울리는 이 이는 필경 시인의 가족사와 얽혀 있을, 아버지를 존경할 수 없게 만들 나쁜 기억들이리라. 그것이 직시하기에 너무 괴로운 것이라면 어두운 곳에 감춰두는 것이 타당하겠으나, 기억은, 더구나 부끄러운 기억은 우리의 의지에 순종하지 않는다. 그것은 가장 적절하지 못한 시간에 악질적으로 떠오르며 바로 보려 할 때는 오히려 이미 가슴을 할퀸 그것은 사라진다.

新聞을 펴라

이 虱가 걸어나온다
行列처럼
어제의 물처럼
걸어나온다

신문에서 이가 걸어나온다는 말은 아니다. 차라리 그 반대이다. "新聞을 펴라"는 다른 활자들보다 한 글자 뒤로 물러서 있다. 그것은 전체의 시행들과 다른 어조의 목소리이다. 젊은 시인은 행렬 지어 기어나오는 몹쓸 기억들을 막아내기 위해 신문을 펴고 그것을 읽으라고 저 자신에게 권고한다. 신문은 기억을 풍문으로 가리고 역사를 시사로 차단한다. "어제의 물"에서 풍기는 악취를 오늘의 잉크 냄새로 중화한다. 그것은 이 기억의 고통에 일종의 아편이다.

그러나 김수영이 그의 정신 위생을 위해 선택하고 싶어했던 것은 언제나 용이하게 이용할 수 있는 이 아편보다 훨씬 더 멀리 있는 것이었다. 「가까이할 수 없는 書籍」은 한 연으로 이루어졌고 어조가 재빠르다.

가까이할 수 없는 書籍이 있다

이것은 먼바다를 건너온

容易하게 찾아갈 수 없는 나라에서 온 것이다

주변없는 사람이 만져서는 아니될 冊

만지면은 죽어버릴 듯 말 듯 되는 冊

가리포루니아라는 곳에서 온 것만은

確實하지만 누가 지은 것인 줄도 모르는

第二次大戰 以後의

긴긴 歷史를 갖춘 것 같은

이 嚴然한 冊이

지금 바람 속에 휘날리고 있다

어린 동생들과의 雜談도 마치고

오늘도 어제와 같이 괴로운 잠을

이루울 準備를 해야 할 이 時間에

괴로움도 모르고

나는 이 책을 멀리 보고 있다

그저 멀리 보고 있는 듯한 것이 妥當한 것이므로

나는 괴롭다

오오 그와 같이 이 書籍은 있다

그 冊張은 번쩍이고

연해 나는 괴로움으로 어찌할 수 없이

이를 깨물고 있네!

가까이할 수 없는 書籍이여

가까이할 수 없는 書籍이여.


　외국 서적을 구하기가 하늘의 별 따기에 비교될 만큼 어려
웠던 그 시절에, 미국에서 저작되어 바다 건너왔고 외국어로,
필시 영어로, 쓰였을 이 문제의 책에 시인은 심정적으로도 "가
까이할 수 없는" 거리를 두고 있다. 그것은 "주변 없는 사람이
만져서는 아니될 冊"이며, "긴긴 歷史를 갖춘 것 같은" "嚴然한
冊"이다. 그는 이 책을 경외하는 것이 분명하다. 그러나 이 점을
트집 잡아 시인의 서구 편향을 논하고 그의 '모더니즘'을 규정
해야 옳을까.

　책은 가까이할 수 없는 책일 때 그 책으로서의 본질을 잘 드
러낸다고 말해야 할 것 같다. 책은 여타의 사물과도 다르고 사람
과도 다르다. 실존주의의 방식으로 설명하자면, 책은 사물처럼
그 자체로 완성되고 항상 충만한 즉자적 존재에 그치는 것도 아
니고, 인간의 의식처럼 그 비어 있음을 다른 대상으로 채워야 하
는 대자적 존재에 그치는 것도 아니다. 한 저자의 책은 그 저자
가 아닌 다른 사람의 눈에는 즉자일 수 있다. 둥근 바위를 그렸
으면 그 둥근 모습 그대로, 시든 꽃을 말하였으면 그 시든 내용
그대로, 독자에게 책은 거기서 완결되어 있다. 반면에 저자의 눈

에 그의 책은 여전히 대자이며, 그것도 뒤틀린 대자이다. 내 글을 내가 읽을 때, 거기에서 나는 나의 작전과 나의 서투름과 나의 망설임과 나의 무모함을 다시 발견한다. 내 글은 결코 완결된 것이 아니며, 나는 여전히 도중에 있다. 내 글에서 내가 발견한 것을 물론 독자도 발견할 수는 있겠지만, 나와 같은 방식으로는 아니다. 내가 무모하게 한 구절을 썼을 때, 독자는 거기에 영원히 그 모습으로 있을 무모함을 발견하지만, 나에게 그 무모함은 나를 뉘우치게 하거나 합리화를 유혹하는 방식으로, 방치하거나 제거하거나 고쳐써야 할 것으로, 언제나 심리적 부담을 주는 것으로, 그러나 언제나 변할 수 있는 것으로 거기 있다.[3]

책은 독자에게 즉자이며, 저자에게 대자이다. 그러나 모든 독자가 한결같은 것은 아니다. 독자들 가운데는 저자와는 다른 환경에서 다른 언어와 다른 사고법으로 길든 사람도 있고, 그와 같은 토양에서 그의 생각을 같이 나누거나 깊이 이해하며 살았던 사람도 있다. 저자의 가족과 친구와 연인은 어느 정도는 저자와 같은 방식으로 저자의 책을 읽으며, 저자처럼 자신을 거기서 발견할 수 있다. 책은 저자에게서 멀어질수록 즉자적 성격을 더 강하게 지닌다.

---

3) 사르트르, 『문학이란 무엇인가』, 정명환 옮김, 민음사, 1998, 59~60쪽 참조.

김수영이 원했던 것은 이 즉자로 완결된 책이었으며, 그것을 "容易하게 찾아갈 수 없는 나라에서 온" 서적에서 발견한다. "누가 지은 것인지도 모르는", 다시 말해서 한 생활인으로서의 그 저자가 문제되지 않는, "만지면은 죽어버릴 듯 말 듯 되는", 다시 말해서 접촉과 독서로 그 완결성을 훼손하기보다는 그대로 보존하는 편이 더 좋을 것 같은, "第二次大戰 以後의/긴긴 歷史를 갖춘 것 같은", 다시 말해서 전후의 고뇌를 역사적 전망으로 삭여 안고 있는 것 같은 이 "嚴然한 책"은 그의 불안정한 생활과 심란한 정신의 대척점에 있다. 이 책에서 이가 행렬을 지어 "어제의 물처럼" 걸어나오는 일은 없을 것이다. 책은 또한 신문과 다르다. 신문의 번화한 소식들은 나쁜 기억을 미봉하는 그 순간 그것들 자신이 기억들 속에 눅눅하게 섞여 들어가 "어제의 물"이 된다. 책은 불투명하게 흐르는 기억을 거기 투명하게 정리된 기억으로 누르고 항상 현재를 확보한다. 책은 끈끈하고 걸리적거리는 현실 속에 깔끔하게 완결된 공간을 들여앉힌다. 책은 나쁜 기억에서, 그리고 나쁜 기억으로 저주받은 삶에서 우리를 해방한다. "오늘도 어제와 같이 괴로운 잠을" 자야 하는 김수영이 어떤 구원의 기획처럼 책에 걸었던 희망이 그것이다. 그러나 시에서 이 기획은 실패한다. 시의 첫머리에서 "가까이할 수 없는 書籍이 있다"라는 중립적인 서술은 끝내 "가까이할 수 없는 書籍이여"라는 두 번 겹치는 영탄이 되어 시를 마감한다. 그의 앞에 놓인 것은 먼 책일 뿐만 아니라 돌아앉는 책이었다. 책장이 배타적으로 번쩍이는 이 책의 투명할 수도 있는 공간을 시인은 자신의 현실 속에 들여앉히지 못했다. 그는 이 시를 시집 『달나라의 장난』에 넣지 않았다.

김수영은, 7년 후인 1955년, 이 시의 개작은 아니더라도 적어도 착상의 토대를 같이하는 시 「書冊」을 발표했다.

덮어놓은 冊은 祈禱와 같은 것
이 冊에는
神밖에는 아무도 손을 대어서는 아니된다


잠자는 冊이여
누구를 향하여 앉아서도 아니된다
누구를 향하여 열려서도 아니된다


地球에 묻은 풀잎같이
나에게 묻은 書冊의 熟練―
純潔과 汚點이 모두 그의 象徵이 되려 할 때
神이여
당신의 冊을 당신이 여시오

잠자는 冊은 이미 잊어버린 冊

이 다음에 이 冊을 여는 것은

내가 아닙니다

　"덮어놓은 冊"은 가까이할 수 없는 책의 다른 이름이겠지만, 이 책의 폐쇄된 상태는 그 본래의 성격보다 시인의 의지를 더 많이 반영한다. 시인은 책이 담고 있을 내용보다 그에 대한 자신의 기대에 더 비중을 둔다. 시인은 방만하게 흩어져 있는 삶을 책에서 다시 발견하게 될 것이 두렵다. 그가 책에 거는 기대는 기도처럼 순결하고 절실한 것이다. 그는 "神밖에는 아무도 손을 대어서는 아니"될 책을 말하는데, 그것은 신이 창조한 사물들처럼 그 저자에게마저 즉자인 책이다. 책이 잠들어 있는 동안에는 누구에게나 즉자일 것이기 때문이다. 그가 바라는 것은 열어도 잠들어 있는 것과 같이 "누구를 향하여 앉아서도 아니"되고 "누구를 향하여 열려서도 아니"되는, 거기에 거는 모든 인간적 예상이 부정되는, 절대적으로 완성된 책이다.

　사실 이 책은 시인이 바로 그렇게 되고 싶어하는 그 자신이다. 이미 서책으로 숙련된 그는 반쯤 그 책이 되어 있다. 그 자신의 모든 현실이, 그의 "純潔과 汚點이 모두" 그 절대적인 책의 "象徵"으로 될 수 있을 때, 행렬 지어 나오는 이와 "어제의 물"을 포함하여 그 자신에 속한 모든 것이 보편적인 진리로 종합될 때, 그 자신의 인격 전체가 순수이성의 투명한 능력으로 되었을 때, 그는 신만이 열 수 있는 책이 제 안에서 완성되었음을 알게 될 것이다. 그 책은 거친 현실이면서 동시에 현실 속에 들어앉은 투명한 공간이다. 그는 열어도 잠들어 있는 이 순결한 책을 쓸 것이다. 그는 이 책을 씀으로써 그 책이 될 것이다. "잠자는 冊은 이미 잊어버린 冊"―그는 그 책을 열 때 자신이 그 책을 썼다는 사실을 잊어버릴 것이다. 완성된 그는 이미 그가 아니기 때문이다. 김수영은 이 시를 『달나라의 장난』에 넣었다.

# 정지용의 「鄕愁」에 붙이는 사족

　「鄕愁」는 「故鄕」과 더불어 정지용의 가장 널리 알려진 시이며, 어쩌면 가장 좋은 시일 수도 있다. 두 시에 곡을 붙인 노래는 상당히 많은 한국 사람들에게 자기를 표현해줄 만한 '뜻 있는 노래'로 예우를 받으며 불린다. 고향은 그들에게 그리운 곳일 뿐만 아니라 언제나 성스러운 곳이다. 자연이라기보다는 차라리 궁핍한 산야가 거기 있고, 그래서 흙과 돌과 물과 바람 같은 원초적이고 신화적인 물질세계에 몸 비비고 살던 기억이 거기 있다. 가난한 골짜기의 흙과 물은 어머니이지만 그러나 변덕스럽고 포악한 계모이다. 자잘한 인정과 땅이 인색하게 약속해주는 양식들 뒤에는 더 큰 외로움과 허기와 갈증이 솟아올라, 꿈이 되고 성스러운 현기증이 된다. 게다가 우리의 근현대사는 고향 상실의 역사이기도 하다. 민족에게 불행이 닥칠 때마다 가장 먼저 고향의 한 모퉁이가 허물어져내리곤 했었다. 『朝鮮之

光』1927년 3월호에 처음 발표되었지만 그 제작 연월이 1923년 3월로 알려져 있는[1] 「鄕愁」는 우리에게 그 상실이 돌이킬 수 없는 것으로 서서히 의식되기 시작하던 시기의 첫머리에 자리잡는다. 이후 고향은 타관 객지를 외로이 떠도는 나그네에게뿐만 아니라 거기 아직 몸담고 있는 사람들에게까지 그리운 것이 되었다. 한 번도 실현된 적이 없는 좋은 시절이 이 상실과 상처 이전에 거기 거룩하게 있었던 것만 같다.

넓은 벌 동쪽 끝으로
옛이야기 지줄대는 실개천이 회돌아나가고,
얼룩백이 황소가
해설피 금빛 게으른 우름을 우는 곳,

──그곳이 참하 꿈엔들 잊힐리야.

질화로에 재가 식어지면
뷔인 밭에 밤바람 소리 말을 달리고,
엷은 조름에 겨운 늙으신 아버지가
짚벼개를 돋아 고이시는 곳,

---

1) 김학동, 『정지용 연구』, 민음사, 1977년 개정판, 22쪽.

—그곳이 참하 꿈엔들 잊힐리야.


흙에서 자란 내 마음
파아란 하늘 빛이 그립어
함부로 쏜 화살을 찾으려
풀섶 이슬에 함추름 휘적시던 곳,


—그곳이 참하 꿈엔들 잊힐리야.


傳說 바다에 춤추는 밤물결 같은
검은 귀밑머리 날리는 어린 누의와
아무러치도 않고 여쁠 것도 없는
사철 발벗은 안해가
따가운 해ㅅ살을 등에 지고 이삭 줏던 곳,


—그곳이 참하 꿈엔들 잊힐리야.


하늘에는 석근 별
알 수도 없는 모래성으로 발을 옮기고,
서리 까마귀 우지짖고 지나가는 초라한 집웅,

흐릿한 불빛에 돌아 앉아 도란 도란거리는 곳,

─그곳이 참하 꿈엔들 잊힐리야.[2]

한번 읽으면 누구나 알 수 있는 바이고 자주 지적되어온 바이지만, 이 시는 전체가 다섯 연으로 되어 있고, 각 연마다 '─그곳이 참하 꿈엔들 잊힐리야'라는 후렴구가 붙어 있다. 그러나 더 중요한 것은 연들이 모두 '곳'과 쉼표로, 즉 불완전한 문장으로 끝나고, 후렴구가 그 '곳'을 '그곳'으로 받아 그때마다 하나의 문장을 완성한다는 것이다. 이 형식적 특성은 매우 중요한데, 이에 관해서는 뒤에서 다시 거론하기로 하고, 우선 자주 논란이 되었던 몇 개의 낱말들을 재검해보는 것이 옳은 순서일 것 같다.

제1연에서는 여러 낱말들이 논란을 불러왔다.

"지줄대다"는 '지절거리다', 즉 나직한 소리로 그침없이 속살거린다는 뜻 이외의 다른 것일 수 없다.

"회돌아나가고"도 역시 '감아돌아나가고'일 수밖에 없는데, 해방 직후 을유문화사에서 나온 『지용詩選』에서는 이를 '휘돌아나가고'로 고쳐놓고 있다. 김학동은 이를 부당하다고 판단한

---

2) 『鄭芝溶 全集 1詩』, 민음사, 1988, 46~47쪽.

다. '휘'를 쓰면 '마구 돌다'가 되어 '강하고 큰 느낌인 데 반하여' '회'의 경우는 '굽어 돈다'는 뜻이 되어 '보다 약하고 작은 느낌이 든다'고 보기 때문이다.[3] 그러나 시선의 편자들은 '회돌다'가 좁고 급하게 돈다는 느낌을 주는 반면, '휘돌다'에는 느리고 넓게 돈다는 느낌이 있다고 여겼을지 모르겠다. 아무튼 지용이 '회'라고 쓴 이상 '휘'는 부당하다.

"얼룩백이 황소"에 관해서는 엉뚱한 시비가 있었다. 얼룩소는 서양 목장에나 있으며, 따라서 이 시는 진정으로 고향을 생각하며 쓴 시가 아니라고 주장하는 사람이 나타났던 것이다. 그는 '송아지 송아지 얼룩송아지'라는 동요까지 문제삼았다. 지금은 거의 사라졌지만, 누런 소나 검은 소를 막론하고 한국 소 가운데는 흰 점이 박힌 얼룩소가 있었다. 그리고 이 얼룩소들은 다른 소들보다 몸체가 크고 힘이 셌다. 백 년도 채우지 못한 세월이 그렇게 무상하고 고향이 그렇게 무상하다.

'해설피'에 관한 논란은 아직까지 완전히 해결되지 않았다. 여러 논자들이 이를 '해가 설핏할 때', 즉 날이 저물 무렵이라는 말로 읽고 있지만, 이를 '헤프게'로, 또는 '헤프게 슬프게'의 복합어로 읽어야 한다는 주장이 아직 수그러들지 않았기 때문이다.[4] '헤프게' 설이나 '헤프게 슬프게' 설을 받아들이기는 어

---

3) 김학동, 같은 책, 292쪽.
4) '헤프게' 설을 주장하는 논자들 가운데는 '해설피'를 '헤설피'로 오인하고 있

려운데, 무엇보다도 헤픈 울음이나 슬픈 울음이 '게으른 울음'으로 될 수 있는 경우를 상상할 수 없기 때문이다. 게다가 한국동란 이전에 발간된 시집들을 살펴보면, 이 '해설피'가 '날 저물무렵'의 뜻으로 분명하게 나타나는 용례가 하나 있다. 다음은 오장환이 번역 출간한 예세닌의 시집 가운데 「어머님께 사뢰는 편지」의 한 절이다.

> 어스무레한 해설피면
> 어느때나 꼭 같은 예감에
> 떨지나 않으시는지,
> 선술집 싸홈자리서
> 무듸인 식칼에 젖가슴깊이
> 찔려 넘어지는 이 자식의 모습.[5]

이 역시집은 「鄕愁」나 『鄭芝溶 詩集』보다 뒤에 발표된 것이지만, 지용과 상당 기간 문단활동을 같이했으며, 같은 충북 출신인 오장환이 '해설피'를 '해가 설핏할 무렵'으로 이해하고 있었다는 점은 중요하다.

제4연의 "사철 발벗은 안해"에 관해서는 특별한 논의가 없

---

는 예도 더러 있다.

5) 『예세닌 詩集』, 오장환 옮김, 動向社, 1946년, 26쪽.

었지만, 설명을 붙여둘 필요가 있겠다. 사철 발벗었다는 것은 신을 신지 않았다는 뜻이 아니다. 아무리 가난한 농촌이라지만 호롱불을 켤 수 있을 정도의 여염집 여자가 짚신도 신지 못할 경우는 없었다. 가능한 한 살을 감추는 것이 예의였던 옛사람들은 버선이나 양말을 신지 않았을 때도 발을 벗었다고 표현했다. 시인의 아내가 버선을 벗고 있는 것은 가난해서라기보다는 진자리 마른자리를 가리지 않고 늘 일을 해야 하기 때문이다. 또한 "아무러치도 않고 여쁠 것도 없는"이라는 구절에서 여성 비하 의식을 발견하는 것도 우리 시대의 주관성을 너무 앞세운 글 읽기이다. 지용은 무던하고 든든한 아내라는 말에 겸양을 섞어 넣고 있을 뿐이다.

결코 해결될 것 같지 않은 문제는 제5연의 "석근 별"에 있다. 지용은 『朝鮮之光』과 『鄭芝溶 詩集』에서 모두 '석근'으로 썼으나 『지용詩選』의 편자들은 이를 '성근'으로 고쳐썼다. 김학동은 "정지용이 이화여대에 재직할 당시, 학생들 앞에서 이 작품을 낭송할 때는 '성근'으로 했다"는 일설을 전하지만 그것을 입증 자료로 삼지는 않는다. '듬성듬성하다'는 뜻의 '성근'과 가지가지 별들이 '뒤섞여 있다'는 뜻의 '석근' 가운데서, 그는 '차고 맑은 하늘 속에 듬성듬성 박혀진 별들이 오히려' 나을 것 같다는 느낌을 덧붙이면서도, '이 양자가 그 문맥으로 보아 어느 것을 쓴다고 해도 시적으로 큰 문제는 없다'고 말하여 신중한 태도를

취한다.[6]

홍정선의 의견은 주목할 만하다. 이 낱말을 일단 '성근'으로 받아들이고 있는 그는 밤하늘에 드문드문 보이는 별들과 초라한 지붕 위로 날아가는 '서리 까마귀'를 말하는 일련의 시구들이 '조조曹操의 「短歌行」에 나오는 '달이 밝으니 별빛이 흐리고 까마귀 까치는 남쪽으로 날아가는데月明星稀 烏鵲南飛'라는 구절을 절묘하게 변용시키고 있는 것'[7]이라고 생각한다. 한 시인에게 자기 고향의 깊은 정취가 인상 깊었던 시구의 이미지로 파악되는 일은 언제나 가능하다. 홍정선의 지적은 시구의 한 전거를 밝히는 데 그치지 않고 시구의 깊이를 짚어내는 일에도 일정하게 관여한다. 그의 생각이 옳다면, 「短歌行」의 조조는 달이 어떻게 밝고 별들이 어떻게 움직이건, 까막까치들이 어디로 날아가 어느 가지에 앉건, 자신이 세상의 중심에 서 있다고 믿고 있는데, 지용은 별들의 알 수 없는 정처를 따라, 저 스스로 우짖는 서리 까마귀가 되어, 살던 곳을 떠나야 한다는 점에 「鄕愁」의 비애가 있다고 말할 수 있을 것이기 때문이다.

그러고 보면, 저 별들이 "알 수도 없는 모래성으로 발을 옮긴"다는 표현을 바로 지나치기 어렵다. 저마다 확고한 운행 궤도를 지니고 있는 별들이 모래성을 향하고 있다고 생각할 수 있

---

6) 김학동, 같은 책, 295쪽.

7) 홍정선, 「공허한 언어와 의미 있는 언어」, 『문학과사회』 1998년 여름호, 606쪽.

을까. 이 구절은 필경 이렇게 읽어야 할 것이다. '별들은 어딘가를 향해 움직여가는데, 시인은 그 알 수 없는 자리에, 그의 운명이 짜이고 있을 것 같은 그 자리에, 어쩌면 허황할지도 모를 미래의 꿈을 쌓아올리고 있다.' 아마도 이 모래성이 시인을 고향에서 떠나게 했을 터이다.

마지막으로 "흐릿한 불빛에 돌아 앉어"는 물론 '불빛 아래 둘러앉아'의 뜻이겠지만, 빈 들에 말을 달리는 차가운 밤바람과 난폭한 세상에 '등을 돌리고 자기들끼리 앉아' 있다는 뜻도 어느 정도 포함할 것이다. 따뜻한 고향은 또한 벌써 그렇게 주눅든 고향이다.

시의 제1연은 고향을 하나의 풍경화로 파악한다. 그 색깔은 노란색이다. 추수는 끝났어도 여전히 누런빛이 사라지지 않은 황혼녘의 들판에 황소의 울음마저 노랗게 깔린다. 제2연에서는 그 풍경의 내부가 드러난다. 갑자기 푸른 회색으로 변한 적막한 색조 속에 안타까운 혈연이 있다. 제3연에서 고향은 성장의 역사 자체이다. 높이 쏘아올렸으나 땅에 떨어질 수밖에 없는 화살처럼 희망은 늘 좌절되면서 수습되고, 그에게 세상의 첫 모습을 가르쳐준 고향의 물질적 특성은 이슬이 옷을 적시듯 그의 무의식 속에 파고들었다. 제4연에서 고향은 삶의 근거지로 묘사된다. 그 삶은 물론 가난하지만 누이의 '밤물결 같은 검은' 머리카락처럼 규명하기 어려운 깊이를 지녔다. 시인은 그 끈질기고 강

력한 구심력에서 결코 벗어날 수 없다. 마지막 연도 역시 고향
의 밤풍경이지만 고향을 떠날 수밖에 없었던 자의 내면 풍경이
거기 겹쳐 있다. 이 연을 끝맺는 현재형은 제1, 2연의 그것보다
울림이 크다. 시인과 고향 간의 거리감이 이 현재형으로 표현되
기 때문이다. 마을 사람들과 식구들이 "도란거리는 곳"에 현재
의 그는 없다.

정지용에 관한 글 가운데 가장 훌륭한 것에 속하는, 김은자
의 논문 「정지용 시의 現實과 悲哀」는 후렴구에 대한 설명으로
이 시의 전체적인 상을 요약하고 있다.

후렴구에 의해 이 작품이 갖는 거의 주술에 가까운 흡인력
은, 언젠가는 떠나지 않으면 안 되는 그것이 이제 닫힌 세계라
는 것을 자각했을 때 닫히려는 문 앞에서 터져나오는 북받치는
슬픔과 같은 그리움의 정서로 쓰여진 송가이자 만가라는 점에
서 가능하다. 꿈엔들 잊을 수 없음을 다짐하는 이 시점이란, 그
것이 사라지려 하거나 그것과의 결별이 임박한 시점을 가리킨
다. 어떤 존재의 지속이 예상될 때에는 잊을 수 있다, 없다를 따
지지 않는다. 고향에의 지향은 이 점에서 고향으로부터의 탈출
과 양가적인 것이 된다.[8]

김은자가 말하는 이 '흡인력'은 시의 통사법에 의해 다시 강

화된다. 앞에서도 잠시 언급했던 것처럼, 다섯 개의 연이 모두 '곳'으로 끝난다. 다시 말해서 다섯 개의 4행절들은 모두 한 명사를 한정하는 관형절이다. 제1연과 제2연은 두 개의 관형절을, 제5연은 두 개의 관형절과 하나의 명사절을, 병렬하고 있으며, 제3연과 제4연은 각기 하나의 긴 관형절로 이루어진다. 특히 시인의 뛰어난 문장 조직력이 드러나는 제4연의 관형절은 관형절 속에 관형절을 포함하는 중첩관형절이다. 이 관형절들은 고향을 추억하고 인식하고 분석하고 묘사하여 한 명사 '곳'에 수렴한다. 고향은 바로 그 '곳'에 존재할 뿐만 아니라 거기 폐쇄된다. 단음절의 명사로 압축되는 고향은 종이 흙으로 빚은 모형도와도 같이 작고 단단한 것이다. 그러나, 마치 시간의 짧은 경과를 나타내려는 듯 줄(一)을 그은 다음, 이 '곳'을 '그곳'으로 받아 수사적 의문으로 하나의 문장을 완성하는 후렴구에서, 이 압축된 고향은, 혹시 그것이 잊힐지도 모른다는 시인의 의혹과 두려움이 섞인 감정을 타고 확산되어, 그 실물대의 크기를 다시 회복한다. 시인에게 고향은 벌써 잃어버렸거나 잃어버리게 될 시간 속에 들어가 있다. 그것을 복원하려는 의식적인 노력은 그 키치를 만들 뿐 그것을 다시 회복하지 못한다. 상처에 대한 자각이나 비애 같은 특별한 감정의 동원에 의해서만 기

---

8) 김은자 엮음,『정지용』, 새미, 1996, 303쪽.

억은 삶의 시간 속에서 활성화된다. 죽은 고향의 거죽을 들어낼 때만 산 고향이 있다. 말하자면 무의식화한 기억 속에 있다. 그래서 고향에 관한 모든 좋은 노래들은 의식과 무의식이 칸막이된 시대, 곧 현대의 노래가 된다. 정지용 역시 「카페프란스」나 「슬픈 印象畵」를 쓸 때보다 「故鄕」이나 「鄕愁」를 쓸 때가 더 현대적이다.

그런데 "그곳이 참하 꿈엔들 잊힐리야"는 정확히 무슨 뜻일까. 깨어 있는 시간에는 당연히 잊히지 않고, 잠을 잘 때 꿈속에서까지 차마 잊히지 않는다는 뜻으로 읽어야 한다고 누군가 주석을 붙인 적이 있다. 이치에 맞지 않다. 고향을 잊고 사는 자도 오히려 꿈속에서는 이따금 고향을 보기도 할 것이기 때문이다. '그곳은 늘 기억 속에 있을 것이며, 고향을 잊어버리는 그런 악몽을 꾸는 일조차 없을 것이다.' ─ 이렇게 읽는 것이 아마도 타당하리라. 같은 말 같지만 다른 말이다.

# 김광균의 학교와 정거장

앞서 김종삼의 시 몇 편을 읽던 끝에 그리스의 시인 야니스 리초스의 「목마」에 관해 언급했었다. 끝내 나타나지 않은 그의 시선집을 친절한 사람들이 프랑스에서 복사하여 보내주었다. 기억이란 믿을 것이 못 된다. 그 시는 「목마」가 아니라 「부재의 형태」라는 연작시의 제30번 시였다. 다행하게도 시집은 이 연작시를 고스란히 수록하고 있다. 문제의 30번 시를 프랑스어에서 번역하여 적는다.

어린이 놀이터에. 작은 요람 하나 비어 있다.

루나 파크에, 목마 하나 기수 없이 서 있다.

나무 아래, 꿈에 잠겨, 그림자 하나 앉아 있다.

빛 속에, 실현되지 않는, 먼 침묵 하나.

그리고 언제나, 목소리들 웃음소리들 한가운데, 간격 하나.

연못 위에서, 오리들이 잠시 멈춘다,

아이들의 어깨 위를, 나무들 저 너머를 바라본다.

한 아이가 말없이 지나간다, 보이지 않는다.

아이의 슬픈 발자국 소리만 들린다. 아이는 오지 않는다.


말 하나가 메리고라운드에서 달아나,

눈을 비비고 줄지어 선 나무들 뒤로 사라진다.

아마도 숨어 있는 소녀 곁에 동무하러 가는가,

　　고적한 저녁 어둠 속에, 달의 세번째

　　네거리에,

가로등도 꺼진 저 은빛 막다른 골목에.[1]


　그 시를 서투르게, 그것도 중역으로 이렇게 옮겨놓고 나니
또하나 생각나는 한국시가 있다. 김광균의 「은수저」이다.


　산이 저문다.

　노을이 잠긴다.

　저녁밥상에 애기가 없다.

---

1) Yanis Ritsos, *Etude, choix de textes et bibliographie par Chrysa Papandréou*,
≪Poètes d'aujourd'hui≫, Edition Pierre Seghers, 1968, p. 130. 번역 필자.

애기 앉던 방석에 한 쌍의 은수저

은수저 끝에 눈물이 고인다.


한밤중에 바람이 분다.

바람 속에서 애기가 웃는다.

애기는 방 속을 디려다본다.

들창을 열었다 다시 닫는다.


먼— 들길을 애기가 간다.

맨발 벗은 애기가 울면서 간다.

불러도 대답이 없다.

그림자마저 아른거린다.[2]


두 시는 모두 아이를 떠나보낸 아버지의 심정을 말하고 있
다.[3] 한국 시인에도 그리스 시인에게도 이 세상에는 메우기 어
려운 빈자리가 있다. 아이가 있어야 할 자리에 아이가 없는 것
이다. 두 아이는 모두 그 자리를 채우는 대신 다른 곳을 향해 걸

---

2) 『金光均 詩全集 瓦斯燈』, 槿域書齋, 1977, 80쪽.

3) 김광균의 「은수저」는 1947년 정음사에서 발간한 『寄港地』에 처음 발표되었
다. 시인은 발문에서 이 시가 "8.15後의 것"이라고 말하고 있다. 야니스 리초스
의 「부재의 형태」가 처음 발표된 것은 1958년이다.

어가고 있다. 그러나 이 부재의 자리를 바라보는 두 아버지의 시선이 끝까지 같은 것은 아니다.

리초스에게서 빈자리는 언제까지나 빈자리이며, 빈자리가 그 비어 있음을 지킴으로써 '부재의 형태'가 된다. 아이가 앉았던 요람이 비어 있고 그가 탔거나 타야 할 목마에 기수가 없다. 아이들의 떠드는 소리와 웃음소리 속에는 그 아이의 것이 빠져나간 빈 간격이 있다. 그림자이며 침묵인 그 아이는 말하지 않고 보이지 않는다. 그러나 아이는 그 부재로 이 세상과 관계한다. 떠난 아이는 요람과 목마 위에, 빛과 웃음소리들 속에, 이 모든 존재들 사이에 부재의 형태를, 또는 형식을 만들었다. 아이는 보이지 않으나 슬픈 발소리는 들린다. 그것은 아이의 짧은 생명이 이 세상에 남긴 작은 파장이다. 연못의 오리들은 이 파장이 자기들을 스쳐갈 때 잠시 움직임을 멈추고 고개 들어 나무들 뒤를 바라본다. 살아 있는 것들 속에도 이렇게 부재가 동작의 한 형식으로 끼어든 것이다. 말은 사라진 소녀를 찾아 "달의 세번째 네거리에" "은빛 막다른 골목"으로 가는데, 이 말은 물론 말이 아니라 목마이며, 말의 형식이다. 소녀는 부재의 세계에 존재의 형식을 얻음으로써 이 존재의 세계에 부재의 형식으로 남는다.

김광균에게도 빈자리가 있다. 저녁밥상에 애기가 없으며, 은수저는 있으나 은수저의 주인이 없다. 그러나 실제로는 비어 있지 않다. 밥상 앞의 방석에는 아이 대신 "한 쌍의 은수저"가 놓여 있다. 부모의 마음속에서는 가버린 아이가 그 놓아둔 은수저를 들고 상상의 식사를 한다. 은수저 끝에는 눈물이 고이는데, 그것은 아이가 그 자리에 왔다는 표시이다. 이 아이가 모습을 오래 감추지는 않는다. 애기는 한밤중에 바람을 몰고 와 웃고, "방 속을 디려다" 보고, 들창을 여닫는다. 이 애기도 리초스의 아이처럼 먼길을 가는데, 맨발로 울면서 간다. 애기는 처량하지만 구체적이고 생생한 존재를 지녔다. 리초스는 제 아이를 나무 그늘과 구별되지 않는 그림자로 보고, 김광균도 그림자의 시상 視像으로 시를 끝맺는다. 그러나 두 그림자는 다르다. 리초스에게서 그것은 한 몽상의 그림자이지만, 김광균에게서는 그림자는 한 육체가 거기 가고 있음을 증거한다. 그에게서 부재의 자리는 연이어서 다른 존재로 채워진다. 리초스가 부재에 형식을 부여하였다면, 김광균은 거기에 내용을, 그러나 빈 내용을 부여한다.

어느 쪽이 자식을 잃은 부모의 심정을 더 절절하게 나타내는지에 관해서는 쉽게 판단하기 어려우며, 그것을 여기서 따질 수는 없다. 그러나 이 비어 있는 내용이 철저한 방법적 사고를 회피하게 하고 형이상학적 사고를 어렵게 한다는 점만은 분명하게 말해두자.

이 빈 내용은 김광균이 쓴 거의 모든 시를 특징짓는다. 『瓦斯

燈』만큼 삶의 공간이 철저하게 배제된 시집을 다른 데서 찾기는 어려울 것이다. 거기 나오는 건물들은 바닷가의 노대이거나 시계탑이며, 교회당이거나 성당이며, 종루이거나 분수이다. 그것들은 모두 '외인촌'이며 '신촌'이다. 그의 꽃은 아네모네와 카네이션과 해바라기이다. 자연 풍경을 말한다고 하더라도 그것은 호수와 해변과 하얗거나 어두운 갈대밭과 'SEA BREEZE'와 "어느 먼— 도시의 上弦"에서 크게 벗어나지 않는다. 그것들은 모두 궁핍한 현실의 부재감 속에 기향한 것들이며, 그 내용은 물론 비어 있다. 그 풍경들을 위해 삶의 풍경이 배제된 것과 똑같이 그 속에 살고 있는 사람들에 관해서도 아무런 언급이 없기 때문이다. 김광균이 자신의 시에서 삶의 구질구질함을 철저하게 몰아내려고 했을 때, 그는 호사스러운 빛과 질서가 지배하는 어떤 '정갈한 예술'의 개념을 실천하려 했을 것이 분명하며, 그 시도에서 상당한 정도로 성공했다는 점을 부인할 수 없다. 이 성공은 공간의 차원에서도 시간의 차원에서도 원근감이 없는 평면의 그림 위에서만 가능했다. 말하자면 그는 현실의 어떤 소박한 삶보다도 난이도가 더 낮은 작업에서 성공한 것이다.

그는 새로운 시법의 하나로 이른바 '공감각적 표현'의 모범적인 예를 만들어내기도 했다. 개별 감각들의 경계를 허물고 그것들을 입체적으로 혼효 확장하는 공감각은 초감각적인 인식 능력의 한 입구가 된다. 그러나 「外人材」에서 듣는, 다시 말해서 저녁 빛이 "하이얗고" 바람은 가볍게 불고 "밤새도록 가느다란 별빛이 나리"는 식으로 자연마저 특혜를 베푸는 것 같은 이 공간에서 듣는, 저 "분수처럼 흩어지는 푸른 종소리"보다 더 납작한 것은 없다고 해야 할 것이다. 그것은 감각의 장벽을 부숴 어떤 다른 세계에 대한 예감에 이르려는 노력이 아니라, 거꾸로 주어진 문화적 코드에 자신의 육체적 감각능력 전체를 복종시킨 결과이기 때문이다. 그렇다고 김광균을 탓할 수만은 없다. 보들레르 같은 사람이 공감각을 말하면서 깨뜨리거나 떠나고 싶어했던 자리가 김광균 시대의 우리에게는 그나마 쌓아올려야 할 자리가 아니었겠는가. 김광균은 삶이 곤궁할 뿐만 아니라 모욕받는 시대에 살았다.

김광균의 그 '정갈한 예술'은 『寄港地』에 가면 벌써 타격을 입고 위기를 겪는다. 이 시집에는 세 개의 죽음이 있다. 예의 아이의 죽음이 있고, 한 문우와 열여덟 살 누이의 죽음이 그것이다. 살아야 할 날들을 남기고 간 아이의 죽음과는 달리, 살았던 날들을 안고 가버린 다른 두 죽음에 임해서는 부재의 자리를 빈 내용으로 채우는 일이 쉽지 않았던 것 같다. 그의 감수성은 무디어지고 언어는 산뜻함을 잃고 산문화한다. 그가 남긴 시들 가운데 유일한 산문시는 누이에게 바치는 조가弔歌의 하나인 「水鐵里」이며, 그의 가장 짧은 시는 문우의 무덤에 부치는 「忘憂里」이다. 그가 이렇게 '시'를 포기했을 때 이 땅의 지명이 적극적인 가치를 지니고 등장한다. 그러나 이 역시 사람이 사는 자리는 아니다.

김광균의 가장 아름다운 시는 아마도 『思鄕圖』[4]의 몇 편 시에서 찾아야 할 것이다. 『사향도』에는 '사향도'라는 중간 제목으로 시 5편과 다른 시 2편이 들어 있다. '사향도'에서 2편을 뽑아 적는다.


停車場


긴— 하품을 吐하고 솟던 낮車가 겨우 떠난 뒤


텅 비인 정거장 앞마당엔

작은 꽃밭 속에 電信柱 하나가 조을고 섰고

한낮이 겨운 양지쪽에선

잠자는 삽살개가 꼬리를 치고

지나가는 구름을 치어다보고 짖고 있었다.


校舍의 午後

---

4) 이 시집은 분량이 작아 단독으로 출판되지 못하고, 1957년 張萬榮의 珊瑚莊에서 간행된 『黃昏歌』에 제3부로 수록되었다가, 1977년 근역서재에서 발간한 시 전집에 독립시집으로 개편되었다.

時計堂 꼭대기서

下學종이 느린 기지개를 키고

白楊나무 그림자가 校庭에 고요한

맑게 개인 四月의 午後

눈부시게 빛나는 유리창 너머로

우리들이 부르는 노래가 푸른 하늘로 날아가고

어두운 敎室 검은 칠판에

날개 달린 「돼지」가 그려 있었다.


첫 시의 「정거장」은 물론 시골역이다. 무료하리만큼 한가한 풍경이다. 여기에 특별히 헛된 것은 없다. 그러나 의인화되어 긴 하품을 토하는 기차와 작은 꽃밭에서 졸고 있는 전신주가 한 문명의 위협적인 성격을 완전히 지운다. 삽살개와 꽃은 있지만 사람은 없다.

두번째 시의 학교 풍경 역시 한가하다. 시간은 앞의 시와 마찬가지로 김광균의 전형적인 시간인 오후다. 이 오후는 규율에서 해방된 학생들의 시간이다. 그러나 다른 곳에서는 삶의 노역에서 벗어난 사무원들의 시간이리라. 마지막 구의 "돼지"에는 시인이 특별히 낫표를 둘러두었다. 이 시에 감동스러운 면모를 주는 것도 이 "날개 달린 돼지"이다. 돼지가 그것을 그린 학생들이라면 날개는 교육의 이상일 터이다. 돼지는 둔하다. 그 미욱한 몸에 달린 날개는 지상에서 가장 무거운 것을 하늘로 끌어올릴 것이다. 여기에서는 삶의 구질구질함이 '정갈한 예술'의 드높은 이상과 결합되어 있다. 그러나 그것은 그림이다. 김광균은 그림에서 벗어나지 못했다.

우리나라에서 가장 깨끗하고 단정한 곳은 시골 국민학교와 시골 정거장이라고 말하는, 제목이 생각나지 않는 고은의 어떤 짧은 시가 있다. 학교와 정거장은 우리가 거기서 컸기 때문에만 향수를 자극하는 것이 아니다. 학교와 기차역은 개화가 시발된 곳이며 우리의 삶에 최초로 근대적 '형식'을 소개한 곳이다. 교복을 입고 기찻길에서 사진을 찍는 것은 1960년대까지 시골 중고등학생들의 풍습이었고, 그것이 유행이 된 적도 있었다. 학교와 기차는 고향정서와 이국정서를 이상한 방법으로 혼합시켰다. 근대화와 식민지화의 관계를 잘 설명하면, 한국의 근대문학도 잘 설명할 수 있을 것이다.

# 이상화의 침실

이상화는 문학과 삶에 대해 대단한 정열을 지녔던 것이 분명하다. 그의 잘 알려진 시 몇 편만을 놓고 본다면 식민지 시대의 시인들 가운데 그를 정열 제일이라고 불러도 무방할 것 같다. 가슴에 가득 담겨 있던 뜨거운 말들이 한꺼번에 쏟아져나온 것처럼 보이는 이 시들은 대개 웅변에 가깝다. 그러나 그의 시는 고르지 않다. 그가 남긴 60편 남짓한 시를 다 읽는다는 것은 고통스러운 일이다. 「나의 寢室로」「離別을 하느니」「빼앗긴 들에도 봄은 오는가」 정도의 수준에 이른 시를 한 편 더 찾아내기가 쉽지 않기 때문이다. 무엇보다도 그의 시에는, 같은 시대 다른 여러 사람의 시에서처럼, 말이 너무 많다. 어떤 말들은 열정의 진정함을 증거하지만, 나머지 더 많은 말들에서는 그 절반의 울림도 기대하기 어렵다. 열정은 끝났어도 일단 터져나온 말의 폭포는 막을 수 없었던 것일까. 어쩌면 그보다는, 말을 먼저 쏟아놓고 그 말들의 도움으로 어떤 감정이 창출되기를 기다렸던 것일까. 말이 이상이고 감정이 현실이라면, 이상과 현실의 괴리라는 말은 여기에도 해당되는 것일까. 이상화는 말에 많은 기대를 걸었지만 거기에 공을 들인 드문 경우에만 성공했다. 소재가 구체적이고 써야 할 이야기가 분명하여 말에 거는 헛된 기대의 방해를 받지 않아 순탄함에 이른 시가 「빼앗긴 들에도 봄은 오는가」라면, 말이 감정을 타고 토로되고 감정은 그것을 표현하는 말에 의해 고양되는 방식으로 말과 열정이 일치하여 성공한 시가 「나의 寢室로」이다.

「나의 寢室로」는 구두점을 찍는 방식이 매우 이상하다. 그러나 이 구두점을 염두에 두고 시를 천천히 읽어보면 그것이 말에 단속적인 리듬을 주어 감정의 흐름을 조절하는 방식이었다는 것을 알게 된다. '가장 아름답고 오랜 것은 오직 꿈속에만 있어라―내 말'이라는 다소 유치한 부제가 붙은 이 시를 철자법과 띄어쓰기는 현대의 그것에 가깝게, 그러나 구두점은 원문을 존중하여 적는다.


'마돈나' 지금은 밤도, 모든 목거지에, 다니노라 疲困하야 돌아가려는도다.
아, 너도 먼동이 트기 전으로, 水蜜桃의 네 가슴에, 이슬이 맺도록 달려오너라.

'마돈나' 오려무나, 네 집에서 눈으로 遺傳하면 眞珠는, 다 두고 몸만 오너라,

빨리 가자, 우리는 밝음이 오면, 어댄지 모르게 숨는 두 별이 어라

'마돈나' 구석지고도 어둔 마음의 거리에서, 나는 두려워 떨며 기다리노라,

아, 어느덧 첫닭이 울고―뭇 개가 짖도다, 나의 아씨여, 너도 듣느냐.


'마돈나' 지난밤이 새도록, 내 손수 닦아둔 寢室로 가자, 寢室로!

낡은 달은 빠지려는데, 내 귀가 듣는 발자국―오, 너의 것이냐?


'마돈나' 짧은 심지를 더위잡고, 눈물도 없이 하소연하는 내 맘의 燭불을 봐라,

洋털 같은 바람결에도 窒息이 되어, 얄푸른 연기로 꺼지려는도다.


'마돈나' 오너라 가자, 앞산 그림애가, 도깨비처럼, 발도 없

이 이곳 가까이 오도다.

아, 행여나, 누가 볼는지—가슴이 뛰누나, 나의 아씨여, 너를 부른다.

'마돈나' 날이 새련다, 빨리 오려무나, 寺院의 쇠북이, 우리를 비웃기 전에

네 손이 내 목을 안아라, 우리도 이 밤과 같이, 오랜 나라로 가고 말자.

'마돈나' 뉘우침과 두려움의 외나무다리 건너 있는 내 寢室 열 이도 없으니!

아, 바람이 불도다, 그와 같이 가볍게 오려무나, 나의 아씨여, 네가 오느냐?

'마돈나' 가엾어라, 나는 미치고 말았는가, 없는 소리를 내 귀가 들음은—,

내 몸에 피란 피—가슴의 샘이, 말라버린 듯, 마음과 몸이 타려는도다.

'마돈나' 언젠들 안 갈 수 있으랴, 갈 테면, 우리가 가자, 끄을려가지 말고!

너는 내 말을 믿는 '마리아'—내 寢臺가 復活의 洞窟임을

네야 알련만……

　'마돈나' 밤이 주는 꿈, 우리가 얽는 꿈, 사람이 안고 궁그는 목숨의 꿈이 다르지 않으니,

　아, 어린애 가슴처럼 歲月 모르는 나의 寢室로 가자, 아름답고 오랜 거기로.

　'마돈나' 별들의 웃음도 흐려지려 하고, 어둔 밤물결도 잦아지려는도다.

　아, 안개가 살아지기 전으로, 네가 와야지, 나의 아씨여, 너를 부른다.[1]

　김학동이 조사한 바에 의하면, 이 시는 1923년 9월 『白潮』 제3호에 발표된 직후부터 상당히 좋은 평을 받았다. 김안서는 그해 말에 다음과 같이 썼다.

　「나의 寢室로」는 뒤덮인 눈 위에 찬바람이 뒤설렐 때에, 다사로운 황금색의 일광을 마음껏 받은 듯한 시입니다. 그의 시는

---

1) 金潭東 편저, 『李相和 全集』, 새문사, 1987, 25~26쪽. (상기한 것처럼 철자법 등을 수정한 외에 외래어를 나타내는 부호 『　』를 ' '로 바꾸었다. 이 시의 말미에 '緋音 가운데서'라는 설명이 붙어 있다는 점도 밝혀둔다.)

상징입니다. 외부적 노래가 아닌 것만큼 내부에는 모든 것을 잡아 모아두는 힘이 있어, 여기에 可見을 통하여 不可見의 세계를 볼 수가 있습니다 하고 읽으면 읽을수록 그 세계는 더 넓어지며, 더 깊어집니다. 이것이 현실과 꿈이 얽히어, 신비로운 조합을 내이는 것입니다.[2]

안서는 이 말 끝에 '가벼우면서도 묵직한' 수작이라는 뜻의 말을 덧붙였다. 가볍다는 것은 표현에 거침이 없다는 뜻일 것이며, 묵직하다는 것은 주제가 심각하다는 뜻이리라.

우리보다 먼저 이 시의 구두점에 주목했던 김기진은 "구두점 찍은 곳을 툭툭 끊어가며" 낭독하면 그 격한 율격을 짐작할 수 있다고 말하며, 시의 '기이한 환상'에 관해 다음과 같이 설명한다.

그의 '이미지'의 세계임은 의심 없다. 이것은 그의 우울성과 병적으로 발달한 그의 관능이, 殉情에 목이 메어서 훌쩍거려 우는 울음에 불외하다. 그리고도 이 시 전편에 흐르는 것은 모든 것을 사르고자 하는 정열이다. 이것뿐만이 아니다. 그는 시의 도처에서 그가 가지고 있는 정열은 폭죽과 같이 불꽃을 올

---

2) 金岸曙, 「詩壇의 一年」, 『開闢』 제4호(1923년 12월). 위의 『李相和 全集』 193쪽에서 철자법을 바꾸어 재인용.

린다.[3]

김학동은 "月評類에 해당하는" 이 비평들에 큰 가치를 두지 않지만, "감상과 퇴폐적 경향을 뚜렷이 보인 작품으로 그 표현이 관능적이고 환상적인 요소들이 그 특색을 이룬다"[4]는 말로 이 시를 규정할 때, 그가 안서나 팔봉의 '월평'에서 크게 멀리 나간 것은 아니다. '관능'과 '환상'은 김기진이 벌써 사용했던 말이며, 김학동이 덧붙인 '감상과 퇴폐적 경향'에 관해서도, 선배 비평가는 '훌쩍거려 우는 울음'과 '殉情'이라는 더 구체적이고 어쩌면 더 적절할 수도 있는 표현으로 이를 벌써 짚어두고 있다. '꿈과 현실이 얽히어' 만들어내는 '신비로운 조합'이라는 안서의 말은 모호한 것이 사실이지만 열정적이고 힘찬 시어들의 효과를 그가 직감하고 있었던 것은 분명하다.

여러 연구자들은 '마돈나'의 '실대상 인물'이 누구인가를 알려고 애썼다. 물론 이런 노력이 불필요한 것은 아니지만 그 인물이 명백하게 밝혀진다 하더라도 그것이 시를 이해하는 데에 결정적인 도움을 줄 수는 없다. 이 시에서 더 중요한 것은 그 대상이 누구이건 시인이 그를 '마돈나'라는 특별한 말로 부른다는

---

3) 金基鎭, 「現詩壇의 詩人」, 『開闢』 제58호(1925년 4월호). 위의 『李相和 全集』 194쪽에서 같은 방법으로 재인용.
4) 金澤東, 「李相和의 詩世界」, 위의 『李相和 全集』 195쪽.

데에 있을 것이기 때문이다. 이상화는 이 '마돈나'를 '나의 아씨'라고도 '마리아'라고도 각기 한 번씩 부른다. 이와 관련하여 김춘수 시인이 젊은 날에 썼던 글의 한 대목은 인용할 만하다.

'마돈나'는 아씨이면서 절대적인 대상이 된다. '아씨', 즉 육체는 어느 순간 '마돈나'가 되는 동시에, 그것은 또 추상이 되어 사변의 대상이 된다. 그러니까 육체는 영원히 소유할 수 없다는 안타까움이 이 시의 사변과 음률을 이루고 있다. '마돈나'는 아씨의 美化이면서 그 以上이기도 하다. 상화에게는 '마돈나' 외에 부를 수 있었던 적당한 이름이 없었다. 그것은 기독교도가 아닌 사람의 안타까움이다.[5]

모호한 점이 없지 않은 글이지만, 상화가 한 여자의 (또는 단지 여자의) 육체를 '마돈나'라는 호칭으로 정신화하려 했다는 내용만은 또렷이 전달된다. 그러나 옳은 해석일까. 시는 실상 '마돈나'의 육체에 관해 더 많이 말하고 있지 않은가. 한 젊은 비평가가 종합적인 의견을 제시했다. (실은 그가 내 동생이라서 인용하는 일이 조금 껄끄럽다.)

---

5) 金春洙, 「頹廢와 그 淸算」, 『文學春秋』 제9호(1964년 12월), 251쪽.

(그 정체의) 애매성은 이상화 자신이 '마돈나'라는 시어를 선택함으로써 처음부터 의도했던 것으로 여겨진다. '마돈나'라는 외래어가 주는 분위기는 나의 아씨라는 말이 주는, 사랑하는 인물을 지칭하는 듯한 구체성도, '마리아'라는 말이 주는 종교적 분위기와도 다르면서 동시에 이 둘을 포함한다.[6]

시인이 마음속에 상정하고 있는 대상 여성은 '아씨'와 '마리아'로 분해되고, 이 둘은 다시 '마돈나'로 종합 정리된다는 말이겠다. 아무튼 이 비평가가 언급하는 모호성은 이 시의 전체적인 성격일 뿐만 아니라 그 의미의 핵심이다. 이 시를 아마도 최초로 깊이 있게 읽었던 김홍규는 '나의 침실'이 지니는 이중적인 성격을 지적했다. 그에 의하면, 이 침실은 "관능과 쾌락과 도취의 장소인 동시에 죽음의 장소"이다.

'수밀도의 네 가슴' '이슬' '몸' '나의 아씨' 등 감각적이고도 신선한 이미지의 도움을 얻어, 그리고 '마돈나'를 부르는 간절한 호흡과 '침실'이라는 말이 주는 연상에 힘입어 이 관능적 도취와 쾌락의 의미는 전반부에서 행을 거듭할수록 강화된다. 제7연의 "네 손이 내 목을 안어라"는 이 상승과정의 한 절정이

---

6) 黃貞産, 『李相和 詩 硏究』, 고려대학교 대학원 석사학위 논문, 1984, 26쪽.

다. (……) "뉘우침과 두려움의 외나무다리 건너 있는 내 침실" (……)은 지상적 번민과 집착의 저편에 있으며, 그곳에 가기 위해서는 비상한 결단이 요구되는, 그리고 한번 가고 나면 어느 누구도 문을 열 수 없는 장소이다. 제10연에 와서 이러한 의미는 최종적으로 명료해진다. 거듭 가자고 부르는 '나의 침실'이란 언젠들 안 갈 수 없는 곳, 누구라도 끌려가야만 하는 곳이다. 그곳은 어디인가? 죽음이다. 이 작품은 그 열정적 어조나 관능적 암시에도 불구하고 실은 죽음에의 초대를 노래하는 것이다.[7]

추론은 명료하며 높은 설득력이 있다. 김흥규는 이어서 이 죽음에 대해 '낭만화된 죽음'으로 그 성격을 규정하고, 이상화가 "죽음을 생의 종결이 아니라 진정한 삶의 시작, 속악한 세계를 넘어선 참가치의 영역으로 들어가기 위해 필요한 건너뜀으로 노래하였던 것"이라는 말로 그 의의를 밝힌다. 다른 비평가와 연구자들이 감상과 퇴폐만을 보았던 곳에서, 죽음의 이미지를 주목함으로써 오히려 삶의 정화와 재생을 향한 비상한 결단을 발견한 것이다.[8] 「나의 寢室로」는 '緋音' 연작 가운데 1편이

---

7) 金興圭, 『文學과 歷史的 人間』, 창작과비평사, 1980, 241~242쪽.
8) 김기진도 이 시에서 '죽음'에의 갈망을 보았던 것이 사실이다. 그러나 그가 언급하는 '殉情'이 사랑을 위해 목숨을 바친다는 의미를 지니는 반면에, 김흥규가 말하는 비상한 결단은 오히려 죽음을 위해 사랑을 바친다는 뜻을 포함한다.

다. 우리에게 알려진 한에서 이 연작시들의 주제는 모두 죽음과 다소간의 관련이 있다. 한 친구의 죽음을 조상하는 시 「二重의 死亡」에서는 살아남은 사람의 삶도 죽은 사람의 죽음만큼이나 고통스럽고 비참한 죽음일 뿐이라는 비명을 듣는다. 「末世의 欷 嘆」은 밑 없는 동굴 속에 꺼꾸러져 도취의 집을 세우겠다는 자탄의 말이다. 「虛無敎徒의 讚頌歌」에서는 목숨과 행복이 미지의 새 나라에만 있으니 이 세상의 소유와 목숨을 포기함으로써만 진정한 목숨을 얻을 수 있으리라고 선언한다. 이들 시의 내용은 죽음의 침실론을 뒷받침한다.

그러나 이상화가 그의 애인을 '나의 침실로' 부를 때, 상징적이든 실제적이든 간에 그녀를 정말 죽음의 자리로 초대하는 것일까. 이들 여러 증거에도 불구하고 선뜻 그렇다고 대답하기에는 매우 미묘하여 표현하기 어려운 의문이 남는다. '緋音'의 다른 시들에서 읽게 되는 죽음의 권유가 분명한 반어적 성격을 띠고 있는 데 반해, 침실로의 초대에서 육체의 정열을 죽음에의 정열과 겹쳐놓을 때 거기에서는 결코 반어적 해석이 용납되지 않는다는 점만을 미리 말해두고, 이 시의 구체적인 내용과 관련하여 두어 구절에 나타나는 사소한 문제들을 먼저 정리하는 게 좋겠다.

두번째 연의 "네 집에서 눈으로 遺傳하던 眞珠는, 다 두고 몸만 오너라"라는 구절을 어떻게 이해해야 할까. 얼핏 세 가지 해석이 가능할 것 같다.


1) 네 혈통의 유전인 진주 같은 눈빛은 다 놓아두고 몸만 오너라.

2) 네 가문의 대물림인 진주 같은 눈물은 이제 그만 흘리고 네 몸을 뽐내며 오너라.

3) 네 집안에서 대물림하여 눈요깃거리로 삼던 장식물은 다 두고 맨몸으로 오너라.


한 가지 해석이 더 남아 있다. 바로 다음 시구에서 시인은 "우리는 밝음이 오면, 어댄지 모르게 숨는 두 별이어라"라고 쓴다. 그들의 사랑은 세상의 승인을 받아 낮의 밝음 앞에 드러내 놓을 수 있을 만큼 떳떳한 것이 아니다. 여자도 활기차게 올 수는 있어도 떳떳하게 올 수는 없다. 그녀는 제 집안이 대대로 누구의 안전에서도 가보처럼 자랑삼는 가례와 격식을 갖추어올 수는 없다. 시인은 이 두 시구로 그들의 사랑이 침실에 들어가기 전에 넘어야 할 금단의 벽을 말하고 있다. 비상한 결단은 여기에도 필요하다.

제11연의 "'마돈나' 밤이 주는 꿈, 우리가 얽는 꿈, 사람이 안고 궁그는 목숨의 꿈이 다르지 않으니"에 대해서도 충분한 설명이 요청된다. '밤이 주는 꿈'이 잠을 자면서 꾸게 되는 무의식적인 꿈이고, '우리가 얽는 꿈'이 우리의 의식이 설계하는 미래의 희망이라면, '사람이 안고 궁그는 목숨의 꿈'은 그 둘을 연통하는 성애적 도취의 환상밖에 다른 것일 수 있을까. 시인은 다음 구절을 "아, 어린애 가슴처럼 歲月 모르는 나의 寢室로 가자, 아름답고 오랜 거기로"라고 쓴다. '세월 모른다'는 것은 철모른다는 말이며 현실의 제약을 의식하지 않는다는 말이다. 의식의 결단으로 무의식을 경험하는 성애적 도취는 현실의 압박 속에서 훼손되고 벌써 잊혀버리기도 했을 어린 시절의 꿈, 곧 "아름답고 오랜 거기"를 회복해준다. 이상화는 침실에 관해 말하면서 그 침실이 열어줄 더 먼 길에 관해서도 말하고 있다.

이상화는 스물세 살 나이에 식민지의 한 청년으로 이 시를 썼다. 식민지는 회유와 억압의 땅이다. 한 인간의 미래에 대한 가능성은 회유에 의해 주입되고 현실에 의해 억압된다. 회유에 의해 제시되는 미래가 진정으로 찬란한 것이라고 하더라도 그에 대한 발걸음은 '끄을려 가는' 형식을 벗어나지 못한다. 젊은이는 제 존재를 확장할 길이 없다. 현실은 궁핍하고 제약적일수록 그 가치가 강조된다. 순결, 사랑, 자유 같은 것들, 그것들로 자신의 존재를 충만하게 하려는 일체의 시도는 이 정황에서 일종의 탐닉으로 비치기 쉽다. 자기 설계가 불가능한 땅에서는 가치 있는 것과 타락한 것의 경계가 불분명하게만 나타나기 때문이다. 따라서 아무리 사소한 것이라도 그것이 진정한 가치를 지닌 것이라면 그것을 성취하기 위해서는 죽음의 결단이 요구된다. 죽는다는 결단이 아니라 죽을 수도 있다는 결단이다. 이상화는 자기 존재를 충만하게 확장하려는 젊은 열정으로 죽음을 걸고 관능적 도취를 꿈꾼다. 그는 죽음을 거쳐 새롭게 태어나려 했던 것이 아니라 죽음을 걸고 한 식민지 젊은이의 삶인 제 삶을 새롭게 해석하고 폭발시키려 했던 것이다. 그에게 말이 지나치게 많았던 것은 그 일이 쉽지 않았기 때문이기도 하리라.

# 이장희
## —푸른 하늘의 유방

 내 기억을 믿을 수는 없지만 필시 1978년의 일이었을 것이다. 그해에 한 문학잡지가 이장희의 유작을 발굴하였다는 득의만면한 광고와 함께 10여 편의 시를 전재하였다. 이 시들은 얼마 후 박용철의 작품으로 밝혀졌지만, 처음 그것들이 이장희의 소작일 수 없다고 주장하며 잡지사에 전화를 걸어 항의했던 것은 당시 아직 시인으로 등단도 하지 않았던 최승자였다. 어떻게 이 시들이 이장희의 작품이 아니라고 단정할 수 있었느냐고 내가 물었더니 최승자가 대답했다. "너무 말이 많고 그 말들이 너무 두터워서……"

 식민지 시대에 말이 주체하기 어려울 만큼 넘쳐났던 시인 가운데 하나가 전화에 이야기했던 이상화라면, 말이 가장 적었던 시인은 이장희였다. 백기만은 1951년에 이미 타계한 이 두 시인의 유작과 문우로서의 추억을 묶어 『尙火와 古月』(靑丘出

版社, 1951)이라는 한 권의 책을 펴냈다. 한쪽이 언제나 그 순간을 태우기 위해 미래에 거는 불꽃이라면 다른 쪽은 벌써 사라져버린 차가운 달이다. 백기만의 추억에 따르면 고월에게서 적고 작았던 것은 말에 그치지 않았다. 그는 뿌리를 허공으로 들어올리는 난초처럼 지상에 대한 열의와 기대를 모두 거두어들인 가운데 가장 작은 삶을 살았다. 그는 짧은 생애를 살았고 그의 시들은 짧다. 그의 유작들은 쓰다가 중단된 시들처럼 보일 때가 많다. 그러나 그 중단된 시들을 읽다보면 거기에 덧붙일 수 있는 말들을 생각해내기는 어렵다. 시가 거기서 완결되어 있다는 뜻이기보다는 시를 중단하기 전에 말들이 먼저 없어져버린 것처럼 보인다는 뜻이다. 길면 땅에 닿을 것이고 땅에 닿으면 흙이 묻을 것이다. 이장희에게서 말은 시의 진행과 함께 순결해지는 것이 아니라 더럽혀지기 전에 사라진다. 주요한의 그 요란하고, 그래서 흥취를 얻는 「불놀이」에 비해 같은 제목을 가진 이장희의 다음과 같은 시는 무엇일까.

불놀이를
시름없이 즐기다가
아뿔사! 부르짖을 때
벌써 내 손가락은
발갛게 되었더라.

봄날

비오는 봄날

파랗게 여윈 손가락을

고요히 바라보고

남모르는 한숨을 짓는다.


　시는 두 개의 5행련으로 끝난다. 첫 연은 불놀이에 정신이
팔려 있다가 손에 (육체적이 아니라고 해도 적어도 심리적인) 화
상을 입은 이력을 말하고, 다음 연은 봄 추위에 파랗게 얼어붙
은 그 손을 바라보는 심경을 읊는다. 독자는 이 대립되는 두 연
뒤에 그에 대한 해석이나 교훈, 또는 그 심경의 다른 깊이를 말
할 결구를 기대하지만 그렇게 이어질 말들은 "남모르는 한숨"
과 함께 이미 잦아들었다. 이렇듯 한숨 속으로 말들이 사라질
운명은 시의 내용에 벌써 잠복하고 있다. 첫 연에서 손을 데게
했던 불길은 둘째 연에서 추워하는 손에 어떤 온기도 남겨놓지
않았다. 오히려 불길은 그 손을 여위게 함으로써 심리적으로 압
박을 받는 이 육체의 부분이 봄의 잠재된 온기에 걸어야 할 기
대를 꺾어버렸다. 불놀이하던 소년은 성장하지 않았으며, 그 기
억의 근처를 맴돌면서 동시에 놀라 실색하는 말들은 발전하지
않는다.

고월의 짧은 생애는 백기만의 담담하면서도 애절한 추억담과 제해만의 근면한 탐구에 힘입어 비교적 잘 알려져 있다. 이장희는 20세기가 시작되는 1900년 11월에 대구의 한 갑부의 아들로, 12남 9녀 중 3남으로 태어났다. 다섯 살에 어머니가, 스물세 살에 계모가 타계했다. 그는 어머니의 품안에서 크지 못했으며, 갑부의 아들이었지만 경제적으로 곤궁했다. 총독부의 중추원 참의였던 아버지는 일인들과의 빈번한 접촉을 위해, 일본 경도중학京都中學을 졸업한 이장희의 일어 능력을 빌리려 하였으나 아들은 모든 협력을 거부하였다. 아버지는 총독부의 관리직을 마다하는 이 버린 자식에게 '매달 15원의 월급'을 주어 끼니를 잇게 했다. 고월은 집안과 집밖에서 '더러운 속옷과 양복 한 벌'로 몸을 가리고, 겨울에도 불을 지피지 않은 냉방에서 살았다. 고월에게서는 한 가족사의 비극이 조국 없는 젊은이의 비극과 그대로 겹쳐 있다. 그는 단지 속물들을 만날 수 있을 뿐인 세상과의 교제를 최소한으로만 유지하였으며, 모든 종류의 인사치레를 견디려 하지 않았다. 결혼한 몸이었지만 혼자 살았다. 한 개의 점으로 살았던 그에게 자양은 청천에 있었다. 다음은 「青天의 乳房」이다.

어머니 어머니라고
어린 마음으로 가만히 부르고 싶은

푸른 하늘에

따스한 봄이 흐르고

또 흰 볕을 놓으며

불룩한 乳房이 달려 있어

이슬 맺힌 포도송이보다 더 아름다와라

탐스러운 乳房을 볼지어다

아아 乳房으로서 달콤한 젖이 방울지려 하누나

이때야말로 哀求의 情이 눈물겨웁고

주린 食慾이 입을 벌리도다

이 無心한 食慾

이 복스러운 乳房……

쓸쓸한 心靈이여 쏜살같이 날을지어다

푸른 하늘에 날을지어다[1]


　　제해만은 이 시의 상징체계를, "푸른 하늘"이 어머니라면,
"태양"이 유방일 터이고 "흰 빛"은 곧 젖이며, 거기서 "방울지려"
하는 것은 모정이며, "哀求의 情"과 "食慾"은 모성에의 그리움이
며, "쓸쓸한 심령"은 시인인 고월 그 자신이라고 명료하게 정리

　　1) 『黎明』1925년 9월호. 諸海萬 엮음, 『李章熙 全集 ─ 봄과 고양이』(문장사,
　1982)에서 인용한 후 현대의 철자법에 따라 띄어 썼다.

하였다.[2] 태양으로부터 만물의 자양이 비롯한다는 생각은 아마 자연과학적인 진실에도 합당할 것이다.

그러나 이장희에게서 이 비유의 체계는 어떤 우주론적인 유추에 머물지 않는다. 푸른 하늘에 달린 유방은 선명하고 그것을 향하는 시인의 그리움은 간절하여 이 정황은 상징으로 쉽게 환원되려 하지 않는다. 유방은 바로 시인의 안전에, 봄하늘에 있다. 유방은 거기 있으며, 거기 있는 것은 상징이 아니다. 시인은 젖을 뗀 후 다시 어머니의 젖가슴을 발견하고 슬프게 경탄하는 아이처럼 하늘의 젖가슴을 향해 손을 뻗으려 한다. 하늘에 유방을 둔 자는 천애의 고아이며, 그 유방에 무심하게 식욕을 느끼는 자는 언제까지나 소년인 사람이다. 고월은 그 하늘의 젖으로 살려는 것이 아니라 오히려 삶 전체를 그 대가로 지불하고 그 유방에 닿기 위해 하늘로 날아오르려 한다. 「靑天의 乳房」의 섬뜩한 아름다움이 거기서 비롯한다.

시를 순결한 언어라고 말한다면, 시는 소년으로 남아 있는 사람의 말이라는 뜻이 어느 정도는 이 규정 속에 포함된다. 성장한다는 것은 아마도 세상의 크고 작은 파열을 불가피한 것으로 받아들이고 그 앞에서 심리적 균형을 유지할 수 있게 된다는 말일 것이다. 파열을 모르는 세계는 어머니의 세계이며, 한 자

---

2) 諸海萬 엮음, 같은 책, 79쪽.

아와 세상 사이에 틈을 모르는 최초의 순결함이 이 어머니의 낙원에 있다. 그래서 여러 종류의 시인을 어머니가 만든다. 보들레르에게는 어린 자식을 데리고 재가한 어머니가 있으며, 랭보에게는 그 유명한 '마담 랭보'가 있다. 서정주에게 '숱 많은 머리털'과 '그 크다란 눈'을 물려주었다는 외할아버지도 이 어머니 낙원의 한 그림자이다. 『생은 다른 곳에』에서, 낭만주의에서 초현실주의에 이르기까지의 여러 시인들을 한데 뭉뚱그려 야로밀이라고 하는 시인을 만들어낸 쿤데라는 시인과 함께 가는 어머니, 상상적으로는 아들이 사랑을 나누는 침대에까지 따라들어가고, 물질적으로는 그 죽음의 침대에까지 동행하는 한 어머니에 관해 말한다. 시인은 파열한 세계 속에 어머니의 균열 없는 낙원으로 섬을 만든다.

그러나 어머니는 실제로 무엇인가. 어머니는 그 낙원의 최초 제공자이지만 또한 그 낙원의 침입자이다. 시인인 아들에게 그 파열의 섬뜩한 첫 경험은 어머니에게 있으며, 어머니는 균열된 세상에 등을 돌리고 아들을 끌어안을 때도 그 세상으로 아들을 떠밀 때도 낙원과 세상의 경계에 있고, 그 파열의 제일선에 있다. 사르트르의 주장에 따르면 보들레르는 어머니의 재혼과 함께 돌이킬 수 없이 금가버린 세상을 보았으며, 랭보는 어머니의 '어둠의 입'에 의해 그 에로스에 극심한 타격을 입는다. 서정주에게서 '애비'와 함께 '잊어버려'야 할 '에미'는 '누님'으로 둔갑해 나타날 때만 어렵게 시인의 동지가 된다. 시인은 이제 어머니 없이 어머니의 낙원을 봉쇄하겠지만, 그 상상의 어머니를 강화하기 위해 실제의 어머니를 자주 끌어들일 것이다. 이때 그의 시는 혁명과 하나가 되고 죽음과 하나가 될 것이나, 그 혁명과 죽음의 자리에 어머니는 늘 찾아들 것이다. 그러나 시인이 덜 성급한 아들이라면, 그는 어머니와 함께 세상의 균열을 끌어안을 수 있을 것이다. 시는 그때 더러움으로 더러움을 씻는 복낙원의 서사가 될 것이며, 하다못해 사랑과 깨달음이 넘치는 지혜의 말이라도 될 것이다.

이장희에게라면 이런 식의 분류가 부질없다. 그에게 어머니는 죽은 어머니이거나 계모이다. 계모의 낙원은 애초부터 황폐한 낙원이다. 습기 없는 이 낙원에서는 모든 물질이 그 물질성으로만 곤두설 것이다. 손상될 에로스도, 그 손상을 염려하여 봉쇄해야 할 에로스도 거기에서는 처음부터 움트지 않을 것이다. 그러나 계모보다 더 포악한 것은 죽은 어머니이며 존재하지 않는 어머니이다. 시간의 길이 아닌 이 어머니는 과거의 순결이 미래의 성장과 실천으로 이어질 방도를 알려주지 않는다. 죽은 어머니도 종종 시인을 찾아올 것이나, 사랑해야 할 것이건 증오해야 할 것이건 세상의 소식과 함께 오지 않는다. 죽은 어머니는 아들을 끌어안으면서 동시에 아들에게 등을 돌린다고 해야 할 것이다. 끌어안을 때 어머니는 아들의 눈에 세상을 가리고,

등을 돌릴 때 어머니는 시인과 세상 사이에 뛰어넘을 수 없는 거리를 만든다. 시인은 어머니의 마지막 손길이 닿았던 그 순간의 소년으로 거기 남는다. 소년으로서의 시인은 순결하나 그 순결성은 깊어지거나 넓어지지 않으며, 시가 될 말들은 어떤 마비증에 의해 가로막힌다. 그 순결한 낙원에는 오직 허무의 젖가슴 하나가 있을 뿐이다. 그리고 이 젖가슴에 무심한 식욕을 느끼는 한 소년의 애구가 산하는 있어도 나라는 없는 식민지적 삶의 알레고리인 것은 말할 것도 없다.

어머니에게 버림받은 아이이며, 아버지가 포기한 아들이며, 수습해줄 조국이 없었던 이 젊은 시인은 세상살이를 더이상 미뤄둘 수 없는 나이가 되었을 때 스스로 목숨을 끊었다. 그가 '복스러운 乳房'을 향해 쏜살같이 날아갔는지는 알 수 없다. 그가 결단으로 맞은 죽음의 순간은 이 허무의 젖가슴마저 박탈된 순간이었을 것이기 때문이다.

# 정지용의 '누뤼'와 '연미복의 신사'

장경렬은 「이미지즘의 원리와 '詩畵一如'의 시론」[1]이라는 제목의 매우 중요한 논문을 발표하였다. 이 글은, 그 부제가 말하고 있듯이, 한시적 교양을 지니고 영문학을 수학한 정지용에게서 '이미지즘'이 어떤 양상으로 이해되고 실천될 수 있었던가를 다시 검토해보게 할 뿐만 아니라, 우리에게서 서구 미학의 수용과정을 정리하는 연구들이 자주 빠지기 쉬운 '현대에서 전통으로'라는 도식을 적절하게 비판하고 있다는 점에서도 주목을 받아야 할 것이다. 그러나 이 논문이 문제의 틀을 구성하기 위해 그 첫머리에 제시하고 있는, 정지용의 시 「겨울」에 대한 해석을 그대로 받아들이기는 어렵다.

「겨울」은 두 개의 시구가 그 전체인 짧은 시이다.

---

1) 『작가세계』 1999년 겨울호.

비ㅅ방울 나리다 누뤼알로 구을러

한 밤중 잉크빛 바다를 건늬다[2]


장경렬은 '비ㅅ방울'이 '누뤼알'로, 한밤중의 '바다'가 '잉크
빛 바다'로 감각화되어 있고, "'누뤼알'과 같은 '비ㅅ방울'과 '한
밤중'의 '잉크빛 바다'라는 두 이미지"가 병치되어 있다는 점에
서, 이 시가 정지용의 시적 특성과 그 기교의 지향점을 확인케
한다고 말하며, 다음과 같이 쓴다.


「겨을」의 경우 두 이미지는 '비ㅅ방울'의 움직임을 묘사하는
'나리다' '구을러' '건늬다'라는 동사에 의해 적극적인 긴장관계
를 이룬다. 특히 '건늬다'라는 동사로 인해 '비ㅅ방울'의 이미지
와 '바다'의 이미지는 각각 주어와 목적어의 위치에 놓이며, 이
로써 각각의 이미지는 동적인 것과 정적인 것이 되고 있다. 결
국 정적 이미지의 '바다'는 일종의 시적 공간을 형성하는 기제
가 되고 그 공간을 동적 이미지인 '비ㅅ방울'이 지배한다. 한편
'유리알'이 암시하는 투명한 이미지와 '잉크빛'이 암시하는 불

---

2) 『鄭芝溶 全集 1詩』(민음사, 1988)는 이 시가 『朝鮮之光』 1930년 1월호에 처음
발표되었다고 적고 있다.

투명의 이미지가 선명하게 대조를 이루기도 하는데 (……)[3]

　　장경렬은 「겨을」의 '누뤼알'을 '유리알'로 읽고 있으며, 정지용이 빗방울의 한 특성을 '유리알'이라는 투명한 시상으로 감각화하고 있다는 생각에 그의 분석이 크게 의지한다. 그런데 '누뤼'는 '유리'일까. '누뤼'가 나오는 또하나의 시 「琉璃窓 2」에서 한 대목을 뽑아 적는다.

　　　　나는 목이 마르다.
　　　　또, 가까이 가
　　　　유리를 입으로 쫏다.
　　　　아아, 항안에 든 金붕어처럼 갑갑하다.
　　　　별도 없다, 물도 없다. 쉬파람 부는 밤.
　　　　小蒸氣船처엄 흔들리는 窓.
　　　　透明한 보라ㅅ빛 누뤼알 아,
　　　　이 알몸을 끄집어내라, 때려라, 부릇내라.[4]

　　이 시에서 시인은 "항안에" 든 물고기처럼 방에 갇혀 있는 신세를 자탄하며, "보라ㅅ빛 누뤼알"에게 방의 창문을 깨뜨려

---

　3) 장경렬, 같은 글, 325쪽.
　4) 위 전집, 85쪽.

부숴 자신을 해방시켜달라고 간청하고 있다. 이 시에서 '유리'
와 '누뤼알'이 함께 쓰이고 있는 것을 보아서도 알 수 있듯이
'누뤼'는 '유리'가 아니다.

『우리말 큰사전』(한글한학회편)은 '누뤼'를 표제어로 올리지
않았지만, '누리'에 관해서는 '큰 빗방울이 공중에 갑자기 찬 기
운을 만나 얼어서 떨어지는 물건'이라고 설명한다. 다시 말해
서 '누리'는 '우박'이며, '누뤼'는 그 방언이다. 이 점을 짚고 나
면 위의 「琉瑞窓 2」의 정황은 쉽게 이해된다. 그러나 이 시에서
실제로 우박이 유리창에 떨어지는 것은 아니다. 시인은 창문을
흔들며 "쉬파람 부는" 밤바람의 파괴적인 힘이 더욱 강화되기를
바라는 심정에서 그것을 '누뤼알' 곧 우박으로 보고 있다. "透明
한 보라ㅅ빛"이라는 표현이 그래서 가능하다.

다시 우리가 읽던 시 「겨울」로 돌아오면, 이 짧은 시는 '추운
겨울 빗방울이 하늘에서 내리던 중 갑자기 얼어 우박이 됨으로
써 한밤중의 어두운 잉크빛 바다를 건너간다'는 말로 이해된다.
빗방울이 빗방울 그대로 바다에 떨어지면 그 순간 바닷물이 되
어 그 바다와 함께 어두워져버리고 말지만, 우박이 되면 그 순
백색을 유지한 채 바다와 어둠을 건널 수 있다고 시인은 말하
고 있는 셈이다. 그러나 이는 억지소리가 아닌가. 우박도 바다
에 떨어지면 바닷물이 되고 마는 것이 아닌가. 이에 관해서라
면, '누뤼'가 나오는 또하나의 시 「毘盧峯 1」의 한 대목이 정지용

을 변호해줄 수 있을 것 같다.

東海는 푸른 揷畵처럼 옴직 않고
누뤼알이 참벌처럼 옴겨 간다.[5]

동해는 멀리 원경을 구성한다. 근경의 우박이 그림처럼 부동한 푸른 바다를 가로질러 떨어진다. '누뤼알'은 자신의 먼 배경이 되어 자신의 흰빛을 더욱 선명하게 드러내주는 바다를 이렇게 건너간다.

「겨울」에서도 '누뤼알'이 진실로 바다를 건너가는 것은 아닐 것이다. 그러나 '누뤼알'은 빗방울과 다르다. 그 자체로는 빛도 형체도 없어 밤의 어둠과 구별되지 않았을 빗방울이 적어도 우박의 형식을 얻었을 때는 저 잉크빛 바다를 배경으로 그 단단한 물질성과 하얀 본색을 줄기차게 드러낼 수 있을 것이다. 냉혹한 계절을 만났을 때 그 냉혹함으로 오히려 자신의 의지를 다진다는 것은 어두운 시대를 사는 사람의 지혜이다. 그러나 오직 냉혹할 뿐인 의지는 그 냉혹한 시대에 주저앉는다. 이 냉혹함은 '잉크빛 바다를 가로지르는 하얀 누뤼알'의 그림과 같은 미적 감수성과 하나가 될 때 한 시대를 건너 다른 시대에 자기를 열

---

5) 위 전집, 99쪽.

어놓을 수 있다. 정지용에게서 전통을 강조하건 현대를 강조하
건 그의 미학이 지닌 이 윤리적 성격을 가볍게 여길 수는 없을
것이다.

1999년 이숭원이 『정지용 시의 심충적 탐구』를 발간했다.
시에서 "말 하나, 글자 하나 밉게 놓이는 것도 용서할 수 없"었
던 정지용의 시를 그 정신에 따라 진실하게 읽으려는 근면한 의
지의 소산인[6] 이 책은 정지용 연구의 높이에 한 계단을 쌓고 그
에 대한 정직한 토론들을 불러모을 것이 틀림없다. 그러나 여기
서도 몇몇 시의 해석에 동의할 수 없는 것이 유감이다. 이를테
면 「流線哀傷」에 대한 해석이 그렇다. 이 시는 짧지 않다.

> 생김생김이 피아노보담 낫다.
> 얼마나 뛰어난 燕尾服 맵시냐.

> 산뜻한 이 紳士를 아스팔트우로 꼰돌라인 듯
> 몰고들 다니길래 하도 딱하길래 하로 청해왔다.

> 손에 맞는 품이 길이 아조 들었다.

---

6) 이숭원, 『정지용 시의 심충적 탐구』, 태학사, 1999, 7쪽.

열고보니 허술히도 半音 키―가 하나 남았더라.


줄창 練習을 시켜도 이건 철로판에서 밴 소리로구나.

舞臺로 내보낼 생각을 아예 아니했다.


애초 달랑거리는 버릇 때문에 궂인 날 막잡어부렸다.

함초롬 젖여 새초롬하기는새레 회회 떨어 다듬어 나선다.


대체 슬퍼하는 때는 언제길래

아장아장 팩팩거리기가 위주냐.


허리가 모조리 가느래지도록 슬픈 行列에 끼여

아조 천연스레 굴든게 옆으로 솔쳐나자―


春川三百里 벼루ㅅ길을 냅다 뽑는데

그런 喪章을 두른 表情은 그만하겠다고 꽥― 꽥―


몇킬로 휘달리고나서 거북처럼 興奮한다.

징징거리는 神經방석우에 소스듬 이대로 견딜 밖에.


쌍쌍이 날러오는 風景들을 뺨으로 헤치며

내처 살풋 엉긴 꿈을 깨여 진저리를 쳤다.


어치 花園으로 꾀어내어 바늘로 찔렀더니만

그만 蝴蝶 같이 죽드라.[7]


  이숭원은 이 시에 대해, "결론부터 얘기하면, 오리를 소재로 삼은 것"이라고 말하며, 시의 소재가 되는 것의 모양이나 소리, 행동거지에 대한 묘사들, 그 가운데서도 "특히 8연의 '꽥—꽥—'이라는 의성어에서 오리라는 심증을 굳힐 수 있다"고 덧붙인다. 그에 의하면 '유선애상'에서 '유선'은 오리의 곡선형 몸체를 암시한 것이고, 따라서 제목의 뜻은 '오리에 대한 슬픈 생각' 정도로 요약되며, 시의 전체 내용은 오리를 한 마리 사서 기르다가 잡아먹게 된 이야기이다.[8]

  그러나 이 시의 소재나 주제는 오리가 아니다. "아장아장"이나 "꽥꽥"은 오리의 행태를 연상하게 하지만, 시에 대한 해석의 오류는 대개 비유하는 말과 비유되는 것을 혼동할 때 일어난다. 이 의성어와 의태어도 역시 비유일 뿐이다.

  우리도 결론부터 이야기한다면, 이 시는 '자동차를 하루 빌려타고 춘천에 갔던 이야기'를 서술한 것이다. 토막 지식에 불

  7) 위 전집, 122~123쪽.
  8) 이숭원, 같은 책, 139~142쪽.

과하지만 자동차에 관해 우리가 알고 있는 바에 의하면, 1930년 대에 서울에는 100여 대의 택시가 있어 하루나 한나절을 빌리는 전세제와 오늘날처럼 미터기에 의해 요금을 산정하는 택시제 등 두 가지 방식으로 영업을 했다. 그 자동차들은 대개 '流線形', 즉 공기의 마찰을 덜 받도록 공기역학적으로 차체를 설계한 세단형이었다. 이 차형은 과학과 미학을 결합시킨 기능주의 미학의 초기 걸작에 해당한다. 정지용은 이 기능주의 미학에 대면한 자신의 처지를 희화해서 말하고 있다.

시인은 이 유선형 자동차가 똑같이 연미복 차림을 한 피아노보다 더 우아하다고 여기는데(제1연), 피아노가 무대에 놓여 대접을 받는 반면 자동차는 아스팔트 위에 "꼰돌라처럼" 끌려다니는 것이 안타까워 하루는 그 차를 빌려왔다(제2연). 피아노 덮개를 열 듯 차문을 여니 역시 기능적으로 설계된 것이라 맞춤하니 잘 열린다. 그러나 건반은 없고 반음 키만 하나, 즉 클랙슨만 있다(제3연). 그런데 꽥꽥거릴 줄밖에 모르는 그 경적음이 귀에 거슬린다. 역시 자동차는 무대에 모실 것이 아니라 길거리로 끌고 다니는 것이 제격이다(제4연). 일단 이렇게 결정을 하고 나니, 시인 자신이 "애초 달랑거리는 버릇"이 있는지라, 궂은 날씨에도 불구하고 차를 몰고 나갔다. 차는 연미복이 젖으면서도 운행을 거절하지 않는다(제5연). 그뿐만 아니라, 그 상복 같은 검은 옷차림에도 불구하고, "아장아장 꽥꽥"거리며 약간 방정을 떨기까지 한다(제6연).

이 차는 서울 거리에서 장례행렬 같은 검은 차의 대열에 끼여 느리게 달리다가, 옆길로 "솔쳐나" 춘천으로 향했다(제7연). 1930년대에 서울의 택시들은 업무용으로보다는 유람용으로 더 많이 이용되었다. 당시에 손님이 운전기사에게 "전선 누버로 가자"고 하면 한강철교를 넘어 남쪽으로 가자는 뜻이었고 "오줌 고개로 가자"고 하면 지금의 정릉 아리랑 고개를 넘어 청량리 길을 지나 춘천 쪽으로 달리자는 뜻이었다는 한량들의 추억담을 1960년대까지만 해도 심심찮게 들을 수 있었다. 이 유람길에는 여자를 대동하기 일쑤였다. 시의 첫머리에서 연미복 차림의 신사로 지칭되던 자동차가 제5연 이후 여자처럼 묘사되는 것도 이와 관계가 있을지 모른다.

차는 "春川三百里 벼루ㅅ길"을, 곧 경춘 간의 벼랑길을 높은 속도로 달려가며, 상복 같은 검은 옷차림으로 태를 부릴 때와는 달리 굽이굽이마다 꽥꽥 경적음을 울려댄다(제8연). 서울과 춘천을 연결하는 도로는 아직도 마음 놓을 수 없는 길이지만, 1930년대에는 지금과는 비교도 할 수 없이 위험한 길이었다. 시인은 자동차의 속도에 익숙하지 못하다. 기능주의 미학의 이 산물은 그의 눈에 매혹적으로 보이기는 하나, 섬세한 감각을 지닌 그의 귀에 경적음이 거슬리듯 거기에 정감을 가질 수는 없으며, 생리적으로 그 속도에 적응하지 못한다. 그러나 자동차는 그 위험한 길을 몇 킬로 달리고 나자 아예 거북이처럼 막무가내로 흥분하여 더욱 높은 속도로 치닫는다. 시인은 징징거리며, 곧 울상을 하며, "神經방석우에", 곧 바늘방석 위에 앉은 듯 신경을 곤두세우지만, 차를 멈출 재간이 없으니 그대로 견딜 수밖에 없다(제9연). 그래도 풍경은 아름답다. 두 뺨에 스치는 바람처럼 달려오는 그 풍경들을 감상하다가 살포시 잠이 들었는데, 다시 깨어보니 차가 여전히 벼랑길을 달리고 있어 진저리를 치도록 놀란다(제10연).

마지막 연은 해석이 쉽지 않다.[9]

어늬 花園으로 꾀어내어 바늘로 찔렀더니만
그만 蝴蝶 같이 죽드라.


몇 가지 가정을 해볼 수 있다. 단순히 어느 경치 좋은 곳에 도착하여 운행을 정지했다는 뜻일 수 있다. 이 이미지스트에게서라면 자동차에 핸드브레이크(그때도 핸드브레이크가 있었을

---

9) 이에 관해 이숭원은 이렇게 해석하고 있다. "이렇게 도망 다니던 오리는 결국 11연에서 바늘에 찔려 죽고 만다. 과연 오리의 어떤 부위를 바늘로 찌르면 쉽게 죽는지 알 수 없지만 야단스럽게 도망 다니던 오리는 '호접같이' 맥을 못 추고 죽은 것으로 되어 있다." 같은 책, 142쪽. 마지막 연만을 염두에 둔다면 이 해석은 매혹적이다. 그러나 이 연미복의 신사를 오리라고 여길 때, 무엇보다도 제9연과 제10연을 온당하게 이해할 길이 없다.

까)를 곧추세워둔 모습은 나비를 채집하여 바늘로 고정시킨 모습으로 비유될 수 있다. 어쩌면 이 '화원'과 '바늘'은 자동차에 대한 여성적 비유와 관련된 성적 표현일 수도 있다. 그런데 진실은 더 은밀한 데 있을 것 같다. 우리는 자동차에 관해 말하면서 그 운전수에 대해서는 입을 다물었다. 사색이 된 승객을 아랑곳하지 않고 차가 벼랑길을 그렇게 난폭하게 달렸던 것은 말할 것도 없이 운전수가 '기술자 곤조'를 부렸기 때문이다. 그래서 그를 "화원으로", 즉 여자들이 있는 음식점으로 데려가, "바늘로 찔렀더니만", 즉 돈을 몇 푼 찔러주었더니만, 다소곳해지더라고 이야기하는 것이리라.

그렇더라도 "죽드라"가 과도한 표현인 것은 사실이다. 시인은 '괴물의 출현과 난동' 뒤에, '은밀한 장소로의 유인' '비의적 병기의 사용' 그리고 '괴물의 죽음'이라는 이야기 요소들을 차례로 늘어놓아 이 마지막 연을 설화적 형식으로 끝내고 싶었던 것이 아닐까. 그렇다면 시인이 염두에 두었을 설화는 어렵지 않게 짐작된다. 어떤 괴력의 수단을 이용하여 권력과 부를 얻었으나 그 수단을 끝내 제어하지 못하여 멸망한다는,—이를테면 마술 방석을 타고 하늘로 날아올랐는데 그 비행을 멈추게 할 방법을 찾지 못해 지상으로 영영 되돌아올 수 없었다는 설화. 시인은 물론 이 설화를 해피엔딩으로 끝냈지만 그 설화의 주인공이 될 뻔했던 자신을 여전히 웃음거리로 제시한다. 그가 하루 유람을 위해 빌렸던 검은 상복의 자동차는 그의 장의차가 될 수도 있었다. 시의 끝에는 다른 죽음이 있고 그래서 '애상'이라는 제목이 역설적으로 어울린다. 그러나 따지고 보면 이 슬픔은 자기 희화의 슬픔이다. 그래도 정지용은 그 속도의 괴물을 아무튼 살해할 수 있었다. 우리는 지금 끝없는 벼랑길을 더 높은 속도로 달리며, 누군가 이 속도를 책임질 사람이 있을 것이라고만 생각한다.

# 이상李箱의 막 달아나기

단언컨대, 이상의 시에는 '초현실주의적' 외양이 다소 있다고 하더라도 '초현실적'인 내용은 없다. 그가 괴이한 방식으로 시를 쓰고, 숫자와 도표와 그림들을 언술 속에 끌어들이고, 가능한 한 난삽한 작품을 만들겠다고 용심하게 된 데는 일본을 거쳐 들어온 초현실주의의 영향이 적지 않았겠지만, 사위가 적으로 가득차 있고, 그래서 어떤 방식으로건 경계를 게을리할 수 없는 식민지의 한 지식인이 합리적 추론의 끈을 불신하고, 계산의 보장이 없는 미지의 세계 속으로 깊이 잠입한다는 것은 사실상 불가능한 일이었다. 습관이 이치를 대신하는 곳에서 거의 최초로 근대의 합리적 사고체계를 교육받은 세대가 합리를 넘어서는 것에 대해 일정한 개념을 얻는다고 하더라도 그것은 또다시 합리적 사고를 열심히 연습하는 계기에 지나지 않는다. 이상에게서는 아무리 난삽하게 보이는 시라고 하더라도 그것을 이해하기 위해서는 어떤 투시적 직감보다 건전한 상식과 합리적 분석이 더 필요한 이유가 그것이다. 이상은 자기 언술의 힘이 최대한으로 확장되기를 원했지만, 근본적으로 자신감이 결여될 수밖에 없는 이 식민지인은 그나마 확실한 것인 말의 논리와 계산에 '절망적으로' 매달리지 않을 수 없었다.

다음은 『鳥瞰圖』의 「詩第十二號」이다.

때문은빨래조각이한뭉텅이空中으로날러떠러진다.그것은흰비둘기의떼다.이손바닥만한한조각하늘저편에戰爭이끝나고平和가왔다는宣傳이다.한무더기비둘기의떼가깃에묻은때를씻는다.이손바닥만한하늘이편에방망이로흰비둘기의떼를때려죽이는不潔한戰爭이始作된다.空氣에숯검정이가지저분하게묻으면흰비둘기의떼는또한번손바닥만한하늘저편으로날아간다.[1]

이상에게서 초현실주의의 특징들, "입체파나 미래파, 다다의 단면"을 보려 하는 한 연구자가 이 시에 관해 이렇게 쓰고 있다.

이 작품의 제재는 언뜻 보아도 나타나는 바와 같이 빨래 또는 세탁이다. 그리고 그 시간, 장소 곧 무대는 청명한 날의 빨래

---

1) 朝鮮中央日報, 1934년 8월 4일. 원문의 붙여쓰기는 그대로 둔 채 철자만 현대 철자법에 따라 바꾸어 썼다.

터로 추정된다. 이 작품도 그런 제재와 무대 배경 위에서 약간의 환각, 또는 난시현상을 일으키면서 허두가 시작되었다. "때묻은빨래조각이한뭉텅이空中으로날러떨어진다." 여기서 '空中으로'는 정상적인 진술형태라면 '空中에서'래야 온당하게 쓰여진 경우가 될 것이다. 그러나 李箱은 의도적으로 '~에서' 대신 '~으로'를 쓴 것 같다. 그리고 그 이유는 보기로 든 이 작품의 첫 文章에 내포되어 있다. 본래 빨래는 우리가 일상 쓰는 의류, 또는 주거용 물품들이어서 하늘에서 오는 것이 아니다. 그럼에도 李箱은 이 작품에서 그것을 '하늘'에서 온 것인 양 전이시킬 필요가 있었다. 그리고 이것은 어떻든 환각, 또는 의식상의 난시상태에서 빚어질 수 있는 일이다. 그런 이유에서 空中'에서의 정상적 격조사 사용보다는 '~으로'라는 어색한 말씨가 쓰여진 셈이다.[2]

이 시에 '환각'이나 '의식상의 난시현상' 같은 것은 없다. '그 여자는 한 송이 꽃이다'라는 표현을 난시현상으로 설명할 수 없는 것과 같다. 시인이 다소간이나마 진정으로 환각상태에 있었다면 '빨래조각'과 '흰 비둘기'라는 두 말을 함께 쓰지 않을 것이다. 풍차를 거인이라고 여긴 돈키호테는 '풍차'라는 말을 입

---

2) 金容稷, 『韓國現代詩史 1』, 한국문연, 1996, 410쪽.

에 담지 않았다. 한 무더기 빨랫감이 "날아 떨어진"다고 명확하게 밝히고 나서 "그것은 흰 비둘기의 떼다"라고 다시 덧붙일 때, 시인은 '이제 내가 빨래조각을 비둘기에 비유하여 말할 테니 어디 한번 들어보라'고 말하는 것일 뿐이다.

'~으로'와 '~에서'라는 두 격조사에 관한 이 연구자의 추론도 정확하다고 할 수는 없다. 빨랫감이 떨어지는 바로 그 자리에 시인이 서 있다면 '~에서'가 온당한 격조사일 것이다. 그러나 이 격조사를 있는 그대로 받아들여 하나의 정황을 설정한다면, 시인이 어느 정도 거리를 두고 서서 빨래터를 바라보고 있다고 생각해야 한다. 빨래하는 사람이 빨랫감을 집어던졌으며, 그래서 빨랫감은 공중'으로' 날랐다가 (아마도 물속에) 떨어졌다. 이상은 물론 이편저편을 가르고 있지만, 적어도 이 빨랫감에 대해 말하는 동안은 근경과 원경의 표현이 아니라, 던지는 쪽과 떨어지는 쪽을 단순히 분별해서 나타내는 말일 뿐이다. 이 이편저편이 다른 두 세계를 나타낼 만큼의 거리감을 갖는 것은 빨랫감이 비둘기로 비유되고, 그래서 작은 빨래터가 하늘의 규모를 얻고 나서의 일이다.

여기서 지적되는 것들은 매우 사소한 것들이지만, 이상의 시어가 지녔을 말의 논리와 진실을 불신하는 데서 비롯된 것들이라는 점에서 중요하며, 이 사소한 것들이 모여 결국은 '입체파나 다다' 같은 오해를 낳는다는 점에서 간과하기 어렵다.

빨랫감과 비둘기의 비유에는 말할 것도 없이 비둘기가 평화의 표상이라는 생각이 개입하고 있다. 그러나 이상은 이 표상의 상투성에 동의하기보다는 그것을 비웃는다. 때묻은 옷이 물속에 떨어질 때, 그것이 "戰爭이 끝나고 平和가 왔다는 宣傳"인 것은, 저 상투적 표현의 차원에서, 떨어지는 빨랫감이 날아드는 비둘기를 연상하게 하기 때문이지만, 실제의 차원에서는 빨랫감이 그것을 때묻게 했던 생활전선에서 잠시 물러나 휴식을 취하고 그 순결성을 다시 회복할 기회를 얻고 있기 때문이다. 허나 빨랫감에게 이 휴식과 평화의 시간은 또한 지독한 전쟁의 시간이다. 빨랫감은 짓밟히고 방망이로 얻어맞아야 한다. 게다가 자신이 비둘기로 비유될 때, 그와 마찬가지로 하늘로 비유되는 물속에 자신의 '불결한' 때를 풀어놓아야 한다. 거룩하게 평화를 표상하는 비둘기의 삶도 이와 다르지 않다. 비둘기떼가 한 하늘에서 다른 하늘로 날아갈 때 그 모습은 어떤 것의 상징일 만큼 자유로움과 휴식을 느끼게 하지만 그것들 역시 고단한 삶의 한 전쟁터에서 다른 전쟁터로 날아가고 있을 뿐이다. 전쟁 하나가 끝난 하늘 저편에 다른 전쟁이 벌써 준비되고 있다. 삶이 고단할 때 자국이 잠시 하늘에 풀린다.

이 시는 폐질환을 앓는 한 소모성 환자가 그 생명의 끝까지 놓아버릴 수 없었던 자기 회복의 열망과 비둘기들이 하늘을 바꾸면서 잠시 얻는 휴식의 시상이 겹쳐 특별한 서정성을 확보한다.

초현실에 관해 하던 이야기를 마무리하기 위해 이상의 시 한 편을 더 읽자. 다음은 그의 시 「꽃나무」이다.

벌판한복판에 꽃나무하나가있소. 近處에는 꽃나무가 하나도없소. 꽃나무는 제가생각하는 꽃나무를 熱心으로 생각하는것처럼 熱心으로 꽃을피워가지고 섰소. 꽃나무는 제가생각하는 꽃나무에게갈수없소. 나는 막달아났소. 한꽃나무를 爲하여 그러는것처럼 나는참그런이상스러운흉내를 내었소.[3]

벌판에 꽃나무 한 그루가 서 있을 뿐 다른 꽃나무가 없는 것은 현실의 꽃나무들로부터 추상된 관념의 꽃나무 하나를 시인이 상정하고 있기 때문이다. 이 꽃나무는 "熱心으로 꽃을 피워가지고" 서 있는데, 이 열성적인 꽃 피우기는 "제가 생각하는 꽃나무" 곧 꽃나무의 관념에 대해 '熱心으로 생각하기'와 같은 일이다. 다시 말해서 꽃나무는 모든 꽃나무가 마땅히 그렇게 되어야 할 것이 되려고 열심히 꽃을 피우고 있다. 그러나 이 꽃나무는 제가 생각하는, 또는 사람들이 기대하는, 관념의 꽃나무에까지는 근접할 수 없다. 현실의 추상으로부터 관념이 발생할 수는 있어도 관념이 현실로 될 수는 없기 때문이다. "나는 막 달아났

---

3) 『李箱全集』, 임종국 엮음, 문성사, 1966, 233쪽.

소"라고 시인은 말하는데, 이 모호한 말은 마지막 문장의 "한 꽃
나무를 위하여 그러는 것처럼 나는 참 그런 이상스러운 흉내를
내었소"라는 구절을 염두에 둔다면, 열심히 노력해도 이룰 수
없는 일로부터 도피했다는 단순한 뜻이 아니라, 관념 속으로의
도피가 마치 현실에서의 실천인 것처럼 가장하였다는 뜻으로
읽힌다. 다시 다른 말로 바꾼다면 도피가 그에게는 하나의 실천
이었고 꽃 피우기의 가치를 지녔다는 뜻이 된다.

  이상의 도피는 보기에 따라서 매우 기괴한 양태를 지닌다.
그는 관념과 이론을 극단화하여 그것으로 현실을 바라보는 방
식으로 도피했다. 그는 생전에 발표하지 않았던 한 글에서 "彈
丸이 一圓壔[원기둥]를 疾走했다"는 문장을 제시하고 "彈丸이
一直線으로 疾走했다"는 표현의 오류를 수정한 말이라고 쓴다.
또 같은 글에서 "角雪糖"이라는 말 대신 "正六雪糖"이라는 표현
을 시도하고, "瀑筒의 海綿質 塡充[채우기]"이라는 말에 "濕布의
文學的 解說"이라는 설명을 덧붙인다.[4] 이는 모두 한 사물의 개
념을 수학적으로 극단화한 표현들이다. 극단으로 세상을 본다
는 것은 확실히 세상을 잘 보는 것이 아니다. 현미경과 같은 눈
을 가진 사람은 모든 물건과 공기 속에서 우글거리는 세균을 볼
것이다. 세균으로 가득찬 세상이란 과학적인 현실일 수는 있어

---

  4)「線에 의한 覺書 4」, 위의 책, 258쪽.

도 생활 현실은 아니다. 그것은 균형이 제거된 시각이 붙잡아내는 과도한 현실이다. 이상은 자주 그 극단의 수학적 논리로 어떤 실험실적 상황에서만 가능한 과도한 현실을 마련한다. 이 과도한 현실의 실험으로 생활 자체가 실험되는 것은 물론 아니다. 이 현실이면서 동시에 비현실인 것은 현실의 '이상스러운 흉내'이고 생활 현실에서 막 달아나는 수단이었기 때문이다. 그러나 이 실험이 우리에게 아무것도 얻어준 것이 없다고는 할 수 없다. 비록 실험실적 상황에서일망정 생활 현실의 고통이 과도한 현실 속으로 희석되는 그 과정에서 이따금 '지금 이 시간'의 집착으로부터 해방된 시선이 얻어지고, 거기서 독특하고 아름다운 시어가 발생하고 있다는 점은 부인할 수 없다. 이상에게서 초현실의 모습을 두르고 나타나는 것이 있다면 그것은 바로 이 과도한 현실일 것이다.

# 박양균과 오르페우스의 시선

단기 4294년, 그러니까 1961년에, 신구문화사에서 '전후문학전집'의 하나로 발간한 『韓國 戰後 問題詩集』에는 1950년대에 크게 활동하였거나 주목을 받기 시작했던 서른세 시인의 시가 실려 있다. 고원, 고은, 구상, 구자운, 김관식, 김광림, 김남조, 김수영, 김윤성, 김종문, 김종삼, 김춘수, 민재식, 박봉우, 박성룡, 박양균, 박인환, 박재삼, 박태진, 박희진, 성찬경, 신동문, 신동집, 유정, 이동주, 이원섭, 이형기, 전봉건, 전영경, 정한모, 조병화, 조향, 황금찬이 바로 그들이다. 손가락을 꼽아보면 현재까지 시작 활동을 계속하고 있는 시인들과 작고한 시인들이 반반인 것으로 계산된다. 이 가운데 많은 시인들이 크게 문명을 떨치고 한국 최현대시사의 기둥이 되었으며, 몇 사람은 그 작품이 교과서에 오르기도 하였다. 그러나 잊힌 시인들도 없지 않다.

유명한 시인들이 유명해진 이유를 되짚어 짐작하기는 어렵지 않으나 잊힌 시인들이 잊힌 이유는 그렇게 확실한 것이 아니다. 완전히 잊혔다고는 할 수 없어도 크게 거론되지 못한 시인들 가운데 하나인 박양균의 시를 지금 살펴보면, 이 시인이 시의 언어에 매우 고양된 감각을 지녔던 것이 분명하며, 당시로서는 상당히 선진한 시 이론을 확보하고 그것을 실천하기 위해 각고한 흔적 또한 역력하다. 거기서 얻어진 시작품들도 한국 현대시의 가장 훌륭한 결실들과 같은 자리에서 거론되기에 결코 부족함이 없다. 그가 합당한 정도의 주목을 받지 못한 이유 역시 간단하게 추슬러낼 수 있는 것이 아니지만, 그의 '난해시'를 받아들이기에 힘겨웠던 우리 문단의 여러 여건을 우선 상기해야 할 것 같다.

우리 시사의 귀중한 자산 가운데 하나일 그의 작업들을 어둠 속에 묻어두지 않기 위해서라도 그의 시 한 편을 골라 설명을 시도해볼 필요가 있겠다. 다음은 그의 두번째 시집 『氷河』에서 뽑은 시 「立像」의 전문이다.

地球가 도는 것이 눈에 보인다면
그것은 꼭 그렇게 돌고 있었다.


모양지을 수 없으면서도

빈 주먹을 쥐어볼 양이면 무엇인지 體溫이 오고
눈짓으론 그릴 수 있을 것만 같았다.


따시한 것이라 생각해보았으나
구태여 찬 것이라 여겨지기만 한다.


그건 없는 故鄕처럼 그리워지는 것이었으며
그와 나는 또한 그러한 距離만은 언제나 保存할 수 있을 것
만 같았다.


때로 터지는 열매알 같은 보람은 있었으나 그 아련함에 다하
지 못할 젊음의 안타까움이 있어 直接的인 對決을 作業하던 날


그것은 내 곁에 와 停止하고 마는 것이었다


그리고는 만져볼 수 없는 것이었으며 모양지을 수도 없는
것이었으며
아무런 觸感도 느껴질 수 없는 것이었다.


실은 하나의 點으로서 나의 가슴 한복판에 와 부딪치곤 그
대로 아무것도 아니었다.

이제야 다시는 메꿀 수 없는 허전한 空間에

가슴의 그 무거운 點과 나는

가장 가까운 距離를 가지게 되면서


그건 움직일 수 없는

또한 잇닿을 수 없는 立像이 되고 만 것이었다.


그리고 그것은 내 곁에서 도는 것이 아니라

내가 누구도 없이 돌고 있는 것이었다.[1]


시는 정체를 파악할 수 없는 어떤 것에 관해 말하고 있다. 그것은 육체적 감각과 일정한 관계를 맺고 운동과 위치가 짐작된다는 점에서 구체적이면서도, 그에 대한 감각을 물리적으로 서술하는 일이 결코 성공에 이르지 못한다는 점에서 관념적이다. 그러나 이 서술의 실패가 곧 시의 실패는 아니다. 그것의 실체가 곧 모순이기 때문이다.

그것은 지구처럼─다시 말해서 한 축을 중심으로 끊임없이

---

1) 우리는 이 시를 김원중과 최종환이 엮은 『朴暘均 全集』(도서출판 새벽, 1996)에서 인용한다. 박양균에 대한 여러 가지 정보를 알려주시고 이 전집을 구해 보내주신 문인수 시인에게 감사의 인사를 전한다.

고른 속도로—자전하고 있다. 그것이 회전하고 있다는 점은 중요하다. 사각형 종이를 세워 돌리면 원통처럼 보이고, 동전을 돌리면 구슬처럼 보인다. 회전체 속에는 실체와 비실체가 섞여 있다. 시인이 말하려는 그것은 운동을 통해서만 실체처럼 나타난다.

제2연은 부연 설명이다. 그것은 일정한 형태를 지니지는 않았다. 시인은 '무형無形'이라는 말을 염두에 두고 있는 것이 분명한데, 이 말은 형태가 고정되지 않았다는 뜻에서부터 물리적 형체 자체가 없다는 뜻까지를 포함한다. 시인은 그것을 쥐어보려 하나 주먹은 늘 빈 주먹이다. 그 빈 주먹이 어떤 온도를 느낀다고는 하지만 그것은 주먹 그 자체의 체온일 뿐이리라. 다시 말해서, 붙잡히지 않음이 오히려 그것을, 그 실체가 아니라 그 실체의 특수성을, 증명한다. 그에 대한 시각의 표현은 더 미묘하다. 눈짓으로는 그것을 그려낼 수 있을 '것만' 같다. 다시 말해서, 그것은 보이지 않으나 시각에 어떤 인상을 만들고 있다. 짧게 말해서, 그것은 감각을 넘어선 것이지만, 그에 대한 상상은 감각적이다.

제3연에서 시인은 그것의 온도에 대해 상반된 추측을 한다. '따시함'이란 그것이 지녔을 본래의 온도에 대한 추정이다. 그러나 한편으로는 "구태여 찬 것이라 여겨지기만" 하는데, 이 차가움은 시인의 육체가 그것을 접촉할 때 느낄 온도이며, 한 존재의 본질과 그에 대한 육체적 감각 사이의 거리감이다. 이 두 온도 사이에는 그것에 대한 시인의 신앙고백 같은 것이 있다. 믿는 자는 언제나 자신의 몫인 차가움으로 저 따뜻함을 안다.

신앙의 가장 큰 원기일 그리움에 관해 제4연이 말한다. 그것은 고향만큼 따뜻하지만 고향보다 더 먼 곳에 있다. "그러한 距離"는 내 일상의 초라함과 그것 사이의 거대한 간격일 터이지만, 또한 그 아득함으로 오히려 그 존재를 확신하는 나와 그것 사이의 유대감이다. "그릴 수 있을 것만" "여겨지기만" "그러한 距離만"—벌써 세 번이나 나타난 이 '만' 속에는 그것이 아득하다는 느낌과 손에 잡힐 것 같다는 느낌이 한데 겹쳐 있다. 이 거리는 사실상 모든 그리움의 거리이기도 할 것이다.

그러나 시인은 그리움으로만 유지되는 그것과의 관계에 만족하지 못한다. 그것은 이따금 시인에게 어떤 재능의 형식으로 나타나고, 거기서 결실을 얻지 못한 것은 아니었지만, 그것의 전체를 현실 속에 드러내지 못한 아쉬움과 안타까움은 결코 해소되지 않는다. 제5연은 그 관계를 개선하려 했던 한 시도에 관해 처음으로 말한다. 시인은 "直接的인 對決을 作業"했다. 다시 말해서, 자신의 모든 것을 걸고 그것을 현실 속에서 확연하고 구체적인 모습으로 파악하려고 했다. 단 1행으로 그치는 제6연은 이 작업의 성공과 실패에 관해 말한다. 그것은 "내 곁에" 다가왔지만, 그러나 "停止하고 마는 것이었다". 시인은 그것을

현실 속에 구체화할 수는 있었지만, 그 전체를 드러내지는 못
했다. 그것은 그 실체 자체이기도 한 운동의 영원함을 잃어버
리고 운동의 한 파편으로 고정되어 현실 속에 나타났기 때문
이다.

그것은 사실 나타나지 않았다. "실은 하나의 點으로서 나의
가슴 한복판에 와 부딪치곤 그대로 아무것도 아니었다." 순간의
한 파편으로 파악된 그것은 무와 다른 것이 아니었기 때문이다.
제7연에서 제8연으로 이어지는 이 고백에는 비통함이 없지 않
다. 시인은 이 대결작업으로 모든 것을 잃었다. 그것을 적어도
눈짓으로는 그릴 수 있을 것 같았던 아련한 확신과, 그 온도와
촉감에 대한 기대를 잃었으며, 무엇보다도 "언제나 保存할 수
있을 것만 같았"던 "그러한 距離"를 잃었다.

그 그리움의 거리는 "허전한 空間"으로 바뀌었으며, 그것의,
또는 그 운동의 죽은 모습인 "무거운 點"으로서만 시인과 가장
가까운 거리를 가지게 되었다.

  그건 움직일 수 없는
  또한 잇닿을 수 없는 立像이 되고 만 것이었다.

본질적인 것은 죽음의 형식으로만 우리의 손아귀에 들어온
다. 그것은 이제 다시 움직이지 않으며, 그것을 온전하게 만날

수 있으리라는 뜨거운 열망은 사라졌다. 시인 앞에 서 있는 입상立像은 저 그리움의 형해일 뿐이다.

마지막 연은 이 비통한 사연에 대한 해석이다. 저 먼 곳에서, 또는 "내 곁에서" 돌고 있었던 것은 다른 어떤 것도, "누구도" 아닌 "내가 돌고 있는 것이었"으며, 그의 그리움이 돌고 있었던 것 뿐이었다. 이 시는 그리움을 현실적 가치로 교환하고, 파악할 수 없는 것을 붙잡으려 했던 시도에 대한 실패담이다.

실패담은 그 자체로서 하나의 장르를 형성한다. 순수시라고 이름 붙은 모든 시는 크게 보아 이 실패담의 장르에 해당한다. 그러나 사실 이 장르에서 초점은 실패에 있지 않다. 실패의 고백은 핵심을 실패의 주체인 시인이 아니라 실패로만 한순간 끌어안을 수 있었던 그 대상에게 내어주고 있기 때문이며, 이때 중요한 것은 파악하지 '못함'이 아니라 파악할 수 '없음'이기 때문이다. 이 파악할 수 없음은 시의 신화에서 그 본질적 내용을 이루기도 한다. 오르페우스가 동굴을 벗어나며 밝은 빛 아래서 에우리디케를 파악하려 했을 때, 여자는 돌이킬 길 없이 죽음의 세계로 돌아갔다. 그러나 말은 이성이고 따라서 빛이며, 시는 말로 기억하기이며 따라서 빛 속에서 되돌아보기이다. 박양균이 '그것'과 성급하게 '직접적인 대결'을 벌였던 순간은 뒤돌아보는 시선의 순간과 같다. 그의 '난해어법'은 이 시선의 순간을 가능한 한 멀리 연장하려는 그 나름의 방법이었다. 그의 시

문법은 명증하지만 그의 산문에는 서투른 구석이 많다. 그는 말이 끝없이 어두운 동굴이기를 바랐던 것이다.

# 조향趙鄕의 초현실주의

조향은 1950년대에 그런대로 이름이 알려져 있던 시인이었
지만 지금은 잊혀졌다. 1960년대 초까지만 해도 '한국의 현대
명시' 등속의 제목을 가진 이런저런 사화집에 그의 시 몇 편이
실리곤 했었다. 시인 자신에 의하면 '초현실주의의 시'인 이 시
편들은 그 나름으로 특이한 서정성을 띠고 있는 것이 사실이어
서 당시 내 또래의 문학소년들이 노트에 적어두기도 했었다. 그
러나 이제는 문단의 중견이 된 그 소년들이 스무 살 이후 그의
시를 다시 읽게 되지는 않았던 것 같다. 그들을 매혹했던 것과
그를 잊게 만든 것이 같은 것은 아니었을까.

그의 시 가운데 가장 잘 알려진 시는 제목이 로마자로 되어
있다. 다음은 바로 그 시 「EPISODE」[1)]의 전문이다.

---

1) 이 글에서 조향의 시편들은 『조향전집 1』(열음사, 1994)에서 인용했다.

열 오른 눈초리, 하잔한 입모습으로 소년은 가만히 총을 거누었다.

소녀의 손바닥이 나비처럼 총끝에 와서 사뿐 앉는다.

이윽고 총끝에선 파아란 연기가 몰씬 올랐다.

뚫린 손바닥의 구멍으로 소녀는 바다를 내다보았다.

—아이! 어쩜, 바다가 이렇게 똥구랗니?

놀란 갈매기들은 황토 산태바기에다 연달아 머릴 처박곤 하얗게 化石이 되어갔다.

소년은 총을 겨누고 쏘아 사랑을 표현했고 소녀는 제 손바닥으로 그 총알을 받아 그 사랑에 응답했다. 이 위험한 놀이의 위험에서 그 두 사람을 벗어나게 하는 것은 그들의 순결함 내지는 순진함일 것이다. 이 순결함의 내부 관계를 모르는 갈매기들은 놀란 나머지 화석이 되었다. 그러나 비유적인 것에 불과할지라도 총질은 역시 총질이어서 그 결과로 일종의 상처가 생겼고 소녀는 자신에게 입힌 이 상처의 형식에 따라 세상을 보았는데, 그것은 여느 세상보다 더 신기하다. 그런데 문제는 이 총구멍의 형식이 세상을 바라보는 시선에 진정한 질적 변화를 초래하여 이제까지 보지 못했던 것을 보게 해주는 것이 아니라, 단지 그 시야를 제한하여 넓게 보던 것을 더 좁게 보게 할 뿐이라는 데 있을 것이다. 이 작고 '동그란' 구멍이 그의 시의 미래를 벌써 결정했다고 여길 수밖에 없겠다.

그런데 첫 줄의 "하잔한"이란 표현에 잠시 시선을 줄 필요가 있겠다. '하잔한'은 '하찮은'이며 '대수롭지 않은 일이라는 듯한'의 뜻을 가지리라. 사랑이 대수롭지 않은 일에 해당한다고 할 수는 없겠지만, 사람을 죽이고 살리는 진짜 총질이 아니라는 점에서는 하찮은 일이 될 것이다. 그러나 이 형용사에는 그 이상의 다른 무엇이 있다. 소년은 그 '열 오른' 눈으로 표현되는 내부의 복받치는 열정을 억누르고 무심한 표정을 유지하려 한다. 지금 자신이 대수롭지 않은 일을 하고 있다는 듯한 이 소년의 입모습에 소녀의 나비처럼 사뿐한 손놀림이 대응한다. 그들은 자기들이 지닌 뜨겁고 복받치는 사랑의 감정에도 불구하고 자제력을 잃은 것이 아니다. 소년의 주저함이 없는 총질은 의지에 의해 집중되면서 동시에 메마르게 처리된 감정이며, 소녀의 날렵함은 습하고 주눅든 감정을 모르는 자의 대담함이다. 조향이 보기에 이 소년소녀들은 자기감정과의 관계에서 현대적이다. 조향의 시도 물론 이 현대적 산뜻함을 지향한다. 문제가 또 거기 있다. 이 산뜻함이 소녀의 손바닥에 뚫린 상처로부터 유혈을 막아주었겠지만 그와 동시에 실제로는 거기 낭자했어야 할 피를 딛고 어린

두 주인공이 성장할 수 있는 기회, 다른 말로 하자면 시인의 시가 성장할 수 있는 기회도 막아버렸다고 해야 하겠다.

「바다의 層階」도 한때 유명했던 시이며, 시인 스스로 자신의 시적 방법을 가장 잘 구현한 작품으로 내세운 시이기도 하다.


　　낡은 아코오뎡은 대화를 관 뒀습니다.
　　―여보세요!


　　'폰폰따리아'
　　'마주르카'
　　'디이젤·엔진'에 피는 들국화.


　　―왜 그러십니까?


　　　모래밭에서
　　受話器
　　　女人의 허벅지
　　　　낙지 까아만 그림자


　　　비둘기와 소녀들의 '랑데·부우'
　　　그 위에

손을 흔드는 파아란 기폭들.


나비는

起重機의

허리에 붙어서

푸른 바다의 층계를 헤아린다.


　이 시에서는 우리에게 벌써 낯익은 것이 되어버린 몇 가지 기법을 본다. 첫 줄의 "낡은 아코오덩은 대화를 관 뒀습니다"는 '낡은 아코디언이 연주를 끝냈다'는 말의 단순한 완곡어법일 것이다. 시의 전체적인 환경은 그 나름대로 멋진 것일 수 있는 이 완곡어법이 밑도 끝도 없이 거기 들어설 수 있는 자리를 마련해준다. 불통하는 두 마디의 대화가 긴 줄표(―)로 표시되어 있는데, 그 뒤에 오는 "수화기"라는 단어는 그것이 전화 통화의 한 토막이었음을 암시한다. 제3연에는 세 개의 외래어에 "들국화"가 따라붙었다. 달리아의 일종인 "폰폰따리아"는 원예에 어느 정도 조예가 있어야 알 수 있는 말이고, "마주르카"는 외래문화에 대한 소양과 관계된 말이며, "디이젤·엔진"은 그 당시로서는 기술용어 내지 시사용어에 속하는 말이었을 것이다. 거기에 덧붙여진 "들국화"는 정말 들국화 같은 말이다. 시인은 이렇게 병치된 말들의 효과를 '데뻬이즈망'이라고 부르고 이를 "사물의 존재의 현실적인, 합리적인 관계를 박탈해버리고, 새로운 창조적인 관계를 맺어주는 것"[2]이라고 설명한다. 제5연은 시행을 들쑥날쑥하게 배열하고 있는데, 원래 세로쓰기였던 시행들은 (아폴리네르 같은 사람의 상형시를 모방하여) 그 자체로 하나의 그림을 이룬다. 시행은 "女人의 허벅지"를 그리고 있으며, 그 한 쪽 허벅지에는 "낙지 까아만 그림자"가 눌어붙어 있다. 제6연은 서정적인 서경이다. 마지막 연은 또다시 '데뻬이즈망'의 기법에 따라 "나비"와 "기중기"라고 하는 어감이 대비되는 두 단어가 붙어 있고, 파도에 대한 은유일 "푸른 바다의 층계"로 끝난다.

우리는 시인의 의도를 충분히 이해할 수 있다. 그렇다고 그 의도가 성공했다는 것은 물론 아니다. 그의 정의대로라면 '데뻬이즈망'은 사물을 그 현실에서 뽑아내어 그것들에 "새로운 창조적 관계"를 맺어주는 조치인데, 시에는 애초부터 그 현실이 없으며 사물조차도 없다. 뿐뿐다리아 마주르카 디젤엔진은 사실상 사물도 '오브제'도 현실도 아닐뿐더러, 말에도 못 미치는 기호일 뿐이기 때문이다. 한편 시인은 이 시의 시학이 "로트레아몽의 '미싱과 박쥐우산'의 미학"[3]에 해당한다고도 말하고 있다. 참고로 로트레아몽의 『말도로르의 노래』에서 같은 말이 나오는 대목을 적어보자.

---

2) 「'더뻬이즈망'의 美學」, 『韓國 戰後問題詩集』, 신구문화사, 1961, 417쪽.
3) 같은 책, 같은 곳.

그는 맹금들의 발톱이 지닌 수축성처럼 아름답다. 혹은 후두부의 부드러운 부분에 난 상처 속의 불확실한 근육운동처럼 아름답다. 혹은 차라리, 저 영원한 쥐덫, 동물이 잡힐 때마다 언제나 다시 설치되고, 그것 하나만으로 설치류들을 수없이 잡을 수 있으며, 지푸라기 밑에 숨겨져 있을 때도 제 기능을 다하는 저 쥐덫처럼 아름답다. 그리고 특히, 해부대 위에서의 재봉틀과 박쥐우산의 우연한 만남처럼 아름답다.[4]

로트레아몽의 아름다움은 물질의 아름다움이며, 그 물질성의 아름다움이고, 그것을 느끼는 몸과 관능의 아름다움이다. 그리고 조향의 시는 꼭 물질로부터 가장 먼 곳에 있다.

다음은 「물구나무선 세모꼴의 서정」이다.


이
름도
성도모
르는눈이맑
은소녀

4) 로트레아몽, 『말도로르의 노래』, 여섯번째 노래. *Les chants de Maldorore, OEvres complètes*, Librairie José Corti, 1873, p. 327.

와잤

다


그

러지

마세요

입술좀줘요

소녀는

울었

다


돌

아앉

아서소

녀냄새구역질하니까만죽음이

와서쪼

그런다


구

두끝

에밤이

자갈처럼차

이는언

덕에

서


식

물채

집을랑

하자하아얀

죄나많

이짓

자


이 시를 시인이 처음 발표했던 것처럼 세로로 쓸 수 없는 것
이 유감이다. 세로로 썼을 때만 제목이 말하는 것처럼 세모꼴들
이 '물구나무'를 서기 때문이다. 그러나 독자들이 책장을 오른
쪽으로 돌려놓는 수고를 아끼지 않는다면 거꾸로 선 다섯 개의
삼각형, 또는 다섯 그루의 나무를 볼 것이다. 이 나무들이 바로
물구'나무'이다. 마지막 연의 "식물채집"과 "하아얀 죄"는 수음
에 대한 암시이다. 수음으로 채집한 이 식물들, 글자로 그린 이
다섯 그루의 나무들은 이 시인이 자신의 시에 허락했던 물질의

총량이다. 조향은 초현실주의자일 수 없었다. 그의 시는 현실을 넘어가기는커녕 현실에도 미치지 못했다.

어떤 풍문에 의하면 6·25 전쟁 때, 부산에서 넉넉하게 살고 있던 조향은 서울에서 피난해온 문인들을 박대했기 때문에 그 후 문단에서 따돌림을 당했고 결국 잊힌 시인이 되고 말았다고 한다. 그러나 이 풍문이 사실이라고 하더라도 거기서 그의 인간관계만을 볼 수는 없을 것이다. 피난 문인들은 그의 앞에 닥친 현실이었다. 그는 시에서처럼 현실에서도 현실을 외면했다. 그러나 나는 새삼스럽게 조향의 시나 그 시적 태도를 비판하기 위해서 이 글을 쓰는 것은 아니다. 해방 이후 우리 시의 발전사라면 그것은 말에 사물과 몸을 채워간 역사라는 이야기를 이렇게 시작하는 것뿐이다.

## 수록 평론 출전

(문학과지성사, 2004) 해설

이영광의 유비적 사고 …『직선 위에서 떨다』(창비, 2003) 해설

김록의 실패담 …『파라21』2003년 겨울호

나그네의 은유 … 미발표

영생하는 여자 …『상자들』(랜덤하우스코리아, 2005) 해설

잊어버려야 할 시간을 찾아서 …『마징가 계보학』(창비, 2005) 해설

김근의 고독한 판타지 …『뱀소년의 외출』(문학동네, 2005) 해설

김이듬의 감성 지도 …『별 모양의 얼룩』(천년의시작, 2005) 해설

'완전소중' 시코쿠 …『창작과비평』2006년 봄호

위선환의 고전주의 …『세떼를 베끼다』(문학과지성사, 2007) 해설

유비의 감옥과 그 너머 …『드라이아이스』(문학동네, 2007) 해설

이은봉의 흥취 …『책바위』(천년의시작, 2008) 해설

상처 그리고 투명한 소통 …『광대 소녀의 거꾸로 도는 지구』(민음사, 2008) 해설

허전한 것의 치열함 …『불을 지펴야겠다』(문학동네, 2009) 해설

이문숙이 시를 쓰는 시간 …『한 발짝을 옮기는 동안』(창비, 2009) 해설

불행의 편에 서서 …『너는 잘못 날아왔다』(창비, 2009) 해설

부적절한 길 또는 길 밖의 길 …『이상한 야유회』(창비, 2010) 해설

말과 감각의 경제학 …『물위에 씌어진』(천년의시작, 2011) 해설

이녁의 시학 …『내 몸속에 푸른 호랑이가 있다』(문예중앙, 2011) 해설

소외된 육체의 고통 …『서평문화』2003년 가을호

가난한 자의 위대한 거부 …『바보 사막』(랜덤하우스코리아,
2008) 해설

## 제4부 이 시를 어떻게 읽을까
『현대시학』1999년 2월호~2000년 9월호

황현산 평론집

# 잘 표현된 불행

ⓒ 황현산 2019

초판 1쇄 발행 2019년 8월 8일
초판 5쇄 발행 2023년 5월 19일

지은이 황현산
펴낸이 김민정
편집 유성원 이희연
표지 디자인 한혜진
본문 디자인 유현아
저작권 박지영 형소진 최은진 서연주 오서영
마케팅 정민호 박치우 한민아 이민경 박진희 정경주 정유선 김수인
브랜딩 함유지 함근아 박민재 김희숙 고보미 정승민
제작 강신은 김동욱 임현식
제작처 더블비(인쇄) 신안문화사(제본)

펴낸곳 (주)난다
출판등록 2016년 8월 25일 제406-2016-000108호
주소 10881 경기도 파주시 회동길 210
전자우편 nandatoogo@gmail.com
트위터 @blackinana | 인스타그램 @nandaisart
문의전화 031-955-8865(편집) 031-955-2689(마케팅) 031-955-8855(팩스)

ISBN 9979-11-88862-49-8 03810